本書由全國古籍整理出版規劃領導小組資助出版

國家清史編纂委員會·文獻叢刊

桐城派名家文集 15

吴汝綸選集
賀濤選集
范當世選集

主編 嚴雲綬 施立業 江小角

時代出版傳媒股份有限公司
安徽教育出版社

圖書在版編目（CIP）數據

桐城派名家文集. 第15卷，吳汝綸選集、賀濤選集、范當世選集 / 嚴雲綬，施立業，江小角主編. 一合肥：安徽教育出版社，2014
ISBN 978-7-5336-7889-0

Ⅰ.①桐… Ⅱ.①嚴…②施…③江… Ⅲ.①中國文學一古典文學一作品綜合集一清代 Ⅳ.①I214.91

中國版本圖書館 CIP 數據核字（2014）第 143588 號

桐城派名家文集 ⑮吳汝綸選集、賀濤選集、范當世選集
TONGCHENGPAI MINGJIA WENJI

出 版 人：鄭 可
質量總監：張丹飛
策劃統籌：吳壽兵 錢 江 夏業梅
責任編輯：胡一葦 張丹飛
裝幀設計：何宇清
責任印製：王 琳

出版發行：時代出版傳媒股份有限公司 安徽教育出版社
地 址：合肥市經開區繁華大道西路 398 號 郵編：230601
網 址：http://www.ahep.com.cn
營銷電話：(0551)63683011，63683013
排 版：安徽創藝彩色製版有限責任公司
印 刷：安徽新華印刷股份有限公司

開 本：787×1092 1/16
印 張：26.75
字 數：372 千字
版 次：2014 年 10 月第 1 版 2014 年 10 月第 1 次印刷
本册定價：220.00 元
全套定價：5480.00 元

國家清史編纂委員會出版委員會

主　任　戴　逸

執行主任　馬大正

委　員　卜　鍵　朱誠如　成崇德　郭成康

潘振平　徐兆仁　鄒愛蓮

學術秘書　赫曉琳　李　嵐

總序

戴逸

二〇〇二年八月，國家批准建議纂修清史之報告，十一月成立由十四部委組成之領導小組，十二月十二日成立清史編纂委員會，清史編纂工程於焉肇始。

清史之編纂醞釀已久，清亡以後，北洋政府曾聘專家編寫清史稿，歷時十四年成書。識者議其評判不公，記載多誤，難成信史，久欲重撰新史，以世事多亂不果。中華人民共和國成立後，中央領導亦多次推動修清史之事，皆因故中輟。新世紀之始，國家安定，經濟發展，建設成績輝煌，而清史研究亦有重大進步，學界又倡修史之議，國家採納衆見，決定啓動此新世紀標志性文化工程。

清代爲我國最後之封建王朝，統治中國二百六十八年之久，距今未遠。清代衆多之歷史和社會問題與今日息息相關。欲知今日中國國情，必當追溯清代之歷史，故而編纂一部詳細、可信、公允之清代歷史實屬切要之舉。

編史要務，首在採集史料，廣搜確證，以爲依據。必藉此史料，乃能窺見歷史陳迹。故史料爲歷史研究之基礎，研究者必須積累大量史料，勤於梳理，善於分析，去粗取精，去僞存真，由此及彼，由表及裏，進行科學之抽象，上升爲理性之認識，才能洞察過去，認識歷史規律。史料之於歷史研究，猶如水之於魚，空氣之於鳥，水涸則魚逝，氣盈則鳥飛。歷史科學之輝煌殿堂必須巋然聳立於豐富、確鑿、可靠之史料基礎上，不能構建於虚無飄渺之中。吾儕於編史之始，即整理、出版文獻叢刊、檔案叢刊，二者廣收各種史料，均爲清史編纂工程之重要組成部分，一以供修撰清史之用，提高著作質量，二爲搶救、保護、開發清代之文化資源，繼承和弘揚歷史文化遺産。

清代之史料，具有自身之特點，可以概括爲多、亂、散、新四字。

一曰多。我國素稱詩書禮義之邦，存世典籍汗牛充棟，尤以清代爲盛。蓋清代統治較久，文化發達，學士才人，比肩相望，傳世之經籍史乘、諸子百家、文字聲韻、目録金石、書畫藝術、詩文小説，遠軼前朝，積貯文獻之多，如恒河沙數，不可勝計。昔梁元帝聚書十四萬卷於江陵，西魏軍攻掠，悉燔於火，人謂喪失天下典籍之半數，是五世紀時中國書籍總數尚不甚多。宋代印刷術推廣，載籍日衆，至清代而浩如烟海，難窺其涯涘矣。清史稿藝文志著録清代書籍九千六百三十三種，人議其疏漏太多。武作成作清史稿藝文志補編，增補書一萬零四百三十八種，超過原志著録之數。彭國棟亦重修清史稿藝文志，著録書一萬八千零五十九種。近年王紹曾更求詳備，致力十餘年，遍覽群籍，手抄目驗，成清史稿藝文志拾遺，增補書至五萬四千八百八十種，超過原志五倍半，此尚非清代存留書之全豹。王紹曾先生言：『余等未見書目尚多，即已見之目，因工作粗疏，未盡鈎稽而失之眉睫者，所在多有。』清代書籍總數若干，至今尚未能確知。

清代不僅書籍浩繁，尚有大量政府檔案留存於世。中國歷朝歷代檔案已喪失殆盡（除近代考古發掘所得甲骨、簡牘外），而清朝中樞機關（內閣、軍機處）檔案，秘藏內廷，尚稱完整。加上地方存留之檔案，多達二千萬件。檔案爲歷史事件發生過程中形成之文件，出之於當事人親身經歷和直接記録，具有較高之真實性、可靠性。大量檔案之留存極大地改善了研究條件，俾歷史學家得以運用第一手資料追踪往事，了解歷史真相。

二曰亂。清代以前之典籍，經歷代學者整理、研究，對其數量、類別、版本、流傳、收藏、真僞及價值已有大致瞭解。清代編纂四庫全書，大規模清理，甄别存世之古籍。因政治原因，查禁、篡改、銷燬所謂『悖逆』、『違礙』書籍，造成文化之浩劫。但此時經師大儒，聯袂入館，勤力校理，盡瘁編務。政府亦投入巨資以修明文治，故所獲成果甚豐。對收録之三千多種書籍和未收之六千多種存目書撰寫詳明精切之提要，撮其內容要旨，述其體例篇章，論其學術是非，敘其版本源流，編成二百卷四庫全書總目，洵爲讀書之典要、後學之津梁。乾隆以後，至於清末，文字之獄漸戢，印刷之術益精，故而人競著述，家嫻詩文，各握靈蛇之珠，衆懷崑岡之璧，千舸齊發，萬木争榮，學風大盛，典籍之積累遠邁從前。惟晚清以來，外强侵凌，干戈四起，國家多難，人民離散，未能投入力量對大量新出之典籍再作整理，而政府檔案，深藏中秘，更無由一見。故不僅不知存世清代文獻檔案之總數，即書籍分類如何變通，版本庋藏應否標明，加以部居舛誤，界劃難清，亥豕魯魚，訂正未遑。大量稿本、鈔本、孤本、珍本，土埋塵封，行將澌滅。殿刻本、局刊本、精校本與坊間劣本混淆雜陳。我國自有典籍以來，其繁雜混亂未有甚於清代典籍者矣！

三曰散。清代文獻、檔案，非常分散，分別庋藏於中央與地方各個圖書館、檔案館、博物館、教學研究機構與私人手中。即以清代中央一級之檔案言，除北京第一歷史檔案館所藏一千萬件以外，尚有一大部分檔案在戰爭時期流離播遷，現存於臺北故宮博物院。此外，尚有藏於沈陽遼寧省檔案館之聖訓、玉牒、滿文老檔、黑圖檔等，藏於大連市檔案館之內務府檔案，藏於江蘇泰州市博物館之題本、奏摺、録副奏摺。至於清代各地方政府之檔案文書，損毀極大，但尚有劫後殘餘，璞玉渾金，含章蘊秀，數量頗豐，價值亦高。如河北獲鹿縣檔案、吉林省邊務檔案、黑龍江將軍衙門檔案、河南巡撫藩司衙門檔案、湖南安化縣永曆帝與吳三桂檔案、四川巴縣與南部縣檔案、浙江安徽江西等省之魚鱗册、徽州契約文書、內蒙古各盟旗蒙文檔案、廣東粵海關檔案、雲南省彝文傣文檔案、西藏噶厦政府藏文檔案等等，分別藏於全國各省市自治區，甚至清代兩廣總督衙門檔案（亦稱葉名琛檔案），英法聯軍時遭搶掠西運，今藏於英國倫敦。

清代流傳下之稿本、鈔本，數量豐富，因其從未刻印，彌足珍貴，如曾國藩、李鴻章、翁同龢、盛宣懷、張謇、趙鳳昌之家藏資料。至於清代之詩文集、尺牘、家譜、日記、筆記、方誌、碑刻等品類繁多，數量浩瀚，北京、上海、南京、廣州、天津、武漢及各大學圖書館中，均有不少貯存。豐城之劍氣騰霄，合浦之珠光射日，尋訪必有所獲。最近，余有江南之行，在蘇州、常熟兩地圖書館、博物館中，得見所存稿本、鈔本之目録，即有數百種之多。

某些書籍，在中國大陸已甚稀少，在海外各國反能見到，如太平天國之文書。當年在太平軍區域內，爲通行之書籍，太平天國失敗後，悉遭清政府查禁焚燬，現在中國，已難見到，而在海外，由於各國外交官、傳教士、商人競相搜求，攜赴海外，故今日在外國圖書館中保存之太平天國文書較多。二十世紀，向達、蕭一山、王重民、王慶成諸先生曾在世界各地尋覓太平天國文獻，收獲甚豐。

四曰新。清代爲傳統社會向近代社會之過渡階段，處於中西文化衝突與交融之中，産生一大批内容新穎、形式多樣之文化典籍。清朝初年，西方耶穌會傳教士來華，携來自然科學、藝術和西方宗教知識。乾隆時編四庫全書，曾收録歐几里得幾何原本，利瑪竇乾坤體儀，熊三拔泰西水法、簡平儀説等書。迄至晚清，中國力圖自强，學習西方，翻譯各類西方著作，如上海墨海書館、江南製造局譯書館所譯聲光化電之書，後嚴復所譯天演論、原富、法意等名著，林紓所譯茶花女遺事、黑奴籲天録等文藝小説。中學西學，摩蕩激勵，舊學新學，鬥妍争勝，知識劇增，推陳出新，晚清典籍多别開生面、石破天驚之論，數千年來所未見，飽學宿儒所不知。突破中國傳統之知識框架，書籍之内容、形式，超經史子集之範圍，越子曰詩云之牢籠，發生前所未有之革命性變化，出現衆多新類目、新體例、新内容。

清朝實現國家之大統一，組成中國之多民族大家庭，出現以滿文、蒙古文、藏文、維吾爾文、傣文、彝文書寫之文書，構成爲清代文獻之組成部分，使得清代文獻、檔案更加豐富，更加充實，更加絢麗多彩。

清代之文獻、檔案爲我國珍貴之歷史文化遺産，其數量之龐大，品類之多樣，涵蓋之寬廣，内容之豐富在全世界之文獻、檔案寶庫中實屬罕見。正因其具有多、亂、散、新之特點，故必須投入巨大之人力、財力進行搜集、整理、出版。吾儕因編纂清史之需，賈其餘力，整理出版其中一小部分；且欲安裝網絡，設數據庫，運用現代科技手段，進行貯存、檢索，以利研究工作。惟清代典籍浩瀚，吾儕汲深綆短，蟻銜蚊負，力薄難任，望洋興嘆，未能做更大規模之工作。觀歷代文獻檔案，頻遭浩劫，水火兵蟲，紛至沓來，古代典籍，百不存五，可爲浩嘆。切望後來之政府學人重視保護文獻檔案之工程，投入力量，持續努力，再接再厲，使卷帙長存，瑰寶永駐，中華民族數千年之文獻檔案得以流傳永遠，霑溉將來，是所願也。

二〇〇四年

前言

桐城派興起於清代康熙之際，延續至民國初年，前後達兩個世紀之久。其陣營之壯大，内涵之豐富，在中國文化學術史上，實屬罕見。近百年來，社會變遷，貶之者較多，譽之者亦不乏人，分歧頗大。自上世紀八十年代以後，在解放思想大潮的推動下，不少學人已不約而同地認識到：作爲清代文化學術領域内一種重大的存在，桐城派是一個繞不過去的話題。可以説，没有對桐城派系統、深入的研究，要想寫好清代文學史、學術史、文化史，當非常困難。而且，不少桐城派作家的社會實踐活動，涉及清代社會的諸多方面，如政治、經濟、軍事、教育、學術、文藝等，有些影響至爲深遠；且其詩文中史料甚豐，值得治史者細心發掘。然而，由於種種原因，桐城派所受到的學術關注，還很難説與其重要的歷史地位、影響相稱。很多研究有待於深化，不少的領域還是空白。文獻資料的搜尋、整理則長期停留在分散、零星的狀態。

桐城派名家文集係國家清史編纂委員會文獻組的規劃項目。此項目的確定與實施，無疑使桐城派文獻資料的整理工作邁入了一個新階段。其便利學人，推進桐城派研究的作用，自不待言。桐城派自興起、形成，歷經發展、變化，兩百多年中，直接或間接與桐城派相關聯的作者，可能近千人。影響所及，北達京都，南逾五嶺，東及吴越。文獻遺存十分豐富。我們此次從其發展過程中選擇各個階段的若干代表人物的文集，編纂整理，試圖爲廣大讀者提供一套大體上能體現桐城派不同階段特徵的文獻資料；在以歷史發展綫索爲主的基礎上，適當兼顧地域的因素。本着上述意圖，文集收入的作家爲：戴名世、方苞、劉大櫆、姚範、姚鼐、吴德旋、陳用光、方東樹、姚椿、管同、劉開、姚瑩、梅曾亮、吴敏樹、曾國藩、龍啓瑞、戴鈞衡、王拯、方宗誠、張裕釗、黎庶昌、薛福成、吴汝綸、賀濤、范當世、馬其昶、姚永樸、姚永概，共二十八人。持此一編，基本上可以感知桐城派演化的不同階段的根本特徵，亦能從中窺探清代社會某些方面的情景。

文集分甲、乙兩編。甲編收入姚範、吴德旋、陳用光、方東樹、姚椿、管同、劉開、姚瑩、吴敏樹、龍啓瑞、戴鈞衡、王拯、方宗誠、薛福成、馬其昶、姚永樸、姚永概等十七位作家詩文集。因爲在本項目擬訂規劃時，上述十七位作家的詩文尚未見到整理本出版，所以此次編纂、整理時，盡力求全：在對其已刊刻作品進行校勘、標點的同時，又儘可能蒐集其未刊稿，希望由此提高資料的完整性。乙編爲戴名世、方苞、劉大櫆、姚鼐、梅曾亮、曾國藩、張裕釗、黎庶昌、吴汝綸、賀濤、范當世等十一位作家的文章選集。上述作家，或爲桐城派開宗立派的大師，或爲推進桐城派轉變、發展的巨匠，其詩文本當全部匯録，但考慮到均已有整理本出版，因此本文集以其文選入編，雖然未能以全貌示人，但經過編者認真選擇、整理的文選，當亦能在基本方面體現出各位作家的文章風貌。

國家清史編纂委員會、國家清史編纂委員會項目中心與文獻組對桐城派名家文集的編纂十分重視，給予了多方面的指導與扶持。安徽省哲學社會科學界聯合會、中共桐城市委員會、桐城市人民政府從始至終對整理工作提供各項支持，諸多實際困難得以化解。顯然，若無上述各方面的關心，文集必然很難完成。時代出版傳媒股份有限公司安徽教育出版社一向重視文化傳承，扶持學術，毅然承當了文集的出版工作。在此，謹對一切關心、支持本項目的機構、人士深致謝忱！

桐城派名家文集乃是文化學術界第一次較大規模的桐城派文獻資料整理工程，難度可想而知。而我們則學力有限，每每有力不從心之憾。因此，文集内難免有不少疏誤之處。出版之後，希望得到廣大讀者的積極回應，給予指正。

嚴雲綬　施立業　江小角

二〇一一年九月廿五日

凡例

一、桐城派名家文集分甲、乙兩編；甲編收入姚範、吴德旋、陳用光、方東樹、姚椿、管同、劉開、姚瑩、吴敏樹、龍啓瑞、戴鈞衡、王拯、方宗誠、薛福成、馬其昶、姚永樸、姚永概等十七位作家詩文集，乙編爲戴名世、方苞、劉大櫆、姚鼐、梅曾亮、曾國藩、張裕釗、黎庶昌、吴汝綸、賀濤、范當世等十一位作家選集。

二、凡收入甲編的名家文集均保持其原刻本編次。不同年代刊行的文集或詩集按其刊刻年代先後編排。有輯佚稿者按文、詩分類編年，附於原刻文集之後；年代不明者，酌情處置。

三、每位作家文集前之整理説明，簡要説明作家、著作版本的主要情況。甲編各文集後附録清人所撰寫的年譜、附記、墓志銘等相關資料。

四、底本之選擇兼顧底本完整性與準確性兩原則。若兩者不能兼顧，則以訛誤少、校刻精之本作底本，其殘缺部分以他本配補。

五、凡底本不誤而他本誤者，一般不出校記。

六、底本之明顯的版刻錯誤，如因形近致誤的『己』、『已』、『巳』之類，可以依據上下文予以辨識者，逕改之，不出校記。

七、凡底本之訛、脱、衍、倒，確有實據者，予以改正，并以符號標識。以圓括號表示誤字或應删之字，改正之字置於括號後；以方括號表示增補之字。

八、文中脱漏、殘缺或難以辨識之處用方框表示。

九、底本與他本文异，但義可兩通、難以取捨者，以校記説明。一般虚字有异而文義無殊者，可不出校。

十、文字盡量保持原貌，通假字、异體字一般均依原文，不改爲現代通行體，亦不求統一。過於冷僻之字可酌改爲通行字。文中如有外文詞語之翻譯與現在通行譯法不同者，不作改動，仍存原譯。同一譯名在文集中前後相异者，亦存原譯，不予統一。

十一、校記力求簡短，摘引正文時僅舉所校詞語。校記置於該篇篇末。

十二、文中引文與原書小异但不失其本意者，不改動亦不出校。節引原書文字大异且失其原意者，出校説明，但不改正。

十三、標點符號依照一九九六年中華人民共和國國家標準《標點符號用法》的規定使用。考慮到古代漢語的特點，原則上不使用省略號、破折號、着重號和連接號。

十四、凡直接引用的文字用雙引號表示，若引文中復有引文，則加單引號。古人引書多述其大意或節略其文，凡此等處不用引號。

總目

吴汝綸選集

點校　徐成志

整理説明

吴汝綸（一八四零——一九零三），字摯甫，一字摯父，桐城（今屬樅陽）人。晚清文學家、教育家，也是桐城派后期作家。同治四年進士，曾先后任曾國藩、李鴻章幕僚及深州、冀州知州，長期主講蓮池書院，晚年被任命爲京師大學堂總教習，并創辦了名校桐城中學。

吴汝綸一生著述甚豐。殁后一年，其子吴闓生編次桐城吴先生全書付刊，内含經説（易説二卷、尚書故三卷、夏小正私箋一卷）。文集（四卷）、詩集（一卷）、日記（十二卷未刻）、尺牘（五卷，補遺一卷、喻兒書一卷）等。此外尚有深州風土記東游叢録等多種。近年黄山書社安徽古籍叢書出版了施培毅、徐壽凱校點的吴汝綸全集，集中收録了吴汝綸文集詩集易説尚書故夏小正私箋尺牘東游叢録日記等，并補輯了部分逸作，系迄今收録吴氏著作最全的一部别集。

本篇選集以清刻桐城吴先生全書中的文集四卷尺牘五卷和喻兒書爲底本，參校施、徐全集本，從中選輯包括論説、序跋、記傳、碑銘、書札等各種體裁的吴汝綸代表作一百零二篇。吴汝論是桐城派晚期文學大師，又是近代著名教育家、思想家。選文不僅要反映他對桐城派的繼承、開拓和文學主張，還要盡力反映他的教育觀念、西學思想，以及在文學創作、教育實踐方面的追求和成就。選文時盡可能考慮到這些方方面面。所選文章全部按照其文在文集和尺牘各卷中的順序依次排列。希望它能成爲吴氏煌煌巨著的一部縮微作品。

徐成志

二零一零年十二月十日

目録

文集一

臺箴

昔在三后，直言是輔。導於卿士，庶人瞍瞽。有儒不矢，招之以鼓。彼辨亂政，其吭則斧。諫為專職，始東郭牙。厥有言責，子輿是區。降秦及明，獬冠齒齒。孰回而祟，孰匡而圮。唐宋悴荒，式爽厥聰。令以風聞，而辱臺是觵。使巫論藥，祝議匠作。有閉而口，法隨汝後。既挺乃急，哆侈罔極。厥主弗寤，匪訐惟直。曰予不自聖，汝罔或默。直不可以驟求，枉不可以亟收。厖言壅離，用墟厥居。故鄂鄂以興，亦喋喋以崩。仰覽前辟，度言用繩。後世失厥衡，乃替乃陵。恢恢之度，庸主以之逢訴。巖巖之刑，庸主以之拒爭。明湜淫威，帝祚我聖清。遠揆皇古，近懲往明。辟是四聰，靡言不容。忠不可不選，奸不可不遠。兩聽生惑，弦弛則反。臺臣司諫，敢告執簡。

讀荀子一

自太史公以孟荀合傳，其後劉向、揚雄、韓愈、歐陽修之徒，皆並稱孟荀。程朱繼出，孟子之傳始尊。而初漢之時，荀氏獨為言禮之宗，其傳尤盛。荀氏宗旨，亦歸於聖人，其異孟子者，惟謂人性惡，以善為偽耳。然世言孟子論性，本有未備，故宋儒輔以氣質之說，實已兼用荀子。要之，聖人皆未言此。吾謂孟子固嘗以聲色臭味安佚為性矣。其言性善，蓋本氣質純美，又病學者外仁義不為，而溺於聲色臭味安佚之中，故曰君子不謂性，是亦榜檠矯直之意。而荀子則氣質不如孟子，由困勉而得，遂專以化性教人，夫亦各言其性之所近而已。且孟荀之言皆貴學，不恃性。孟子曰：『人皆可以為堯舜。』荀子亦曰：『涂之人可為禹。』其以善為偽，而自釋以可學而能，可事而成，又即孟子孜孜為善之指。此其所以同也。

昔孔子罕言命、仁，以詩、書、藝、禮為教，當時列徒親炙聖人。一傳而後，言禮者已各不同，其與聞性道則曾氏一人而已。孟子晚出，私淑而得其宗，然於禮樂之意，鮮所論列。而荀卿則以為人不能生而為聖人，必由勉強積漸而至；勉強積漸，必以禮為之經緯蹊徑。故其為學達乎禮樂之原，明乎先王以禮制治天下之意。其言皆程於隱括，非知和無節、明自然流極放恣者比。而謂養欲給求、知通統類，又未嘗以禮為桎梏也。非得聞於孔子之文章者歟！至其非十二子，或據韓詩外傳，無子思、孟子，此又非荀氏之舊；且其言不足為卿病也。夫學者之傳，源遠則末益分，故孔子之後，儒分為八。當孫卿之世，吾意子思、孟子之儒，必有索性道之解不得，遂流為微妙不測之論者，故以僻違閉約非之。又其時騶衍之徒皆自託儒家，故史記以附孟子。卿與共處稷下，所謂聞見博雜，案往舊造說五行者，謂是類也。卿又言法後王，與其平日小五霸師聖王之意不合。然謂五帝之外無傳人，五帝之中無傳政，則亦病騶衍之徒遠推上古、窈冥怪迂而為是說耳。所謂後王，即三代之聖王也。豈嘗繆於聖人哉！

大抵孟荀之學皆出孔子，故子雲譏其同門異戶。荀子好言仲尼、子弓，子弓特其傳易師；而卿之學要為深於禮，其非十二子又並稱仲尼、子游，子游亦深於禮。吾意卿者其學於子游之徒歟？孟氏傳自曾子，而檀弓記子游論禮，曾子每不能逮，此孟荀之傳所自分也。

代陳伯之答丘遲書

伯之不肖，虧損名字，孤負國恩，越境待罪，忽復四載，南望丘隴，神魂飛越。信至勤宣令德，敦誘備至，然猶有未達鄙心者，請略陳固陋。

伯之昔仕故齊，遭逢末祚，刀敕用事，梅、茹驕橫，每懼見圖群小，卒與禍會。主上偉略應運，仗義荆雍，遠勤使問，託以心膂。私念逢時遇主，自古為難，棄昏就明，達人所尚，不敢抱咫尺之義，徇拘攣之見，遂乃委身歸命，倒屣迎師。於斯時也，大藩千里，棄之若遺，愛子在都，不敢有戀，士為知己者用，雖絕吭斷脰，披肝隳膽，且將不惜，尚何臺榭之足顧，妻妾之足云乎！義旍東指，進逼秣陵，猥蒙聖恩，授畀軍任，壁籬門，薄西明，提偏軍，對勍敵，委質伊始，奮欲圖功，每遇降人，呼問臺事，卒使危城薦壁，朝士膝袒。伯之不才，不敢貪天為功，若以自結於明主，亦云幾矣。

大梁革命，還鎮本州。方思招附豪俊，為國捍城，孰寤娥眉遇嫉，明珠遭嗔，樊沔舊人以新降進讒，臺省文吏以功伐見妒。謂懷反側，頗涉猜防，遺尺寸之勞，錄丘山之過。別駕鄧繕績效卓著，長流參軍朱龍符驍勇冠時，並皆久贊賓僚，深資忠益，迭被臺敕，勒使罷遣。男兒立功立事，開藩析土，亦願俯庇群下，快意自娛。今乃搖手舉足，輒蒙檢制，與吏民語，何以為顏！此則有死而已，誰能屈身汙行，以事左右勳戚之臣，回面腆悶，以對刀筆舞文之吏乎！屢披情素，未蒙矜許。會鄭伯倫、程元沖等默探上旨，曲求親媚，倖功邀利，乘險迫人，或起兵見拒，或突入相攻，倉卒驚擾，罔知所措。而征南之軍已逹柴桑，議者不察，見謂謀反有端。伯之雖甚不肖，亦頗識可否之勢矣。當夫襄漢始起，郢魯未降，弱息方整援師，本鎮尚多見力，搤咽喉之形，成犄角之勢，韓白復起，不能為謀。逮乎臺城被攻，精甲尚有七萬，列朱雀之陣，麾白虎之旛，兩敵重輕，視吾左右，不以此時希圖至計，天下已定，乃欲舉一州之眾，抗天子之威，此乃淮陰所為銜冤於兒女、絳侯所以被屈於獄吏也。嗚呼！希範子謂伯之顧出此哉？

夫人不能早自托於君家，及乎罪至，即束身聽刑，仰藥明志，亦復何難。顧念主恩莫酬，壯志未就，雉經溝瀆之中，膏血鈇鑕之上，天下後世且曰『陳伯之反覆小人，背叛嬰誅』，則辱在百世，死不瞑目；且使興朝有殺戮功臣之名，烈士有人人自危之意，甚非所以重朝廷而忠陛下也。夫射鉤斬袪，明主尚不以為疑，豈以大梁受命，駕馭群雄，不推赤心置人腹中，自翦羽翼，顧謂得計！慈母受譖，投杼自驚；孝子被撻，大杖則走。用是渡江北竄，暫逭天威，冀他日或垂矜宥，更賜收錄耳。雖潛身異國，豈嘗須臾忘本朝哉！昔樂毅逃燕，不失見幾之智；信陵居趙，寧為改節之行；以古方今，竊慕芳躅。而執事者云云，遂謂伯之屈節虜廷，絕義故主。丈夫一身，豈能再辱？子尚疑此，夫復何言！

方今北敵尚強，西蜀不靖，豈宜久棄壯士以資敵國！若使聖朝追叙前勞，更俾逋臣獲申幽憤，憐其擇木之智，察其被讒之由，雪其逆節之誣，鑒其逃誅之隱，行當持繞朝之策，為治父之囚，歸罪闕廷，伏受處分。至於總戎北征，吊民洛汭，則舊部未散，堅甲猶存，伯之雖老矣，尚能負弩前行，揚鞭深入。萬一屍裹馬革，元歸狄人，揆之夙心，實已無憾。

重辱嘉惠，敢布腹心。伯之頓首。

答陳樸園論尚書手札

大著今文尚書考，扶千秋之微學，羅百氏之舊聞，世業遠媲乎向歆，專家近掩乎孫段。自枚賾古文專行於世，即馬鄭遺說亦就散亡，若歐陽、夏侯之學，則更廢墜失傳，莫可考引。是以我朝樸學諸公得漢人片言，寶若彝鼎，而三家之學，絕無有尋其墜緒者，閣下獨旁搜遠紹，輯成歐陽夏侯遺說考，洵為前哲所未逮。

至如泰誓一篇，武帝末始出自二劉父子，馬鄭諸儒均以為後得之書，其非伏生所傳無疑。史記·周本紀所載誓辭數十言，蓋如殷紀之載湯誥，皆史公網羅放失而存之者。其時民間所獻之大誓猶未出也。王伯申乃曲證其傳自伏生，殊不足據。『白魚、赤烏』出於大傳，本紀以為九年觀兵時事，其下十一年云：『武王乃作大誓』，則九年未作大誓甚明。而後出之大誓有『赤烏』等說，明與史記不合，此自後人割取大傳、史記而誤合之者。又其時左傳、國語、孟子諸書未出，亦未能刺取以彌其闕。江艮庭強釋馬融之疑，實非衷論。章句即偶有脫遺，何至諸書所引無一見存者耶？閣下既信大誓非伏生所傳，而猶取江氏之說，似尚未安。

又謂書序真孔子作，而以足廿九篇之數，亦仍有可疑者。唐孔氏謂伏生廿九卷而序在外，蓋以伏生所得廿九篇及安國以古文考廿九篇皆主本經為言，不應兼及序說，而儒林傳稱張霸分析廿九篇又采左氏傳、書序云云，尤為序不在廿九篇之確證，竊謂書惟古文有序，今文則伏生於經尚亡數十篇，無緣更存序文。古人經、傳別行，古文既入中秘，其序自傳人間，故張霸得以采取，非今文自有序為張霸所采也。詩三家序彼此不同，今文書若有序，安得與古文略無異義？況伏生篇弟盤庚合為一篇，康王之誥合於顧命，又自與序牴牾耶？世家稱孔子序書，漢志亦稱孔子篹書凡百篇而為之序，所謂序者，殆如易之序卦。法言云：『昔之說書者序以百。』溫公訓『序』為篇之次第，是也。若謂孔子作書序，則有以決其不然。伏生書，堯典本為一篇，而舜典序謂『堯使嗣位，歷試諸艱』，此則同於姚方興之分題矣。孟子太甲放桐前後凡六年，而伊訓序謂放桐三年，則同於枚賾之古文矣。今知枚姚之偽妄而顧信序為孔子作，豈非知二五而不知十耶？愚意大誓即屬後得，今文又本無序，則古經止廿八篇。漢志稱廿九卷者，班據別錄作志時，後出大誓已合於經也。史記云伏生得廿九篇者，又後人據班書改之者也。孔臧言廿八篇象廿八宿，臣瓚漢書注亦言當時學者謂尚書唯有廿八篇，是知史記本亦言廿八篇矣。若如閣下所云伏生與兩夏侯同為廿九篇，伏生則數小序不數大誓，夏侯則數大誓不數小序，篇數雖同，篇名各異，恐非其實也。

覽尊著服其精博，愧無以相益，聊獻所疑如此，若有未然，不憚互質。

張薊雲墓碣銘

君諱懋纖，字薊雲，四川漢州人。少孤貧，豪縱尚氣自喜，不能徽引墨削，有口辨，每稠坐，論議風發，眾張目息聲，不能儳一言半辭。始為秀才，不樂隨諸生兀兀伏幾上讀書求舉，或勸之，即笑謝曰：『公等貴富人，無與吾事！』日走街閭，從諸少年飲博謳唱嬉遊。其友蕭廉甫世本誠之曰：『子有老母，奈何自恣肆如此！』君愧謝請改，實無絲毫聽信意。後復從少年遊，遇廉甫，急走避，不得，色發赤。廉甫曰：『是固慚我言，易與矣。』時陝西巡撫劉公蓉為四川布政使，名愛士。廉甫為言，劉公月廩給其母妻，即己所居一室三分割取其二，設幾榻筆硯書史之屬畢具，日坐君於牖下請共學。會督學使者按試至，君曰：『使者中無有而欲強取名，可恧也。』則就廉甫所以居，比試，所為文皆刺取司馬相如、揚雄辭賦中奇字，覽者至不可句。學使果大驚，弟之冠其曹，遂為選拔貢生。

劉公遷帥陝西，以君偕往。君故人涪州周靄齡為漢中守，會回逆圍漢中數月，守援絕力戰以死。君聞，即提卒三百踔漢中，闖賊壘，求得守屍積骸中，抱持大哭，挈其遺孤女以出，輦喪還軍，即坐上數劉中丞不救漢中圍，致國家失奇節士。中丞忿詈。君即夜辦裝，遲明披衣上道西還，入劍閣不顧。道夢漢中守具冠服來謝，且語君曰：『帝遣我視師關中，吾欲辟子為從事。』君曰：『諾。』寤而占之，以為不祥。比還蜀，遂得疾以卒，年才廿餘。方疾篤時，語人曰：『蕭廉甫長者聞吾遂至此，且大慟！』母夫人不忍其言而泣，君慰解之。已而使家人為散髮，挽兩鬟左右，起坐床上，取常所吹笛吹之，笛音淒清感人。罷笛欲歌，氣才屬，不能載其聲，放笛還就枕，遂卒。有一子尚幼。

廉甫交友篤至，後與余同客曾相國所，數為余談君生平，曰：『子曷為我志張君，他日將伐石列之墓上。』遂為銘。

送蕭渠卿序

得地長短僅百里，臨之以六七級之上官，羈束之以二百餘年遞積遞增之成法，畀之以數百大萬橫目之民，使治其曲直緩急生死，此當世州縣吏之所為也。亦綦難矣！

然而賢哲之士或往往甘心者，彼皆有所棄、有所就。不可於上而守吾法，不可於法而利吾民，不可於民而行吾志與吾學，是數者固將有一得也。不可於上而守吾法有之矣，不可於法而利吾民有之矣，不可於民而行吾志與吾學，所謂志與學者何歟？夫非以為民歟？民有不可，而志與學將可篤信歟？曰：吾所謂不可，非真不可也。吾方字之而若棄之，吾方恢之而若虧之，彼不知吾之字且恢也，而見以為棄虧，則不可於意矣。吾學之未成，吾才之不足赴吾志，而以周旋於上，與民與法之間，誠不知其可也。學成矣，才足以赴吾志矣，而顧舍之，而上以徇上，中以徇法，下以徇民，其為徇一也。士貴能自樹立耳！齒朝之士、薦紳之徒，其是非可不，顧猶不可勝聽，乃今取悅於蚩蚩然橫目之氓欲以決吾進退哉！曰：今之所謂循吏者與此異。曰：吾固不為今之循吏者言也，奚而不異？

富順蕭渠卿選於吏部而令奉化，吾與之言同，於其行遂書之。

高郵董君墓誌銘

董氏其先，元集慶人，遷來高郵，始至正間。在明永樂，翰林諱璘，以忤王振，遂歸棄官。籍記在史，種德及裔，曠不世仕，於鄉行義。有綏祖者，國子監生，君曾大考，其門州旌。金人於炭，炭人不知，公市而得，更持與之。娶婦王氏，德偶行妃，方冬憐寒，褫身所衣，既易而新，仍前之為。是生有臺，臺生之鏞，再世諸生，世其義風，為君祖考，家瘠道豐。考娶吳氏，實始生君，君諱丙元，字曰燧臣。孝於其親，及其弟昆，昆殂孤遺，君實父之。以其恩紀，旁逮鄙里，比竈十數，恃君而火。孰寒孰孤，孰呻孰痛，孰壯無室，女不得夫，孰填壑渠，橫骸瘠枯，君一周之，同其有無。以襦以哺，以夫以家，以封以揄，以收其胔。以止勞呼，百槁以濡，而身癯癯，而家負逋。人或君德，君讓弗克，有蘊不施，此小何力。其於交友，又以義取，聞人一長，譽不容口，不可於義，譙不少假。及君之疾，問者咽門，或出禱祈，天活善人。正月五日，光緒改元，六十有八，君之卒年。

始君在塾，有突不黔，持棉貿粟，有母來饁，棉鬻不時，日佚而饑。己饑何苦，人饑是憂，如君而纍，希文之儔。君之發憤，肆力於文，周秦兩漢，洎唐、宋、元，傳記諸子，百家之言，手所寫錄，衺高如山。試於有司，十進十黜，門牆小生，振翮群飛，人或君惜，君忿然作：『何得何失，我道孔碩！匹婦失所，古之人恥，苟竊名祿，非吾孫子。』此君顧言，以誡後嗣。

君文美矣，行稱其世，曷不有位，宜騫而躓？州貢太學，用諸生老，籍於吏部，候選訓導。唯其不有，以昌其後，有子三人：對廷覲廷，又次曰倫，皆賢有聲。倫及覲廷，為州學生，對廷進士，戶部主事。褒君能教，在帝之誥，覃恩加秩，大夫奉直。君娶於宋，宜人是封。孫男有二：增祿增弟。君卒□歲，卜君葬地，□□之原，日吉月利。

孤摭君遺，乞文以誌，銘君墓者，吳氏汝綸，對廷之友，同賜出身。對廷嶽嶽，在職有操，忽如不樂，以歸養告。窮而益高，不易其軥，祖考之蓄，逮君猶鬱，君祉所委，庶其在此。

送曾襲侯入覲序

岸大海憑島嶼裂土而治者以百千數，中國恃海為險，自古絕不通。聖清有天下，聲教桄被，東首致水土物款關求市者卅有餘國。其強大者輒遣使詣闕下，置邸第，通聘好，以號令其人，邊吏失控馭，得自直於天子，不能以一國之法治也。其人好深湛之思，其為學無所謂道也，器數名物而已。其為治無所謂德厚也，富強而已。其術業父子世繼，以底其成。其政令上下共聽，以謀其當。其法由至粗者推之極於至精，以至近馭至遠，以至輕運至重。自天地之氣，萬物之質，皆剖析而糅合之，以成其用。其上之所教，下之所學，一也。其飲食、衣服、語言與中國絕殊，中國之人不習也。其於中國聖人所謂父子君臣夫婦之禮、道德之說、詩書之文，渺然不知其何謂，若爰居之於九奏也。學士大夫尤簡賤之，以為中國至尊，外國至卑，彼安有善哉！嗟乎！天下之變，窮而未有已，方其未變，聖人不能預謀；及其既至，有不能測其終極者也；非閎偉奇特非常之材，誰與領此者！昔者，中國之勢嘗變矣，太傅文正公亟而持之，到今天下受其賜。君侯為太傅冢嗣，學贍而有文，才高而能博，太傅深器之，自太傅在時已嘗潛討天下之變，求所以康濟之，又益究通四夷之學，殆所謂閎偉奇特非常之材者也。今襲爵為侯，將入覲，道途所經，有進見者退皆伏曰：『太傅為不死矣。』汝綸自少居太傅門下，獲與君侯交，間獨以為，國家方以懷柔遠方為事，君侯之材固天子與大臣所側席求者，繼太傅勳伐以世其家，將於是乎始。若夫太傅功在社稷，天子睠懷舊勳，必有以寵異君侯者，蓋又不足為君侯道也。

答王晉卿書

辱示中庸說篤守家法，搜討滯墜，如釋篇題取廣雅『庸和』之訓，及中間考論禮制，皆極精鑿；其他古義至多，雖乾嘉諸老儒見之，皆當畏服，況若汝綸之寡學乎！敬佩敬佩！

往歲與武昌張廉卿商論中庸，連日夜不倦，以為古人著書，未有無所為而漫言理道者。子思之為中庸，以後世例之，蓋即仲尼之行狀也。其數數稱述仲尼之言，若史記・孝文紀備載詔令者等比；仲尼布衣，無功烈顯著，獨其言貴耳。其稱『依中庸，遯世不悔，惟聖者能之』，『聖者』非他，謂孔子也。其言『大德必受命』，在下位不可治民，蓋傷仲尼有天子之德無其位，不能製作禮樂，徒以俟百世聖人，為不遇時也。然古之君子，不以遇不遇輕重。仲尼兼包數聖人之德，亦一天地也，至乃六合之內，有血氣莫不尊親，身世位遇，曾何足云！所謂依中庸不見知無悔者為此。蓋非後有達天德如仲尼者，不足以知之矣。揚子雲文學之士耳，尚有待後世之子雲，況仲尼乎？此中庸之大歸也。儒者說之失其指趣，於是中庸之言，與匡稚圭之文、枚賾之偽尚書殆無以異。獨鄭康成謂子思以昭明聖祖之德，此古今特識也。至其為說，小小者不能無失。如以『追王』為改葬，經所本無。又以『大經』為春秋、『大本』為孝經，皆逞臆無據。使其言然，作書者何不明稱之為春秋為孝經，而乃深沒其名，待後儒之解說乎？

朱子鉤釽章句，繆繞文義，不足厭後學者之心。至謂『素隱』為索、『示掌』為視，本於封禪書、藝文志，不可易也。易言『索隱』，自與此異。猶大德、小德，古多以天子諸侯為言，若此經及論語所言大德、小德，自與他經傳異言，豈一端而已。『費隱』之費為『用之廣』，於文宜爾。招魂『費白日』，王逸解『費』為『光貌』，古『光』『廣』同字，費可為光，亦可為廣也。此數者，皆不得以朱說為過。

孔子之道大矣！自子貢門人之高弟與聞文章，乃謂性、天道不可得聞。是後表章孔子，惟中庸、史記為著。孔子世家記夫子之文章者也，中庸記夫子之性道者也。鄭氏之說中庸以文章說者也，朱子以性道說者也。其淺深離合之數，學不逮子貢殆不足以定之。獨所謂『木神仁』『金神義』及『二五之精』等說，則汝綸向所不取耳。近儒如戴東原等乃欲取宋賢義理之說，一一以古訓裁之，是乃執文章以議性道，蓋未可也。宋賢於訓詁誠疏矣，子貢不聞性道，豈亦未通其詁耶？周訢有言：子之學將盡行，願以名母為後。吾願今之為訓詁之學者，亦以疏解義理為後也。鄙見如此，敬以奉質。

續示盤庚說，與汝綸暗合者十之三，為汝綸智所不及而閣下獨得之者十之三，其未敢信為誠然者乃三四而已。汝綸塵冗廢學，習尚書卒業尚無期日。今往鄙著一冊，乞不外棄，厚教之，勿以示他人，幸甚！溽暑，想為道珍重，諸惟亮察。不具。

讀文選符命

司馬相如作封禪，自漢明帝以來，不能明也，獨吾縣姚氏父子通其意，以為風諫之作。近武昌張廉卿益著文昌言之，其說既信美矣。吾尤惜劇秦、典引，皆放依相如之意，而世乃病其摭實，而目之曰諛。夫此數子者，文采志意，蓋皆望孔子為依歸而後以關諸百世，其自處審矣，安有中材不屑為，獨冒不韙不顧，輕妄作文字諛人者哉！

夫相如尚矣。及若孟堅之文，唐以來作者輒擯焉不載，宜其狹近易識。而所為典引，讖識錄之不經，圖牒祥瑞之妖妄，而微見漢為堯後、玄丘佐漢等說之怪誕無稽，其立意可謂至章顯，而世顧瞢然莫之辨也，又況其深焉者乎！且相如、孟堅立乎漢之本朝，親見封禪、圖讖之違失，欲言不能，欲嘿不忍，於是發憤而謬悠其詞，以冀主之一悟，其可也。

子雲施之莽世何為者耶？曰此非可以俗論施者也。昔伊尹五就湯、五就桀，孟子實論定之。公山、佛肸召，子皆欲往，事出仲尼，學者不敢議耳。蘧伯玉再出近關，亂定輒返。晏子君弒，受盟崔慶。季路死衛輒之難，高柴逃之，高不苟生，則季為苟死矣。且孔子正名而二子仕衛，不亦詭乎！此皆孔子之高弟弟子，若所嚴事，出處如此。天下之事非一端，君子之處亂世，亦不必皆出於一途，要以潔身不為利，立意較然而已。子雲當王莽時，著書盛稱楚兩龔、蜀莊，而身顧不欲效之；又居貧自守，無徒黨，不能為劉崇、翟義所為。而所為詘身信道，載而之乎萬世者，又非可苟而託也。故其封事曰：『恐一旦先犬馬填溝壑，所懷不章，長恨黃泉。』其稱莽之事『開闢未有』，所為謬稱典文，改制妄作，乃與秦燔詩書、立私議無以異，是泛掃前聖用己私，不能享祐決也。

所謂祥瑞符命，徒回昧壞徹者之祆愆耳，莽乃用以掩飾盜竊，其委心積意，亡秦不足為喻。封禪祠祀，受命者不為，如莽等比宜試為之，以益其威詐而厚其亡耳。其列羲、皇、唐、虞、成周，以著『新』之為乃前古未有之變，而繼以仲尼之春秋，則又自喻其文之所以誅亂臣賊子者。蓋竊取春秋之義，以舒憤懣於當時，而待後世之識者，雖以此誅夷鼎鑊而不悔也。豈直微文刺譏，且若相如之封禪死而乃上者比哉！

嗟呼！莽之不知文，劉子駿之徒之不搆子雲於莽，固皆子雲之不幸，而千百世之後，一有識其心而果其所待者，於子雲抑何加損焉。吾又以為莊生之徒之齊物者悲也。

清河觀察劉公夫人詩序

清河觀察劉公，既喪其良嬪孔夫人，悼念之不弭，乃哀其遺詩為一卷刻之，而使其屬吳汝綸為之序。汝綸讀其詩，至於雕刻山川，憑弔阨塞之作，以為古所稱登高能賦，可為大夫者，殆不是過。而夫人故嘗自恨生不丈夫行，不能助公以奉上德揚職阜人為事，賦詠所寄，累累見之，其志意尤奇也。婦人之職，以酒食中饋織紝為務，卑弱承事人為德。有能通念書冊，習文藝知道理者，世則以為希矣，又況德業、材用、器量，壹仿依於男子如夫人者，豈易得哉！

中國之法，貴丈夫，下婦人。丈夫、婦人，有常名，無常行。丈夫之行也有三，婦人之行也亦有三，有職，有藝，有志。職也者，丈夫婦人分有焉；藝也者，丈夫專之，而婦人兼之；志也者，丈夫、婦人交致焉。職則丈夫也，藝則不能丈夫也，志則不能丈夫也，丈夫名婦人行，且得而丈夫之耶！職則婦人也，藝則不專婦人也，志則不屑屑惟婦人域也，婦人名丈夫行，且得而婦人之耶！丈夫也，婦人也，是時為貴下者也。雖然，丈夫而婦人者多，婦人而丈夫者少，則其貴且下也亦宜。昔者，戰國之時，有犀首、張儀者，丈夫人也，而孟軻氏賓之至夷於妾婦。張子房運籌策佐漢倔起，有天下，成帝業，功勞為多，而太史公見其圖，狀貌乃如婦人好女。而婦人之中，又傳有所謂緹縈、洗夫人者，類不規規以弱女子自嗛，而慨然有烈丈夫之風。以彼所為，與世之大冠長裾，雍容壇坫者校功比權，夫孰雌雄焉？儀、衍、子房，自恒人視之，丈夫之雄也，下是而不如之者多矣。及如緹縈、洗夫人，千百賢婦人中乃一二而已，求一二人於千百人中，誠知其難也。而果有得焉，有不敬畏而誠服者乎？於其亡也，有不憂悲思愁而求所以不亡之者乎？

夫人之詩之美，覽者多能言之。汝綸讀其詞，奇其志，以為殆古之緹縈、洗夫人者比也。序其詩而傳之，庶夫人亡矣猶有不亡者存。光緒某年月汝綸謹序。

記寫本尚書後

古尚書百篇，今存者廿八篇，虞、夏、商、周之遺文可見者盡此矣。漢時書多十六篇，由時師莫能說，不傳，卒以亡，惜哉惜哉！

古帝王之事與後世同，其所為傳載萬世，薄九閡，彌厚土不敝壞者，非獨道勝，亦其文崇奥，有以久大之也。揚子雲最四代之書，以為『渾渾爾』、『噩噩』、『灝灝爾』，彼有以通其故矣。由晉宋以來，士汩於晚出之偽篇，莫復知子雲之所謂，獨韓退之氏稱虞夏書亦曰『渾渾』，於商於周，獨取其『詰屈聱牙』者。詩曰『惟其有之，是以似之』，信哉！其徒李漢敘論六藝，又曰『書禮剔其偽書之偽』，蓋自此發，且必退之與其徒常所講說云爾，而漢誦述之，不然，漢之智殆不及此。聖人者，道與文故並至，下此則偏勝焉，少衰焉。要皆有孤詣獨到，非可放效而襲似之者，知言者可望而決耳。吾尤惜近儒者考辨偽篇，論稍稍定矣，至問所謂『渾渾』者、『噩噩』者、『詰屈而聱牙』者，其瞢然而莫辨猶若也。於是寫其文，自典謨訖秦繆，頗采文字異者著於篇，庶綴學之士，有以考求揚、韓氏之說而得其意焉。

嗟乎！自古求道者必有賴於文，而文章與時升降。春秋以還，丘明所記，管、晏、老氏所言，去尚書抑遠矣，秦繆區區起邠荒，賓諸夏，無可言者，獨其文崒然隮千載，上視三代，殆無愧色。吾又以知帝王之文之蚼蠁於後人者，蓋終古不絕息也。

再記寫本尚書後

自漢氏言尚書有今文古文，其別由伏、孔二家。二家經皆出壁中，皆古文，而皆以今文讀之。歐陽、夏侯受伏氏讀，不見其壁中書，壁中書本古文，以傳晁錯入中秘，自是今文始盛行。吾疑安國與其徒亦故用今文教授，孔氏所由起其家用此。二家之異在篇卷多寡耳，不在文古今也。

太史公書言尚書「滋多」自孔氏。而劉歆議立逸書，譏太常「以尚書為備」。其時膠東庸生遺學，亦以多十六篇與中古文同。凡前漢人重孔氏學，稱古文逸書皆以此。及賈、馬、鄭之徒出，乃始斷斷於古文之廿八篇，而廢棄其逸十六篇，以無師說，絕不講。晁錯所受壁中書雖朽折，至哀帝時尚在，孔氏古文若廢棄逸十六篇不講，而止傳伏氏所有廿八篇，則與晁錯所受書何以異，且又何以大遠乎今文耶？今文自前漢時立學官，有祿利，學者習歐陽、夏侯經說之成市，而晁錯壁中書僅乃能傳讀而已。此同出伏氏一師之所傳，盛衰懸絕乃如此。其於古文逸書，以不誦絕之，誠無足怪。若賈、馬、鄭諸儒者，誚歐陽、詆夏侯不習博士經，不徇祿利，背時趨崇古學矣，乃亦不誦逸書，何歟？帝王之文至難得也。遭秦焚不盡亡，伏氏少失焉，而復出於孔子之堂壁，可謂至幸。是後雖微弱，猶尚絲聯繩續，彌留四百年，而卒廢棄於諸儒崇古學者之手，自是以來，逸十六篇舍太史公所錄湯誥外，無複遺存者矣。此可為深惜者也！光緒某年某月桐城吳汝綸記。

孔敘仲文集序

往汝綸始入內閣，則聞曲阜孔敘仲先生於諸舍人中為最賢，會先生已東歸，願見而不可得。又後廿餘年，與先生之子厚甫同官直隸，乃得讀先生之書。蓋先生少師事李方伯宗傳，為桐城古文學。桐城之言古文，自方侍郎、劉教諭、姚郎中，世所稱「天下文章在桐城」者也。而郎中君最後出，其學亦最盛。由郎中君已上，師師相詔，更嬗遞引，鄉里之傳不絕。獨郎中君自少至老，常客游不家於鄉，其流風被天下，而桐城受業者乃四五人而已，李方伯其一人也。郎中君既沒，弟子晚出者為上元梅伯言，當道光之季最名能古文，居京師，京師士大夫日造門問為文法。而是時湘鄉曾文正公尤以閎文縶眾望，其持論亦推本姚氏。故梅、曾二家，賓客相通流。先生既傳業於李方伯，及入京師，則數與梅伯言、曾文正往來。其於姚氏之學既沈漸而癖好之，嘗寄詩伯言，自詭出桐城門下，用相矜寵。暇則從諸公為文酒之燕，見於詩集者，往往一會至數十人。今讀其詩，若承謦欬於諸君子之側，而身從其遊，與之馳驟而先後之也。

方梅、曾在京師時，文章之士之趨歸之，相與講論姚氏之術，可謂盛哉！往年汝綸侍文正公時，公數數為余稱述姚氏之說，且曰：『今天下動稱姚氏，顧真知姚氏法者不多，背而馳者皆是也。』汝綸竊自維念，幸生桐城，自少讀姚氏書，姚氏支與流裔，在天下有振起而益侈大之者，而鄉里後生，卒鮮得其近似，聞公言則瞿然而慺。今老矣，業不加進，無以逾侍文正公時。讀先生書，考其淵源所自，茫然不自知鍼刺之在體也。

文集二

送張廉卿序

孫況、揚雄，世傳所稱大賢，其著書皆以成名乎後世。而孫卿書稱說春申，法言歎安漢公之懿，皆干世論之不韙，載而以告萬世者，世以此頗怪之。吾則以謂凡著書者，君子不自得於時者之所為作也。凡所以不自得者，君子之道不枉實以諛人，而當世貴人在勢者必好人諛己，十人諛之，一人不諛，則貴人惡其傲己，十人者惡其異己，貴人與貴人比肩於上，十人與十人比肩於下，上惡其傲，下惡其異，雖窮天地橫四海而無與容吾身，吾且於書也何有？於此有一在勢者雖甚惡之，而猶敬乎其名而不之害傷，則君子俛嘿而就容焉而以成吾書。而是人也，雖敬乎其名，固前知其不諛己也，聞有書則就求而亟觀焉，察其褒譏所寓，得其疑且似者，且曰『此謗我也，此怨非我也』，則從而齮齕之矣。蓋必其章章然稱道嘆羨我也，夫乃始慭置而相忘焉。彼君子也，其志潔，其行危，其不枉實而諛人眾，著於天下後世。及其為書，則往往詭辭謬稱譎變以自亂，以為吾意之是非，後有君子讀吾書而可以自得之矣，安取彼訾訾察察者為！嗟夫，此殆君子所遭之不幸，其用意至可悲！而詩三百篇所為，主文而譎諫，孔子之春秋所為，定哀之際微辭者也。楚兩龔、孔北海、禰正平之徒背而易之，乃卒會禍殃，至死不悟，豈不哀哉！二子之書，意其在此。

吾既推而得之，會吾友張廉卿北來，乃為書告之。復書曰：『子言殆是也。』蓋自廉卿之北遊，五年於茲，吾與之歲相往來，日月相問訊，有疑則以問焉，有得則以告焉，見則面相質，別則以書，每如此。今茲湖北大吏走書幣，因李相國聘廉卿而南，都講於江漢。廉卿今世之孫揚也，見今貴人在勢皆折節下賢，不好人諛己；其所遭，孫揚遠不如。其北來也，自李相國已下皆尊師之。老而思欲南歸，而湖北君所居鄉，其大吏又慕聲禮下之如此。吾知廉卿可以直道正辭，立信文以垂示後世，無所不自得者。獨吾離石友，無以考道問業，疑無問，得無告，於其歸不能無怏怏也。因取所意於古而嘗質於君者書贈之，以為別。

祭弟文三首

維光緒己丑正月某甲子，光祿君既病不起，三日成服。設奠。孤子駒哀不能文。其兄汝綸撰詞以祝，其詞曰：

蒼天蒼天，專禍我家。二親既背，伯兄復殂，甫及十年，又奪予季以去。祖考何辜，責其丕子？曾不赦圖，酷矣痛乎！叔在山東，方有鬱紆，不敢遽赴，敢告。嗚乎痛哉！君其臨饗。

成服之明日，孤子敬薦朝奠。汝綸再告光祿君之靈：

嗚乎！我殺吾弟，我殺吾弟！弟疾有牢根，不可卒拔，前四五年，時時間作，久輒複平，至去年夏秋，愈益佳善。與朋遊，詩篇唱和，往復不休，張廉卿、范肯堂皆稱其才過乃兄甚遠，弟亦自喜疾損，謂可減兄憂也。及聞吾乞退，寖尋加劇。弟素沖淡，何以至此？此無異故，家私以有官為便，弟疾以無官為苦，輾轉煎迫，不能去懷，又不肯告語寡兄，疾乃以此益不可為矣。嗚乎！我博高蹈之浮名，而置吾弟於必死，嚴冬疾甚而吾瞢不察知，及春困篤日加，則又惑亂方藥，左誤右誤，不死不已！天下雖有兄弟相惡之人，不至必弟於死，吾忝讀書知愛弟，乃蹈此大惡，天地有窮，此恨何極！

今八尺之堂，六尺之木，吾弟偃寢其中，饋弟弟不食，呼弟弟不應，疾苦之狀，呻吟之聲，且不可復聞見，何問朋遊吟詠之事乎！遠聞風聲，恍如愾歎，清肌瘦骨，在吾目中，事至意動，輒擬咨度，翻然猛省，室已無人，遺書在床，遺藥在几，寡妻悲號，稚子無色。嗚乎！此哀何時弭忘，酹汝一觴，庶幾在饗！

其三日朝奠薦事，以官舍將授代者，不獲朝夕將事，將殯於神祠，俟定期送還故丘，汝綸為詞，終致其哀。其詞曰：

猗熙甫乎，子去何歸乎？子將上歸於九天。天公高居頗聵聾兮，自出瑰寶自毀棄而不珍。儲精蓄英鐘傑特兮，始生之豈非艱？宜擁護扶掖使底於成兮，乃旋而夭闕之若折一萱。吾欲使子摘擗日月，提擲星辰，使天不能神。有精英不自保兮，何用懸此空文！

猗熙甫乎，子去何歸乎？子將下沉於九淵。富媪深藏不別白兮，短長善惡糝為一塵。閟瑋氣於厚土兮，發僮為無知之楠梓、至脆之芝蘭。譬毀璧為玉屑兮，銷昆吾為錢。吾欲使子掀翻大海，蹴倒昆侖。化佳人為異物兮，尚何理之可言！

天地不足恃賴兮，吾誰訴此煩冤！父母日以遠兮，又誰呼而盡聞。

子尚歸來！子有兩昆兮或衰或羸，昆有不適兮，子乃身之。仁以達其情兮，忠以致其謀。福若固有兮，禍則驚疑。遠者月有書兮，近不能以一日離。子去不還兮，夫孰問子昆之是非？

子尚歸來！子有令妻兮，先姑之宗。大義夙敦兮，匪燕昵是從。恩勤嬰稚兮，乃瘁厥躬。用勞致疾兮，子呻不寧。子去不還兮，子之妻恐不得生。子寧挈置兮，忍隔訣而不通？

子尚歸來！子有弱息兮，能讀父書。學為文字兮，佳處足以為子娛。幼不好弄兮，嚮學則劬。體孱不任執喪兮，子寧不圖，子去不還兮，能不眷此遺孤？

子尚歸來！子有嬌女兮，未離保阿。幼清中慧兮，齒少而能多。子所愛憐兮，拊手而摩。子去不還兮，奈此嬌女何！

兄弟妻孥招子歸兮，子乃瞑目而不顧。留子骨於孤城兮，吾又將家而遠去。百神哀而呵護兮，無毀傷此靈柩。秋水時至兮，吾當奉子以首路。幸中道過叔子兮，歸依父母之丘墓。

嗚乎哀哉！尚饗！

銅官感舊圖記

曾文正公靖港之敗，發憤自投湘水，幕下士長沙章君壽麟既出公於湘之淵，已而浮沉牧令間餘廿年，乃追寫靖港之事為圖，名流爭紀述之。

或曰：章君一舉手功在天下，而身不食其報，茲所為不能嘿已於是圖也。

或曰：不然。凡所為報功云者，躋之通顯云爾。自軍興以來，起徒步，解草衣，從文正公取功名通顯者，不可勝紀也。其處功名之地，退然若無與於己者，一二人而已耳。人奈何不貴其一二不多得之人，而貴其不可選紀者哉！夫有功而望人之報我，不得，則鬱鬱焉悄悄焉寓於物以紓吾憂，此非知道君子所宜出也。且章君安得自以為功也！夫見人之趨死地，豈預計其人之能成功名於天下而後救之哉！雖一恒人無不救矣。見人之趨死地而救之，豈必有贍智大勇而後能之哉！雖一恒人能之矣。事勢之適相值而不能自已也云爾，夫何功之足云。聞有功而不求報者矣，未聞不自以為功而猶望人之報者也。

然則是圖何為而作也？

曰：文正公之為人，非一世之人，千載不常遇之人也。吾生乎千載之後，而遙望千載之前有若人焉，吾不能與之周旋也，吾心戚焉。吾生乎百載數十載之後，而近在百載數十載之前有若人焉，吾亦不能與之周旋也，猶之戚焉。並吾世而生而有若人焉，無千載百載數十載之相望，乃或限乎形勢，或間阻乎千里百里之遠，吾仍不能與之周旋也，吾心滋戚焉。若乃並吾世而生，無千載百載數十載之相望，又且不限於形勢，不間阻乎千里百里之遠，而獲親接其人，朝夕其左右而與之周旋，則其為幸也至矣。雖其平居燕閒遊娛登覽之跡，壺觴談笑偶涉之樂，一身與其間，而皆將邈然有千載之思也，而況相從於憂虞患難之場，而親振之於阽危之地者乎？此章君所以作是圖以示後之恉也與？妄者至謂使文正公顯擢章君，是深德君援己而死國為偽，此則韓公所謂兒童之見矣。

章君既沒，其孤同以汝綸與其先人皆文正公客也，走書屬記是圖，為發其意如此。圖曰『銅官感舊』者，靖港故銅官渚也。光緒辛卯八月汝綸記。

讀淮南王諫伐閩越疏書後

淮南王諫伐閩越，為漢計謀至忠懇，而世輒以謀反少之。吾考之史，淮南之反，則審卿、公孫弘構之，而張湯尋端治之，蓋冤獄也。凡史所稱謀反，反形未著而先事發覺受誅者，事大率皆類此。

古無所謂謀反之律也。公羊氏之說春秋，乃曰人臣

『無將，將而誅』。而商君治秦則有『告姦』之賞，有『匿姦』『不告姦』之罪；其卒也身坐反誅，車裂以徇，曰『無或如商鞅反者』。此亦足以明造法者之受禍烈矣。乃自是以來，有國者一徇商君之法，不少改也。漢興，高祖用之以除韓彭元功之逼，文帝用之以翦濟北、淮南宗親骨肉之忌。而淮南仍父子被惡名，隕身失國，太史公蓋尤傷之。後之帝者，開創則除功臣，守成則忌骨肉，而皆以謀反為主名，亘千載踵躡一轍，是其尤可悲者也。

昔者嘗怪賈生以天下才自任，既痛哭上言，請『衆建諸侯而少其力』矣，乃又欲廣梁、淮陽封皇子，以導迎人主忌兄弟、信任己子之私心，且逆慮易世而後當復忌兄弟信任己子如今日也，故以為『二世之利』；此真小人逢君之惡者之所為耳。以此議法，庸有當哉！

三淮南之封，文帝徒以解慚，固非本意，賈生逆探其意而欲爭止之，其說雖未行，漢君臣自是固日日以白公、子胥待三淮南矣。王安知之，故以讀書、鼓琴、學養生之術自溷，使天下衆知其儒柔無武節，冀可少安，乃卒不能自脫；吳楚之反之不從亂，至歸功國相所劫，蓋不待伍被詣吏告變，而識者知其不可以終日矣。此小山招隱之所為作也。悲夫！

或曰：王安方以讀書、鼓琴、養生之術自溷，閩越用兵，當取道淮南，安乃欲諫止其役，似恐漢知其國阨塞地利者，不益中漢朝之忌乎？曰：此國家利害，不得顧己私，是乃安之所以為忠懇也。且武帝用兵，決於英略，無敢訟言爭論者。公孫弘諫伐匈奴，卒受難自任過，司馬長卿欲諫開西南夷，亦不敢正言，而託諭於蜀父老；獨王安於閩越之舉，莊言切論，不稍避忌，此其賢於長卿、弘遠矣。用刻深之法，聽讒間之言，以自遂其忌克之私，至於獄成而示之天下，雖臯陶聽之，亦以為不誣，而前事預計者且因以受遠見未萌之譽。弘、湯不足論，吾獨怪賈生申商之學之禍人才、傷國體至於如此，而世且詫為奇才，群晏然而莫之省也。

題玉露禪院

余始從曾文正公軍，在濟寧玉露禪院。既逾月，隨軍去。其後往來南北，數數過濟寧，皆未獲復至是庵。

今年留濟寧涉旬，乃始一訪舊跡，既至，門牆庭院邈不復省記，蓋去是已廿有七年矣。久之，始得吾故所居樓，又久之，而得文正居室。問舊時老僧曰脫塵者，則死十許年矣。今之諸僧皆少年，不知舊事。有五六十者二人，其一吾去後始來居是庵，一人雖前至，而文正駐軍時僧則之田收穀麥，與余故不相識也。

始吾在是庵，公事稀簡，日從文正諸客娭遨。每飯罷，輒連鑣走馬，始出，皆垂策緩行，已，忽縱轡怒馳，爭先門捷，取獨出絕塵為快，有墜馬者則皆踠足迴旋，叢集而嘩笑之。是時諸客中吾年最少，意氣之盛，豈復有度量。

今之來也，孤遊獨往，追維曩蹤，旁無知我，前後才幾日，盛衰聚散遽如此！遠想前古，俯念來哲，益自悼身之將老而無能為也。既怊悵不能去，乃記此以諗後之來遊者。

姚公談藝圖記

吾桐城能文諸老，率以經術道義相高，獨湖南按察使姚公自少以天下自任，所至延攬人才，四方賢士，景附波屬，雖顛沛不去。其在臺灣，以擊夷船事被逮下獄，豪傑之士知與不知，皆為扼腕矣。此圖，公道光十七年攝兩淮鹽運使時所作，安化陶文毅公為題其首曰談藝圖。圖中宴集諸公，蓋極一時之選，如吳仲倫德旋，李申耆兆洛，毛生甫嶽生輩，皆天下知名士也。是後中國多故，封疆大吏無網羅人才之意，賢俊離散，海內無此風流矣。獨曾文正公在江南時，大亂新定，往往招攜賓客，泛舟秦淮，徜徉玄武、莫愁之間，登眺鐘阜、石頭，流連景物，飲酒賦詩，以相娛娭。汝綸於時間厠末座，實嘗躬與其盛。外此，不數數見也。

今天下無事，王公大人泰然群士之上，不肯稍貶威嚴，一問韋布編摩之業，自其宜耳。今以位論人，則在上者至少，在下者至多，至於無位則尤多焉。少者勢會，多者勢散，理勢然也。是故在上者耳目思慮有所不及，在下者羣趨而拾其遺補其闕焉。有位者耳目思慮有所不及，無位者又羣趨而拾其遺補其闕焉，夫是以身臂制從而天下無廢事也。橫絕而不相通流，一旦有事，只在上若有位者數人遂可分形而遍給矣乎！

往者，故人劉少涂嘗為余言：姚公在位時，交遊族鄙待而舉火者數十家，錢米之饋，日月以至；及被逮，自度後且不繼也，則饋之各倍他日。是時行橐蕭然，賴相知有力者饋贐之，乃能辦裝行。以故公之遇禍也，老者歎，壯者憤，婦人啼，皆若大憂之在己也。及聞其獄解而歸也，則皆若有身得之喜也。蓋天下之士歸之如彼，鄉黨故舊戴仰之如此。設令當國家大任，有事疆埸，振臂一呼，有不盡氣交走為之效命致死者乎！惜乎公老而周旋兵間，迄不得一竟其用也。世之仕宦得意，擬富陶猗，而門下乃無一士者，何也？

題范肯堂大橋遺照

異時范君當世既喪其前夫人，哀思之不聊，則命工圖其父母所家曰『大橋』者以寄其思，且誓不更娶。汝綸謀所以散其哀而敗其誓也，見是圖則深非之，又為書告濂亭翁，翁復書曰『是易所謂「恒其德貞而夫子凶」者也，吾助子破之』。已而范君以其私白翁，翁竟止不言，而更為君題字圖上。君歸，矜語汝綸，殊自得也。當是時，吾縣姚慕庭先生方郵寄其女公子所為詩示余，且屬選婿。余曰：『莫宜范君者。』於是以書徑抵范君之尊甫平章昏事，詞若劫持之以必從者然。復書果諾許。余然後喜吾謀之卒遂，而笑濂亭之不足與計事也。

范君既別余去贅姚氏，早暮與姚夫人為詩更唱迭和，閨闥間自為師友，於是又命工圖其生平所曆事為去影圖，與姚夫人淋灕題詠其上。今年復見余於天津，間持示余。余笑謂『君今圖如此，前所為大橋圖可憖置不復理也』。君乃曰：『大橋圖子終不可嘿已，嘲頌唯命耳。』余笑謝，君則請之益堅。已別，又為書敦足之至六七。始君為是圖，殆將堅持初誓，以寫其哀，余既勸君令更娶，則是圖之作固無取余言，故余時時誹笑是圖以拒其請。今別數年，君與後夫人相得甚，前哀忘矣，不惟無事余言，即君自視茲圖，殆亦若老子所云『芻狗』者，乃復持之以申前請，且必欲得平日誹笑是圖者為之一言以為快，吾無以測君之用情之所究極也，意其中之所存，固有遠而不可測者而特寄之是耶？為記其作圖後事曲折如此。

題馬通白所藏張廉卿尺牘冊子

嗚乎！此吾友張廉卿手迹也，今不可復得矣。

往時，廉卿嘗從容為余言：『比者吾書乃突過唐人。』余曰：『此不足多也。古人書留者，以有金石刻也。今世漸不知文字可愛重，金石刻稀少，子書即工，世不求，無所託以久，身死而跡滅矣，視吾徒不能書者奚擇焉。』廉卿曰：『吾歸，於黄鶴樓下選堅石良工，書而刻之，鑿懸崖石壁，使中空如匧，陷吾所書石其中，別用他石錮篋口，四周不使隙也，千百世之後必有剖此石壁得吾書者，子且奈我何！』

嗟乎！此杜元凱欲沉碑漢水者類也。彼自信其名之可傳以久，而傷並世之莫吾知也，則發憤曠覽而徼倖萬一於千百世之後，以幾其必不亡，賢達高世之志，其怪奇故應有是。廉卿今死矣，其所著文章與所作書具在，足以傳世行遠，固無俟於沉碑鑿壁之為者。獨汝綸老鈍廢學，歲月已逝，生平志事不一就，内顧無可挾以待後來，身雖未死，媿負吾友多矣，可悲也！

自廉卿別余去，余則集其生平所寄書札，裝池之為六冊，時時展對，以釋吾思。今廉卿死，通白亦裒輯所與尺牘為一冊，屬余題其後。昔莊子過惠子之墓曰：『自夫子之死，吾無以爲質矣！』夫獿人亡匠石輟斤者，其質死也。今匠石亡矣，求所謂成風之斤一運於獿人之鼻端者，當吾世殆無復有矣。雖其質之空存曷益乎？嗚乎悲夫！

弓斐安墓表

君少孤廢學，學治生以資使兄弟學，兄弟學皆成立為諸生，有聲學官。而君以一身生聚衣食百口者餘五十年，躬行孝弟，有餘財則施與。居鄉里能避怨憎，而治生益精以力，思慮縝密，凡所營度，利病豪芒，剖析翔審，專其業者不能逮也。

善構造。構造室堂門塾，以楹計，前後累數百。法皆自定，榑櫨枅桷瓴甓之屬，先事商功度用，調算既具，召匠杇賦之役，不失尺寸累黍。尤善為田。田高下燥濕瘠沃，時其稼，種所宜，而進退增損之。每歲初行視原野，歸則告誡田者：某所宜麥，某所宜稷黍，某所宜菽、宜麻，宜薯蕷、吉貝、穀，某種宜植，某種宜稚，如其教則熟，不則多稃不人。雖沮洳澤鹵不易治之田，君一相度，審所宜樹，無不倍收，其精如此。

蓋古昔治生之學，作室、稽田二端要矣。周初，尤矜重之。後世以為勞又賤，棄不習，習此者大抵蠢愚椎魯無聞識之民，先後輩口相傳以故法，二三千年來不聞有變往制、開新利者。匠氏成屋，千室一法耳。吾喜與西國人往來，見其室圖，百數十法，隨所擇用之，不顓顓故常也。就其法之不易者，則以木為堂皇而窟室其下，以謂地之氣能敗損人若物，其高以尺計者大率五六焉，是故空其下使氣旁出，不以及人。而門牖之啟閉有機焉，以聚散光熱，出納炭養，人居其中，便體蠲疾，此化學養生者事也。中國之儉簡者猶或非之。至為田則用機器代人畜以耕，一器之用，廿於人之功，而四五於牛若馬。其說曰：凡地之質，其別十有四，四氣十金，揉而和之，以孕萬有。偏勝焉，偏絕焉，則生也不蕃。草木穀蔬之質與地相得也則宜，戾也則不。糞田之物，類視田質之衰少者而捊補焉。譬之醫然，羸不補，補不羸，病皆不起。糞穀地參相得矣，又益之以電學，則其收也五於其故。凡其為學，至深邃微窈，大率類此。蓋皆本富之至計，未宜以來自異國而閉距之也。

今國家方議變法，變法莫急於治生，恨學未易明耳。君生不聞西學，而所得輒闇與之同，則天與優也。假令君明習西國築室治田之術，於以倡導閭左研悅致行之，其於尊生強本，豈小補也哉！君嘗自憾廢學，以君之能，視世之咿唔文術以求舉選，拾殘遺、盜朽蠹以矜高曹輩者，其得失何如也！

君諱某，字斐安，安平弓氏。嘗以饑歲賑災民有勞，由貢生加五品銜。卒於光緒甲午十月十日，年七十有三。曾祖炳翼，祖允升，父省度，世以儒為業。君娶王氏，繼娶吳氏、趙氏。男四人，長者汝恒。汝恒生均，皆副榜貢生。其餘孫三人，曾孫二人。汝恒、均先後從余問學。君之葬也，汝恒狀君行徵文，乃敘論其利賴於世者，使歸而揭於弓氏之阡。

潘藜閣七十壽序

國家岸江海開關，通市海國，遣重臣分領海事，而上海、天津最為南北都會。上海遙隸江南，去京師遠，不專決事，事以故稀簡。天津則大臣旌節所駐地，卅年來，中國取資西法，開新造大事，咸集於天津，方外商旅，朝夕請事，地又近京師，內外取決，視上海劇且十倍。官其地者，非有長才，更變多，則或毛髮事失機宜，至胥一國受其敝，往往然也。

知府之為官，上海所無，獨天津有之。其職通上下，關中外，安邇綏遠，跡微勢鉅，利害所系，驚創譎變，自大臣及關道思有所未通，議有所未符，諮諏訪問，皆將於知府焉決之。而知府或老於仕宦，不暇問五洲之遐邇，有約諸國之何名；或新進後生，不親見同治以來國家交鄰輕重得失之已事，驟當其任而不知所以堪之。於是中外議者，一責望於大臣關道，不復論知府之有無也。

光緒廿三年，吾友潘君藜閣，以保定遺缺知府補天津知府，於是君年七十矣。眾謀所以壽君者，皆曰：『潘君自少官江南，居上海最久，佐上海關道有勞最著；後改官天津又廿年，嘗歷任宣府緣邊州縣，所至有績，而官滿輒還天津，與聞海政，信可謂才長而更變多者也。同治以來鄰國交際之已事，皆所目接而心識，五洲遐邇有約諸國之人才風教，皆所飫聞厭見而習知也。以是而為政於通市之都會，足以堪其事，大臣關道之有遺漏，足以備顧問，知府於是得其人，議者不得視其官若無有。』大凡眾所稱願具如是，是足以壽潘君矣。

汝綸交潘君久，獨於潘君不能無私望也。蓋自甲午用兵以後，外國之使益驕，吾國困於因循，無以易乎其故，士大夫眾知中外之不可以復隙也，則一切以濡忍容納之。夫不習外國之情勢，而謬欲相抗以武勇，是之謂僨強；僨強則為國生事，生事不可也。不習外國之情勢，而一切以濡忍容納，是之謂尪弱；尪弱則為外國所輕，且益召侮，召侮愈不可也。凡與國之交，無過強弱二策，今二策皆不可，則所處殆益難。雖然，因變赴勢以曲中其窾卻，當必有在。譬之操錢入市，物有定價，問價者不能得，或過焉，或損焉，則賈者且百售其欺，得其價則相視以解。此固大臣關道之所有事，而知府與有責焉者也。潘君通敏英斷觀時變，且老而始莅事，其有以得其要領矣。汝綸遠隔數百里外，不獲躋堂稱壽，與觀新政，他日從君游，尚當操几杖負牆避席而敬問之。

送季方伯序

國家專閫之任，寄之督撫，而常儲其選於兩司。布政之視按察，相差也，而劇易懸絕，按察使治理效乃擢布政，每行省巡撫缺，必於布政乎取之。故布政遷階也。

督、撫之任有內政，有外政。內政者踵常途已耳，受成事已耳，一平世三公優為之，顧不足以治外。外政之成也，有長駕遠馭之才焉，有締交伐謀之智焉，有折衝禦侮之威焉，有尊主庇民之術焉，有開物成務之能焉，有轉移風會之用焉，有陶鑄人才之器焉，有日新月盛之績焉，有取長翼短之益焉。非得文武幹略能撥亂持世變之材，未有能充乎其任者也。今國家之勢，急外政矣，言者顧謂其本在內。海上兵罷，世之號能內政者，朝廷往往拔而置之督、撫兩司，專其責以治內，而內卒不加治。凡內治云者，非今之所謂踵常途、受成事而已也，蓋必振民之窮而使之富焉，必開民之愚而使之智焉。今之內治者，無所謂富民之道也，能不害其生斯賢矣；無所謂智民之道也，能成就之使取科第於有司斯才矣。民固窮也，吏雖不之害，其窮猶若也；民固愚也，雖成就之使掇科第，其愚猶若也。又況不能成就之反害之者天下比比也。循是不變，窮益窮，愚益愚。今外國之強大者，專以富智為事，吾日率吾窮且愚之民以與富智者角，其勢之不敵，不煩言而決矣。而所以富智民者，其道必資乎外國之新學。是故外政之不修，欲求內之獨治，不可得也。督、撫之任兼內外，布政則專職乎內，外之不修，吾無責焉。繇其為督、撫之遷階也，故必兼明乎外政，而後望與實乎，而有以裕乎其用。雖然，能此者罕矣！

光緒廿有三年六月，朝命以直隸按察使江陰季公為福建布政使。公之內政既聞乎朝廷矣，今且慮材屬役，議興建學堂，以講明外國之新學，議甫集而遷命下，眾謂新學且中輟也，公則毅然獨任，手定其規制而後授代。識者於是知公之外政，又將大有立於世也，其繼是而膺專閫之任，有不優衍而綽裕者乎！

始公自長蘆運司遷福建按察使，未行，改直隸，今又有福建之遷。或曰：『公大父督閩浙有遺惠，天固將用公趾前美也。』或曰：『閩褊迫，不足展公能，宜有後命。』公皆無成心也，且行，謂汝綸曰：『何以贈我？』遂書公之明於外政者以為天下賀。

文集三

天演論序

嚴子幾道既譯英人赫胥黎所著天演論，以示汝綸曰：『為我序之。』

天演者，西國格物家言也。其學以天擇物競二義，綜萬匯之本原，考動植之蕃耗，言治者取焉，因物變遞嬗，深研乎質力聚散之幾，推極乎古今萬國盛衰興壞之由，而大歸以任天為治。赫胥氏起而盡變故說，以為天不可獨任，要貴以人持天。以人持天，必究極乎天賦之能，使人治日即乎新，而後其國永存，而種族賴以不墜，是之謂與天爭勝。而人之爭天而勝天者，又皆天事之所苞。是故天行人治，同歸天演。其為書奧賾縱橫，博涉乎希臘、竺乾、斯多噶、婆羅門、釋迦諸學，審同析異，而取其衷，吾國之所創聞也。凡赫胥氏之道具如此，斯以信美矣！

抑汝綸之深有取於是書，則又以嚴子之雄於文，以為赫胥氏之指趣，得嚴子乃益明，自吾國之譯西書，未有能及嚴子者也。

凡吾聖賢之教，上者道勝而文至，其次道稍卑矣，而文猶足以久；獨文之不足，斯其道不能以徒存。六藝尚已。晚周以來諸子，各自名家，其文多可喜。其大要有集錄之書，有自著之言。集錄者篇各為義，不相統貫，原於詩書者也。自著者建立一幹，枝葉扶疏，原於易春秋者也。漢之士爭以撰著相高，其尤者太史公書繼春秋而作，人治以著；揚子太玄，擬易為之，天行以闡。是皆所為一幹而枝葉扶疏也。及唐中葉，而韓退之氏出，源本詩書，一變而為集錄之體，宋以來宗之。是故漢氏多撰著之編，唐宋多集錄之文，其大略也。集錄既多，而向之所為撰著之體，不復多見，間一有之，其文采不足以自發，知言者擯焉弗列也。獨近世所傳西人書，率皆一幹而眾枝，有合於漢氏之撰著。又惜吾國之譯言者，大氏弇陋不文，不足傳載其義。

夫撰著之與集錄，其體雖變，其要於文之能工，一而已。今議者謂西人之學，多吾所未聞，欲瀹民智，莫善於譯書。吾則以謂今西書之流入吾國，適當吾文學靡敝之時，士大夫相矜尚以為學者，時文耳，公牘耳，說部耳，舍此三者，幾無所為書。而是三者，固不足與於文學之事。今西書雖多新學，顧吾之士以其時文、公牘、說部之詞譯而傳之，有識者方鄙夷而不之顧，民智之瀹何由！此無他，文不足焉故也。文如幾道，可與言譯書矣。

往者，釋氏之入中國，中學未衰也。能者筆受，前後相望。顧其文自為一類，不與中國同。今赫胥氏之道，未知於釋氏何如？然欲儕其書於太史氏、揚氏之列，吾知其難也。即欲儕之唐宋作者，吾亦知其難也。嚴子一文之，而其書乃駸駸與晚周諸子相上下，然則文顧不重耶？

抑嚴子之譯是書，不惟自傳其文而已。蓋謂赫胥氏以人持天，以人治之日新衛其種族之說，其義富，其辭危，使讀焉者怵焉知變，於國論殆有助乎！是怡也，予又惑焉。凡為書必與其時之學者相入，而後其效明。今學者方以時文、公牘、說部為學，而嚴子乃欲進之以可久之詞，與晚周諸子相上下之書，吾懼其舛馳而不入也。雖然，嚴子之意，蓋將有待也，待而得其人，則吾民之智瀹矣。是又赫胥氏以人治歸天演之一義也歟？

王中丞遺集序

齊河令王敬勳以其考中丞公遺集示汝綸，汝綸受讀之，既卒業，作而言曰：

烏乎！世運之遷流，非深識之君子，其孰能早知於未然而謹持其變也哉！道光中，英吉利始稱兵犯海上，已而媾，天子慨然以海事為憂。方是時，中國狃忲久安，法令毛析，部曹小吏，憑藉簿書，持中外百執事長短，國恩不究宣，民鬖鬖蘊亂。兵制尤窳敝，在位者懵不知改。為其勢不可以復持久，譬之若聚鴻毛爐炭之上而伏火其下也，特潛吹而未發耳。未幾，天下卒大亂，反者蜂午而起。賴義烈眾君子踵相躡芟薙之，大亂以平。凡變之既至，從後而挽之，使還其故，其勢逆而難。變之未來而預彌其郤，潛扶陰救，使久支不壞，其勢便以易。易為而不為，而後大變馴至。其有人焉踵相躡芟薙禍亂者幸也，幸不可恃為常也。前變之未來，相與維匡之，護之，開之，補之，而變無繇生矣。其視變起而為之所者，用力少，成功大。然而莫之為者，何也？無深識之君子，莫能早知於未然故也。

夫變之既至，挽之使還其故，其勢故難矣。要其為變皆衆著於耳目之前，當之者無不知也。變之未來，衆人安坐而議，以為太平無事耳。然而機伏於未形，禍蘖牙於未兆，一旦猝發，其患莫測也。是故變至而始知者，衆人也；變之未來而知之於先事者，非深識之君子，則錯愕而無以為。中丞公撫吾皖七年，當英人新受款之後，上下額手相慰勞，幸危殆復安，公獨私憂深顰，若大禍之在眉睫。睹氓隸罷困不收恤，官吏奉文法唯謹，務苛小，寖失本意，於是思所以厚民生，阜財謐刑，使不散為盜，而於整戎經武，尤兢兢數為天子言之。文宗御極，應詔陳八事，皆隱憂禍變之可翹足待，欲急起爭救之，近今名奏議也。烏乎！若中丞公者，信可謂深識之君子，能早知未來之變，而謀所以謹持之者已。

公既內召，又量移江右，上方嚮用公，而竟以疾不起。齊河幼孤，有兄。早世遺稿散佚，今掇拾殘遺為若干卷。他所為雜文詩歌，其言皆急本根，缺然不自足，尤零落不能什一，然大要章疏為最著云。今之世去公益遠，變亦愈甚，未有以已也。庶幾有早知而謀所以謹持之如公者乎？又巖穴之士所引領而跂望之者已。

柯敬儒六十壽序

儒之術以用無不效為量。難焉而沮，不可焉而自已，遷焉而失其故，雖命為儒，而祇益詬厲，彼必非真儒。久矣夫真儒之不數數於天下，而其效不顯白於世也！

汝綸自少釋褐游京師，見公卿大夫在廷百執事，凡由科第起家者，無不命為儒，從而叩之，亡如也。已而橐筆從軍，獲事通人，然後知儒之必效於世，大異於嚮者之為。最後浮沉州縣，所見聞於僚友間起科第命為儒者，不可一二數，又怪儒之從宦，其績效何其少也！

膠州柯敬儒先生，簡靖而沉毅，多學而勇為。自其尊人鑄齋先生從閩儒者陳恭甫編修受學，學有經法，事具國史，先生能世其業，又從母夫人學為詩歌。長而游諸侯，交天下賢士，所業益恢以邃。著有州山堂集若干卷，史記、漢書皆有說。年逾五十，始以進士為縣安徽。安徽群士，爭慕趨之，交推互伏，以為儒者也。而談者尤盛稱先生貴池清賦之政。其言曰： 先生始為貴池，適今鄂撫於公來藩安徽，下令清賦。先生則手定教條，詳延父老，勾考綜核，奸滑吏洗手奉法，為之八閱月，賦籍堅定。於是貴池一縣歲增賦一萬數千金，盡安徽一行省六十州縣清賦奏課，先生獨為第一，賦所增入，於一行省六十州縣得四之一焉，而縣民所納賦反減其舊。蓋貴池田賦失額久，自粵盜俶擾，故籍盡失，至今卅餘年，胥吏倚欺隱為生者至二百餘家，滂逮城坊，士庶皆有染。令始下，沮事之議百端； 不可，則盤互把持； 又不可，則連豪民，通長吏，飛謗相傾。先生一不動，持益堅，卒底於成。既成而後，一縣士民乃始交口稱頌，皆曰：『活我者柯公也！』號其賦冊曰柯公冊，用志不忘。已而先生幕客過貴池界上，入市飲食，市人不取直，曰：『此賢君之人，何直之可言！』其遺愛至如此。

又曰： 先生去貴池任太湖，承饑饉之後，一意與民休息，課農藝桑，興水利，修學養士，其視貴池之治，若出兩人。蓋貴池以嚴聞，而太湖則用寬為治云。

汝綸曰： 凡儒之效之大異於俗吏所為者，其皆出於此乎？使吏之治一毗於剛與柔，則必無以因時適變，能試於貴池，用之太湖則折矣； 政行於太湖，施之貴池則弛矣； 此遷焉而失其故也。清賦非令典也，事本起於秦，秦始令黔首自實田。其後宋熙寧中乃有方田均稅手實諸法，尤為世譏病。而邵堯夫語其徒乃曰：『此賢者所宜盡力時也。』今大吏以清賦為美名，而不知其為閭閻滋病。為州縣者才不足堪事，或廢格不行，或稍稍行之而遽止。此所以令下三年，而六十州縣僅倍於貴池一縣者二三，而閭閻騷然，煩費不可以臆計。吏其士者，稍能自愛，則皆難而沮，不可而自已。如先生之增於官而減於民者，百不一二人焉。得非所謂賢者之盡力者乎！夫能盡力於病民之政而厝之於不病，如此而有不能因時適變，以神明其剛柔之用者乎！此汝綸嚮所不數數見者也。以是，樂與兩邑人傳道之。

雖然先生之治在兩邑，先生之業則遍傳乎江介，非郡邑可限。今年八月，先生六十生辰，安徽群士之傳業先生者，咸介吾友方倫叔征余文為壽。余與先生有連，昔柳子厚送崔群云：『吾與崔君有外黨之睦，然吾不以是合之。』汝綸不佞，竊附子厚之義，為測論真儒者之效如此。異時先生官益尊，效亦益廣，皆不足為先生言，獨先生千秋大業，必且繼世入國史。汝綸雖老矣，倘得南歸故土，肩隨群士一聞餘論，所忻慕焉。請以此文為他日相見之贄，其可也？

龍泉園志跋

古今好山水者眾矣，而謝康樂、柳柳州名獨著，豈非以文采照爛，足與山水相發哉。顧遁棲之士，又往往棄離言說為高，何也？夫山水之美，奧如淵如，入之既深，其精神意趣，與彼之峻且清者冥合為一，即人世間震耳駭目，極曹偶所睎慕之事，曾不足當其一眄，則無問言說有若無，其風尚一而已。雖然，聳當世則以風，詒後世則以文，人往矣，聲跡絕矣，聞其風者愛之，則願傳之，而不傳則悵悒爾矣，相與低佪故處爾矣；又久之，故處邈焉，則無聞爾矣，不其惜與夫？是故遁棲之士不自文，必將於其徒友之文者賴焉。

畿之東有高士曰李江觀瀾者，以進士為郎，已而棄去，入薊州之龍泉山，為園以居，曰龍泉園。既一年，其友曰王晉之竹舫者，亦棄官相從以隱，園於龍泉之側，曰問青園。二園者，比相次也，而龍泉特勝。當是時，京師名公卿多高此兩人，兩人之風既聳動當世矣，其道皆有以自得，其文翰時時散落人間，好事者收弆焉，顧非其意所極，讀焉者無以見其趣操之高，然則二先生之風，其殆浸息矣乎？

薊之士有李髯者，二先生之徒友也，善為詩，從遊於龍泉、問青間，最習且舊，懼園之久且無聞也，志其勝者焉。志成，而園内外一草木、一巖石，皆若為二先生者出也。而二先生亦恍然若常遊偃乎園間。斯文之有賴者類已，抑李髯之意其猶未忘言說者耶？後之覽者，其能追二先生之髣髴耶？嗚乎！謝柳之餉遺遠已！

深州風土記敍錄

昔韓退之不肯作史。區區用才於一州一縣，搜討故實，窮年恒歲，則豪傑有志之士，慮皆擯棄而不為。深州自明以來，志乘少可因襲，州中故人曩以修志諈諉，既不獲讓，則為之捃摭前載，網羅放失，庶幾辨章乎文獻，傳信乎一方。牽於宦學人事之擾，婁作婁輟，迄於今茲，補葺於亂離之餘，乃克成書。凡卅九萬餘言，都廿二篇。篇大者析為數卷。窮日力於此，良可惜已。顧吾文不足行遠，焉敢謬附於昔人。

周秦到今，地制不常，名號數更，域分不區，人文曷條。纂疆域第一。

常山東迆，散為鴻原，大河故瀆在焉，後沙唐滋，前阻漳濱，中有虖它，決徙為患。纂河渠第二。

河棄而去，民田其土，雜植果隋，強半潟鹵，取之有制，民用不擾，國朝定法，多襲明故。纂賦役第三。

尊事素王，立學其傍，轡被聖文，開我顓蒙，學失道散，以愚長亂，廟祀雖嚴，序塾雖殷，自同獠蠻，異學之不如儒乎儒乎！纂學校第四。

恒瀛東西，其地四戰。五胡繼唐，割裂畔換。有明家禍，陣夾虖它。後隸近郊，中竊之憂。大清隆平，偃革休兵。粵盜剽輕，殲我忠良。流冠再讙，墨守以完。維廿六載，畿甸亂起。乘輿蒙塵，顛覆四海。黔黎喁喁，司牧伊主，不慎召戎，慎退強虜。纂兵事第五。

前世分職，後多變革，考錄官簿，人亦附著。纂歷代官制第六。

明及昭代，官吏差備，譜其年月，不知蓋闕。纂明以來職官表第七。

吏賢能者，祀名宦祠，未祀而有績，孰軒輊之？並列名宦，為後之規。纂名宦第八。

著作之才，代不多有，漢晉諸崔，蔚為選首。洎乎隋唐，孫、魏、李、張，並轡聯鑣，與崔抗行。明清作者，蓋不逮古，一卷之成，未忍割舍。有錄無書，不可選數。先士精爽，倘式憑此。纂藝文第九。

故城廢亭，津渡鎮堡。考古攸資，甄錄示後。村墟宅墓，憑弔之處。魏齊寺觀，閱歲逾千，名勝遺留，有禆觀遊。纂古跡第十。

典籍散亡，證之碑刻。鄉曲時有，六朝舊跡。近代掌故，逾時而湮。佚在貞珉，或補方聞。纂金石第十一。

安平之崔，古之著姓，漢唐千載，系久愈盛，表其枝別，讀史者資焉。爰及庶氏，並逮時賢，開茲譜學，以餉州人。纂人譜第十二。

州在前明，代有聞者，尚侍卿貳，後先踵武。我朝寖微，幽潛弗耀，百年顯宦，劉張暨趙。附著科弟，盛衰有考。纂薦紳表第十三。

榮顯於時，出入有立，考覽遺績，光於篇笈。纂名臣第十四。

士有文采，川澤為輝。百樸一秀，孤英在枝。斂英入實，乃荷道德。皓首一經，亦云有得。西學東來，始明季晚。雜揉造化，算數焉本。士不一流，州盡有之。纂文學第十五。

燕趙慷慨，高上節俠，明季義死，僵屍鱗接。我皇威遠，臣力師武，爪士濯征，歸榮牖下。咸同再駭，毒我閭里。纂武節第十六。

賢人位高，於民曠遼，吏於郡邑，惠虐立效，出宦跡著，可祭於社。纂吏跡第十七。

孝為天經，中庸鮮能，秉彝之好，鄉縣熟稱，推仁滂逮，任恤是宏。纂孝義第十八。

詩畫一藝耳，成名則艱，寓公聲高，勝跡斯留。纂流寓第十九。

門內治失，婦不染學，天挺清淑，乃鐘賢孝，緣夫及子，垂聲在史，貞信之節，皭若霜雪，身輕義重，激為英烈。纂列女第廿。

川原莽蒼，怪麗非實，磅礴鬱結，泄為殷阜，物土之宜，爰居爰有。纂物產第廿一。

維深州既升為直隸，三縣來屬，與州而四。自漢元到今，餘二千歲，遺聞故事，散在諸史傳記，文物富，聲明備，厥有佚墜，間見於金石。文字既綴，輯而條次之矣，獨有書無圖，覽者病諸。異時，天算宗工海甯李公，薦其弟子方柏氏熊，私聘不可，白之疆帥，移書同文，以使事來，為州測繪，刻以再期，主人憒眊，三月而罷，後遂莫能圖，惜哉！惜哉！謹譜明以來州縣修志諸君姓名年世，考其終始，因論列今所纂目次，為深州風土記敘錄第廿二。

丁維屏編修所輯萬國地理序

丁君譯此書，文甚簡直明贍，於學術研習善本，使初學之士粗知國於五洲者若是之多，亦稍戢其虛驕之見，而於天演家所謂『物競天擇』二義，或者其有惕於中，是亦進化之一助也。

盛衰存亡，何常之有！綜數十年百年觀之，往往有小弱易而強大者。今之列強，其鋒殆不可犯，數十百年之後，又安知今之僅僅自立者，不起而與目前所謂強國更盛代興，而莫測荊凡之孰存亡也？獨並世者不及待耳，嗚乎！

原富序

嚴子既譯斯密氏所著計學書，名之曰原富，俾汝綸序之。斯密氏是書，歐美傳習已久，吾國未之前聞。嚴子之譯，不可以已也。

蓋國無時而不需財，而危敗之後為尤急。國之庶政，非財不立，國不可一日而無政，則財不可一日不周於用，故曰國無時而不需財。及至危敗，財必大耗，欲振厲圖存，雖財已耗，愈不能不用，故曰危敗之後尤急。中國士大夫以言利為諱，又怵習於重農抑商之舊說，於是生財之途常隘，用財之數常多，而財之出於天地之間，往往遺棄而不理。吾棄財不理，則人之睨其傍者勢必攘臂而並爭，於是財非其財。吾棄財不理，而不給於用，則仍取給於隘生之途，途愈隘而取益盡，於是上下交瘁而國非其國。財非其財，國非其國，則危敗之形立見。危敗之形見而不思變計，則相與束手熟視而無如何。思變矣，而不得所以變之之方，雖終日搶攘彷徨，交走駭愕，而卒無分毫之益。

中國自周漢到今，傳所稱理財之方，其高者則節用而已耳，下乃奪民財以益國用已耳。奪民財以益國用，前所謂取給於隘生之途是矣，此自殆之術也。節用之說，施之安寧之世，能使百政廢缺不舉，而財聚留於不用之地。施之危敗之後，則節無可節，廢缺者不舉而亦無可聚留，循是不變，是坐困也。所謂變之之方者何也？取財之出於天地之間者條而理之，使不遺棄而已矣。取材之出於天地之間者條理之，使不遺棄，非必奇材傑智而後能也。然而不痛改諱言利之習，不破除重農抑商之故見，則財且遺棄於不知，夫安得而就理！是何也？以利為諱，則無理財之學；重農抑商，則財之可理者少。夫商者，財之所以通也。農者，生財之一途也。閉財之多途，而使出於一，所謂隘也。其勢常處於不足，尚何通之可言！

古之生財之途博矣，博而不通則壅，故商興焉。禹之始治水也，既與益稷予衆庶稻及他根食矣，又調有餘補不足，懋遷化居以通之，是商與農並興驗也。專農一途，故不需商。禹於九州田賦既等而次之，至其貢篚，則皆所鮮所多相通易之物，凡畋之所獵，漁之所獲，虞之所出，工之所作，丱人之所職，舉財之出於天地之間者，無不財取為用，夫是故勸商。其每州之終，必紀諸水貫輸，則皆商旅所以通之路也。是安有重農抑商之謬論乎！禹之理天下之財至纖悉不專農如此，而丱利尤遠。蓋荆揚之金三品，至周而猶盛，故詩曰『大賂南金』。及漢武而後，乃稍衰歇。史公有言『豫章黄金，取之不足更費』，其證也。然上溯神禹時已二千年矣，禹之興丱利如此，又勤勤通九州貫輸之水道如此，使神禹生今時，其從事於今之路礦，可意決也，況乃處危敗之後！則若周宣之考牧，衛文之通商惠工『騋牝三千』，蓋皆奉神禹為師法，而可以利為後而諱言之乎！

今國家方修新政，而苦財賂衰耗。説者謂五洲萬國我為最富，是貧非吾患也。而嚴子之書適成於是時，此斯密氏言利書也，顧時若不滿於商，要非吾國抑商之説，故表而辨明之。世之君子，倘有取於西國計學家之言乎？則斯密氏之説具在；倘有取於中國之舊聞乎？則下走所陳尚幾通人財幸焉。

劉笠生詩序

吾縣自劉才父學博、姚姬傳郎中以詩學軌則傳後進，是後學詩者滋益，多客游四方，往往持詩卷贈人。天津徐菊人編修，外家桐城劉氏，嘗輯其外祖笠生先生遺詩六卷示汝綸，卷中唱和往還，如曾賓谷、吳山尊、侯青甫、湯雨生，皆海内名宿，而同縣詩人尤多。汝綸自少宦遊，於邑里文獻不能多識，卷中諸老，不盡知其行義年，獨劉孟涂開、吳鐵蓮恩洋、方四鐵諸、吳春麓賡枚、徐樗亭璈、葉伯華琚六七公，習聞其賢。而許農生丙椿、吳卓仁廷康皆大年，同治中尚健在。農生與先徵君遊甚久，汝綸通籍，卓仁自浙中寄法書見賀，此年輩相及者。諸公各有遺集，今自孟涂集外，他皆不大傳。孟涂嘗受詩法於姚郎中者也，文學承傳，其淵源所自，顧不重與！菊人將刻先生詩，俾汝綸為序。先生詩出，愛而讀者必多，無俟鄉縣後生之私譽。觀先生所與遊，足以知其學矣。桐城多名山水，先生詩數數稱大龍，大龍尚非奇絕處。菊人念外家，他日過桐城，遍遊龍眠、浮渡間，窮覽幽勝，登高而賦詩，其賞會且益瑰怪。汝綸幸倦遊不死，巖壑之美好，尚當與菊人共樂之。

謝衛樓所著富國策序

千金之家，一朝中分其入之半以償逋負，其平居被服飲食器用之費，嫁子娶婦召賓上壽喪紀葬埋之具，弔死問疾任恤之事，娭遊玩好之需，自若其故，曾不少減削以佐其急；其償債所餘之半入，不一條理秩次使當其用，又不別治生產以增所本，無此，不惟家之子弟熟慮饑寒之立至而爭求自賑也，即鄰之人亦且深顰太息其傍，思欲進其少有以相資濟矣。美之儒有謝衛樓君者，吾國之一鄰人也。當吾外交紛紜，大增歲幣時，著富國策四卷，而索余文為序。謝君，謝君，子非將進所少有以資濟吾者乎？噫嘻乎！鄰之人亦既深顰太息其傍矣，家之主計者其如何？

周易象義辨正序

日本老儒曰根本通明者，聞余始至，使其徒奉手書及所著周易象義辨正二冊來見，副以日本刀。刀，國人入道正宗所鑄，八百年前物也。其書以余來為喜，且曰：『周孔之易，其傳在我邦矣。』余讀其易說，蓋著述未竟卷，聞余來而亟相示。其大旨據說卦所列象為說，其自喜者謂說卦『震為龍』為乾繇『六龍』發也。震為長子主器，乾下乾上是太子世世繼位為君，皇統一系之義。其稱易之『傳在我邦』者以此。

東士或非之曰：『羲文作易，安能知千百載後有我邦之皇統一系而豫言之乎？』

汝綸曰：不然。說經貴自適己意而已。昔柳子厚釋『乘桴』、說堯舜禪讓，其言皆絕異，然謂子厚不知經，故不可也。易之義至閎遠矣，惟讀焉者之所自取，故曰『仁者見之謂之仁，智者見之謂之智』。今日本之儒用日本事蹟為說，此自於其所親見有取焉爾，又何等不可者！凡後世事蹟前古所未見者，易之書皆若賅有之，患論世者謂易文於事無徵而棄置不講耳。國國援易以自證，而易之行遠矣。何者？易之書天下之公書，非一國所得而私焉者也。且如歐美諸國，今皆稱為文明，『文明』云者，易家言也。浸假歐美學者並能讀易，謂易所稱『文明』為歐美發也，吾羲文之易不又遠行於歐美矣乎？然則日本儒家以日本事實明易，又有說卦所列象為之證明，其言殆不為過。

抑余有疑焉。余於古今說易家最服歐陽公，而根本氏顧不喜歐，謂為『陋儒』矣。至論湯武革命，則頗同歐公，豈歐公之說故有不可盡棄者歟？抑易之為說又非一人所得而私焉者歟？若乃筮法『四營』『十八變』等文，於易無關要義，根本氏既不取易為卜筮之說，則此等可無置辨。昔之經生有入室操戈者，吾讀根本氏易說竟，持玩其所贈刀，悠然有會於易傳斷金之指，繼今以往，吾且摩厲以須也乎！

高田忠周古籀篇序

中國古文字，今書完具可讀者獨說文。說文九千餘字，蓋略準漢尉律課學童字數為書，非謂都天下所有字盡於九千而已也。凡將訓纂既久佚亡，許君一先生之言，殆亦不能無少違失。又閱時綿曠，傳寫時有訛奪。今拘學者奉許書如律令，字不見許書輒不敢行用，至『劉』字，漢氏國姓，亦以今說文無有，意改為『鎦』，不其惑歟！

日本高田忠周君示余所撰小學書，自三代彝鼎銘識，秦漢刻石、摹印、權量、瓦當、錢文，六朝、隋、唐篆隸碑額，一形之異，必摹寫甄錄，於說文所列字外，凡得二萬八千餘字，除復字，得三千二百餘字。又往往糾正叔重謬誤，皆精研創獲，未嘗前有。凡為書卅有二卷，故名古籀篇，余為易之曰文史甄微篇，取許氏自敘所謂『廣業甄微』者贈也。其隸楷異者，續別為篇。班孟堅稱古者書必同文。日本故自有國書，與中國文字別行一國，書文本不同。近今大學校率用歐州英、德、法諸國文字教肄，其通中國文者蓋寡。其國民所謂普通學，僅用中國字一千三百文，謂已足用。論者方議更減，以便學童。舉國宗尚歐文，其視吾國文直如芻狗比。高田君獨為之於舉國不為之日，可不謂豪傑特立，不因循之君子矣乎。

夫博物格致機械之學，誠不能不敢資於歐美，及若文字之學，則中國故特勝，萬國莫有能逮及者。後之君子有如高田君其人，當文化大同之日，必能折中而別白之，獨今之世，此論未渠定耳。抑所貴乎中國文字者，非徒能習知其字形而已，綴字為文，而氣行乎其間，寄聲音神采於文外，雖古之聖賢豪傑去吾世甚邈遠矣，一涉其書，而其人精神意氣若儼立在吾目中，況其宣揚王廷號令治察之行於當時者哉！此殆非以語言為文字者所可一旦暮而共喻之者已。文字盛衰與國勢遠邇，世之變不可前知，未宜執途之人而強與語。韓退之有言：『凡為文章，宜略識字。』世有治文術者，得高田君之書而研習之，庶幾其有益於多識也乎！高田君又有說文注疏、字學淵海二書，皆浩博，能成一家言。

日本學制大綱序

余來日本，問教育家名稱最顯白者，衆詘信一二指必及伊澤修二君，其後數數相過從論教育，每多忠益。久之，伊澤君出所著日本學制大綱見示，辭約而事核，全國學校若持籌而指數也。使吾國人得伊澤君是書，足不涉日域，可坐窺此邦學制之盛美，亦一快已。

日本學校屢改而益進，其制盡取之歐美，近則取德國者獨多。興學才卅年，而國勢人才已駸駸與歐美埒。問其所由，則上下一心，殫力持久不退轉而已。其所以上下一心殫力持久不退轉者，蓋誠見西力東漸，不改用西人公學而死守吾窳敗舊法，則國必亡。亡國不可為也，與為亡國人奴虜僇辱偷食息人間，不能共勍者比肩橫肱坐立，則雖舊法完且好，吾猶將革變更新之，以救吾全國人類，使得與世界他強國相等夷，不俯屈也，而況其法之窳敗，不可復用也哉！此日本取歐美新法立學之本意也。今學制大備，歐美人多黠稱之。其教育之增進國光榮非淺尠已。伊澤君俾余序其書，為具述其事效如此。

李文忠公墓誌銘

光緒廿六年，畿甸亂，東西海八國連兵内犯，詔兩廣總督、大學士、一等肅毅伯合肥李公入朝。至上海，道阻不得前，則締合東南疆帥保衛封域，使不動搖。既，北禍益急，兩宫西狩，外國兵喋血京師。公孑身犯險難，入不測之敵軍，左右前後盡敵國人，動輒防檢。公掉舌搖筆，與衆強國勝兵相抵抗，日共外國使、敵軍將率爭議盟約條件可許不可許。敵益敬禮公，相誡斂手，不分毫忤觸。久之，相率退軍，宫廟復完如故時。於是朝野中外，交走相慶，皆曰：『肉吾等死骨使不化為外國人者，公力也。』約定，兩宫還京有日矣，而公遽以勞勩告終。事聞，朝廷震悼，飾終有加禮，贈太傅，追封一等侯，謚文忠，子孫進官秩各有差。漢大臣京師立專祠自公始。外國使、敵軍將率在京者四十餘人，咸集弔唁，皆曰：『公定約時所設施，他人不能為也。』當是時，國勢傾危，外國人尚心折公至如此，咨可謂難已！

始公起治軍上海，用外國兵械，肅清江蘇，與平金陵，歐美諸國聞知，已竦起加敬。既，再提兵定中原流寇，宇内清夷，遂專力外事。在直隸最久，於外國政學、制法、兵備、財用、工商、藝業，無一不究討，尤盡心防禦。嘗言：『國家百用可省，獨練兵設備萬不可省。』於是用歐美兵法勒習所部淮將士，置局製造歐美兵器械，購鐵甲兵艦立海軍，建築大沽、旅順、威海營壘，開輪船招商公司，設各行省電線，採開平煤井、漠河金礦，皆導國使猛進，與歐美強國競盛。以財權不屬，人才不興，卒牽於異議，靳饋餫不予，使不能竟所施為。而西人顧交口稱頌，謂為『東方畢士馬克』，五洲萬國，婦孺皆知公姓名，中國因之益重云。

公既盡心防禦，顧持重不肯開兵釁，待遇外國客，能時其剛柔張弛，使來説者自失本謀。國家每與外國生隙，公輒運計謀消彌之，以故數十年中外無事。甲午，日本構兵，主議者信新進少年謀畫，不用公計策，遂成戰禍。師既敗，朝廷命公往日本議和，遇刺不死，卒定和而還。未幾，遣公歷聘歐美諸國，諸國人聞公威望久，所至禮遇逾等，忘我敗挫，交益睦親。蓋公持國事四十餘年，所與外國共事者皆一國之選，今大率物故，後之執事，聞諸故老，皆愛敬公，及八國定盟京師，其使臣大將多少年，其視公皆丈人行也，公舊望足相讋服，故兵雖勝而不敢驕，和議以此成益易。

公薨以廿七年九月某日，壽七十有九。公諱某字某，道光丁未翰林。自祖以上皆不仕。父某，進士，刑部郎中，多隱德，粵盜起，治兵鄉里，功未竟而卒。三世贈如公官。郎中與曾文正公為同歲生，故公少受學曾公。其用兵方略，為國決大計，處榮悴顯晦，事成敗不易常度，得於曾公者為多。夫人某氏，繼室太湖趙氏，父翰林修撰某官某也。公子經述，毁卒；經方、經邁以廿九年二月某日葬公某所，後夫人趙氏祔。公始無恙時，嘗以身後碑誌諈諉汝綸，汝綸不敢忘。銘曰：

猗惟我公，一國之命，命屢瀕危，恃公而振。公之振之，不恤險艱。談笑詼嘲，而厝之安。已安忘危，壞成使虧。安成公忌，危虧公毁。誰毁誰譽，視之亡如。獨其閎聲，荒遐憚驚。苞禍在心，逆折其萌。讒口百車，莫掩公功。朝有顯命，謚公曰『忠』。公壽八十，壯采故在。浩氣雄心，入土不壞。埋詩幽宫，永貞罔害。

文集四 外集

詩樂論

古者學樂而後誦詩，樂以詩為本，詩以樂為用，詩與樂相為表里者也。三百篇詩，皆播於樂，故皆領在樂官者，皆可歌。季札觀樂，遍歌風、雅、頌，漢初瞽史例能歌三百篇是也。而不皆入樂之用，其入樂之用者，燕饗祀之樂章耳。蓋凡詩雖皆播於樂，而燕饗祀之樂章，獨為雅音。雅者，常也，正也，燕饗祀常用之正樂，故謂之雅，非是不名。古樂不可復考，荀子云：『詩者，中聲之所止。』史記云：『孔子弦歌三百五篇，以求合於韶、武、雅、頌之音。』朱子皆深不然其說。蓋止於中聲者雅樂耳，餘詩則貞淫美惡，各從其類，安得一以中聲律之！且如雅頌之詩，自是雅、頌之音；鄭衛之詩，自是鄭衛之音，又安能歌鄭以合雅乎？說者又謂詩與聲有辨，聲淫非詩淫，詩則三百篇皆雅音也。不知詩者樂之章，而聲則歌其詩而被於樂之名也；惟其詩淫，故被之於樂而聲亦淫。記曰：『詩言其志也，歌詠其聲也。』詩大序曰：『情發於聲，聲成文謂之音。』由此觀之，聲非即詩之聲乎？朱子謂深絕其聲於樂以為法，而嚴立其詞於詩以為戒；聲與詩之辨，如是而已。若必別聲於詩，則所謂聲者何聲也？然則鄭聲之放，特謂不以其詩被之於樂耳。放其聲者，聖人惡亂雅樂之意；存其詩者，太師陳詩觀風之舊也。而謂三百篇皆中聲，皆雅音，誤矣！至大戴禮投壺雅歌及杜夔雅樂四曲皆有白駒、伐檀二詩，不用於燕饗祀，而亦謂之雅，白駒猶小雅篇，伐檀則變風矣。蓋不用於燕饗祀而用於投壺之禮，是亦入樂之用者。所謂止於中聲合於雅音者，或是類歟？然不可考矣。

尋孔顔樂處論曾滌生宮保安慶課士應試作

登高之法，非一蹴而至於高，必始於卑；卑者，所以求高之緣也。行遠之法，非一蹴而至於遠，必始於邇；邇者，所以求遠之基也。學聖賢之道，不可以一蹴而至於聖賢，必始於下學；下學者，所以求聖賢之方也。

昔者，周子教程子以『尋孔顔樂處』，至所樂之事，則周子、程子、朱子皆不言。然則孔顔之樂，其將遂不可知乎？曰：奚而不可知也！然則何尋乎爾？曰：所以為下學之方也。然則其不言何也？曰：不躐等而教也。何以言其樂之可知也？以其見於論語之書者知之。『從心所欲不逾矩』，此孔子之樂也。『欲罷而不能，如有所立卓爾』，此顔子之樂也。然則何以言乎其尋？尋之云者，下學之方也。高吾知之，而欲至於高則尋之於卑；遠吾知之，而欲至於遠則尋之於邇；孔顔之樂吾知之，而欲得其所樂則尋之於下學，非於孔顔尋之，於吾身尋之也。吾身而有聖賢之樂乎？無有也；何言乎於吾身尋之也？聖賢之樂，不可得而驟窺也，吾從其下學之始求之，久之可悠然會也。聖賢下學之始，未必遂有是樂也。而當其下學則有下學之樂，時習而悦是也。聖賢亦由下學之樂以漸得其所樂，吾不驟尋聖賢之所樂，吾尋其下學之樂，而聖賢之樂亦可以積久而馴至也。聖賢之樂不可尋，聖賢之下學可循。循其下學者，是即所以尋其樂者也。故曰：非於孔顔尋之，於吾身尋之也。然則程朱何以不言也？曰：何為其不言也！其曰『聖賢之心與道為一，故無適而不樂』，又曰『見處通達無隔礙，行處純熟無齟齬』，此其以孔顔之樂示人者也。其曰『克己復禮，致謹於視聽言動之間，久之自純熟充達』，又曰『今且博文約禮便自見』，此其以尋之之方示人者也。雖不明言所樂之事，而其所以教人者，固已深切而著明矣。

若夫進始求下學之人而驟語以大聖大賢之極詣，使舍其切實之功，而索之無何有之鄉，空虛冥漠之處，是豈程朱之所言者哉！人之欲登高者，吾從其高而詔之，不能也，必由其卑者而引之使高；人之欲行遠者，吾從其遠而詔之，不能也，必由其邇者而導之使遠。程朱之言，亦若是而已矣。

然則孔顔之樂，其尋之而得者有其人乎？曰：有！程朱是已。程朱者真知孔顔之樂處者也。是故必如孔顔而後能樂，必如程朱而後知孔顔之樂，必如程朱之言而後能尋孔顔之樂。

左忠毅公畫像記

汝綸兒時，聞先輩人談忠毅故事，輒自恨生晚，不及一識其面，故庚申冬以亂僦居公故宅，從左君質夫所求公遺書讀之，又見公家書手稿，益彷佛遇其為人。一日，質夫手二畫示予曰：此公父母封大夫封夫人像也。予為正色斂容，肅拜而後敢仰視，因更索公像。質夫曰：『公像先是失於家久矣。某歲，鄉某攜畫行，忽大雷雨，衣盡濕，遂入一村避焉，主人展畫視，大驚曰：「此余祖也。」索而藏之，歸其直。蓋主人公裔孫而畫公像也，於是復存，今藏他所。』余曰：『噫嘻！公之精爽，不可泯滅，一至是耶！』

當魏璫之矯旨逮公也，偽詔下，晴空忽大雨如注，讀畢乃止。其忠義所激，動天地、泣鬼神類如是。是畫殆公之精爽所寄也，其幾失而終存，固亦有使然者歟！夫公功烈垂後世，節義在天壤，後之人讀其書、考其遺跡，猶想見其為人，雖是像之存不存，亦何加損於毫末，而顧若是夫！人生百世下，追摹古賢人烈士，每恨不並世而出，得一目接光容，極其慨慕所至，雖一器一物，手澤所留遺，無不低徊珍重，摩挲不能去，況得瞻拜遺像，識其面目於數百年後，其慨慕又何如也！然則是像之存，所系顧不重歟！

公父母像，閱今垂三百年矣，視之瀋墨猶新。由公像論之，是皆有神氣呵護，不使敗壞者。抑其精爽，歷古今固不能敝也。公像藏他所，不獲見，然余既讀公書，睹公手跡，又具聞於質夫者如此。則余之見公像也久矣，因記其大略如此，『公像目光如炬，立其前若正視，人在側，亦側睆焉』。質夫云。

三易異同辨

連山也，歸藏也，周易也，其書同耶？異耶？曰：其名則皆易也，其序則皆自『乾』至『未濟』也，其用則皆『九六』也，同也。至其所繫之詞，則孔穎達所云『聖人因時制宜，不相沿襲』者，此其所以異者也。三易之名見於周官，當時夏殷之易與周易並用。至孔子表章周易，其後二易漸廢，及遭秦火，惟周易以卜筮得存，而連山、歸藏以不用而書亡矣。桓譚新論云『連山藏於蘭臺，歸藏藏於太卜』者，此偽託者也。漢以後儒者並未見連山、歸藏之書，各以意說，於是有謂『夏商未有易名，連山以山上山下為名，歸藏以萬物歸藏為名』者，有謂『連山首艮，歸藏首坤，而三易之道，通於三統』者，有謂『周易以變者為占而「用九用六」，連山、歸藏以不變為占而「用七用八」』者。諸說紛紛，莫有疑議。余嘗推求其義，而有以知其必不然也。

蓋自伏羲畫八卦，因而重之，以為六十四卦，以教人卜筮，而前民用，於是乎有易：當其卦畫既成，必為之名以命之，則所謂易者是也。又必有其先後次序、一成而不可變者，則自『乾』至『未濟』是也。有其名矣，有其序矣，而其所以教人卜筮者，又必有其入用之法、一定之例焉，則所謂『用九用六』者是也。此伏羲作易之本也。連山、歸藏、周易雖三代異世，數聖異書，要皆本於伏羲而為之者，而謂各取其書而反復顛倒之，更改其義例而數易其本名，有是理乎？夫連山、歸藏，惟其皆名易也，故周禮著之以為三易，而周易之書題周，以別餘代，使夏商以前未有易名，則言易已別餘代矣，何必更題代名？而周禮又安能概以易之名加之連山、歸藏而謂為三易耶？陳大昌以季札觀樂十五國之歌不言『風』，遂謂詩無『風』名，今以連山、歸藏不言易，遂謂無易名，何以異於是。若謂連山取『兼山，艮』之義，歸藏取『坤以藏之』之義，則一書之名，止取書首之義充其說，則周易可因『乾』為名，而春秋可以『春王』名書矣，此說之不可通者也。況所謂『兼山艮』與『坤以藏之』云云，又皆孔子十翼之說，豈夏商之書並取義於周易之傳耶！至所謂『山氣連連不絕』與『歸根藏用』等說，又皆穿鑿鄙陋，不待辨而審其誣者矣。

古書名義今不可考。姚信以連山為神農、歸藏為黃帝，考世譜：神農一曰連山氏，亦曰列山氏，黃帝一曰歸藏氏；漢書古今人表亦著列山、歸藏。按他書止載堯舜，繫辭傳庖羲而下特著神農、黃帝，明二帝之有造於易。黃帝本紀『迎日推策』，策即蓍策。而神農重卦，至今猶傳，雖其說非是，其必於易有述者。是則連山、歸藏，先儒以為神農、黃帝之書而夏商用之，說蓋近是。其謂之連山易、歸藏易者，亦猶周易之著代也云爾，豈如後儒之傅會鑿說云云者哉！

至若六十四卦重於伏羲，則六十四卦之序亦必定於伏羲，使非伏羲定其序，則當重卦之後，六十四卦果何如位置？卦之次序既伏羲所定，後之聖人雖各有所述，其於伏羲已定之序，必無有所異同。況其起於乾止於未濟者，乃法象自然之妙，其義蘊之深，又如序卦所云，則當伏羲之時，已為百世以俟聖人而不惑者哉。今謂連山首『艮』是少陽先於老陽，而子加於父也；歸藏首『坤』是陰先於陽，而地尊於天也。其於法象義蘊，不已傎乎！為此說者，殆以戴記『吾得坤乾』之一言為歸藏之明證，歸藏首『坤』既有明證，則連山首『艮』又可例推。不知周禮之言三易，明謂經卦皆八，別皆六十四，未嘗以為有異也。今舍周禮之明文而徵戴記之說，固已不足深據，又況戴記並未嘗以『坤乾』為歸藏。鄭康成注禮，弟謂『坤乾』為殷陰陽之書，其書存者有歸藏云爾，亦未嘗即以『坤乾』當歸藏也。又按干寶云：『初乾初奭初艮初兌初犖初離初厘初巽，此歸藏之易。』干寶所謂歸藏，已屬偽書，然亦未嘗以為『首坤』也。戴記無是說，注戴記者亦無是說。即偽本歸藏亦並無是說。而梁元帝、孔穎達、賈公彥等乃始援戴記之『坤乾』以證歸藏之『首坤』，豈足信耶？又況連山『首艮』，於書並無徵據者耶？

至謂三易通於三統，則天統地統猶可言也，人統何以獨取艮之『少男』？八卦之配十二時、廿四位，術數家之說耳，聖人所不言也。即乾坤艮之合於子丑寅，猶非本義，況其不盡合耶？且著書立教，隨在皆寓，其改正朔、易服色之義，何淺之乎？為聖人也。然則『首艮』『首坤』，其說誣矣。易之為書也，以變為名也。其用之卜筮也，以變為用，不變不用也。陽爻用九不用七，陰爻用六不用八。老陽變少陰，老陰變少陽，故用九六；少陽少陰皆不變，故不用七八。今謂連山、歸藏用七八，是周易變而連山、歸藏不變也，何以謂之易？且以不變爲占，則一卦止一卦之用，一爻止一爻之用，極其所終，不過六十四卦、三百八十四爻而已耳，何以悉備廣大，又何以引伸觸類而畢天下之能事哉！且夫用九用六者，其法則伏羲之法，其例則伏羲之例也。使謂連山、歸藏始用七八，而周易始用九六，是易之用至周始定，夏商以前，俱為未備。推而上之，當伏羲之時，其用何如耶？抑豈卦畫已具而無用耶？不然，則其法與例皆伏羲之本，固不待文王而始定其用矣。連山、歸藏固不能易其已定者而為之用矣。考之於書，左氏春秋傳季友之筮『遇大有之乾，曰「同復於父，敬如君所」』；國語晉成公之筮『遇乾之否曰「配而不終，君之出焉」』等說，今易並無其文，此固二易占辭也。既曰『乾之否』，非用變而何？此亦可以辨『用七用八』之非是矣。而或以為穆姜之筮『遇艮之八』，此連山之易也，可為連山用八之證，不知穆姜之筮，占周易之彖辭，彼固用周易而非用連山易者。且其下云『是謂艮之隨』，連山既用八而不變，何以復之隨耶？此所謂以子之矛攻子之盾者矣。夫春秋傳所引占辭，其見於周易者，其以周易占者也，其不見於周易者，則其占之連山、歸藏者也，豈其占用二易，而所占之辭復用周易乎？先儒謂『艮之八』者，謂五爻皆變惟六二少陰不變，故謂『艮之八』。晉重耳筮得國，遇貞屯、悔、豫皆八，內卦兩少陰，外卦一少陰，故云『皆八』。蓋變爻既多，因主不變之爻為言耳，此豈可為二易用七八之證耶？凡此數說，其穿鑿傅會，顯然可見。而漢唐以來儒者承訛襲謬，未嘗置議，皆習而弗察之過也。此余所為辨駁其誤，而獨以為三易之所同者也。

至其卦辭爻辭，則周易乃文王、周公之所繫，連山、歸藏有不如是者，傳記所載，可考而知也。朱子贊易云：『降帝而王，傳夏歷商，有占無文，民用勿彰』，此又未必然者也。二易之所以異於周易，亦異之於其繇辭耳，然無繇辭則是伏羲之易矣，何所辨其為連山，又何所辨其為歸藏耶？且『民用勿彰』，周禮之掌於太卜筮人者，果何所為也！余有以知其必有繇辭，而其辭之必異於周易者也。夫惟其名、其序、其用皆無所異，故皆謂之易，惟其繇辭有所不同，故謂三易。其名、其序、其用者，伏羲作易之本也；繇辭者，後聖之所各製者也，此三易之異同也。

益稷辛壬癸甲說

尚書：『娶於塗山，辛壬癸甲，啟呱呱而泣，予弗子。』孔安國云：『辛壬日娶，至於四日，復往治水。』據此，則『辛壬癸甲』四字當屬上『娶塗山』讀，『啟呱呱而泣』屬下『予弗子』讀，蓋兩事也。頃為五弟繩講是書，繩疑娶四日而啟即呱呱泣，以質於余，余舉安國說答之。及讀史記·夏本紀云『辛壬娶塗山，癸甲生啟』，索隱以為今文尚書脫陋，太史公取其言而不稽其意也。夫天下豈有辛壬娶妻經二日生子之理！以為史記因今文而誤記之，其說近是。余以繩所疑者古亦有說，因舉史記告之，且具道索隱之駁議也。適母自外至，聞余說，笑曰：『四日而生子，豈得以為無是理！彼所謂生子者非遂生之也，蓋謂娶四日而妊也。』余敬而聽之，不禁豁然於心。

竊惟理之不易者，必當於人心之公。繩之疑是亦人心之公也，將孔說雖正而仍有未當於人心者歟！夫經以啟呱呱繫於娶塗山之下，而以辛壬癸甲間之，是雖二事，而實有其相連者。此繩之疑之所由起也。且史記之說，本於今文，今文載之於前，司馬遷踵之於後。而不以為異，是不得謂為脫陋與不考也。今文傳於伏生，較古文為可信。先儒多致疑於古文，而於今文固未嘗置議也。司馬遷受書於安國，故史記多取古文，其改用今文，必其說較審於古文者，而此不用古文，其必有說矣。書之意蓋謂既娶之後，亟趨王事，未嘗久留於家，啟之生則妊於娶後之二日耳，及生而呱泣，則又以趨事之故而弗子焉。是雖舉二事，而意實相連也。若如孔說，則亟往治水之事經未明言，而弟舉辛壬癸甲之四日，其於詞為未終，而於文為有闕矣。余以是知今文之不誤，而史記為有據也。不然則謂娶經二日遂已生子，人情所必無，雖三尺之童皆能辨其誤，而司馬遷顧襲今文之誤而曾不之考耶！余得吾母之言以通繩之疑，因錄之以備一說。

矮栝說

曩吾伯父手植矮栝一株，垂卅餘年，大且十圍，高不逾丈。樹故在牆以內，而適與牆並。吾父甚愛之，以名吾居。後經兵亂，環吾居栝柏十餘樹為一空，而是栝以勢不甚高，又為牆所隱蔽，孑然獨存。前年，吾叔父斧其下枝之輪囷者，又縱其上枝之萌櫱者，逾年而是栝且高於牆丈餘矣。然以其故矮也，仍名之矮栝，而吾居猶曰

『矮栝居』。

夫以是栝之始高不逾牆也，立乎牆以外，不知其十圍之大也； 今則未至吾居，而是栝已顯然在人目矣。豈是栝也前處其晦，而後乃自致於顯耶？ 將顯晦有時，而是栝適遭其會耶？ 抑亦屈辱既久，終不能自秘其奇者耶？ 雖然，栝之為物，固所謂勁直堅貞、貫四時而不改柯易葉者也。 方其始之矮也，有使之屈焉者也，而其所為參天而拔地者固在也。 及其後之翹然而高也，又有使之伸焉者也，而其所為傲風霜、凌冰雪者亦自在也。顯晦屈伸之間，又奚足加損於毫末也哉！

游大觀亭故址記

余幼即知大觀亭為皖城名勝之區，長而聞名賢登是亭者多弔余忠宣之墓，又意亭之所以名附余公而名也，獨恨未得一睹其勝。 今年應試皖城，始從方先生存之遊其地。 四山迴旋，長江接天，覽其風景，慨然想見當時之盛。 而亭址廢為軍壘，思求勝跡，蕩然盡矣。 惟余公之墓，為前中丞彭公重修，豐碑高塚，一如曩昔。 相與低徊憑弔，久之乃歸。

夫亭之廢久矣！ 今日之游，非震於其昔日之名耶？ 然求其勝跡，已無一存，更閱異時，誰復知有是亭者！ 若余公之墓，則雖無彭公之修治，吾知千百年後，必有憑其墟而弔者矣。 而中丞理墓時，曾不及是亭。 意者園林臺榭之盛，固不如忠義之氣之感人深歟？ 抑有所附而名者無不亡，惟其所以名者為可久耶？ 然則非有不朽之實，雖盛名震耀，未有不終歸泯滅者也，獨是亭也歟！ 茲游也，先生曰『必有記』，故記之。 同游者元和朱君仲我，績溪章君琴生，吾邑蕭君敬甫、程君曦之也。

銘十一首 選五

缺硯銘

缺於外，為眾所棄。 中有容，吾取其空。

煙筩銘

吐其渣滓而吸其精。 塞，吾致其通，通乃靈。

鏡銘

體雖昏，鑒人則神。 何不刮汝垢，全汝真，使汝常明者存？無為以其昏昏照於人。

杖銘

顛予汝扶，汝不自扶，扶之者予。

酒瓶銘

守吾口，有容乃大；出吾所有，使汝醉。

錢楞仙駢文序代

吾嘗讀樊南李氏偶儷之文，竊怪以彼其才追取世資，不難躋顯要、立名績，乃以黨人排笮，淹躓終身，豈造物者故蹇其遇以大昌其文耶？及糾察其詞，又知彼雖偃蹇，而感憤之氣故未即平，汲汲焉望援干薦之不暇，殆內不自得而寓於文者也。使其所遇或可騰驤以赴功名之會，豈復遺外榮寵，窮年兀兀，惟文藝之求哉！

余同年友錢君楞仙，篤嗜李氏之文，嘗掇輯其佚篇二百餘首，為樊南文補注，刻成寄余。余因問君生平自為文幾何，將助而鋟之。已而，君以書來，則已開雕袁浦，將藏事矣。君自弱歲秉奇惠，掇巍科，臺省耆舊，固已交譽互薦，一為國子司業，京輦仰為宗匠。中歲棄去，會東南大亂，播越江淮，備嘗艱險，視義山之庸書販舂，蓋又過之。顧義山名宦不進，然猶數游京師干貴人，歸窮自解，君始則以憂去耳。當時朝無牛李之黨，非必齟齬莫我容也。乃服闋以後，屏跡不一至京師，薄游楚泗，都講授徒，遂將約窮以老。疑其中懷悲憤，有不可喻諸世人者。及讀其文，則磊落洞達，灑然若並身世順逆而俱忘，又何泰也。若君者，可謂自行其志，雖厄窮而無不自得者矣。

始，余在京師，與君連欐而居，日相遊從，酣嬉跌宕而不厭。咸豐改元，與君摯別，忽忽近廿年，僅一再遇君袁浦。方初暌離時，豈意其後契闊如此。聚散之不恒，世變之難逆睹，均不能無感也。

君文不盡效李氏。沖夷清越，藻麗自生。吾知後世必有讀而好之如君之於李氏者，余亦不復詳論也。

讀韓非子

太史公傳周末諸子皆不載所為書，以為世多有，故不論也。及為韓非傳，獨取說難著於篇，或曰以非之智而不自脫於秦，子長蓋深傷之。余謂不然。非之咎在好持高論，實不能行其所言，而說難則本誦師說，非其自作，故背棄尤甚，卒所以不能自脫者，其本不足也，非烏得為智士哉！

當戰國之世，諸子紛紛著書干世，其言各有指要，及考其行事，往往不合。太史公病之，故於孫吳傳見其義，曰『能言者未必能行』。然亦未有言行相背如韓非之於說難者。非為說難有曰『周澤未渥而語極知者身危』，又曰『辭言無所擊排』。今非初見秦遂歷詆謀臣不忠，雖意主於存韓，而說則疏矣。至進退人才，尤不宜輕易干與。非一韓客耳，奈何沮姚賈上卿之封，此非說難所稱宋人壞牆之說耶！其卒不自脫，蓋其術有以取之。嗚乎！其亦不智甚矣。不然，秦王始見非書，恨不與遊，及非來，且欲大用，何為聽李斯、姚賈一言，遽欲殺非哉！夫說難之指，類有智術者之言，由其道，足以自全於亂世，固明哲保身之君子也，何非之所為如此！余嘗求其說，不得，及讀孫卿非相篇有所謂『凡說之難，以至高遇至卑，以至治接至亂，未可直至』云云者，然後深明其故。蓋非嘗受學孫卿，後雖大變其師之術，而猶掇拾緒言以自佐其論議。孫卿遺春申書見於戰國策，今荀子無此篇，而非書有之。然則非書之本於孫卿者，蓋亦夥矣，說難之作，則其誦師說而為之者也，弟孫卿言略，非乃就而衍之加詳密耳。然亦豈知言愈詳密，而愈不能自用哉！

非他篇多切究情狀，窮極事類物態，持論之高，當時李斯已自謂不及。然由說難推之，使非得志，亦必不能自行其言，無疑也。嗚乎！此太史公所為獨著說難以見義歟？獨是非為說難雖本誦師說，使不出而說秦人，亦未知其智術短淺如此。世之閉戶著書以立言自期許，幸而身廢不用、無由自暴其短者，蓋亦不可勝道矣。若非者，其亦不幸矣夫！

籌洋芻議序

甯紹臺道薛使君示余所為籌洋芻議，其卒篇曰變法，余讀之，為廣其說曰：

法不可盡變。凡國必有以立：吾，儒也；彼外國者，工若商也。儒雖貧，不可使為工商，為之而工商不可成，而儒已前敗，失其所以立矣。使彼之為法者而生乎吾之國，其所為作也故且異乎是，吾獨奈何而盡從之？然則將一守吾故而不變乎？是又不然。吾之法，聖法也，其本自堯、舜、禹、湯、文、武，由堯、舜、禹、湯、文、武而秦漢，而唐，而宋，而明，而逮乎今，每變而益敝，而彼乃始開而之乎完，以吾之敝，當彼之完，其必不敵者，勢也，是烏可不變！

夫法不可盡變，又不可一守吾故而不變，則莫若權乎可變不可變之間，因其宜而施之。今權乎可變不可變之間以施之者餘廿年矣，然而一如其未變，又何也？曰：室之敝也必改為，為之必於工師；疾之劇也必更治，治之必於醫；棟楹之材，陶冶削之，不能成一椽；萬金之藥，巫覡劑之，不能成一方。取彼之法，役吾之人，吾之人不習彼之法，欲其才之赴其事也，是責跛牂以千里，望狼瞫於嬰兒也，必不幾矣！

今諸國之在天下，略如昔之七國，國大小異耳。七國之時，以客卿為謀主者不可勝紀，而秦自商君迄李斯，累世國相，大氐諸侯之客為之。今外國之士，負其能思效於異國者，亦不可勝紀，在所欲用耳。賢者不獨居一國，吾貪其賢，彼不為吾試，殆未有也。昔者聖祖之定律也，得西士南懷仁、湯若望之徒而任之也。使不得西士，徒用中國之曆官，雖日考徐李之新法，采職方外紀之遺論，能精西曆天算之術不也？然則為今之計，欲用西法，而釋習是法之西士，得乎？

難者曰：今非不用西士也，如絕不效何？曰：吾所謂用西士者，非謂凡西士而盡可用也。執涂之人而用之，西之涂人，視吾之涂人也奚以異。曰吾所用，其賢也，賢其所賢，則賢西之賢，視賢吾之賢也又奚以異。語曰：『惟賢知賢。』薛使君吾之賢也，今柄用於時而銳意變法，殆必有以知之者。因題其書之首，俟他日為之徵。

尹處士傳

尹處士諱龍驤，字汝諧，桐城人。少嘗有文學矣，師事邑老儒張西園先生，先生奇其才，以女妻之。澹於榮利，不就有司之試。或勸之試，試即未竟，輒棄去，以故無所知名。當是時，尹氏諸老人始議輯其族譜，訪於里，得知名士人為之撰定。而君方夫婦樸力耕作，以孝養其父母，有餘則稍推以分其昆弟。即有歉歲，則雜菜茹為糜以自食，而賙其族戚之貧無貲者，韜文表質，雖其族人亦未知其從學未也。

桐為縣自前明以來多文章氣節之士，其高者至為海內所宗，次亦敦行誼績學以自善於鄉里。陵夷至於道光之季，稍衰微矣。邑中諸生，至往往聚人徒談學術，博名高，以相矜重。君聞之，心顧弗善也。嘗與邑兩生遊，已而兩生者先後皆貴仕，則絕跡不相往來。用是，鄉人鮮知君者，曩吾友楊伯衡謂余曰：『東漢之士，多隱處巖穴，不為時屈者，當時朝廷數事徵辟，諸名士亦各廣氣類，務標榜，傾動朝廷，故可為也，今則貴者與貴者比，富者與富者比，士之行不聞於官，農之行不列於士，不進用於時，則朋友不足相振引，財賄不足自贍給，有槁死而已。今觀尹所為，亦幸而有田可田，有居可廬，有餘貲以庇其昆弟族戚耳，不然則亦槁死而已。』伯衡之言，其信然歟！

雖然，為善於一鄉，鄉人不及知；為善於一族，族人不及知。循是而推之，雖使尹君自少求科舉出而欲自樹立於時，亦豈有當哉！會尹氏譜久不成，前所訪士人已倦去，君於是稍出其文學，博採邑中著姓，得譜牒十餘家。而張氏譜成於文端公，姚氏譜成於姬傳先生，號為精審，君皆師其義例而折中之。屬稿未成而兵起，又數年而君遂卒。有見君族譜者，於是知君非樸力耕作者也。尹氏之族將刻君所為譜，鑒亭以狀來屬為傳，故次之。君妻張孺人前君卒一歲，死於兵。子四人，存者二人。孫二人。

蔡篆青詩集序代

吾嘗謂古之閎偉卓絕非常之士，內有以自足，而才周於用，凡發而見於世者，視其中所蘊蓄，蓋皆若百圍之木之一脫葉而已，不足侈然專之而以為號名也，況於文藝之末乎？蔡篆青先生，吾先人行也，某少長繼遊從。先生誼甚高，行甚清，自少名能詩閭里，年八十餘矣，為之不倦。滋益勤，所為滋益多，都其詩為四卷，遣子走三千里，奉書及詩抵某，屬為序。蓋先生之於詩，治之久且篤矣，顧乃不自喜，告某曰：『吾詩遇物寄興耳，不能窺古作者堂奧也。』嗚呼！此所謂不侈然專之以為號名者歟！

先生居浮槎山下，浮槎者，吾郡佳山水處，昔歐陽永叔為浮槎記，謂山林之樂，貴富者不能兼，故『有以自足而高世』。先生殆即其人。獨某德薄能鮮，羈牽名位，勞役而不休，與其鄉之父老分張久矣。讀先生詩，恍然置身浮槎、巢湖間，坐茂蔭而聽潺湲也。

二許集序

當乾隆時，吾縣有二許先生者，伯曰鹿柴，季曰深稼，兄弟競秀，並有文譽。嘗受學於吾家生甫先生，又頗漸染於方靈皋侍郎。其為文考經證史，敍述志意，往往可喜。當時不大著，逮茲百有餘年，子孫世守不失，蓋其家法承傳者遠也。二先生世居黃華，黃華者吾縣之南幽麗勝絕處也。群山盤互，蕚跗駢植，許氏居之成聚，其長老子弟率皆秀發能文，有聲於鄉邑。去年，雲卿孝廉過冀州，出二先生書示余，使為序，固辭不能，其別也又累以書請。今雲卿選全椒教諭，將南歸，又為書促之。

余嘗愛黃華山水，往往喜從許氏諸老人游，相與訪求里鄙遺事，因以遍覽奇勝。蓋吾縣山水名天下，其維首自灊之天柱，及龍眠駢枝東騫、歧出傍騖；其南折也，蜿蜒迤邐拗怒而墮乎江；未抵江廿里，為黃華，瞻顧依韋，如不欲去。余嘗憑高而望，大江旋抱如玦，右顧天柱，卓立雲外，意山川盤鬱之氣，蓋未艾也。今尚有隱君子如二先生者嘯歌偃仰於是間者乎？雲卿之官，過故里為吾訪之。他日吾歸，徜徉山水間，坐石衣，掇溪毛，憑弔今古，尚庶幾其一遇也。光緒十四年九月。

文集 補遺

詩序論二

毛詩之序，本自為一編，自鄭康成、孔穎達皆以置諸篇首為毛氏所分，後儒均依其說。余嘗考之諸書，而有以決其非毛氏所分也。

按漢書藝文志『毛詩經廿九卷，毛詩故訓傳卅卷』，是毛氏之傳，已自與經別。孔穎達云『馬融注周禮謂欲省學者兩讀，故具載本文』。然則後漢以來，始就經為注也。今按引經附傳，不知始於何人。據藝文志所載，經、傳率皆別行，則前漢之世，無以傳入經者可考也。詩序亦傳也，毛不自以傳附經，豈獨以序附經哉！漢志、毛傳較經獨多一卷，孔氏不知所並何卷。夫經、傳雖自別行，卷數不應亦異，經廿九卷，則傳亦廿九卷止耳，餘一卷必序也。蓋詩序雖先儒授受之舊，然毛以前實未著於文字，陸德明所謂『口以相傳』者是也。毛既自為詩傳，因取先儒口傳之序亦筆之書，後人謂毛公作序者以此，此詩序一篇所以不附經後而附於傳也。不然，所謂卅卷將並何卷數之哉！

或曰：序在篇首，舊矣，自鄭箋時已然。孔氏亦云分諸篇首，義理易明。今按孔疏解經、傳，例舉本文首末。今其解序，每篇必冠以章句，終於序末，如解葛覃必云『葛覃三章、章六句，至以婦道』之類，止關雎不冠章句，是舊唯關雎序在篇首，餘序自在章句之下矣。曰『章句毛所分也，序在章句之下』，蓋毛氏之舊。今所傳古注本列鄭氏章句，其毛與鄭異者，以『故言』別之。『故言』，毛說也，是毛氏已分章句，鄭稍改易耳。毛以序自為一編，即分章句諸序之首，使篇章畫然不亂。後人引序入經，猶仍其舊，故孔疏云『定本章句在篇後』。凡孔氏所引定本，皆非已所釋之本。今云定本在篇後，則孔氏所釋之本章句仍在篇首，明矣。其關雎序不冠以章句者，蓋關雎大序，統論全詩，不僅為一篇之序，故獨在章句之前，亦毛氏之舊也。獨怪定本既絀章句於篇後，而序仍冠篇首，失其舊次，遂使後人奉序如詩題而不敢議耳。

然則序在篇首，既非毛氏所分，則分之當自誰始？

曰孔氏云就經為注，始於後漢，則引經附傳，當亦始於後漢，但不必自馬融始耳。然則此序之分，亦在後漢之世，其衛宏之徒歟？宏注序，亦就序為注，故後與序混，蓋宏既分序於篇首，其注又誤入序文，此范蔚宗輩所由以序為宏作也。

讀盤庚

予讀尚書盤庚三篇，見其詞溫厚和平，藹然淪浹心體，未嘗不歎先王憂民之深，牖民之切，而其易亂為治，有由然也。盤庚承陽甲後，當耿圮時，固不得不遷之勢。然民間沈溺墊隘，蕩析離居，人心渙散，又惑於利害之浮言，若不反復告諭，化其安土重遷之心，而遽欲奠攸居、綏有眾，常舊服而正法度，此必不能。惟盤庚諄諄開導，不以政令，而以話言，雖民之怨誹逆命，而略無怒戾之意形於語言之間，如是而民雖至愚，亦未有不為之心動者，浮言安得不息，傲上從康之心安得而不化耶！蘇氏謂『先王動民而民不懼，勞民而民不怨，盤庚德之衰也』。予謂不然。孟子曰：『以佚道使民，雖勞不怨。』遷殷之舉，非所謂佚道使民者耶？然則其怨何也？史稱商自仲丁至陽甲『比九世亂，諸侯莫朝』。盤庚立於商道衰微之時，人心背叛之後，成湯、太甲之澤既衰，而仲丁、陽甲之暴實著，方慮勝殘去殺之不暇，而遽責以動而不懼、勞而不怨，不亦迂乎！蘇氏所論，蓋三代盛時，承平數百年之久，民之漸劘于仁政既深，而非所論于盤庚之初，『諸侯莫朝』之後者也。

嘗論平王遷洛而周以漸衰，盤庚遷殷而商以復興者，何也？岐豐之地，土厚水深，其民從教，文、武、成、康基王業於此，盛德至善，入人無窮。洛邑雖成王欲遷之地，而前王之化及於此者蓋淺，故自遷之後，先王政教，蕩然無存。耿之為地，既土弱水淺，沃饒近利，而亳都又成湯開基之地，其法易修，其政易行，其業易復，故自遷之後，復湯舊績，諸侯來朝，而盤庚為中興聖主。然則殷周之遷，一則棄祖宗基跡之舊，一則復祖宗基跡之舊，此其所以跡同勢異，而興亡盛衰之所由判也。

盤庚之書分為三篇，王氏謂上篇告群臣，中篇告庶民，下篇告百官族姓。夫『百官族姓』，群臣統之矣，非於群臣之外又有所謂『百官族姓』也。若中篇所謂『我先神后之勞爾先』『古我先后，既勞乃祖乃父』云云，即上所謂『古我先王，暨乃祖乃父，胥及逸勤』『世選爾勞』者也，安所辨為告庶民耶？予謂三篇大抵皆為世家大族『伏小人之攸箴』而『胥動浮言』者言之，初無臣庶官族之判也。至篇中『高后崇降罪疾』及『乃祖乃父告我高后』等語，雖一時戒懼之詞應爾，其亦商人信鬼之徵也夫？

讀項羽本紀

項梁用范增計立楚懷王孫心，及漢元年，項羽殺之。蘇氏曰：『項氏之興也，以立楚懷王孫心；而諸侯之叛之也，以弒義帝。項羽殺卿子冠軍，則弒義帝之兆也。』予讀太史公項羽本紀，竊謂項氏之亡，不亡於弒義帝，而亡於立義帝；義帝之死，不死於羽殺卿子冠軍，而死於立卿子冠軍。

夫黜陟者，人君臨天下之器也。黜陟明，斯人心歸附，國家和輯，強臣斂跡，引分相安，而君身賴以自固。黜陟不明，則人心不服，國家擾亂，跋扈之臣，皆挾其怨望之心，以深構不測之禍，而君身亦無以自全。是故明君杜背亂之端，必於謹賞罰始。安陽之役，宋義與羽論擊秦兵，其計已失；至謂羽曰：『披堅執鋭，義不如公，坐而運策，公不如義。』何其愚也！彼其料項梁之敗，特其言之偶中者爾，義帝遽拔之項羽之上，以為上將，此義之所以死也。嘗論項羽鴻門之會，以勍敵當前，而失之交臂；安陽之役，以同寮之誼，偶有違言，遂悍然推刃相加者，何也？鴻門之會，高祖以甘言紿之，故雖身蹈危機，而終以免禍；安陽之役，宋義以大言驕之，故雖辯論小失，亦終不相容。由此觀之，羽為人固恥居人下者也。昔楚子文以伐陳之功使子玉為令尹，叔伯疑之，子文曰：『吾以靖國也。』然則令尹之使，子文非重任子玉，乃所以陰制子玉也。今項羽之功什倍於伐陳，而恃功之心甚於子玉，義帝乃以至愚之宋義置乎其上，黜陟於是失當矣。黜陟既失，背亂必興，矧恥居人下之項羽哉！吾故曰義帝之死，死於立卿子冠軍時也。

雖然義帝之立宋義，誠見弒之兆矣。至項氏之立義帝後日益盛，及弒義帝後日益衰，義帝一身系項氏存亡如此，亦得謂『亡於立義帝』耶？曰：諸侯之叛，項氏之所以亡也；義帝之弒，諸侯之所以叛也；義帝之立，義帝之所以弒也。古之起大事發大難者，必有鎮天下之威，號召天下之權，使英雄豪傑翕然景從，奉令承教，如身之使臂，臂之使指。增之勸立義帝也，為義帝耶？彼固民間一牧豎耳，昏庸愚懦而不足有為者也。居九五之尊，而使一時智勇之將舉屈首而臣事之，此正居高易危，即無項羽，亦萬無可以自安之理；江中之弒，不待智者知也，增顧不逆睹之歟？吾有以知其非為義帝也。為項氏耶？則固藉以為名，終將去之者也。夫起事可倚，成事易除者，必其可挾以令天下，以彼之威，致吾之威，以彼之權，行吾之權。今義帝既立，而即以宋義置羽上，入關之役，獨使高帝而不使羽，是項氏不能挾義帝以令天下矣。不能挾義帝以令天下，勢必弒義帝以自安。義帝一弒，諸侯藉共主之名，勢必以弒君之罪討羽。增能使項氏立義帝，不能使義帝為項氏用；不能使義帝為項氏用，即不能使羽不殺帝而諸侯之不叛羽；是義帝之立，無益於項氏，而徒予以篡弒之名，而開其召叛之隙，項氏雖欲不亡，夫焉得而不亡！夫狐埋之而狐搰之，是以無成功；弈者舉棋不定，不勝其耦。知弒義帝而諸侯必叛楚，則夫立義之所以亡項氏也，豈顧問哉！

嗟乎！義帝以本無上人之才，而使乘上人之位；項羽以不忍下人之心，而使居下人之勢；是使婢作夫人，而猛虎受制於羊也。義帝之死，項羽之亡，不皆范增之奇計哉！

與楊柏衡論方劉二集書

伯衡足下，辱示與王篠池書，文氣疏暢，知足下留心於古人之文者深也。前座上論文，盛推海峰，而左袒望溪才弱之說，某竊心疑焉，而未敢有所枝梧。歸，挑燈重展方、劉二集，伏而讀之，竊意足下之盛推海峰者，才耳，弟海峰信以才鳴矣，望溪亦何嘗無才也！

夫文章以氣為主，才由氣見者也。而要必由其學之淺深，以覘其才之厚薄。學邃者，其氣之深靜，使人饜飫之久，如與中正有德者處，故其文常醇以厚，而學掩才。

學之未至，則其氣亦稍自矜縱，驟而見之，即如珍羞好色，羅列目前，故其文常閎以肆，而才掩學。若昌黎所云『先醇後肆』者，蓋謂既醇之後，即縱所欲言，皆不失其為醇耳，非謂先能醇厚而後始求閎肆也。今必以閎肆為宗，而謂醇厚之文為才之不贍，抑亦過矣。

夫才，由氣見者也。今之所謂才，非古之所謂才也，好馳騁之為才；今之所謂氣，非古之所謂氣也，能縱橫之為氣。以其能縱橫好馳騁者求之古人所為醇厚之文，無當也。即求之古人所為閎肆者，亦無當也。然而資力所進，於閎肆之文，尚可一二幾其彷彿，至醇厚則非極深邃之功，必不可到。然則望溪與海峰斷可識已。大抵望溪之文，貫串乎六經子史百家傳記之書，而得力於經者尤深，故氣韻一出於經。海峰之文，亦貫串乎六經子史百家傳記之書，而得力於史者尤深，故氣韻一出於史。方之古作者，於先秦則望溪近左氏內外傳，而海峰近戰國策；於西漢則望溪近董江都，而海峰近賈長沙；於八家則望溪近歐曾，而海峰近東坡。就二子而上下之，則望溪西漢之遺，而海峰近宋人之流亞也。

夫文章之道，絢爛之後，歸於老確。望溪老確矣，海峰猶絢爛也。意望溪初必能為海峰之閎肆，其後學愈精，才愈老，而氣愈厚，遂成為望溪之文。海峰亦欲為望溪之醇厚，然其學不如望溪之粹，其才其氣不如望溪之能斂，故遂成為海峰之文。

某所得於望溪、海峰之文者如此。以足下留心於古人之文也，故敘而陳之，倘有所商論，更辱教焉，幸甚！

某再拜。

北游紀略序代

桐城黃君良棟所為北游紀略一卷，其自敘述：少因諸生，遊太學，乾隆十七年御試得官及為縣績狀，被蜚語論罷跡，始末甚備。

當是時天下承平，仕進之途未雜，鴻儒鉅生，比肩朝列，而桐城大姓張氏、姚氏，用科目起家，在臺閣者同時至數十人，號為極盛。君獨以寒畯孤起，年且五十，徒步走三千里，入太學求舉。無攀連之親於朝，無徒黨姻婭汲引於鄉，始至，治醫自給耳。卒從太學諸生試文字，受高宗皇帝一日之知，遂釋褐著仕籍，斯以奇矣。及為縣令赤城、清逋，決疑獄，檢籥悍，卒先後論劾都司、守備以下凡六人，政聲流聞。是時中朝于文襄公最為知君，而桐城方恪敏公總督直隸，尤重君能。既調武清，衆謂君且大用，乃卒以給過使厨傳不辨，中謗議去官。嗚乎！遇不遇之際，夫豈人力所能為哉！君既罷，追為是紀，辭質事覈，舉所為進退顯晦屈伸之跡，一委於不可知之命，無幾微慍憾關於心，古之所謂知道者，君倘其人耶！

始君在太學，為國子祭酒觀保所知，坐監滿三年，祭酒疏請留君，副都御史雷公鋐曰保留大典期滿當御試，奏可。及試，詔問經史滯義，大臣監試者皆不能知，君則操紙筆立書，有若宿構。既進，上大奇，賞之。已而，諸公愕問，君曰：『前吾未試時偶涉獵及此耳。』太學生御試入選用知縣，故事無有，自君始，蓋異數云。同治十三年，君耳孫爾祉以是紀示余，俾為之序，故序之。

囈記

南華子者，不知何許人，嘗以病而狂惑，為囈語，既愈，而以為幻也，因有味於莊子之書，遂自號南華子。南華子自述其囈語曰：

始吾家故貧，年二十無所知名，頗能為文章，以貧故，冀投時好，其文不甚高，然竟以此取甲科，登金門，上玉堂，聲名通顯，得志而歸，車徒供帳，震耀鄉里。鄉里之人以為榮，皆曰大丈夫當如此矣。而吾亦自念，致身青雲之上，以為父母妻子光榮，回憶曩者貧賤無所知名，何啻霄壤，下視草茅寒素之士，亦不啻鴻鵠之於鷃雀也。

於時頗自喜，其後官益尊，勢益盛，人之震耀而歆羨者益衆，而吾亦自顧而嘻，以為富貴快一時之欲耳，千秋萬世誰復知吾姓名者，乃發憤大肆力為文章。斯時位望既崇，無所干求於時，一意以古之立言者自期，以蘄永於後世，舉向所為投時好決科名之文，悉焚棄之，於是文日有名，天下之人，交口推譽，以為古之董仲舒、賈誼、司馬遷、韓愈之徒復出，而吾亦自以為雖古作者不吾過也。

於時益自得，顧念吾一身，前既貧且賤，又無所託以不朽，而後乃富厚極於一時，文章傳於後世，志得意滿，樂可知也。

吾病時大概如此。已而病稍瘥，漸覺其身故在床蓐間，又頗自疑，輒歎曰：吾非向所為貴極富溢，又能以其文名一時者歟？豈病者歟？間舉病中語示人，皆大笑。久之病已，始知吾向之所爲如是者，吾之狂惑者為之也。非其真也，幻也！於是乃爽然自失。然而方其病也，吾不自知其病也；恍惚如夢寐間，而吾又不自知其為夢也。人世得失之遭，顯晦遲速之數，豈皆吾病類也？玉屏居士聞其言而歎曰：『莊子云：必有大覺而後知此大夢。』甚哉，南華子之言之有似於南華經者也。

遂為之記。

（吴汝綸全集・文集補遺原注：輯自郭立志吴汝綸年譜。郭氏以爲此文乃吴汝綸應試前所作，約在同治元年。）

尺牘一

上張制軍

天津迎謁，屢荷溫言，更賜宴間召之密坐，舊意深軫於帷蓋，高情下逮於芻蕘，禮數獨寬，悚惶並至。初承明問，不知所云； 退竭愚蒙，敢無一得。竊謂法越初約，中國若為弗聞，致有今日之役。事至而後為謀，此鞭馬腹之說也。鐵路未開，電線未設，徵兵調餉，動輒濡需，而侈口言防，無謀人之心，而為人所備，此至拙之計。將才未得，餉需無措，不惟水陸練兵若干支之說，徒託大言； 即云兩廣、雲、貴，未雨綢繆，亦適為外人所竊笑耳。某私獨以為，中國目前之患，不在弱，而在貧。自古及今，未有富而不強者。今求自強而不知致富，是惡濕居下之類也。然則自救之策，應以開採雲南礦產為第一要義。果能籌借洋債，行文出使諸公，在外訪聘名師，更得讀書明時務有血性者主持其事，三年之後，必有成效可觀。賈人百萬，不足計事也，礦產既出，即於開礦近處設立局廠，專學洋人煉冶之法，計亦不過數年可以盡羿之道，由是閩滬天津各局所用銅鐵，不必購自外洋，一皆取之滇產，而以其餘委輸海外，則中外大利，盡歸於滇。制器練兵，綽有餘地，轉弱為強，易如反掌，蓋不必待經營之成也。即甫經締造，而敵國窺吾志量，固以望風而沮，逆折萌芽矣！ 不得此術，而紛紛議兵議防，徒亂人意而已。愚慮如此，未審有當萬一否？

某違侍旌節，倏已九年，狂瞽猶昔，而攬鏡自顧，已成老翁，徒以學無成就為憾，絕不敢妄言時務。昨勸鹽商修浚滏河者，緣竊祿此水之瀕，竊見畿南各屬，均以無水為患，舟楫不通，錢穀不流，地方窮瘠，正坐此弊。漳滏舊本合流，漳分而滏又得滹沱之助，瀕河頗受水害，及滹沱淤填南泊，改道北徙，滏源本弱，孤行一瀆，磁州、邯鄲處處截水灌溉，涓滴不到下游。欲令邯磁放水，既嫌農末倒置，若於他處通漳，則二水相去，動逾百里，工費浩大。故私議擬於磁州分漳入滏，建閘啟閉，以資節宣。俾上流灌溉，下游舟楫，交受其利。前曾陳於前督憲，又令胞弟汝繩私赴磁州，周歷查勘，得其涯略： 漳岸浮沙甚多，惟三臺村南二里傍岸無沙，北抵磁州南關之老君廟，共計廿里，本屬人行小路，地勢南高於北約及丈餘。若自三臺村南開浚，引河至老君廟入滏，施工不難，為勢亦順。至於漳流湍悍，汛漲僅止數日，此數日中，雖無引河，漳滏固時時混而為一，大汛既落，勢平性定，仍自順勢安流。閘之開啟，必在汛落之後，不以湍悍為慮；引河淺狹，亦無奪溜之虞。滏河每遇水發，舟楫間亦通行，河槽仍未滿溢，今於水落時開閘引水，但令其水適如滏水漲發之時而止，下游河身，固自可以容納。據汝繩所勘論之，似屬利多害少，惟磁州官民，皆以曲防壅水為得計，飭令磁州勘度，彼必以為難行。其實開通此河，固於磁人無損。至於經費難籌，最為棘手。查同治十年，通綱商人稟請挑挖西河，估用銀五萬餘兩，擬借用款三萬兩，不敷之款，各引地就近湊辦。是年司詳即在征存帑利項下，先行籌撥一萬五千兩。其後，商人旋即隨引捐交，歸還庫墊，仍復存有捐款在庫，此鹽商借撥庫款，不致拖欠不還之明驗也。光緒六、七兩年，由運庫提撥銀萬五千金，聞即系該商等捐存之款。今若修通西河，則他處撥用該商等捐款，自應撥還應用。倘運庫再能如同治十年借墊三萬成議，計已得四萬五千金，再有不敷，亦請仍照同治十年各引地就近湊辦之議，當不難於集事。又如磁州煤窑磁窑，亦可少集捐款。經費有著，此功保可必成。磁州復稟，計必危詞沮事，伏求執事斷而行之，十世之利也。某職在一州，而出位言事，良以所領州境百姓奇苦，地土鹹薄，推原其故，皆由無水所致，故不敢以攙越為嫌。現令胞弟汝繩，趨謁階下，呈請回避領咨赴部驗放，倘可望見顏色，則彼係親往目驗，必能言其梗概也。

答方存之

深志以公暇為之，至今未成，所謂十日五日一水石者也。冀志則不復插手矣。閣下官成早退，閉門課孫，極人生之樂事。下走賦命窮薄，自揣此生無復歸休之日，倘所謂鞠躬盡瘁者耶！大著刻成幾何？植翁昭昧詹言尚擬校勘開雕否？此書啟發後學，不在歸評史記下，或乃謂示人以陋，此大言欺人耳。陋不陋，在學問深淺。學淺，雖諏經考史，談道論性，未嘗不陋；學深，雖評騭文字，記注瑣語，亦自可貴。故鄙論嘗謂植翁此書，實其平生極佳之作，視大意尊聞、漢學商兌為過之，幸存鄙言。不具。

與姚仲實

在津盤桓數日，深敬深敬。大著匆匆讀竟，所附記者，大抵得於所聞，非有心得相益；文事利病，亦有不必人言徐乃自知者。從此不懈，所詣必日進。桐城諸老，氣清體潔，海內所宗，獨雄奇瑰瑋之境尚少。蓋韓公得揚馬之長，字字造出奇崛。歐陽公變為平易，而奇崛乃在平易之中。後儒但能平易，不能奇崛，則才氣薄弱，不能復振，此一失也。曾文正公出而矯之，以漢賦之氣運之，而文體一變，故卓然為一代大家。近時張廉卿又獨得於史記之譎怪，蓋文氣雄俊不及曾，而意思之詼詭，辭句之廉勁，亦能自成一家。是皆由桐城而推廣，以自為開宗之一祖，所謂『有所變而後大』者也。說道說經，不易成佳文。道貴正，而文者必以奇勝。經則義疏之流暢，訓詁之繁瑣，考證之該博，皆於文體有妨。故善為文者，尤慎於此，退之自言執聖之權，其言道止原性、原道等一二篇而已。歐陽辨易論詩諸篇，不為絕盛之作，其他可知。至於常理凡語，涉筆即至者，用功深則不距自遠，無足議也。

答黎蒓齋

夏間由蕭敬甫交到惠書，蓋自往年卻還二百金之賜以後，遂闊絕書問，至今年始續古歡，喜慰何極！並承惠寄大集兩冊，敬讀一過，深服執事於文字所入，益深且邃。集中如曾太傅別傳及古佚叢書序跋，則皆早能熟誦。今得全集，則佳篇至多，其體勢博大，動中自然，在曾門中，已能自樹一幟，非廉卿所能掩蔽。某尤服餘編內外，以為尊著極盛之詣，非他家所有。曾、張深於文事，而耳目不逮；郭、薛長於議論，經涉殊域矣，而頗雜公牘、筆記體裁，無篤雅可誦之作；餘子紛紛，愈不足數：此數百年不朽之大業也。其內外二編中，大率皆淳意高文，擇言馴雅，足以輔餘編而行遠。有文如此，即功名不著，亦不為虛生； 況如我公，樹立磊磊，足以振蕩區宇者乎？ 欽服無似。 垂詢某近作，闊別廿餘年，風塵擾擾，歲月遽逝，終年不作一文，偶有所作，自知其陋，輒棄稿不復存錄，以此絕無可呈請大教者。 近十年來，自揣不能為文，乃遁而說經，成書易二種。 說書，用近世漢學家體制，考求訓詁，一以史記為主。 史記所無，則郢書燕說，不肯蹈襲段孫一言半義。 當其得意，亦頗足自娛，不知其為爾雅虫魚之戔戔也。 廉卿見而善之，名之曰尚書故。 其說易，則用宋元人說經體，亦以訓詁文字為主，其私立異說尤多，蓋自漢至今，無所不采，而亦無所不掃。 此書成於廉卿別後，未嘗示人，人亦恐不謂然也。 此皆經生結習，不足上告知己，所以嘵嘵者，要令故人知我無志於文，乃別出他途以自溷耳。 前年所印尚書寫本，中有脫誤，擬購日本紙，如印古佚叢書者續行上石，改為大冊，然後奉呈。 茲承函索，謹將先所印者檢呈十冊。 欲用日本紙續印，當須軍事定後再徐議之。 天下多事，吾輩沾沾於此，真乾坤腐儒也。 執事志在匡時，今大局至此，能無浩歎！ 然使早如尊疏，練戰船百艦，修築鐵路，亦安有此變！ 倭人堅苦卓絕，廿餘年日進無疆，我乃漫不經心，朝野皆以用夷變夏為恥，一旦釁生，又茫然不知彼已，惟以戰為美名，曾不思戰敗之後，何以自處，豈惟如太史所譏，慮患不深，殆必胥天下為夷而後快！ 古所云『人之云亡，邦國殄瘁』，豈是類耶！ 某退伏草野，理亂不知，至宗周將隕，則嫠亦無暇恤緯，是重可歎也。 廉卿身後，聞賴大力經紀，並以墓文自任，風義可佩。 某自夏入秋，久病不痊，尊書到後數月，不能裁復，職此之由。 九月以後，始乃良已。

答嚴幼陵 七月十八日

前接惠書，文藝至高，不鄙棄不佞，引與衷言，反復誦歎，窮於置對，因此久稽裁答，抑執事之微旨何其深遠而沉鬱也。

時局日益壞爛，官於朝者，以趨蹌應對、善候伺、能進取，軟媚適時為賢。 持清議者，則肆口妄詆諆，或刺取外國新聞，不參彼已、審強弱，居下訕上以釣聲、竊形勢，視天下之亡，僅若一瓶盆之成若毀，泊然無與於其心。

其賢者或讀儒家言，稍解事理，而苦殊方絶域之言語文字無從通曉；或習邊事、采異俗，能言外國奇怪利害，而於吾土載籍舊聞、先聖之大經大法，下逮九流之書、百家之異説，瞑目而未嘗一視，塞耳而了不聞。是二者，蓋近今通弊。獨執事博涉兼能，文章學問，奄有東西數萬里之長，子雲筆劄之功，充國四夷之學，美具難並，鐘於一手，求之往古，殆邈焉罕儔。竊以謂國家長此因循，不用賢則已耳，如翻然求賢而登進之，舍執事其將誰屬！然則執事後日之事業，正未可預限其終極，即執事之自待，不得不厚，一時之交疏用寡，不足芥蒂於懷，而屈賈諸公不得志之文，虞卿、魏公子傷心之事，舉不得援以自證，尚望俯納芻蕘，珍重自愛，以副見慕之徒之所仰期，幸甚幸甚！尊譯天演論，計已脱稿。所示外國格致家謂：『順乎天演，則郅治終成。』赫胥黎又謂：『不講治功，則人道不立。』此其資益於自強之治者，誠深誠邃。某以淺陋之識，妄有論獻，亦緣中國士人，未易遽與深語，故欲以外國農桑之書，遍示人人，此亦迂謬之妄見也。尊意擬譯穆勒氏之書，尤欲先睹為快。獻書稱官，此自古法，奈何欲易之！惟鑒察不宣。

答牛藹如九月十三日

胡中丞請變通書院，並課天算、格致等學，自是當今切務。然不改科舉，則書院勢難變通；不籌天算格致出仕之途，雖改課亦少應者。至云『不悖正道，兼取新法，收禮失求野之近效，峻用夷變夏之大防』等語，則皆未能扼要。天算、格致等學，本非邪道，何謂不悖正道！西學乃西人所獨擅，中國自古聖人所未言，非中國舊法流傳彼土，何謂禮失求野！周時所謂東夷、北狄、西戎、南蠻，皆中國近邊朝貢之藩，且有雜處中土者，蠻夷僭竊，故春秋内中國，外夷狄。孟子所謂『用夷』，夷謂荊楚。楚，周之臣子，而僭天子，宜桓文之攘之也。今之歐美二洲，與中國自古不通，初無君臣之分，又無僭竊之失，此但如春秋列國相交，安有所謂夷夏大防者！此等皆中儒謬論，以此邊見，講求西學，是所謂適燕而南轅者也。政府不能明其所言之是非，照例通行，上下以名相應耳，不能大收實效也。即如書院減額一節，勢所難行，中國書院專講應試之學，國家以此取士，士之學者日眾，止能擴充，不能裁減，來示所謂先多窒礙，自是卓論。至欲別興西學，自應別籌經費，近時民窮財盡，籌款亦豈易言！　西國教師，在沿海尚且難求，在內地萬難聘請，若但欲聘中國人為師，則恐非驢非馬，如龜茲王之學漢語矣。計惟有招延西國傳教之士，又恐駭人觀聽，激成他變，且非詔旨允行，轉恐教士因來教學徒，要求廣行彼教，是則利少弊多，又不可之大者。現時各屬，力所能為，止有購置已譯之書，入之書院中，高才生兼習之，似為簡易可行。而日前所譯各處西書，又分兩種：一為西國專門之學，如原奏所謂天算、格致等書是也。此等若無師授，終不能升堂入室，又須購買儀器，乃可傳其理法，學之有成。國家尚無能考驗高下之人，既成而無所用之，於身於國，兩無益處。故胡中丞以購買此等書為急務，其實皆可緩圖也。一為西國富強政治之書，如上海所譯防海新論，同文館所譯富國策等皆是，而西人自譯，若自西徂東、泰西新史覽要、西國學校、萬國歲計諸書，至為有益。此外，則購閱各報，尤為切要。弟所知者如此，尚希卓裁為幸。其書則天津格致書室皆可購也。不具。

答孫慕韓　十月十七日

承示盛公鐵路之舉，譯署議令招齊商股，借定洋款，再撥給官款，此中朝支展常態，必使任事者皆出於敷衍，然後即安。近日保定議設學堂，聞其大略，不擬請洋師，以中學為主，中學又以理學為主，亦恐其難收實效。吾國士大夫，見聞既少，人人自以為是，又事未開辦，先立一成見以為條例。下走在世，旁觀數十年，大約不任事者多，其任事則往往如上所云。前書欲請各州縣通立學堂，以為今初開風氣，苦於無師，必欲求師，舍西人無可勝任者，故欲即用彼國教士。凡教士多能束身寡過，中國喜造蜚語，皆奸民好生事者之所為，以此彼教激怒，將成不測之禍。鄙意深欲中外化盡畛域，故妄擬此策。果不持成見，教士喜為官長所用，必竭誠教導。其他學，或未深究；至若語言文字，則固生長於齊而為齊言者。又西人他學皆專門講授，獨算數、天文，則無不知者。彼中視此等皆若吾國蒙養之書，所謂三字經、千字文等等耳。何憂不能設教，獨吾國成見萬不能化，則此策亦自萬不能行耳。區區之見，終謂舍此則中國一時無導師也。李傅相處時通音問否？ 為傅相計，則以在譯署為得計。吾國人財兩盡，若出而施展，未必盡如人意，是又將成蛇足也。獨政府不思改弦，誠慮勢難支久，此非一手一足之烈，欲俟學校成材，則恐吾儕小人，朝不及夕，不能坐見河清矣。

答廉惠卿 十月廿五日

凡讀書處世，皆易涉客氣。客氣者，未能真知而強言也。昔曾文正嘗告不佞：『君知英雄何解乎？』對曰：『不知也。』文正曰：『見事過人數層謂之英；辦事力量過人數等謂之雄。』後持文正此語，以相天下士，則合者殆寡。近今則風氣愈囂，求如文正時而不可得矣。杜公云：『眼中之人，吾老矣，今於平日知好相與親切者，往往不能無奢望。』亦此恉也。都下士夫，絕少真知灼見，由其閱歷少也，執事勿遽痛憤，當竭思罷精，以求所以過人數等之具。今天下事變無窮，果有其具，不患不能見用，但恐一朝用世，而我無其具耳。率意妄言，惟高明采擇之。

答閻鶴泉 二月四日

尊論欲考定易韻，兼寫異文，用意深美。易自宋賢考定古本，迄未能合十翼之說。鄙意彖與小象皆解釋經詞，今既離傳於經，又離小象於彖，使一卦之詞，必分三番，讀之殊為不便，不如仿乾卦之例，附傳於本卦之後。往時張廉卿不以鄙說為然，謂小象之韻有通數卦為一韻者。愚意終欲便讀，不欲拘拘求韻。康成注禮、輔嗣注易、仲師注楚辭皆往往用韻，既非自成一文，何為不可分散哉！獨大象自為一篇文字，宜與文言皆各自為篇耳。易之異文，張馬兩家，搜採略備，今但擇其勝於今本者從之，而注明從某本校改，似較簡潔也。鄙著易說，專求文句曉析，中多私創之言，惜不獲寫呈執事，共定可否，抑謂此等皆退之所謂『爾雅蟲魚』，非磊落人所為者。中國之學，有益於世者絕少，就其精要者，仍以究心文詞為最切。古人文法微妙，不易測識，故必用功深者，乃望多有新得，其出而用世，亦必於大利害大議論皆可得其深處，不徇流俗為毀譽也。然在今日，強鄰棋置，國國以新學致治，吾國士人，但自守其舊學，獨善其身則可矣，於國尚恐無分毫補益也。老朽蟄伏，不能不高歌青眼屬望故人矣。

答洪翰香 二月七日

前與孫慕韓觀察安論西學無師，非取材於外國教士不可。慕翁不以為然，下走則確有所見。今國家若徒托空言，並不真興西學，則蒙不敢知； 若誠欲造就人才，以收實效，則不得但設三數西學而止，勢必使各行省、府縣，縣各有學，學校林立，乃望有真才出於其間，充異日政法之用。如此則非多得良師何由立教！ 今中國風氣未開，偶有能通西學者，必在通商口岸，其內地州縣，無由訪覓，然則舍彼國教士無從得師。前與慕韓書謂：『須與定明，但相從講西學，而不入彼教。』所謂定明者，不必由朝廷與之立議，即地方官面論，彼必樂從。何也？ 中國民教不安，由於主客不相融洽。今官府有事見委，彼固禱祀求之而不得者也。鄙論出後，旋見萬國公報中，西人亦有此論； 又見日本人自論學校沿革，亦持此論，則固非下走一人之私言也。但學師取之教士矣，立學而無經費，又將奈何！ 各屬州縣，求立書院，尚苦無貲，何從得此鉅款以興西學！ 則鄙人又有一說於此，蓋非籌議畝捐不可。畝捐之說，中朝持之甚嚴，以為加賦之弊，明之所以亡也，我朝列聖懸為大禁，誰敢干之！ 然當此民窮財盡之時，欲興大事，不取之畝捐，豈能推行！ 天下所惡於加賦者，為其虐民也，今取民之錢而培民之子弟，視其家塾延師，所省何止百倍！ 名為取之，其實與之，亦何憚而不為哉！ 不行此策，則所謂興西學者，恐亦所謂『歲為此語，以至於亡』者也。西學籌費，畝捐最為上策； 其次，則取之僧道庵田，然不如畝捐之可以通行無滯矣。鄙議二策，皆非拘牽文義者所能取也，執事注愛異等，故一發其狂言。

答嚴幼陵二月七日

呂臨城來，得惠書並大著天演論，雖劉先主之得荊州，不足為喻，比經手錄副本，秘之枕中。蓋自中土翻譯西書以來，無此閎制，匪直天演之學，在中國為初鑿鴻濛，亦緣自來譯手，無似此高文雄筆也，欽佩何極！抑執事之譯此書，蓋傷吾土之不競，懼炎黃數千年之種族，將遂無以自存而惕惕焉，欲進之以人治也，本執事忠憤所發，特借赫胥黎之書，用為『主文譎諫』之資而已。必繩以舌人之法，固執事之所不樂居，亦大失述作之深恉。顧蒙意尚有不能盡無私疑者，以謂執事若自為一書，則可縱意馳騁，若以譯赫氏之書為名，則篇中所引古書古事，皆宜以元書所稱西方者為當，似不必改用中國人語，以中事中人固非赫氏所及知。法宜如晉宋名流所譯佛書，與中儒著述，顯分體製，似為入式。此在大著雖為小節，又已見之例言，然究不若純用元書之為尤美。區區謬見，敢貢所妄測者以質高明，其他則皆傾心悅服，毫無間然也。惠書詞義深懿，有合於小雅怨誹之恉，以執事兼總中西二學，而不獲大展才用，而諸部妄校尉皆取封侯，此最古今不平之事，此豈亦天演學中之所謂天行者乎！然則執事故自有其所謂人治者在也。大著恐無副本，臨城前約敝處讀畢，必以轉寄。今臨城無使來，遞中往往有遺失，不敢率爾，今仍命小婿呈交，並希告之臨城為荷。近有新著，仍願惠讀，肅頌道履。不宣。

與李贊臣四月十六日

近聞俄使將來，頗責優禮，國弱而不肯降尊，必開後隙。又聞國債尚短一萬萬，無從籌借，政府謨謀，何以支柱，得毋大禍即在眉睫乎！吾輩腐儒，尚旰宵佔畢，殊可自笑。

往年羅稷臣欲求得吳刻古文辭類篹付之石印，發各學堂，亦藉流傳孤本，甚盛舉也。屬某為求白紙初印者，數年不能得，去冬得之，送書至津，而羅已遠使，詢之石印局，止肯印五百部。昔曾文正公自謂文字之傳，得之姚氏，其於惜抱自著之文，尚非傾心佩服，而獨服膺此選，屢為後生言之，今讀曾公書牘，亦仍可復按其恉。世間多行康刻，康刻乃未定之書，獨吳氏此刻，為姚公晚年定本。姚公即世，管異之、梅伯言之徒，校刊此書，其於康本，實有雅鄭之別。其篇第去取，亦多不同。板存金陵，毁於粤盜，南北藏書家見吳氏元刻者甚少，石印必得白紙，而吳本白紙者又加少焉，此所以求之數年而不能遽得也。竊謂救時要策，自以講習西文為務，然中國文理，必不可不講。往時出洋學生，歸而悉棄不用，徒以不解中學，而去年王制軍來書，亦謂講求西學必得中學成材者，乃為有益。中學門徑至多，以文理通達為最重。欲通中文，則姚氏此書，固徹上徹下，而不可不急講者也。今石印局既不肯多印，鄙意欲商之執事，可否上達制軍，請由官發印，似所損於官款有限，而嘉惠士林者無窮。倘因公款支絀，無暇為此等不急之務，則擬集股付印。據石印局開示估單，印千部約須千七百餘金，多印則價可減，愈多愈減。計此書印出，發售每部四金，不為昂貴，則集股者取倍稱之息，似可為也。津中自執事外，如孫慕韓、汪君木、張翰卿諸公；其窮而好文者，如劉丹林、邵班卿諸公，似可轉請集股同印此書，使吳刻已毁之板，複存世間，中國文字一髮千鈞之繫也。以上二説，求擇用其一，並望見示為荷。

與薛南溟 八月廿五日

傳聞去年行商耗折，至為懸懸，亦不得源委。甥行商聞係繅絲，去年絲商均係折閲，以愚見揣之，大率數端： 西人商學精深，中國全無商學，欲與爭勝，譬猶以弓矢與外國機器、火器、礮彈開仗，決不能敵，一也。印度、新加坡、錫蘭等處，皆講繅絲，日本尤為極盛，中國絲業日壞，西商買絲必取精美，華絲為所唾棄，二也。各報中論無錫買繭之弊，甚屬痛快，不能改除積習，絲業決無起色，三也。所用華人，用錢浮濫無節，坐蝕成本，於商業並不精通，四也。竊料商務去年之敗，四者必處其一，此乃中國通患，非一人一家之失計。外國國家保護商業，中國官場全不體察，全不顧惜。吾甥今年聞再辦理，想已默識其利害所在，改弦而更張之。鄙意： 欲求國家保護既不可得，欲興絲業，似宜仿照外國考察蠶子之法，以清其源，仍與西商合立公司，彼有成本在內，乃不至群起相擠，即擠，亦有術以禦之。又須延精於商學之西商為之經理，務求工藝精好，絲業成色過乎他國，乃望暢銷。如寧波稅務司康發達，頗具深心，欲興中國絲業，不知尊甫在寧波時，此人已在彼否？曾相識否？渠曾上總署條陳，欲國家籌數萬金，便可整頓華絲，而諸公置之不理，甥當與此人往來，能羅致局中，必得大益，雖一年折閱，必可使後來大獲。愚見如此，未識有當否？甥有函見予可詳告我。他人謂仕宦家不應行商，乃妄説，甥此舉，具有大志，我所佩愛，不足為墨守舊法者言也。但行商之術，亦應用能手，講新法，不應守舊耳。吾今年將三女遣嫁，得婿為名人，最為快意。自兄弟凋謝，無人助我，全眷在此，不能存活。今已一律遣歸，於本月廿二日，僱定回空糧船，本日由保定坐小船至津，此亦脱卸蟲子襖也。賤體粗平。不具。

答潘藜閣 九月廿日

來示屢以製造之法下問，此西人專門之學，不惟下走向未研求，竊謂中國未開學堂，似一國無人知此，日本請西師開局製造，三年後，則局中人皆精通其術，辭退西師而自為之，殆由總辦先明其學，兼能實事求是，勸勵有方，故能盡羿之道。中國總辦全不經營，往年李勉林與鄭玉軒辦理滬局，鄭不管事，吾到滬局，李引觀各工，吾問：『有高手能及西人否？』李云：『不能遽及西人，但高於中國者則有之。』吾問：『如何激勸？』李云：『無可激勸，高者或酌保千、把，薪水加十餘金。』若平日全不究心，恐所謂高者，仍未必真高也。吾在冀州，欲用西法修閘，傅相派東局工頭高手曰吳啟者，往為相度，吾問其月入，則止卅金，官則把總。未幾，則聞吳啟返粵矣！中國辦事用人率如此，略舉二事，執事可知其大凡也。今欲遽明製造理法，恐難驟得門徑，若加意考求，賞罰不謬，則亦漸有起色矣。竊恐中國習氣不能盡除，欲改弦更張，亦宜需之歲時，未便操之過蹙。中國辦事，向係外行管內行，不僅機器為然。我兄不甘外行，其中包有算學、化學、重學、形學，及其他各學尚多，今欲得其一學，亦不多見。自某涉世以來，惟聞李壬叔精通算學，徐雪村略知化學而已，其餘未有聞也。今李徐殆又不可復得矣，奈何奈何！

答柯鳳蓀 祀竈日

來示於德人膠州之事，至為憤切，疏論七事，未識何等，頗欲一見疏稿。柄臣誤國，自難辭咎，但以今日人才觀之，即使盡換政府，亦恐猶吾大夫。貴同鄉公遞呈詞，合臣未上，亦欲一讀底本。德若不還膠州，則瓜分之局立見，甥欲回籍團練，具見孤忠報國。以愚見論之，尚且三思，事勢未可徑情直往，團練止能防禦小賊，如往年粵捻劇寇，則團練便已無濟，若用以抵禦外患，直兒戲耳。以烏合之眾，當節制之師，以血肉之軀，當猛烈之槍礮，皆萬無徼倖之理。甲午之役，坐論者但知責兵將之敗逃，其實如衛達三之陸戰，丁雨亭之海戰，皆竭力死拒，故倭人至今以此兩人為忠臣。無如中國倒亂是非，競尚空談耳。近年時局，不能復戰，三尺之童皆知之，而李鑒帥乃以敢戰為號，此違道干譽，以求媚於清流，不顧事之是非，直一妄人而已。而貴鄉諸君子，若深信其真能禦侮，將自京至滿城，一見其人，鄙意深所不取。膠州為賢甥邱墓之鄉，一旦淪為異域，無怪裂眥腐心，但賢哲舉事，宜參彼己、策成敗，未宜奮不顧慮，專為往與俱糜之策。執事好古詩，如陶淵明、杜工部，當興亡之運、亂離之時，豈不欲一泄孤憤，而退甘窮餓，輾轉流離，絕不圖力所未逮之功者，彼誠知所自處，而不肯輕於一擲也。又況團練之舉，將以保衛鄉井也，若潰敗不可收拾，則為山東造無窮奇禍，而國以危亡隨其後，噬臍之悔，豈有及哉！尚望勉抑忠忿，俯納鄙言，幸甚幸甚。盛怒豈能遽解，以婚姻之好，不得不竭盡拳拳。

答柯氏女子 祀竈日

德人攘我膠州，乃深知我不能戰，為此強霸之舉。俄法連和，英倭連和，暫事旁觀，若膠州竟歸德人，則四國各有分割之勢，吾國自此亡矣。此是敷天大憤，禍不專在一省。近來歐洲各國，不但槍礮日益新奇，其將帥之才出自學堂，用兵方略，各有師授。以西國兵法考之，吾國自秦始皇以來，歷代用兵，都是浪擲人命，全無紀律，全無學問。若兩敵本領略同，勝負尚可得半；若以吾國爛漫之兵，與外國精兵抗，譬如賁育之與童子，豈能敵哉！國家懲於甲午日本之禍，今知一意議和，決不言戰，此是政府識見長進，而鳳蓀猶持故見，以不戰爲非，至欲回籍團練，團練之不可用，稍知兵者皆能明之，若鳳蓀果行此策，不但自捐軀命，並為國與民造成不測奇禍，萬萬不可。吾書略陳鄙意，恐其不信，吾兒當朝夕勸阻之。兵戎大事，豈可以不料彼已，而冒然舍此身命哉！

答廉惠卿 二月廿四日

時事無復可言。鄙意恐黄種將絶，頗思振興民權，中國民愚無能復振，其始起當自立公司肇端。公司之法，當詳採外國章程，一公司成，必於衆股中立數人、數十人為董事，此諸董事皆由股衆推選，各家身命所寄託，其選必精，不似銓部之選官、鄉黨之選飲賓也。近來士大夫百務皆可徇情，獨居官之帳房、居家之管租人，則必真知灼見，用不當其材者，乃絶無而僅有焉。以此推之，公司董事之必能得人也。一公司如此，推之十公司、百公司無不如此。則又合百十公司而推舉數人、數十人為總公司之董事，此總董事必其分董事之智且能者，其材智軼出乎群衆，無疑也；則又合群總董事而推擇一二人以主持民權。如此，則民權之振興有望，而吾民族之利害可以推行無滯。而其術必自先立一小公司始，不然，則西人之士農商工，無事不足以兼併中民，中民安所托命哉！執事匡居憂時是也，至竟不應試，則吾不謂然。越南亡久矣，去年仍有考試四書五經，題備錄在報紙，其所發策問，比吾國發策者為高。蓋歐洲公法假仁假義，雖取人之國，猶不絶其宗社，是以越南已滅之後，守舊之法仍行於士民也。執事奈何遽絶意仕進乎！

答嚴幾道 二月廿八日

接二月十九日惠書，知拙序已呈左右，不以蕪陋見棄，亮由憐其老鈍，稍寬假之，使有以自慰；至乃以五百年見許，得毋謬悠其詞已乎！鄙論西學以新為貴、中學以古為貴，此兩者判若水火之不相入，其能熔中西為一冶者，獨執事一人而已，其餘皆偏至之詣也。似聞津中議論，不能更為異同，乃別出一說，以致其娼妒之私，曰『嚴君之為人，能坐言而不能起行者也』。僕嘗挫而折之，曰：『天下有集中西之長，而不能當大事者乎！往年嚴公多病，頗以病廢事，近則霍然良已，身強學富識閎，救時之首選也。』議者相悅以解。傳聞南海張侍郎，因近日特科之詔，舉執事以應，誠侍郎之愛執事，顧某以為特科徒奉行故事耳，不能得真才，得矣亦不能用，願執事迴翔審慎，自重其才，幸勿輕於一出也，卓見何如？

前讀尊擬萬言書，以為王荊文公上仁宗書後僅見斯文而已，雖蘇子瞻尚當放出一頭地，況餘子耶？況今時粗士耶？獨其詞未終，不無遺憾，務求賡續成之，寄示全璧，雖時不能聽，要不宜懲羹吹齏，中作而輟。篇中詞意，往復深婉，而所言皆確能正傾救敗之策，非耳食諸公胸臆所有。某無能裨益山海，承誘掖使言，則一得之愚，謂宜將所云計臣籌數千萬之款，及杭海西遊之貲用，揚權而言之，使讀者知所籌皆切實可行，乃不為書生空談。又如前幅『所治之學與所建白，有異於古，非陛下與內外大臣疆吏所嘗學，無以知其才，而區別賢否』，此某所以決特科之為奉行故事，不能得真才，而勸執事之慎於一出者為此。雖然，此不可形之封事中，以為不知己者之詬厲，彼大臣雖萬不能知，萬不能區別，而有一人揭其不能之隱，則恨之次骨，此絳灌所以腐心於賈生也。則吾雖明知其不能，而必且遁為他說，以使之容納吾言，而無中其所忌。此在凡上言者皆爾，況執事精通西學，奈何使讒間者得太阿之柄，而謂我自炫所長，以歷底公卿乎！此雖近於不直，要有合於與上大夫『誾誾』之指，亦用世者周身之防，似亦不宜不一厝意也。愚見如此，未審有當否？

斯密氏計學稿一冊，敬讀一過，望速成之。『計學』名義至雅馴，又得實，吾無間然。天演論凡己意所發明，皆退入後案，義例精審，其命篇立名，尚疑未慊。卮言既成濫語，懸疏又襲釋氏，皆似非所謂能樹立不因循者之所為。下走前鈔副本，篇各妄撰一名，今綴錄書尾，用備採擇。呂君已視事，想少清暇商榷文字矣。

尺牘二

與李季高五月十五日

近日朝局一變，使人目眩神驚。韓公云：『不善為斵，血指汗顏，巧匠旁觀，縮手袖間。』今古一律。端午詔書，竟廢去時文不用，可謂大快。某竊有過慮，以為舍時文而用策論，策論之不足得人，仍恐不如時文，以其茫無畔岸，人競抄襲，而考官皆時文出身，不能辨策論高下，宋世本號策論為時文，策論敝極，乃改用經義；今復策論，不過一二年，其弊已不可究詰矣。弟素主持廢時文者，至廢時文而用策論，則私心又不謂然，正如陸放翁一生不主和議，至韓侂胄北伐，則放翁又深議其非，此未可以皮相論也。今朝臣寡學，彼既不能知時文之佳惡，又烏能以策論取人！竊謂廢去時文，直應廢去科舉，不復以文字取士。舉世大興西學，專用西人爲師，即由學校考取高才，舉而用之，庶不致魚龍混雜。西學未興之前，中國文學亦由學校選取，似較用無識考官決得失於俄頃爲稍愈。然此亦恐學校之師，未能盡如人意，是故此事未易得手。言之甚易，行之實難，今一旦張下新詔，得失固應參半耳。

與周玉山廉訪五月十六日

朝局倏忽一變，國師黯黮南歸。然此三年中，所失不小，以三尺法論之，似仍是情重罰輕，不足相抵。惜人才希少，繼之者未必勝之。鄭五作相，時事可知，顧念時危，惻然心悸。端節詔書，徑廢時文，五百年舊習，一旦廓清，為之一快。但舍時文而用策論。知二五而不知十，策論不足取才，與時文等耳。以時文出身之考官，驟而使校閱策論，彼安能定其高下佳惡，雖經濟科、常科，亦恐無益處，狙公賦芧，朝三怒而暮四喜，良可憫也。某前承優禮，後來相循不改，近則試事改弦，竊恐此雞肋終當棄去矣。抑國勢倘遂不振，則黃炎苗裔，同歸於盡，士農工賈，一丘之貉，豈獨下走倀倀無之哉！

答賀心銘六月六日

科場不用制藝，書院改為學堂，聖主一意興作，自是盛事。惟議事者，未盡中肯綮，學堂無經費，無西學之師，徒待譯書，無從入門，勢必有名無實。三場以史學為頭場，二場發策，若問時務，彼此抄襲，若問專門，尚無應者，且亦無此考官； 知亦如前此之考算學，奉行故事而已。執事所謂府、州、縣未能加意者，又天下皆是也。徒使向日所謂舉人、秀才者同時失業，而學校得人之效，科舉進用之才，皆茫如捕風。緣議事者並不知為政綱要，奮其私智，以一人煬竈，何能曲盡事理。執事若求應試之法，吾亦不能知，但謂策論之學，以文筆為先，倘熟讀姚選古文中國策數十篇、蘇氏策論數十篇外，益以文獻通考小序，似足應敵，其餘則皆流覽之學也。

答傅潤沅六月廿八日

春試揭曉，得見大名，喜不能寐，雖未問鼎，鼎固不足輕重也。

前接手書，謂改試策論未必賢於時文，最為卓見。科舉之得人與否，全在考官，近日時文之濫惡，亦非學時文者之咎，考官不識好惡之咎也。策論不足取人，雖韓退之、蘇子瞻應試之論，亦皆平平，況餘子乎！若果改去時文，自宜如吾曹考古學之法，各體並試，以求真才。但若仍用向日之考官，彼尚不識時文，又焉能決古學之得失！且詩賦亦不可廢，如漢賦、如漢魏以來大家之詩，皆中國之奇寶，奈何以詞章少之！若末流難處，則策論之末流，庸獨愈乎！此等議論，正坐無學耳。世俗不足責，若朝廷大臣所議改革之法，乃與康梁書生不曉事者略等，此何說耶！外國專門之學，中國尚無其人，何能以之試士！且所謂專門之學，必有專門師授，國家亦遣專門考官赴學堂考驗，豈如中國以之出題作文，與他業並責之場屋間哉！此議之謬，眾所共見，即所云外國時務，見之各報章者，亦僅九牛之一毛，何從窺見全豹，此亦不能用以試士也，此二場之謬也。講求中國史學，若廿四史全責人強記，即令通才入場，若不懷挾恐亦不能角勝。然則史學固當區別，如史記、漢書，則與六經同風，此必應熟讀者也。若晉書以下，至于宋元各史，則皆止可供瀏覽之用，能記不為功，不記不為恥，安得概以史學尊之。今之讀史者，不知史裁之高下，所求者往代事蹟耳，則當如禮部初議，以御批通鑒輯覽為主，既係國家頒定之書，又卷帙無多，中才可以為力，若不擇精粗，不知要害，專以多難人，雖閎通之才不能與其列矣。往代史籍，未可盡通，其難已如此，若乃國家政治，則其書藏之中秘，通都大邑，求平定粵捻方略且不可得見，窮鄉僻壤，巖穴之士，安能紬金匱石室之藏。凡若此者，皆故示贍博，以折難士子，非國家培養人才之本意也。此由誤信顧亭林『科場之法，欲其難不欲其易』之二語，亭林固亦書生之論，不能盡見之施行也，此頭場之謬也。頭二場難至於此，苟一場可取，即作為舉人進士，猶可言也，乃皆不用為憑，而專決於三場之經義、四書義，何其慎耶！彼固謂吾用歐陽公之法也，不知歐公先考策論，後改詩賦，乃先易後難，今乃先難後易，適與歐公相反，何謂用歐！且其斤斤於經義、四書義，而不名為論，亦殊不得其解。若謂欲反求明成化以前之時文乎，是強膏粱文繡之民，而使還其茹毛飲血之事也，而可乎！來示謂：科目登進，必盡改為出於學堂，吾初亦持此議，繼思此亦難行。學堂薦舉，是欲反科目為選舉，其蔽不能勝詰。中國之試士，不離文字，文字之業，止可試之場屋，不宜用之選舉。即云以平日考試等級為憑，要自可行賄賂請托於其中也。竊謂中、西之學，終須分途。其由學堂薦舉者，止可由西師試西學；為中國之學，仍以考場糊名易書之法為之耳。京師求考差者不得，而以進退人才大權，委之退居林下之山長，固亦無此政體也。但如諸人之議則甚不可耳，既設為挫折士子之法至於如前所陳，乃又謂變法之初宜稍寬其格，以示駿骨招賢，此又矛盾之說矣。彼所懸之格，一不能及，則皆鈔襲舊文，或竟草率完卷耳。苟寬其格，何所不至，此決不可。吾所慮者，如其法則一省不過二三人，多則十人八人，而彼則謂所取仍如舊額，苟如此，則向所謂鈔襲舊文、草率完卷者，皆在必取，則懸格雖高，仍與向來三場策問略同，盡是有名無實耳。何也？考之以難，則應之以偽，必然之勢也。以下走愚見，考試三場仍如舊法，頭場易八股為論，經、子、史各一題； 二場試策，經、史、時務惟所命； 三場詩賦，或他雜題，文體多而不必全作。 要在慎選考官，考官不得人，無論何法不能得士，惜無人以鄙說上聞者。 必憚於更張，則仍諸公所議而小變之： 史學以史記、漢書、通鑒輯覽三者為主，而不考國朝政治； 二場時務兼及中外，而不考專門之學； 三場考經論、四書論，而不名為經義。 仍三場連考，不用歐公去取之法，庶乎其可也。 因來示而漫及之。 大學堂總教習，若求中西兼通之才，則無以易嚴幼陵，今奏用許公，未滿人意，近日添請丁韙良，則得之矣。 或又謂： 丁久在同文館，固無成效。 效不效，仍在經理何如，非教習所能爲力。 保定書院，下走不足道，得師如張廉卿，豈曰非賢，其成效究亦安在！ 今議改學堂，下走無西學，豈宜冒領此席？ 吳生笈孫歸，道執事為見合肥傅相，商留下走。 寒士不輕去館，若果當軸挽留，則擬為延一西師，與之分任。 現尚未知當軸意究何如。 執事為學，自當潛究政治得失，勿詢世俗常見為要。

答廉惠卿七月四日

學堂開辦，康公首唱大議，不為無功，惟其師弟於世事少閱歷，皆以一人室中私見，遂可推行天下，是其失也。 其談中學尤疏謬，其欲將經、史、子、集薈聚一書，以授西學學徒，亦步趨日本故步。 但中學不易薈聚，梁公恐難勝任。 今管學大臣駁議此節，持論自正，然未籌西學新徒應讀何書，若令遍讀四部，決為精力所不及。 鄙意西學諸生，但讀論語、孟子及曾文正雜鈔中左傳諸篇，益之以梅伯言古文詞略，便已足用。 史則陳榕門所輯綱鑒正史約，但與講論，不必讀也。 愚見如此，似尚不疏不陋，至於振興國勢，則全在得人，不在議法。 王莽最好改法，何救於亡哉！

與冀州紳士正月十七日

去冬在北戴暢論時事，楚、雪二公以為不謬，惜旋吉未與聞知。 救之之法，必以士大夫講求西學為第一要義。 使我國人人有學，出而應世，足以振危勢而伐敵謀，決不似今日之束手瞪目，坐為奴虜； 萬一不能仕宦，而挾吾學術，亦足立致殷富，自全於敗亂之時。救種之道，莫善於此。但窮鄉僻壤，欲講西學，無路問津，即通都大邑，欲得西人為師，亦苦財力不繼，蓋西人來此就聘，非月俸五六百金不能得也。由是中國議立學堂者多聘華人為師，其學之淺深，聘者不得其底蘊，如農家延師嚮學，一聽薦師者之意為高下，安能責效於生徒哉！下走自去歲春夏以來，即為諸生提倡西學，適有英人客此間，平日往來契好，因欲請其便中傳授西學，此君竟已慨允。其學為此間西人所群推，鄙人聞之有素，因與議明，每日以一兩點鐘為度，事忙即停課一日。擬招學徒廿人，人出二金為月俸，所費有限，此誠難得之機會。無如此間風氣未開，視此為不急之務，殊無信鄙說者，惟冀州為吾舊地，諸君與我若有宿緣，決無不信之理。閻旋吉已有函與弼臣商論，有子弟二名，欲來從受西學，每月薄修尚不難出，自應及時定議，勿稍游移，並望三君子廣勸州人有力之家，相率偕來，開此風氣。人家有力者，往往為子弟捐納職銜，以為榮耀。吾謂職銜特冠服外榮，而所費不訾，其中固無有也。西學，敏者三年，鈍者五年，必能有成。五年所費修金，不過百餘兩，而使子弟有學，可貴可富，其為門戶光寵，比之職銜身外之榮，其相去豈可以道里計哉！望諸君俯採鄙言，並希速勸早來，無任翹跂。

答嚴幾道正月卅日

惠示並新譯計學四冊。斯密氏此書，洵能窮極事理，鑱刻物態，得我公雄筆為之追幽鑿險，抉摘奧賾，真足達難顯之情，今世蓋無能與我公上下追逐者也。謹力疾拜讀一過，於此書深微，未敢云有少得，所妄加檢校者，不過字句間眇小得失，又止一人之私見，徒以我公數數致書屬為勘校，不敢稍涉世俗，上負諈諉高誼，知無當於萬一也，獨恐不參謬見，反令公意不快爾。某近益老鈍，手蹇眼滯，朝記暮忘，竟諄諄若八九十，心則久成廢井，無可自力。因思古文辭類篹一書，二千年高文略具於此，以為六經後之第一書。此後必應改習西學，中國浩如煙海之書，行當廢去，獨留此書，可令周孔遺文綿延不絕。故決計糾貲石印，更為校勘記二卷，稍益於未聞，俟繕寫再呈請是正。元著四冊奉繳。不具。

答嚴幾道 二月廿三日

得二月七日惠示，以校讀尊著計學往往妄貢疑議，誠知無當萬一，乃來書反復齒及，若開之使繼續妄言，誠謙挹不自滿假之盛心，折節下問以受盡言，然適形下走之盲陋不自量，益增慚恧。

來示謂新舊二學，當並存具列，且將假自它之耀以祛蔽揭翳，最為卓識。某前書未能自達所見，語輒過當，本意謂中國書籍猥雜，多不足行遠，西學行，則學人日力奪去太半，益無暇瀏覽向時無足輕重之書，而姚選古文則萬不能廢，以此為學堂必用之書，當與六藝並傳不朽也。若中學之精美者，固亦不止此等，往時曾太傅言：六經外有七書，能通其一，即為成學；七者兼通，則間氣所鍾，不數數見也。七書者：史記、漢書、莊子、韓文、文選、說文、通鑑也。某於七書，皆未致力，又欲妄增二書：其一姚公此書，餘一則曾公十八家詩鈔也。但此諸書，必高材秀傑之士，乃能治之；若資性平鈍，雖無西學，亦未能追其途轍。獨姚選古文，即西學堂中，亦不能棄去不習，不習，則中學絕矣。世人乃欲編造俚文，以便初學，此廢棄中學之漸，某所私憂而大恐者也。區區妄見，敬以奉質。

別紙垂詢數事，某淺學，不足仰副明問，謹率陳臆說，用備采擇。

歐洲文字與吾國絕殊，譯之似宜別創體制，如六朝人之譯佛書，其體全是特創，今不但不宜襲用中文，亦並不宜襲用佛書。竊謂以執事雄筆，必可自我作古。又妄意彼書固自有體制，或易其辭而仍其體，似亦可也。不通西文，不敢意定，獨中國諸書，無可仿效耳。

來示謂：行文欲求爾雅，有不可闌入之字，改竄則失真，因仍則傷潔，此誠難事。鄙意：與其傷潔，毋寧失真。凡瑣屑不足道之事不記何傷！若名之為文，而俚俗鄙淺，薦紳所不道，此則昔之知言者無不懸為戒律，曾氏所謂辭氣遠鄙也。文固有化俗為雅之一法，如左氏之言『馬矢』，莊生之言『矢溺』，公羊之言『登來』，太史之言『夥頤』。在當時固皆以俚語為文，而不失為雅。若范書所載『鐵脛』『尤來』『大搶』『五樓』『五蟠』等名目，竊料太史公執筆，必皆芟薙不書，不然勝、廣、項氏時，必多有俚鄙不經之事，何以史記中絕不一見。如今時鴉片館等比，自難入文，削之似不為過。倘令為林文忠作傳，則燒鴉片一事，固當大書特書，但必叙明源委，如史公之記平準，班氏之叙鹽鐵論耳，亦非一切割棄，至失事實也。姚郎中所選文，似難為繼，獨曾文正經史雜抄能自立一幟，王黎所續，似皆未善。國朝文字，姚春木所選國朝文録較勝於廿四家。然文章之事，代不數人，人不數篇。若欲備一朝掌故，如文粹、文鑒之類，則世蓋多有；若謂足與文章之事，則姚郎中之後，止梅伯言、曾太傅，及近日武昌張廉卿數人而已，其餘蓋皆自鄶也。

來示謂歐洲國史略似中國所謂長編、紀事本末等比，然則欲譯其書，即用曾太傅所稱叙記、典志二門，似為得體。此二門，曾公於姚郎中所定諸類外，特建新類，非大手筆不易辦也。歐洲紀述名人，失之過詳，此宜以遷固史法裁之。文無剪裁，專以求盡為務，此非行遠所宜。中國間有此體，其最著者，則孟堅所為王莽傳，若穆天子、飛燕、太真等傳，則小說家言，不足法也。歐史用韻，今亦以韻譯之，似無不可，獨雅詞為難耳。中國用韻之文，退之為極詣矣。私見如此，未審有當否？不具。

與王子翔 三月二十二日

拙作古文，千萬不可付刻。古文最難成，我所作甚少，皆凡下無卓立者。刻本必能自成一家方可傳後，若為有識所棄，則所謂播其惡於眾，豈相愛者所宜出此耶！吾說書易二經，自信過於詩文，以說經易而文字難也。然冀州人欲為我刻尚書故，我尚堅辭不敢問世，豈敢遽刻拙文，以貽譏後賢！惠卿必欲為此，非我徒也。其代抄拙文，應令小兒留之，不復寄還。我一生未能大徹大悟，方深自愧恨，豈可益我慚恥。不但生前不刻，死後如啟兒等欲謀付刻，亦非吾子孫，鬼若有知，必不福汝。吾祖、父皆積學，所著詩文，皆未刻以行世，我亦不敢謀刻，但寫藏家塾，留示子孫可耳。文章若能傳後，此莫大之榮，吾一生無望，尚望後世子孫，有能繼志專精，真能與於文家，則吾不虚此生，否則死即速朽，憑吾著作不足久留世間也。此事得失自知，豈他人所能代謀，幸為我力阻惠卿，勿為我獻醜，使我魂魄不安，至要至要！

與余壽平九月九日

承示。大學堂初章未善，隨時更定。許公管學，意重西學，先求語言文字，最為扼要。人無兼材，中、西勢難並進，學堂自以西學為主；西學入門，自以語言文字為主，此不刊之實法。他處名為西學，仍欲以中學為重，又欲以宋賢義理為宗，皆謬見也。丁冠西久在同文館，其學亦博涉多通，亮不願欺蒙為事，徒以章程未善，不能展所欲為。中國積弊，好以外行管内行，許公雖在外久，竊謂學問途轍，恐尚不如丁君之明。學堂功課，宜一任丁公主持，但勿令中學教習牽制，必能徐收績效。來示云督責西師之權限蒙疑，可不必斤斤致意也。

尺牘三

答何豹丞七月十九日

闊別數年，中更離亂，書劄下逮，恍見故人，慰悦何似！想執事游宦汴中，不見都下銅駝荊棘之苦，亦無新亭對泣之傷，此最幸矣。今雖和約畫押，乘輿東歸，道路傳言，汴中尚有稽留。此時望見屬車清塵，亦迥非太平遊幸可比，計亦有感憤悲切不能自已者。儻亦見之詩歌，發為文辭，以鳴其不平者乎？此又下走之拭目而俟者已。去年六月以後，某轉徙數縣，盡室流離，尚幸多有故人相與容隱，最後逃至深洲。此州志乘，僕屬草稿，數年迄未竣事，遂因避地成此一書，有便當奉贈一部，以當一夕之談宴。不具。

與蕭敬甫七月二十五日

朝廷已廢時文，但用策論取士，亦難得真才。近時竟無考官。愚意當徑廢科舉，專由學堂造士，用外國考校之法，較有實際。但非得人辦理，亦終歸虛文。學校不興，人才不出，即國家有殄瘁之憂，此變不小。奈何！

與薛南溟八月十三日

大孫入學已三年，似太早。小孩須八歲方可入學，太小則讀書識字，易傷腦氣。凡書生多得頭痛或風眩或顛狂等疾，皆腦筋受傷之驗也。蒙師好者甚難，敝友有嚴翼亭名釗者，執事可與一見。此君不能為時文，頗學古，所著文甚可觀，為人亦介潔不苟。僕發蒙宗旨，以先讀五七言唐人絕句之易解者，後讀漢樂府之易解者，及白香山詩之小孩皆通者，再後則讀論語、孟子及國策中小品。凡詩、書、易、禮諸經，皆緩讀。孟子卒業，勿讀學庸，且讀左傳，講陳文恭所編綱鑒正史約及胡文忠讀史兵略，此諸書聰慧者不過三年可以卒業。此後可令自閱南中淺近之書。其才高可望大成者，再讀詩、書、易、三禮、莊子、史、漢諸書，兼講西學。才弱者但令學習時務，亦不至迂腐無用。至小孩入學，每日不過三時辰，其課畢則任令在外遊玩，千萬不可竟日關閉。此諸法翼亭皆所熟聞，無庸臨時指授。尊意喜新厭舊，宗旨不謬。但生在中國，必應先通中文，吾法最為捷速。至南中所刻新學歌括，小孩皆不能遽明。如梁啟超等欲改經史為白話，是謂化雅為俗，中文何由通哉！凡此，皆不可誤信者也。餘不具。

與陸伯奎學使 九月十七日

在都獲挹清芬，慕仰無既。軺車臨保定，猥承折節下交，至感至感！定州試士，拔識真才，頌聲雷動。聞試竣仍傳集薦紳，飭辦學堂。王合之進士現赴都下見過，談及曾屬其速歸。王古愚孝廉，現館清苑，亦勸其還州與議。前承屬開列學堂書目：外國之書，應由外國教習自行酌定；現天津譯局雖自上海運到譯書七百餘種，但中國譯手，往往謬附己意，西人見者輒詫為失真，不敢據為定本。至中國文學先後次第，不宜紊失，貽誤後生。竊謂學徒致力之書不能過多，以韓退之之高文，其所稱舉，六經之外，不過莊、騷、史記、相如、子雲數家。今人好炫博贍，實則徒事記覽，無益心才。昨見報紙謂禮部議覆舉場章程，擬以九通試士。窮鄉下里，難得此書，又卷帙浩繁，不易卒業，就中杜馬二家最善，然馬書唐前盡襲杜文，漁仲紀傳全抄正史，皇朝三通，彼此因襲，並非不刊之典。學者不讀正史，則三通乃淩雜叢碎之書，不能得其要領。若先攻廿四史，再讀九通，則無此日力。且用功煩難，而獲效殊少。使學徒盡能記識歷代制度沿革，亦祇已陳之芻狗，謂遂成為政治之通才，未必然也，而況絕無盡記者乎！且九通制度之書，固非政治之學也。求政治之學，無過通鑑，而畢氏續編及國朝儒臣所編明紀，又不逮涑水元書遠甚。今不以通鑑試士，而用御批通鑑輯覽，豈不以通鑑繁重，學者難讀，不如輯覽之簡約而易竟哉！九通卷帙之多，過通鑑倍蓰；今史學用通鑑輯覽，而政治用九通，一何用意之自為矛盾如此！愚見：史學試士當用史記、漢書。李習之有言：『前漢事蹟，傳在人口，以司馬遷、班固敍述高簡之功。學者讀范書、陳志、王隱晉書生熟，何如左丘明、司馬遷、班固書之溫習哉！』以此言之，後代之史固不足熟讀，則亦不足以考人。必以詳備為事，則馬班之書之外，益以通鑒輯覽足矣。其政治之學當以國朝為主，國家紀載流傳者希，無已，則於皇朝三通擇用其一，使習國家掌故，庶亦可也。論者謂歷代以文取士為下策，不知科舉所取，舍文字更無他策，必去文字，莫如廢科舉而專取之學校。今學校初立，所謂大、中、小學三等，皆未能如法，莫若先立師範學堂，取成學之士，延外國教習，教之以粗淺圖算格致普通之學，蓋不過期年旬月，可望速成，成以散之縣鄉，俾以次為中學、小學之師，庶冀推行漸廣，不以求師為難。竊謂當今急務，莫先於此。敬貢所疑，幸辱教焉。不宣。

答方倫叔 九月廿五日

洲案之不得直，固由敝鄉諸君才力薄弱，亦緣強有力者豫為宣播謠言，倒亂是非，使官場自護前非，執以為是。曹子建所謂『蒼蠅變白黑』者，此輩是也。大吏不顧曲直，專恃壓力，國家何時得望振興！棄此大利以與奸民，止坐意見用事耳。弟前書不敢復望野鴨，但得柳條、習藝，亦稍有濟，此皆余壽平先生所默許明許之件，究竟能否見與？至南鄉之鳳皇洲荒地，則與劉淦案絕不相干，意欲請縣官丈量，稟歸書院，似不至再起葛藤。我公為我便中一詢探當局微指，見可而進，不敢造次也。

學堂最難在經費，子弟赴上海、金陵，均不及本鄉有學之便。南洋公學，聞弊端百出；金陵格致書院，疑亦非馬非驢；廣方言館新開西學，弊端尚少，郎君既經考取，不必舍而他求。英文成熟甚難，東文稍易，日本同文之國，即不能倭語，亦可數月而通其文字，文通則彼國已譯之西書皆可讀矣，故以此為最捷之徑。至日本政治之學，喜用西人張民權、主革命之說，用之吾國，易長疾視長上之澆風，少年習聞其語，無益有損，不如習通西文，能自讀西書，擇其宜於中國者傳之，為有益而少弊。西文又非一國，英、法、俄、德各有文字，不相通流。而俄文今時尤切。從語言文字入門，乃一定之階梯，獨生徒學此，十年八年，不能遽通，更無暇研窮專門之學，此其難也。

下走又有愚慮，見今患不講西學；西學既行，又患吾國文學廢絕。近來談西學議政策者，多欲棄中國高文改用俚言俗説。後生才力有限，勢難中西並進。中文非專心致志，得有途轍，則不能通其微妙，而見謂無足重輕。西學暢行，誰復留心經史舊業，立見吾周孔遺教，與希臘、巴比倫文學等量而同歸澌滅，尤可痛也。獨善教之君子，先以中國文字浸灌生徒，乃後使涉西學藩籬，庶不致有所甚、有所亡耳。若乃邑子之之好學者欲讀西書，吾謂西國專門之學，必得師授，不能徒索之書。吾輩所能教者，但歐美歷史、公法、政治等門而已。本年新譯，多日本之書。西學貴新厭舊，則凡新譯之書，不可不一購求也。承垂問，略陳鄙見，未知有當不？

尺牘四

與曾履初兄弟壬寅正月九日

昨承履弟持張尚書函見示，勸駕甚殷。市中遇敬弟，亦勸勿再辭。暮歸，則中島伯成在寓靜候竟日，亦為尚書遊說。小生不敢率爾應命者，厥有數端：京城大學為天下觀法之地，必得中西兼通之儒，乃能厭服眾望，某萬不敢當；一也。開創伊始，造端宏大，非神明強固，不能綜理縝密，某精氣衰亡，難自敦率；二也。賦性拙樸，不能阿曲事人，不通知世情，不識形勢，使居京師，尤與風尚背戾；三也。學堂英少，及貴遊子弟，慮無不振厲矜奮，難可檢制，某來自草野，不足涵育珍怪；四也。京城大政，出自樞府，雖張尚書蓋猶有不能自主者，某欲參末議，豈能驟望推行，強羈其身，有何裨補；五也。某無實而竊浮名，尚書過聽，必欲羅致，若見其臨事迂蹇，將唾棄之不暇，徒累尚書知人之明，使下走蒙純盜虛聲之誚，彼己兩失；六也。學堂始立，不能遽臻美善，要在見弊即改，至其收效，則在十年以後，若責效過急，或且廢於半途，世必咎張尚書用人之不當，與其終累尚書，不如慎之於始；七也。欲開倡西學，必應遍採歐美善法，擇其宜於中國者仿行之，此未可咄嗟立辦也，某於中國文字，稍有窺尋，至於西學，則一無所知，何能勝總教習之任；八也。退閑已久，忽辱卿銜，靦顏為京師大學堂之師，出處草草；九矣。袁參政再欲挽留，某再欲卻聘，本謂衰老思南歸耳，今留北應大學堂之命，何以謝袁公，去就失據；十也。有此十慮，以故不敢自違本志，曲徇尚書。尚書若勉從鄙請，是謂重士；某曲徇尚書，是謂慕勢。與其使某為慕勢，不如使尚書為重士。尚書引屠君事為比，竊謂不同。屠君膺薦，將入仕也。使不欲仕，可無赴行在，既應徵而起，乃復偃蹇自遂，是兩失也。又展覲乞退，相距未久，貽累舉主，固然無疑。某縱應詔入學，尚非從仕，又未嘗覲見，進退仍自裕如。自奏薦至開學，為時尚寬，其間縱稍變遷，何渠上干呵譴乎？但尚書既稱下走再辭是『不翅劾已於廷』，某被尚書知待，豈敢令尚書為某受過。即擬暫不言辭，冰泮南歸未歸時，學堂章程議定，當視章程中總教習職事如何，內度材力能堪與否，再議辭受。乞鑒察！不具。

與陸學使 三月十八日

久不敢侯，只緣去歲九月後，多在京師，人事卒卒。方辭蓮池欲南歸，又被張冶秋尚書論薦，百方求放還；私事未定，又值旌節按臨南三府，相去益遠，以此書問遂爾闊疏，幸鑒宥也。南府尚有高材生否？河間近時人才亦希，然尚不絕響，伯樂一顧，良馬空群矣。張尚書為言：得執事書，以下走堅辭，卜學堂之不能得法。此則眷待過高，駭汗無似！某衰退寡學，潛伏草野已十有餘年，一旦令人學堂，學堂開創之始，天下之所仰望，而以不學無識之下材攘臂其間，使方外輕中國，甚無謂也。開學當以西學為主，所以取人之長，輔我不足。士人聰明，不宜泛涉，既專力西學，即中學不可不稍寬假，但使之文理粗明足矣。若令講中學者為之師，相與漸摩研切，彼皆有越人安越，楚人安楚之性，必且群舍西師，競求中文。此於立學開化之本恉稍背。某自揣不過中學略窺門徑，西學則茫無所知，靦顏為師，有損無益。此又一說也。至欲學校成才，則科舉宜廢。今入場數日，操數寸之管，書數番之卷，便可釣取舉人、進士，又為時論所榮，彼何為埋頭束身，腐心耗神，費十數年、數十年之日力，以博學堂無足輕重之寸進哉！故鄙論以為，國家宗恉不定，議論不折中，學制不劃一，欲立學育才，此必不可僥倖於萬一之事也。此又一說也。有此數慮，加馬齒垂暮，精氣銷亡，已成天地間一廢物，駑駘罷老，百鞭不能一起，實不堪為世用。今欲辦成一事，精神意氣，不能貫注全局，而欲其事之成，不可得也。若使之優遊伴食，垂拱仰成於同事諸賢，又何為哉！凡某之不敢草草應命者，大略如此。因張尚書知待良厚，不敢漠然相與，因擬為東遊日本，一考學制。此行成否，惟張尚書之所命。前薦新河韓殿琦乃諸生，誤童生；童生乃棗強齊立震也，請改正。任邱籍忠寅、肅甯劉春堂皆俊才，並聞。不具。

答賀松坡七月十三日

下走東遊，無大益於學校，不過藉答張尚書知待而已。此邦朝野，皆若以某此行為振興基兆，責望過奢，若歸國而興學不成，祇為鄰邦笑柄而已。東遊日記，草草記所見，不能得其要領，亦無論說，不足觀採。新舊二學，恐難兩存。執事與啟兒書，意極深摯，而事亦未易辦到。日本學校課程，中學十三四門，七日之中，有僅習二小時者。鄙意以為博而不專，無甚功效。然此課程乃歐、美公學，屢經教育名家遞修遞改，久而乃定，則亦未可輕議。彼謂幼童腦力，以倏忽變換，乃能將養而無害。若久習一業，則腦必受傷，此為學術衛生一大事。其學之功效，不必過問，但令學徒略知其節目而已。其各科之書皆極少，總其都凡不過廿卅卷，而教之至五六年；連小學計之，則及十數年； 益以大學校年限，則及廿年。但計東、西洋公學年數已如此，若再增吾國舊學，至省亦須十餘年。近人多求速成，安有入學堂卅餘年不變改者乎！西學但重講說，不須記誦，吾學則必應倍誦溫習，此不可並在一堂。合四五十生徒而同受業，則不能與西學混同分科； 若西學畢課再授吾學，則學徒腦力勢不能勝。此鄙議所謂不能兩存者也。此邦有識者或勸暫依西人公學，數年之後再復古學； 或謂若廢本國之學，必至國種兩絕； 或謂宜以漸改，不可驟革，急則必敗。此數說者，下走竟不能折衷一是，思之至困！執事乃欲兼存古昔至深極奧之文學，則尤非學堂程課之淺書可比，則尤無術以並營之，又眾口之所交攻者也。西學未興，吾學先亡，奈之何哉！奈之何哉！

復齋藤木七月廿五日

昨得手示，敬承一一。來示謂『生今之世而無益於今之世，是生猶死』，其言絕痛，具見烈士壯心。執事綜核西士論說卅餘家，皆與貴國體不合，鼓舞士氣，作新民心，皆倫理學之力，足見東方俗尚，不能盡用西法。而敝國六經傳記所遺留之倫理學，實立國不刊之典。抑來示所謂有益於世者，不知何指？若云立功，則權勢不屬，未易成事； 若猶是立言，則必屬之理精而詞勝者矣。

來示謂『世與文俱逝，則遺骸相與語』，洵英雄快論。僕以謂文之至者，則世逝而文不與俱逝，其逝焉者，乃近日所新出之西文，明日出一新書，則今日之書頓廢矣。若吾國聖哲之文，則不得謂遺骸對語。蓋其人去我已數千載，而語笑動作，若在吾目中，是其人之精神永存於簡冊間，不可得廢毀，故足貴也。今貴國論教育者貴教育之精神，如敝國之文字，不惟形骸具而已，要自有文字之精神焉。堯、舜、三代以之治，當時孔孟以之教，後世馬、班、韓、歐以之傳道明法，皆其精神所為也。今敝國未能取歐美之長以自輔其短，是誠失策。惑者至並敝國文字詬病之，竊以為非也。今諸國賢俊，競趨哲學，若敝國文字，豈非宇內哲學之至大者乎？若哲學大興，即敝國文字必有遠行於歐美之一日。今將研求各國之墜文微學，而宇內至大之敝國文字不能盡明，豈得遽號為哲乎！今歐美諸國，皆自詡文明，明則有之，文則未敢輕許。僕嘗以謂周禮之教，獨以文勝；周孔去我遠矣，吾能學其道，則固即其所留之文而得之。故文深者道勝，文淺則道亦淺。後世失治，由君相不文，不能知往昔聖哲精神所寄，固非吾聖哲之道之不足以治國也。特今世富強之具，不可不取之歐美耳。得歐美富強之具，而以吾聖哲之精神驅使之，此為最上之治法。吾今不能富強，故不能自用其最上之學，歐美以富強自雄，而遂詬病吾國文學，以為無用，則亦未窺最上之等級。而治術所由未臻於美粹者，此也。因承來示，推闡及此，未識有當否？

答勝浦鞆雄 八月卅日

承示日課及教育費二表，當奉為師法，謝謝！惟學校教員幾人、書記及雇員幾人、諸傭共又幾人，仍求詳晰開單見示為感。

承詢弊國小學年數幾何：私擬六年，前四年淺，後二年略深，即參用貴國高等小學之意。承詢中學年數：則擬仍依貴國五年為限。中、小學兩學，共十一年，學徒六歲入學，至十六歲，似普通之學已足用也。

承詢新制省筆字外，中國文須四五千者，自入中學始與否：查新制之省筆，非下走所制，乃弊國王某所為，政府未必遽用。其所製字，僕決將來必須用此，教育乃能普及。至中國字四五千者，小學校六年，其後二年，宜可漸習之。由省筆字移換認漢字，似不甚難，請代裁定。

承詢中學設英語科與否：竊疑外國語與他科學別異，學外國語者，他科少學數門，專學普通科學；而不學外國語者，亦聽學徒自便。至外國語科，則佛、獨、露諸國及貴國語文，皆宜兼習，似非僅一英文可了也。承詢不設高等學堂：若大學用外國書，則學年宜增，或改中學為七年；鄙意貴國學年過久，故欲減去高等學堂，大學所用書能否中西聽便，其由外國書入者，中學校已須習外國語文，其中學校未習語文者，即用中國譯書教之，意在求免學徒之困難，騰出日力，研究中國自有之文學。未識可行否？

謹以私見所及，備陳梗概，伏望開示。不宣。

與張尚書九月十一日

某頓首上書野秋尚書閣下：

辱承尊命，渡海東遊，視察學制，居此三月有餘，仍未得其要領。緣到時適各學已放暑假，教育家亦多避暑他往，及入秋開學，又因文部聽講，不能四出遊覽。惟學校規模，日本全國一律，得見數處，可以推知其餘。謹將文部所講，及閱視各學日記，鈔呈台覽。

竊謂吾國開辦學堂，苦乏教員，又壯年入官諸人，不得不粗明新學。尚書先開師範學校、仕學院，實為扼要辦法。所延服部、巖谷二君，此邦上下，皆賀我得人，皆望能盡其用。某素持私論，謂救急辦法，惟有取我高材生教以西學，數年之間，便可得用。查日本初時，令各藩送士人入大學，謂之貢進生，意亦如此。今所開師範學校，適與符契。即明年開大學堂，恐仍須扼定此恉。此等學徒，中國文學業已成就，入學功課，宜專主西學，俾可速成。其中學不復過事督責，『用志不紛，乃凝於神』。『鼫鼠以五技而窮』，正此類也。但此乃一時權宜之策，欲令後起之士與外國人才競美，則必由中、小學校循序而進，乃無欲速不達之患。而小學校不惟養成大、中學基本，乃是普國人而盡教之，不入學者有罰，各國所以能強者，全賴有此。今日本車馬夫役、旅舍傭婢，人人能讀書閱報，是其證也。中國書文淵懿，幼童不能通曉，不似外國言文一致。若小學盡教國人，似宜為求捷速途徑。近天津有省筆字書，自編修嚴範孫家傳出，其法用支、微、魚、虞等字為母，益以喉音字十五、字母四十九，皆損筆寫之，略如日本之假名字，婦孺學之兼旬，即能自拼字畫，彼此通書。此音儘是京城聲口，尤可使天下語音一律。今教育名家，率謂一國之民，不可使語言參差不通，此為國民團體最要之義。日本學校必有國語讀本，吾若效之，則省筆字不可不仿辦矣。至於將求成學，則必教讀華歐文字。此是造就成材與普教全國人民，當分為二事，而中學校普通科學為之階梯。某竊疑日本科學太多，每日教肄時刻太少，學徒無甚進益。而論者並謂此乃歐美所同，不可缺少。昨詢之文部菊池君，君謂此事尚無善法。今天下各國學校，皆師法德國，德國之中學，亦未完善。此學於教育為第三義，中國尚可緩辦。其弟一議以造就辦事人才為要：政法一也，實業二也；其次則義務教育，即小學校所以教育全國男女者是也。至文化漸進，再立中學校。各國初行教育，先建大學，次立小學，次立中學。菊池之言如此。某竊深服其言，又久從事教學，知學人才力，不能泛騖。今約計西學程度，非十五六年不能卒業，吾國文學又非十五年不能卒業，合此二學，需用卅餘年之日力。今各國教育家皆以為學年限過久為患，群議縮短學期。今我又增年限一倍，此乃教育之大忌。然則欲教育之得實效，非大減功課不可。減課之法，於西學則宜以博物、理化、算術為要，而外國語文從緩。中學則國朝史為要，古文次之，經又次之。經先論語，次孟子，次左傳，他經從緩。每人每日止學五六時，至多止能學五六科，餘則無暇及矣。此中學之辦法，私意如此。其效約在十餘年之後，非救急之用。若初辦大學堂之專科，前聞尊議延師西國，未審所聘何等師？以私意測之：政治、法律之外，則礦山、鐵道、稅關、郵政數事為最急，海陸軍法、礮工、船廠次之。此皆數年卒業，即可應用者也。凡某所欲上言者，大略如此。其尤要者，教育與政治有密切關係，非請停科舉則學校難成，前既屢面論之，此事終望鼎力主持。至於學成之後，必應予以進用之路，非舉人、進士等空銜可以鼓勵。

伊藤相國謂中國事勢危急，教育人才已恐迫不及待，必四五年可學成者乃可收效。菊池文相言：外省學堂，宜為專門教育，學成即令辦事，不必再令入京師大學。此皆斟酌時勢、力求速效之辦法，並以奉聞。至奏定章程，此間尚未全閲，率臆妄言，以備採擇。

某此次來遊，實未盡其深處，文部亦未講完，徒以時日迫促，不敢久留。此邦多明達之士，所言多可采，某未及遍訪。獨刻書版權，聞欲與我國定約，此事請公告知外部，慎勿與之定約，於開化有益也。服部、巖谷諸君為講師，必應有人通譯；此間范景生名源濂，湖南留學生，弘文書院講演，范生因係教吾國生徒，自願為之通譯，能暢明未盡之緒，聽者悦服。近日以事回國，公若用為通譯，范必樂就，希卓裁。不具。

答客論詩

吾國近來文家推張廉卿，其詩亦高。所選本朝三家，五言律則施愚山；七律則姚姬傳；七古則鄭子尹。問者曰：小子常讀船山詩集，所藏獨此與杜詩耳。答曰：杜公，則學詩者不可忘之鼻祖。船山之詩，入於輕俗，吾國論詩學者，皆以袁子才、趙甌北、蔣心餘、張船山為戒。君若得施、姚、鄭三家詩讀之，知與此四人者，相懸不止三十里矣。詩學戒輕薄，杜牧之不取白香山，為此也。問者曰：唐代詩集，傳來吾國者惟白香山最早，故當時詩家爭學之。答曰：香山自是一大家，能自開境界，前無此體，不可厚非。但其詩不易學，學則得其病痛。蘇公獨能學而勝之，所以為大才。蘇亦謂元輕白俗，其所以勝白者，以其不輕不俗也。欲矯輕俗之弊，宜從山谷入手。

研經會招待席上答辭

今日在會諸公寵召，雖俗冗紛糾，實心願赴約。頃聞安井先生演說大意，即見同文學派，又見輔車立國宗恉，佩服無量！今時國無西學，不足自立。下走東來，仰求師法，實欲取長補短，以求自列於群集競存之場。若但講吾國舊學，甚多缺點，但因此遂弁髦吾聖經賢傳、諸史百家，此必不能。西人好講哲學，彼哲學大明，亦必研求吾國文學，以吾國文學實宇內哲學之大宗也。凡吾學之益於世者，其高在能平治天下，其次則言能達意，足狀難顯之情，此誠政治家必要之事，不得以空疏見誚。惟有文無實，徒飾虛事，是末流之失。今諸君多精通西學而不廢漢文，觀會中諸作目錄，足見所講皆吾文學中精微奥要之義，非徒事辭章記誦之末。以此閎識，研究諸學，亦何學不成。下走來問師法，意在會通中西。諸君中學既精，又久當教育之任，其甘苦所得，必非世人耳食之談，下走私心所疑，敬當一一奉質，以祛惑益聞。雖今日初忝大教，不獲細叩瀆請，要可用為結交之始，嗣後隨時請益，見則面詢，別則奉書，諒諸君善與人同，又各懷富以其鄰之志，必可盡言無隱，一豁蓬心。是下走今日一赴嘉招，有助於學問，有益於國家，均非淺鮮。不惟下走禱祀而求，抑亦吾國朝野所同聲感佩者也。又會中諸文，必望早行印刻，以廣流傳。敝國新進之士，必當先睹為快。言不盡意，惟諸君諒察區區！

尺牘五

稟請飭教士不得干預訟件由

竊卑職昨於四月十九日接教士徐博理來信，據云：向居獻縣，兼管深州教務，深州教民田澤老實安分，屢被張學文欺侮，今又結訟，屬為訊斷，以免拖累等情。查中國人犯罪，由中國官治以中國之法，載在條約，遵行已久。中國之法，地方官不得受人屬託公事，律有常刑。教民者，中國之民也。乃一經涉訟，即恃教士為護符，教士一聞教民與人爭訟，即以屬託公事為急務，是使中國官員，不得用中國之法以治中國之民，而條約所載為虛文矣。外國之教得行於中國者，以條約為律令耳。若使條約為虛文，彼復何所恃以傳教乎！中國之民習知屬託公事之有干厲禁也，凡彼此爭訟，無有敢為先容者。乃一遇教民，見彼教之屬託公事，竟視為家常便飯，直謂中國之法，止以治平民，不能治教民，蓋不待訟案之畢，而已憤懣填胸矣。而謂其疾視教民之心，能一刻釋乎！教民之奔訴教士，教士之作函關說，皆不待本官訊斷，遽爾張惶。各地方官賢愚不等，大約不出強弱兩塗，其弱者遇教民有理之案，固惟教士之言是從，即遇教民無理，亦或因教士委曲偏徇，而唯恐其決裂。如是則教民常勝，平民常屈，平民屈則其恨教民愈甚。其強者遇教民無理之案，固置教士之言於不問，即遇教民有理，亦或因教士屬託，矯枉過正而轉至於失平。如是則平民常勝，教民常屈，教民屈則其恨平民亦愈甚。夫教民深恨平民，則挑唆教士以與州縣為難；平民深恨教民，則抑鬱既久，必思一旦大泄其不平之氣。此各省教案，所以迭起釁端，推原其故，皆由教士曲庇教民、關說訟件而起。今欲籌民教相安之法，則莫若嚴禁教士之干預詞訟。教士不干預詞訟，既可變教民倚勢恃援之習，又可解平民深怒積怨之嫌。即或教民爭訟得直，在平民亦共知地方官據理訊斷，並非由教士作函屬託之所致，皆將帖然心服，此兩全之策也。若教士關說之函不止，則強弱皆可激變，曲直皆可招尤，此兩傷之道也。前奉行知粘抄總署原奏，內述英使之言，謂中國輕慢外國官民云云。平心論之，中外和好，臣民周知，苟外國不予人以可輕，亦誰肯故存輕慢。若如屬託公事，干預詞訟，雖以中國官紳行之，亦必為人所鄙薄。卑職到任以來，凡遇有關說案件之人，未嘗接見；遇有關說案件之函，未嘗裁複。此固不論中外，視為一體。彼教士者亦何樂而為此？豈自以為據情代訴、不得已之舉邪？不知教雖外國之教，民猶中國之民；若因係教民，遂存歧視，是棄吾民於化外，而使之去此適彼。稍知大體者，必不為此。即如該教士屬託田澤之案，係張興泰家失物在田澤家獲贓，而田澤實非盜物之人。此案於三月廿八日報官，四月初五日即行斷結。而該教士之函，至四月十九日始由天津寄到。若待此函而後訊斷，則民間拖累久矣。蓋田澤一經興訟，即行奔告教堂，追至天津始見教士，故稽延時日如此。試思教民有理，即無教士之函，亦未必負冤，教士亦何必代為過慮，譬如父母養子而鄰人憂其不慈，豈不謬哉！和約既載明中國人犯罪由中國官治以中國之法，是外國傳教，原不欲干預詞訟。今教士等肆行干預，不惟撓中國之權，亦並不守外國之法。應請憲臺轉飭各領事，嚴禁教士：嗣後遇有民教互爭案件，不許妄行屬托。一以自存身分，一以保全教民。其有函說訟案者，即由各地方官稟請究辦，以肅中外紀綱。卑職係為妥籌民教相安起見，可否如此辦理，伏乞查核示遵。

答深州牧錢伊臣饋桃

每得來書，綺語瑰詞，淩紙怪發，齊勇欲賈，秦風坐雌。人至辱承華翰數番，侑以仙桃百顆，喜展來禽之貼，狂呼烹鯉之童，好春盈眸，餘芬在齒。恭維閣下騰實載路，飛聲成蹊。更分瑤池會裏之珍，遠惠濯錦江邊之客。煩醒徑解，不求哀仲之梨；瘦骨能仙，疑啖安期之棗。仰同至味，深紉遙芳！某昔恭茲州，曾殖此樹。重題仙觀，盡老郎去後之花；欲問前津，失漁父再來之路。蹉跎歸計，無臨江之千木奴；飄泊游蹤，愧近岸之一土偶。來歲更舒錦繡，慎毋再饋貧家。祇今未報瓊瑤，何物能申永好。附呈石印寫定尚書及姚氏漢書評點二種各一冊，聊供清玩，伏望笑納。

諭兒書選錄

凡為官者，子孫往往無德，以習於驕恣澆薄故也。吾昨聞汝罵苓姐，說伯父不配作官，汝父作官有錢，欲逐出苓姐，不令食汝父之錢等語，傷天倫、滅人理莫此為甚！世人常說長兄當父，長嫂當母，子有錢財，當歸於父，弟有錢財，當歸於兄。吾與爾伯父終身未嘗分異，豈有分別爾我有無之理！伯父在時，吾不能事之如父，今亡已八年，不可再見矣。吾常痛心，故令汝兼繼伯父，望汝讀書明道理，豈知汝幼稚之年，居心發言已如此驕恣澆薄哉！伯父才學十倍勝我，其未仕乃命也，何不配之有！作官之錢，皆取之百姓，非好錢也，故好官必不愛錢，吾雖無德，豈願以此等錢豢養汝曹、私妻子哉！兄弟之子，古稱猶子，言與子無異，苓姐，吾兄之子也，與汝何異！我若獨私汝逐苓姐不與食，尚為非人，況汝耶？且汝亦為伯父繼子，若盡逐諸侄，則汝亦在當逐之內矣。凡為人先從孝友起，孝，不但敬愛生父，凡伯父、叔父，皆當敬愛之；不但敬愛生母，凡嫡母、繼母、伯叔母，皆當敬愛之；乃謂之孝。友，則同父之兄弟姊妹，同祖之兄弟姊妹，同曾祖、高祖之兄弟姊妹，皆當和讓。此乃古人所謂親九族也。讀書不知此，用書何為！童幼有時爭言，吾亦不禁，獨令人傷心之言，不得出諸口，校量錢財有無，悖理行私之事，不可存於心。將吾此書熟讀牢記，以防再犯，並令諸兄弟姊妹各寫一通。丁亥

駒啟兩兒覽：接汝等來書，具悉一一。駒兒字不整齊，啟兒字用筆重拙，各宜自矯其弊。子翔言啟兒面白，不及去冬尚能發紅，牛肉精萬不可不服。吾令汝服此以養病，非自薄其身以姑息汝也，奈何違吾此命哉！用功不可過勞，每日必宜有閑適時，必精神餘於事外，乃能長進。養身養德，以此為最要，慎之！夜不可用功，至要至要！摯翁手諭。甲午二月十八日

接汝二人來書，具悉一一。相距不遠，無庸過相念。十日八日無書，尋常事耳，何用憂懸乎！山居最能益人，不惟啟兒宿疾望瘳，即駒兒亦當加健。聞之西人謂獲鹿秋後最能養人，若爾等在彼茁壯，可至八九月再還保定，想姚姻伯不汝嫌也。他處有山，無人為主，此是汝

等之福。若啟兒肺疾大愈，可以解吾深憂。西人謂山居三四月，可良已也。啟兒書中述山行之樂，令我欲棄人事，往遊抱犢絕頂。自靈岩至彼，往返垂卅里，聞山中有驢可騎行，能步遊自善，以勿勞乏為度，早晚在近山恣意遊行，上下山能健筋骨，益肺氣也。西書論麵之養人，過於大米，以其質有戈路登，戈路登者，麥之粘性也。能食麵最佳，發麵尤善，可半麵半米，胃既強，自無物不能入口，勿憂常食麵後便不願食米也。青道人既知醫，起居動靜可時時諮詢之。與西人言論往來，最增長識見。男兒當志在四方，顧父母、念親戚，鄉曲小行耳。太史公父在時，周遊天下名山大川，若戀戀膝前，安有此壯志哉！身體宜修潔，汝等不自整理，此所謂囚首喪面而談詩書者也。一身不自理，尚能理他事哉？吾爲汝曹憂之。後八日一剃髮，三日一澡身，勿違吾戒。漢郎中令周文期為不潔清，史公譏其處諂，何為效之？但勿過事修飾邊幅耳。詩不必多作，小楷宜學。父手告。十三日

吾案頭十八家詩鈔中，杜公七律，汝曹何人攜去？遍覓不得，可惡已極！此書有副本在汝曹手中，何以定須取吾手應用之本，又不告吾？前年王子翔持吾漢書半部南去，至今人在北方，書在南方，不能見。今年吾所用汲古閣史記，又被子翔取去，問之乃言，不問不告也。吾甚恨之！此風乃駒兒所開，時時將吾書亂抽亂架，又復持入私室中，使我遍覓不得。汝等應讀之書不能讀，乃往往與吾爭書，此何意也？嗣後凡吾書室中書，不許汝曹私持去，有欲覽者，必先稟吾命，吾賜汝書，汝乃受而藏之，不得將吾書私為己有，此一家法也。若乃不問不請，見書輒持去，此是目無老夫，此風何可長也！前日駒兒來書云『唐詩鼓吹攜往獲鹿』，至十八家中杜公七律，何以並未言及？應即回復，毋使余懸懸，並將此函轉告子翔，吾急欲索史漢還也。並戒後勿復爾！六月十五日，父告兩兒。

吾五月十五日以後至六月十三日記，前已寄汝，未識何時達覽。今荒川歸國，將六月十四以後至廿七日記托荒公寄汝。吾近十餘日之事，得此可以覽知大略也。汝性褊狹，事有不如意者輒繚繞不去懷，不然則與人不平，見於詞色，此皆病痛，宜自檢點改過。古人言詩書變

化氣質，若氣質不變，詩書何益乎？此次東文社師生同行，尤勿與人稍存意見也。吾令汝東遊，專以養身為宗恉，汝萬勿大意。魚油不可間斷，每日伸手向空，不可間斷。中學可姑置之，東語欲學，亦勿累心累神為要，東京若人煙稠密，便不相宜，以時出郊遊為善。住房必通空氣，飲食不合宜者勿食，夜勿受寒，白日勿偃臥，臥必引被自覆。東京有高醫必應往問，起居衣食，唯醫生之言是聽，肺家既弱，時時防其受病，勿自謂無病而生忽略。汝欲換西裝，亦無不可，但倭人宴居，亦仍服舊裝。入冬易寒，茲請荒川攜去皮衣二件，宴居時可服之，較西裝為暖也。不具。摯翁跋日記後，十八日。

吾日記久未寫寄兒，今自保定取來格紙，始抄往。迭接兒書，具知在彼情狀。所寄二文，不似前時，但知卽達，筆端有斬截，味在文外，往往句勢雄遠，似常讀史記，故文筆大進。文如此，乃能入高古，又當時有縱肆處乃佳。汝但求身強，學文當不難，吾不願汝貪學傷身。近雖無病，若中文日語兩途並進，腦筋不能勝任，則病易入，故必以養身為主義。東語以優遊入之，勿拘急，苦自厲，非養身之道也。汝到日本無多日，不能作日語，何傷！何為自怨恨形於言色乎？既學日語，即中文當且恝置，身王則學易進，何取兩途並騖！故余見汝文字進，反不樂也。吾年前恐不能還保定，正月再歸，料理行裝南歸，當與李宅偕行也。臘月廿六日，摯翁書。

汝為科舉欲歸，吾意汝文自可中，倘不中則命也。汝祖高文，一生不中，我乃徼幸得之，吾家恐難世得科第。今改策論，而考官無學，閱八股尚不知高下，策論則向所未學，何能定其佳惡，不過胡亂取中而已。九通數百卷，誰能悉讀，以此考人，直是謬妄。上海近印此書，吾已為汝兄弟各購一部，考時須攜此入場。其餘外國政藝各學，亦非懷挾不可，中不中聽之，不足為輕重。吾料科舉終當廢，汝若久在日本學一專門之學，由學堂卒業為舉人、進士，當較科舉為可喜。以其用實學得之，非幸獲也。但通日本語便可入專門學堂，不必學普通。若英語並學，甚費腦力。能通兩國語文自佳，但無專門之學，尚不為有用之大才。或但求讀英文，不求能語，尚較易也。化、電、格致，恐性不相近。若政治、法律、理財、外交，吾疑讀其書便可通，然用處甚大。理財、外交，尤吾國急務，或擇執一業，汝自酌之，學成一門，便足自立也。吾不願汝強學，但願汝身健，宜體吾意。二月五日，摯翁書。

汝日記『夜不成寐』，此由用心過度所致。古人論學，藏、修、息、遊，四事並列。今知藏修，不知息遊，易致生病。劉宗堯昨來一書，言腦病甚苦，自料不起。吾寄書勸來保定就醫，若不能來，則此人休矣。勤學傷身，究有何用！汝曹年甚富，但得身健，不愁學問不成。若學成而身亡，已為不值，況學未必成耶？吾屢書皆誡汝養身，謂身較學尤重也。觀汝所譯書，數日中即成一冊，用功過猛，若再不休息，將來恐不止不寐，又且現他弱象；且不寐亦正非小故也，後當切誡，勿狃於積習，視吾言如秋風過耳，為要！三月初九日，摯翁言。

賀濤選集

點校　孫維城

整理説明

賀濤（一八四九—一九一二），字松坡，河北武強人，光緒十二年丙戌（一八八六）進士，曾主講信都書院，調冀州學正，任刑部主事，以目疾去官。賀氏為望族，其家藏書名甲畿南。賀濤古文承家學，與弟賀沅以文字相砥礪。桐城吴汝綸知深州，見濤所為反離騷，大奇之，遂盡授以所學，武昌張裕釗北來主持保定蓮池書院，吴先生復使受學於張裕釗。張裕釗曾曰：『北遊得松坡，不負此行矣！』濤謹守兩家師説，於姚鼐義理、考據、詞章三者不可偏廢之説，尤必以詞章為貫徹始終，而兢兢於歸、方、姚、吴數大家之評識，日與學者討論義法不厭不倦。又大聚古人之書，有所編輯，以為文章大觀，而補姚鼐古文辭類纂與曾國藩經史百家雜鈔所未備。張、吴二先生後，賀氏接掌蓮池書院，凡十八年，後游京師，任長沙陳啟泰、天津徐世昌家講席。袁世凱督直隸，於蓮池書院舊址創立文學館，勉強賀氏主其事，凡所招致皆一時知名之士，後以目疾辭，館遂廢，自此居家不出。賀氏中年即病目，後遂盲，棄官居學館，盲二十年，為弟子誦講不輟。據其子葆真在文集跋中所言，賀氏早年為文不多，而隨作隨棄，『年且五十，始多述作』，病目後『每為文，口授葆真代書』，遺稿一百七十餘篇，『病目後所為為多』。其同年徐世昌（曾任北洋時期之民國總統）在其文集序中説：『集中後二卷之文，大抵病目後之所為也，此尤前古所鮮聞者，蓋其冥探默索之功勤矣。』民國元年（一九一二）五月一日逝世，享年六十四歲。

賀濤是桐城派後期代表作家之一，徐世昌認為，『繼吴先生後，卓然為一大家，非餘人所能及也』（賀先生文集序）。有文集四卷，書牘二卷。

賀濤為文在桐城派義理、考據、詞章三者中，尤重詞章。這是在其師吴汝綸、張裕釗先生的觀點基礎上形成的。姚鼐主張因聲求氣，曾國藩進而主張聲調為本，吴、張兩先生發揮這一説法，聲者，文之精神，而氣者載之以出，同時，聲也道氣以行。賀濤認為，文章的情感、辭彙、義法、内容都要依靠聲與氣。因為情感、辭彙、義法、内容都可以向前人模仿，只有聲氣不能模仿，是作者自己的精神意象。

談一談賀濤文集的版本情況。據其子葆真在文集後跋中説，賀濤文集四卷，乃葆真整理，而由其友人徐世昌先生出資刻印。葆真跋文寫作時間為民國三年七月，距賀濤去世（民國元年五月一日）已經兩年。賀濤文集存世情況，據李靈年主編之清人別集總目，有賀松坡文集四卷，徐世昌編次，賀葆真、吴闓生校訂，徐世昌作序，民國三年徐氏北京刻本，吴闓生乃吴汝綸子，賀氏弟子；賀先生文集諸家評本四卷，賀培新輯評，民國三年北京刻本。賀培新字孔才，賀濤孫，吴闓生弟子。此本只藏北京圖書館。

我見到四卷本的賀松坡文集，而尚未見到賀培新輯評的四卷本賀先生文集諸家評本；而又見一種續修四庫全書本，是網上影印本。此本標明賀先生文集，封面有『據民國三年徐世昌刻本影印，原書版框高一九五毫米，寬三〇六毫米』字樣，目録頁最後有『墨筆張廉卿評點，綠筆吴摯甫評點』字樣，文中有評點，由於是網上影印本，評點不太清楚。此影印本所據，當是藏北京圖書館賀培新輯評的賀先生文集諸家評本。此本與四卷本的賀松坡文集比較，正文完全一樣，是同一刻本。不同之處：一，有評點；二，前有徐世昌和趙衡所作的兩篇賀先生文集序，後附有纖輔文學傳・賀濤傳，徐世昌賀先生墓表，趙衡賀先生行狀，祭賀先生文，吴千里祭賀先生文。還要説明的是，賀松坡文集雖封面是『賀松坡文集』，内頁也是『賀先生文集』，包括兩本都有的徐坊題簽『賀先生文集』。我還見到一種本子，為五本的賀先生文集，前四本為賀先生文集四卷，一本為一卷，民國三年北京刻本，後一本為賀先生書牘，共二卷，民國九年刊於京師。前有徐世昌賀先生書牘序，謂作於民國十年，其中前四本也是徐世昌刻本。可以斷定，賀濤文集只有一個本子，不存在兩本對校的可能，所以我們只是根據四卷本的賀松坡文集做了標點工作，而把續修四庫全書本的徐世昌和趙衡的兩篇賀先生文集序以及附録的徐世昌賀先生墓表附在後面。

根據清史工程桐城派名家文集課題組要求，賀濤文集只能出十萬字的選本，因此我們只對賀濤的文集進行了標點，而略過了賀濤的書牘，同時，對文集内容也進行了刪減，刪去了一些不太重要的墓誌銘。原書沒有按文章類別分卷，而是按年代先後編次，我們也在刪削的前提下一仍舊編，不再改動。由於時間較為倉促，加上我們的水準限制，錯誤之處一定難免，還請海內外專家學者批評指正。

孫維城

二〇一〇年十一月十九日

目録

卷四……二〇七

卷一

誥封資政大夫署鳳陽府知府泗州直隸州知州裘公墓志銘光緒壬午

公諱寶善，字華南，河間裘氏。曾王父庚。王父棠，妣氏劉。父士燿，妣氏孔。本生父士熉，妣氏郝，封贈皆如公官。王父以公子官累贈中憲大夫，妣皆恭人。父資政大夫，妣夫人。

公生而英特，有膽略，所當為不避勞怨。道光壬辰舉於鄉，官安徽。是時，吏治弛廢，盜賊充斥。皖俗尤雕悍，不易治。巨蠹大猾，任俠作奸，不扇而動，其大羣乃至千百為輩。有司避法，匿不以聞，公曰：『豪猾不治，亂萌也，余其敢避？』初任貴池縣知縣，山民扇亂，單騎往撫，操兵群嘩，叱之退。明日復往，接以溫語，衆乃大歡，振其脅從而寘法其魁。姚紹孔者，懷遠巨匪也，横行潁、鳳、壽、亳閒，欲有為，召號，數萬人立致。公由貴池調懷遠，卒往掩捕，立禽以歸。合肥姦民屢扞文罔，官不敢誰何，大吏調公往治，不旬日，盡得其渠率，人驚為神。公所至，必先徵集吏役，選任其豪，購民之勇悍者為耳目，或計招賊黨，誘厲之惟我使。所任用，捕不力重懲之，獲賞亦不貲。所捕即豪横，必親往以身先，即危不少避，以故所欲捕無不獲，姦宄聳畏，相戒不敢犯。薦卓異，以直隸州升用，署壽州，未幾，補泗州。

咸豐三年，粵賊自湖北趨安徽，安慶不守，移行省於廬州，又不守。團練大臣呂文節公、巡撫江忠烈公相踵殉難，遠近震駴，賊跡所至，望風瓦解。公既任，吏民以捕盜盡識其才，鄙怯勇，指授方略，誓與死守，城賴以完。調署鳳陽府，泗復告警，巡撫福濟公素重公，以為非公莫任是也，復檄還泗。公至，設施如初，賊知有備，乃遁去。而州之亂民潛與賊通，賊既去，乘機竊發，所在羣起，公窮剿力捕，卒壹廓清。公既以捕盜著稱，聲播遐邇，及兵事起，疆吏爭欲致公。民久苦盜賊，公既有以措之安，無不喁喁企慕，望公之來，恐其復去。其在泗州也，廣西巡撫周文忠公馳疏調公赴粵，至則文忠已去，而大學士賽尚阿公督師，故聞公名，欲留公，而安徽巡撫以皖中事棘，復檄公歸。及在鳳陽，泗州民爭諸大府，鳳陽人亦往爭之，久不相下，及回守泗，事乃解。福公嘗謂同官曰：『時事日壞，裘君軍旅才，可重寄也。』及再守泗州，且特疏薦公，而公以太夫人春秋高，力請終養，乃解官歸；以子官封資政大夫。娶周氏，繼娶王氏，先卒，皆贈夫人。子德容，早逝；德俊，由刑部郎中官御史，敢言，以道員留江蘇補用，賞二品頂戴。孫祖誥，候選知府；祖詒，廪生；祖諴，舉人；祖諤，副榜；祖詔。家居二十年，同治十二年九月二十二日卒，春秋七十有六。公子觀察君為濤姑壻，將以光緒九年十月二十日合葬公兩夫人之壙，濤為之銘，銘曰：

寇亂始作，光豐之閒。洞庭而東，鼙鼓戈鋋。初乃烏合，遂至燎原。孰尸其咎，吏不督奸。矯矯裘公，力殕大憝。作宰江淮，群兇狂猘。牙鋸爪鉤，攫拏搏噬。不一爬梳，民乃瘡疥。公奮而起，往磔其梟。絕其蘖芽，禽獮薅薅。禍亂之積，匪一夕朝，大慝既去，患乃潛消。今久太平，閭閻按堵。禍所伏積，或不聞覩，譬物有孽，烏夭蟲蠹。一朝橫發，寔其可禦。公則往矣，誰可與語？

上吳先生書

前侍坐時，言及先叔父學行，許作碑誌以光寵之，感激無似。濤嘗以謂人苟不至自甘泯滅與眾人伍，而有志學可稱，則無論遇之豐嗇、業之成否，無不營營若有求，皇皇若有失。時乎以憂，時乎以喜，若此者，何哉？亟欲見知於人，恐其死而已耳。叔孫豹所稱『三不朽』，力能自傳者也，下此則不能自傳，而必有籍於人以傳。太史公曰：『閭巷之人，欲砥行立名者，非附青雲之士，惡能施於後世？』濤妄以謂此自明著述之意耳。孔子以前，仁聖賢人待孔子而彰，其後者將待我而顯，故曰：孔子卒後五百歲，小子何敢讓焉？今觀其書，抱一經以為儒，任氣以為俠，親卑汙以為賤業，苟有所執以成其名，無不掇而登之，豈獨廣異聞哉？彼既翹然負異於眾類，皆有過人之才、獨至之學，惡得聽其昧沒，使與庸鄙委瑣之徒同食息死生於天地，而不為之區別也？

東漢以後，碑誌之文興，作者代有。退之、永叔、介甫尤喜為之，所與遊處悉著於篇，而於負奇抱異蹇塞於時者，言之尤痛。夫志欲有為於時，不得而困頓以死，既死而名又將泯焉，誠足悲矣！然不遇，命也；死而不能傳，亦命也。命之所厄，人無如何！而仁人君子乃取幽抑之魂悲懣懟恨而無可告語者，為之激揚而發舒之，此固死者所稱快於九原，而奇特之士讀之而流涕者也。曾子固謂志銘近史，濤謂遷史後，史皆修於異代，掺輯為難。當時國史又拘於品位，不能濫載，銘誌則戚故朋好皆得稱述，故義與史近，而發幽章微之功則過之。國朝史館體例尤嚴，非賜謚不立傳，非官一品及死事又不得賜謚。乾隆之末，創立儒林一門，碩學經師燦列簡冊，例稍寬矣。而瑰材偉抱不以著述見者，終不得幸廁其間。

先叔父有志斯世，困不得施，居恒抑鬱，賫志以沒，而述造闕如，恐遂湮滅。先生學行文章，海內宗仰。叔父於先生為部民，又以文字見知，相從最久，裒錄善行，使人知勸；守土之責，敘次生平，示其子孫故舊之誼，先生皆不忍辭；至於樂道人善，以司馬、韓、歐之心為心，則又有不待請而樂為者，謹撰事狀，登諸記室，以備采擇。先生於濤家後進口噓手植，掖之以進，叔父固後進奉以為歸者也。既沒，猶蒙褒寵，將不獨長逝銜感無窮，凡推尊叔父而為先生所甄錄者，其孰不且感且奮，冀附青雲之士而藉以顯邪？抑又有進者，叔父以賑災故，眾聲大和，磨石紀德，今得附大賢之書，乃輿情所企望，不獨貺我賀氏也！其孤之感激涕零，蓋又不足言矣。

送裘叔和入都序

魁閎俶儻非常之材，無異行偉節以發其氣，則往往旁溢而橫決。燕趙之際，其俗懷齪而耆利，仰摭俛掇，孜孜耽耽，寸布銖金，悸魂怵心。舉賈人婦女臧獲之業攝而身兼，凡人生所有事，苟損吾有，痛絕之，蓄深藏牢，終其身以至其子孫不忍發，能此者咸美所為，謂之儉勤，謂之老成。其聰明才俊之士，屏棄經史百氏，一不稽諷，夷而角牙，頓而鍔鋩，筋膠準鉤，鞣縮鍥雕，從事應科目文字，以求合公卿翰林司當世文柄號稱宗匠者所謂程度。能者謂之才，為而數焉謂之學，挾所學責報有司，謂之志士。

裘君叔和，固所謂魁閎俶儻非常之才者也。志雄氣盛，抑而遏之，茶然奔命曹好之所在，若有物焉障其閒，終古不能合併，茫無所向，乃穨然自放於聲色酒食，酣嬉劇歡，恣意所欲為。而向之儉勤老成、有才志學之士相與排擯而非笑之，其戚者則強聒以己所謂長。既激於不能返，乃益決情潰欲，若縱不繫之舟於巨壑，旋轉飄蕩而不知所止也。嗚呼，吾所以惜叔和而益之以悲也！叔和之父仕京朝二十年，所交多鉅人長德，其勳光文曜足以矜表後輩。叔和誠棄其故而從之游，將如離湫隘而居閎閬，去傳舍而返其鄉也。其處而安之，雖有力而強，莫能易一物而奪其所好，又何聲色酒食之足汩其志哉？雖然，叔和既生齵於時，今又取詑聞而駴睹者挾以歸，是稅載鼷之車馬而奏樂鶢之鐘鼓也。里之排擯而非笑之者，不乃茲甚邪？其然，吾不復能為叔和解矣。

楊剛介公家傳 甲申

公諱昌泗，字廉泉，湖南乾州人。由武生自效於乾州營，補把總。婁禽叛猺，上其功，稍遷至參將，賞戴花翎、驍勇巴圖魯名號。歷官湖南、廣東、貴州，疆吏才公，為爭薦於朝，擢直隸大沽協副將、甘肅西寧鎮總兵，旋調廣東高州鎮。

咸豐二年，粵賊渡洞庭而東，奪沿江郡縣，直趨金陵，踞為偽都，益縱羣酋北犯。時公以事褫職在籍，詔起公赴山東防河。而湖廣總督張公亮基雅知公，欲倚公威重以固楚疆，馳疏留公，剿游匪於黃州，薙刈之幾盡。搤田家鎮之賊，擠之江，賊由漢口趨武昌，閉其道，賊不得逞，卻退。磯窩者，直武漢下游，賊控以為險，與漢陽為聲援，蹋其巢，蹙之江濱，殲焉。轉而西挫東竄之賊於塘角及鮎魚套，荊州將軍官文公以監利兵薄，檄公南循江而東，蹂螺山，翦蒲圻，北撲嘉魚，遂薄漢陽，軍銳甚。是時，曾文正公督率諸軍，自螺山下三路進兵，以圖武漢。賊分扼要險，悉精悍以守，枕江脅湖，營壘星列，檣旄雲布。公由蝦蟇磯突入土城，火其壁，大軍水陸並進，拔柵燬舟，與相應和。戰方殷，公率敢死士由南門梯繩入，復漢陽，武昌亦經大軍同時克復，公之威名遂大震。乘勝東討，大戰蘄水，逆眾潰奔，南掃蘄州，益進而東，廣濟、黄梅相繼收復。公始以功復職，既又被劾，再奪官，再復之，至是授陝西延綏鎮總兵。武漢既復，賊失勢，剗削爬搔，稍復諸郡縣，蕩清有日矣。無幾何，總督楊公霈失利於廣濟，羣凶益復，西上武昌，漢陽再陷，大江南北，糜沸魚爛。公痛世變之靡屆，而當事者非其人，憂傷憤恨，思有以矯厲之。而巡撫胡文忠公方徵調諸路軍屯駐上游，以固荊襄而謀進取。公則大喜，益自振拔，親睦諸將，訓儆士卒，日夜冀大功之成。時游匪四出分擾旁郡縣，公往來突馳，所當者靡。事稍定，復從大軍圍漢陽，奪門先入。大軍攻武昌者，戰益亟，遂再復兩城，時咸豐六年三月也。捷聞，加提督銜。湖北既定，乃之任陝西。八年，詔赴河南剿辦捻匪，行抵開封，疾亟，遂卒於軍。天子震悼，贈卹如例，予謚剛介。

曾祖正舉，祖能通，父光重，皆贈如公官。曾祖妣氏某，祖妣氏黄、妣氏姚，皆贈夫人。娶田氏，封夫人。子勝棠，武生，衡州協把總；勝業，乾州協把總，皆歿於軍；勝傑。孫秀觀，二品蔭生，候補同知；秀實，工部主事。

論曰：楚軍初興，躓顛者數矣。自湖北定，而破九江，拔安慶，節次進攻，無反顧憂，遂克金陵。王誅以成，其機至順，形勢便也。公之戰烈偉矣！余既備書之，於再復漢陽尤詳，具事之本末，著大功所由成，區區戰勝間，豈知言者哉？

叔父鐵君先生事略

先生諱錫珊，姓賀氏。先世自山西洪洞遷直隸之武強縣，曾祖諱仁聲，舉人。祖諱雲舉，進士，江蘇鎮洋縣知縣，妣氏李。考諱式周，副榜，四川瀘州州判，前妣氏常、妣氏楊。

先生生有異稟，舉作不輕同於人，喜讀書，通其大指，曰：『學以經世也，吾取其有益於世者而已。』於世儒所謂義理、考據、詞章之學，一不厝意。大師博材質以所業，輒窮於對。至論古今世運興壞之由、賢不肖之別，抉幽觀微，剽剝剖攻，雜以恢詭偏宕之詞，雲幻波激，莫測所來，雖善辨者莫能窮也。所為文閎辨奇肆，不中有司度程。以諸生應鄉試，連不得志，乃益厭薄舉業，并力於所謂經世之學。自歷朝史記、司馬氏以下編年之書，杜、馬所志典章以及國朝鉅蹟盛典，皆廣涉博綜，而洞其要，尤喜近世輿地之說，及泰西所繪海國諸圖，指次其山川、關隘、都會，與夫輪帆出没經行之處，若歷庭闤而數階級，不待參度。性剛直，不諧於俗，既不得志，愈抑鬱不能平，並世人少當意者。嘗顯刺人過於稠人廣坐之中，其人羞赧汗喘，猶痛繩之不已。於公卿貴人詆之尤甚，以為若輩豢養富貴而令時埶敗壞至此，咎將安歸？已乃夸所負於眾，眾駭怪，莫敢置對，則又發怒罵之曰：『君輩庸下，非解此者。』吾父嘗戒之，以為非處世之道。先生語人曰：『吾兄之言是也，然吾性實然，吾制之而不能克也。』與深澤王小泉先生以志學相高，其韞深蓄富，思以推致於天下也同，世既我遺，不貶節以自鬻於世亦同。小泉先生習程朱之說，動作必依於儒，先生則傲岸自喜，不甚以廉謹自矜飾，由是齟齬。先生氣盛，必欲窮之以辭，既而悔之，曰：『其歸一也，特所由之徑異耳，嘵嘵何為？』桐城吳摯甫先生為州於深，奇先生文，引為上客，與商榷古今，恨相知之晚。先生亦曰：『吳公知我，吾不孤矣。』先生既抱異材偉略，無所藉以澤斯世，苟可為於鄉里者無不為，以謂吾期於濟人而已，遠近大小一也。

同治初，土匪滋事，先生略仿戚氏練兵之法，編鄉落以守，境賴以安。光緒三年，歲大饑，官給錢買穀以振。先生自販糴於數百里外，自冬徂夏，往返者數矣。舟車飲食費取諸私，不縻官一錢。廣立章約，纖曲悉當，鄰境咸取以為法，經營奔走，無閒寒暑晝夜，憊心疲力，至輟餐寢。長老嘆嗟曰：『自吾所聞見，百年來未嘗有也。』未幾，大疫，人多死。先生慨然復思有以拯之，而先生亦竟染疫以卒，時光緒四年六月十二日也，春秋四十有二。以是年十二月某日葬，會葬者千餘人爭輓柩車，道路闐塞至不得行。吳、王兩先生聞先生之卒皆慟，未嘗不為天下惜也。配深澤王氏，福建延建邵道贈光禄卿諱肇謙女，先卒，子淜，稟生。繼配棗強王氏，河南泌陽縣知縣諱堪女，子湘，幼，女二。孫男女各一。兄子濤謹狀。

交河李君墓表

大司徒以六行教民，鄉大夫受教灋而頒之。自州長以至閭胥各以受於鄉大夫者教所治，而當時之民之以孝弟稱者，反不若衰世之可紀，何哉？司徒之灋，民既月受而日習之，其薰濡而浸漬，以是為日用之質，非若創見之行，詫異而歎奇之也。周道衰，司徒之灋廢，孔子取其說以著於經。其時卿大夫及門弟子之以孝聞者則亟稱之，以暴其異於眾。於是生自具而不待索賴於外者，遂為至高難能之行，而不敢幾之人人。漢以孝弟制科，其法既美矣，而儒者或飾所聞以應之，故太史公為萬石君傳，美其仍世孝謹，以為齊魯諸儒莫能及。夫萬石君父子貴寵，文學勳烈錄錄無可紀，史家乃取其家庭蘩瑣之事津津道之，豈非以教壞倫斁，飭庸行於質闇之中，不自炫以獵名者少與？

交河李君，諱元術，字衡之。父卒時，弟妹皆幼，兄亦遺一子以沒，家故貧。母撫之，而憂如此寡且弱者何所賴而芘以生也，君以為大戚，日思所以慰母者，絀身及妻子，所奉致豐其母，又推母意加禮於嫂與弟妹以及兄之子。其事自芸植蓄飼以至縫績飪爨，其物自布麻米芻以至囊篋盆盎，君與妻雜職之，而督其弟與兄子於塾，壹不使有所聞以奪其志，由是家遂饒。弟妹昏嫁皆適母願，兄子有聲庠序間，母則大慰，曰：『吾死不恨矣！』曾祖某，祖某，父某，娶某氏，子汝棠，孫懋嘉，懋簡，附生，懋勤。卒於同治六年二月二十八日，春秋七十有四，以某年某月日葬於某。

嗚呼！君之才，蓋可有為於時，以親故棄而弗求，勤勤懇懇，獨盡心力於聽睹不及之地，以故人莫之稱。匪獨不見稱於人，雖其親亦若安而忘焉。夫事親而使其親安而忘也，則所以事親者可知矣。而人之論孝者，乃棄而莫之及，則人所謂孝亦可知矣。人惟不知所謂孝，是以真能孝者少，而其能者亦澌泯而無稱也。故予於李君之懿行不備述，獨取其孝而推論之，蓋欲使闇淡之行無以譁眾而取榮者得顯於世而傳於後也。

大名書院增膏火記 乙酉

自田不井授而士貧，上之人猶欲取室家多累之身，聚之庠序與之從容論學，自非聰明敦厚之士之性乎此者，則尟克我從。故禮言學制詳矣，而游於學者，未聞仰食於官。其養士之需，漢以後乃有之，亦勢之不得不然者與！然自京師以至郡縣皆有學，其隸名於學者數且十百於官吏，欲於吏祿之外，別籌所以養之，恐竭天下之力，猶不能給所須而徧酬之也。宋世，士大夫植養學徒，創為書院。其後增置愈多，贍學之田豐於郡縣學，所以濟學校之窮，法至善也。今學使取充郡縣學者積至數百人，廩於學官不及十一，其餘無以給也。籍於學，既不足自存，材俊進取之士乃相與講肄於書院以卒其業。於是，書院遂為造士之所，而為國取才者，乃不得不厝意於斯，而思有以長育之矣。

大名書院，府所建也，治於府者，皆與試焉。同治某年，觀察祝公親校諸生於院，別儲資以餉之。於是執業其中，并州縣所課，月試於書院者三，優裕夷愉，志不遷奪。光緒十年，錢塘許公復分奉畀之，以贍與試於道者，諸生既感且奮，屬濤為刻石之文，用志不忘。濤為公屬吏，與聞公為政之大者，樂為諸生道之。有地數百里，為郡三，為州若縣二十有六，其樂苦利病在所興革者無不問。自府以下，仰而承流者百餘人，其人之賢不肖無不察。公之來以秋，其去以冬，視事數月耳，墮舉弛張，人獲所懷，其敏而有功如此。公顧不自喜，方且召閭里之秀、佔畢之儒，謀衣食，弦誦之，資較文藝之短長，以教以養，懇懇乎其未有倦焉。豈非以士君子標式其鄉？士習端則民俗一，民俗一則德教易以施，而為政之要，無踰此者乎！諸生能仰體公意，取所聞教於公者，飭而躬訓。而徒友滌革澆陋，進之純美以廣公之化，是則諸生之所以答公，而公所責效於諸生者也。

書柳子宋清傳後

子長得罪，知交莫救，游俠傳慨乎言之。子厚傳宋清，意與子長同。子長之意隘矣，子厚又從而甚焉，於清之得遠利數數言之，其意蓋曰有援我者，吾之報之也，豈後於德清者之報清？此傳之意也。不然清之遇人，足以傳矣。數言其得遠利，則賈人之尤巧者也，何足道哉？

古之君子，其進也難，其退也易，雖獲譴以去，而充然有以自得也。吾讀子厚與許、蕭諸書，蓋不能無惑焉。夫子長之詞激，子幼之詞敖，其於君子自得之趣已邈乎其不相及矣。然彼二子者謫非其罪，特假偏鷙激宕之辭，笑訕怒詈而攄其憤耳。子厚既自反之不縮，而又倖人之憐而收之也，故其志幽抑，其音哀促，其氣亦遂萎然不能舉其辭，抑猶在二子之後與！雖然，子厚以命世之才，銳於見功，致蹈大戾，其冀得復用，蓋欲直前過而竟吾才之所能耳。夫以斥逐廢滯無人省錄之身，抱壹鬱紆軫無聊之志，而施政於遐辟瘴癘之地，其所錯置已足表暴於當世，使得復枋，用其效功天下，豈可量邪？又烏得與奔勢竊榮、苟徼貴富者，等觀而類視之邪？然卒絀於讒毀，不得少伸，雖生平故舊所嘗致書而希其扳接，如蕭俛、許孟容、李建諸人者亦終不肯為言，此退之所謂材不為世用，道不行於時也。

嗚呼！豪逸之士之不容於世也久矣。庸譾痿瘝之徒席恒蹈順，幸免於戾者，方且日伺吾之隙，而以其所操尺墨繩之。一不自檢攝，而身敗名裂終不復振者，不可勝數也。子厚之斥也，惜之者退之而已；李陵之敗，惜之者子長而已。吾著而論之，使操用人之柄者苟遇英特非常之士，當懲其躁妄而委曲以全之，無沮遏其志而敗壞其才。而士之自持其身者，尤當致謹於出處進退之際。世無退之、子長，則子厚乃竄斥之罪人，而李陵乃一降虜耳。雖有文學勳烈，誰復稱道之哉？孟堅為李陵傳，既侈陳戰狀以表其功，於其致敗及所以降而不反者言之絕痛，而陵之本志復於蘇武傳言之，可謂得子長之意矣。陳湯奇材偉功，以過犯，屢嬰大譴，閒以疾毀，卒致廢死。孟堅既直書其功罪，而備載劉向、谷永、耿育訟湯之疏，以致其痛惜之意。嗚呼！此班氏所以為良史與！

讀墨子

春秋時，管子、晏子、老子之屬皆有書。傳曰：『臧文仲既沒，其言立。』而藝文志不載其書，則有書而不傳者亦多矣。孔子於此數子蓋嘗論其為人，而其書則未嘗辯也，既定六經以明道矣，群言之是非，猶待辯而後明邪？孔子之後，楊、墨竝稱，然楊子書不傳，諸子之道之者亦鮮，其不足駭世愚眾也明矣。墨子既以書自見於世，而傳其學者亦獨多，其見於墨子書者，有禽滑釐、公孟子、耕柱、巫馬子、管黔傲、高石子、公尚過之屬。莊子書有苦獲、已齒、鄧陵子之屬，孟子有夷之，呂氏春秋有田鳩、孟勝、腹䵍、高何、縣子石，又有孟勝之弟子徐弱，禽滑釐之弟子索盧參、許犯，許犯之弟子田繫，韓子有相里、相夫，其朋徒不可謂不盛。然當其時顯功天下，為人所嘆奇而收名後世者，縱橫、名、法之流。若墨子者，自太史公不能指為何時人，則其擯棄於時也久矣。

莊子謂其道太觳，反天下之心，天下不堪。司馬談以為『儉而難遵』，戾乎人以為道，取信於人也難，特其徒相於誦習之耳。而孟子乃謂亂天下者，楊、墨也，攻剖之不遺餘力。然自孟子之後，百家多稱舉墨氏，而尊其術以配儒者，其徒之述其師學以為書，如我子、隨巢子、胡非子之屬，漢人且具錄之，而躋之六家之內。是孟子未辯之前，墨子固不能以其術愚天下，而既辯之後，亦未能遏其流而息其燄也。

吾嘗以謂百家之說，惟名、法利於用而效速，世主每甘心焉，雖禍其國而不悔。老子言清淨，人便其簡也，而習之者多，君子所必辯焉。其他之以道術鳴者雖淺深不同，皆非人情所樂，或怪迂譎變，不可考究，未聞有取其術而施之國家者，聽其自為衰王，勿與知焉可也。何必取無所損益於世之說，攘臂其閒，齗齗焉與之角哉？孟子與莊子同時，莊子傳老子之學者也。其時齊之稷下先生田駢、接子、環淵、慎到之倫，亦莫不本老子之意以立言。漢時去古未遠，先王禮教追討而復之，非難也。而當時賢君哲士，或絀儒術，崇黃老，以清淨治民，而禮教遂終不可復。魏晉人乃至竊其迹以亂天下，其禍吾道也烈於墨矣。孟子既貶抑楊、墨，以衛吾道，而當時繳繞慘礉之徒以及處士之恣其議者，無不斥而揮之，而於老子、莊子則未嘗辯之者，何哉？

賀母齊太孺人九十三壽序代

曾文正公論君子之澤有三：曰詩書，曰禮讓，曰稼穡。近世士大夫家能兼者鮮矣，武強賀氏庶其近之。吾家與賀氏世通姻好，其人皆恂恂有規矩。某慕而好之，而與緒臣交最篤。緒臣與余年輩均，為人溫厚坦夷，才高而能斂，志大而不夸。某特敬異之，以為能守其祖父之業而光大其門者也。緒臣之祖荔生先生治家嚴肅，其配齊太孺人以溫婉劑之。自門以內，熙熙然，秩秩然。先生既沒，子孫承太孺人之訓，仰紹先志，以耕以誦，久且弗怠，殆所謂君子之澤者與！太孺人有子五人，今獨其季存年，已幾六十，女及諸婦亦皆六十、七十，孫曾男女二十餘人，其長者亦四十餘矣。晨夕視餐寢，各率其子女以入，更進環侍，室不能容，則退而立於庭階皆滿。而太孺人精神強固，耳目口體無老人之苦，其視子婦孫曾之侍前，猶嬰穉之在左右也，所以拊顧而訓戒之者猶昔。人皆嘆為門庭之祥，雖其家亦未嘗不以此夸於人也。光緒十一年，太孺人九十三歲，而緒臣舉順天鄉試，族黨戚好之賀緒臣者，因以為太孺人壽，將以某月日稱觴於堂。緒臣以書來致其季父之命，以祝壽之文屬某。某竊觀當世士大夫家，奔命於仕宦之場，徼圖利祿，取為親榮，然不數十年而見其先後之異者多矣！賀氏飭身以訓典，取食於田畝。其出而仕者，歷久而不愆於舊，蓋自高、曾以來百餘年，未嘗改也。緒臣家較諸賀為最貧，而太孺人躬執勤劬，貶損衣食，男婦長幼各執所業，其勉承先人之澤者，亦獨勤且苦。然則太孺人之膺受多祉，享期頤之壽，得賢子孫之報者於是乎在，而君子之澤之可大可久，不益有徵而可信哉？

某以薄宦羈於數千里外，緒臣之巾屨笑語不際於耳目久矣。於其舉於鄉，而知其業之加進；於太孺人之壽，而知其家之和樂吉祥有逾曩昔。為述其世德以為之祝，以見今日之慶之有自來也。

沈越生傳

沈君越生，諱頌元，浙之仁和人。舉博學鴻詞，山東按察使諱廷芳，世稱椒園先生者，君高祖也。曾祖世偉，翰林院庶吉士。祖景眺。父敦治，舉人，廣西昭平縣知縣。兄弟四人，君次居弟三，伯以典史官陝西，仲從昭平君於粵。

君幼育母家，稍長，衣食四方，所至必奉母以行，義不忍一日離其親。昭平君卒於官，以寇亂未得返葬，君痛父骨之未歸也，輒欲躬往求之，以母老病止。母沒，遂悲啼就道，時仲死已久，君不知父骨所在。至桂林，舍於城外逆旅，日出訪之，濘而躓於途，傷股，途人舁還逆旅。君故病咳血，以母喪哀毀，益尫羸，獨身走數千里水陸，頓憾，衝抵寒熱，憂病並侵，已頹憊不可支，而新創益復痛，委頓牀席，廢眠食者累日，昏瞀中忽自省曰：『所為來求父骨也，即死奈何？』而煢煢羈旅又無一日之好以託，自衡至桂所僦輿人者未歸，泣命之求，數日不得，計無所出，疾益亟，瀕於死矣。浙人之游於粵者，憫君所為，移之館，給其所須，而代訪其父葬處，得之桂林郭外，并得仲妻柩於昭平家側。竟扶兩柩以歸，至家而後能杖而行。仲既沒，季亦客游已死，伯病羸，終歲臥床蓐，君率家人事之，久而彌謹，未幾亦卒。而仲與季又皆無子，君憂痛之終身。

君初以鹽大使候補天津，棄去。客游燕趙閒，病死於灤，年四十九，所主厚斂之，而送其葬歸。幼聘張氏女，以寇亂未知存亡，別娶於范，而張氏來問昏期，以別娶辭，張女誓不他適，復迎以歸。無子，以伯子某兼祧。

君喜讀性理書，於姚江王氏體之尤深，旁及百氏雜家，靡不究討。嘗慨然有用世之志，苦無資地以自見於世，往往發為詩歌，以鳴其鬱。既乃屏棄少壯所學，獨耆老子之說，窮探力索，若有味乎其中者。夫老子、莊子之屬，當濁亂之世，憤己才之不見用，而嫉世人拳梏於事物而不知反也，乃故為是浩茫不可控摶之詞以自適，所謂有託而逃者也。君讀儒者之書，既習其說而服行之矣，而猶有耆於彼者，毋亦憤撼於斯世，遁而之沌悶之域，離物而立於獨邪？抑世不我知，得為者倫紀而已，既畢心力於父母兄弟生死之際，遂冥心於彼所謂清淨者，優柔饜飫以終其天年邪！然卒奔走於衣食，至於窮困以死，天之於賢人君子，既摧挫其心志，使不獲少伸，及其窮，無復之，別擇一涂以自放其意，亦閉遏之使不得遂。嗚呼！自古而有之矣，其所以然者，蓋非人所能知也。

開州重修披雲樓記代

衛居冀、豫、兗三州之中，抱河控濟，以形勢雄四方，歷周、秦、漢迄北宋，恒扼此以制敵，故其民好氣任俠，自古著稱。自河徙而南，形勢既改，風習亦殊，其地為今大名府屬之開州，土故沃饒，民敦願，力作不怠，俗以富康。然其地曠衍，形錯於山東、河南諸郡縣，賓客商賈四遠而至，事龎人雜，盜賊因以出入，而訟獄滋益多。官斯土者，苟非廉敏通達之材，往往不能舉其事。

桐城孫君蓉軒，治開三年，拊摩抉剔，不威以嚴，盜息獄簡，耆稺詠歌。其居之後舊有樓名披雲，廢不修久矣。君理而新之，以其暇日與賓客宴游於此，蓋將與斯民同其樂焉。某閒從君游而登所謂披雲樓者，據軨遠矚，求大河之故瀆，考歷代戰爭之迹，而觀閭井民物之眾廣而綏阜也。因俯仰上下，思風俗之所以異於古，而籌為政之所宜，嘗低徊歎息而不能去。

嗚呼！山川形勢之變，猶能奪人之故習而潛移之，況於仁政之所被，有以漸靡其耳目，灑練其心志，而顯然予以可遵而守者哉！觀君治民與民所以從君，而知為政之易也。州人士既安君之政，而喜與君游也，請為記，遂書之，以答其請。至於樓之廢興，與修之之始末，君自有記，茲不復詳云。

李起韓先生七十八壽序丙戌

同治七八年，從兄允吉先生率其子及猶子讀書郡城之南，濤與戚舊族黨往從游者十餘人，從兄之姊夫李起韓先生以別業舍之，而其子與焉。

先生性和易，無少長戚疏，一接以温語，惟恐不竭其歡。主其家踰年，蓋無隔三日而不見，日且昏，諸生輟業以息，或臥，或步，或聚，而語聞履聲自外來，則先生啟扉入矣，至則與吾兄說往事以為笑樂，或較諸生文藝，諸生敬而愛之，凡師吾兄者，無不質所業於先生。先生之子壽坡，長我且八歲，先生則弟畜我，我乃師事之而友其子。

時桐城吳公知深州，方招致文學之士，聚之書院而作養之，嚴其課而厚其餼，其經營厝置悉屬先生，州人康蔗田、李箸元兩先生佐之，而獻高先生皐民為之主講，諸先生皆耆年碩德，繫一方之望。校試之日，環坐於堂，觀者嘆嗟稱慕，故其時吾郡人才勃興，號為一時之盛。其後，濤假館四方，既而游京師，不至書院者十餘年。而吳公以憂去，康先生官於五千里外，李、高皆宦游以沒。吾兄初客京師，既而歸，今亦卒七八年矣。獨先生簡靜沖夷，屏利卻榮，棄其所官之國子監助教，里居不出，游神於漠，頤性以和。而吾姊閑婉而淑嫕，無煩言，無遽容，與先生性行如宮羽之諧，門內不聞高語疾步。家人熙熙，童僕訢訢，固宜其席祜蹈祥，月衍歲綿而未有艾也。

光緒十二年，濤以大名教諭應禮部試，遇壽坡於京師，詢其父母起居，且問書院之發興，壽坡具道其父七十八歲，母七十七歲，綏愉康固，神明弗衰；書院則先生以老辭其事，踵其後者一躡先生故迹勿失，今猶昔也。歎慰者久之。於是，吾鄉之試禮部來京師者，以某月日為先生初度，議合姻故朋好以壽先生而竝及吾姊，屬濤為祝嘏之文，將歸而獻之。濤惟先生之盛德善氣，既蒸為門內之祥，而吾鄉後起之秀肩比鱗萃，多取科甲以去，亦皆濯先生之風而甜其陰也。夫以一人之善，施之一家，而推之一鄉一郡，使薰其德者皆相砥以幾於成，其意量豈可限哉？鄉人之相與壽之也固宜，濤以職事相羈，未獲躬與斯盛，異日得閒，當挾所業就正先生，因拜吾姊於室，祝其彊飲彊食而頌以難老，遂徵召同人至曩昔所假之別業，撫今感昔，行觴賦詩，歌詠先生之德以為樂，請先以斯文質之。

送勞厚庵先生序

濤少不聰敏，不通曉世事，而嗜尚與人殊。衆注聽而眈視，不以際耳目，反讎之，衆棄如脫，莫之知達，又趨而鶩之，齒齬蹠盭，動叢憎疾。長益習為於世無用之文，志愈高而道愈狹，兀行孑處，四顧而無所歸。聞京師多博才通學，乃考取國子監學正，居京師，冀薰濡於師友以自廣大，而所謂博才通學，又聞其多在公卿貴人，位卑力執不足以扳接，久之無所遇，乃改就州縣學官，蓋將遁聲潛景，甘寂寞終身，以竟其學而無幾於人之我知也。

及來大名，而桐鄉勞厚庵先生以同知筦河務，適在郡，先生與吾舅交好，數見其筆札，而竊好其文辭，積思二十年而獲見於此，與語輒韙之，質以所業而不吾斥也。自是每有述造，輒就榷是非，先生亦降其齒德與交。未二年，而通永道檄先生至通，欲挽而留之不得也。夫以瞏瞏無比佽之行，治舉世莫為之學，退處辟左之地，遇平生服膺，積二十年而不獲一見，既見，而遂好我之人，而忽然舍我而他適，則其皇皇懇懇，冀其堅我之志，宏我之見，以慰後此獨學無朋之苦也，何如哉？ 先生邃於禮，於國朝徐氏、秦氏所纂禮，書治之尤勤，以謂役驅萬物，裁劑事變，釋此而莫由。其於文章則如木水之有本原，如商販之居次敘，而築堂室者，鞏其基也。每相見，必以相語，殷殷然若有厚望於濤。授盲者以兵，蒙躄者以甲，使之疾趨，亟鬬而督之奏功，其不能勝亦明矣。雖然，濤之志此有年矣，自今以往擇其可入者治之，采博蓄富，無漫羡而不貫，肌折縷治，無鉤釽以碎道，其曶昧不明，壅閼不通，欲施其力而莫由者，則仍以啟盲走躄之權屬之先生，先生勿以棄我而去，而舍而不顧，則幸矣。

廣西布政使范公家傳

公諱梁，字昴生，又字楣孫，姓范氏，錢塘人。曾祖文緯，優生，高宗南巡，召試二等，妣沈。祖封，舉人，妣邵。父為金，附生，妣徐。三世皆以公貴，封贈如公官。

公家貧好學，自為諸生，名已噪白。舉道光乙未鄉試，庚子成進士，以知縣官直隸，補威縣。俗嗜博，公禁之嚴，出則進鄉民而問之，婦嫗環告曰：『鄉者夜績得布縷，若夫若子持入市，則徒手歸，家望哺不能得，今無是矣。』鄉多盜，篡劫恣行，公躬巡徼，出輒以夜，嘗一夕冒風雪馳七八十里，奸宄怖懾，戒不擾所治。尤善聽斷，抉覆發隱，姦黠披露。有服鹽汁死者，尸腐，以捶死告。公入室得盎具，以物探其喉而親嘗之，鹹，使其家人嘗之，不肯，觀者大譁，乃強舐之，獄遂定。調雄縣，升大興縣，擢北路同知。丁父憂，京尹言於朝，留筦順天糧臺，軍食不缺，上其功，以知府記名，服除，留直隸候補。

公既以廉察著聲，至則令鞫獄訟，侏張隱曲，繳繞而不可端倪者，壹屬之，決大獄數十。有誤殺者，勘牘當以故，公與郡守詣總督，守視總督爰書，將言其狀。總督怒抵書於地，曰：『是於法當死，可骫法出之邪！』守色沮，不敢置對，公曰：『是某所讞也！』違覆者久之，卒白其冤。時總督譚公持法嚴，僚佐憚之，公名由此益著。大吏皆倚重公，攝順德、保定，授永平，復調保定。臺司有大政令必諮而後行，公益自矯厲，當官直行不屈所守。總督劉公屯兵於郊，帳下卒掠民物，民愬之公，公夜詣軍門以請，劉公猶豫未及答，公曰：『某實親見，微民言，固將白之。』劉公乃誅掠民者，而反其物。命巡通永道。而捻匪擾河南、山東，迫畿甸，又命以大順廣道防河。時僧忠親王戰沒，曹州援師未集，公以千百新集之師當賊衝，悉力固拒，以待大軍。適有謀代公者謂公書生不知兵，語聞朝廷，知公堪軍旅，命勿易，公內不自安，遂乞解兵柄。賊既渡河內犯，諸軍旁午而至，土寇四出攻剽，兵與寇不可辨識，民數驚。公編民於兵，選驍厲鋭，約明令堅，不急與角，靜鎮密防，處以無事。寇不敢犯，而兵之過竟者亦咸守約束無擾。遷山東監運使，升山西按察使，未至，改直隸。

直隸獄訟倍他省，委積叢雜，紛不可理，按察使受其成而已。公壹親鉤治之，在職九年不少懈。公性精勤，在官不言勞，事無洪瑣劇易，必躬閱而目營之，不自人手。官益高則自厲愈甚，故所至官治無遺闕，而於治獄尤兢兢，論者以為近世刑官皆不能及。再署布政使，升廣西布政使。叛將李揚才擾越南，提督馮公出關征之，時庫無羨餘而關外險遠，饋餫且不繼。先是軍屢興，用不足，則減士卒之餉，公曰：『是苟道也，財用固吾責耳。』蚤夜綜畫，條區彙覈，汰冗縮盈，出入無罅漏，軍儲以充，卒餉之如制。士卒踴躍效命，大憝克殲。光緒七年，有旨內召，遂乞疾歸。九年十一月，卒於家，年七十有六。

公廉於財，而赒人之急如恐不及。治威縣也，賦入歲數萬錢，徵而銀齎，銀貴則以私錢益之。邑人數請增其徵之，數不許。負累數萬，未嘗加民一錢。吏有既歸，而負官帑者將究之。公適主其事曰：『廉吏也。』走告其鄉人之官直隸者，不應，則括己貲輸之官，既免，卒不使其人知之也。生平不問家產有亡，祿糈所入以班族媚。既歸，貧猶昔，僦屋以居，所衣猶作縣時物。配倪氏，封夫人，先卒。子崇威，兩淮候補運判。孫開先，三品蔭生。女三，長適直隸候補知縣章沅，次適北河候補同知勞乃寬，次適江蘇海州學正張敦敏。

論曰：公為守令久，人輒稱舉其事以方古循吏。吾觀公為司道時，閎達剛毅，有大臣體，其視古所稱循吏，意量遠矣。公在大名時，泰西人嘗一謁見，稱道治威之政不置，時去威且三十年矣。而論者乃謂遠人不可德致，抑獨何哉？

孔繡山先生文集序丁亥

志我同也，術我類而才我鈞也，竝世而生者不過以十數焉。而此生之不過以十數者，又隔以百千萬里而不相值，相值矣而所蹈之異其轍迹也，所居之崇庳敻絕也。年之先後於吾也，又幾幾有不能合併之勢焉。然吾觀學人之求友也，苟竝我生之有其人，雖其勢不可以遽合，無不學媒而文贄之。時政之與諏，術業之與稽，生與相問報，死銘飾其終。苟異於眾而能以道藝鳴，蓋無不於吾文見之。靡乎其相劘，曜乎其竝昭，穆羽和而形景附也。故讀一人之文，可以知天下之才焉，以天下之才還質之，可以知其人，因以益信其文焉。

曲阜孔繡山先生，官京師最久，其所從游若阮文達、梅伯言、朱伯韓、魏默深、曾文正、何子貞、張石洲、何願船、苗仙麓，皆魁儒碩學，海內所宗仰。先生頡頏其閒而師友之，宜其學之無不通，而詩文之體無不備也。諸公所撰述，吾既博窺而粗得其指矣。讀先生之文與詩，若揖讓於諸公前而與唱酬焉。執素所得於諸公者，旁聚彙參，以揣稱先生之所為，殆如蠶蚤之不觸於綆，五聲作而還為宮也，則吾鄉者之說不且於是，而益徵其信哉！

王榕泉先生墓表

先生諱肇晉，字捷之，號榕泉，深澤王氏。先生之子，濤姑壻也，濤師之，就而問學其家。先生以濤為可教，數進而語之，由是得窺先生之學。先生研究性道，以程朱氏為宗，未嘗自著書，而手寫先儒之書積若干卷，至老病不輟。蓋朱子取禮之大學、中庸及孟子所為書，以配論語，為之章句集注，用詔來學。士之有志於道者，胥於是取則焉。自功令以經義取士，世之淺者暖姝自足，習為庸鄙苦窳之文，儌倖於一售，多聞之士病其陋也；又雜摭旁稱以炫其博，甚或與朱子相訾謷，而蒐討隱辟，而詰難之，利之趨而忘其義，華之掇而遺其實，其無與於道一也。先生慨焉，掺輯儒先之說為四書經正錄以求合朱子明道教人本旨。洛、閩教學，誠敬為基。既尊其說而佩習之，因錄以為服膺集，旁涉諸家，一以朱子為衡。意少殊，則詳究而慎擇。於是取薛敬軒、胡敬齋、張楊園、陸桴亭語為四錄前編，呂新吾、孫夏峰、李二曲、湯潛庵語為四錄後編。前編者，篤守朱子者也；後編者，少異朱子而慎擇者也。國朝諸儒傳程朱之學而得其宗者，陸稼書之說最精以粹，於是又別取其書為陸子全書摘鈔。嗚呼，可謂勤矣！

先生不樂仕進，由舉人選教諭，棄弗就。以孝以友，以從政門內以竟其學，與其兄琴航先生以志學相敦勉。琴航先生官延建邵道時，粵賊陷邵武，將以身殉，作書告訣家人，以不得事親為恨。先生復書，勉以治軍殺賊，毋以家事為念。濤嘗讀其書，未嘗不流涕也。先生雖里居不出，而視當世之務如其家，一政善，未嘗不喜；即不善，深矉，歎撼以憂。嘗與論事，曰宜爾，不爾，後恐爾，歷驗如所言。苟利於人，倡為之，或上書當道，官就諮，不引嫌自匿。曾文正公督畿輔，再以書徵，為陳吏治，中今日利病，文正器之。

曾祖焜，舉人，浙江布政使司庫大使。祖錫培，舉人，山東東平州知州，妣氏劉。父鐘和，附貢生，妣氏何氏杜。本生父鵬，廩貢，候選通判，妣氏楊，配劉氏，先先生二十一年卒。子用誥，拔貢，舉人，候選主事。女嫁棗強舉人步其端。孫孝箴、孝銘，皆附生，孝來。孫女二。曾孫丕祖。曾孫女一。先生之卒以光緒十一年八月十八日，春秋七十。某年月日葬於某。

學不講久矣！自名為學者，奉一先生之言，辟固陋，迂而不周於用，甚者或取徑於此以盜名，於是講學遂為世詬厲。而華囂譾薄之士得所藉口，以自放其不可極之欲，其稍有知識者亦若有所辟，而不敢道焉。學術之日卑，斯世不復得蒙儒者之澤，豈不以此也與？先生通材偉抱，推其所有，未嘗不足表暴於斯世，而退而斂之，獨默焉以所學自程，可謂不惑流俗而篤於信道者矣！

先生世為望族，自其先固多儒者，有著述行於世。先生纘家學，禪之子孫，吾師繼之，益博以邃。而孝銘年甫冠，尤雅亮有遠志。君子之澤之久且益昌其道，固如是也！吾師以先生事狀授濤，命為刻石之文，因揭其為學大指，使有志於學，畏流俗之譏而輒止者，可以自決所從，其特慰吾師之孝思而勉其孫曾也哉？

題大橋遺照

通州范君肯堂不忍死其妻，圖其母家所居，曰大橋遺照。大橋者，所居之里有橋，而其妻取以為名者也。圖成繫以詩，以視武強賀濤，曰：『子其為我識之。』

濤不知死生之說。古之達者如莊周之倫，以死為寢休，而無概於心。佛之徒則謂人死且復生，相與禮於其所謂佛，而致死者於佛所謂極樂土而生之。夫不死其死，與死而之生，皆致絕於其死。而推而遠之，不足以抑人之情而塞其悲。方士能致鬼與人相見，其說蓋誕怪不可信，然古有復魂之禮，宋玉、景差祖其意，衍為招魂、大招，皆懇懇乎以故居為念，而庶幾乎魂之歸來。

范君既圖大橋所居，又冶銅為爐，薰以眾芳，而勒銘其上，以招大橋之魂。然則斯圖之作，其楚騷之遺乎？

祭王次陶文戊子

材則自晦，豈為仕謀？不戚於窮，匪財之求。胡不家食，卒死於游。有友仕滇，曰子我助。君奮袂起，戚君者懼。尼毋使行，君曰無恐。曩游吳越，西北秦隴。東徐兗青，勝無不控。屏舟與車，炎歊凍凇。攀危蹋巘，手皸足尰。形則窘囚，而適寐夢。滇辟西南，引黔控交。山川重襲，紆譎鬱橈。自中原往，吁哉其遼。道豫越荊，驅山走濤。我足未騁，我心則忉。既至二載，馳書抵我。文詩百篇，記所經過。瑰思偉辭，鉅不遺瑣。物萬億貌，窮其醜婧。嗅彼世味，唾猶塴堁。云歲在亥，我將北首。度我抵里，月直子丑。不謂及期，君歸以匵。往二十載，偕薦於鄉。初與君識，鏤腑結腸。志蕩辭軼，陵籍傲康。我廁其閒，天駟跛牂。不闊而媾，千詩百觴。自君行遠，我卧如僵。君歸有期，冀以日夜。道出沅湘，胡税不駕。南衡北江，千里之野。古有騷客，楚屈漢賈。呼索作述，更悲互嗬。將反故居，抑留不舍。望君不見，遙祭奠斝。

書商君傳後

前乎秦治祖唐虞，漢迄今祖秦。唐虞之後，涉夏、殷、周三代，暴君令辟更作，蠹壞革興相乘除於千數百年之久，而不能不蹈循其軌迹。周季世變，唐虞之法窮。商君知唐虞之法不足攝天下也，而易唐虞以秦。春秋迄漢患害紛沓，四百年無甯歲，秦法興，始皇并天下，漢承其故而天下遂安。涉魏晉以來十餘代，暴君令辟更作，蠹壞革興相乘除於千數百年之久，而不能不蹈循其軌迹。秦之視唐虞，則有閒矣。然襲其法而安，偭之輒敗，範天下後世使莫能越踰，固無異乎唐虞也。然而唐虞之法，群聖人編諸簡冊，尊之為經。儒者抱其遺文，踵前禮後，見秦所措建，戾我所聞，遂相與排擯之，以為不足道，於是唐虞之法屏棄於世，而誦習之不衰，其為世所遵守，亙百千年而享其利者，則以其秦也而叢詬厲。

夫天下之變，莫知所屆。雖聖者不能預防，事起法從，甚者必盡易其故。侵奪之禍，古而有之，至周之季而其禍亟，此不得不變者也。四夷之禍，古而有之，至今日而其禍亟，亦不得不變者也。秦變之以取詬，則古今之見蔽之。今變起而圖所以御之，稍試新法，未嘗舉故法而更之也。而議者已譁起，則中外之見蔽之也。無古今，無中外，相時所宜而取決於己，忍天下萬世之詬而不辟者，然後可與論治。

答宗端甫書

辱書以文事相質，以謂多讀書曉世務則理富，理富則文有質幹，而義法自從，不必斤斤以學文為事。子之言，誠當矣！雖名能文者，不能外子所言矣。雖然，以濤所聞，文之能事，猶有未盡乎此者。齞脣蹙鬜，曲脊跛足，枝於指而癭於項，固不良於用，不美於觀矣！官體肢骸，不失其形，所以辨臭味聲色，而任提挈戴負者，舉肖所職以呈其材，則凡名為人者皆然也。然而閎隘、伉爽、魁猥、舒急、都鄙之相去而相反，倍蓰十百乃至不可計數。泄於面顏，不能自閉遏，卒然遇之而能辨者，則精神意象之為也。執子之說以為文，誠具其形且可適於用矣！而文之是非高下，猶未定也。

古之論文者以氣為主。桐城姚氏創為因聲求氣之說，曾文正論為文以聲調為本，吾師張、吳兩先生亦主其說以教人，而張先生與吳先生論文書乃益發明之。聲者，文之精神，而氣載之以出者也。氣載聲以出，聲亦道氣以行。聲不中其竅，則無以理吾氣。氣不理，則吾之意與義不適，而情之侈斂、詞之張縮皆違所宜，而不能犁然有當於人之心。質幹義法可力索而具也，聲不能強摻而得也。冶金以為鐘，斲桐以為琴，截竹以為管，依古譜而奏之，伶人樂工蓋可學而能矣，至於感陰陽、動萬物而辨治理之盛衰，則伶倫夔曠之外蓋無幾人。以其神解妙會，無法之可傳，不能據成迹以求之也。後之學者將取合乎古，必取古人之文長吟反覆，而會其節奏，其徐有得也，含而咀之，毋操毋忘，薰炙浸灌，而漸而進焉，以契乎其微而幾於自然，然後吾之氣與古人之氣相翕合，而吾之文乃隨其意之所嚮措焉，而皆得其安。此之不能羅列纂排，章摹而句仿之，其精神意象豈有合哉？

子且謂多讀書曉世務，不求文而文自工，何其言之易乎？三代之後，文莫盛西漢，而韓退之所稱道者司馬遷、相如、劉向、揚雄而已。賈生之洞澈今古，晁錯之綜覈事物，董仲舒、匡衡、劉歆之通明經術，其才學蓋不下數子，其文亦且非後世所敢望，而退之獨未嘗道焉，亦卒不能與數子竝，其離合深淺出入之故，當有別之於微者，而顧可易視之乎？

子嘗有志於斯世，欲樹功名以自見。以子之學，行子之志，其庶幾矣。若舍其所志，降心而學文，則請無易視茲事，而忽鄙人之所言。

書韓退之答劉秀才論史書後

張籍勸退之為書排釋老，劉秀才勸之作史，退之皆推而卻之，其心期殆他有所屬，答書云云，特詭遁其詞，非其實也。答孟簡書云『使其道由愈而粗傳，雖滅死，萬萬無恨』，何恤身之有？抗疏觸天子之怒，譴死不顧，而畏嘵嘵之口乎？上李巽書所謂舊文一卷，扶樹道教，當指原道諸篇。時永貞元年，退之年三十八，不待五十、六十，而所以排釋老者，固已有成書矣。順宗實錄於當時權倖小人罪狀，直書無所憚，何云畏禍乎？且其初志固非無意於史也，求國家之逸事，攷賢人哲士之終始，作唐之一經，嘗與崔立之言之矣，今何自謝不能？書中所論列，柳子厚駁之甚悉，而答書不傳。然觀子厚致段太尉逸事書，乃自引咎，知又設他辭以脫之矣。

古之作者皆自闢區宇，嶤然而特立，不相師放，而後乎我者胥於是取則焉。使退之為史，則司馬子長而已，為書距異端，則孟子而已，二子者，固退之所亟稱而宗奉之者也。然遽蹈循途軌，而為其所為，猶不甘也。漢魏以來，名能文者彙所雜著為一編，名曰文集，循俗應世之文耳。退之獨約群經子史之義法而為之，其標類也不易其故，而辭體則由我造焉，而古文之名以稱。故六經之外，為編年之史者，本左氏。為志傳之史者，本司馬子長。指事揭義，傍問設辭，意盡語止，不標體格，本孔孟。門人所記述不隸於事，不離於人，不殺於數度，探根構空，以論道，本老子。辭賦，本屈原。而古文，則本退之。退之之文出，凡從事於此者，舉不能外所為而別啟涂徑，而其文遂與左、馬、孟、屈諸家竝峙於天地，此退之所以敖倪古今，獨抱偉志而不肯告人者也。古之治術業者，淵源漸被，率資力於師友，至於心所獨期，意量之殊邈，曠古今而獨立之概，雖師友不必與吾事焉。

以張籍、柳子厚相知之深、相期勉之厚，猶詭辭以應之，不肯使知吾意，況下此者乎？後之學者稍有得於古，而志識曾未堅定，輒亟暴而夸示之，其終於無所成就也，又何怪也與？

送范肯堂序

濤始學文於桐城吳先生，及武昌張先生北來，復命往受法。時吳先生為冀州，而張先生弟子通州范君肯堂以聘來，濤亦自大名教諭調守冀學，因主其書院講席，始與范君交。

蓋通之為州，江海所匯，形勝冠東南。君生長其閒，恣山水之好，又遠客四方，以博其趣，故其文恢譎怪瑋，不可測量。濤既腐於才，獨姝姝焉抱師所傳，而足迹所極并四達而不踰千里，輒用自憾，而壯君之所為，君亦以是相勖。七月初吉，君將南旋，次其道所由，自津沽浮海，南至滬，又竝海而北，絕江而抵通。既拜其親，應試於金陵，迎婦於江右。聞張先生且南歸，則又溯江而上，謁師於武昌。不半載，走江海萬里，凡吳楚勝地，古人所窮探極賞、更百千年而號為名蹟者，一縱所欲游以盛昌其文。濤既不能勉從君言，則惟冀君之速歸，讀其文，訊所經涉以駴聽覩，而恢拓志量，斯不啻從君游焉。君與南中故舊選奇逐勝，徜徉而酣嬉，思北方友人有滯迹辟左，形拘景縶，如君詩所謂甕坐而釜游者，亦必不笑且憐之，而亟圖北來以慰其意也。

讀柳子厚集

子厚得名早，應世文少時獨多於退之。貶後自云文異前編，獻文諸貴人，而行亦益修，乃終無所遇以復其故。退之數以文謁公卿，而氣傲，而言峻，與者少，後名益白，位稍顯矣，猶時觸讒忌以顛蹶，其不遇與子厚同。而其憧憬皇皇，思致己所有於人，而希亟就功，遏而思伸，久且愈篤，二人之志，亦未嘗不同也。子厚為伊尹就桀贊，論者謂飾詞解詬。吾以為其素志乃爾，雖退之亦然。古之賢人志士心乎斯世，不忍矜飾以廉謹，而自拳其無用之軀者，蓋無不然也。後世儒者以是為韓、柳罪，不已過乎？

孔子弟子仕私門，仕亂邦，未必悉與義準，而孔子莫之禁焉。衰漢多隱士，辟不就者乃至數十百人，豈衰漢人才盛於孔門，而郭、李所漸被，賢於仲尼邪？是不得以迹論也。歐陽公云人當議事時，若知義者，及到貶所，則怨嗟不堪，雖韓公不免，吾意不然。潮州謝表情迫而辭切，真所謂惓惓不忘君者，故天子見之，以為愛我，與夫圖寵冒進，既黜則戚戚以憤憾，蹈隙而希復用者，則有辨矣。子厚與故人書，詞旨亦略同，惟賦騷及諸雜說，詞多激，望益深，尤取世譏。吾嘗反復其文，而深思之，怨矣，有悔心焉。讀其書者，固當哀其志而嘉與之。況國風、小雅、屈子之作，其怨嫉皆不減子厚所為，惜才之不見用，而不能恝吾君民。憂思憤懟，形諸文章，才志忠懇之士之所同也，又烏取夫中無所有，退託淡泊，而以矯為高者哉？

吴先生論韓、柳多恕詞，因推其意，書於集後，以質世之讀韓、柳集者。

送張先生序

經詞質，詩獨爛然而華。楚人既侈其體以為賦，而賈誼、司馬相如、枚乘、楊雄、班固、張衡之倫，用以薦功諷時，抒懷愫，狀物變，益瑰放詭怪而不可窮。承效者多沿用為體，其弊也，厖蕪而纖偽。唐韓愈氏急起而持之，汰繁抑浮，一歸於樸，羣天下學者惟韓之從。自漢迄唐，曠數百年而文章始復於古，習傳之既久，或孤抱韓氏之義法而不敢他有所涉，其弊也，意固而言俚。國朝姚姬傳氏，纂録古文，益以楚辭、漢賦，其説既美矣，曾文正公取其説而益恢之，以自治其文，而宋後數百年沿用之體，於是始變。漢文偉麗矣，而所謂質者固在也，末流汩焉耳；韓文簡樸矣，而漢文氣體固在也，末流靡焉耳。韓氏振漢氏之末流，反之古，曾公振韓氏之末流，反之漢。

先生師曾公，嘗取姚氏所纂録，而獨説其辭賦以示學者。濤既蒙不棄，以為可與於兹事，而數進以閎肆之竟。夫閎肆之竟，舍先生所説，固莫由達也，而孰思之而莫窺其涯。於先生之歸也，敬以問之。

送吴先生序 己丑

意有所寄而為文，而意之所寄，恒視其人所遭之時與所處之竟。以盛德當末世，而易以興。詩之刺譏，大氏因所遭際，託諷詠以達其所懷。春秋繼詩而作，其意蓋與詩同。故孟子尚友古人，必論其世以知其人，而不泥乎詩、書之迹，於詩曰『不以文害辭，不以辭害志』，於書曰『盡信書，不如無書』，不信者，不信其辭也。諸子之書，荀卿以為持之有故。而太史公於古之作者，必推其作之之由，其采之以為史，則曰好學深思，心知其意。曾文正公云太史公稱莊子多寓言，吾觀子長所為史記，寓言亦居十之六七。古人讀書及其所自為書，其指趣類如此。韓退之非三代兩漢之書不敢觀，其取法三代兩漢也，亦曰『師其意，不師其辭』。故後之作者，惟退之為近古。

近世之學者不然，為理學之說者曰：某書體具而未極其至，某書務末而遺本，某書不合仲尼，起作者而面詰之，不能自解免也。然而作者之意，彼固未之知也。為考據之說者曰：某文非古之訓，某名古無此稱，以事徵多抵捂，以時考失先後，起作者而面詰之，不能自解免也。然而作者之意，彼固未之知也。為辭章之說者曰：事覈而辭簡，三代之文也；體大而氣充，西漢之文也；意繁而語偶，東漢以後之文也。時代之論，古而有之，沿襲以為說耳。作者之意，彼固未之知也。夫不能心知其意，義拘詞泥，而馳逐於膚末，自詡知言，無異乎言理日益精，考古日益詳，文之義法益嚴以密，而名能文者，且閱十百年而不一遇也。

濤嘗聞桐城吳先生之言矣，曰古人著書，未有無所為而漫言道理者。由先生之言思之：自易以下皆有為而作者也，自韓以上皆讀其書而知其所為者也。先生以此意求之古人之書，其幽懷微恉，曠數千載無人知者，至是若出以相示，而書之正偽、淺深、離合亦遂就我衡鑑，莫得遯其形。向所謂三家學者既因先生之說，奪其依據，勢不得不逡巡辟易，而不復能執舊所操術，參與乎作者之列。其摎討廓清之力如此，用其摎討廓清之力以自治其文，而其文乃與退之前二千餘歲之作者相揖讓，而孤行於退之後，至今千餘歲之中，而邈無儔焉。

先生官冀州，命濤主其書院講席，朝夕請業，方聞其所可得聞。而先生去官，將都講蓮池書院，皇然如失所依，歸乃聚諸徒友，撮錄先生所平議於諸書者，且竭吾才而鑽仰焉。先生儻矜其用心之勤，異時趨謁，坐之諸生之末，口授其傳恉，或者得聞其不可得聞者乎？此固濤所不能驟幾，而又不能不汲汲而求者也！

題畢茀亭先生小像

深澤畢茀亭先生，耆年碩德，游宦京師，鄉人之在都者皆樂從之游。濤從祖叔父與先生鄉試同年，吾家後進尤宗仰之，稽德考業，諏事所宜，惟先生言是從。先生喜讀性理書，自檢甚嚴，久宦如寒素。嘗繪小像，題其後有『自識為我』之言，其乞贈言小引有曰：『二三契友，皆知其為予。』

嗚呼！馳騖仕宦之場，失其為我而不自識者皆是也。匪獨不自識，易其性行以歸，雖家人戚黨且將不識之矣。觀先生之言，益知先生所學。濤初學為吏，倀倀無所從，先生其有以詔我乎？為之贊曰：述先生之德，吾莫測其學所得也。頌先生之壽，非先生所以不朽也。甝甝其身，嘻嘻其神。京師所貴奔騁而遨放，而廁其閒者，有儒者一人，以所自贊贊之，庶可得其真矣！浮諛迂誕之說，匪陋則枝，惡足為先生陳哉！

定州王文泉先生行狀

曾祖又曾，誥封朝議大夫，晉贈通奉大夫。

祖萬年，乾隆戊子舉人，誥封中憲大夫，晉贈通奉大夫。

父寶華，嘉慶丁卯舉人，誥封奉政大夫，晉贈通奉大夫。

先生諱灝，字文泉，姓王氏。先世自山西洪洞遷直隸定州之奇連村，十傳至先生之高祖，徙居州西門外。先生長身魁貌，性坦直，善與人交，所過逢，雖卑幼若不同道，益自下，飲食笑呼，連日夜不猒，既猶追述之以為樂。人有過，顯斥之，使不自容。即有求，輒逾所望。喜讀書，務為經世之學，期有濟斯世。視人事如己，苟利鄉里無不為。事以財集，倡為之，或獨任。州有大功役，必仰以成，振乏困不待請。歲歉，出米平市價，而量畝授種以為常。光緒初，歲比旱，赤地數千里，饑民走死徧野。益思所以全活之，遠者給米，而二十里內設施粥之所三。自十月至正月，就食者日五千人，而留其老弱婦女之無歸者數百人。至五月竟事，未嘗死一人。使人持錢四出要孔道，資饑民走四方者，獲資免道路死二千三百餘人。又出粟四千石建倉儲之，歸之官。鄉人感德，遠近信賴。

自粵賊竄畿甸，其後土匪竊發，連年不定，繼以捻匪，畿內不靖者幾二十年。州縣治團練，率不能成軍，賊至輒潰。先生既為一方所信仗，悉就法約，又出家財助之。人益奮厲樂為用，以戰以守，竟賴以完。粵賊之竄入臨洺關，由正定趨東北，遏賊於藁城之濠莊鎮，賊遂東。土匪犯州竟，與戰輒敗之。最後賊至高門鎮，而官軍躡其後，往說其將，而夜帥數十人卒往掩捕，獘數百人，衆潰，土匪遂平。捻匪北渡，晝夜城守而時出擊之，衣食難民，而令其壯者登陴。賊游騎數至，卒以有備不敢犯。總督訥爾經額公、劉公長佑皆奇公所為，予以軍械而犒勞其士卒。

先生既以貲雄一方，嗇於自奉，於人世華靡無所耆。獨喜收積書籍，所無必求之，不校直，以異書至，酬之輒過當，聞有善本，使人齎重金，不遠千里，必得然後已。濤嘗游京師書肆，所指求，輒曰，昨新得，已送定州王先生所。如是者，數矣。自宋、元、明初精刊、武英殿諸刻、國朝諸巨儒所校古書，兵燹後絕難得者皆有之，而人世通行之書，殆無不備。群經注疏以及箋解考證，凡涉於經者六百五十七種，而小學、音韻之類又百五十三種；歷朝史記與譜錄、志傳，凡隸於史者，以及各行省通志、府州縣志五百十四種；　諸子、術數、方伎之書七百十三種；　漢魏以來詩文集六百二十七種；　纂諸家詩文為一書，百四十八種；　叢書百十種，其子目七千六十四類，書三十三種；　善本重收又二百七種；　寫本百二十種，以帙數，都六千五百三十四。以四庫例著錄，而編校姓名、刊刻年月，皆注之。其為四庫所未收，而通儒博學不嘗見者，蓋若干種，善本以錦為帙，其尤者襲以篋笥，置秘室，餘則叢插架上，堂室皆滿。又以餘力搜輯金石拓本千餘種。

嘗以謂大河前横，太行右峙，度漳衛而東薄海，其地平舒壯闊。荀卿、董仲舒後，作者代興，汴宋以來為帝者都，人文乃益盛，而不幸而其書不顯於世者，乃至不可勝數。此命世君子以斯文自任，而生長其地者所宜悼懼者也，於是有畿輔叢書之刻，廣延英俊，齎金幣走書四方，罔散失，拾闕殘，巨細畢收，日積月增，遂以大備。於周得一種，於漢得四種，於魏得六種，於晉、於齊、於隋得一種，於唐得十六種，於宋得十五種，於遼得一種，於金得五種，於元得八種，於明得七十八種，於國朝得三百四十六種，甄錄芟補，匯為一編。其零編碎牘不能成書者，更為畿輔文徵坿其後。與校勘者皆一時博通之士，而書之棄取，與纂修體例，雕刊規式，則先生自任之。始設局於保定，既移於家。日從事編校，孜孜無倦容，雖疾病不輟，歷十年將蕆事矣，而先生遽卒，然雕印成書為先生所目覩已過半矣。

先生既耆學，喜賓接文士。自開局校書，學益勤。名公鉅卿、博材碩學爭欲與交，交道亦日廣，而所學益宏博無涯涘。合肥李相國以『畿南文獻』榜其門，而畿南學者亦遂仰如山斗云。

先生之卒以光緒十四年八月六日，年六十有六，由舉人議敘同知，賞四品頂戴。配許氏，同郡舉人魁烈女，先卒。繼配何氏，正定廩貢生秉鈞女。子延綸，優貢，亦耆學，刊書之役將纘先生之志而成之也。女適行唐中書科中書李鹿鳴，孫思範，娶吾叔父諱錫珊公次女。先生見濤文以為奇，招與校書，濤亦欲一謁先生，縱觀其所藏書以為快，而卒不克，此濤之私憾也。先生平生志事，武昌張先生既表其墓矣，茲復為之狀，仍冀立言君子撰次其事以廣其傳。

卷二

書史記游俠傳後 庚寅

古無游俠。春秋以來，閭里之姦竊古任恤之義以為名。一人激於意氣，以名劫眾人而驅役之。封建之世，無黔首之亂，然鱄諸、聶政之流以匹夫劫殺君相，盜跖聚黨數千人，横行天下莫之禁。秦以後，則揭竿之禍無代無之，其倡之者，必皆游俠之徒。子產所謂小人之性釁於勇，嗇於禍，以足其性而求名，非國之利者也。然其舍身急人、走死不顧、其憤烈有足壯者，故人喜為道之。莊周既論列盜跖，又稱其為盜之術。太史公傳游俠、刺客，津津道其事，詳焉而不厭。班氏既譏之，而輒復效之。非皆豔其事而不肯絕其名乎！夫古之為是者，既筆之書而美其名矣。而天地之閒，遂若有一途焉，縱容亂人，以足其性而成其名。吾觀姦雄扇變，其言語舉作，輒有類莊周、太史之所稱。豈非習聞其說，迭相慕效，而有若授之者與？韓非子言蠹國有五，而首舉文學、游俠。其他論述，亦往往以文學與游俠並稱。以謂文學無功於國，而得顯名，與俠者同也。

嗚呼！韓非之時，文學無功而已，後乃日益甚焉。東漢以來，名為文學者益眾，相矜以輕誕之行，相角以慧黠之辨，相夸以浮游華靡蕩恣之辭，棄擲節禮，弛縱自便。游俠之行，猶時為國法所禁；文學所為，則安享其名，君相不得過問，或嘆奇而禮尊之。廢人事，壞習俗，賊人才，莫此為甚。而史家乃掇其事而登之史，侈陳之以為美。無惑乎里巷之秀、斗筲偽薄之才爭趨效之，歷千百年而莫之革也。司馬公編歷朝史事，乃壹刪汰之，其識可謂卓然矣。春秋於齊豹書『盜』，左氏以為求名不得，所以懲肆。『若艱難其身，以險危大人，而有名章徹，攻難之士將奔走之』，左氏之意，與司馬公同。然左氏知春秋之欲絕其名，而其所自為，又數稱焉，殆如班氏之譏史記而復效之也。吾觀文人記述，類喜稱斯二者。故書此辨之。或曰著之篇章所以示戒，何必滅其迹哉？曰：既述其事，而張而美之矣。已乃斤斤焉繫以戒辭，則又揚子雲所謂勸百諷一，馳騁鄭、衛之聲，曲終而奏雅者也。

書天津金氏三烈婦詩後

歐陽公所為史，以死節傳表全節之士。其死人之事，而初無節之可稱，則別為死事傳，未嘗以節予之。至於邂逅捐軀，乃儕之眾人，不特書也。死人所重死矣，復苛繩之，其說以為求備故難，難故可貴，何其慎與？

女子殉夫，死亦不同。或激於一痛，或計無復之，一瞑不顧，志則可憫，猶非所難。今觀三烈婦所為，其一人割股療夫者再，卒以身殉；一夫旅死，歸夫骨，葬之而後死；一夫死，姑在，姑死乃死。抱死其夫之心，畢吾所有事，卒從容就其志，史家操以責將相大臣薦紳之儒而以為難者，一女子顧能之，茲所謂可貴者與！

嗚呼！一門之內，六七年中，死節之女三，可謂不幸。然非性有過人，所稟承於家者浹乎禮訓，亦惡能所遭各異，而所以處之者裁以義，皆可以無憾，而不稍異哉？抑又不可謂非金氏之榮也！

藏園記

蓄德與才而不仕，仕不遂而退其堙塞，鬱軫往往見諸文辭。匪獨自傷不遇，亦所際於耳目者時觸所憤疾，而激而為之也。若是者，雖使闢園池、營竹石、屏人事弗接，而其志不怡。

歐陽公嘗曰晉無文章，惟陶淵明歸去來辭一篇而已。彼豈獨愛其文哉？殆以其與世遷移，足乎己而於世無尤，而能適所適耳！蘇子瞻之豪放，黃魯直之崛強，其文辭皆雄駿自喜，而皆好讀陶詩。子瞻且依其詩而徧和之，豈非摧抑斥竄，折其盛氣，而有得於君子自得之樂哉？

吾師深澤王小泉先生，有當世之志，以事親不出，於舍後架屋數楹，雜植花木，命曰藏園。著書其中，門軒楹壁皆有題識，語曠而趣遠。樂其在我者，而無忿懥於人，泊乎其寡累，蕩乎其有容。以濤之不敏，讀而反復之，猶將廓褊衷、抑矜氣、遺蛻穢垢，而往從游也。先生嘗與吾父書曰：『吾欲學陶淵明而不能。』嗚呼，其近之矣！

山西絳州直隸州知州陳君墓志銘

光緒初，歲比大旱。自青、齊夾河而西逾太行，北竟并、代，民流離死道路者相枕藉。疆吏告饑於朝，天子矜悼災區，飭疆吏督所屬綏輯，起在籍侍郎今致仕大學士閻公敬銘振撫山西，而湘鄉曾公國荃為巡撫。山西災甚諸省，而籌備荒政乃諸省所不及。其屬吏廉勤將事，承上惠實，播之下者，絳州直隸州知州陳君世綸為之最。絳自元年歲歉，繼以大饑，君在絳三年，施助拊咻，未嘗少懈。既以焦勞致疾，猶扶疾力行，竟於四年四月四日卒官。閻公、曾公上其事，加贈道銜，蔭一子入監讀書，期滿以州判用。絳人厚賻其喪，私立祠祀之。

君字煥之，直隸青縣人。曾祖璁，廩生，妣黄氏。祖會極，監生，妣呂氏。父允洵，廩生，妣南氏。本生父國治，舉人，内閣中書，廣西平樂府同知，娶司氏，生世紱，再娶司氏，實生君。祖、父皆封贈如君官，又以其官貤贈其本生父母。君明敏，有識略，勇於為義，以拔貢為縣山西，始至，大府令鞫訟，連決大獄，由是得名。代理崞縣，補潞城，署萬泉，調榮河、夏、陽曲，薦卓異，升直隸州知州，署忻州，又署絳州，遂為真用，舉者以知府用，歷六縣兩州，皆有能名。

潞城民苦兵谿，有徵調，貧富皆病。君為立章約，汰煩杜濫，眥給毋乏，而民不擾。其在夏，捻匪自陝西東渡河，君斂官民所蓄刀、矛、火器、旗幟之屬以千百數，不足益購造之。凡守禦所需無不具，誓與死守。賊距城數十里，擾及四鄰，夏獨居中無恙。賊既去，周城為塹，親引繩丈，雜民操作，刻日而就。及在絳，姦民聚眾劫掠，民饑脅附者多，竟内大擾，君不何問，突往掩捕，禽其渠，寘之法，眾遂解。君之初至晉也，以咸豐元年，及君之卒，通歷幾三十年矣。濡化者眾，稱說至今。潞城、夏皆刊石銘德，而絳人感之尤深，以為莅絳不久，未盡布所蓄，而吾絳人渥其澤者，猶未至也。

娶王氏，封恭人，生慶均，後其兄世紱。君卒，以從弟子慶恩為嗣，承所廕州判。女二，適東光候補府經歷孫桂叢，鹽山附生張騤。

山西山嶺叢襲，其中阬隘，所產不足給一方，歲稍歉，民已不堪。以曾公之區畫，如君等者力而行之，而猶不免死亡。然則官斯土者，得不究心保息之術，豫圖補救而早為之所哉？君卒三年，王恭人亦卒，將以十六年某月某日合葬城南四里新塋。慶均子曾廕為君事狀，介其外舅宗華甫徵銘，銘曰：

宰今郡縣，莫可施營。困不宿俻，民非踐更。有大災難，縮手以驚。君曰吁哉，豈不在我？胔則肉之，口噓手摩。起彼僵仆，為我致果。鄰蹂於盜，我則安臥。既安既飽，晉人歸仁。既歸我仁，以仁易身。異世考績，視此銘文。

書三國志蜀志後

蜀無史，可徵其志略。諸葛公，海內所仰，咨說者眾，故述之特詳。自二牧、二主、妃子、諸葛外，僅十篇，亦往往託於諸葛以傳。其人之臧否、高下，既多取其言以為斷，而生平、識趣、功用與夫言論、書教，本傳不及載者，則雜載之諸傳，諸傳闕，不具矣。以諸葛事經緯其中，隨所指稱，輒能得其大者，合觀之為諸葛一傳可也。陳氏於三國時，所服膺惟諸葛一人。至儗之咎繇、周公，故言之不厭如此。因事制義法，破除舊常，此其閎恉孤詣，固宜肩隨馬、班，而非蔚宗以下所能追步也。

諸葛文章比迹周漢，學術則高出兩漢諸儒之上。漢儒汩沒於五行休咎，沿數百年而不知反。諸葛獨屏而不言，羣臣化之。自勸進外，雖周羣、杜瓊、譙周不敢以災祥之說進，其特識與不赦同。記注無官，行事多遺，於為政有未周，陳氏說既允矣，而並譏其不書災異，殆習於漢儒舊說，而諸葛之學，猶有未能窺見者與！

讀韓子

易不可為典要，以變動不居也，微獨易，凡書皆然，其時其人其事各有取爾也。孔子答門人各異，觀其以父兄退由而不知進，及觀其進求，則又見人之退者，而疑之，其可乎？孟子論湯武放伐以為誅獨夫，抑齊王之侈心耳，使問者為人臣，必曰有湯武之志則可，無湯武之志則篡也，語以語齊王者，豈非助之亂乎？論放太甲，歸本伊尹之志，使人君問之，則必如師曠之對晉悼公矣，兩說相輔理乃具，知其一焉，惡有無蔽之言乎？三傳述春秋時事各異，而諸子雜紀古人言行尤不合，或有激而寓之古人，或據古人素行以為宜爾，而撰具其事與言，其託迹以示義也，殆如易之取象，隨地與時而變，豈有常形之可泥乎哉？荀子曰：持之有故，言之成理。孟子曰：以意逆志，是為得之。據是而求，庶乎其無抵滯，而韓非乃取古人之事一一難之，作難篇，誠多事矣！然吾觀非所為書，其徵引古人，亦輒遷就其事以佐吾說，則其所謂難者，固將假之以抒所蓄，意不在難古人也。柳子厚好國語，為文輒效之，而作非國語六十餘篇，其意蓋與韓非同。蘇氏之文長於辨論，往往閒古人所為，而代之謀，殆亦抵觸於事，而謬託古人以見意與！不然，以事後之知為人籌萬全之策，蘇氏固若是之矯誣哉！

裘翼庵傳

裘君諱祖詒，翼庵其字也，世為河閒人。曾祖某，祖某，父某。本生祖寶善，舉人，安徽泗州直隸州知州，署鳳陽府知府，有善政，濤嘗志其墓。本生父德俊，拔貢，自刑部郎中遷御史，名敢直言，出佐戎政，以道員候補江蘇，告歸。母賀氏，濤從祖姑也。

君幼能屬文，七八歲時，隨鳳陽公在官，宴賓僚，必命君侍，客以詩倡，必命和，往往驚其坐人。既長，好為制舉之文，究理狀物，探之渺茫。每有構造，屏聞見，隱幾或面壁，輒竟日夜。喜論說，論古人文及所自為，意所快，則欣然誦之，且誦且議，中窾合節。聽者雖所不解，輒悟；雖不即悟，無不意為之動而神為之移也。與其兄訓臣皆以文稱，初就鄉舉，各攜文百餘篇至都，以視戚舊，皆驚嘆，然竟不第。其後叔弟、叔和舉己卯鄉試，季弟健亭亦中是科副榜，與同學而偕進取者兄我、師我亦或先後得意以去，而君卒不遇。兄弟皆豪侈，美衣服，喜聲色狗馬，多少年之戲；君獨布衣敝冠，進鄉里後生，與言文事以為樂。其在京師，貴游少年日招其兄弟，以酒食伎優相徵逐，君獨不與，閒一往，旋厭而去。

君家累世為官，習於仕宦。觀察公家居二十年，年已七十，出佐山東巡撫治河，訓臣以軍功官雲南知府，健亭以貲為縣山東。其庶弟某，年甫冠，佐貳州縣，叔和亦日營營，亟思得一官以出。君獨泊然無宦志，闢田數畝，穿井架屋，藝蔬果其中，閒仍從事於所謂制舉之文，與其徒挾筴橐筆，相隨趨有司試如初。濤交君兄弟閒，君意最篤，事必咨，文必質，見弗忍離，既離而思。光緒十五年，君以秋試至都，鬚髮已蒼白，又適病，頹然如老翁。君長我二歲，別未久而遽如是，意竊怪之。與語，意氣猶昔。索所試文，笑曰：『何足觀！』已而曰：『於君不可祕。』因誦之，予稱之亟。君徐嘆曰：『不意今日之文，尚能動君聽也。』因相與笑。既出都，又遇於天津。未遑他語，卒曰：『吾文果能動君聽乎？』未及答，君笑曰：『始吾不能恝於得失，既屢見擯，久安之矣。』語良久，與定異日相見之約而別。君在京已病，既至家，病益亟，竟以不起，春秋四十有三。娶饒陽翟氏女，君家自高祖後未嘗析居，而君之後又兩世，家屬百人，翟氏兼綜內外，無廢事。子某某。

論曰：君初好文，年三十，乃好醫，嘗曰：『吾好醫甚於文，所得亦深於文。』後又好農圃，躬為之，賦農圃詩以見志。嗚呼！君誠有耆於彼邪？抑志不少遂，無所發其意，而姑有寓於是邪？果爾，則所謂安之者，乃憤極而強抑其情耳。其未老而死也，安知非抑情之甚，久而不克自持，忽而觸焉，遂頹萎而不可支邪？吾嘗以其情詰叔和，叔和不知。蓋獨鬱積於中，雖兄弟不以告也。而其所以死者，人且以為適然矣。豈不傷哉？豈不傷哉！

讀漢書公孫賀傳

武帝時，國家多故，宰相不堪其職，乃別引材俊士與謀，不關宰相。其後，置相遂專取庸懦，充位備員而已，如公孫賀、劉屈氂諸人，皆中下之材。班氏為立傳，譏庸臣以譏朝廷。

自吾觀之，武帝誠過矣！然國家太平既久，卒有大事，有非常職所能任者，豈惟宰相？群官皆然；豈惟漢？從古迄今一也。參與幾密，出內詔命，國家所設常職，有司之者矣。時至埶變，則曰彼不足舉吾事，而別設專官以轄之，而屬其事於能者。四夷之交接，軍旅之謀，防禦之策，國家所設常職，有司之者矣。時至埶變，則曰彼不足舉吾事，而別設專官以轄之，而屬其事於能者。夫國家設官之初，曷嘗不求能者而任之，而責以事哉？歷時既久，法累而多，人狎而翫，官闕不問才所宜，事所習也。諸曹更進，以功次遷之。事至不絜始而究所歸也，比類擬迹以合之，而國家課吏之法施之平時者亦如所職止，未嘗於所職外他有所求羣公卿大夫，而胥吏之，公卿大夫固且胥吏自為。國家閒暇，中材以下委蛇其際可也。一旦有事，諏文咨武，衆駴羣唯，婷娉莫可據仗，又安敢不別求能者寄以專責，而使蹈常狃故之徒貿貿然其閒以牽制之哉？廷臣固爾，推而至於外吏亦然。司、道、府、縣所職無不掌也，而有所興改，乃因事設局以領之，而守土之吏不與焉。推而至於將卒亦然。歲靡巨費，以詰武備，及其有事而所養不足用也，乃別募新卒以充之。物以積腐，事以時起，其舍常而創新以赴事物之會，殆劫於勢而有不得不然者矣。雖然其始也，因事以求其人，官之遷於故速，祿之入於故豐，瘁躬厲氣，相期以有成賢，於其故倍蓰也。事之既集久而狃以為常事，至則亦比類擬迹以合之，官闕則亦以功次遷之。而趨競躁進之徒，冒其利也，又旁緣抵隙而入之，冗濫塞壅，塊然不得掉轉，比於其故，不幾於駢拇枝指之侈於德哉。嗚呼！患至而改，圖窮而變也。其所變，又將以久窮。而天下之患且愈出，而靡有屆焉。吾觀漢之不任宰相，有感於近世之事，籌救時之術而不得也。因推類論之，以質諸有志斯世者。

楚禽堂制義序 辛卯

取古人言論之，其法舊矣。制義則代古人言，明初法已略具。探情究理，若有準衡。雖高才碩學，罔敢踰越。歸熙甫氏出，體則猶舊，而獨以唐宋以來所謂古文者之氣行之，制義之體於是始盛。其後作者代興，角奇詫博。自羣經諸子之義，蘊歷代存亡盛衰、文物典制以及天地陰陽、民物情偽，與夫人生遭際，悲傷、悅豫、哀感、激憤不平，無不於制義發之。偉麗譎怪，莫可究詰，而制義之體，遂恢拓而無以復加。人心之好勝，氣運之久而必洩，日異月新，變而愈奇，理固然也。嘗獨以謂著書為文之難也，傳注箋解之流，稽考名物，句疏字詁，博且詳矣，而或無當於古人立言之意；　其談義理者，窮深剖微，極於至當而無以易，而以之釋經於本恉，或未必合焉。而況制義之文，代古人而為言，其淺深、離合、輕重之際，有不可以騁才炫博為之者乎？

有明以來，作者林立，其為學者所宗仰，奉為儀式，歷數百年而無異詞，如金、陳、章、黃、熊、韓、二方諸家，其才氣雄視一代矣！　而裁以制義之法，固不能無枝義，無溢詞，而謙然無不當於人心也。安溪李文貞公刊膚抑夸，體純而語覈，卓然大雅，未嘗取法歸氏，而獨可與歸氏竝稱，殆如古文家之有桐城乎？　故城祕公丕笈楚禽堂遺稿，有文貞之簡要。其曾孫省存先生亦有文數十篇，用法運機則一本歸氏，皆所謂文家正軌也。吾嘗怪有制義以來，以之名家者何可勝數，而吾鄉獨無其人。既而得文安陳子翽先生儀蘭雪齋時文，先生為熊氏再傳弟子，其情奧似江西諸家，而奇雋過之。安州陳密山方伯德榮與其弟德華雲倬、德正醇叔，各有遺文數十篇，皆閎深樸茂。醇叔之文，尤為方靈皋所嘆賞，至擬之熙甫。而吾縣故左都御史劉公謙益侯數與李文貞游，其文亦絕似文貞，文貞亟稱之。今又得讀祕公之文。數公之才學，於明季國初諸老，伯仲間耳，而文顧不顯，豈文之傳不傳，固有幸不幸與？　抑吾鄉士習敦樸，不逐聲氣，鮮徒友之稱說，而傳禮無其人，迨其久，遂澌泯而無聞與？

祕公之裔孫某，將刊公文以行世，因為述制義之流派。見公文之得其正，又喜其將顯於世也，為稱吾鄉先正能文而不克自見於後者，質諸承學之士，冀益搜討遺佚，以廣斯文之傳焉。祕公字仲負，康熙癸丑進士，官至光祿寺少卿，陝西提學。省存先生，諱象震，雍正甲辰進士，官至左副都御史，皆有政績可紀。

書所鈔儀禮後

春秋旁事設辭，而文之屬乎辭者即事而異，遂以得事情而盡其變。辭如事是非，如辭歉焉則不達，侈焉則辭枝而事晦，偏焉、私焉則失平。韓退之文本諸經，而於春秋則取其謹嚴。太史公謂孔子制義法以次春秋，謹嚴其義法也，其稱儀禮以為考於今無所用之，而獨取其奇辭奧旨，殆亦慕乎其文耳！

吾嘗以謂諸經皆綴輯而成，獨禮與春秋成於一聖人之手，尤學者所宜究心。春秋者，聖人治事之書也；儀禮者，聖人盡性之書也。春秋時，公卿大夫習於儀矣。孔子處朝廟鄉黨，亦祇如經所言，而論語詳志之；若志所獨者，其儀，夫人習而能之，而情隨事變，發乎容色，不待勉强而中乎其節，則非聖人能盡其性者不能也。非聖人能盡其性者不能行，則亦非聖人能盡其性者不能言也。其書誠無所用之，而讀其書而神游其時，猶不覺肅然自斂其邪侈，而愛敬哀樂之心怦然動於中而不能自已焉。豈非其文之至邪？旌要以題事，節屬以備典，標一以類餘，參通旁達以盡變，貌所形而情著，斷所不然而義顯，稱名舉物以隸乎事而麗乎辭，相所宜命之，奇而雅，典而不居，則於所謂義法乃益廣而備矣。治古文者以謹嚴為之基，以禮之詳博拓其規，然後合衆材以具體焉，則庶幾乎大雅之作矣！予鈔經史諸子以從事斯文，而先以儀禮，蓋以正所鄉云。

送王梅岑視學山西序

朝廷選禮部所得士，聚之館閣，卿相之材、疆圻之寄將取資焉。故其始進也，未嘗擾以吏事，使之優游文學，養其器以裕其材。而國家歲時取士，則奉天子使往臨之，學政之任尤專且久，疆吏總一行省政令以治民，使者則督其郡縣學以教士，其執蓋竝重者也。

然即學政之所處觀之，郡縣既試所屬以告，就而核焉，祿其尤，登之學而已，郡縣所教不與聞焉；登之學則以屬學官，弟其等而餼之而已，學官所教不與聞焉；其試於鄉而升之禮部，則朝廷别命人主之，彙其名送之考官而已，考官所舉不與聞焉；以督學為名，其入而執業，出而得舉，皆無與於我，而官吏之仰而承流者賢否從違，其陟罰復不我屬。孑然客游於一行省之中，受成事，奉具文耳，一不得有所展施。吾則以謂天下事有功令所不列，簿書所不責，衆人孰視無所見，雖見以為不繫於職司，莫肯厝意。而興革之利乃甚溥，否則受其害者一命以上與有責焉，況尸高明之地者乎？至於憲令所具法罔弗善，不得有為其官者，習俗使然耳。矯而力行之，固在我矣，此當官之事，而非高職遠志之士之所難也。學政於所使地閒歲而再遍，其地形、土俗、物產已周悉而孰察，而文武官吏郡數十人，其校試所錄且數百人，又日接而諏訪之，審民情偽以察政治得失，而圖補救於時，不更易於守土之吏乎！

吾同年友王君梅岑，學純而行謹，見遠而蓄深，毅然有當世之志。今奉命視學山西，職事所宜脩，固無弛而不舉之患，而周歷之頃，循職之暇，左瞻太行，右臨大河，北攬邊關、恒嶽之壯，誦唐、魏之詩，引奇雋士與游處，曠然高望。深究時事之廢壞，求所以拯濟之，與守土之吏擇所宜施，歸而獻之天子，尤朝廷所望於使者。而梅岑生平懷負，思得當以報朝廷優禮詞臣之意，亦將於是行也見之矣！

送陳雨民序

雨民故世族，家既落，父母亦老而多疾。自其幼時，即力苦奉親。稍長，益奔走四方以取給，事之賤且煩者，弗敢擇也；險阨、渴饑、寒暍、厲疫，人所不能堪者，弗敢辟也。未嘗就傅讀書，而性獨好之，動輒挾筴，稍休即展觀，人苟勝我，必質所疑。予延之家，使教吾子，益恣志於篇籍，易、書、詩、爾雅、孝經、論語、春秋、左氏傳、孟子、小戴禮記，皆讀其注疏，因稍及國朝考據家之說，而司馬、歐陽之史，旁及新城王氏、桐城姚氏所纂詩、古文辭，亦能舉其大指。閒為文，無世俗氣，而於挾以干有司所謂時文者，則固未之見也。光緒十年至予家，積八年，十七年冬辭去。其在吾家而教吾子也，人多笑之，非唯人笑之，雖以予之嘉其志學，知之深，聚處之久，其徒聞其去，皆泣，猶以其不知干時之學而不能留也。

嗚呼！舍書而不觀，獨業所謂時文，業未及精，幸與於秀才科目之列，以教授鄉里為眾所宗仰者，皆是也。樸學如雨民，顧不能取重於人，然則樸學之無所用於世也，決矣！

書范肯堂書日本高松保郎上使臣書後後

海西之說興，從而效者多富強。中國士大夫未嘗深求其故，輒惡其異己而賓之。通其說者，又或黜彼目前之效而厭所蹈習，謂不復可與有為。

山東鄭東甫嘗為文辨之，以為彼在今為極盛，而吾道則適際其衰，此寸木高於岑樓之類也。因窮探根源，竟其所歸，以衡決得失而抑彼以尊我。予既讀而偉之。日本舊服習於中國，激憤於積弱，舍而惟西說之從。肯堂此文，則因其一端之猶近吾道，而惜其誤用，慨然欲誘而正之，所見與東甫略同，其設心尤厚。予固嘗聞西說而喜稱道之矣，讀二子之文，因復自疑焉。

雜說二首

陰陽能生殺物。物知陰陽，性也；知而向避之，知與才也。草木生以陰陽，其死亦以陰陽。禽獸知於草木而才矣！時其旅舍，其巧者巢木而穴土，陰陽莫之戕。人與草木、禽獸均之生也，既室其居而衣其體矣，而所假以禦寒暑者，器罔弗具，恣力所至，可以易陰陽以自適其生，其於禽獸，不尤知大而才多乎？然而徵物類之性以考天時，則人不如禽獸，禽獸不如草木，則巢穴、宮室、衣服之類亂之也。無知與才，無以遂其性；有知與才，而縱而不反，變而無窮，遂以蔽其性而忘其初。

有視以文者，曰學西漢而為者也，讀之，體弛節浮，半散而氣不舉，私謂不然。質之名知文者，皆曰誠漢人文。怪之。後見為是文者，則果學西漢者也。人以能書稱，其書傳與友觀之，友曰取法歐陽信本，余視之，直如削，詘如附神木，而理不從，構若編槀，以友言為妄。質之名知書者，皆如友言。怪之。後見為是書者，則果法歐陽者也。夫求古人者，遇以神也，淺者不能見也。貌肖之，抑其次也，無其貌矣，而猶以為類，不約而所見同，人心之蔽，狃於見聞，莫測所由然。然則天下之事去理彌遠且反之，而羣以為是。久歷無異辭，雖強有力莫能矯，又何怪也與？

書常乃亭齋壁

常君性嗜書，購置甚眾。吾家舊以藏書著稱，君所有乃幾倍吾家。國朝諸巨儒所校勘，武英殿所刊印，及其他號稱善本者，多有之。而宋、元、明初舊刻，則視吾家為少。濤與君同嗜，既各以所有自矜，亦頗欲通其有無，而交賞互嘲，甚或相喧爭，卒以不能出所愛而罷。然獲有奇異，則必相質賞，終不肯少自祕也。定州王氏，收蓄尤富，積有六七千帙。而吾師桐城先生主蓮池書院講席，其書尤多善本。予自冀如京師，出西道則抵王氏，謁吳先生，出東道則過君家。以不足慕戀之官數至京，始頗厭苦，既得觀三家書，則又以往來於京為快。

光緒十八年十月，自京至君家，君適他出，而新得書數種置案上，皆吾所未見者。大喜，信宿其齋中而去。而吾行篋所攜書，有元刊稽古錄，為君購者，留君齋，其某書某書，則君所夙慕而吾購之，欲質之君者，固不能為君留也。

武昌張先生七十壽序 壬辰

光緒十八年，武昌先生春秋七十，門人謀所以壽之，而以其辭屬濤。以文壽先生，門人之職，通州范君肯堂，蓋豫為之矣。其意以為公卿貴人皆終其身於憂患，先生未嘗求知於人，故能不踐窮通之途，以自適所樂，令學者毋戚戚於先生之遭。先生之南歸也，濤嘗敘文章之說以祖行，以為漢末文弊，至韓退之始起而振之，因歷推其盛衰之故，先生以為知言，隱退高天下，文章詔來世，學者所以宗仰先生，濤所為敘，肯堂之壽言既發明之矣，復取而陳之，不已瀆乎？

先生嘗語濤曰：『吾文不逮古人十一，而所書則獨與古會，非唐後諸家所能到。然未嘗輕以其法語人，恐其駭且怪也。』嘗即先生之意推之，西漢人無不善於文，觀子長、孟堅所為史，詔冊、章疏、辭賦，載之甚備，其善者，蓋原於詩、書。而交游、贈酬、官府教條，下逮有司絜令、決獄之詞，亦無不彬彬焉質有其文，豈非去古未遠，而屬書離辭之法有所承受而然哉？法之既失，才學之士抉精炫富，疲一世以從事著述，曾不能與古者微淺之事、簡質之辭相較。惟書亦然。三代器物之銘，秦之刻石，皆古聖哲所為。漢魏來名能書者，固猶得其神質，而鄉里墓社之所稱述，浮圖老子之所錄記，苟被之金石，雖其義至淺，其語至陋，而古人為書遺意，往往有幾微之存。蓋書之體雖屢更，而更之之始，固不能盡亡其舊，故法之傳自古者，人猶得据所見而求之。唐以後，其法寖失，仿古者至晉而止，不能上溯，又或雜以己見，轉而相歧，其書愈工，其去古愈遠。先生取法北魏，而隸於漢，篆於秦以上，契乎取象造體之恉，而古法遂得其真。文之衰也，退之振以三代西漢之文，三代西漢之文自在也。當其時，人猶怪之。先生之書，乃悟其法於灰塵侵蝕、漶浸斷缺、不可辨識之碑碣，其難殆倍於退之，人之怪之也，其又奚疑？

嘉興沈子培，嗜先生書如性命。恐人之不知也，欲著文以明其恉趣，且屬濤為之。濤不敢任，則以書請於先生，以謂古之論書者多儷詞韻語，言其形似，後人無由悟入。若舉斯、邕以至歐、褚諸家遞相傳授之法，後人所以失，而先生所以得者，以退之論文之法論之，固斯世不可少之文也。先生猶未及為，故因先生之壽託祝嘏之辭，私述其說以獻。然其所述乃舉聞見於先生者，言其當然耳，其所以然之故既不可得而聞，固不敢妄窺而臆撰也。先生若嘉其意而允其向所請者，別為說以示之，俾學者知仿古之必以法求，因而推之學問之事、道德之塗，則退之之功再見。雖有駭且怪者，將回首相向，而肯堂所謂不相知，更不必為先生慮矣。

上張先生書

見會叔世兄，詢知杖履綏愉，不勝拜禱。先生壽辰，門人宜以文祝，肯堂先之，其文甚高，恐無以相勝，遂輟弗為。及來京師，同門復以相強且述師命，則又不敢固辭，乃即夙所聞於先生者推衍成章，識陋辭蕪，懼失傳恉，儻嘉其意而不責其誤，顧而一笑，則亦未始非會叔登堂祝嘏之一助也。

吾父春秋六十有八，繼母陳太恭人五十有七，再踰年將稱慶京師。以濤之獲居門下，而父母盛德大慶不見於先生之文，是自外於門牆而不敬其親也，敢不重以請乎？吾父性寬簡，於事攬其大者，不苛小，然必日有所執以為娛。於財重取輕予，無浮靡，亦不計多寡有無。於人雖甚愛憎，言色不踰其量，告人以過，必盡以事。交不疑人欺我，無嫌忌於人，人有嫌忌，輒弭之，使不自覺，故同居及嘗所往來者初不見德，後乃思之。先生居保定時，吾父以事至府，數相過從。吾父性行，先生固知之，濤所述直十一耳。吾母來歸，濤年十一，弟及兩妹皆幼。今三十年，諸子不知母非生我，亦不知諸子之非所生，雖人之稱吾母者，亦第尊其為母之道，以謂非世俗所能及，非因其愛如所生，而始從而善之也。始吾父假館四方，母兼綜內外，事有所難處，體有所不適，未嘗使吾父及濤等知之，恐奪其為學之志。濤等取婦生子，猶親操作，以迄於今，勤劬如故。濤等諫止之，則曰：『吾職宜爾！』於子女亦皆教以職所宜盡，不得計利害，妄有辟就。平生未嘗讀書，所言往往與儒者之說合，所為則皆如所言。

小子不才，於家教不能尊奉一二，所獲微官無以養，抑莫由顯揚。若得先生文獻之堂上，因以夸戚黨僚友，竊自以為榮於誥封。先生於濤既勖以文行，掖之使進，因壽其父母，益誨以事親之道，當為先生所樂為。先生書法，海內所寶。若錫之文辭，復重以手書，俾為傳家重器，則所以寵榮其親而貺我賀氏者益無窮已！先生何所靳而不卒其所施邪？凡書所須，世兄許代具，隨地所有，用其絕美者，文成後由世兄請命。

冀州開渠記

滏水自西南來，至州北境折而東，橫亘衡水界中。縣城俯其南，竝岸而西四五里，左轉至州城東，地汙下，廣五里，狹亦不減三里。北二十餘里，隸於縣者名衡水窪，南十餘里，隸於州者名海子，州東北之水潦匯焉。城西十餘里少北，有泊名尉遲潭，水之來自西南者委之，不能容，則溢而旁趨，與東北之水會。而城南之九龍口，亦受州南之水，挾以東注。眾水所瀦，遂為巨浸。

乾隆閒，方敏恪公道使入滏立閘以為閉縱。嘉慶、道光閒猶稍疏瀹，後棄不脩，閘亦圮壞，水遂奠而不行。而冀東衡南之地，無阡壟畽畛，而為耒鎛所不加者，蓋十餘萬畝也。桐城吳摯甫先生既知州事，欲開渠通滏，復方敏恪公舊迹，亦未嘗不慮民力之彫敝、官帑之匱竭，而懼功之未易就也。後行部按巡其地，水方盛，縱橫演迤於數十里中，念疲氓久罹重災，怛焉閔傷，不能自已。光緒十年二月興工，經始於下流，遞進而南，抱城右旋，過九龍口，北迤，西達尉遲潭六十餘里。十月，工畢。明年，復深之。又明年，廣之，廣七丈餘，底殺三之二，深丈餘。隄高五尺，厚倍之或三之。置橋八於舊閘處，設閘高二丈四尺六分，去一以為廣，費白金十萬兩。司其事者，州人張君廷湘、張君增黼，縣人馬君景麟、劉君玉山，深張君廷楨，武強賀君嘉枏先生之甥蘇必壽。諸君皆佔畢之士，性樸而力勤，賦丈受役，縮盈汰冗，人毋刻休，材不寸棄。既訖功，有久治河者見之，歎曰：『此役屬他人者，非三十萬金不能卒事也！』渠善淤，歲請白金二千兩於監運使，為修濬之費。後又置白金萬兩，取息助工，仍屬其事於州人與斯役者，使賀君定章約以為經法。水既有歸，田皆沃饒。今七八年所獲，倍蓰所費。而夏秋水盛，舟楫往來，商旅稱便，州境遂富於初。工之初興，人苦煩擾，或妨其私，怨讟並作，至是皆歌頌之。時國用空乏，行省鮮徺餘，大災要工猶不能贍，冀以辟左之地，故無河害。事非所急而遽思興作，仰給於官，議者頗疑事之不集。先生躬謁大府，退而上書，執格則更端以進，違覆十反。制軍合肥相國李公故重先生，而先生仁民恤患，迫於誠心者，尤足感人，故終聽先生所為，人不得而閒之，而其功遂成。吏治頹壞久矣，其號稱良能率如職而止，或擇事有美名、易見功、絕無怨咎者張惶之，動人耳目而實無裨於民。至於利害所在，元元託命，而為之甚難且易得過，不為亦不虧所職，則漠然不以厝意。官勤而事愈廢，政美而民愈困，豈非俗吏拘文法，而循吏多偽飾為執所必至者哉？先生獨行志學，無所趨畏。苟利於民，雖簿書所不責，計課不以此殿最，無速功近效而不悅於人，甚或忤上官之指，亦必毅然為之以要其成。故所措施於州者，恆有百年之利。若責以吏事，參之時論，則較號稱良能、舉高第而得顯名者或不逮也。

濤懼先生所為或不見諒於時，故推言之以明先生之志。至於新渠之利，效已驗白，無煩深論。謹述顛末，使後人毋忘其始，善持其終而已。而州人士心先生之心造福鄉里，其功勤不可沒，亦備列焉。

李氏妹哀辭

吾兄弟四人，妹次弟三，而於女兄弟為長，明惠而端謹。父與繼母愛而異之，以為勝其兄遠甚。其王姑及舅尤賢之，特殊於諸女婦，雖諸男猶或不逮也。

妹生四年，與羣兒嬉，傷目，百日方能視物。後數年，得疾，目傷亦復發，沈錮淹滯，久且益僨，以至於亡，三十年間，無須臾之適，逢令節嘉事，時或隨眾一笑以慰父母，已復蹙額。夫家老幼數十人，禮繁而事紛。亡其兩姑，所遺子女皆依於嫂，妹以羸軀當之，不少閒缺，疲極則困臥。時有沴疫，殆無不感染，委頓牀席，動累旬月。苟能起，執勤如故。母憐之，凡妹身所須及其家所須待妹而具者，資給之，以分其勞。歸省則使靜息一室，代所宜為，與家人言及輒欷歔不禁，而與妹言，則必誡以勉循所職，不得以病自委。妹亦善體母意，在母前於事一不聞問，既歸，則操作如常人。後疾益增劇，臥二百餘日，始能坐，又二百餘日，始能步，未幾，復發，遂以不起。享年四十，時光緒十八年二月也。

嗚呼！吾母之誡吾妹，與妹所自盡以承母者，非復世俗兒女之私，烏知妹生之可悲，而母之悲之反甚於世俗之情邪？為辭述之，達母與妹之志以塞母悲，且抒吾哀。其辭曰：

在室致愛於父母，歸則得舅姑之歡。既手足於兄弟，其叔妹亦得嫂乃安。德匹夫子，男馴女嫺。遇罔弗若，天命所慳。命既我畀，心無勞慱。胡身不康，百病交作，損所適口，託命於藥，神不宅體，魂悸夢愕，心目所營，志前力卻，暵溼燠寒，時復外鑠。其生蓋四十年，而無一日得生人之樂。天之命之者，其厚邪？薄邪？命之既薄，而德則豐。事無洪瑣，一埤我躬。力索猶強，所職必共。其性固爾，亦惟母命之從。母命以正，母心則忡。女不母負，母尤女恫。女生可悲，而死無憾，而母之悲女且無窮矣。嗚呼哀哉，曷其有終！

論左傳 癸巳

左氏於春秋具其事而已，曷嘗為之例而釋其辭哉？其例而釋之者，劉歆之為也。吾觀太史公、班孟堅所論述，孔子作春秋，左氏蓋身與其事，後乃因孔子所據之史，參之列邦紀載，更為一書，亦名春秋。故太史公引與虞氏春秋、呂氏春秋竝列，而未嘗與公羊、穀梁諸家同稱，其曰『左丘失明，厥有國語』，則更儕之古之發憤著書者，知其非說經者流也。然其所以為書之指，則因春秋不以書見者，弟子口授傳指，退而異言，故為之具其事，以著善惡之迹，俾私見臆說不得參與其閒，故亦謂之春秋傳，謂可據其事以證春秋也，何必撰說經之例，破文析義，如後世經師之為哉！況其所紀述，或不涉於經，其見於經者，又或闕略不載，互備其事而不相坿，其各為一書，而非自託於經也，益可見矣。藝文志於諸家經皆著錄，於春秋，乃惟錄公羊、穀梁二家，經無左氏，非其明證與？

閒嘗以為春秋文成數萬，其指數千，事實不著，說雖多而不明，事實既著，時執情偽之不同，可以曲通其意，因事而為之例，必有底滯而不達者矣。且左氏好惡同於孔子，所據之史又同，春秋之意固自寓於所敍述之中，而論而著之矣。乃復取所論著者，從而為之辭，以自明其作意，此淺學自喜者所為，而謂左氏為之乎？左氏既未嘗為例以釋經，又以免時難，其書晚出，故無經師遞傳之法，其傳之者張蒼、賈誼而已，非經師也，信口說而背傳記，是末師而非往古，漢儒之通患。公羊、穀梁，既以口說相承，立之學官，習而安之矣，故見左氏之無師法，不肯深求其故，因其無釋經之辭也，遂以為不傳春秋，此殆漢人相傳之語，不但成、哀時博士為然也，其後范升折難左氏，亦以為左氏不祖孔子，而出於丘明，若明明旁緣經文而例而釋之矣，雖淺深純駁有可指議，烏得云不祖孔子，不傳春秋哉？

劉歆使鄭興為條例，以治左氏，賈徽亦為左氏條例二十餘篇，潁容又為條例五萬餘言，章句訓詁無藉條例，條例為治經設也。當時公羊、穀梁盛行，其大師講授，初無條例，以二家本有條例也，治左氏者絕少，而治之者必為之條例，以左氏本無條例也。漢置博士，初立公羊春秋、施孟易、歐陽尚書，其後復立穀梁、梁邱、京、大小夏侯，漢儒雖黨同妬道，諸家異說未嘗不并行也，獨至左氏，成帝時爭之，哀帝時爭之，王莽時暫立矣，光武帝時復大爭之，依違數世，卒不得立，夫非穀梁、梁邱、京、大小夏侯之比哉？而顧排折之，若是，豈非以其自為一書，不與經文相比，而為儒者所藉口哉？班氏又謂左氏傳學者，初傳訓詁而已，至歆治左氏，引傳文以解經，轉相發明，此可見傳不解經，其解之者劉歆所為也。傳詳言隱公所由立，後復言其將授桓，歆以為此經不書即位之故也，因解之曰：攝也。經曰：公及邾儀父盟于蔑。傳曰：邾子，知儀父之為君，曰克，知儀父之為字，曰公，欲求好。知經之所以貴之，所謂引傳文以解經也。其曰：未王命，故不書爵，及知，稱字之為貴，則互參曲證而以義斷之，所謂轉相發明也。段之不弟，如二君，鄭莊之失教，皆傳意也，歆以為此經之所以稱段，稱克，稱鄭伯也，此引傳文以解經也。其曰：謂之鄭志，不言出奔，難之者，則傳外之意，引而申之，亦所謂轉相發明也。賈徽既從歆受左氏，子逵傳其業，為左氏解詁，并釋歆所為者，服虔因之，亦并歆所為於傳內，東漢時人猶如之故，其時訟爭左氏，祇言所紀之事，未嘗及其說經，而班氏亦得分析言之，如此，自賈、服之說行，歆所為者不可復別，而左氏遂為說經之書矣。方望溪以為周官怪迂之事皆劉歆承王莽意羼入之，其說既允矣，於左氏有所坿益，又何足怪乎！然其妄為傅會，非傳意、亦非經意者十二，其自相抵梧亦十一。

復吳先生書

讀手書，知吾父到省，渥承眷惠，竝許為壽言，勉其子以事親之道，恩德至厚，不敢言謝，敬矢於中而已。伏惟福體康綏。

所論左氏，謂凡例為劉歆所為，先生意不謂然，而亦以為後人所託，但不知在歆前後，令得違復。聞命慚悚，深悔所言無據，反復思之，乃仍欲守其前說，而妄有所陳。謂為之者在歆以前，坿於傳邪？歆時，博士不得斥左氏不傳春秋，范升亦不得云不祖孔子。不坿於傳而別行邪？則治左氏者已解經矣，班氏何得云解經始於劉歆，且歆後治左氏者多宗歆，必不肯取他說入傳。其坿之傳當在何時？如謂雖有其書，當時儒者，或未之見，歆猶未見。賈逵承歆學，安得以坿於傳而釋之？歆前之無其說也，決矣！若以為在歆後，則與賈、服同時，更不得為之解詁，此尤可決其不然，故疑其為歆之為之，而賈逵入之傳耳！歆創通大義，所為說固多，賈入之傳者特治經凡例，餘說固別行也，杜氏所見，殆指別行者言。

或賈、服所稱述，杜治左氏，首重凡例，故曰：　傳之義例，總歸諸凡，蓋未悟其出自後人，後人假託古書而人不悟者甚多，通人偶蔽，不足為病。今謂劉歆為之，杜必疑而致辨，不辨不得為左氏忠臣，同是後人所為也，何出自劉歆則當辨，而出自他人，遂不必辨邪？先生之意蓋以劉歆通儒，不當妄為傅會，漢儒多傅會，洪範五行，劉氏父子治之尤深，先生亦嘗譏之，而終以歆為通儒，傅會洪範不足為通儒累，傅會左氏將為通儒累乎？況坿其說於傳，乃賈逵所為，歆特因傳所紀事，撰治經條例耳，固未嘗增竄左氏之文也，此亦與假託古書者不同。若以其說時或穿鑿淺陋，劉歆當不至是，古書往往純駁互見，公羊、穀梁出七十子後，口說相承，其穿鑿淺陋者多矣，而終不失為一家之學，此尤不足為歆病。濤學術譾陋，經義尤疏，此皆臆說，未有確據，然私以為左氏自有凡例則已，必謂出於後人，則惟謂劉歆為之，賈逵以入於傳為近理，否則鄭興、賈徽所為興徽條例，亦歆使為之。論中所謂淺學自喜，乃謂左氏與春秋同恉，解經乃自解也，故近於淺學自喜，蓋決左氏之未嘗解經，非謂凡解經者皆淺學自喜也。羊斟之事，如先生說，為後人羼入無疑，古書同記一事而相歧者甚多，三傳於春秋，史記於左、國，漢書於史記，往往因一字之訛，遂以相遠，無由斷其是非，從其近理者而已。

左氏既自為一書，其綜一事之本末，不盡依經之次弟，或後經以追敍前事，或先經以終之，後人強與經坿，遂多割裂，先生所疑僖五年事，即其類也。而濤之私見，則微與先生不同。經書，殺申生在僖五年春，而傳在四年十二月。此必左氏別有見聞，并存記異，亦如史記紀傳時有不同也，尋繹傳文，申生之死，重耳之奔，乃一時事，辭義續而不斷，後人見經傳不同時，疑經從告，故於五年春增入晉侯使以殺太子申生之故來告之語，以此語之縣而無薄，遂割伐蒲事以隸此語之後，文義已不相屬，而傳所載視朔事在正月朔，又不可居後，於是申生之死，重耳之奔遂為所斷而分為兩時事矣。先生謂後人羼入視朔事，離絕晉事，濤疑視朔事為左氏本文，其離絕晉事者，後人遷就經傳之年月而為之也，此與羊斟之說固皆後人增竄，然與說經無涉，自非劉歆所為。先生鈔左傳不盡依近世通行本次弟，想多更正，恨不一讀之也。

山東鄭東甫刑部杲合三傳治春秋，用二傳之例而不用其說，用左傳之事，而不用其例，以為春秋乃決讞之辭，二傳如律令，左氏其供狀也，深信左氏而不用其例，亦可謂有特識矣。方望溪謂劉歆增竄周官，其說固不足據，然亦不敢決其必無是事。莽干天位，猶勉坿之，莽改聖經，顧敢違之乎？公孫祿言莽敝政，謂國師顛倒五經，毀師法，與孫陽造井田，魯匡設六筦並稱，皆實指其事，則歆於諸經必有承莽意為之竄亂者，有所劫而為，不足累其文學。惜死在莽前，未及更正，後遂有沿用而不可復辨者耳。撰左氏凡例，自與此有別，論中援以為證，不類，當刪之。

濤性愚妄，又屢誘之使言，徑展私臆，無所依違，伏望容其不遜，而指示其謬，明允木假山記，亦望以先生之意告之。

冀州直隸州知州牛君壽序

道光中，人狃治安窳惰不振，官職解弛，患乃萌伏。軍旅既興，民用重困，朝廷懲鑒已往，既戡大難，思與更始。以輦轂重地，四方所觀聽也，命故大學士曾公自兩江移督直隸，用康黎庶，奠我邦畿。曾公以門人故吏八人自隨，其州縣吏若湖南游公子岱、安徽吳先生摯甫、江蘇趙君惠甫，志操才學，冠絕等倫。而舊官直隸者若奉天李公鑑堂、湖北劉公崑圃，亦以治行尤異，聲烈四馳。曾公仰體朝廷之意，以諸公布列要地，庇休疲氓。合肥相國李公繼曾公督直隸，益以民事為急，甄錄良能，而畿輔吏治遂為天下最。諸公既多擢顯秩以去，良能輩出，相接於二三十年之閒，而河南牛君最後而名最著。

君以知縣官直隸，始見奇於張靖達公。李公至，益倚仗之。事艱責重，輒以相屬，屢治劇邑，紛理墮舉。光緒十八年，擢知冀州。冀為李公及吳先生舊治，訪求故迹，整而振之，創行其所未為，淬精厲氣，新故畢張。濤主其書院講席，每相見，必稱述鄉里情狀，匿情細故，無不周察，喜怒形於言色，然後知君之心乎斯民，誠而求之，而眾人所稱述，猶未得其深也。

古者治民之道與凡教養之法，群經百氏所載略備矣，其施之民而有事實可徵，至漢書始詳言之，以民事為當時所重也。漢之令長親民之官，郡守、國相則兼今之府與司道所職，非獨臨民矣。其傳循吏，乃止言教養之事，纖微無不具。京兆、馮翊、扶風秩益尊顯，而趙廣漢、張敞、尹翁歸之屬見稱於時者，亦惟治民方略。至於薛宣、朱博身備宰相，為漢名臣，乃具書為郡守時治狀，豈非以漢重民事，九卿或試以治民，其入為公卿者亦多由守相，而名臣，幹略未有不嫻於民事者與？

今朝廷軫念民艱，吏治修舉，以君之閎識偉抱亦斂其才知，循職守法，懇懇焉為閭閻謀纖悉，不憚煩猥，可謂知所重矣。治冀之明年，德惠翔洽，眾聲大讙。其六月二十七日，為君誕降之辰。自君之佐及所屬文武吏將稱觴以賀。而德配孫淑人以勤約和謹治家，俾君不以家自累，得一意民事，凡君善政，多贊成之。欲因壽君者，兼壽淑人，而以其辭屬濤。濤為述朝廷恩德及畿輔吏治之盛，而君之心乎斯民，所張施錯注尤可方古循良。匪唯慶君，蓋為斯民生際斯時者慶耳！但恐君政既成，將如鄉所稱數公者擢顯秩以去，膺國家重寄，非吾冀民所得私也！

授經堂記

古者書用竹帛，流播為難。楮墨稍省易矣，而述作日益繁。操觚者猶艱於從事，故韓起觀書於魯，然後知周禮，漢東平王求諸子、太史公書於京師而不能得。唐時訪求一書，猶或遲之數十年始得一見。而史及諸家所纂目錄，由今考之，無其書者強半，其難得而易亡如此。自鋟板之法行，流衍者多，易於求取，而時執遷貿，數百年舊物蓋亦無幾乎存。

國朝崇尚文學，詔求遺書，校刊宣布。而魁儒碩學乃益討訪珍祕，拾闕綴殘，所考定皆號稱精絕。乾嘉之際，文學可謂極盛。而吳越為人文淵藪，通儒輩起，輝蔚東南，故四庫書成，特頒之揚州、鎮江、杭州，以贍多士。是時海內富安，巨室盛族爭相慕效，搜奇詑博，習而成風，藏書之富為四方所不及。自粵賊躪轢江浙，十餘年間薦紳轉徙，百物灰燼，而書籍亦遂盪無留遺。大難既平，諸行省設局刊書。學者頗修復舊業，而鄉時所稱精本已不可多覯。其宋元舊刊則益更索無所，尊之為彝鼎，而曠世未必一遇也。

諸暨陳蓉曙編修劬學嗜古，孜孜如不及。其先世當明嘉靖時有官廣西布政使者，聚書五萬卷，構授經堂，庋書其中。當時宿學皆借書其家，為之點勘。其孫章侯先生，國初時隱於禪，世稱老蓮先生者，有授經堂詩文集。康熙初，堂毀於兵火，書亦亡。蓉曙之祖既築室藏書以復舊，而蓉曙之父課子於堂，遂繪授經圖，徵時賢題詠，士林盛傳其事。粵賊之亂，東南騷動，陳氏獨安居，講誦於堂弗輟，余小頗觀察賦詩稱之，而堂與書又卒毀於兵火。蓉曙與其族子耐安俱以文著，大吏爭迎聘，以其所得作室故居，旁以積書，復得數萬卷，俞曲園先生以舊額題之，而堂復興。蓉曙雖官京師，而所謂授經堂者，念不能忘，嘗欲罷官旋里，讀書堂中，以無失先志，迫於人事而未果也，輒用自恨。濤既得觀授經圖，讀諸公題詠，慨焉慕之。蓉曙為詳述其事，曰：『子為我記其始末，將鐫之堂壁，以志吾恨而視子孫！』

吾感蓉曙之能復故業，因推古今世運之變，以見書之易散而難聚，其力能聚者固宜搜輯而護愛之矣。然古人得書之難十百後人，而後人之學乃遠不逮古人，則又以知學問之事精專是務，其博收兼取以富蓄藏者，蓋猶不足貴也！吾曾王父購書七萬餘卷，其後歲有所增，今幾百年，書固無恙。濤所遭視蓉曙為幸，然蓉曙之學得於古者已深，濤猶茫乎未有聞見，蓉曙引以為恨，益足徵其好古之誠，而濤所自幸，乃其所可愧者與？耐安名偉，舉人，亦嗜學，著經說二十卷、讀禮隨筆八卷。早沒，蓋有功於斯堂，而蓉曙所痛惜者也！光緒十九年六月，武強賀濤記。

劉君範堂墓表

劉君範堂，諱仲楷，深州人，以文稱鄉里。從吾父問學，吾父於門人中特愛重君，數舉其文以示學徒。濤與弟始習舉子業，見君文輒讀不厭。君以吾兄弟齒稍稺，盛稱其所為，亦知所稱過量而心獨喜，故嘗望君之來。君性坦易，不飾儀貌，言無匿情，人皆樂就之。每至吾家，諸父諸兄與君年相若者，爭攜酒肉與飲食，質以所業，言笑竟日夜不倦。吾父聞之，喜曰：『吾為羣從子弟得良友矣！』

君得癸酉拔貢，即以是科舉於鄉。濤賀諸其家，家在陋巷，所居甚狹。而地無隆窊，庭無遺灰積堁，土墉不飾，木器不髹，而潔無汙漬。子弟執業於前，年皆十三四，趨走承應，動中度程，余益聳然異之。兄弟四人，君其仲也。兄弟亦皆敏於文，從學者甚眾，學使所錄取多出其門，而君之弟子尤盛。其高第者，成進士，入翰林，以文稱於時。君則自領鄉薦後，學益邃，而屢躓於禮部之試。其後得心疾，遂不復圖仕進，以教授終其身。自君得疾，父與繼母先後棄養，兄弟亦相繼淪逝。而叔弟之沒，君不得見，尤以為憾。嘗於無人處自傷，由是體益不支。光緒十八年某月日卒，春秋五十有六，以某月日葬於某。曾祖某，祖某，父某。娶某氏。子二人，長家敬，後其伯兄，次家讓。

朝廷以文取士，士不獲以才德進，不得不抑志卑節以從事於文。自有司之識別不明，能文者復絀，而士益窮矣。至於窮，無復之，乃援積善餘慶之說相慰勉，以為猶有待焉，而彼造物者又故反其道以試之。若君之蓄德能文而阨於所遇，求如庸夫之安恒蹈順而不能，而竟抑鬱以死者，蓋亦不可勝數，又惡得以意測哉？君之卒，門人醵金助喪，又買田以供祭祀。其乞文以表墓者，王君鏡、嚴延年也。

書泰山墮淚圖記後

海州王君家佐，感泰安訓導濟陽艾問泉先生再生之恩，先生既卒，為泰山墮淚圖，以文記其事。

光緒十九年，其門人某應順天鄉試，攜圖至京，授先生猶子觀亭以徵文。觀亭與濤同官刑部，交至深，以圖示濤，屬題其後，因曰：『捻匪擾泰安時，城空無備，而守令素不悅於民，鄉兵不集，人大恐。吾伯父說守令，使謝過於民，而躬往諭之，曉以利害。民大悅，誓與死守，賊不敢逼。守令皆以功遷官，而吾伯父獨不得與。』

嗚呼！郡縣無備久矣！倉卒寇至，敺不教之民以與之角，其烈者與城俱亡；不肖者棄而走耳。先生以不與政事之官，獨能協和官民，使之竝力以守，而危城以安。非確乎其有志操，而忠義足以感物，知略足以應變，惡能於無可厝力之際，卓卓著功烈如此哉？

當是時，賊蹤半天下。其擁兵守土無尺寸之功，而構虛飾偽以邀上賞而收顯名者，不可勝數也。而如先生者，乃竟掩抑，不得論列。世之所以多禍亂，而禍亂既作不能遽定者，豈不以此也與！吾因觀亭所述先生之功，推而論之，蓋惜其見屈於時，無以竟其才，以抒其鬱憤之氣，因以慨世變焉。至於王君之事，其自記已詳。一人私恩固不必論也，然亦可見仁人君子之用心矣！

硯銘為蔣藝圃作

女節良苦，安吾家之貧。三世不易主，世不吾許。吾惟女與相守以終古，以念吾祖。

題西山精舍圖

濤少時，則喜讀桐城方望溪先生之文。及從吳先生游，益廣以劉氏、姚氏之說。而其邑人客燕趙者，往往遇之先生所，亦輒稱述其鄉先正緒言軼事。於是桐城諸老之精神笑皃，如接吾之耳目矣。私以為幸登先生之門，得徧讀桐城諸老之書，而交其邑人以資聞見。若復得親至其地，覽其山川，尋諸老故居及平生釣遊之所，想慕其風流，所學當有進。

光緒十九年秋，謁先生蓮池，而姚君叔節與其兄仲實已先在。叔節出此圖屬題，則大喜，以為觀此圖如親其地，足以慰所懷而無憾。既而思之，承先生指授，與群賢觀摩且二十年，而學益荒落，雖至其地，庸有當乎？而仲實所為詩，古淡如漢魏；叔節之文，崛強似韓退之。二君年方及壯，所造已如此，則又以知紹其鄉先正之傳，終當屬其鄉人，非他方人所得與！吳先生雖欲倡其學於北，而二君者又將挈而歸，是殆有數焉。濤雖妄，弗敢與爭？得列姓名於此圖之末，則幸矣！

張搢軒先生七十壽序

篤學力行之士心乎當世者，輒慨並吾生者之不古，若後乎所慕望者數百載，則恨不生數百載以上，而數百載以上為吾所慕望者，其致慨已如是也；後乎所慕望者千餘載，則恨不生千餘載以上，而千餘載以上為吾所慕望者，其致慨已如是也。抑非獨數百載千餘載之遼以相判，令人致慨乎今而慕乎古也？與吾祖父並時者，吾及見之；與吾高、曾並時者，吾及聞之；自高、曾迄吾身百載、數十載耳，而由後溯前，亦若有不相及者，夫此百載、數十載之閒，已有不相及之埶，苟無人焉挽而正之，恐遞降而下，將有不堪問者矣。

嘉興沈子培嘗為吾言：『古今文人所纂錄朝廷仕宦之文多，而紀鄉里者則少。子既舊族，所與昏姻亦必一方之望。其碩儒長德，終老於家，學行所表見與生平言論，當有卓卓可紀者，子盍編纂之以視後學，或有裨風教。』吾既慨世風之益壞，思有以矯之而無術也，聞其言則大韙之。古者才德之士多聚於朝，自後世以文藝制科，而校文者無復真識，其不幸而不遇者，乃與在朝者參半。在朝者，尸高明之地，人得而指目之。其不遇者，雖有殊特之姿、獨至之行，閱世積學以至於老，而無埶位以聳眾，朝夕與居者，且忽而易之矣，苟能發潛闡幽，俾人知所慕效？一家之中，率遵乎長於一家者；一鄉之中，率遵乎長於一鄉者，其陶染漸漬，較之以上治下、以貴治賤，其收效不尤易乎？然則紀述鄉里之文，誠在所急矣！吾蓋有志為之而未果也。

滄州張君化臣，才高識遠，有用世之志。執於杜、馬典章之學，武昌張先生、桐城吳先生皆奇賞之。與濤交至厚，每相見，必相規以過，無諛詞。光緒十九年，化臣之父搢軒先生春秋七十，將稱慶於家，屬濤以祝辭。蓋先生之才德，所謂不幸而不遇者也。退華而樸，斂侈而謹，隨所值而安，不激於氣，無怨於時。其為前輩成德，與吾所聞於祖父者，風旨略同，蓋後進所宜式法者也。化臣雖有過人之才，而性倔強負氣，不稱意，憤形言色，非其人絕弗與通。濤嘗諍以為好剛失中，若能擴其褊衷，抑其矜氣，而進用其父之道，從容優裕，以漸幾於古人，鄉人之與化臣游處者，當益知先生之道之可貴，相與率而循之，則先生之道益廣。而濤欲紀述耆老言行，以警末世之失，與之偕進於古，將敬從先生始矣。豈敢構飾虛辭，循世俗之禮而為長者壽哉？

北江舊廬記 甲午

古之學人多樂遊。危巖通谷，洪河大湖，凡瑰奇詭麗、雄闊洞豁、廣閒靜邃之域，與古賢聖儁豪魁人畸士之所經涉，亦既曠歲時，屏世事，窮探博訪而徧歷之矣。而馳驅仕宦、奔走衣食之時，窮鄉辟寂、都市喧尨之地，人事叢猥，無須臾之閒，僦屋以居，月遷歲徙，亦必規池砌石，植嘉木美卉，以為朝夕宴休娛嬉之所。是豈有所耽溺而為之哉？蹈德遊藝之士，既藉以拓其襟抱，遂暢其天倪。而勤於職事者，勞劬憂思，氣煩慮亂，尤必有以導宣鬱滯，滌胸寧神，使之恢恢如有餘，然後可以久不生厭，有所為而無不成。

國朝陽湖洪北江先生，殆所稱樂遊者也。東至海，西至伊犁，南至黔，北至京師，其行萬餘里。凡號稱名勝，無不恣意所欲往，而窮其力所能到。其於京師前後八九至，留之最久者亦不過再期。而所居亭池樹石必具，蓋未嘗一日忘其山水遊覽之樂也。今京師宣武城南有先生舊宅，竹石參映，嘉樹列植，相傳為先生所營置，天津徐鞠人編修居之。鞠人喜讀先生之書，嘗慕其為人，既得其舊宅，大喜，顔其聽事曰：北江舊廬，數因其母夫人生日宴集僚友其中。嘗語濤曰：『吾於先生學行，百不逮一二。然先生六歲而孤，吾亦六歲而孤，先生之母不逮祿養，而吾乃得長依膝下，則所遭視先生為幸。』濤曰：『先生抱用世之志，見知既晚，又不得久於其位，賫志以終。子通籍既早於先生，從容學問，徐以俟之，異日所樹立，當有先生所不及為者，豈弟事親之樂，為先生所不能哉？然此皆視乎遭際，非人所能為。吾所望子於今者，即先生所營置日益修治，而補其所未備，優游嘯詠，以先生志學自勉，而推所樂於朋友而不自私，則子之友雖有拙疏陋儒，將老而一無所就如賀濤者，亦日造及於門而不拒也。』

送宋芸子序

吾嘗讀海西諸國人所為書，其論列事執利病而量決其是非，輒曰某國如此，某國如彼。而中國之立言者則推而上之，曰某朝如此，某朝如彼。其非中國所服習，雖國至彊大，事可觀采，概賤簡之，不屑與絜長短。國家招懷撫內，求通好互市者日益眾，操觚之士即所聞見稍稍稱述矣，間以其說質之吾友宋芸子。芸子曰：『未得其要也！夫舟車、軍械、適用之器益求利巧者，工匠之事耳。貨物委輸，無遠弗至，商賈之事耳。畫井疆、榷征稅、嚴禁罰，編之約章，有司所奉守耳。既不足恃以自彊，而有志當世究心利害者，又未能得其要領。無惑乎言戰、言和、言防守，紛紛然屢易其術而不能決也。』

芸子學閎志偉，其於往昔興替成敗之迹已深探其故，而知其不足馭今世之變也，益討四夷之事而研覈之。又知功名之士張皇目前，不足與慮長久，而儒者不得局於故見，循士大夫之議，以言外國為恥，而自引嫌也，益思以身當之。光緒十九年，命四川布政使龔公使英、法、意、比，而芸子為之參贊。諸國既懾服威德，帖首就法約，使者無紛難不可治之事。從容諏訪，求其所以為國及交鄰之道，攬大燭幽，提攜綱維，編纂成書，獻之天子、宰相，籌所以待之之方。而傳播其說於士大夫，俾知世運之變出而維之者，終當屬之儒者，則斯遊庶幾不負。至於諳悉外國語言，通知其文字，究氣化測算之術，而精於世所稱西學者，吾以為乃其次也。

書文章類選卷首

文章類選四十卷，自左傳、國語、國策、楚辭、史記、兩漢迄元諸史百氏，所選千數百首，四庫全書存目提要稱為明慶王栴賓客編次。所選未為精審，然秦漢來名能文者，鴻篇偉製往往而在也。

明人不尚樸學，而好編輯辭章，采入四庫及存目所收不下數百種，就今所見者言之，大氐為制義，而設子、史及百家述作，一以平弟制義之法為之。雖號稱知文如唐應德、茅順甫諸人，亦不免為時俗所囿。此編纂於洪武中，時制義法未大備，人之為制義者，亦入之未深。故其法式，較諸編猶雅而近古。然諸編或傳誦於時弗衰，此編乃無人省錄，而稱說之者絕鮮。人情好憎、取舍，今昔不少殊，其猶得存於今者，幸也！雕鐫之工，雅近宋元，非洪、永後所能及。所見明刻，惟此為最先，亦惟此為最精。此編既以得存為幸，而予之獲之，不尤足幸乎？存目提要又稱前有洪武三十一年凝真子序、慶府圖章，今并無之。卷帙完整，不宜有闕，殆書賈去之，而欲以元刻誑人也。

讀國語

左氏既采諸國之史為春秋傳所未采者，更編次之為外傳。其曰國語，諸史舊名耳，以傳之因之也，故亦名傳為國語。傳有內外之異，而其為國語則同。太史公曰『左丘失明，厥有國語』，殆指傳而言，豈有稱人著作舍其所自為書，而舉所編次者乎？後人不察，以比於春秋者為傳，其別行者為國語。而國語乃為外傳之專稱，故班氏因太史公之言，遂以外傳為左丘明著，亦不思之甚矣！藝文志國語二十一篇，劉向新國語分為五十四篇，隋經籍志所載賈逵、虞翻、王肅、韋昭、孔晁諸家國語或二十卷、或二十一卷、或二十二卷，迭經更竄，不可考究其詳矣！

周語多典雅之辭。西京盛時，公卿內諫於王，多稱述成憲，其循守者素也。東遷後，王室微弱矣，而列邦不恭，猶能以禮折之，雖彊大不敢辨。蓋其時天子不復有事於諸侯，諸侯相侵亦以周為共主，莫之敢逼。故兵革之禍視列邦為少，君臣皆得從容學問，服習舊聞，非他邦所能及，此周公之澤也，然其微弱益甚矣！

諸子之書往往言晉之趙氏。晉語則以簡子、襄子事坿焉，太史公敘六國世家亦惟趙為詳，將由趙史美備而傳誦者多與！秦焚詩、書，諸侯史記尤甚。趙與秦同祖，史多稱其先德，故得獨存，而太史公因得以為據也。簡子夢痦，告語諸大夫，董安于受言而藏之。趙之有史也久矣。左氏時，其史當未出，而晉語載之，後人羼入耳。

吳語以越事為主，所述越事又詳言大夫種之謀而不及范蠡。越之上篇亦如之，其下篇則專言范蠡而不及大夫種。既非史法所宜，而造端離辭亦不類史氏所纂，而近於晚周諸子之所為。漢藝文志兵權謀家有大夫種二篇，范蠡二篇，疑後人取此二書坿之國語，不然，宋、衛、諸夏大國，春秋經傳具其事甚備，而獨無史存。吳越處乎蠻荒，通中國最晚而又先亡，乃能有史以傳世，何哉？

祭張廉卿先生文

斯文之傳，道必衷古。有箸厥能，後先同矩。大雅不作，乃百其趣。狂流潰隄，鏤工器窳。旁采博收，有眾無主。規之繩之，轅駒柙虎。

先生文出，諸家咸頫。古之作者，莫盛有周。下逮西漢，司馬董劉。唐宋之際，韓公其尤。維柳及李，歐蘇與儔。既鬱所有，起為時謀。時與志左，躬離百憂。先生曰嘻，殆自縶囚。遂屏百事，脫身獨游。湘鄉曾公，世之哲匠。其門多材，大者將相。量能所宜，車輪舟槳。用康時屯，厥聲震盪。先生在中，大音不響。不劫於名，不紛於嚨。冥志獨運，乃與神通。前賢有作，我裁我鎔。承古接統，不祧之宗。出所夙蓄，被之朋從。振英擷秀，植弱餽窮。多士景坿，汝漢會江。小子不敏，處卑即凡。桐城有教，實闢扃緘。已乃詔我，尋師而南。猶未果往，先生北飄。既引入室，沃膏漬藍。舊質則革，琢石成瑊。曰道幾墜，汝其克擔。稱我於人，口耆甘鹹。生成之德，與君父三。

戊子之秋，先生南走。皇皇無依，嬰兒奪殼。摶埴在膞，未燒猶罄。恐落所殖，數以書敂。文壽我親，益砭我愁。報之不圖，施而彌厚。先生之歸，祖行天津。暫返故里，就養於秦。不聞謦欬，倏踰六年。哀問忽至，心痛神顛。門人之職，述學誄賢。昧途所嚮，粵人適燕。抒所聞見，賦海繪天。恨與愧並，悲且無垠。設位以祭，聊致涓涓。

題愍孝錄

先王之禮，於人子事親，竭其志力，抑其性氣，苦其服食居處，以克制其私而長其恩愛。凡所以養生送死者，責之可謂至嚴，而未嘗以為親死為貴，以其事不可繼而行，且不可推之人人也。禱神代死之說，古而有之，而其理蓋難言。若恐其不效，豫死以要之，則尤不近理而類於愚者所為。雖然先王之禮勉中人所能行，其情有獨至者，已非禮所能限，況憂傷迫遽之際，計無所出，苟有一說，可以致吾之情，遂甘為之而不暇以計較者乎！吾觀史家所述孝義，情過乎禮者，眾矣！上世人心敦樸，過情之事當倍多於後世，而先王不為之禁者，其事雖非理之所貴，而其情未必不為先王之所許也。

會稽王孝子以代母死，旌於朝，其兄子獻編修纂述其事及誄銘之屬為愍孝錄，介其鄉人陳蓉曙編修徵題。吾懼循禮之士據禮以責孝子，而不愍其情也，為發斯意，書之卷末。

王小泉先生行狀

先生諱用誥，字觀五，號小泉，又號君言，深澤王氏。濤既表先生之父榕泉先生之墓，不復詳其世系。榕泉先生既篤遵程朱氏之學，先生繼之，益邃以博。宋元來為程朱學者，苟有書，必究其淺深純雜，而撈討散佚，刪要錄存，其異趣者，亦必推竟源委，駁而正之。於經尤喜易、陰陽、象數、義理諸家之說，既皆探其奧窔，已乃屏棄之。初比屬經辭，因類尋義，而消息於身心事物以求安處。成易備忘錄，續有讀易劄記，於書有禹貢考、洪範解，於禮有中庸說、禘祭考，於詩有詩鈔，自諸家釋訓以及群經子史百氏與歷朝金石，苟涉於詩，皆鈔之。其論語經正錄則繼先志而成之者，所采數百家，自為義例，宏通深切，平生志學，具見此書。此外，復有雜箸數十篇，皆扞正祛妄，無膚辭辟論。

先生辨說雖多，一以躬行為本，嘗欲推之於世以驗所學。親老多疾，不欲遽出，以拔貢朝考得知縣，改主事，棄不就，舉於鄉，再試禮部，不第，遂絕意進取，壹力養親。父久疾惡嚻，屏居一室，家人趨走操作，皆噤無聲，不問家事，而時欲有所聞，閟不白，白所不欲聞，欲聞而白不時，則疾增劇。先生將順其閒，未嘗失指，他人皆莫喻其故。食無定時，饌無常品，必立具，不豫不需，先生廣蓄穀疏諸可食之屬，列四竈於庭，與妻躬爨，子弟助之，眾指竝作，時不後先，而所羞適得所欲嘗，承志執勤，事皆此類，十餘年如一日。遇人接物，必誠必恕，所宜為，不以德怨辟就，持身以禮，動有法式，雖晏居無放言惰容，其淡定之志，敦篤堅苦之操，近世厲行之士殆無其比。

濤從學時，先生年方及壯，志氣甚盛。讀書窮日夜，雖過勞咯血不少休。憂世甚於憂家，憂學術之壞甚於憂世，言及輒欷歔太息。後十餘年，復見先生，與人言，論及所述作，但別白是非而已，無憤嫉之色、激烈之辭，最後則惟言力不逮志，鄉所辯論皆空談也，退然若不能自與於學者。嗚呼！所學彌深，所志彌篤，則其心益下，而其氣益和以平。君子進學之功，固不易量哉！光緒十九年五月十八日以疾卒於家，春秋五十有四。妻賀氏，濤之姑也。子孝箴，附生；孝銘，舉人；孝來，附生。女二，適某某。孫某某。孝銘為先生年譜，屬濤為行狀。濤乃本所聞於先生者，為之論曰：

古之學者，所以復性改過，自修其身也，而其說皆具於經。自師傳中絕，載籍闕脫，學者弟能掇亡守殘，標摘其章句，稽覈其名數，已足當通經之目，而謂之儒林。取經所言，而返而存省之，用以自檢者，則漢以後更數百千年未之聞也。有宋諸子，生絕學之後，獨能尋群經遺旨，隱參而顯證，勘獨而抑私，而力而踐之，兢兢焉唯恐幾微之不合，其於學，以修身之義庶乎近焉，而號稱通經之士乃承曩者儒林之說，譏其說經之書疏謬失經意，抑何不思之甚邪？門庭堂階，習禮之地也。尊爵、璋璧、弓矢之屬，習禮之器也。吾既出入登降有節，洗奠授受有儀，履物視侯，期不失鵠矣，而乃與之度廣狹，絜長短，差大小輕重，以百工之事相詰難。雖學禮之君子未嘗不講明其制，然較之工師之執以為業，日習其伎者，其離合疏密固當有殊，而遽用是為學禮之君子詬病也，豈非語器而忘道與？

嗚呼！與宋賢為難者，眾矣！以言心性為無用，以求之事物為支離，說皆偏淺不待辨；其謂說經疏謬者，綴遺訂誤，洵足匡宋賢之不逮矣！然推而論之，亦執工師之伎，而嗤學禮之君子者類也。而遽欲陵駕宋賢，賓斥之以為不足與於斯道，此不得不辨者也！

世有知言君子蓄德能文，欲表闡幽隱，撰次先生行事，孝銘所為年譜既詳實可據，請更參以予小子之說，使通經之士不至徇末而遺本，而先生之學庶克顯於世與！

武強賀濤謹狀。

卷三

宗鍔廬墓表 乙未

鍔廬名俊宸，余嘗志其祖墓，不復詳其里居世系。志所稱内閣中書樹桐，鍔廬之父也，余昔主其家，鍔廬方垂髫，聞余與其父及諸父相辨論，時竊笑於旁，窺其意似曉所言，戲詰之，輒強辨不肯絀於辭，余甚異之。體故羸，不能畢力於學，其父亦不忍督責，任所欲而已。既别，慮其遂因病廢學，恆寓書問之，及游京師，見其與叔父論學書，說皆中節，時年十四，問其病，則猶昔，余益喜其力之勤，而閔其志之苦也。其後余數至其家，鍔廬暱就余而敬之，以得竝生為幸，而又以不得朝夕與居為憾。余感其見慕之意，而嘉其鄉學之誠，以其病之長而益僊也，又未嘗不憂其年之不永，竟以光緒二十年某月日卒，年二十有三。娶何氏，前卒，繼娶楊氏，無子，以某月日合葬祖塋之西偏。其父走書京師，以哭子詩見寄，屬為表墓之文。

余每至族婣朋友之家，恆樂觀其子弟，而質之聰俊者，乃絕少，有其質矣，或性不好學，而奪於異物，荒於半途，知好之而專且久矣，而所鄉失其轍迹，又或誤而旁趨，才之難得而易敗也蓋如此。鍔廬性敏而志篤家學，又有以範圍之，其於術業之就，既猶循階級而登矣，而卒困於病而早夭，若或予之，若或奪之，豈皆有所謂命焉者邪？余自少耽習文翰，今且老矣，其瘁心力而得之者，時人未之信也，輒欲引後來之雋與同志學，而鍔廬又不幸早世。故余初聞其死而悲，既讀其父哭子詩而愈悲，及默參身世，愀然憂思，則更不暇悲其父子，而悲世人且自悲矣。然則鍔廬之死，余固不能已於辭，况重以其父之請邪？遂書之以慰其父，而抒余懷。

歷亭吟藁叙

人之才知無閒男女，一也，自先王以禮為閑，定内外之位，女子不得與外事，雖有術略，斂而抑之，循循焉從政於門内。凡所稱技能藝業有用於世，而可藉以成名者，一不得有所閑習，文學其尤難者也，非夫稟質獨優，而性能好之，鮮克有稱於世，其見於傳記諸子及歷朝史家所錄，代不過數人。後世摎訪前代遺文，苟有所流傳，雖至纖至陋，無不采而登之，而女子之廁其閒者，乃僅千百之一二。歐陽公集古今金石，上下數千年閒，其為女子手書者一人而已。豈其才之獨絀，將由事非所重，習而能之者少，雖習而能之，而故揜匿之而弗使傳邪？

大河以北風氣質樸，女子從事於文學者益鮮，近定州王氏輯畿輔遺書，自周迄今所得數百千種，可謂浩博矣，而閨門述作則未之見焉，其難得也如此，則幸而有傳之者，可不愛惜而寶貴之與？故城祕氏，縣之望族，世習儒業。康熙時莘農先生好學，以詩著，其配何孺人亦工詩，有歷亭吟藳，余嘗得而讀之，清正和雅，有詩人之意。孺人教家有方，子孫襲其教者多以學行稱，至於今弗衰。光緒二十一年，孺人之裔孫某與其縣人將重刊歷亭吟藳，而問叙於余，余為言女子所學之傳於世者，難得而可貴，俾人知所護惜，其家仰承先德，尤當體其垂教之旨，勿第區區於文字閒也。

送陳蓉曙序

事以時起，應之無方，其紛至卒投，不可以恆情測、常理拘者。大臣謀國，不憚攘詬忍辱，杜塞瑕釁，以安國家；而士大夫坐觀其旁，恐其苟安目前，姑息事以謝其責，而伏患於無窮，輒以所聞於古者正論以譏之。

蓋自海國通好互市以來，數十年閒執屢變矣，而國家所措置，與士大夫之論，乃如適秦越者之各趨所鄉，日以相遠，而終無會遇之期。吾以謂士大夫未嘗躬蹈其艱，所言雖發於忠憤，未必皆中機要，而任事之臣容有畏難即安者，抑亦不可無正論以攻之也。光緒二十年日本造釁於朝鮮，身當其事者審量彼己，知平時所施設與將卒之未足深恃，而懼事之潰裂而不可收也，欲與之和；士大夫恐國威之不振，則一主戰之說，義激氣憤，人無異辭，於是官翰林者紛紛入告，書數十上，而所言戰事為多。陳君蓉曙與余交至厚，每有陳奏，輒為余述之，余所見未盡與合，而嘉其志氣之壯烈，且喜其足以激厲當途，未嘗強和之，而亦未嘗撓而止之。君曰：『朝廷必欲和者，吾且棄吾官。』已而戰不利，而和議成，將謀歸去矣，會選御史於翰林，曰：『得入諫垣，必益進吾說以信吾志。』既不得與，則又曰：『吾之屈彊，儻為諫官，且重得罪，其不得與，幸也！』而歸志遂決。

君方年壯氣銳，雖暫歸，且復出，里居無事，益討當世之故而究切之，異日出而任事，必使所言皆可適於實用，則攻人者，庶不至復為人所攻矣。君故好余文，其歸也，索文以為贈，以時之迫，未及為，曰：『我且去，文成郵寄我。』其欲得余文如此，故不敢以虛辭相奉，而稍為諍論以敦朋友之義，亦以余材朽識拘不堪為世用，而屬望於朋友者深，故不覺言之激切也。

書所鈔晉書天文志後

天文之說至近世而益明，舊說殆可廢也。晉書天文志，昔之論史者善之，其言名數部位較前史尤詳，後世據以推測，沿用至今無庸更也，故錄其經星之說。二十八舍及二十八宿外星皆經星也，志別為篇，今皆并於經星。天漢起沒亦言經度，故亦坿焉，天體采古三家之說而以渾天為是，以今觀之，渾天、宣夜，蓋猶有近似者。蓋天則於義不可通，至於分野占驗，尤今之言天者所弗道也，概不錄。

國朝天算諸家，屏棄舊說，參以泰西之法，一用實測，其論天地之體，日月之行，五星之遲留伏逆，以及陵蝕奄犯之類，可謂密合矣，及深究其所以然之故，而有所抵滯而強為通者實多。然以其密合也，亦復無以難之。泰西新法以為經星皆日也，五星皆地也，地繞日而行，其經星之為日者，亦各有地繞之，特地小於日，而高不可見耳。所謂天漢皆星也，以其益高不可見，故但見其氣，彼其星亦皆日也，亦必有所謂地者繞之。此說出而眾形之旋轉於太虛之中者，其體狀行度乃滯解理順，而皆得其所安。夫眾形之旋轉於太虛之中者，有象可求者也。然自有司天以來，涉數千年之久，經數百千家遞傳遞衍推測之功，而不能得其確義，則以蔽於目所不能見，苟即所能見者，得一近似之說，遂習而安之，而不思變也。其於人也亦然，人之一身知覺運動所自為也，求其所以為體，不難默參顯證而知。然自岐伯、俞跗以迄於今，數千年聞言醫者踵屬不絕，而泰西之法興，乃知其說之略而多誤。日戴天而不知天，日履地而不知地，為人而不自知其體，而况事物之變迭出不窮，無定理，無常執，乃固執其耳目所習者權衡之，以是我而非人，謂之不誣，可不可也。雖然，有形之屬可確指而類推也，而説之者之有誤，明揭之而猶或莫之信，而欲以無定之理，無常之執，遽易一說，以奪其所習。嗚呼！此豈旦夕之所能哉？徐以俟之而已。

送湖南巡撫陳公序

海西諸國多富彊之術，交質互倣，變而日新，務發奇祕以角勝。其始與中國通也，士大夫輒欲以中國之法臨之，及定約章禮鈞執等，或且效其所為，則引為深恥，以為是大辱國，利於彼而損於我也。其後風氣漸開，耳目貫習，既知遠人之不我欺，乃頗追咎鄉之效而為之之未究所長，而講求彼法者滋益多，自殖財、通貨與一切器物之適於用者，苟力所能為，無不窮探博訪，思極工商之知術。初試其法於海疆，推而漸廣，延及内地，近則旁達四溢，甚盛益興。而湖南之民獨不欲與外國接，朝廷亦聽之不強，凡所措置獨不施於湖南。

兩湖居中國之中，水陸交會，一旦有急，足以轉輸四方，固宜儲偫以備變。今湖北已大興作，而湖南乃欲杜絕其端，於事不便，恐終不能拒而不為。光緒二十一年，命直隸布政使義寧陳公巡撫湖南，公德望海内所仰，初官於湖南，其士民尤敬而信之，風氣之開固自賢者，相度所宜，赴事物之會，而無滋民之疑怪，使相與安之，以成務而濟時，微公其誰與歸？濤與公子同舉於禮部，往年公至京師，辱先索所為文，因以後進禮謁公，及公將之湖南，又謁於保定，公曰：『近見子某文，識益高，宜暫輟弗為，出而幹事以行其學。』濤既以才弱不任馳驅，而親老不能遠出為辭，於公之行，敬撰其說以獻，倘以為可而采内之，則所以答公知者，將於此焉在。雖然，公既命輟所業矣，而復沾沾焉以文進，恐終不能當公意也。

武強天平溝記丙申

武強縣治東舊有渠名天平溝，起自縣之西，將至城，折而北，又東北趨獻縣，以達於淦，歲久湮塞，比歲苦水患。光緒十九年秋，武強告饑於州，州牧太倉錢公親行縣視災，問民所欲，咸以復天平溝為請。公歸為書，問縣溝長幾十里，其宜施工者幾所，起訖積若干丈，深廣以丈尺計者宜幾何，下游兩隄增高厚宜幾許，竝溝幾鄉，量田使分治瀕溝田有幾，其委在獻，工之施於彼者何。方縣以州書詢縣人，於是吾族子嘉枏墨儕尋訪溝舊跡，測量地形，察采眾論，條書所問，具圖說以告。明年，公列狀上大府，請白金五千，僦民治溝。既得請，則疾馳到縣，與獻令期境上，周視工所，分界賦役，眾情驩躍，若急己私。四月某日始作，某日卒事，溝起吾縣西，東至獻之三汊口，六千五百二十六丈，深六尺，廣二丈二尺，底殺四之一而強；隄自三汊口，上至吾縣界首，四百四十九丈，高五尺，阯厚二丈，面得六之一而弱，盡斥所請，五千金無贏闕。而種樹以止侵占，為橋以便往來，則令民自為，歲時修濬之約，因所分界責之兩境民，深廣一視今所為。歲三月各報所宜修，濬工於縣，縣親督巡如約，則以達於州，其費令民自給。迄今三年，水不汎濫，連歲豐穰，民困用蘇。

縣志載天平溝五，其四已湮滅，今所復者其一也。乾隆四年，道光五年，咸豐元年，屢修之，今乃僅有迹可尋，其工旋修旋廢，未嘗久獲其利也。蓋縣既辟左，患雖巨，特雨潦所積，治水者莫及焉。守土吏以非簿書所急，亦聽其自廢，孰視而不問；其為之者又僅張皇目前，不思善其後，故此溝久不復而民坐受困。今所興治，其深廣皆加於縣志所載，又能疏瀹不失時，而數十里沮洳庳下行潦之區，遂變為沃壤，連歲收獲倍高田。然則委歲豐歉於天，以為不盡關人事，豈不誣哉？墨儕書來請紀公成績，予既喜吾縣去宿患，又慨興事之難而廢之之易也，為記其本末，俾吾縣人無忘始事之勞，而永守賢君約束勿怠，則無窮之利也。

送王晉卿序 丁酉

考往昔數千年治亂盛衰之迹，而辨其典制沿革以及當世所施行，無洪無瑣，必備必貫，勤一世以從事於此，猶恐弗逮。而近日海外諸強大國，創法造事功效顯白，其載記宏富不減中國，又宜旁涉遠騖，取其可以益我者，究其長而極其變，非宏博開敏非常之才，固未能自放於無畔岸之域，而尋其津涯也。新城王君晉卿識高而志偉，羣經子史皆有撰説，又廣為詩文以經緯世事，而於外國載籍搜討尤勤。嘗欲取彼制度、器物，提扼綱領，推類以求，包括萬有，作西雅；取彼用弱為強，大有為之君，捃摭政迹，顯揭其功而歸本君術，作海國君鑑，綜中外之學而會而通之，殆所謂宏博開敏非常之才者也。初以知縣官四川，有威惠，因事罷職，從戎於甘肅，總督秀水陶公器其才，奏復其官而留以佐其幕府，君亦喜其知我，慨然欲有以為。自海國通市，而中外接搆皆謀於海，故海防議起，朝廷以全力注之。新疆西北接強鄰，變生不虞，禍且甚於東南，當事者引為深憂，而終以海防為重，不能畢力於西陲。君既通知外事，而受知大府，欲有所為，宜獻其所有，統關内外而一視之，興務作業，彊弱富貧，不必仰給於他行省，邊備已隱然可恃，遠人不敢生心，而朝廷無西顧憂，斯乃不負所學。

濤與君初不相識，讀其所著書而好之。光緒二十三年秋，君有事於京師，始相見，與談文藝及當世事甚壯，事畢將西歸，因敘其所學以廣其志。

吾舊游胡君月舫為甘肅學政，時條奏西事甚詳，今官寧夏道，蓋志在當世而可與有為者也，君往謁與議西事，既自畢其説，請復以吾文質之。

小萬柳堂圖記戊戌

小萬柳堂圖者，金匱廉君惠卿因其先元贈太師文正公有萬柳堂而意造其境，繪以為圖者也，既自為序以申其指，又屬濤為之記。

自古俶儻豪儁之士，身處濁世，耳目所接搆，輒拂忤於心，蹙蹙無所之，其憤嫉之意見於文辭者，往往虚搆異境，神游其閒，以蟬蜕垢穢而蕩滌煩酲，若列禦寇、莊周之所稱道，非皆有激於中而託以逃世者耶！韓退之論醉鄉記則以學聖者得聖人而師之，汲汲每若不可及，不暇為昏冥之逃，其有託而逃若醉鄉之徒，皆可悲也。

廉君作圖之意近於激而逃世者所為，其自序乃言儒者雖無所遇合，不敢少自暇逸，則與退之之恉相符。而其卒篇既自傷見遺於世，又言窮通雖殊，同歸於澌泯，一若隨吾身所遺，舉不足繫於懷，而欲與世相忘者，其激不尤甚邪？

廉君有豪氣，勇於任事，嘗曰『吾不為，誰為之者』。其不自暇逸，殆所謂汲汲若不可及者也，又安能與世相忘哉？ 而其言乃若此，吾恐其因有激而失其初意也，因其所自序而還而詰之。

深州義倉記

光緒初，冀、青、兖、豫大旱，疆吏以災聞，天子憂勞，發官藏以振，乞糴之書四達，遠近官民爭以錢米輸災區。自中外大臣以及羣司百執事，奔走營救，類能竭誠潔己，而怠忽侵漁必懲，故災所被者數千里，歷三年之久，民雖不免死徙，而無劫奪盜賊之事。 是後謀國者皆以捄災為兢兢，畿輔則自同治季年連遇水患，已有籌賑之局博蓄豫儲，事同經制。 故數十年吏治，獨備荒之政多可紀。然州縣自謀於治所者，法固猶未備也。 先是太倉錢敏肅公開藩直隸及巡撫河南，所至皆以積穀為重，而任事皆未久，經畫皆未及成。 今河道總督任公道鎔為直隸布政使時，踵錢公成法，飭所屬積穀。 前直隸按察使朱公靖旬時牧深州，集穀萬石，以舊倉皆廢，分藏於州之富人，舉契為質，朱公去後，易官則更契，不問穀也。 閒十餘年，錢公之子伊臣來為州，乃取富人所藏穀萬石者，於城之東建倉儲之。 四倉環峙，以楹計者三十六，中為聽事，其東為宴休之堂三楹，門北嚮，堂後為倉神祠。 基崇屋敞，墻宇峻固，經始於二十三年三月，明年九月訖工，堅明約束，永守勿替。 州人李君樹侯以書來曰：『公願得子文為記。』

濤以為救荒無善策也，國帑既非可數頒，籌賑局設於都會之地，執難分應而徧給。 其謀之州縣者，所儲雖多，未必能久，而告饑四方，又以致遠稽時為慮，然則所稱荒政可紀者，亦特小補云爾。 海外諸國農政益興，以氣化之學糞田，一機器之用，且什倍人畜之力，故能五六於常所獲。 而火車之軌交於國中，輦百千巨萬鈞之重於數千里外，不崇朝而至，土著者無借於外而能取足於其土，而物之自外至者又如此其易也，尚何災歉之足憂？

今朝廷銳意取外國長技足資治理者，易我之故，火車之軌已造端於四通衢要之區，其枝分歧出，行徧達乎窮僻，而學農之書且徧布天下，使皆仿行。今錢君廉能愛民，守先公家法，若泯古今中外之見，討其制，究其學，實而致之其事，以收其效，使遠近援以為法，寖推而寖廣，將遂成國家新政，馴至於富強，豈特給足其封內，使吾儕小人無憂災歉已乎！此固救時之賢所急起而圖功者也，請以斯文為君之左券焉。

吳先生六十壽序 己亥

風氣之所會，理埶之所必至，儒者以空言迎其機，通其蔽，操馭世之柄者起而乘之，遂開世運。海西諸國之強由於變法，而其機實伏於民。民初苦暴政，以為所遭固然，不知其可變也。福祿特爾、蒙特斯邱、羅索尾刻詩、師米得雅、堂穀不登、可倍特之徒，著書言變法之事，人爭傳誦，而其機遂不可遏。既發其端，執類以推，日改月興，猛進無已，遂成今日之治強。中國以積弱取外侮，思參西國政術用自振拔，而民樂其俗而不思變，士狃執故習，以放效人為恥。而不變不足以自強，苟可以益我，竝無中外之可言，則以蔽於聞見而不達其理，故朝廷試行新法，常以自強之意布告天下，而天下不應。夫西國之變法迎其機而已，中國則必先通其蔽，其埶視西國為難，其權尤當屬之儒者。

桐城吳先生嘗有救時之志，其說以瀹民智為務，而必先去其古今中外之見，既棄官教授，乃以其說作為文章，鉤深提要，理順而情公。學者既知崇信其說，浸灌磨礱，久且奪其所守，士論改而民俗從，而國家銳意革興，乃得為所欲為，而無廢格阻遏之患。不然，奉而行之、仰而承之者仍皆視為故事，以塗飾耳目，雖朝修一政，夕更一令，舉凡可以自強者而竝圖之，果何益之有哉？抑又有進者，海禁既弛，外交益廣而事益繁，發應失宜，遂生瑕釁，即能自強，庸得晏然而相安乎？此亦捄時之儒所宜引為己任者也。

海西諸強大國近數十年來益以武節相競尚，而戰事反少於前，雖戰，未嘗竟其力之所至，蓋由所謂公法者調匡而羈縶之也。公法之作，始於虎哥，踵成其書及書中所稱引若惠氏、俄氏、賓氏、發氏、海氏諸人，率以空言論述，無執位以行其權。虎哥荷蘭人，尤非強大之國，而諸國皆奉為公師，遵其書如憲令而不敢顯違者，力鈞執侔，爾我忌猜，而無共主以臨制之，惴惴焉恆恐禍至之無已時，故不得不授權公師，以空言相牽制而立約。篇中有主持公論之學，則又以時至事起，公法所不能攝者，使後之公師得據其所學出而排解之也。今諸國舉事嘗依託公法以為名矣，而議其事者抉摘是非，爭馳鉛槧於四方，卒未有聞而懲戒，以能主公論許之者，其學不足以當之也。自公法行於東方，吾國固宜有主持公論之權。而先生學綜中外，求是取衷，遠人慕交，名重異域，既以所學通吾士民之蔽，俾內治得所資，若遂廣其義以論外交，協事物之宜，防不可測度之禍，補舊法所未備，辨新約之失平，遠人既重先生之學，必且以公論之權相屬而甘受吾說，不肯輕肆其陵侮之志。而彼諸國者亦且得所依據，各懷斂讓之意，以免斯民之困阨，開世運而復有以扶持之，其事為今世所不可無，而其功遂為古來所未有。

光緒二十五年，先生年登六十，濤以疾不得與於稱觴之列，謹以儒者救時之權奉之先生，此乃濤憂世之愚衷，迫切出之而為斯世請命者也。先生雖深自謙抑，又烏得斥其言為迂妄，而卻而不受哉？

肅寧郭君墓表

君諱奉坤，字厚菴，肅寧郭氏。曾祖某，祖佩蘭，父世榮。母饒陽常氏，吾王母姊也。濤未逮事王母，少從吾父讀書常氏，見君母輒為言王母在室時事，濤感慕，數從問焉，因樂就君，君亦不以年輩自倨。

常氏家素豐，戚故亦多富豪，往往相侈以輿馬服飾，而以酒食相徵會。君周旋其間，未嘗厭絕之，亦未嘗慕而效之。性質樸能自克苦，而勤於治生，居室所有事，雖煩辱，必躬執之而加勞焉。其自給，雖所急須，未嘗備也，而加損焉，家數十口職業皆自君授之，衣食皆於君取之，無怠無怨。善事親，兄客於外，君朝夕問視，未嘗一日去左右。年四十喪妻，遂不娶。教子孫有條法，而必以躬率。君少時家且中落，自君任家政，而家復興。嗚呼！吾家姻連所及，巨族富室互為昏媾，相接於數百里閒，其望實皆相埒。自余省事以來，至今不過三四十年，由盛而衰與既衰而不復振者十蓋七八，常氏亦稍稍替矣。君之族望視常氏諸媚好為少遜，今諸家或頗陵夷，而君家如初也，子孫率循君之法弗改，知其家之後且益昌也。興廢久暫之故，夫豈不由人事哉！

君卒於光緒二十年十一月十二日，春秋六十有七，某月日葬於某，妻孔氏祔。子四：正熙，五品銜；輔臣、蓋臣、翼臣。女二，皆適世族。正熙狀君行請為表墓之文，余有感於人世興衰之不常，而慕君之道之可久也，為發其義，使揭於君之阡。

國執 庚子

國之建也，必有權焉統攝之，而權必屬之一人，所以定民志也。西國始建之君，無中國所謂聖人，其創造不能厭乎人人之心，而國執不安。自希臘、羅馬盛時，固有公聽政事、選君遞禪之舉，而立言之士亦多謂國權不宜獨歸之君，於是上下爭權日亟，而國權乃如浮寄虛懸之物，歷數千年輾轉而莫知誰屬。今諸國分為三等，曰君主，曰民主，曰君民共主。國既輯安矣，然各因其執而遷就為之，非凡有國所能強同，而百世不易之經法也。初制未善，人心不定也。中國有首出之聖人宰制區宇，倫類聽命無違，羣聖人繼之，法以大備。而國權之在上，乃如天地日月之無可改移，歷數千年迭更衰亂，變故百出，卒未有易其說者。初制善，人心定也。不定者其執動，動思變，變者，進之機也；已定者其執靜，靜思守，守者，退之機也。西國雖有強弱大小之殊，其人文政治相埒也，相埒則且慕且忌，慕則效所為，以不逮為恥，而智日開；忌則思勝之，以圖自存，而術日精，西書所謂物競者也。此亦不定而動，動變而進之執也。聖人既造華夏，環其外而國者政所不及，則鄙之曰夷、戎、狄、蠻，而寇防而獸馴之，其強足以自立，而力能抗敵乎我，亦終必於我取法焉。得中國之名，擅文明之號，為夷戎狄蠻所同尊，而孤立於其上也，數千年於茲矣。尊則慢惰自喜，而居逸者體羸，孤則絕物獨處，而無偶者不育，西書所謂任天者也。此亦已定而靜，靜守而退之執也。西國固多亂時矣，以其有進之執，而亂後之治恆進於前，遞進而至今日，幾於大治； 中國亦多治時矣，以其有退之執，其治輒視古為退，遞退而至今日，雖無事，幾不得謂之治矣，中西國執其異如此。

昔中國阻海為險，方外各國，其國隔絶而不相通，循循然蹈吾故迹，雖甚窳敗，補苴塗飾已，晏然而得自安矣。海道大執，羣雄面内，而時執頓異於前，彼挾其日進之執以乘我，而我乃以日退者當之。彼富而我貧，彼强而我弱，彼智而我愚，其執殆岌岌不可復支。謀國遠慮之臣、深識憂時之士，知法之不可不變也，取西法之足補我短而能救我之急者稍稍試行之，行之既久而治不加進，何也？國執不變也。國執之不變，而惟外法之求，則吾所試行，第仰承外人意氣，而於吾經制律令之外增加一二事，俾干進備員之屬，承乏其閒，奔走而肄習耳。是亦鄉者補苴塗飾之類也，安望其日進而有功乎？

然則變國執當奈何？亦曰動之而已。夫動猶不定，西國國執則然耳。今取久安其居，居雖陋而不知别謀所遷者，忽迫之使他適，是猶逆江河之流而上之，其衝突之患恐且甚於西國。則奈何？曰西法之變也，創而其動也激，今取彼已成之效，示吾順軌之民，誘使知慕，厲使知憤，習其耳目，使不疑怪，以潛易其心志，知吾所仿為皆自為謀，而非有劫於外也。相勸勉以從事，雖曰動之，實不失吾定静之俗，而吾法已行，豈必如西國之喧呶叫讙，有所變，輒先出於亂哉？蓋由静而動，執難於彼，而有所因而為之，執且便於彼，彼經數百千年屢變而始有今日，吾苟善用吾動之之術，決之數十年，而已變而通矣。日本其已然者也！

上吴先生書壬寅

前奉手書，言堅卻張尚書大學堂之聘，濤輒以迫斯可見之義上陳，諒達左右，今得京信，皆云張尚書欲遂其事，已奏聞而報可矣。而時報中載有畿輔紳士上先生書，亦懇懇乎以大學教習為請。當路既不憚枉屈，又上承一人之寵命，下來千二百人之攀留，仲尼不為已甚，以私意揆之，宜似可曲從，未審意旨所在，乞賜明教。

去春，得讀深州風土記，至冬乃卒業，未卒業時曾上書妄有所論，其書疑未得達，既蒙垂詢，敢申前說。河渠、賦役、兵事三篇嚴密而縱宕，蓋兼漢書、史記之長，而遠識孤懷，傲睨今古，則子長所獨擅，孟堅不能也。自餘諸篇亦皆奇而法，正而譎，而論黃彭年、張映檽及肄禮堂三事尤為神妙。其論人物或不立體格，任舉一二事，淡蕩似五宗世家，或以數語括其人之生平，簡要似先友記，物產後序仿貨殖傳序，目仿法言，奇古皆足與埒，而識力過之。總之體例皆自我創，而變動不居，文辭則翕受古人而并攘其美，至於貫穿往籍，抉精指誤，亦非國朝考據家所能。湘帆序此書，以為古所未有，濤許為知言，其時書猶未出，蓋皆臆決其然，及今讀之，卒如所意，二人之識視宰我、子貢，有若何如？所評張、劉三疏急思一讀，羅疏則猶未見也。有以辟疆世兄初至日本時日記見示者，意氣壯偉，辭旨深切而豁朗，所造殆不可量。東醫言其無病，尤令人稱快。

俄約未定而李相遽逝，英、日聯盟，俄與法亦因有密約，異日之變，不可窮詰，天不憖遺一老，將若之何？不面受教已六七年，沅弟入都，令其趨謁門墻，親承訓誨，所欲教於濤者，亦望提示之，使歸述如面命也。文稿一冊，謹注所見，奉還。

復吳辟疆書

去秋讀惠書，承知游覽東國，欲偏交其賢士公卿，而周知其政俗術業，以廣吾學，甚盛！甚盛！後又得所為論說數首，文辭益高，人咸謂遠游之效，濤則以為得力於古者愈深。

新學方興，而吾道有賴，至為慶幸。往者時會未至，有言新學者，輒為世所詬病；今朝廷欲以外國學制育才，而取其政藝之說試士，學猶未立，而趨時之士或走四方以求師，爭購西書惟恐不及，民智漸開，世運可轉，此固憂時者所深喜，其憂之尤深者乃又喜而繼之以悲。何也？朝廷既倡道天下以新學矣，中國之書雖未遽廢，執必有所偏重，其修舊業者不過如胥吏之考故事，幕賓之讀律法，俗儒采集性理之說耳。先聖昔賢之所撰著，通人志士之所編摩，其精神意趣多寓於文字之閒，文字至深難知，以世知重之而好者之多也，而能之者乃僅閒世而一遇。今乃以胥吏之故事、幕賓之律法、俗儒之性理當之，吾恐秦漢以來，知文之士遙承迭嬗流衍於數千年之閒幾絕，而復續者將遂掃地以盡。

夫西國之學今勝於古，學者皆用，見行文字，數十年前好古之士乃兼習臘丁，今則學者皆習臘丁，其好古者乃遞上而及埃及，而於古希臘及羅馬人所著書尤加愛重。新學日益興，好古日益甚，彼豈侈為淹博，視同玩好，以供耳目之娛哉？亦以今日所刱獲之理，或由往藉所論載，遞推旁觸而得之，故紬繹之而不能窮其蘊也。今中國之學百不逮古，而於古人之書反淡漠遇之，聽其廢墜而不為之所，豈不大可悲乎！吾師逆知其將然也，故於士狃舊習時，輒以新學啓迪後進，既知變矣，則又急起而持之，以防中學之廢。大賢閔世之苦衷，固學者所宜深體而急圖者也。雖然，人之才知至不齊也，向無他說之奪所守，而能與於斯事者，曾無幾人。今方汲汲焉惟新是謀，其於舊業雖欲不為胥吏、幕賓、俗儒所為，不可得也。閎博通敏之才力能兼顧，得不以文之在茲而引為己任乎？且道無古今也，無中外也，學焉已矣。吾學已精，而彼學之奧窔乃得而窺尋，既藉彼以擴充吾學，而竟乎其量，彼學且因以愈顯，不能者竝營而兩失，能者相得而益章，此吾學有功新學之尤宜特重，而非狃於故習者比也。

足下識高而才鉅，力果而志堅，尚友百世，采風異域，兼收博儲，使出一治，固無古今中外之可言矣。文章天下公器，自今日觀之，已為吾師家事，傳襲授受，外人不得與聞，而猶以區區之說進者，屢蒙師訓，輒以存中學為言。自顧衰廢難與有為，然猶不敢自外，故私撰其說以進質耳，非謂足下之事業，尚待他人之敦勉也。萬里之外以身為本，宿病良已，亦宜加慎。

劉太夫人墓志銘

太子少保、兵部尚書、直隸總督項城袁公世凱，治內交外，聲烈赫喧，朝野交推，尚書則曰：『是吾母劉太夫人所教誡以責於余，而余所恪遵而不能無憾者也。』太夫人為贈光祿大夫諱保中之繼室，光祿公所欲為於家輒助之成，有事於外則獨任家政，光祿公沒，率其初志不怠。王姑壽百歲，姑亦年八十餘，唯諾左右，久而彌虔，沒治喪祭，動依古經，治家有條法，雝雝秩秩，豐儉中程，稱其家族。尤善教子，子六人，長世敦，前室劉太夫人出；次世昌，早卒； 次世廉，直隸候補道； 次即尚書，出後從父； 次世輔，知府； 次世彤，郎中，皆秉母教，學行交砥。其服官則督責之益嚴，而不累以家事，尚書由是以身許國，所莅有聲，治兵天津，遂成勁旅，巡撫山東，舊俗大改。

光緒二十六年外衅開，天津淪沒，京師不守，兩宫西幸，太夫人時就養山東，戒之曰：『所不能固封守、復國家所亡失，迎還兩宫者，非吾子矣！』尚書於是斥邪鋤姦，以息囂尨，外兵不犯所部，定互保之約，東南不驚。明年四月二十九日，太夫人以疾卒，年七十有幾。時和議甫定，而外兵未退，兩宫未還，臨終顧曰：『吾目猶未瞑也。』尚書再疏，請回籍治喪，優詔不許，命仍署理。巡撫李文忠公沒，署直隸總督、北洋大臣，迎兩宫於順德，扈蹕還京，而索還天津甚力。明年還津議定，復疏請終制，詔仍不許，降服期滿，補授直隸總督、北洋大臣。天津還，移駐舊治所，將大革興，以新政化，衆咸稱慶，尚書泣曰：『太夫人不及見矣！』尚書既為國重臣，中外依賴，而尚書之兄世廉以防河治軍發聞河北，其弟世輔亦以屢參軍事有能名，世彤隨使臣至英法諸國，通知外事，蓋皆承太夫人之志而竭慮效忠以勞王事也。

太夫人主持袁氏門戶，仰事俯育，周旋五世，數十年如一日。其始也，鄉邑稱賢婦，及其後，而天下頌賢母焉。前室劉太夫人遺二女，長適某縣候選直隸州知州王慶霖，次適同縣附生周鴻儒。孫十九人，克明、克定、克勤、克成、克莊、克正、克勔、克讓、克劭、克暄、克智、克綸、克環、克昭、克善、克端、克權、克誠、克德。天津既還，國事大定，卜葬有日矣，尚書將固請於朝，賞假歸里，以伸哀慕，而令武強賀濤為墓銘。銘曰：

項城之袁，代有名宦。端敏在軍，威攝淮汴。司寇拯災，夾河歡忭。繼者尚書，聲益溢衍。世高其勳，推而不有。匪我之能，秉成於母。母命伊何，勤而官守。事難而疑，母曰趣就。義所宜爾，何知後咎？ 盛氣以胥，母曰恐謬。道或在柔，恃剛不久。奉而弗失，功與時遭。母豈自賢，天子所褒。而母有教，予選爾勞。母其往矣，乃心王朝。予且爾賴，留尹我郊。母願則奢，未觀厥成。尚書被命，以惕以驚。卒如所期，用報先靈。詔予告歸，鑑厥哀誠。九京有喜，雖死猶生。世勸忠孝，其考我銘。

巍堂先生八十三壽序

古之儒者恥言貨利，其著書論事以不治生產、困於窮餓為高節，而術能致富者則不暇深論，或從而譏諷之，以拙催科、釋逋租庸，人所勉能者為良吏，而計臣所設施，後世襲其迹而利用之者，反追咎於始作之人。國論習而不改，二三千年來，儒者託意高遠，而國家時有貧乏之憂，無惑也。今世變日亟，國用益絀，窮而思變矣。朝廷既以財政為急，取西國之法而擇行之。士大夫亦回心易慮，汲汲焉以利國為要圖，而其效乃未能遽著。關榷者，財政之大端也，而借才異域，久之不得替人，論者至欲使曹官遊學西國，求其所謂計學者，歸而效用國家，豈非以綜覈榷算之才不易得，而其術非專門之業不能精與？

我從兄巍堂先生自弱冠領家事，即以善居積著稱，疾舒侈斂，中竅協機，孳乳挹注，與時變動，匄其資以居市廛者，棊佈於百數十里閒，歲上計簿，披冊以稽，情狀發露，莫得遯隱，家始少有，月累歲增，遂以饒給。其術之精，而效之驗白如此，向惟世所不重，故所施者狹，而稱之者少耳。今非先生之時乎？而先生則既老矣。光緒二十九年，先生年八十有三，將以某月日稱觴於家，先生之子嘉栴屬濤為侑觴之辭。初先生之兄允吉先生以道德文學里居教授，自吾父與叔父以至濤兄弟皆從問學，而有事則取決於先生。濤既久從允吉先生游，又數受先生教戒，嘗思有以報之，稱述家慶，以致其私，固所樂為。先生教於家施於鄉者多庸行，閭里所謂善人皆能之，不足道，舉所獨擅而有關於今日學術之大者表揚之，亦先生之志也。

先生性激烈，其論世事，主維新之說，有言變法者輒喜，或為異論，則發怒罵之。抱濟世之略，有憂世之志，而無其時；時至矣，而年老不克有所施為，此可為深惜者也。然猶幸有其時焉，雖不復為時用，尚得襮所長於人而還以自慰，若仍如曩者之習於舊說，則雖好妄言如濤，亦將有所畏避而不敢道，恐為儒者所擯也。

書說易說序 癸卯

以書契易言語，命萬事萬理而通其意於人，使之行遠而垂久，其搆體離辭必有法焉，所謂文也。文之用至廣，經者羣聖人所作其至焉者也，神志所措注，旨趣所流溢，既一寄之於文，卽文以求之，如親與羣聖人相接對，瞻容色，聽聲氣而唯諾於其前焉，更何有揣測之勞，扞格之患？古之學者用力少而成功多，豈不以此也與！羣經散亡，師傳中絕，訓詁、義理兩家迭起而爭勝。訓詁討故，義理發幽，二者固說經者所有事，然不能切究乎法，而心知其意，徒曰釋詞闡理而已，是析薪者不杝，而稱物者手制其權衡也，雖有得焉，所不合固已多矣。是故欲窮經者必求通其意，而欲通其意必先知其文，文從而後辭獲所安，俯仰無所戾，義與事比，出入不離宗，求肖乎經而止，經之意之寄於文者，其法蓋如是也。

濤久從桐城吳先生游，先生所為文嘗得受而讀之，其言古今箸述，往往論及其文，亦嘗數聞其語矣，而所箸書說、易說則固未之見焉。既得目病，遂以終不獲讀為恨。先生有子曰闓生，游學日本，將於日本印行其書，以書抵濤屬為序。其言曰：『書說宗太史公，易說宗揚子雲，二書子或未見，當以意求之。』太史公、揚子雲固非孤抱一經，如後世所稱經生者也，而太史公書繼春秋而作，其取尚書以敍虞、夏、商、周之事，能以意增損其文；揚子雲覃思大道，其箸太玄乃上儗周易。二子之文既庶幾乎聖者之作，其於經必有默契於微，而獨得其眞者。先生文法二子，卽二子所得於經者進而求之，知必非二家所能及。

濤譾陋，不足與於茲事，而闓生之稱先生之書與素所聞於先生者有合，故敢臆決其說如此。闓生又述先生之言曰：『吾於古今衆說無所不采，亦無所不掃。』然則先生於二子雖尊尚之，固未嘗拘拘焉固守其藩籬，而不敢馳乎域外也，儻更有陵駕乎二子之上者，則益非濤之所敢知矣。

吳先生行狀

先生諱汝綸，字摯甫，姓吳氏，安徽桐城人。曾祖諱太和，候選府經歷。祖諱廷森。父諱元甲，以諸生舉孝廉方正，武昌張廉卿先生嘗銘其墓，所謂吳徵君者也，母氏馬，其卒也，張先生又有馬太淑人祔葬之誌。自先生貴，封贈兩世如其官。先生幼喜讀書，少長以文章見知於曾文正公，遂從曾公受學。同治甲子舉於鄉，乙丑成進士，文端公倭仁見其廷試策而奇之，拔置一甲。先是今湖廣總督南皮張公以弟三人及第，其策不用當時體，先生所為策其體亦異，某公曰此有所效而為之者，抑置三甲，以中書用。曾公督兩江，奏調先生至金陵，移督直隸，又調先生北來，補深州直隸州知州，以父憂歸，又丁母憂，服除，署天津府知府，補冀州。

先生之言曰：『不可於上守吾法，不可於法利吾民，不可於民行吾志與學。』故其為政，可博美名、取上考，而實無裨於民且擾之者，一不厝意；逆民之情，實則利之，則毅然而行，雖觸上官之怒不顧也。初治深，布政使錢敏肅公令復廢倉積穀，州縣趨為之，先生為言其弊，以為擾民，獨置不復。州舊有義學二百四十餘區，其學田豪民攘有之，前知州多注意於此，屢變其法而弊不除。先生曰：『上務其名，民私其利，不責實之過也。』乃廢義學，沒入其田千四百餘畝，歸之書院，又為書院追償二十年逋負五千金，厚給師生，廣置書籍，而書院以興。道光初，議均減繇役，知州張杰以為宜用攤丁法，均之田畝，乃三分所轄村而更取之。同治十二年謁東陵，吏以故事白，先生曰：『均繇於畝，張杰之議善矣，村戶改變不常，而班分而更取，仍以故籍為率，猶之不均也。』於是統境內田畝，依徵糧冊而一均之，而均繇之法遂簡易而無弊，垂為永式焉。

其在冀，開冀衡六十里之渠，洩積水於滏，變沮洳斥鹵之田為膏腴者且十萬畝。時財用匱竭，官錢不易得，先生既上言大府以請，苟可出力以助吾謀者，無不通以書，情感埶劫，與相違復，牘牒書問日數十發，卒得白金十萬兩，而功以成。功之未成，先生與人書曰：『百計哀求，情同無賴。』既成，則又曰：『吾於事百無一能。

至於籌欵，可謂有作金之術矣。』其於書院如在深州時，故二州人士皆知務實學。先生在冀久，成材尤多，兩書院遂為畿輔冠。冀之役法，合若干村為一官村，官村歲出錢若干，官取之官村，官村村取之，村戶取之，官不問也，已有不均之患。村之豐嗇、戶之貧富，今昔不同，而官與官村之遞相科斂者不改其舊，而民之苦樂遂至夐絕。先生一以深州均繇之法均之，民以為便。在深代游公智開，在冀代李公秉衡，皆世所稱廉能吏也，而今之稱道先生所為者不容口，於二公之治顧忽焉若忘，以先生所施皆實政也。

先生既受學曾公，曾公國士目之，與聞大謀，輒為草奏，李文忠公代曾公總督直隸，尤倚重焉。與外國互市通好之始，中國人不知外事，動輒召侮受欺，李公出而外交之道始明，其後交際事繁，有疑難必取決於李公，故外交之政皆所建立。而仿效西法，歲有興改，其造端發難惟先生是咨，而以章奏屬之。張靖達公、劉壯肅公亦皆虛懷接納，訪以救時所急。中國建築鐵路，劉公發其端，先生實勸之，其疏，先生所屬藁也。先生數與諸公議天下事，既行其言矣，顧不樂仕進，在冀八年，引疾乞退。李公繫時安危，故先生竭誠贊畫，知無不言，數為李公辨謗，遭口語，而未嘗有所求，嘗一入幕府，已而辭不往。李公以先生天下才，說從計聽，其居官所請無不允，屢欲薦之，而先生辭，不強，故先生入仕二十年未嘗遷官增秩，而品服如初。及乞退，李公問其故，先生曰無仕宦才，李公笑曰：『才則有餘，性剛不能與俗諧耳。』先生笑不言，遂聽其去官，而留主蓮池書院，其倚辨於先生者如前。李公失埶，先生為盡力有加於初，故祭李公文有曰：『不佞在門，或仕或止，跡疏意親，謂公知己。』嗚呼，賢者之相與固不易測度哉！

先生之學無所不窮究，而以能濟時變為歸宿。於古人書率以文衡之，以謂文者精神志趣寄焉，不得其精神志趣，則辭之輕重、緩急、離合失其宜，而不能得其要領，或悖其旨而旁趨。又嘗言古人箸書，未有無所為而謾言道理者，故治羣經子史，必因文以求其意，於古今眾說無所不采，亦無所不掃。文法司馬子長，旁逮諸家，以極其變，其論事之文，無高論膚說，不為苟快意之詞，必使言之可行，行之可久。海外諸國近百年中，日出其所得新理施之政事，遂致富強，挾其術東來，相逼日甚，中國相沿之政俗不足以當之，非講求其術，殆無以自立。三十年前，先生固嘗以新學倡天下矣，近更旁摎廣取，窮險闡幽，大暢厥旨，而文益博奧醇懿。侯官嚴幼陵先生博學能古文，精通外國語言文字，所譯西書，自譯書以來蓋未有能及之者，而必就質於先生，先生每為審正，輒退而服，曰非所及也。其教人既以古學進之，又必語以當世之務，奪其舊習。故自外交事起，士大夫毀所不見，以無所挾之驕、不自量之憤為進退失據之說，謂之正論，散布於朝野上下閒，使當事者有所牽率，不敢恣所為。民氣亦因之不靖，禍亂屢生。而從先生游者則類能通知世變，不為時論所淆，而以息囂庬、啟愚昧為己任，於古學亦能破除庸陋，以所獨得發為文章。先生於學者引掖獎薦，既出於至誠，故學者多樂從，而愛慕之意久而彌篤。在保定十餘年，深、冀之人歲時往謁者不絕於途，嘗有急需，二州人醵金以進，先生不能卻也。

光緒二十六年，外釁開，諸國兵竝至，京師不守。先生避地至深，李公受命與諸國議和，以書招先生，先生遂至京師。和議成，天子憂世變之靡有屆也，大新庶政，與天下更始，而以作育人才為先，詔天下用西國法立學，建大學於京師以統攝之，而命吏部尚書長沙張公為管學大臣。於是張公聘先生為大學總教習，先生辭，固請不可，直隸薦紳魏鐘瀚等千二百人上書先生，請就張公之聘，猶未應也。張公欲遂其事，遽聞於朝，天子許之，命以五品京堂充大學總教習。先生既受命，思報張公之知遇，而慮學校初立，其法未能盡善也，日本用西法久，學制尤明備，自請赴日本考求之。既至，自長崎、神戶、大阪與東西京所有之學校，無不往也；自文部大臣以及教師、學徒與凡以教育名家者，無不晤語也；自大學下至村町之學，其學地、學舍、與於學事之人、學所應具之器物，無不博稽而詳察也；教授之法、論學之旨則必深求其所以然之故。求而不得，思之至困，日行數十里，日接數十人，而文部聽講尤必日至不少閒。舉所聞見之涉乎學制者，編以為東游叢錄，既備既精。在日本凡百日而歸，便道還桐城，至數日又如安慶，謀立桐城小學堂，議定乃還。還數日而病，病數日而卒，二十九年正月十二日也，春秋六十有四。

先生聲播中外，歐美名流皆喜與過從，推為東方一人。日本人尤信慕，學者或航海西來，執弟子禮受業，其居中國者無不造門請見，贈珍物通殷勤，而乞詩文以夸示其國。及先生東渡，傾一國人無貴賤男女皆以得一見為幸，更進迭來，或伺候言動以登，報紙有譏其國人趨謁不時使不得休息為不愛客者。其國君亦延見致敬愛，而有識之徒則爭出所有自効，曰：『吾國維新之初，號稱多才，無先生比者，見所纂錄，則又以為吾國人自為論次不能如此精審。』先生之始至，其士大夫及中國人之居游是邦者，結會相迎，謂之歡迎會。及其卒，則又相與弔祭為追悼會云。

先生友于兄弟，伯兄病，屏去僕役，躬執煩辱；季弟病羸，服食藥餌必具必精，茍可以娛其意，竭財力為之，得閒則守視不去，積十餘年不怠。叔弟官山東亦多病，先生時在保定，歲走千里往省之，為經紀其公私所應為者。兄弟沒，孤寡皆依焉。配汪氏，封淑人。女四人，長適直隸候補知縣薛翼運，次適舉人汪應張，次適翰林院編修湖南學政柯劭忞，次適直隸候補知縣王光鸞。側室歐氏。子闓生，年少有軼才，游學日本，學且成矣，聞先生病乃歸。女一。所箸書有書說三卷、易說二卷、寫定尚書一卷、詩文集五卷、深州風土記二十卷、日記十二卷、東游叢錄四卷。所讀書皆章乙句絕，其文辭之美者以丹黃識別之，而評隲其醇疵高下，其考證校勘亦雜識其中，書數萬卷皆有手迹。

先生雖不樂久宦，未嘗以忘世為高，李公事業嘗以所學濟之，又將佐張公以新教法，雖未獲竟其志，聲光所被已足增重國家，激厲士氣，而所采錄，法明義闡，尤可據以措施，厥功偉矣。其吏治，於法不必書，而紀二州政蹟必詳且盡者，二州人皆以先生私我，輒欲私報之，故備書焉，以慰我二州人之私也。門人賀濤謹撰。

吴先生墓表

海西諸國以新學強，其政治、藝術皆出於學；吾國學不加修，仿行其法，久之不效，而見逼日甚。庚子亂後，天子銳圖自強，興革庶政，而以學育才，詔用西國法，立大學於京師，府縣以次建設，命吏部尚書長沙張公為管學大臣。張公為大學求師，薦桐城吳先生於朝，命以五品京堂為大學總教習。望治向學識時務之士皆謂新政之行必先立學，而立學莫急得師，聞先生教習大學，則相與鼓舞忭慰，如政已成。先生往日本考求學制，歸未及至大學而卒，則又相與堙鬱歎悼，如學未立。

先生之學不名一家，博采無我，自信則不知有人，孯討往籍，攻堅發幽，文從意顯，厭乎人人之心。論世事主變法之說，三十年前吾國不知外事之時，固已究攷西學，因事託意，發為文章，西書日多，學益博奧精邃，尤屬意詞章，所箸述不標體格，而必以太史氏、韓氏之法行之。於古書既因文以通其意，又謂西書體例近於漢人之纂箸，惜吾國之譯書者弇鄙不文，不能傳載其意，故嘗以詞章之說教人。世運既變，學術隨遷，新舊乘除，就此遺彼，甚或兩傷，弊且中於國事。先生則揉而和之，破其拘攣，斂其浮誕，相得而不相奪。立學之始，得先生為之師，學收其效，法乃可更，而先生遽卒，此固運會盛衰之所繫，而望治向學識時務之士所同悲者也。

先生諱汝綸，字摯甫，初見知於曾文正公、李文忠公，嘗佐其幕，二公謀國偉略皆與知之，為草章奏，而與李公交最久。咸同以來，西國東漸之埶日盛，事變紛起，情偽百出，古所未有，鄙儒疑怪，舞筆鼓舌。李公獨執國柄，中外叢責，先生左右其閒，決疑發難，輒引其端而持其後，前後歷三十年，李公卒能忍尤肩鉅，支拄危局。先生性剛，不能屈意於人，故不樂久宦，既釋褐，知深、冀二州，未幾棄去，而在二州所設施皆有百年之利，世號為良吏者所不肯為。善待士，在冀得士尤多，每有興作，所得士竭智能、憊精力，日夜馳騖不倦，深人亦來，受役與均。先生曰：『有事諸君勸趨，而吏此者反安坐享其成，吾甚愧之。』去冀主講蓮池書院，二州人歲時請問不絕，有疑必咨焉，於先生事則分任其勞，常醵金以赴先生之急，先生力卻之，不發視，冀人在保定者卽以其金應先生所需，事已乃白，先生無如何。先生與濤書自言受之有愧，濤復書曰：『先生施德於二州，皆視為固然，未嘗言報，今稍盡人事，而先生乃沾沾於辭受取與閒，是外我二州人也。』先生亦不復言。庚子之亂，避地至深，會法兵將釋憾於深，大府令州刺史急避，刺史去，代者未來，而法兵且至，人心驚皇。先生日行街市以鎮安之，授吾民之從西教者以辭，使說法將，而法兵竟退。冀人亦數以禦患解紛之策來問，先生為籌畫甚詳，二州既免於難，感愛先生益深。先生在官，日以課士勸學為事，退而教授，益思作養人才，效用於時。其教人必使博知世變，易舊所守，故從游之士言論志趣與世俗異。又為延外國師，習外國語文，由是謗議四起，當路亦與齟齬；及亂民造讐外之說，遂將不利吾黨，先生夷然不顧，難作，幾不免，而從游者亦瀕於危。

先生既受張公之聘，以謂諸國學制歲更月修，久而後定，仿其規範，而不能得其精意，恐難見功，故有日本之行。日人素信慕先生，及見先生之來，喜吾國有意圖新，又感先生之勤於所事，而虛己以求也，自文部大臣及以教育名家與凡有事於學之人，爭思有以自效，其立學以來文牘，外人所不得見者，皆出之以備觀采。先生周咨博考，洪纖靡遺，不得於心，則往復質辨，期達厥旨，法難盡從，使度吾可行，改以就我。疲神苦形，至輟餐寢，留百日，竟得其要領以歸。其歸以九月某日，便道旋里，明年正月十二日卒於家，光緒二十九年也，年六十有四。箸有易說二卷、尚書故四卷、寫定尚書一卷、詩文集五卷、深州風土記二十卷、日記十二卷、東游叢錄四卷。

曾祖諱太和，妣氏左。祖諱廷森，妣氏左。父諱元甲，以諸生舉孝廉方正，曾文正公稱其文學，客而館之，妣氏馬。自先生貴，封贈兩世如其官。兄弟四人，先生其仲也，兄弟皆依焉，財用恣所取不問，有疾必自守視，服食藥餌，不假人手，久而不怠。兄弟沒，其妻子在先生所如前。配汪氏，女四人，長適直隸候補知縣薛翼運；次適舉人汪應張；次適翰林院編修湖南學政柯劭忞；績學工詩，先生稱之；次適直隸候補知縣王光鸞。側室歐氏。子闓生，有軼才，能文章，通世務，解外國語文，濤嘗謂新學舊學皆當屬之斯人者也。女一。闓生以書來，將以某月日葬先生於某所，乞為表墓之文。先生志事無待表揚，闓生所為事略，言學術甚精，亦濤所不逮；而不敢以不文辭者，輯纂言行，弟子職也，姑即所見及者述之，盡其職云爾，表揚之事非所敢任也。

謝倬峯墓表甲辰

君諱山壽，字倬峯，姓謝氏，冀州人。曾祖某，附生，妣氏某。祖某，附生，妣氏某。父某，妣氏劉。兄弟三人，君其仲也。少孤，能自力於學，為名諸生。善事母，事無大小，惟母言是聽。有所進於母，竭力以圖，恐母慮其求之難且費財也，輒自言其得之之易，而損其物之直。處兄弟閒，一如母意所欲出。性篤厚而愛人，有善揄揚之，惟恐其不顯；有不善曉以理，不喻曲譬之，必俟其悟而改而後已。人既服君內行，又知其愛我也，皆以善自厲。

桐城吳先生為冀州，以實學課士，濤主其書院講席，州人有事於書院者皆質行君子，相得甚驩，君其一人也。君篤於學，尤與余善，使其弟榮壽受業於余，榮壽故從君學，文行皆可稱。君授徒里中，來學者必使究討古書，不汲汲於科第，一如吳先生課士法，而督行尤嚴，雖小德必防閑之，故從君游者多純篤之士。

君卒於光緒十九年，年四十四，某年月葬於某。妻趙氏。子潤廷，舉人，君沒後亦來受業。潤廷通經術，謹言行，皆家教也。孫樹聲、樹棠。君沒十一年，門人謀表君墓，潤廷以表墓之文來請，余既慕君學行，且嘉其教人之有法也，乃為之詞曰：

西國育才之法有三，曰德育、智育、體育，日本仿而行之，其學科有所謂倫理者，而深識之士乃謂吾國專重智育，有德之士殊少。中國參東西法立學，而諸學所奉行亦皆智育之事，蓋德育云者無課程之可言，學者無所挾以自表暴，教者亦無所據以為旌別。日本行新法久，國益治強，不可謂非學之功，而於所謂德育者猶有憾。中國新立之學規則未備，又烏能獲益於旦暮之閒？故縣其格以為招，而未嘗遽責其實也。德育之難於措立而不易收效蓋如此。然觀謝君教授鄉里，以躬行與學徒相敦勉，而其效顯著，則又不可謂以德育者之無其術也。誠能取其術匡新學所不逮，以身為表，陰驅顯責，未必無成效之可期，日本之譏或者其可免乎？

余久主書院講席，學制既更，仍留不去，愧不能為君所為也，表君之墓，為發斯義以告世之有教人之責者，因以志余咎焉。

吳熙甫先生墓表

先生諱汝純，字熙甫，號斂莽，又自稱玉屏山人，桐城吳氏，吾師摯甫先生之季弟也。幼穎異，喜讀書，七歲能詩，年十二三即以古作者自期，邑人方存之先生講程朱之學，以書與論學術甚辨，方先生以為童子不得妄言，而無以難其說，與吾師書輒自署『四海一人』，蓋用蘇子瞻詩『四海一子由』也。年十五六，所作詩文已編集成帙，詩曰玉屏山人稿，文曰斂莽文集。於其邑先正方氏、姚氏詞章之說皆能得其大旨，吾師奇愛之，以為過其兄遠甚。其後得羸疾，不復撰述，間有所作，不能多也。從吾師於冀州官所，吾師有論箸必與質辨，而評騭人之詩文輒曰吾弟云然，由是以文學謁吾師者皆樂從先生游。濤以師命主冀之書院，尤暱就先生。通州范肯堂以詩、古文雄視一世，每與先生接，抑然自下，不敢恃所長，嘗封寄先生文於張廉卿先生，張先生大奇之，與吾師書曰：『吾不知我摯甫有弟如此也，吾為子賀。』

先生性豪爽，嗜酒善談論，吾師觴客必以先生偕，竟酒猶不令去，曰：『汝倦且臥榻上，汝去客不留也。』久之疾益劇，吾師既以友愛稱天下，於先生疾調護之尤苦。先生自傷其體之困憊，而遺兄以憂也，為冀州唱和詩序述其狀，抒寫其懷，於宴集時示諸客，客皆稱其文，濤默然。先生語人曰：『松坡殆不可此文乎，何無一言也？』人以語濤，濤曰：『余悲之不暇，遑計其他。』文出數月而先生卒，光緒十五年某月日也，年三十七。

吾師哭之慟，祭必以文，其詞哀激，與唱和詩序合觀之，兄弟之相愛與所以相期待者，可謂篤誠而深切矣。而愛之而若或奪之，有所期而若或絕之，神鬼可感，天不我私，則固愛之期之者所無如何，而人世之至可悲恨者也。其秋，柩返故里，其孤千里年未及冠，纂述言行，屬為論次，因循未及為，今且十餘年矣。吾師沒，濤為行狀墓碑，既以新悲觸其舊恨，而千里又以書來，將以某年月日葬先生於某所，請為表墓之文，遂書以遺之，其世系具吾師事中，不復詳。先生配馬氏。子千里，亦好學，痛先人不得竟其學而賫志以沒，嘗以繼述為己任，是可慰先生於地下矣。

書吳辟疆送籍亮儕之日本序後

辟疆以所為送籍亮儕、孫澤蕃、杜顯閣三序視余，蓋因三人之游學日本，而與之論學者也。國家懲科舉之不能得才，立學以造之，人皆以謂學制既備，才且羣興，可操券以待，而辟疆乃私有憂焉。其送籍亮儕也，譏學者之非其才； 送孫澤蕃也，恐不才者冒才； 送杜顯閣也，歎才者之無其時。時固非才者所能自為也，時至矣其才猶可自見，若取才於學而得其冒焉者，則學者非其才矣。夫學以儲才，而招以入學者，乃不惟才之求，徒斤斤於規制之合離，程課之疏密，曰吾將計時而責效焉，其冒才以應之也固宜。既聚非其才者於學，而使之冒以進，則才者或不得與於學，雖學而亦將不能與之爭時，辟疆其知之矣。

或曰外國人無不學，固胥才不才而一以學育之，奚擇焉？ 曰中國始立學，小學縣不過數十人，中學縣不過數人，安得無所擇？ 禍變極矣，欲拯之以學，而促其速成，而遂用之也，更安得不慎所擇？ 況建置之初，徒應以文，不責其實，久而成習，將使國家所創舉一如他律令之奉行故事，而既啟之新機，且復絕，不尤足惜哉？

黄小宋觀察益壯圖記代 乙巳

黄小宋觀察既圖其生平所經為壯游圖矣，庚子以後，國家多事，遭際不常，而觀察已老，乃別名之為益壯圖。當其流連山水，賦詩飲酒，賓友唱酬，令人欲輟己所有事而置身其閒，曠然若不知世變之已亟者。及其勤勞王事，奔走喘汗，啟處不遑，跋涉萬里，不憚險遠，則又令人勃然奮然，欲舉天下事責之當躬焉。由前之說，乃幽棲之士，游心世外，以樂其樂者之所為也； 由後之說，則窺時俯仰，以身殉世，而指取功名者之所為也。而君乃兼而有之，不失己，不忘世，豈非世所稱有道之君子者邪！

某既牽於職事，失其自得之樂，而於其職事，又多所曠廢，而不能勉以圖之，與君年相若，而衰憊若此，聞君益壯之說，能不內省而滋愧乎？

法政學堂記

國家政令頒自朝廷，遞轉而下推，匯而集於州縣，有議而定之者，有舉而措之者，有督而察之者，其攬巨細，躬煩難，責之一身，而無所諉避者，州縣吏也。而今之州縣，無曹掾佐史之分職，無比閭族黨之專官，其服役左右及董率鄉民趨吾期約者，大氐市井粗鄙之才，里巷迂淺之士，又不足與圖吾事，引以自助，乃為幕賓。幕賓者不食於公家，而公事因以舉廢，立於功過之外，而官之功過視其所為，官不可無學，幕賓亦不可無學。署直隸按察使長沙陳公議立法政學堂，以課官吏之待闕於會垣，及學律於司，待應幕賓之聘者。請於大府，大府善之，乃本公議，改舊設專校文藝之課吏館為法政學堂，以課官吏，而司所建學，則專課司之學律者，未學於司而願來受業者亦得與焉。其學建於其居之西偏，經始於某年月日，畢役於某月日，於某月日開學。其課以現行律例為主，而輔以外國法政諸書。自興學以來，立法政專科，自公倡始，而兼課幕賓，則尤為創舉。公命濤記其事，濤曰：

國體不變，官制未更，自督撫以至州縣，皆不得不倚辦幕賓，而一國之事造端州縣，其需幕賓尤急。幕賓非其人，則州縣不治，州縣不治，國政且因以不行，況當變法之始，凡所興立舉無故事之可求，非有濟變之才、徧物之智，不足任守土之責，而為之幕賓者，又烏得不儲應世之具，而遽就人辟聘，而與聞其政事哉？中國州縣千有數百，其幕賓且數千人，使皆顓顓於素所誦習，吾恐千數百州縣中能舉其事者不數數覯也。公知其然，為立學以造之。匡吏治而濟時艱，莫急於此。今修律大臣以新律將頒，無用律之才為慮，乃取法政之學課已入官者，而速其成以待用，若更采公所議，下他行省，使仿行，益廣育才之道，其收效不尤大乎！雖然，玆所論列特倉卒捄時急耳，若其所學之理，則彼列國者統萬有不齊之國俗，百出不窮之事變，迹所自始，測其終極，一以法經緯之，詳考互參，遞更迭改，雖時有潰決之患，久必就我範圍，其事之繁賾，其理之奥邃，為人思慮所不能到，而習而熟之，乃適得乎人心之所安，其微妙至於如此，豈口耳之學，求之期月閒所能得其意乎？意之未得，而持以應事，摭拾補苴以逃責難可耳，固未能卓然獨立，出其所有，禦不可知之變於無窮也。

公之立此學也，其事則課司之學律者，以應世所急需，而公之意則以為法者，吾身與國家共之者也，固盡人當知之，以動其愛國之念，而立吾涉世之準。若特標之以專所學，則尤宜窮探廣涉，既博既精，充乎其量，使隨所遭，皆能以學自見，而有所立焉，以盡吾之職分，豈弟如鄉所云云者哉！濤既承公命為記，因幕賓有關於今日之治道，故論列之，以記其事，而終推衍公之意，為學者勉焉。

書吳虞卿軍門壽詩後代

日俄有事於遼東，朝廷防有他變，徵湖北兵入衛，光緒三十年春，吳虞卿軍門帥所部以來，屯駐通州。軍門為人明爽而溫厚，善書，喜文事，與某交最篤，談讌往來，驩然無閒。軍門初隸淮軍，今湖廣總督南皮張公撫山西時調赴山西，張公督粵、督鄂，一以軍門自隨，而委以治兵之事。淮軍芟夷大難，鞏衛畿疆，為海內所仰望，軍門皆身歷其閒。淮軍廢，各行省皆以外國法勒習兵，而鄂之自強軍最著，軍門實為之統領。在淮軍為後進，在鄂軍為先達，參與戎政凡四十年，勳績炳著，張公數薦之朝。朝廷且大用之，既北來，授浙江定海鎮總兵，仍留近畿，不令之官，而近畿之官民亦敬愛而暱就之，惟恐其去之速也。

明年某署按察使，來保定，軍門寄示其生日所得祝壽詩數十篇，曰：『乞子一言以紀其事。』因為書其後曰：

文武分職，相濟為用，世俗軒輊其閒，遂分畛域，或至兩不相涉，而事多不舉。今朝廷控馭列強，寄權將帥，尚文輕武之習稍稍變矣。而軍門之威德既足厭服眾望，又能以文事與士大夫交，故士大夫皆樂與之游，爭以詩歌頌祝，以表其仰慕之意，一時傳為美談。某獨以為文武諧和，所謀必協，事乃可成，此國家所深賴，豈弟朋好一時投報之私情哉？讀其詩歌，望治之心殷殷然不能自已矣。

送安徽按察使陳公序

吾師桐城吳先生都講蓮池書院時，今按察使長沙陳公嘗守保定，吾師語濤曰：『吾居此久，司道府縣數易官，前後累數十人，與吾氣類相感，惟陳太守耳。』公門人卽墨鄭東甫杲，以質行樸學稱京師，與濤同官刑部，相友善，其言曰：『吾於文學稍知門徑，居官幸無隕越，皆師教也。』濤既聞吾師及東甫之言，輒想慕公之為人，而以未嘗一見為恨。其後濤以目疾家居，不復能自見於世，而公自通永道署按察使，聞而憐之，招之來，一如吾師吾友之相待遇者。居數月，公眞除安徽按察使，將行，謂濤曰：『子既師吳先生而友東甫，若為文以道其生平，慰吾懷舊之念，因以寵吾行，其可乎？』嗚呼！吾師與吾友皆亡，得與吾師之友、吾友之師游處幸矣，今又將別，而思吾師友之情，乃益有觸而發，雖微公命，其能已於言邪？

吾師以性不能諧俗，仕而乞退，而憂時之意往往見於文字。其論兩司之職，以為列國交通，非明達外事，能造謀興業，不足託以封疆，而封疆之任，嘗儲其選於兩司，因歷數疆吏所宜為者責之兩司，謂當習此以待用。今外交事滋益多，而改舊布新，內政亦日以繁重，朝廷以委疆吏，疆吏則分寄之兩司，其擔荷殆與疆吏無異，而公所設施於畿輔者，尤赫赫在人耳目，為四方所取法，於任疆吏乎何有？吾師所言引為己責也久矣。公既與吾師氣類相感，吾師以所學警世而自屏閒處，公則躬為其難，而老而彌奮，吾師所謂『吾二人之相與，固不必遇之以迹』者，不其然與？

東甫志量宏遠，其論學言時事大旨與公略同，蓋亦氣類所感也，不必更為公言。桐城有姚叔節永概者，與東甫交至篤，而吾師之門人也，濤亦與有故舊，今總教安慶大學，公既至，訪以學校事，必深以得人為幸，而歎吾黨之多君子，氣類之感推而益廣，公又何必耿耿於死生離合之際哉？

送吳辟疆序

歐美諸國古無聖哲之主作之君師，故其民多族處羣分而自治，後之有強力者雖能合衆羣以建國家，而歸其統攝者乃惟兵刑，其餘權利，國家不能奪之民也。民既有自治之權，故其智漸啟，而德日進，民德進，國政亦遂隨民而變，而日即於強。中國聖人取民身家所有事為區處條理，而垂之令典，民便安之，一從上命唯謹，久而成習，雖不悅於政，而無異議生於其閒。故自有國政以來，歷數千年，而民之愚如故。民不知變，國政亦遂後先沿襲，莫之或更，而日即於弱。

今列強環伺，時迫埶危，朝廷銳圖自強，將采西國法仿行之，以滌舊習，吾則以為國政與民德相消長者也。西國之法恆由民變，掇其既變者，加之不變之民，不善為之，效猶未睹，弊且迭生，適自累耳，欲求無弊，必觀民德。桐城吳君辟疆識高學博，志銳而量閎，抱濟世之略，而無所遇以試其才，考求政治大臣商部左丞紹公招與西游，用自附益，可謂知人。辟疆於西國政治討論有素矣，故於其行也，更以民德之說進。民德者，羣情之發見，隨時隨地而著為風習者也，其事至雜而難覈，其理至隱而難窮，然不訊其端末，而泛言治術，則必倚於一偏，狃於當竟，不能究國政所由立，而逆測利害於將來。西儒欲定羣學為專科，以為較他科學尤難，而不可不深求者，正為此也。儻能用治羣學之法，攬歐美國政，與其民德參觀之，而求其所以偕進之故，推前驗後，洪纖靡遺，歸而察吾民之狀態，而論其所宜設施，及其先後緩急之序，為行新政之一助，庶幾其效可期。微辟疆誰與領此？至其政治之顯著者，則互市通好後，往外國者接踵，而使臣及留學諸生且久於其國，固已識其庢略，今又特簡大臣四出訪詢，更不患不得其翔實，又何必諄諄焉復以此責我辟疆乎？雖紹公之欲藉助於辟疆者，吾亦知其不在此也。

題陳少室先生印存

自有書契以來，文字之體屢變，而舊體輒以沿用復存。漢時用六體書試，學者以摹印章，因之有篆刻之學，其工者至與詩歌、書、畫同為不朽盛業，而古法亦遂藉以綿延於不絕。獻縣多文學之彥，道咸之閒以藝術名者肩比踵接，而陳少室先生篆刻之學尤為世所稱重。先生學有根柢，與同時諸名宿以文采相矜飾，凡所纂造，皆追摹古昔，後進之士咸慕效之。

新學既興，士習一變，六經且視同芻狗，凡事之近於古者，必欲屏絕之以為快，諸老風流恐遂衰歇。牛君芳九官戶部，有能名，既通知世務，探討新學矣，而於其邑先正所留遺，乃益加護惜，閒出少室先生所鐫司空圖《詩品》紙本見示，屬為題識。嗚呼！牛君之意豈以是為耳目之娛哉？存古之思將於是乎在，反復玩視，為之神往焉。

卷四

尚君采章六十五壽序丙午

桐城吳先生為冀州時提倡文教，取州及所屬縣聰俊之士，聚之書院，課以經史古文有用之學。其老成宿望，里居不仕者亦必羅而致之，任以書院事。班更歲代，互引偕進，前後得數十人。政教所宜興革，禮俗所宜勸戒，恆詢之此數十人者，而即以其事委之。余應吳先生之招主書院講席，獲與此數十人者相周旋。每校士之期，此數十人者畢來論學議事，略尊卑之分，泯主客之迹，黜彼我之見，翕然歡然，不知其孰為官，孰為士，孰為賓師也。而生徒執業其中者，亦相與維繫如一家，各以所聞見傳播鄉里，故其時冀屬多善政，習俗為之一變，而吳先生亦嘗以得人自喜。

衡水尚采章先生，其一人也。先生才敏而性和，縣有公事輒就諮訪，及在冀，益為衆論所歸。先生之子椿莪逢春亦來受學，其為人一秉父教，而所學則步趨吳先生，諸生皆樂與遊，余亦以得內交尚氏父子閒為幸。吳先生去後，書院舊人或物故，或以事他往，其留者三數人而已，而先生猶任事不怠，十餘年閒，吳先生風教賴以永存而不墜，先生與有力焉。新學興，書院廢，先生既退，余亦以疾自謝去，冀人不接於余之耳目久矣。光緒三十一年，余至京師，冀人仕京朝者十餘人，強半為舊日生徒，而逢春官內閣中書，聞余至，皆大喜過望，依戀之情有逾疇曩。余數從問先生起居，皆言先生年六十五，神明弗衰，為一方所信仗如故。鄉人感慕，將以明年某月日先生誕辰稱慶於其家，乞余為祝嘏之詞。余在京帀月而歸，逢春改官山西，亦且去，謂余曰：『文成，寄我州人之在京者，聽其所為，吾弗與焉，此我州人之志。』蓋自吳先生之教行，冀之士夫能以學問相援結，而先生父子性行又足以悅服之，故戚休與同，慶先生如自慶也。

今者學校訓廸之法、董理之術，蓋視往制加詳，而建立之初，人未貫習，殆於埶，而勉強為之，掇拾補苴以逃責難，雖號稱美備，而昔時誠樸敦睦之風稍衰替矣。匪獨學校，凡新政之令州縣自為者，亦往往類此，其收效也固難。先生雖老，不復思為世用，而繫屬鄉里能輯洽其心，使相助為理，如近世所謂團體者，所補益於政俗實大，宜鄉人之尸祝之也。而余追念舊游，感懷世變，又烏能默無言乎？

書天津徐氏族譜後

天津徐尚書以續修族譜槀本視濤，屬為刊正，將以鋟板。濤命兒子葆眞校其譌誤，而質其所疑，既畢役，為余言譜之義例，誦說其詞，而白其所標識者。余既稍為更定，乃益抒胸所素蓄，命葆眞書其後。

徐氏自北遷以來，世有名績可紀，至巡撫公而益大。族譜所創為也，其敘述先德洪纖靡遺，而訓後之詞采錄尤備，懇懇乎若惟恐子孫之弗克遵守也。嗚呼！達官貴人志得氣盛，往往厭薄前人言行，以為迂淺不足道。巡撫公歷官中外，聲施爛然，而撫念前人如此，徐氏之久且益昌宜也。今朝廷變法自強，以西國新學詔天下，而浮動之士於所學猶未及深求，輒捃摭所聞西事以自矜詡，遂欲有所施行，其傳自往昔為人生所必由、古今中外莫能易者，則或以其為中國舊說，必欲削除之以為快，視鄉所稱厭薄前人者殆又甚焉。以其所挾，恣所欲為，身與家且慮顛隕，遑問國乎！尚書始以西國法治兵，遂參國政，及入直軍機，益以維新為己任，而巡警部之立，又首命尚書掌之。舉新政而責之一身，凡所推施，既燦然可睹矣，及觀其退處於家，方循循然恐或悖乎先訓，汲汲然以纂輯世德為急務。非施於家與施於國者異也，將變所趨，必定所守，守之愈牢，趨之彌猛，惟其有定力而守其舊而不變也，乃能於所當變者遭疑阻而不撓，銳進而不知止，而果有成效之可期也，此豈獨纘徐氏之緒，而益昌大其門哉？繫國家實利賴之。至若服習舊德，恭謹自將，而身列高位，不能與朝廷大議，如太史公所譏萬石君子孫者，固知為尚書所不取也，亦豈巡撫公創為族譜之意哉！

跋紀文達公詩草卷子代

科舉之不能得人固也，然自古魁人傑士亦未嘗不出於其閒，特患主試者非其人，而取之不加慎耳。 觀河閒紀文達公主會試時所為詩，旨深而辭婉，若惟恐眞才之或遺，而歉然不敢自信，故其得人為最盛。 諸公題辭詩後，亦莫不服其愛才之誠、拔取之慎，而稱說之不已。

典試之官誠能體文達愛才之意，而一如諸公所言，科舉之弊必不至如今日之甚也。 今科舉既廢，取才於學校，視向之搜索於冥冥之中者，則有閒矣，然苟未能究考其所習之業，而省試之嚴且勤，則亦無由判其淺深離合，其去搜索於冥冥之中也幾何？ 新法甫立，而舊習猶閒起而乘之，將使吾法不效，此非有事於學校者所尤宜加意者乎？ 兵學不隸於學部，獨領於練兵大臣，予既會辦練兵事宜，則亦與有作人之責，又因以自警焉。

題江樓送別圖

吾觀古人之詩，或當無事之時，愁思憤怨，戚然若無以為歡者； 而事運舛乖，則又或高矚遐思，蛻乎塵垢之外。 豈其憂樂大遠於恆情哉？ 禍患所伏，深識者逆睹之，故常託物以寄慨，而其曠逸之懷，淡遠之志，則雖蹈艱危，躬勞悴，必思有以陶寫而宣暢之，而不肯失吾素。 古之名能詩者類然，憂人所不及憂，於世事乃能有所補救； 樂人所不及樂，而後氣和意暇，應世變而神志不紛。

巡警部尚書天津徐公為編修時，嘗有事武昌，其歸也，湖廣總督南皮張公祖行於文昌門外之臨江樓。 既歸，而為江樓送別圖，光緒二十三年也。 二十六年十月，乃賦詩十章紀其事。 大亂未定，人心憂皇，視在武昌時如隔世矣，而公詩追述舊遊，若目前事，豈所謂樂人所不能樂者與？ 其後三四年閒，由編修擢至巡警部尚書，入直樞廷，兼領諸要政，遂為國家重臣。 三十二年，濤主公家，公手此圖命為題識，且示以所為詩，曰： 『自吾為此詩後，廢唫詠者數年矣。』 察其意，似以不暇為詩為恨，而自誦其詩，解說旨趣，意興猶昔也。 蹈艱危，躬勞悴，而不失其素如此，其能荷國家重任又何疑哉！

濤衰老且疾廢矣，聞公之言，讀公之詩，而察其所為，猶為之意遠而神王也。 武強賀濤撰，代濤書者某也。

題御製十臣贊冊

天津徐尚書以高宗御製十臣贊冊示濤，屬為題其後。此冊乃汪公承霈書，以壽章佳文恪公，藏於今廣東提學使于公家，尚書見而好之，而于公又舉以壽尚書者也。

當乾隆時，方内清平，百度畢張，國家無事，天子與廷臣以文字唱和，媲古賡歌，而公卿疇酢往來，亦皆以古賢臣相敦勉，何其盛與！及今百有餘年矣。世變日急，循舊不足以為治，將取古法而更張之，而鋭志謀新之士乃究其積衰之故，謂法之不善，古人實使之然，而痛詆之，不遺餘力。夫立法亦各以其時耳，時改法廢可也，而遂追咎於古之人，則過矣。誠使彼十臣者生當今世，其因時適變，豈必不逮後賢，而其以忠誠謀國，以勤篤任事，為理之所不可變者，後賢果能易一說以爭勝乎？無定識於中，而憤時横議，皆客氣也。客氣用事，則發大難，決大疑，皆將恣意所欲為，而不思善其後，恐或有潰裂而不可收拾之虞。然則尚書之有慕古人，及于公之所以為壽，視無事時以古人相敦勉，其用意尤深切矣。體此意而堅持之，新政其可興乎！

濤悶人之激而失平，而鹵莽從事也，故承尚書之命，而舉所窺測於尚書者，發其凡，俾覽者明辨而慎思焉。

劉太恭人八十壽序

新安李君占甲子芳，以光緒三十二年某月日，為其母劉太恭人八十壽辰，將稱觴於家，介其邑人楊秋泉舍人徵文於余，曰：『贈公早沒，家貧，姑老疾，子芳甫六歲耳，太恭人獨立撑拄，艱苦數十年，事親以孝聞，撫孤子成立，資給日豐，獲旌於朝。里人稱頌，大率以此，而其大過人之識，則有人不及知者。子芳性聰敏，喜讀書，年十四，能應童子試矣，以家貧，不忍母之劬勞，請學為商，太恭人曰：「若不背詩、書之訓，畢精力於所學，克自表見於世，商與儒奚擇焉？」子芳遂棄儒就商，劬學不怠，其後以内閣供事，累敘知州，加四品銜。且就官，太恭人曰：「人貴不忘本，以此始，亦必以終，苟有補於世，商與官奚擇焉？」子芳由是一意於商，業益昌大，義所應爾，窮知斥財，不少顧惜。遠近慕悅，言李君可信仗也。』舍人之言如是，是足以壽太恭人矣。

古無賤商之說也，周時特厚遇之。諸侯就國，輒與商俱，庸次比耦，世守盟誓，以相信而相保。其有知略者至能出私財為國捍患而涉險，以急公卿之難。國家既與為一體，彼即與同戚休，至於以獲為施，凡百營為，資以辦治，雖其固有之能事，亦由國家保衛之，使得極力所至而章其功也。故其時窮鄉賤人苟能以財自侈，常獲尊禮於朝廷，而賢士功臣亦往往藉此以行其德，而布揚其名。漢雖有賤商之律，實則陰重之。武帝時遂登用其人，恣所欲為，而國之艱困以濟，其見重於世如此，人之勸而趨之也固宜。雖然，太史公嘗深探其術矣，所為貨殖傳窮物情，究事變，既博既奧，貫徹天人，此豈盡人而能者哉？非殫精竭慮以孿求之，固不能盡其義而竟其用，故曰：不足於知勇仁強，雖欲學吾術，終不告之。又曰：能試有所長，非苟而已也。此其為學，雖儒者之致力於身心家國，何以遠過？而其效功於世如前所稱引，雖坐市列肆，與夫履高位、操利權、維繫於朝野間者，又何以異哉？況即委其人以國事者乎！

漢以後士論漸高，薄商賈所行為污辱，而斥而遠之，於是廢著積居之事，乃專屬之浮偽淺躁之徒，急微利於目前，以幸獲為得計，無深湛之思，久大之略，其事既與國無涉，而業此者亦遂無學之可言。商之見輕於世且二千年矣！

今環海諸國以商業為經國大計，自天時、地理、物產、政俗及一切事物之分科以治者，無不畢匯其理而消息之，以出納吾貨，而商學以名。學彌精，則業彌廣，內治外交之道皆得藉以恢張；而國之富強，遂橫被乎四海而莫之禦。其功效至於如此，吾國士大夫猶目笑之，以為彼外國之俗則然，豈可施於吾中國乎！始泥於後起之說而不知考古，繼執其蹈故之見而不知求新，所謂大惑不解，大愚不靈者也。及朝廷變法，所頒商律一如外國之所以待商人者，新政之效惟此為著，然後知回心易慮，稍稍變所守焉。而太恭人以一女子，未識書策，未閱世變，獨能於風氣未開之日，而為商與儒無擇、與官無擇之言，為士大夫知略之所不及，斯亦奇矣。

子芳秉承母訓，學日加勤，亦能自贍而濟人，副母所望，若更即今所謂商學而益進之，探其幽邃，拓其規模，以助成新政，而答朝廷之所期，則太恭人之心將益慰，而吾所以致賀於太恭人者不尤有詞哉？

陳文恭公手札節要序代

武清張君珠農篤雅君子也，喜讀性理諸書，與余以學行相切劘，光緒三十一年某月重刊陳文恭公手札節要於保定，屬余為之序。

公之學期於實踐，不取辨論，而以不欺其志為歸。在京為翰林、御史、郎官，出為外吏，自府道至督撫，歷十餘行省，入為尚書，遂登宰輔，所至必行其所學，以求吾心之安，而其效固已大著，唐鏡海先生所稱心與古印，事與今宜者也。無講學之名，亦無專言性理之書，惟與人手札，必視其人之質性與其職守所宜，而勸戒之深切精實，公學具於此矣。

自宋儒括羣經大旨，演為性理之學，以檢攝身心，裁量事物，求合乎往聖之遺言。其說既允矣，而承用其說者遞禪於數百年閒，凡所臨莅，效必顯呈，此豈幸而致哉？操之有本，故能隨所遇而應之，無不當也。今海外諸國競以功利相夸，而言理之儒亦未嘗不究心性道。其舊義有所謂知與意者，後人於知與意之閒復益以情感之說，知所以辨物也，而情則感於物，而好惡生焉，意者致其好惡之情將見諸施行者也。其言蓋與吾儒略同，而即其言以考所為辨物之功，可謂不遺餘力，而防遏其情，省察其意，吾儒所致力於幽獨中者，顧置而弗講，而皇皇焉惟外事之求。宜其治功之盛陵轢古今，震蕩區宇；而求其本末交修，表裏完好，如吾國所謂醇儒，則固無其人焉。學之不粹，害且及政，彼嘗引為憂矣，而所以矯厲之者，乃未能得其方，雖有德育之科，奚益乎國家？用外國法立學，德與知竝重，而士之所趨，亦必相矜以知，而德日以漓。所獲既難與彼爭，所患且視彼尤甚，理有固然，無足怪者，誠能取彼之長，益我之短，而即以我所長者為之基，以葆其固有之德，而收益於無形，則永久無弊之道也。

余承乏畿輔，吏治民生兩無所補，既取是編以自厲，因發明其義，為有教育之責者告焉，儻亦張君重刻是編之意與？

華母姜太恭人九十壽序

光緒三十二年秋，天津嚴範孫侍郎走書保定，為其邑人華璧臣員外之王母姜太恭人九十之壽徵文於武強賀濤。曰：『往十年太恭人壽登八十，璧臣稱慶於京師，子嘗為文以侑觴；　今吾邑人與璧臣同官京師者將復以九月二十六日太恭人誕辰合辭致祝，而璧臣仍欲得子文，子其無辭。』因以近十年中太恭人有大造於天津之事略視濤。

鄉者濤之壽太恭人也，以天津人才之盛冠畿輔，歸本於家教，而言太恭人所以教其家者甚詳，以為發端至微而收效甚遠，其於懿德淑行，自信能推闡矣。　不謂時異執殊，後此十年之間，禍亂相尋，太恭人當之，乃更能以履常之德處變，戶庭不出，而運其籌略以禦侮而捍災也。　二十六年，亂民滋事，欲驅除遠人，士民相慶，謂中國且清晏無事；　太恭人獨深憂之，以為大難將作。　外兵至，居民奔走徙避；　太恭人獨不為動，人心少安。　及外兵入城搜討亂民，害及良善，人大恐曰：『無以止之，吾屬無遺類矣！』諸華受辭太恭人，說其諸將，獲全活者十八九。　兵既據城，禁出入，人不得汲於河，學宮儲米數千石，禁弗得糴，人且絕食，太恭人復授辭諸華，令往說之，禁弛而人得蘇。　其濟變之略如此，濤鄉者乃僅以履常之德頌稱之，猶其識之有不逮也。　然所謂人才本於家教，而收效甚遠者，其言則至今日而愈驗。

諸華承太恭人之命，綏定一方，益思效用於世。　璧臣以郎官入值軍機，出納王命，有大興革，詔勅皆出其手，駸駸大用矣。　璧臣之父昆弟五人，而璧臣從父昆弟又十餘人，或仕宦有聲，或從事學校，或營實業以殖財，或以外國語文教授旁郡，類能有以自立其門祚，蓋視疇昔為尤盛。　而邑人脫離禍亂，既被太恭人之德，又感慕諸華之所為，亦皆殫慮竭誠，欲有所建樹以自表見。　新政既頒，畿輔首先遵行，而天津一縣所構造，獨為美備，非其人才質之特優，有以激發之，氣機鼓動不能自已也，而其尤賢者躋顯貴，掌機要，功且被於天下，溯所自來以觀厥後，非所謂收效甚遠者乎？

侍郎始以編修家居，出私財建學，邑人踵為，推而益廣，旁及庶務，類舉遞興，新政之行於天津獨稱美備者，蓋自侍郎倡之。太恭人教其子孫以推德於邑人如彼，侍郎率其邑人各盡義所當為，以終華氏之賜如此，報稱其施，所以壽太恭人者固有在也。濤雖寡識，又安敢不質言紀實，而徒以浮靡虛飾之辭進哉！

書秦園詩鈔後

光緒二十年，日本造釁於朝鮮，士大夫攘臂言戰，而集矢於李文忠公，余閒與今學部參議孟君紱臣私語，以謂國論不破，事將奈何？孟君亦引以為憂，因言右營都司寧河王公獨能不附眾議，自申其說，惜不得見用於時。余聞而異之，亟思一見其人。未及往，而公辱先施，示余所為文。觀其旨趣如孟君言，遂與議天下事，已乃討究文術驩甚，恨相見之晚。會桐城吳先生來京師，余疾馳告公往謁，歸未移時，而公至，笑曰：『吾以文謁吳先生，先生為加墨而攜以歸矣，先生所言與子言無異！』察其意似甚快，蓋公獻文諸貴人，貴人皆恝置弗答，鬱鬱無可語，聞先生言乃自壯也。公於朝鮮之役，既不以李公為非，因曰左公非不知事變，越南之役，特徇時論強言戰耳，故李公得謗，而左公得名。吳先生誌公墓，謂公言時事多與人意合，蓋指此類。

三十二年，余至京師，公弟卓生吏部以公詩鈔見示，曰所得於灰燼中者獨此耳，其文則無復有存焉者矣。余未嘗見公詩，公文若干首、杞憂摭言一卷則固得而讀焉，其大氐皆慨時事及自傷不遇之作。其獻某公文言武職不得有所為，而趨奉上官有如臺隸，激憤抑塞而詞旨詼詭，殆與退之相近。余愛其文而悲其意，嘗諷誦之，今亦不能舉其詞也。吏部為公行狀甚詳，吳先生又誌其墓，公不死矣。既讀公詩，百感交集，為書志狀所不載者於詩后，慰吏部思兄之意，且以抒余懷焉。武強賀濤書。

門人衡水劉生乃晟與公同有事於巡漕，既歸，謂余曰：『王公數從乃晟問先生起居，言與先生游處時往往更憂迭喜，恣意所欲言，以為難得之樂，今雖久別，而兩人情狀猶時懸於心目閒不置也。』嗚呼！懷舊之念，余亦未始不如公，而公則既死矣。劉生又言亂民初起時，王公理曉威喝，冀折其萌，或戒以禍將及我，不聽，久之，亂民執益橫，公知不可為，歎曰：『吾力弗能制，又不忍坐視，吾不知死所矣！』言之之明日而及於難。又書。

杜潤生先生墓表丁未

先生諱霖，字潤生，武強杜氏。曾祖珍，祖鳳章，父金凱。先生喜讀書，冥心孤往，不逐時好，為文質厚無雕飾，屢困於有司之試，學使汪公元方獨賞其文，選為優貢生。既老，應秋試如初，卒不得志，選授邢臺訓導，年六十餘矣。在官十餘年，告歸，光緒三十一年某月日卒，春秋八十有一，於某年月日葬於城東五里祖塋之次。配崔氏。子昌熙，增貢生。女二，皆適士族。孫志璜，廩生，志璟，附生，志璐、志珩。女孫三人。曾孫元恕、元憲，曾孫女六人。

先生精力絕人，搜討往籍，窮日夜不倦，治易、春秋，繁徵約取，既博既精，羅列幾案皆二經家言，出亦必以二經自隨，舟車傳舍無閒也。桐城吳先生為州於深，纂深州風土記，先生任訪碑碣，負糧懷筆，旁皇於頹垣破冢之閒，爬抉土石，攘剔荊莽，而數百千年舊物終古無人省視者往往出焉。濤數問先生所獲幾何，以某種為最善，先生為分別言之，曰此舉不但有功於吾州，所益於吾學者實大，其勤篤嗜古如此。

先生雖壹力於學，亦嘗究心世務，欲有所待以自效。曾文正公督畿輔，令州縣舉才儁之士，濤隨先生謁文正，文正問吏治善否、民所疾苦，先生對甚悉，出所疏時政得失十餘事於懷獻之。既退，索其藁，曰：獨可言之於曾公，不欲他人見也。其後有興革之令，每語人曰：『吾言見聽矣！』既不得志於時，則里居教授，而以所欲施於世者利濟我邦族。先叔父鐵君先生性伉爽，於人少許可，獨樂與先生共事，嘗稱以為沈毅有謀，不畏難，不遠怨，縣有公事亦倚辦治，書院之廢而復興，其功尤著。從政門內，黽勉孝恭，宗族取法，里黨慕效，尤謹祀先之禮，家貧不足於衣食，而捐田十畝為祭田。其在邢臺，課士有常期，經先生指授者皆以學行見稱。既歸，嚮時徒友益親附焉。自吾幼時所聞見，武強故多隱居宿儒，張銜庭先生文珠號稱博通，多士景附，其子君實先生有聲，從子星垣先生有光，又各以家學獎掖後進，學者翕然歸之，吾家受業於張氏之門者前後數十人。杜氏則錦巖先生如阜，荊山先生如川，與張氏竝稱。吾師溯鄰先生法孟，荊山先生子也，先生為吾師，族兄亦各授徒鄉里，吾家從杜氏學者亦前後十餘人。吾師宦游遠出，既歸而卒，近三四十年，先生獨為鄉人所宗仰。

嗚呼！道咸以來，一縣之中，耆儒碩德代謝迭興，及門之士皆得守師法，以遞禪於七八十年之閒，久而弗墜，先生沒而諸老風流盡矣。鄉人及見當時之盛者或猶懷念而不置，時移執易，恐遂湮沒而無聞，故書其事，刻之墓碑，以詔來者。雖然，新學既興，少年皆厭薄老成，以為不足稱道，後之觀此碑者，果有追溯先正之遺風餘韻，低徊而不忍去者乎？蓋非濤之所敢知也。

送徐尚書序

滿洲之地為行省者三，而各統以將軍，時遷埶殊，舊制不足以控變，乃改設巡撫如內地，而以總督兼轄之，將軍故所掌者隸焉。民政部尚書天津徐公實首膺東三省總督之命，竝授為欽差大臣。

濤在保定上書稱賀，以為攝乎兩強國之閒，其地荒僻而遼闊，其俗蒙昧而苟婾，當死亡掇拾之餘，赤子龍蛇竝域而處，藏納污垢，禍且萌芽，捄之無方，所患滋甚，將抗稜而起廢，必改向而易趨，體大事艱，以畀東伯。濤將躬親謁送，聞公偉論，展我宿蓄。既見公，公詢以東事，濤曰：『公意云何？』公曰：『吾政不修，外侮且至，既劫於外，奚暇自治？』因具言其所欲設施者，完窳塞罅，破荒革頑，鍼石粱肉，相所宜施，後先循節，疾徐中程，涵育萬有，物具益該，無有遺漏。凡吾耳目所經及所未經，思慮所至及所未至，無不探情以出取懷。而予雖欲有所建白，竟無一事可假以進言。退而自思，終不敢默，乃取今日所不暇謀而為異日之急務者，為我公言之。

列國以通商故爭海權，海之所包皆其權之所及，今則將趨重太平洋。太平洋北路當我滿洲列國所屬目也，故廣闢通商之所，受列國之灌輸。公既至，試行今之所言，數年之後，制定政成，遐邇帖服，民物之歸，繈至而輻轃，其繁衍當不減津海、江海、粵海諸關。雖然，商業之贏縮，視海權之弛張，朝鮮既非我有，若旅順，若大連灣，日本復得而私據之，自朝鮮東行左轉，逾混同江而北，海岸萬餘里則舉而棄之俄羅斯，太平洋之權已見奪於日、俄兩國，則權之在我者無幾存。權不我屬，雖日興月盛，亦祇歸利外人，而我不能與之角勝，可憂孰甚焉？公謂內治外交竝重，而相資以為功，今所以治吾內者果能如意所期，則吾力既充，故當推而致之於海，以求信吾權，與羣強爭雄於海上，公雖未言，吾知其蓄謀於中，將待其時而一發也。

儒生之論，闊於事情，故不敢言當時所宜施為，而責以異日可期之效。

書左文襄公年譜後

義寧陳右銘中丞為直隸布政使時，濤嘗訪以幕府人才，中丞首稱今山東提學使湘潭羅公，以為知兵，能古文，所纂左文襄公年譜言兵事甚精。時書甫脫藁，猶未栞行也，後十年公守保定，始得索而觀焉。其言兵分四事，佐湖南幕為一事，東征為一事，而西征則關內外各為一事，皆具事之本末，而自為一文，於西事尤注重焉。自文襄始受命西征，至功成還朝，其籌畫之見於章奏書牘者，既擇精提要而備載之矣，而公所撰輯，洪贍堅重，一如譜所載文襄之文。昔趙充國降服西羌，言兵事利害及屯田諸奏翔實矜慎，洗賈、鼂浮誇之習，於漢文中為最知體要，班氏論次其傳，亦即仿效之，而其文乃與充國諸奏無異。文襄勳伐大於充國，而謀略則同，公所為譜，文如文襄，與班傳之仿充國諸奏亦同。惟其有之，是以似之。陳中丞稱公知兵能古文，可謂知言矣。

公又以所為王壯武公年譜視濤，曰壯武中興弟一名將也。濤嘗以為湘軍之興，壯武與羅忠節公、李忠武公、勇毅公偕以俱出，望實相埒。而近日士大夫稱述壯武乃不如其稱述羅、李，蓋羅、李之軍夾江上下，當賊要衝，又日周旋於曾、胡兩公閒，其事功學行多見於曾、胡章奏及他所著，文人喜讀曾、胡書，故人知羅、李事特詳；壯武獨提一旅，別曾、胡遠去，轉戰於江西楚越之交，其事之見於曾、胡書中者視羅、李為略，故聲聞之傳播不如羅、李之博且久。公文久見重於世，既編壯武年譜，推闡功行而光顯之，其聲聞且隨此譜所流布而洋溢焉，而人之樂讀其書者據以衡量當時人才，亦將以弟一名將之稱為不可易。李習之謂人多熟於兩漢故事，以班、范之文為人所好耳，不其然與？世之矜言功業者乃猒薄文字，而斥習此者為無用，彼惡知功業之必藉文字以傳，而文字之任又必屬之能者哉！

桐城吴先生撰深州風土記，自謂篇篇成文，公所為兩譜挈大拾零，捃摭遺佚，至繁博矣，而融以精意，經緯成章，如吴先生所云，因各論其大旨，以歸重於文，而書其語於左譜之後。

上徐制軍書

自旌節出關，時縣一新滿洲於心目中，引領東向，日月以冀，而由居蓮池，隘於聞見，所以締造而新之者，究不知其方略何如。竊以為內治之術，但使所設司道官舉其事，人堪其官足矣，外交則頗不易言。日俄嘗以其戰爭之力據我土疆，已而還我，其執必將攘我利權以自償其勞，不滿其欲弗止也，詭謀迭出，剛柔兩窮，而議者乃執其不諳理埶、不切事情之高論以譏諷之，濤愚懦，不敢附和其說，所欲進言於左右者，惟在內交。

公嘗與政府約，許以便宜行事，不為部例所拘，雖有成言，恐難深恃。若忘息壤之盟，興事造謀，格於吏議，仍當婉與辯論，無與忿爭，婉論則事理愈明，不忿爭則瑕釁不作，苟無瑕釁，則我之理勝，可以恣所欲為，此曾文正內交之術也。南皮相國、項城尚書皆負一時重望，為國家所倚賴，今竝召至軍機，尤宜禮下之，毋抗，將帥在外未有與近臣不和而能成事者，況荷殊寵、握重權如我公今日尤易叢忌疾乎？故為公計，莫若讓善巡撫，而歸功樞臣，有事則咨焉，有疑則質焉，使不忌疾我而贊助我，以屈為信，吾事集矣。自古任事之臣為國家開物成務，其卑躬降志、委曲以求集事者，蓋未嘗不如是也。

濤過蒙眷睞，以衰疾不得拾補遺闕於左右，故敢以愚妄之說進，伏維采納。

題文學館藏書記卷首

諸君既珍愛館所藏書，而各為之記，都為一卷，就質於余。或致慨於古學之就湮，或欲防新學之流弊，皆兢兢焉以保存舊書為念，而憤疾之甚者恐舊書之終不克久存，至為偏宕之辭，謂苟能自立，不必藉力於書，而以書之存不存為不足輕重。持論不同，詞皆壯偉。

嗚呼！舉衰病殘廢之夫，處之無人過問之地，聚閭巷枯槁之士，相與講世所唾棄、指為朽敗無用之學，人之非笑之也蓋久，諸君不自斂抑，乃張大而夸炫之，是以人之非笑為未足，而益自章其醜也。諸君意氣自豪，余心滋戚矣。

記凡五篇，為之者陳獻廷嘉謨、齊蔚卿文煥、張獻羣宗瑛、吳迂農之沆、王中航汝楫也。

寶慶府知府饒陽常公墓表

公諱如楷，字司直，饒陽常氏。曾祖麟書，祖鳳儀，候選州同，考際宸，束鹿訓導，贈如公官。饒陽多富室，相矜以侈靡，而遨放自恣，常氏尤以貲雄。而公幼而靜默，既長，篤志於學，里俗所好，不好也，以舉人考取內閣中書。初入直，訪事於其僚，其僚不以告，乃博搜薄冊而潛究之，稠人會集時無一語，及觀其所為，雖老於掌故者不能，眾驚服，有事輒就咨焉。

性伉直不能自貶屈，故事，中書謁諸王，屈一膝為禮，公獨揖之，同列皆引以自壯，後遂沿用為例。嘗以公事謁某相國，再往，閽者不為通，公怒叱之，擲牘而去。其與朋好遊處，尤自攝束，不隨眾為縱蕩之行，由是名重京師，諸公貴人遇之有加禮，而忌疾之者亦眾。軍機處選章京於閣部，有讒於當道者，曰常某有狂疾，遂不得與。某尚書以譯署章京相強，公以為眾所爭趨，謝不往，遷典籍，以與修實録、玉牒、方略，保知府，在任候選道，以母憂去職。服除，棄其所居官，以知府候選，而選官時恆不肯詣部，家居十五年乃選授寶慶。為治嚴而不苛，其決事不動聲色，務以理屈人。諸生與武人鬩，聚數百人愬諸郡庭，公曉之曰：『此邦江、劉、二李何如人？而若輩所為如此，吾為若輩羞之！』諸生愧謝去。先是沅州應府試者不悅於知府，羣毆之幾死，遂興大獄。當諸生聚愬時，郡人聳懼，慮有沅州之變，而公乃以一言解紛，由是士民畏服，任所推施，事無不舉，郡中稱治。居二歲，以光緒十四年二月十八日卒，春秋六十有一。

家故饒裕，而公樂振施，居官廉，既卒，無餘財，粥衣物，喪乃得歸，既歸，粥田乃葬。配劉淑人，後公六年卒，合葬於所居千名莊之東北原。子熙廉，舉人，浙江知縣；熙庸，歲貢生，候選府經歷。女二，適任邱進士、内閣中書山東同知籍忠宣，博野舉人蔣葆瑚。孫堉琦，增生；堉瑛、堉璋，副榜貢生，陸軍部七品小京官；堉瑄、堉珍，皆附生；堉瑞；堉琳。

公家居時，余每過其家，公恆默坐一室，或手一編，或臨摹古碑刻之，其旁舍，則二子擁書踞几，羣兒環坐於旁，誦讀之聲不絕也。吾家與常氏世通婚姻，余於公為兄弟行，而公長余二十一歲，余嚴事之，時從考德問業，退而與二子游，吐懷愫，考文藝，互慰交驩，久而不猒。公既卒，熙廉繼沒，余亦久不過常氏，迄今二十年，獨堉璋游京師時與相見耳。堉璋通古今中外學，曉世務，能文章，其成就殆不可量。余喜常氏繼起之有人，而愴懷舊遊，乃益不能自釋。熙庸以堉璋所為公傳走書抵余，屬為表墓之文，既為敘其治行，因述余酬接其祖孫父子閒者，以致吾私慕，而攄今昔之感焉。

復徐制軍書

月初奉到手書，拜登厚貺，慚悚莫名，施及亡弟，尤以為感。籌東政策於官報中，獲讀大疏，粗知梗概，既蒙詳示，益得窺見精深。

夫因事設官，即以官興事，官制既定，萬端千緒皆可聽我指揮，所難者惟在得人耳。濟時之才，世不多覯，儲之學校，亦非旦夕所能成，即見所委任者策厲之可也。公謂來者雖眾，中駟為多，且不盡可用，宜加淘汰，蓋恐羣才之不足恃。然既云淘汰矣，則駑駘之資、狡憤之氣，擯不得與吾事，其供我驅策者皆可稱為中駟者也，果皆中駟，雖有遲疾，無不可致千里者，況以伯樂相之，千里馬終當一遇，而以王良、造父御之，中駟皆可為上駟乎！

滿洲為列強所注目，羣思攘利其閒，幾使我有不克自主之執，日本駐兵閒島，狡焉思逞，尤為公義所不容，特主人不問，故彼聲生執長耳。今我起而詰之，不少退讓，彼固難強詞以辨，且恐取忌列邦，理絀形格，其術自窮，既戢日本之驕心，列邦雖強，誰肎甘為戎首？滿洲固我之滿洲也，主權一無損失，而內地稽誅之寇草芟禽獮，又將一掃刮絕，若更以向所獻內交之說行之，則提封萬里，皆康莊矣，又何險阻之可虞，而顛蹶之足患哉！

定官制，造人才，禦外侮，平內患，公所言數大端，振裘挈領，若綱在綱，執而行之，無餘術矣。而濤嘵嘵不已者，特繹公本指，而推言之，非能有所補益也。武錫玨以文字見知，自當以文字為報，若委以庶務，使拓其才識，因以益治其文，則所恃以為報者，當更有據。安平弓均在奉已久，從事學務，名譽甚美，而其志乃欲學為政，請試以事，以觀其能而量用之。

題行年七影圖

太倉錢公以儒術治吾州者六年，被誣罷歸，州人白其事於大府，奏復其官，而公終不肎復出。公歸後，世變益急，新學勃興，士大夫皆舉夙所誦習與其傳襲於高、曾者一切罷棄，而汲汲於所謂新學，冀有所指取於世，以夸己而駭俗。公於是時息影田廬，保其所蓄，志不遷奪，泊然有以自得也。久之，以所為行年七影圖徵文，其圖自少至老歷記所遭，而追念先人者凡五。公之祖、父皆膺疆寄，樹名績，為世所豔稱，圖所識顧莫之及，而獨有感於家庭骨肉欣戚之故，以永孝思； 其二，則皆好古者之所為也。循其旨趣，殆無一不與俗所騖者相悖。其賓而不用，既賓而不肎復出也亦宜。

夫變舊法以求自強，固捄時濟世之士所急起而圖者也。然當新故厭欣之際，人心浮動，猋舉雲幻，莫測所歸，苟無純篤廉退之人參與其閒，以閑制之，恐曚進冥索，誤而旁趨，既失其本來，而於所營求者未覩其效，而弊且環生也。余私憂之久矣，觀公所為，如救沈痾之遇岐拊焉。雖然，諱言疾者多忌醫，儻以其術播之人人，懼公又因此而得謗也。

古文四象序戊申

道極於文，而為文必取則於古，景躡轍蹈其義法也。義法由體例而生，故編輯文字者率序次體例而彙其類，以別部居。桐城姚氏及曾文正公之説尤號為精審，雖部所統攝，猶未能居其所而止，而不遷，而文之體例要自是可指，而名求義法者便焉，此編輯之美善者也。至舍義法而求之精神，則其人之性學才識，隨所感觸，各肖其中以出，而不自知，無定形，無常位，冥合之可也，烏能據以起例，而條分流別，示人以所由入之途乎？故從事編輯者莫之及焉。曾公既變通姚氏説，鈔經史百家，又因姚氏以陰陽論文之指，衍為四象，舉數千年與時變遷不可究詰之文，一以所取象類之殊式異貌，向之分隸諸部者皆得雜厠其閒，相遇以天機，不復知其色物，九方皋相馬之術也，此精神之説也。

公嘗自謂是編失之高古，夫非猶是鄉者所纂録之文乎？而此獨病其高古，豈以屏舟車而御風而行，非有道術之士遺脱凡近，游神太空，未易強而幾與？雖然，道極於文，不騖其高者古者，道固不可得而傳，姑縣其格，以為招能者從之俟焉可耳。

公手定本世所未見，冀州趙衡湘颿將依桐城吳先生所寫目次印行於世，而屬余發其義，余乃述先生欲傳此書之意而序之。

歐太淑人墓志銘

太淑人姓歐氏，年十六歸吾師桐城吳摯甫先生，為側室。嫡夫人莅家嚴厲，嫡女有性驕使氣，既寡而居母家者，朝夕接酬若履險危，如是者三四十年。既卒且葬，子闓生來求所以傳太淑人者，曰：『吾家事子所知，吾不敢祕。吾母處人所不能堪之竟，歷數十年之久，無愠色憤詞，闓生六七歲時耳目所觸，意輒不平，吾母訶之曰：「汝兒子當讀書習禮義，我能安，而汝不能安邪？」其有容而善養如此。儻不敘所遭直，使顯白於世，則吾母之德弗章。』已而泣曰：『寧使母德弗章耳，其事闓生不忍述，雖吾母亦不欲暴其事於人，使從而議吾家之短長也。』濤既敬太淑人之明大義，又悲闓生之意，乃摭它懿行為志墓之文。

太淑人初不知書，以教子故自課，久之遂通文義。吾師數詔人以新學，太淑人聞而好之，曰固宜然。吾師喜交外國人，凡所交，太淑人必與其家人往還，訪求外國事，嘗欲徧至薦紳家，說其婦女，如西士之強人入彼教者，以興女學，而區畫其規制甚具，遂欲施行，以無和而助之者而止。其後新學益興，人漸知女子之當教，乃歎太淑人之蓄志於俗習未改之日，其識為不可及也。

吾師不言有無，嘗為二州，都講蓮池書院，前後三十年，所入悉兄弟戚故取用立盡，太淑人不名一錢，無私藏，衣服節約如里居時。吾師卒後，闓生編譯書籍，講授諸學校，又應山東巡撫今直隸總督楊公之聘，用益饒。太淑人居處服御不改其舊，而輕財好施予，周卹族姻，惟恐不徧。聞國民捐之說，大義之，曰是盡人所宜為也。出五百金為女子倡，又命闓生以重金助安徽築鐵路而振水災。光緒三十三年某月日卒於濟南，享年五十有四，嘗受太淑人之惠及驚服其才識而義其所為者皆流涕太息，而英國某女士則以其國頌祝之詞，誄之曰『天上人』，日本文學士某亦稱為文明國貴婦人。

嗚呼！太淑人蹈道委命，既比於闇修之君子，晦匿而不有其名，而其所自表見，乃能動俗聳眾，雖新學中所謂志士引所宜任為天職以振發懦頑者無以過焉，此可謂知學矣。其葬以某年月日。濤既序次其事，而屬南皮張宗瑛為之銘。其銘曰：

陰教寒晦婦失才，猗淑人起抉翳霾。西闥東闓鍼引磁，日月爥幽光窔宧，收熱歸土吁可哀。

外務部尚書袁公五十壽序 代

光緒三十四年八月二十日，為太子少保、軍機大臣、外務部尚書、前直隸總督項城袁公五十誕辰，畿輔人士食德已久，怨公之去我，而喜其所施彌廣，而效且彌大也。其官京師者相率稱祝於公之邸第，以致其私，而之洞與傳霖為之詞。

自海國互市通好，西方之風習遂東，其政治、藝術實足以拓知識而致富強。咸同以來，為國任事之臣輒仿效其所為，用白附益。之洞在粵、在鄂，亦嘗竭蹶以圖，然前後數十年間，所仿效者特其藝術耳，於政治則尚守吾舊，未議革而更之也。變法之詔既頒，在執諸公乃條舉西法之利我用者以聞，而觀望遲回，猶未敢輕於一試。公督畿輔，乃毅然為之無所顧，博采精研，破愚起懦，百端並舉，厥效大章。朝廷取公所已為者風天下，四方踵武，凡所興作，諮而後行，或借才以舉其事，故論者咸謂法之變倡於公，而收效始於畿輔，畿輔人士相與慶幸。傳霖久直樞廷，得公章奏而反復之，亦未嘗不歎其謀國之忠、任事之勇之有過於前人也。

法之變也，與天下更始矣，而國體則仍其故無改，至考察政治之使四出，乃思公權於民如東西國所謂立憲者，其端實自公發之。使歸報命，公以疆臣與議，遂定大謀，於是有憲政編查館之設，列國言政治之書日以充積，研求其理者茲益多。其憲法號稱最善之國，則更遣使究其法所由行與行之之效，而吾國通曉世務者又各據所聞見以為言，羣籍燦列，衆說雜投，采而用之，綴輯整齊，規條可立具，而施行之遲速，則以國執民習與諸國不同，有宜審計於先者，集思詢謀，久無成議，而海內喁喁期望，皆以為非公莫屬，天子亦以公能斷大事，召入軍機，未幾而廷議遂定，衆望已塞，人心大安，公之功於是為大。

唐孔戣自廣州刺史召為吏部侍郎，韓退之為廣人頌戣之德曰：『海嶺之陬，既足既濡。胡不均宏，俾執事樞？』蓋言廣人不忍戣之去，而又惜其在廣所施之不遐也，吾鄉人士於公之去畿輔且怨且喜，卽以其情為祝嘏之辭，意乃類此。而某等猶有不能默然者，立憲之期既定，前此所營度，後此所維匡，其難且倍於今所為，非貫徹事始終，參以機權，貞以定力，安能無躁無厭，不震不擾，以要其成？某等毫無能為，故屬望於公者彌奢，而康強壽耇之祝，乃益不能自已也。

馬太恭人墓表 宣統己酉

桐城吳熙甫先生汝純有良配曰馬太恭人，先生於兄弟為季，而太恭人，君姑同產子也，幼習於吳氏，既歸，舉家呼為小妹。姑兒子畜之，太恭人亦致孺子慕於姑，朝夕不去側，起居所便，疾病所需，輒應念而辨。熙甫先生高才好學，以羸疾不能自樹立，仲兄游仕畿輔，隨以遷徙，居恆抑鬱不自得，太恭人悲其志，時慰解之，而省視加謹，一如侍先姑時。熙甫先生既沒，久之，盡室歸桐城。性仁慈，既率其性以自盡於姑與夫，姑與夫沒，乃壹心力以鞠育其子若孫，惻焉憫焉，若風霜厲疫之獨中於吾子，而勞苦憂恐之交困之也，若居室所恆有不足以適吾子之體而稱所懷也，其於孫也亦然。自始至終歷數十年，仰而事，俯而畜，蓋無不竭其誠愛，窮力所能，而未嘗一日自惜而謀自安焉。事神禮佛，張畫像於屋壁幾滿，拜跪祈禱，久而彌虔，冀有所感，格妥先靈而降祥我後也。光緒三十三年某月日卒，年五十六。子千里。女適邑人姚某。孫同。

女子仁慈之性得於天者獨多，將以保幼穉，使遂其生也，而性所彌綸，事其親以及夫之親委曲順從，亦往往出於至誠，非男子所能及，而欣悚於禍福之說，屈身抑志，妄希冥漠不可知之酬報，其事亦多出於女子。世以其溺沒而不知返也，或以迷信譏之，又烏知所謂迷信者，乃其仁慈之性之出於至誠而不可解者哉！將以某年月日葬太恭人於某所，千里乞表墓之文於濤，濤敬太恭人能充其所得於天者，不使有遺力餘憾，為揭其義於墓，俾世之人衡度其間，而無為過高之論也。

上徐尚書書

久未肅牋左右，疏野自外，懼與慚并，及公以郵傳部尚書內召，以為密邇京師，時或得聞謦欬，則又私自喜幸，謹先馳書奉賀，獻所欲言。

郵傳義主交通，所以統中外遐邇，貫輸挹注而同其風習也。變法以來，興革之事以次推行，而西北一隅猶樸拙自安不思變易者，則交通未便，無以拓民耳目，而啟其智識也，故鐵路之敷設惟蘭州為最急。大部統籌全國路綫，疏言地理學有三，政治與兵、商竝舉，既以政治地理擬定軌樞及分幹分枝之路綫矣，至論建築則略政治不言，而衡量兵、商，卒歸重於商業，以商業之贏縮定築路之緩急，於是邊徼辟左，政治地理所視為最急者乃不得不退居從緩之列。其預備立憲按年籌備要政疏內又僅於第四年、第五年測勘由西安達蘭州、由蘭州達伊犁路綫，而何時啟築，遂不載於九年期內，似更置為後圖。大部深窒博攷其言緩急難易之故，固不能遽易一說以難之，然當預備立憲之時，不可不加意政治。愚計以為宜暫緩所急，勉為其難，而并力於西蘭一路，庶使西北之民振積破愚，知所當任，以奉吾期約，而無異政異俗之虞。

濤蓄此意久矣，欲陳之而未有路也，聞公既至，乃急遽言之。船政、郵政皆領於部，部權所在，豈容久假不歸，宜及時收回以全政體。津浦、粤漢及鄂境、川漢各路雖有督辦大臣，要亦部所有事，其籌備之次第，應預為咨報，而列於部所擬籌辦條内，不應置而不問。公接管部務，雖不肎執己見而反前所為，亦豈可循成說而不思改計？望垂省愚妄之論而留意焉。

濤仍在文學館，蓋三年於兹矣，在新世界中講論舊學，又無成效可言，自愧殊甚。

吳先生點勘史記序

太史公書綴輯舊聞，既創為記敘之體，而敖睨古今，揮斥萬有，孤行其意於若隱若見之閒，乃一如諸子所為，故其體，史也，後人名其書為史記，實則以其文鳴不平於姬周以後。劉子政、揚子雲、班孟堅稱其有良史才，以為善敘事理，又以為實錄，其於論史盡矣，而未為知史公。至韓退之儕其書於莊周、屈原、司馬相如、楊雄之列，而上與諸經相衡量，乃歸重於文，不以史稱矣。然自漢以來，歷二千年，史家既沿用其體以為例，莫之或踰，而文士代興，殫知竭才，卒不能入其堂室，則以史有法可據，文無定執，而其妙難窺也。歸熙甫、方望溪以文字之説發明其指趣，乃稍有涂轍可尋，其後知文者各有平議。而桐城吳先生研説之尤深，章疏句櫛，鉤玄闡幽益精，以備其參攷異同，訂正譌謬，亦惟取適於文，至是而文之奥窔乃大豁露，去其蓋障。先生子闓生掇其説之散見諸本者彙鈔之，附歸、方及諸家之説於後，印以行世，而屬濤為之序。

濤嘗以謂左氏傳經也，舍經以求之，而左氏之文乃見；史記，史家言也，離史以求之，而史公之文乃見，以其説質之先生，先生是之。今觀先生所點勘史記，固言文不言史也，其於左氏亦有點勘本。闓生能文章，克承先志，史記既出，當更出左氏以示學者，使知古人精神寄於文字，文字之不知，精神之莫喻，而欲求古人於故籍，託名經與史焉，無當也。

旌表節孝王母賀太孺人墓表

河間王氏旌表節孝賀太孺人者，封朝議大夫諱鈞之弟三子婦，附生贈文林郎諱升瀛之室，而武強刑部主事賀濤之姑也。年十九歸王氏，以禮承夫，能助所事，居三年而夫沒，適仲氏生子冠唐，遂畜以為子，其後供婦職於舅姑者二十餘年。舅姑沒，以母道教養子孫者又三十年，年七十有九，以光緒三十一年某月日卒，即以其年某月日祔葬文林君之墓。深澤王氏姑於先姑為妹，先姑卒後四年，命濤曰：『吾失父母時數歲耳，鞠於兄嫂，吾姊有勞焉，吾無以報，且愧且悲，汝其為吾述吾姊性行，鐫碑墓上，以志不忘。』濤敬諾，因泣曰：『吾母卒時，濤年十一，一弟兩妹，小妹猶在抱，母卒之明日，叔母亦卒，生子纔數日，先姑護視羣兒，閔焉勤焉，至廢餐寢，而未嘗自惜其勞。繼母來歸，叔父更娶，羣兒有母矣，而不能恝置如故。濤兄弟稍長，則又以學行勉之，壯且老矣，而訓飭獎慰如故。』姑曰：『然，吾知之，汝益不可無文以記。』濤白其事於父母，父曰：『汝先姑所施於吾家者既如所言矣，吾最後與相見，老病已甚，猶殷殷然以吾家事為欣戚也。吾思念之不能忘，汝姑之志猶吾志也。』母曰：『吾始歸時，汝先姑輒為言治家之道，歷久而所言彌切，吾甚感焉，汝其以姑所命汝者抒吾懷。』

於是索事狀於王氏。冠唐已前卒，其弟冠陶為述其略曰：『叔父亡，叔母事吾王父王母甚謹，王父嘉叔母之苦節誠孝，科爾沁忠親王督師過河間，為言於王，王特疏以聞，旌表如例。王父卒，叔母益日夜侍王母不去側，王母之吾父河南、山西官所，必以叔母從，蓋亦不欲叔母之須臾不在左右也。叔母性慈仁，既子吾兄，冠陶及諸姊皆樂依叔母以育以訓，吾母亦一聽叔母所為不問。諸姊已嫁，有疾必往視，死則為之斂，乃歸。邵氏姑家貧，攜諸子居吾家，叔母兒畜諸子，自孩提所需以及昏嫁所宜備，悉為營置，諸子遂皆母吾叔母而無求於其母，雖其母且忘諸子之為己子焉。其治家儉能中節，勤而有條理，族姻或取以為法。孫兆奎、兆蘭。孫女適饒陽副榜貢生、陸軍部七品小京官常堉璋。曾孫某某。

濤既得事狀，並取所受於吾姑及吾父母者，謹綴輯成文，請命於姑，將求書於能者，召工刻石以歸兆奎、兆蘭，俾建於墓。

古餘薌閣詩序

南皮張宗瑛以所為叔父暨叔母慕夫人事略見示，并出夫人古餘薌閣詩，屬為序。余既卒讀，敬夫人之節而大其志與才，乃為之言曰：

古者先王之教，男政位乎外，女政位乎內，既取事之在門內者責之女子，而閑制之，使不得與聞外事以為禮，故論女子之質性，而別其才不才，必以施於內者為斷。雖有聰敏好學能以論著辭采自見，亦惟述職守、抒情愫而已，他不及焉，其可與言國家事者，自春秋傳所記，歷代史家所載不過數人。豈其知之不逮哉？束於禮，習於教，以為門以外非我所敢知，而莫之綴意也。夫人所為詩多詠古之作，其於古事乃能指摘是非，而權以己見，確乎有當於事理，若可據以施行者，心志所蘊結，求通於書籍中，而自濬發之耳。既以禮所未嘗強者全其節，而濬發心志，又不待教而能專壹之性情，高遠之識量，有非古所稱賢且才之女子所能及者。詩以人重，固足傳矣，況其詩所陳列有足以激發人之志氣者哉！士君子遭不虞之變，據兩可之境，藉口於禮所不禁而自便事，非我責而恝然置之者，觀夫人之事略與所為詩，可以愧矣。

吏部侍郎張公傳代

公諱仁黼，字劭予，姓張氏，河南固始人。好學有濟世之略，而以宋儒義理之說為歸，自入翰林，平進至卿貳，所歷皆能攄所蓄以行其志。變法令下，改刑部為法部，而推其聽斷之權歸之大理院。公既掌大理，又貳法部部院事，所當分合，析之使各協於理埶，參中外之制而揆其宜，即所已行而圖其究竟，舉要挈綱，慮及纖悉，所定規則多出公手。而於修改法律尤兢兢，以為法之所在，內治外交繫焉，偏而失中，動多阻格，又安得強為去取，斷以己意，而急遽行之而不顧乎？在兵部、吏部，滌垢櫛紛，寮屬奮職，吏胥失其權。凡言天下得失必本於所學，以求事理之中，而不苟為異同。嘗劾崇厚與俄羅斯定界之罪，請斬之以謝天下； 甲午朝鮮之役，封事十餘上； 俄與日本戰於遼東，陳所以應待之策，書皆留中，而數召對，使盡所欲言，多見聽從。庚子議和後，列強所索償於我者，費無所出，於是有丁口稅之議，公面陳其不可，其事乃寢。公既為顯皇后及德宗所知，以大理院卿，特詔與王大臣會議要政於朗潤園，所陳說能悚眾聽，其論憲政及其推施之序，條分理順，燦然秩然，憲政館博稽精覈，日從事於編纂，久而後決者莫能外也。

公之學切於為己，不標講學之名，而嘗以所自律者教人，直上書房十五年，貴胄循循矩矱，聽講授如諸生。舊時肄業太學者率竄名六堂及南學以取，既稟而無教學之可言，公為司業，嚴為甄錄，課以實功，學者委心承教，宿弊以除。視學湖北，訓士尤勤，屏除故習，勉以返躬之學，而以朱子小學近思錄為始學之基，諸生有善行，或不謹，輒譜記之，而據以勸懲。即舊有之經心書院，而拓其規模，廣置書籍，為延名師，或親往講解，由是學者靡然景從，士風大變，其校文亦以所學衡之，典試江西、四川，號稱得士。家居時出所藏書九千餘卷，與縣令謀建詁經精舍，與邑中子弟孯求經史及政法詞章之說，窮日夜不倦。其後朝廷創立學校，郡縣罔知所措，而固始獨先舉行者，以公倡之於前，而邑人智識於學所當務已，能通澈而無障塞也。其在京師，亦樂延接士類，凡所薦達皆樸學有用之才。

公既以所學自効於時，而內行彌篤，其孝尤為士大夫所稱。咸豐間，粵寇圍縣城，公年甫十歲，父外出，而王母病，公左右侍奉如成人，圍解，出入危險，為求甘旨藥餌，人嗟異之。官京師，自給如寒素，不足，或益以稱貸，而歲時必致親所須及所好之物於家，衣服則又必己所審視而夫人手製者。父卒後，母年益高，數請告歸，後夢母病，遂移疾不出，母沒，以毀致疾，未幾亦卒，時宣統元年某月日也。

公在家，閉居一室，左右圖史，歌嘯終日，蕭然若無意於當世者，及直所當為，則勇往無避忌，或出所有以益其資。新政既頒，且革且興，沓至迭起，尤竭力殫財為之，人或勸其少息，曰：『吾學固如是，在朝在野一也。』

著有簡菴文集若干卷。某在翰林與公以道義相規勸，署兵部尚書，而公為侍郎，與相諮議，備聞公為學要旨、經國遠猷。公卒後，公子瑋游學英國，以書及事狀來，乞不朽公於無窮，因述所素得於公者為之傳。

論曰：道咸之際，唐確慎公、倭文端公、曾文正公、吳竹如侍郎倡性命之學於京師，誠摯篤切，各有孤詣，為朝士所宗仰，而曾公遂以所學蔚為風俗，用挽世運。諸公既沒，數十年閒士大夫漸不以學問為事，變法後相與詢攷政治，繁徵遠引，立見施行，其學乃益歸實用，然稍騖於功利，去向時誠篤之風彌以遠矣。公奮發振厲，不後時賢，而獨以為己之學持之，不敢張皇目前，致涉虛誕，使得竟其志所成就，當更盛美而無瑕纇。而公遽卒，某忝竊高位，輒思與羣才馳騁，以自表見於維新之世，而不知非其任。公長往矣，誰復指摘我而糾正之者！故公之沒，余悲之獨深，而於公嘗所稱誦，懍懍焉不敢一日忘也。

孟宜堂先生墓表 庚戌

先生姓孟氏，諱憲春，字端甫，宜堂其號也，直隸永年人。永年為廣平附郭縣，於滹沱、漳滏閒，諸郡邑號稱文明，士務進取，科甲仕宦接踵比肩，各用所能自奮，而宿儒耆彥不獲見用於世者亦能以學行為後進倡，先生其最著者也。

先生喜宋儒之說，用自修敕，里居教授，徒黨樂從。而先生之子今學部右丞慶榮，漸漬於家教者尤深，自有知識，出入作息不離繩尺，耳目不雜，心無越思，遂以有成。及乎置身朝列，先生猶手書訓警，無小大，無公私，無不言，其詞甚厲。嘗一至京師，右丞朝夕在側，趨奉唯諾如兒時，有事請而後行，居歲餘不與人相聞，人亦罕見其面，由是僚友亦重右丞而羣推其家法，因想見先生之為人。濤嘗與右丞俱出武昌張先生之門，又同官京師，見其學不騖華飾，在官能勤所職，數稱之，而右丞必曰：『吾何知，遵父教耳。』

濤嘗以事至廣平，其縣人稱述諸顯貴亦不如其稱述先生。右丞嘗主定州，王合之刺史家病，先生往視，所攜卷冊甚多，終日觀覽不輟，視之皆朱子所為書，章乙句絕，參以箋記，丹黃滿紙，刺史語人曰：『純儒也！宜有賢子。』刺史固博學好文章，喜納交賢儁者也，而傾服如此。

嗚呼！自古賢人君子獲爵位於朝，既以其官榮其先人，而自述祖德，及朋好善為文辭者之銘章，更能闡發微隱，故其先人雖辟世退處，而無不有名德可稱論者，以為子孫之賢足以光顯祖考，而未嘗不致疑於所言之非實。夫樸學闇修之士宜大而窒，後且驟興，理固然矣，而敦厚之資性與夫通明淵深之志識，亦實足以孕育英俊而培灌而淬厲之。繼述之才成於教養，衡以實至名歸之說，收效於後，與及身而能自表見者無殊也。今乃因祖考之名，以有賢子孫而著，遂不審子孫之必有所自，而妄意其推美先人者，為世俗頌禱之詞，抑豈探本之論哉？觀於先生父子間，可曉然於其故矣。

先生以光緒二十八年某月日卒，某年月日葬於某，右丞乞桐城吳君闓生志其墓，其世系行義具在志中，茲不復詳云。

饒陽劉君墓表

君姓劉氏，諱維藩，字傑人，饒陽人也。饒陽諸大姓皆明永樂間遷人，劉氏獨為土著，族譜燬於火，不可考。其世系有兩塋，其始葬新塋者諱九講，今劉氏皆其子孫也，因奉以為始祖，四傳至君之曾祖服休，祖登雲，父成文。

饒陽俗好賈，其富者亦多以賈起家，而未嘗自襲其世，不幸見欺，家隨以落。君先世務農，已而經商，家稱少有矣，至君乃益擴而大之。君天性於商為近，取與不苟從眾，而利輒倍蓰，其論諸商所厝注以為宜然，後無不然，由是人皆嘆服，領其財為之經紀者，雖遠出，皆受約束不敢違。同治建元，君曰：『新天子即位，太后聽政，祝嘏大婚之禮將相繼舉行，居所須貨以待，致富之道也。』乃輦金如京師，居地安門內，招集良工，製佩袋及假以緣飾之物，摛素裂紈，璧銜珠裹，窮極技巧，人得其貨，輒相詫示，京師業此者無其比。遂通宦寺，交中貴，以供內用。慶典既頒，自掖庭服御以至離宮別館，凡器物待以華潤者，無不於君所求之，而宮廷錫予、宗藩戚里所獻納，亦皆取給焉。不數年而其利百倍，管其業者雖所執微末，亦歲得千金，而君家遂大富。光緒初，饒陽富人有襲君所為者，一躡故迹，而朝廷已懲前此之浮靡，崇尚節儉，所儲不售，竟損其資以去。所業同，所居之地同，而功效相反者，君所為先乎時，而襲之者後也。太史公論貨殖之要，以為既饒爭時，蓋時之所趨，如風動物，控乎物，物或我違，乘乎風，而物乃隨我轉移而莫能遁，陶朱公與時逐，白圭樂觀時變而趨之，若猛獸鷙鳥之發，故言富稱陶朱公，而言治生祖白圭。

近世以商為學，取環海萬國水土所殖、都會所聚，與夫民情謠俗，以及其國之政俗，糅合而參校之，探其始以究其終，推其執以窮其變，大莫能外，細入無倫，其學蓋浩博無涯涘，而要其歸亦不越乎投時所好、應時所需而已。君生長閭巷，未嘗讀書習世務，而觀其所為，深於學者或無以遠過，其才識蓋有獨得於天者，惜不生於今之時也。君卒於同治六年某月日，春秋八十，葬於祖塋之次。配何氏，後君若干年卒。子鴻圖，壯圖，後其兄維楨。孫元勳、元善、元興。邑中富室於所立業既自弛其負擔，而習於華靡，咸同以來稍衰歇矣。君家於諸富室為後起，而能勤所事，以儉自持，設立規條可永法守，故所根柢獨深固而不可搖，邑人至今慕效之。夫商賈之業，邑人所素好也，而慕君所為，又克刮劘舊習，一旦振而發之，其能角逐於工商之世無疑也。吾嘗惜君不生今世，庸詎知其身已沒，而為所衣被者，乃更將收效於數十年後哉！壯圖子元輝請為表墓之文，乃書此以戒其子孫，勉其邑人，而觀異日之效，以徵吾言。

附録

跋

賀葆眞

先君遺文都百七十餘首，病目後所為為多。先君幼讀書輒究討其文章義法，因文以探作者之微旨，既冥契於古人，有以自得，而撰著殊少，藁亦往往不存。年且五十，始多述作，復評騭古人文，有所編輯，而遽病目，遂棄官居館席。葆眞朝夕侍側，每為文，口授葆眞代書，録藁既多，合舊所存藁以先後次為四卷，先君固未嘗更自審定也。

先君棄養，方謀刊行，今相國天津徐公為先君生平知己石交，乃篤念舊好，招葆眞至都下，殷殷垂詢先集，餉以巨資，促其鋟板，且撰序文推闡先君志學甚具。姑夫任丘宗芘山先生樹枏、桐城吳君辟畺闓生、外弟鞠如、俊貞皆任校讎。工既竣，獻縣紀泊居先生鉅維、冀縣趙君湘驫衡為之復校，謹記梗概於後。民國三年七月男葆眞謹識。

録自賀松坡文集。

賀先生文集敘

徐世昌

賀先生文集四卷，武強賀松坡刑部濤所作也。自桐城姚姬傳氏推本其鄉先生方氏、劉氏之微言緒論，以古文辭之學號召天下，湘鄉曾文正公廓而大之，曾公之後，武昌張廉卿、桐城吳摯甫兩先生最為天下老師，繼二先生而起者則刑部君也。

蓋桐城諸老氣清體潔，義法謹嚴，篤守先正之遺緒，遵而勿失於異學爭鳴之時，鼚然獨得其正，此其長也。曾公私淑桐城之義法，而恢之以漢賦之氣體，閎肆雄放，光焰熊熊，遂非桐城宗派所能限，張先生揣古至深，吳先生復參以當時之世變，匡濟之偉略，堂奧崇隆，視前人超絶矣！兩先生門下賢雋士相流通，如通州張謇季直、范當世肯堂、滄州張以南化臣、桐城馬其昶通伯、姚永概叔節、南宫李剛已剛已、冀州趙衡湘颿，皆其著者也。刑部受知吴先生獨早，先生矜寵異甚，復為通之於張先生，以故兼受兩家學，於吴先生門尤為耆宿，趙、李之徒皆其後輩，而君研精典籍，若斸生命，沉潛專到，突過時流。其文章導源盛漢，氾濫周秦諸子，唐以後不屑也。其規橅藩域，一仿曾、張、吴三公，宏偉幾與相埒，而矜練生創，意境自成，不蹈襲前輩蹊徑，獨樹一宗，不為三先生所掩。蓋繼吴先生後，卓然為一大家，非餘人所能及也。自方、姚以來訖於君，其淵源本末可得而言者具如此，而有清一代文章沿革之大概亦略備於是矣！

君中年後病目，未幾遂盲，既盲，二十年誦講不輟，所為文益多且精，集中後二卷之文，大抵病目後之所為也。此尤前古所鮮聞者，蓋其冥探默索之功勤矣。往君教人，喜論張、吴兩先生之文，以為相去瘉近，則感發倍切，而窺見源流，攀緣亦較易。以君之言，求君之學，則君文之行世可不重與？

世昌辱與君同年，相交最篤以久，君既逝世，文集未出，恐久且零落，乃以貲屬君子葆眞與君門人吴闓生，校定稿本而刊行之，並識其緣起如此。中華民國三年二月天津徐世昌敘。

録自續修四庫全書本賀先生文集。

賀先生文集序

趙衡

絶大河而北，太行左轉，極東薄海，乃自古燕趙之地，至元明建都朔方，南面以控制天下，近代因之，四方冠蓋輻輳，並會而至，風俗所撕，山川旁魄蘊積而發，其豪者為近時之武功，而精焉不可磨之英華乃特發之為文，而先生實當其地。

自昌黎韓子創為古文，述往開後，統一斯文之體，後之作者舉不能外，所為傳衍曲折，終歸之先生。昔荀卿子揭先王立人之道，標禮以傳示後學，曆魏晉六朝，訖於唐，幾且千年，斯文之體蓋屢變，韓子承其後，既創為古文之體，起八代之衰，而其自述為文之要，曰：扶樹道教，有所明白。自韓子至先生又八代，且千有餘年矣，涵濡醞釀於郊甸之中，歷千餘年之久，而山川始渙然復發其光華。有清二百五六十年，天下之文章在桐城，吳先生承其鄉先正方、姚諸先生之傳，益從曾文正公拓而大之，基宇崇隆，盡籠有今古中外美富，落其實而取其材，譬之於時，䊹斂成熟之候也。客遊來北，悉以付之先生。

吳先生既沒，先生最為海內老師，其為文，帖如調矯龍生虎為牛馬，辨如屈長江大河在堂坳，翛如立身九天之上，俯視下界穰穰聚蝨，其道一本荀子，語若異，意則同，其體一放韓子，貌相萬，神唯一。門人冀州趙衡謹序。

録自續修四庫全書本賀先生文集。

賀先生墓表

徐世昌

昔孔子嘗稱天之不喪斯文。不言道，而言文，文之重於聖人久矣！孟子曰：我知言，我善養吾浩然之氣。孟子之所謂言，亦文也。孔孟之道於何見之，見之於其文爾。太史公曰：孔子歿後五百年，余小子何敢讓焉。亦自負其文也。魏晉以降，詞竄氣薾，無復三代之遺意，故其治亦卑陋無可言。文之繫於世運如此。退之倔起，約六經之旨而為文，於以起八代之衰，而朱子以先文後道少之，於是文與道乃析而為二。姚姬傳以為義理、考據、詞章不可偏廢，持論最平，然姬傳固文章家也。曾文正公私淑姚氏，而道德事功彪炳一代，議者莫敢非之。曾公論道與文之輕重，亦若未敢斷言者，要其意所自得，則以文事為歸。夫道，所以濟萬世，文之不足與抗明矣。然而聖賢精微之蘊寘寄之乎其文，文之不知，道於何有？是故體道之淺深，壹視其所得於文者以為斷，而文字以外，固無道之可言。由是言之，文固未可輕，而抑文而尊道者，未必其果有得也。桐城吳摯甫先生之設教也，舉經世軌物之畧，悉推本於文章，其說曰：自古求道者，必有賴於文，未有離文而可以言道，離道而可以言治者，千古以來之學術，一以文章之義裁之，醇駁高下，釐然不紊，舉而措之，粲如也，可謂極斯文之大觀也已。繼吳先生而起，壹守師說不少變，而表章闡揚之不遺餘力者，則武強賀先生也。

先生諱濤，字松坡，先世自山西洪洞遷武強之段家莊，移居北代，世以文學有聲於時。曾祖雲，舉進士，江甯督糧同知，祖式周，四川瀘州州判，父錫璜，舉人，故城訓導，有惠政，故城人愛之不忍去，因移家故城之鄭家口居焉。先生幼嗜學，羣兒嬉戲，獨默坐冥思，若有所寤，年十六，應學使試，冠其曹，與弟沅並舉於鄉，考取國子監學正學錄，改官大名教諭，又並成進士，以學使按郡至大名，不及殿試而歸，而弟沅以翰林散館，改福建知縣。吳先生為深州，得先生文，奇之，召至門下，授以所學，又通之武昌張先生，張先生得之，狂喜，復書曰：『此瑰寶也。北游得此，吾道為不孤矣！』及吳先生為冀州，以先生主講信都書院，因格於官例，不得往，請之大府，自大名調署冀州學正，大名學者遮留不可得，卒赴冀州，己丑殿試，授刑部主事，且之官，冀人留之百端，不聽去，仍兼講席，其後得目疾失明，屢辭，終不聽去，凡主冀州講席十有八年。吳先生主蓮池書院，且辭去，會今大總統袁公來督直隸，留之甚切，吳先生舉先生自代，曰：『有賀君在，斯文一脈之傳可以不絕，某去猶不去也。』既而袁公因蓮池舊址創文學館於保定，延先生主之。先生以為文章者，諸學之機緘，自周孔以降，若左邱明、孟軻、莊周、太史氏、韓氏之書，未嘗一日不致其思，而誦於口，通微合莫，深得前人著書之意，若躬處其間，而與之相唯諾也。其詔學者，必以文字為入德之門，亦以此要其歸，不惟發明其理而已，安章宅句之法，必深孯而詳說之，以為義法明，而古人之精神乃可見，得其精神，而道術乃可深造也。新學既興，舉國囂然，少年銳進之士詆毀舊學，專欲摧滅之而後快，而一二老師宿儒方汲汲以存古為務，先生博覽譯書，饜飫西儒之學說，深以時論過激為慮，又以為古學非可以空言保也，嘗著論力矯時弊，而以文章為學問之原，兢兢自守不變。

袁公之創文學館也，以為國粹之端在是，而其事當一屬之先生，手書告僚屬，毋設科目，一聽先生所為，且曰：『若賀君不至，則此館毋虛設。』先生感其意，強起應之。館成，所致皆一時知名士，趙衡、張宗瑛、武錫玨輩相繼至，潛心所業，不顧流俗誹議，學以大進。未幾，宗瑛嘔血死，趙衡以病、錫玨以他事先後去，先生以俗論難變，人才蕭條，亦慨然倦遊矣！余在京師，嘗延先生而館之，畿輔學者請於大府，備禮以聘先生，先生不出。民國紀元五月卒於家，年六十四，以其月葬於故城尹里之阡。夫人蘇氏，封恭人，子葆初，先卒，葆眞、葆良。

先生自幼至老，卷冊不去手，舟車行旅，未嘗少廢，既失明，日令學者誦說中外羣籍，而為之講貫，譯書新出，無不究覽，所評騭古書及所為文亦於失明後為多，有文集四卷、尺牘若干卷行世。其學雖以文為主，然綜貫中外政學，而得其通。嘗曰：『學無古今，無中外，唯其是爾。』其言政亦然，所著文考論時政之源流得失，務引西國新學新理，以濬發吾民之知識，憂深思遠，讀其書知其謨議閎通，迥非拘墟泥古者之為也，而從先生遊者亦多開敏英儁，能以材略自見於當世。嗟乎！古者以為經緯天地謂之文。自體國謀治，以下逮民彝物則之繁，何不一賴於文者？而流俗不察，輒以文學為詬病，於是相率蕩然，羣安於不學而自恣，天下之紀綱法度遂一壞而無復留餘，謂非變端之大可痛者乎！昌明先生之學，以詔來者，不惟吾道之為，亦所以矯世也。

録自續修四庫全書本賀先生文集。

范當世選集

點校　石鐘揚

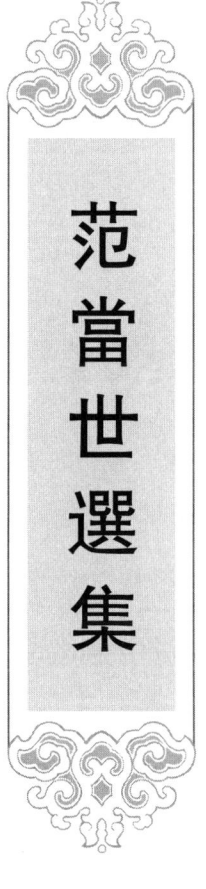

整理説明

范當世(一八五四—一九〇五),字無錯,號肯堂、伯子,通州(今江蘇南通)人,諸生。

南通范氏乃宋代名相范仲淹的後裔,明洪武三年始遷南通。南通范氏自晚明至當代,代代有詩文作家。中國是個宗法社會,詩文世家不乏其例,但如南通范氏能將其创作传统连绵十三代,且彙集出版(南通范氏十三代詩文集,河北教育出版社二〇〇四年四月版),則堪稱奇跡。南通范氏明清詩文作家中真正佼佼者,乃第十代之范當世。

范當世初聞藝概于興化劉熙載。一八八〇年,武昌張裕釗客揚州、江甯,范當世求問詩古文法。同時問學的還有朱銘盤、張謇。『張先生大喜,自詑一日得通州三生,茲事有付託矣。』時桐城吴汝綸官冀州,見范當世與朱銘盤、張謇唱和的詩章,『貽書鉤致』,范當世『亦樂依吴先生,遂之冀。而張先生亦來主講保定,益相與論定古聖賢人微言奧義,學更大長』。〔一〕須知范當世所師從的張、吴二人,皆為曾國藩門下的得意弟子。而曾國藩私淑姚鼐,以振興桐城派為己任。正是從這一師承意義上,我們來認知范當世在桐城派發展史上的位置。

范當世有與蔡燕生論文第一書披露其論文主旨:作平實之文,作儒雅之文。作平實之文即『苟意有所動,便放膽為之,為之之道,第一求意雅,不求字雅』,『布帛菽粟,平實說來,不必矯揉造作』; 作儒雅之文即如『古人佳文大抵必多所磊坷不平而含蓄不露,意思稠疊而隨手包裹不礙於奔放,著字數百而旁見側出之虛影不啻數千,空明澄澈而萬怪惶惑於其間』。以至認為『胸襟不至豪傑,不足談古人; 德器不類聖賢,亦不足以俯笑一世耳』。這就與桐城派『學行繼程、朱之後,文章在韓、歐之間』,以『雅潔』為旨歸的古文美學追求相接近了。他又有課鄉弟子約闡述學古文的目的:『凡文無遠近,皆豪傑之士乘於運會之為之,學者務觀其通,弗狃於近,亦弗務為高遠,祇自拔於流俗,以同歸於雅正而已。且為學豈不貴乎有用,而學無所謂經濟也,識時務耳。不達於當時之務，不能窺古人之跡，其不學猶可也。』曾國藩于姚鼐之『義理、辭章、考據』之外加入『經濟』的內容，提倡經世致用。范當世則將曾氏的『經濟』置換成『識時務』，以為『君子之道，不談非分之事』，讓文人量力而行。

范當世於詩古文，孜孜以求，實則其詩名大於文名。他對詩歌創作有綱領性的自白：

我與子瞻為曠蕩，子瞻比我多一放。
我學山谷作道健，山谷比我多一煉。
惟有參之放煉間，獨樹一幟非羞顏。
經須直接元遺山，不得下與吳王班。

其詩歌創作理想直指蘇、黃之間： 子瞻的曠蕩與山谷的道健之間。求之不得，補之以煉，獨樹一幟，當之無愧。桐城派中方苞、劉大櫆少有詩作，自姚鼐起有詩學，且与後起的同光體詩人相似，師法黃山谷兼取李商隱。范當世中年喪妻，經吳汝綸力促聘桐城才女姚倚雲，乃得與姚氏父子唱和，益得桐城詩學真諦。他曾贈詩陽湖張仲遠婿莊心嘉，不無得意地說： 『桐城派與陽湖派，未見姚張有異同。我與心嘉成一笑，各從婦氏數門風。』其『婦氏門風』，即桐城詩風。他又與同光體『開山作者』陳三立為兒女親家（其女為陳三立兒媳），且詩趣相投。因而范氏既得桐城詩風又被稱為同光體詩人。

對范伯子詩文成就評價最高者莫過吳汝綸與錢仲聯。吳說： 『文之道，莫大乎自然，莫妙於沉穩，無錯中年到此，則天下文章其在通州乎？』堪稱先哲所謂『天下文章其在桐城乎』的历史迴響。錢說： 『清代惜抱大桐城古文之派，以迄今厥傳未絕，南通范氏其執吟壇牛耳者哉。南通范氏既高踞詩界昆侖之巔，其一家之世業撰則又不止詩。』〔二〕可謂推崇之至，則未必全爲溢美之詞也。

一個沉浸於詩古文之境的人，未必能得意於科舉。范當世之時文雖被稱為『當時第一』卻科場失意，生計多艱，自言『遊談十年而產不進，不以為貧； 九試不得一科，不以為賤』。終為稻粱謀，經吳汝綸引薦入李鴻章幕府，課其子。卻遭同里張謇鄙夷，數年不與通問。甲午後，范氏東歸，『與謇謀鄉里教育如初好』。張謇終稱譽伯子曰： 『論其詩文，非獨吾州二百五十年來無此手筆，即與并世英傑相衡，亦未容多讓。』〔三〕『謀鄉里教育』即指其晚年曾執通州東漸書院教席，後又任江甯三江師範學堂總教習，走的是吳汝綸所開闢的教育救國的道路。

值得一提的是，范當世宛如吳汝綸徘徊在新舊之學、中西之學之間一樣，他一直掙扎在傳統與現代性之間。詩人陳三立序范伯子文集謂其『究中外之務，其後更甲午、戊戌、庚子之變，益慕泰西學說，憤生平所習無實用，昌言賤之』。〔四〕范氏有書日本高松保郎上使臣書後一文，論中國之教與西方之教的不同，敏感地從西方『機器興而耶穌之道左』的現象中，作出『吾道將衰』的判斷，預感到：人巧物幻之來，東西兩教，必有決一雌雄，互為衝突的時候，誰能出而已亂，主宰沉浮，尚在未知之數。而其情感又有傾向，以為東教以仁育天下，相當於西教惟教是爭而言，其優勢則是不言而喻的。實際如何，尚屬未知。范當世之茫然中充滿着矛盾：既疾首於清王朝的衰敗，又不滿康梁維新變法；既慕泰西學說，又難離傳統綱倫；既倚重李鴻章，又對其和戎之策有微詞……這正反應了晚清知識分子尤其是桐城派殿軍的心路歷程。

范當世著有詩集、文集。范伯子詩集主要有五種版本：手定稿本、光緒排印本（附蘊素軒詩稿四卷）、光緒三十四年刻本、浙西徐氏民國二十一年校刻本、文海本十九卷（臺灣文海出版社影印浙西徐氏校刻本，而補儀征道中聯句五首）。范伯子文集主要四種版本：剪輯民國十七年通州日報本九卷、民國十八年排印本十二卷、浙西徐氏民國二十一年校刻本十二卷、文海本十二卷（影印浙西徐氏校刻本，而補集外文十五篇）。

這次為范當世作詩文選，根據其生平創作實際，擬有五項原則：一、儘量多選與桐城派有關的詩文；二、反映晚清情節者；三、反映生平大節者；四、反映其文藝觀、教育觀者；五、美詩、美文。所選詩文取文海本亦即浙西徐氏校刻本為底本（校記中稱『原本』），參校其手稿本（校記中稱『范伯子手稿』，河北教育出版社二〇〇五年八月版；此本由范曾先生提供，謹此致謝）、民國十八年排印本（校記中稱『民國本』。此本由南京大學卞孝萱先生提供，謹此致謝）以及上海古籍出版社版之范伯子詩文集（校記中稱『上海古籍本』）。蓋上海古籍本為二〇〇三年七月之出版物，是目前最易獲得之版本，其正誤對當代學者影響較大，故亦作為参校之版本。

石鍾揚

二〇一〇年歲末

【注】

〔一〕姚永概范肯堂墓誌銘，范伯子集卷首，碑傳集三編卷三十九。

〔二〕轉見范曾南通范氏詩文世家序，河北教育出版社二〇〇四年版南通范氏詩文世家卷首。

〔三〕范鎧范當世傳，南通縣誌·本傳。

〔四〕陳三立范伯子文集序，散原精舍文集卷十二。

目录

文集

重修觀津書院增建試院記

吾之來游冀州也，以州牧桐城吳君之招。吳君之為州，專務積產書院，以富其賢豪之人而使之從容致力於學。益合其五縣之子弟而大造之，五縣令顧不自為也。光緒十一年夏，署武邑縣金溪鄭君來見，吾亦與之飲。退而吳君謂我，是有意教其人者，而惜乎不能久於斯也。及秋，吾還江南。冬又來，則鄭君已有錢六百萬修復觀津書院，聘吾為師。而大府亦以是留君，君益勤於茲事矣。去年春，吾來居院中。兩月之後，諸生來試藝者益多，庭隅狎坐皆滿，或至不容而露坐階下。君益欲虛其旁舍廩高材如冀州，乃與吾行度院西地，謀建試院一區，遂增修書院。吾以謂財不贍者，即吾所居可以緩，君不欲也。秋九月，兩工並興。吾亦南歸，四月重來，則門序東西垣墉赫然，堂室齋廡舉非舊觀。架閣之書，自群經諸史百家文辭總集都匯之編，罔不畢具。

斯時鄭君適考試學僮，扃鎖西院，而高材肄業者先來見吾。吾笑謂之曰：『諸君學者亦法鄭君矣。夫鄭君乃要於其事之必成，而限以不久長之時。是以旁作不寐若此，諸君子之來學，亦不容不成矣。公家之養，官師之所具，父老之所勤苦，是烏可以泰然長居乎？天下之事，蓋未有二年不成者。』其夕，鄭君聞吾來，啟兩院中通之戶相見。告以別後之所營，則自興工買書積器所餘尚有錢一千六百萬，以是諸生膏火倍舊而三。鄉試入都，並有贈送，又有歲修之資。因導觀其所為試院，寬廣可坐四百人，堂基有嚴，吏舍庖廚馬廄有容。鄭君益愛惜其所為，自以行當受代而去，就吾謀所以永長之者。

吾笑曰：君之勤勞，其可謂至於斯極也。天下之事，亦未有二十年而不敗者，能保全於十年之間而成就數人焉，則幸矣。此人或不得為顯仕，而猶能以其所學散被於其鄉，俾一世之後或承其流談君之教澤，不得幸生當年，而君亦於是乎不朽矣。法者敗之基，自古聖賢英人能建非常之功，不能立不敝之法，彼曷嘗不思哉！

彼其所以成事者，乃純在乎其精神之間，一循於法，則不能有所為矣。功成立法以詒眾，乃其猶執乎盛衰之機，不聽其與人俱息而默持之使漸衰漸微。其法之尤善者，則至於衰微之後而又可興焉。然此乃後賢之專美，而立法者不有其功也。凡吾與君與吳君之相遇於此，而蚤夜孳孳以求所謂作興人才者，此獨可以盡心為樂耳！究有裨於茲土者幾何哉？惟君獨後來而先去，而勞苦之意獨君為多。余故備書其前後之迹，使來者得觀焉。光緒十三年五月。

南菁書院記代〔一〕

體芳以光緒六年繼仁和夏公督學於江蘇，八年事竣，奉恩命仍留，益恐恐焉以仍久不效為懼。而所見人士之秀萌而未達、強有其質而不能立者，粲乎日營於吾之心中，於是謀就江陰建試院一區。江陰在江蘇四方為中，而書院附於學政，為士之所歸，循而嬗之可以久。體芳則以是告前總督左文襄公，公欣然許，奏撥鹽課二萬兩為束修膏火之資。於是體芳與同官出資庀材為廬，擇縣人曹君佳賓董其事，經始八年九月，成於九年六月。既成，取朱子子遊祠堂記所謂「南方之學得其菁華」者，命之曰南菁書院。

使來學者不忘其初，而祫祀漢儒鄭君及朱子於後堂，使各學其性之所近而不限以一先生之言。禮致訓詁、词章兼通之儒以為之師，而徵求各行省官刻書籍以庋乎其中。於是既敕既周，檄下諸郡，各以其異等諸生四面來至。日有讀書行事之記，月有通經博古之課，每歲一甄別而進退之，以至於今三年矣。

人才之興無非為國家者，先聖先賢誠知乎國家需才之事日新無窮，而不能盡有以待之，故惟是充其本原，而強乎其不可變之道以待無窮之變。乃其所以層累結緝而至於若此之盛者，亦莫善於讀書。且古之人以弦歌之身一旦出而綏天下，彼非倖天者也。彼通乎一經，則存乎三代聖人之心；　而操乎一藝，則忘乎天下眾人之利；　心聖人而忘利者，與夫談謀略策機械之人為孰可憑焉？

今之事變，前代所未有。蓋時務方興而儒者左矣，要其所以不振，豈為攻乎夷狄者少哉？　獨少吾所謂儒人者耳。諸生生長是邦，孰覩乎亂敗之由而務為反經以求其實。要知從古聖人撥亂世反正之道，不能獨窮於今茲。而本朝聖人經營之天下事事足以萬年，不能不歸咎於儒術焉。體芳且行矣，十年之後，庶有歸唐之文、顧秦二王之書復興於東南者乎？然使國家猝有緩急，則又有起乎壇席之間，而瑰乎立蓋世之功如曾文正、胡文忠其人者哉！君子以為天也，而庶其有存焉者乎？非體芳之所逆覩也已。光緒十一年九月。

【校】

〔一〕范伯子手稿作『代黄侍郎南菁書院記』。

通州小學堂宗旨

學堂何為而作耶？皇上懲甲午、庚子之屢敗，變法求強而決然行之者也。夫爭強莫如以兵，強兵莫如以富，何為而必出於學？曰：此其先務也。兵且有兵學焉，富且有農工商之各學焉，自今無一事可以不學。此特其普通之初級耳，選學童而為之者。蓋曰：立國必資乎人才，而培才當始於子弟；立教必遍乎全國，而變國莫先於秀民也。

凡為學堂之大綱有三：智育、體育、德育是也。一事也，人國婦孺之所知，而我之老宿不知；一名也，人國僕隸之所諳，而我之公卿不諳。雖欲開通全國，其道無由，此謂智弱。人皆廉信而好潔，我獨貪詐而喜汙，大而服官行軍名實之間，小而日用道路之際，常被外人之恥笑而曾不自知其所由然也，此謂德弱。人民之精神，國家之血脈也，人國合兵民文武為一，而我以好勇尚力為羞，勤惰之習分，堅脆之形成，不待臨戎而勝負決矣，此謂體弱。皇上憤欲變此三弱者而轉為強，則舉天下之士農工商概納之於學。然則遂用西法耶？非也！凡為智育者，智之事也；凡為德育者，仁之事也；凡為體育者，勇之事也。此中庸所謂『三德』也。而且有書數焉，智育類也；有禮樂焉，德育類也；有射御焉，體育類也。此孔子所謂六藝也。三德之所彌綸，六藝之所擴充，而一義行乎其中焉。一義非他，忠愛是也。去家庭之教育，受國家之教育，凡以為國家用也，修身入群以講求一群之公理，而後可以敵他人之大群，此在各國之立學莫不皆然。而況皇上含積年之痛，洞然於全國腐敗之故，猝欲與人爭而不可得，則不得不沈思一往望之於學堂者乎？

是故學者非盡去其故以與萬國求新不足稱皇上之意。而苟不惟本之求而逐其末，忘乎內之痛而慕於外，則盡驅人適異國可耳，何貴乎有學堂也！顧為學堂之條例則甚難矣。自中國外各國之人無不學者，約計其學年：則四五歲所居曰蒙學校；七歲至十三歲皆謂之小學校，而有尋常、高等之分；十四歲至二十歲皆謂之中學校，而有尋常、高等之分；過此則分科大學校終焉。人一榦而上，居學校且二十年，而秩序釐然不可紊。今明詔所謂州縣小學堂，蓋人國十一二歲之高等小學校也。而尋常之階級未經，並宜有十歲以前之事，顧其所選為文法較優之學童，此即不容以年限，而術之當改，知此者纔十二三焉。猝語高深，既茫然有所未喻；概從淺易，復傲然自謂已知。且群經為聖哲之歸，法宜至中學始為深語，而不免滋守舊者之疑。外國語亦專門之一，法宜待中學始議博通，而無以饜求新者之望。緣俗情之可否而遷就之，是謂苟且，苟且不可為也。度事理之行否而變通之，是謂權宜，權宜不可不慎也。

州雖小，乃天下之積；學堂雖小，居眾學之先，自我為之敢不重耶？是以警念皇上變法之苦心，推原聖人立教之本旨，務俾諸生開通良知以受眾美，毋若俗士矜惜舊習而塞新機。我亦數十年讀書之人，曾無一二端為國之用，茲為可痛，豈容諱哉！勉竭愚誠，以定宗旨。且設為十目，於普通亦備專門；酌分數班，由尋常而至高等。但使進而能接大中學堂之程度，而退不失為蒙養學堂之楷模，斯已爾。

課鄉子弟約

蓋聞人莫不有志焉，困而不能自遂者何也？欲發憤而無此具，辛苦而自得之，而亦不能盡合於世也。夫學之不可以已，而友教匡助之為賴也所從來尚矣。邦之達人長者咸以不才遊學於外多歷年所，宜有所得；而鄉黨後起之秀足不出閭巷，無從得與天下賢豪君子考德問業，稽合同異，心竊憂之。用詔當世，苟有所得，義不可不分而餉諸人；　雖無所得，苟有所見，非夫人人意中之所有，猶且歸而述諸人。此非當世所敢辭也。

當世蓋竊聞之矣，學所以學為文，語、孟六經，莫非文也。文之盛者不可以猝為，由其近者通之，變而為莊、騷，博而為史、漢，氾濫淫溢而為選，狷潔自喜而為『八家』，八家往而經義興焉。今人以次畢諸經而即為舉業，是猶地天之不可以接，而高明卓見之士文語周秦，詩稱漢魏，厭薄近古文字以為無足觀焉者，余又以為非是也。

凡文無遠近，皆豪傑之士乘於運會而為之，〔一〕學者務觀其通，弗狃於近，亦弗務為高遠，祇自拔於流俗以同歸於雅正而已。且為學豈不貴乎有用？　而學無所謂經濟也，識時務耳。不達於當時之務，不能窺古人之迹，其不學猶可也。若既充然有以自負，而謬為一切之論以概無窮之變，釋褐而仕，病國家矣。君子之道，不談非分之事，而有通人之識。讀書詠歌，進退優裕，余以是願有同志焉。約所當循誦之書，如前所謂莊、騷、史、漢、文選、『八家』者，而流覽則取其所最古者。西人文雖近俚，而格致家言有足觀焉，不可廢也。

兵革未息，閭里騷然，父老勤苦，資我弦誦，未宜負之。每歲四課，課各六七題，為之必四五焉。要取於有心得而後止，無苟備也。謹約。

【校】

〔一〕『而』，原本作『之』，據民國本改。

況簫字說

南宮于生鳳鳴，〔一〕從余學為文且一年，而自字曰『睍睆』，吾改字之曰『況簫』，蓋取諸簫、韶以配其名，而進之以聲音之道，不取簫之異文也。世之為士而不學，為學而不要諸道，為道而鄙斯文為不足求者，此皆吾所謂無歸之人，生固聞之而不足辯矣。

惟獨聲音之道，則吾亦惡夫無本而嘵嘵若俳伎者，而其為道也至大。則六經百氏之所有，莫不於是乎要其成。不則堯舜兩聖人賡續百五十年，而贊之以禹、皋陶、稷、契二十二人之賢，何其德之彌綸乎天地而區區乎必韶以傳也。前聖莫大於舜，後聖莫大於夫子，此兩聖人之相遇壹在乎聲音之中。〔二〕武王之德之遜，夫子不敢斥言，〔三〕而未嘗不取斷於韶、武。季札來觀，陳四代之聲而殿最其人，無一失者。惟我夫子有聖人之德而無其位，不敢作樂，然後金聲玉振之事壹存乎其文，而匹夫聞道者百世承焉。

先王之道莫大乎禮、樂兩端。禮至今不可謂遂亡，而樂之事竟絕於天壤者，何也？古之所謂大禮者，蓋取兆人之心德為之；而其所謂大樂者，獨取聖人之心德為之。聖人不在上，而此事乃廢，而屬之伶人。然而聲之為物也至神，而其感人也至深，如之何而可絕也？是故身不為樂而宣諸文者，聖人之有以自樂也。天下之無樂，而聖人當之以文，則使天下之人樂其樂而興於善也。此自古作者莫不皆然，而豈能苟焉以傳乎！是故人之身不足存也，而存其道；道無所寄也，而寄諸言；言可聞者，偽之也，而有不可偽之氣。氣行乎幽而不可識也，揚其聲而求之，聲之至者謂之樂。聲出於口而未有不合焉者，自然之奏也，文之而改矣。然自口者不可以久留，而亦非聲之至也，必也文之而盡如其口，則至矣乎。猶之乎人也，人之初未有不善焉者，自然之性也，學焉而汩矣。然是初者不可以久留，而亦非人之至也，必也學之而盡復其初，則至矣乎。

惟聖人之作樂亦然。凡物可觸而鳴者莫不有聲，而莫不可聽也，然而非樂之至也，必也群天下之物而和之節之，沒其所眾有而成其大而傳之可以久，則至矣乎。是故文字者，八器之待鳴者也；喜怒哀樂者，五聲之情也；辨之豪厘而差以黍米者，十二律之精也。精通於鬼神，又視其德為大成小成。是故夫子之文比於韶，而孟子之文方於大夏，取札所論者論此而罔不合焉。詩不入樂者亦鮮矣，夫子之言興於詩而成於樂，蓋是道也，遂終身矣夫。嗚呼，執筆而為文若無不可者，及求之道何其難也！今之時，有往來絕國通其一二語言而歸語其鄉之人，臆造而曾益之如通百方之音者，吾今者實有類於是，然其為生謀者則得矣。

【校】

〔一〕「南宮於生鳳鳴」，范伯子手稿作「南宮余生」。

〔二〕「聖」，民國本作「歷」。

〔三〕「敢」，上海古籍本為「散」字。

剛己字辭

嗚呼，剛己！　吾取吾夫子難其人者而名汝字汝。汝來學者，不過不為豎；　汝遂由是而博通以歸，不過不為腐；　汝不淫於財，不過賢於賈；　不苟為官，不過保全不為虜。　努乎努乎，而鞭退乎吾而接迹於古乎？　伊豈流人所得而侮哉？　而終焉為聖者所俯矣。

凡無所藉而開者，為聖為君主；　踵襲而傍依者，為廡為屨，為執鞭之御。　由孔子而來至於我汝，亡慮數十百人者更模而迭撫之，子或希其父，孫不敢望其祖，而況由後者以方其初，乃不啻高天之於下土。　是強人從我者過與。　汝軒軒乎植茲宇，吾不敢賊汝而使之㼌，有若回之聖夫子無不與，回也可以不自樹？　七十子無能而和之，何其嫵也。

嗚呼，剛己！　天不懼而氣不竄，莊生遊而孟子處，外弗可加內無蠱，是以可群亦可踽。　或曰剛之字以強詰。　我則以為剛無所爭，而強者無所不用其戰取，故剛德為龍而強德為虎，故我以名汝者字汝而無所輔。

辨柳子厚八駿圖說

子厚蓋慮夫天下之人，惟異形之求蛇牛俱頭之問，而所謂聖人者將無所得當，於是而不得出焉。　庸詎知夫惟同之是求而同之是問，〔一〕則天下之人蓋無慮乎其不同，而委瑣庸近之人無慮其不委積乎天子之廊，而蔓延於諸侯之疆。　且如不就同中而聖之，則烏得紛紛焉騰出於下鄙而各以長雄其鄉哉！　如是，則我之所謂聖人者遁矣。　夫人之智不足以觀乎聖人之同，則毋寧俾以異形求之。　求之而若牛、若蛇、若俱頭者，且卒不可得，則會且疑悟於心曰：『彼夫言狂而行怪者，意者其殆蛇牛之類乎？　而昔之人特喻焉者乎？』因是以求天下之賢聖，則萬不失一人焉。　夫我之聖人處乎今世，蓋無慮其不以為狂且怪也。

天下雖有往今之分，而百姓者但血氣之餘，欲生而過死者類耳。　聖人雖處懷葛之世，豈得同彼懷葛之民哉？　孟子曰：『何以異於人哉？　堯舜與人同耳。』夫惟此人之好異而謝不能，然後聖人乃極語之同，幾其或者勉而至。究乎由周迨今二千餘年之賢豪長者，希得取諸孟子而似者，〔二〕亦可謂神明者耶。且子厚過矣。夫子曰：『以貌取人，失之子羽。』夫子無所不以貌，夫人至於亙萬載而橫九區，即安得與夫圓首橫目食穀而飽肉者，同是儒儒之軀也哉？自註：作此等文時，摯父先生特欣喜過當，而吾師不謂然。復書：論矯強自然之分與真偽雅俗之所判，其端甚微，其流斯遠。當時悚然聽之。其最稱許者，則題張氏墓圖一首耳。

【校】

〔一〕『庸』，民國本作『廂』。

〔二〕『希』，民國本作『晞』。

心耕圖說

李剛介公既殉難田家鎮，而親身所御佩劍書策壹以散亡，獨其三十三歲所作心耕圖乃幸而得歸於其子。余居武昌三年，既與公子樾卿為兄弟之歡，樾卿則奉出斯圖視余。圖無他異，獨公坐躡一芒屨耳。公昔所徵名流歌詩若監利王子壽三數公者，或謂公乃力耕其心田，而其後之所獲將無涯；而或以為『心耕』云者乃心欲歸耕其家。

嗚呼！天下即有非常之人不至於其後之所成就，則其所冥然以獨寓者又烏可以告人乎哉？且夫天下之民吏其所以不果於為善者，則豈但壹志於裘服馬乘、寶玉大鼎，淫耳恣目、逐口腹之欲以取償於高官而已；其亦有斤斤乎肯為善者，其人蓋乃擇術之強於眾耳，而不可以恒久而不利也。無所利而可以去者，此又加強焉而不能不自脫於害也。令善人者而皆出於此，則李公且何為而死！

夫我之為李公說，則曰：人之以其心散於萬事，則有萬心焉，故常不可無一者寓之。且人之為君子也，彼其所處不可以豫期者也，萬其遇則萬其處矣。乃若其所謂『寓』者，則雖終身不必有是境，〔一〕而不可一日不借一焉以定夫萬。故豪傑之士不寓心於聖人則寓心於耕夫，聖人之與耕夫其相距遠也，其資以為豪傑則一也。夫李公之為人，乃其心寓之於耕者乎？耕者，可謂天下之甚貧又賤又終身苦之事也。夫人終其身不忘耕夫，無一日不可為耕夫，則凡人之所謂富貴者，乃常取足於一斗之粟、一命之官，〔二〕而至於宏艱絕險不可為之事，乃然後皆一無所避，而常不自知其愚，以至於甘白刃而如飴者也。

嗚呼！人之心乎聖人者其歸不必為聖人，要之天下無可以自美者矣。猶之乎耕也不必為耕，而天下之事無所不美。夫伊尹、周公、葛侯之流皆寢饋於聖人而自任以天下之重者，顧甚不忘畎畝者，何也？樾卿之仕也，其庶幾乎篤信吾說以承先人之志，而無所容利害之見焉，可乎？

【校】

〔一〕『是』，范伯子手稿作『甚』。

〔二〕『斗』字下原無『之』字，據范伯子手稿補。

堇父字說

言君謇博雜治漢宋學，以『勤謹』自勗，而取其切音曰『渠巾居隱』云者，乞吾婦為之書，而要吾為之題。

吾婦笑曰：『勤謹二文皆從堇，言生曷不字曰堇也？』余曰：『然，不特此也。堇正有巨巾、居隱二切，故力堇聲則巨巾，言堇聲則居隱耳。堇，黏土也。土性黏則難治，故堇艮曰艱，而籀文艱不從艮而以喜。〔一〕若曰喜而不畏其堇，則亦無艱之不治。然則勤謹二文又不獨堇聲而已，力堇為勤，有喜而治之之意焉；言堇為謹，有畏而限之之意焉。匪言之難，力行之為難，謇博其可謂知道者乎！』

古人朋友相崇則亦可以字，吾遽欲崇字君為堇父，屬吾婦書之而引申其義，於謇博何如哉？

【校】

〔一〕『不從艮而以喜』，上海古籍本作『不從堇而從喜』；民國本作『不從艮而以喜』。

讀陳敬如所著書

黃河於中國可謂巨患，不可謂癬疥之疾也。然譬之猶腸胃之間消導之功有時而不靈，則擴決而泄瀉，釋不治者久則敝，而不遽能壞其全體也。今如有人自中法言之則曰病心，而自西法言之則曰病腦，可以至於一日之間發狂大叫而死，抑或自投於水火刀兵而死，或涕唾流沫口鼻欹側焉而半死，或至不能為人焉而八九死。

其狀已著，其發也在日月之間，而是人之身則亦兼患泄瀉焉，明於醫者當何治乎？然而病者之家則曰：『汝姑釋是腦病而為吾治腸胃，求其所以横瀉之故而吾將大治之。』此其不欲治焉可知也。然而醫者於此則曰：『吾見其患也誠深，而聽其言也亦誠哀，則果為之循途而擘畫焉。』嗚呼！可謂仁矣。然其如虚耗日力何哉？吾讀敬如昨今兩年所著書而有是說。

或問一首贈導岷會叔

或問於當世曰：『學問之道，父不能傳之於子，有是理乎？』當世曰：『然。在乎其人者自為之耳。』

或曰：『蒙不謂是也。夫孔子至聖，而鯉也所造乃不敢望於顔、曾之徒；曾氏有後矣，而孟子以為德衰。及如孟子、荀卿、莊周、屈原、漢司馬遷、相如，唐韓愈之徒，皆各以其學之所至殫為文章，以規無窮；而有宋程、朱諸賢且一切繩而正之，使天下之人歸於孔孟之道。顧皆不能以授其子者，豈可謂非天哉！天之所獨，不可世也。帝者仍世而號以為聖，彼有所憑而然耳。匹夫空言垂教，其難乎為繼乃盛於帝王。〔一〕夫子云何？』

當世曰：『子之推大聖賢則可謂美矣。雖然子言天，吾言人，且子以為蓋天限之乎？天固未嘗限人者也。君子於其所得為也，雖千年而未有至焉者必至於其身矣。夫道不可以逸獲，而學之未至不可以賢於衆。父為賢哲，其子必有不勞而獲者。勞之不可以已，故有勞而後獲，有獲而後勞；獲而不勞，非心獲也。耳目口體之豫則賢於人人，而不必心競於其父。「父子不責善」起於孟子，而君子之重其道也，又益務廣乎公善之量，樂得一二非常之徒而不暇更彊諸其子。自如子所稱伯魚以來，吾不知其皆若此否也。要其必有人事之未盡者乎？由子之言，則是天下窮巷之子皆可以挺為人豪，而名家之子孫不與焉。彼其所受縱夷於吾倫，顧以百年之身而早自度為中庸之人，豈不為大惑也歟？夫天下之父莫聖於文王，而為子者莫聖於周公。周公蓋曰「文王我師也」，然則幸而為賢父之子，亦學周公師文王，可矣！』

【校】

〔一〕『盛』，民國本作『甚』。

送彭芾亭之官安慶序

今天下秀才多矣，博褐敗屨、橐數寸之管、聽鼓於有司之門、旅進而旅退者，肩相摩趾相錯也； 今天下令長亦多矣，敝車羸馬、手數寸之版、聽鼓於大吏之門、旅進而旅退者，肩相摩趾相錯也。 蓋自軍興以來，朝廷取人較寬，登進亦較濫，其後乃為天下之所積輕。 然則雖有甚瑰奇俊偉之才，何由而自見耶？ 曰狃於時，迫於勢，為眾人之所為，雖稍稍見長而不可恃； 眾人之所不為，而毅然無所回惑並力而求之，及其至也，未有不為天下所共見者也。 是說也，昔者吾與王大令欣甫嘗交相勉焉。

今年春，遊浦口軍中，留五日，與樂平彭君芾亭談極歡。 秋八月，再至浦，則彭君已入都見於天子，以知縣需次安徽。 朋友各以言贈行，〔一〕而亦以命當世。 自彭君為秀才固已有聲矣，得地而君之，吾知其聞必遠也。 獨今也往，大吏尚未有知彭君者，意者為眾人之所為不足以見彭君之才乎？ 彭君亦堅其所自命者而已。 吾與彭君交不過旬日，〔二〕而有平生之歡，輒復為斯言。 他日者幸復相見，握手極樂，更相與道之。 自註：此最初見賞於吾師者，評以為氣格逼近昌黎，乃並其意量肖之，可謂豪傑之士矣。 然此乃病於浦口軍中擁被呻吟時率口所為，後來在冀州求文稍艱，翻置此等以為不足道，由今審錄，正不忘吾師之言。

【校】

〔一〕「言」，范伯子手稿作「詩」。

〔二〕「日」，范伯子手稿作「月」。

贈吳禮園序

通州以東近百里之料角嘴為江海會處，有光綿亘互如綫。 綫右界水旨且厚，魚鱉鮮美； 其左界乃斥鹵不可食，而產亦殊焉。 此天之所以畫江海者也。 江海之水，皆吾民之所大利，而不可互為用。 引江水入溝澮灌田，歲旱往往孰。 或濱海水溢，雖所未浸，土脈濕則禾稼盡槁。 煮海為鹽，取右水涓滴入釜，則鹽亦不成也。 然而江至料角嘴無不入海者，江入海不知其為江； 海潮逆江，日夜而上，江入溝澮灌田，蓋又海水之所挾而至，不知其為海也。若此者何與？江海之為物也大，故歸之者不復能自別，而受之者不復疑。其實未嘗不相資，而其所以用之，則又不必其盡合者也。

吾以謂朋友之交也，亦若是焉耳矣。禮園與吾交，日親日歡。一日而與吾歎夫世之交者，以為彼無怪其然，彼其志不同而道不合，故貌之不能逮其心也。吾則曰：『彼所謂貌小而不誠者耳，若其所處者既大，而其交也以真氣相薄，雖志不同而道不合，何傷也哉？』吾與禮園可謂合同矣，顧亦何嘗無一二之別，且無視天下以不廣也？遂為斯言贈之，以其土之所習者譬焉。

武昌張先生七十壽言

當世比以病體稍差而來為合肥相國教其子，蓋不與吾師通問者既二年有餘。相國聞其去江漢書院而還武昌，又或傳其在襄陽。八月，弟鐘書來，乃得所以居鹿門之狀。且曰：『先生今年七十矣，久不見兄文。兄病已者，則趣為一文以為壽，其可乎？』同時，朱曼君自旅順來書，則言『通政黃先生壽登六十，子不可無言』。吾亦以鐘語告之，而曼君曰：『相國七十在明年正月，是亦必有吾子文者，三者孰先作矣？』夫為壽於知我愛我教誨我之人，則常辭舉無所用，而獨宜深道其所願樂者，時乎其豫一眄以為歡。

吾觀功業福澤如相國，乃猶不免顧恤莫齒，私憂獨歎，時時若為當世通其所拂鬱即又不能舉其辭然者。然則窮老羈旅如吾師所為，其愈有何樂之足道？而通政之在京邸也，不得已而去其官，或傳其典質為食，而歸無一椽之依，此亦不為可願。且以當世之一身，乃至不能稍自強力與諸生角藝，求一第以為榮；而退又不能殫精竭思日月著述，獨紛然騰駕其虛美之說。一旦而求親媚者三人焉，此何為者哉？天地之道，老者退而壯者代，吾年非不壯也，吾所代者何與？人各以所願為者期我，而不知我乃神銷氣餒，至欲一世不關於人事而獨與所知己者長言，以謂一關於人事則無日而不憂，而人情一不相知則同官共學而邈不相收，此亦天下之至慘也。

以余所識天下之長者，乃獨有相國、通政及先生三人。而相國與通政之為人斯邈不相知矣。往時通政建言乃拳拳焉惟相國之務去，此豈能知相國者？　六七年以來，朝廷所易置封疆大吏不爲不多，求多一相國而不可得，則吾不知其憂悲歎憤又當何如？　相國不以人論之為嫌，顧若通政之愚不可及，則亦未必盡知之。惟以今天下言路之塞，惜此諸公而歎滔滔者之靡屆而已。夫不可奈何而義不能去，此其所處又難於通政。由是言之，去就之間，哀樂之情，以吾私獨校此三人者，其為先生不猶愈乎！　何者？　彼其所求者易給，而其所為乃天下之所賤簡，獨可偷為一身之娛而無所庸其得失者也。當世之為弟子，百不逮其師，獨於此乎斤斤，斯亦可謂不肖。要其言於今日之獻壽為宜，且以視曼君與吾弟，毋戚戚於先生之遭也。

萬星濤之母壽序

吾友漢陽萬星濤以其母田太夫人壽登七十，諏以四月吉日稱觴於其家，而徵文於嘗所來往四方旅人，北盡幽燕，西極關隴之外，敦率助敬，誼隆辭高。惟當世亦嚴重其事，先兩月答書承之。

蓋昔曾文正之為人作壽序也，或設為贈言，或命為詩序，強為求其說之合於古，而大率皆有鄙夷其文之心，余以為不可。夫進言於人之父母，而先論其義之不古，斯不如無進矣。間以是語吳冀州，冀州曰：『然。古有而今無之者，冠禮是也；古無而今有之者，壽禮是也。壽不賢於冠乎？』退而思其言，則夫為人父者及子之年戒日醴賓而致祝辭於其子，與夫為人子者及父母之年戒日醴賓而致祝辭於其父母，其事正同。而父為斯以寵其子，孰賢於子為斯以寵其父母？　此冀州所以為通論也。

我則以謂：　人之為善雖皆非一日之事，而常賴有風俗禮教之一端重且大者，普視眾聽，行乎一日之間，足以開廣其人之精神而變易其回邪之志。是故冠禮行則嚴父慈母皆將於子乎責成人之道，忽若改其故而新是圖，禽犢之愛捐而禮義由是起焉。為壽之禮行，大夫君子於是乎不敢忘親，務舉親之所以訓育其身者表章之惟恐不盡，肫然悱然，莫不願以順德終其身者焉。是故冠者為人子之始，而相率而為壽者為人父母之終。循斯二者，宜相為終始，而未易以古今歧視也。吾因而歎夫冠禮之廢。單寒之族迫而教其子，猶能小成八九、大成二三。獨至高明鼎盛之家，專務以財力縱暴其子，邈不令與賢士大夫相接對，若古之所謂見於鄉大夫、鄉先生而求訓誡焉者，概乎未之有聞； 及其子之壯而身之老也，則達人長者已無復有過其門者矣。富且貴焉，特頑福耳，尚何赫然稱壽之有哉？ 嗟乎！ 此吾於星濤徵文所以嚴重其事而莫敢忽焉者，乃深悉星濤之父母為能於世衰禮廢之日，獨兢兢乎以古先遺謀督教其子，而使之學成名立以有今日也。

始吾與柯遜蓀、周伯敬、蔡燕生十數公者共修湖北通志，其時距今十餘年，星濤甫冠無幾耳，贈公猶在，即令之來遊局中。當世不足道，彼十數公皆高材碩學，意氣宏雅，而星濤壹與之深交。比三年竣事，吾乃不復與星濤相聞，[一]獨聞燕生之發名成業，皆賴星濤稟其太夫人之命資給困乏，或千金不吝，至再至三，無幾微嗛於心者。及去年而星濤聞吾之蹤蹟，以書來通，則知其所學已能與彼十數公者相頡頏，而其小弱弟海豐令琨服官數年，並有嘉績。星濤則壹不以自喜，曰：『凡吾兄弟所以幸無忝於先人而見納於諸君者，繄太夫人之教。』因述太夫人平生所歷艱難百端，與所以溫恭輯和弼成贈公之孝友而輕財好施無善不舉者數十百言。是皆固然無疑。吾獨有感於古今禮之殊，而深服太夫人義方之訓，為能不謬於古禮而尤足為今禮重也。遂書以侑觴，且為星濤兄弟永永勖焉。

【校】

[一]民國本少一『乃』字。

黃愛堂刺史壽序

北方士弱而民強，南方士強而民弱，均之不易治也。何以言之？ 北方之士質而俚，視其州縣吏如不可接，州縣吏亦簡薄之，民貧而好訟，一不直於州縣，則懷餅入都矣，此北俗也； 南方之士華而黠，以州縣為可倚，則曲意交驩之，或從而舞弄之劫持之，其民畏爭，將謂其官如神鬼帝皇之不可度也，此南俗也。是故北方之為吏者，無所謂政也，弇陋而偷安； 南方之為吏者，無所謂政也，文飾而自便。然則天下遂無循吏哉？ 吾所未見者不可知也，就吾所見而僅僅百有一二焉，抑出於吾一人之崇信，不知遂合於人人否也。

吾居於冀州累年，見夫吳君摯父之為政，務使其士興於文學敬愛之惟恐不至； 而其為民也，務為之興遠利，弗阿其意，雖謗訟弗恤。吾嘗歎息，以為難能。及吾還而至通州，見夫黃君愛堂之為政樸實而嚴重，士莫敢以私進，而其勤民也無所不至； 或窮鄉僻壤，躬自按問，民忘其貴。此與吳君不同道，而其救弊適均也。夫言稱師友者，古之道也； 歌頌父母者，民之職也。吾雖不知遂合於人否，要以親身所歷而舉二君而並論，亦自以為天下之公也。吳君為政之效雖久而益著，而當時頗用得謗，大府心不然之，吳君亦既去官而教授矣。黃君於時亦無所顧藉，獨以樸誠取重於大府，向用之方殷。此則吾民之幸，惜其為吾州不久而去之上海也。雖然方今中國文敝而外夷日勝，此乃方其用忠質之時。君負篤誠之資，而所治又適當中外之會，意其所補救又有大過於前日所為，而為吳君所志焉未逮者乎？ 此乃非特一州縣之幸，而君於是乎不可量矣！ 君壽登五十，在涖吾州之次年，顧吾必俟其去而後乃為文以壽之者，所以自別於向所云南方之士，而亦以當去思也。

冒伯棠六十壽序

自余出而試童子，則與如皋人士相接，若伯棠者，吾嘗兄事之。冒之先曰巢民先生，與吾先人十山公同時以文采相尚，稱邦國間二百年弗衰。余自幼而樂聞之，故私心尤親伯棠，以為冒亦至今存也。縣人三年中必四至州，伯棠挈其徒友及身自與試，則吾必旬日過其廡廬，從言笑為樂。其後吾辭學官而出遊，而伯棠亦舉於鄉，乃間別二十年不復相見。去年冬，得見於州，則伯棠之子與吾子並補學官弟子第一。〔一〕吾好譽其子，而伯棠獨譴訶其子之文，〔二〕更用此相譏謿以為笑樂，然其意興各不如初矣。今年春，伯棠來吾家。告余以年且六十，而問余所以壽之者。余始愕然，已而尋其年則良是，因益歎流光之易過，而少壯之未能以一瞬，太息久之。然我以為若伯棠者亦且無憾於其將老也。

吾嘗言之矣，內保其家，外淑其鄉，古之賢哲未有過此者。且夫世變愈大，則成功愈難，士大夫雖欲出其死力以與時爭，終不能有裨補於世； 或不勝其激烈之行以蹈危而陷害，此猶其上之上者。 自餘文學聲譽之眾，慮無不臨難而變節半途而喪志，外擁其所既得以塗飾耳目，而內苟焉以取隨俗之富貴。不幸而敗，必有猥賤之行為一世觀笑； 幸而不至於敗，彼其氣已薄而性已漓，亦不足以長養其子孫而感孚其鄉里。 以余二十年所見四方達人長者，愛之而不信觀之而不洽於心者，亡慮皆以此也。

嗟乎！ 此巢民先生與吾先人之所為，所以逮今思之而卒未有以易焉者也。 夫名愈高則身愈危，二公之初，亦幾不免於世禍，然其卒也，竟能以貞悔自全。 鄉人徒豔其文采耳，抑其孝弟敦睦之行，父老傳之，有不可誣者，斯足則也。 余既好樂二公之所為，而身自惴惴焉避名逃利之不暇，則伯棠毋謂我有遠圖也。 吾且樂推伯棠之為人在不顯不晦之間，不訾於財，亦足以自給，有文以昌其徒，有德以貽其子。 丈夫不得為於世者若此，亦庶幾其可矣，何多求哉，何多求哉！ 請以為壽。

【校】

〔一〕『第』，上海古籍本作『弟』。

〔二〕『獨』，上海古籍本作『猶』。

賀蘇生先生七十壽言

世之敝也，朝士大夫相率不能以有所為，則若舉國空無人焉者。 其實以文論，以行考，不得謂其間絕無人，而吾徒二三人者不得遂賢於天下也。 夫士之超出一世而莫可逮焉者，蓋如此其不易也。 然則尚何由而進乎古耶？ 是又不然，古猶夫今耳。 今人不能自比於古人，不敢以今人之所為上與古人衡議得失，此其闇無識與夫專己而自聖者同。 苟為不欲專己自聖而自覺其無以甚異於今人，又頗時時折衷於古人而求其是，而量其身之可以安，如之何而可也？ 曰：『德者恒其德，業者恒其業，不苟於榮利，不騖於聲華，如是而已矣。』吾少讀《論語》，即嘗論孔子之時其不得又見所謂聖人焉，固也。 何以並善人而無之？ 蓋風俗之衰，由來非一世也。 又怪善人之道疑不逮君子之所為，何以孔子推而上之，至與聖人同為絕跡？且等類而同降，則亦若似乎君子易得而有恆難求，此不可解也。由今思之，所謂君子者純乎人也，可以學而能也；所謂善人者純乎天也，不可以學而致也。夫子能使及吾門者為君子，而不能使天下為善人。善人之道衰，則詩、書六藝之功固有所不及，而天下之放失不可治者日益多。此其所以重有慨焉，非徒曰愛之而已也。

吾得所以處吾友賀松坡父子者矣，松坡則可謂君子者也，而其父蘇生先生則可謂善人者也。善人之道奈何？不苟於榮利，不騖於聲華，德者恒其德，業者恒其業，終其身渾然泊然，不知世所營營者謂何，則亦不論其生於何世而莫能定以為衰世之人者也。令今之君子而皆有善人之風，則何至牽於不可為之世，苟然於其名位祿秩，輟業以從之，貶德以趨之，不隆不汙，坐令國事與本身之圖冥然同歸於盡乎！材而不達者少，仕而能退者稀，豈但國無人，亦恐野無士耳。嗟夫！此吾之所以欲退松坡而尊其父者，乃欲其廓然於今此所業未為世之所絕稀，而進用其父之道以終其身，則其去古人也不遠也。

當世往與松坡並為吳冀州教其州人，因事遇拜其母，夫人命之坐，而松坡立於旁，則指謂當世曰：『是兒非得名師益友之約束，亦終不底於成。』因論為學之甘苦數十百言。退而請其年於松坡，則知為繼母，尤以為難。比吾再婚於姚，常述以告吾妻欲以為式。而每欲書其語以壽松坡之親。及今年夏，而蘇生先生用校官考滿，往返過天津，侍之兩旬，盡得其道，則向所欲書之語又不足深爲長者陳。乃推論季世人才之所以不昌與夫善人君子之升降以為松坡勖，而即以樂其兩親之心，亦以明吾之區區願學而莫能保其終者，則以事事不及吾大人之恒，為可愧赧也。

汪劍星刺史壽序

光緒二十六年十月之吉，為我州牧汪君五十覽揆之辰，於是君任通州九年矣。每年是日，州之父兄子弟願樂君者皆欲進而為君壽。君則時其豐穰無事而亦或聽客之所為，相從飲酒為樂。獨至今年而北方亂久不定，兩宮幸山陝，君惄然不安於心，誡我邦人士毋言舉觴。邦人士曰：『夫臨觴而不舉者，君之誼也。欲君之貴壽而致祝於君身，此我民之私，君之所不能禁也。惟是君之才任公卿，而充吾願樂之意，則遂欲其究極年歲而永永與吾民相依，此於頌體為不宜。子宿於文者，亦有說以處此乎？』

當世曰：『有。蓋太史公憫漢吏之酷，稱述子產、孫叔敖之治行以譏切當時，而循吏之名以立。及孝宣帝起閭閻，知民所疾苦，謂官數變易則下不得安，故二千石有治理著聞者，輒璽書勸勉，增秩賜金，或至關內侯，而公卿即由此選焉。漢之循良，於斯為盛，然自班孟堅所稱王成、黃霸之屬，已不免有偽飾增加冀蒙顯賞者矣。由斯而降，與於斯選者代無幾人，而誠否且不可知。何者？上者不能無以喜怒愛憎去取人，而士大夫希世進用之心雖賢知不免，治道萬端而莫罄，惟久於其任為最難也。明一代循吏首推況鍾，鍾知蘇州至十九年之多。聽轅門鼓吹送女者，曰：「吾來時，此女方乳耳。」故鍾之利於民，則吾知其誠利於民也。今安得有十九年之知府耶？

方我君之初來，則亦不自意其能如斯久也。日汲汲然進州人而討之，築五壩，祛百年之患；清保甲，選士而分屬焉。通官民之閡，窮僻遠之姦，興復至聖廟堂之雅樂，月肄而時習之，豪宗鉅賈為不利於吾民者抗而復之。自城隍以至公廨無不修，自教養大政以至官醫、義渡無不為，故君甫來三數年間有明旦日昃之勤，及是而興作亦稍稀矣。君豈惰於昔日哉？此乃君之化成而行洽，與我民相安於無事時也。北方靡爛，江表宴然，而通州尤號為極治。大府臚君嘉績上之朝，仍乞天子弗召，獎勉留治如漢宣帝時。故吾人之幸蒙茲休，則出於上者之賜也。君亦愛戀茲土，無欲去之心。吾嘗與君勘沿江之沙，經行林木晻藹中，童穉拍手而歌盈路。吾笑謂：『君得一州而理，如家人父子之相愛，雖平世猶甘樂之矣。』君雖巽辭不勝，顧未嘗不深韙吾言也。然則遂充吾意祝君之恒久於此如明之況君。幸也國亂平而時復康，則自今以往且歲歲為君壽焉，甯非古之所謂吉祥善事者耶？而君豈有不樂聞者耶？』我父兄子弟皆曰『然』。遂書以進。

怡志堂文集敘代

朱孝廉師誠計偕入都而遇見我，出其世父伯韓前輩怡志堂詩文而請敘焉。余發而盡讀之。曰：

嗟乎！余嘗發憤，以謂中朝士大夫之所學不足禦外侮而強國，舉天下之空文而盡可廢也。追念我先師曾文正公儒言儒行，身致太平而又惕然以不學為恥，吏事已未嘗不讀書，所謂『躬自笑之，而躬自蹈之』者耶！

庚申、辛酉之際，從公在軍中，見公往往發古書與軍書雜治，則頗附於諍弟子之義，以儒緩為非，公聞未嘗不許。而軍興以來，名能古文而從治軍者，李次青為尤著。其為文或頗廢軍事，雖公亦病之。均之文也，而次青乃不能善其事，而吾師成大功，豈其別有操術之不同與？抑就其所學，而淺深離合之際，即為善敗得失之所因者與？吾不得而知也。吾師則功成而弗有，且戲為銘墓之辭曰：『不信書而信運。』使其言然，則是不必有公之所蘊而亦可成大名於時。苟無其遭，則雖復懷忠抱憤、志崇道遠，有終其身竟死而不遇如伯韓者，是尤可悲也！

天下後世，亦各就其所已然者論之而已矣。君子之道，惟本之心得而著之文字者，是亦不可誣。以余觀伯韓之所詣，固猶為未逮文正公，而其賢於次青也亦遠矣。此亦天下之公論也。〔一〕方次青棄徽州不守，別為安越軍八千人以救浙，阻於龍游不得進，而浙江省城陷，伯韓無官守而殉焉。余以丁未釋褐之年讀其先一年所為正氣閣詩，低徊於越之十三人者，長言詠歎，以為異世同符。而伯韓終竟殉於越，所謂不欺其言者乎？若是乎有道君子之文固不可廢也。追維舊曩，遠者或四五十年，近者亦三十年，孑然後死之身與後生談，多不曉吾意。而求得曩人如伯韓者，海內又無幾焉，此不能不浩歎於茲文也。光緒十八年二月。

【校】

〔一〕民國本少一『此』字。

通州范氏詩鈔序

光緒二十年四月既望，范當世乃得讀其家累世所為詩，約之為通州范氏詩略以復命於其父，而需其弟鎧自隴歸書以刻之。蓋自我之有家於通州於今五百年，一顯於明季，入國朝遂無復有位於朝列者，仍世貧賤以著書自娛。歷年既多，雖無喪亂寇燹之災，散失亦略盡。其僅存者猶百數十卷，力不能盡付刻，鈔存其略，亦不得已也。

自當世甫冠，大人則以此事相督勉，往往讀不終卷，輒瞢然莫辨其微遠所在，孰為高下。以此發憤遊學。初聞藝概於興化劉融齋先生，既受詩古文法於武昌張廉卿先生；而北遊冀州，則桐城吳摯父先生實為之。主從討論既久，頗因窺見李、杜、韓、蘇、黃之所以為詩，非夫世之所能盡為也。而於李詩獨嘗三復。顧以校諸生藝，連日夜不息，從此發病或至於廢學。荏苒七八年，遂至於今。而張先生則已卒，吳先生且屬為論定李詩以貽其子。吾婦乃言曰：『子不嘗欲論次家集以問張、吳乎？張則遠且沒矣，吳幸而近在，而子又多病，人事何可知！與論古人，何如論家集乎？』當世聞乃大悚懼，盡發所攜以北來之稿，連六旬日，廢百事為之，既以粗具。以問吳先生，吳先生亦既謂然。

乃敘其家世曰：我之先蓋出於文正、忠宣，而世次不相續。其始有家於通州者曰盛甫公，盛甫生均用，均用生廷鎮，廷鎮生秉深，秉深生禹蹟。禹蹟公諱九州，始以名德重於鄉里。禹蹟公之子曰介石公，諱希顏，始為名諸生。介石公之子諱應龍，字雲從，以明經高第，拜慶雲令，一歲而慶雲大治。忽不樂，解組歸，築尊腰館嘯詠其中。慶雲公之子諱鳳翼，字異羽，子孫稱之為勛卿公。勛卿公萬曆二十六年進士，觀政已，除灤州知州，聞都下有銀灤州之目，恥之。疏改順天儒學教授，頗昌言時事，為執政所忌，十年不遷。三十六年，轉戶部主事，管京倉，驟有奇績。三十八年，調吏部文選司主事，首推顧憲成、高攀龍，遷稽勛司員外郎。〔一〕先後在吏部不及一年，而構者眾，遂請告以歸。自是至於弘光元年，五起京卿，皆不就。坐東林黨為民，追奪誥命。然公故懷道幽默，不為朋黨。小人無以罪之，罪之以『據清卿之席，引高不出』而已。崇禎三年，海上亂民焚掠州里，公乃挺身上疏討賊。而溫體仁欲因此殺之，坐以激變，賴都御史廷爭乃免。十六年，傷國事日非，謂士大夫此時不宜復計家有無，盡鬻其產七千五百金輸之官。國變時，年七十三矣，逃禪八年乃卒，天下稱為真隱先生。而史公可法慕其為人，嘗為之著范公論。

勛卿公之子諱國祿，字汝受，所居曰『十山樓』，子孫稱之為『十山公』。十山公生於天啟四年，崇禎末為諸生，入國朝不應舉。長老言：『十山公嘗修州志，構奇禍破家，逃亡於外。顧不知其禍所因。』今讀其詩，則自國變三十餘年不履金陵，有渡江及丙辰元日諸作，而送陳其年入都應召，則曰『生平不識京華路』。此其能自全也，信矣。酬蕉園主人則曰『望門投止何如儉』，又曰『悔為著書時一吐』。蓋勛卿公與十山公皆不汲汲於當時之名，故其得禍亦不烈，而亦未能竟免於禍也。

十山公之子諱遇，字濂夫，以諸生為桃源縣丞，棄而歸，桃源之人為詩送之者至數百首。桃源公之子諱夢熊，字君宰，諸生。君宰公之子諱兆虞，字韶亭，諸生，是為當世之高祖。光緒通州志列之文苑傳，而不詳其所著。配曾孺人，〔二〕有清德，嘗缺衣食，拒其女弟所遺。雨雪夜，饑，發琴為曾祖鼓之，以釋其意，而當世嘗詠以告弟鐘者也。曾祖諱崇簡，字完初，自號曰『懶牛』，為諸生，未久棄其衣巾。嘗曰：『吾平生他無所動心，獨聞印渚大魁不免耳。』印渚者，胡尚書長齡，與吾家比隣，幼與曾祖同學，長而同藝能。及其貴也，又以所撫妻姪字吾祖，即吾祖母金孺人也。尚書無子，撫金孺人以為子，然聞曾祖之與為婚，手提布裙挈茶果往聘，戒無以資送也。曾祖晚年貧不可以言，獨恃吾祖教授為生。吾祖每夕歸，必得曾祖歡而後止。一夕，久之若不歡，問家人曰：『豈有事耶？』曰：『無之，獨丁氏送蟹，辭耳。』曰：『故嗜此者，奚不言？』遂馳出門，脫中衣質錢，冥走數市，竟得大螯以歸，熟而徐進之。曾祖愕曰：『丁氏物耶？』曰：『非也，固將烹矣。』乃喜而歌詩以盡興。當世蓋十一歲時，立於祖父之側。父剛退，祖父謂曰：『頃汝父之欲吾笑也，與吾同矣。』因追道此。曾祖蓋年八十四而卒，祖父亦既衰矣。祖父諱持信，字靜齋，諸生，年七十三而卒。曾祖不令為詩，或潛為之，不以示人。獨咸豐年間寇警，城垂破，期與吾父死之，口占二絕，當世猶能誦焉，以附於曾祖詩後，他或雜在叢稿中不能辨也。

維慶雲公及我高祖大氏皆有詩，皆在叢稿，不能一二其詳矣。其猶有專集者曰勛卿詩集，曰十山樓稿，曰一陶園存今詩選，曰懶牛詩鈔。勛卿詩文雜著殆百卷，嘗刻行於時。咸豐中，江蘇學政李聯琇尚為州人言有其書，而今進士沙元炳猶見書賈持售。家所存者，獨詩集二十一卷耳。其詩，閩人曹學佺編諸歷代詩選者七十有一，皆頗精審。故略增損之，而得勛卿古近體詩百二十有三。十山樓詩文雜著且逾百卷，其康熙甲寅通州志為後人竄亂，家有剩稿，文集亦不能具，獨手鈔分體詩三十二卷存焉。咸豐中，王先生藻刻州人詩，十山樓獨多，顧其詩編年，不知所據為何本，去取亦不能精。今仍以分體稿約之，而得十山樓古近體詩二百七十有二。一陶園存今詩選者，桃源公所著也。公蓋已自一削再削，而僅有詩百四十篇並文選猶在，今又約之而得一陶園古近體詩二十有九。懶牛詩鈔，吾祖吾父皆嘗手錄之，王先生嘗受其教獨親也，故刻之者十八，今從約之而又別增焉，得懶牛古近體詩五十有九。叢稿有類於慶雲公所為者，有若一陶園删餘者，亦有上世群從為之而失其傳靡可考者，今不以分屬而仍擇焉，得古近體詩三十有一。合為通州范氏詩鈔五百一十有四篇。

嗟乎！以吾先人詩之至精者與夫當時之盛名者校，或且過之，而名顧不顯。謂其為之不以自喜不得也，或有所畏避而不居，冀以保身全節，是有之矣，而其實亦不儘然也。善乎十山公之詩曰：『傲睨長安聲價易，少年無賴碎胡琴。』名者，蓋衆人之為之，驚衆人而取之，志士有所不屑矣。然則需之後世耶？後世之名若將可憑，顧常論定於一二人之手而衆隨以服，則亦有不遇者，身之往矣，名亦焉用！學者歸於有以怡其心，而又能保有不盡以貽其子孫。為人子孫轉相貽以不没其祖，人事莫大於此。則吾斯集之撰也，豈但以授吾徒友，明吾先人有是學而已；亦俾范氏之子孫簡而易誦，知昔人之藝如此其精，而名聲利祿之際乃有如彼其澹然者也。不怨不懼，前修之從，則吾范氏之澤未艾乎？ 是吾父之志已。謹序。

【校】

〔一〕『稽勳司』，上海古籍本作『稽司勳』，誤。

〔二〕『曾孺人』，民國本作『曹孺人』。

秦昌五詩序

往余初至冀州，而州牧吳公讌余，曰：『居此樂也。』指而謂余曰：『是州判張君，善藏金石文字；是吏目秦昌五，善為歌詩。』因與之還往，信然。蓋吳公取其署之征徭所入而三分之，俾各享千餘金，故皆得以無事而坐嘯焉。

昌五本姓姜而後於秦，江南舊族也，故其人有清才，而尤愛樂人士。吳公每試得州之奇雋子弟則舉以屬之吾，昌五誠慕之。而從九未入需次於州者若年少而才堪讀書，吳公則舉以屬之昌五，曰：『此以煩君教，勿相撓也。』常用此為笑樂。昌五之弟問桐亦問學於余，時與李剛己、劉乃晟共齋而讀。昌五時來觀之，若津津乎有味於此也。如是四年。余南歸省親，吳公亦棄官而教授矣。及吾再晤吳公於天津，則知昌五已死，問桐已復姜姓，登賢書。

及至去年，而問桐與剛己成進士，並來謁余於天津，猶言其兄之歿於舟次甚慘。及是余來江寧，問桐來告以之官安慶，謀刻其兄之遺詩，且言：『吾兄不幸居末秩，而年又不永，所成就止於此，此賴先生與吳公傳矣。』

嗟乎問桐，汝以吾與吳公為愈於昌五者耶？彼固一時之樂耳，今胡可以再得？今之世猶能以教授為生，而吾與吳公皆已岌岌不能自保，況乃至於年歲之後，衰老力盡，自顧百無一長，有求為人役而不可得，是其哀來安既哉！則吾未見昌五之不壽為可悲、成就之不多為可惜也。姑行子之意而已。光緒二十一年十一月。

遊歷日本考察商務記序代

人有恆言，皆曰知己知彼。夫暗於自治，終古病焉。知己難也，然不知彼又何從而知己？彼己之間，強弱之積，其大至於一興一亡。然其差別乃或起於人工物力纖芥之微，而在今日尤係於商務。

今之時勢，蓋亦人人能知之而能言之矣，某不必言，且亦有所不忍言。及若內而政治，外而交際，宏綱鉅節，更有非分所當言者。惟獨拳拳於我民商力之絀，必不堪與人國往來，而不能盡得其所以然，心竊恨之。

去秋入都，妄有陳說，荷蒙聖明俯採狂瞽而有考察外洋商務之命。某又思近已而相類者無若日本。日本，昔之貧弱猶已也，三十年間由貧弱而幾於富強，與諸雄方駕，其由此適彼若是之易也，果操何術而能然者與？

今年四月，奉命與日本上海領事小田切萬壽之助同往考察。以某日往，某日反，往反六十一日，就目所及編成日記，呈由總理衙門代遞，而以其副本付之石印。夫觀於此，則彼已合矣。今之日本，彼也，非己也。知彼不難，一行人之微，數十日力之所能及，雖不敢謂盡得其概，而固已識其大凡。惟夫用彼之長，求己之短，則非一人獨知之所能為力，而朝野上下凡有血氣心知者皆與有責焉，故曰難也。某謹為其易者，以待其難者。

稅務司戴樂爾中國理財節略序代

西國士大夫風氣最厚，不得獨謂之強而已也。惟積厚以為強，故強也不可當。夫人所謂強者厚其力，而吾之所謂厚者厚其心。心力果有二致哉？彼不得自私其力，而務合一國之力以求其所公是，而去其所公非。庶人之力所不能到，則以士大夫之心力通之。非是，未有能善其事者。其仕於人國也亦然，吾用之而當其才，則務舉其職而思之惟恐不至也。

人見戴君進是冊，以為西人之為吾謀，其願忠也如此，信可謂難能。此真兒童之見。彼其一國之風氣固如此也。治天下者至纖至悉也。纖也悉也，而人自為之則力薄矣，而又私之則心亦薄矣。故纖悉之中有條理焉，治者之責也。治之久而此纖悉之條理具於人人之心，戶喻而家知，非獨細事然也。雖至國有大政不可以纖悉論者，亦人人得從而纖悉之也。此之謂合眾力而成一厚，合眾厚而成一強。戴君雖言中國之事乎，而可以覘西國之政治矣。盍行之哉！

列國歲計政要序

白振民孝廉，吾州之俊異士也，吾友何眉孫羅而致之南洋公學，蓋以為大師焉。眉孫歿而總理南洋公學者一歲中數易其人，沈君子培亦嘗尸其事。子培蓋吾友張季直之所嚴事，而吾向者私引為同類恨未得見焉者也。然振民斯時乃獨辭公學而去，吾竊怪之，猶以為意氣之適然耳。及余至清河，人有自上海來者，言彼間人士倡為自由之說，其禍為最烈，而振民若為之巨擘。余誠怪而不信，亦無以相難也。歲莫歸里，而振民來相勞問，出其所與傅孝廉、張訓導同譯之書曰列國歲計政要者，請序於余。

余觀其書，蓋強弱多寡之所著驗而是非得失之所從出，其理昭然於事物之際，而苦於東西人之不相喻，非譯不傳，振民為之是也。其譯例若曰：『書為吾國譯也，獨置吾國不述焉不可，而悉從其序，則吾且自儕於列國，益所不安，故謹譯大清一篇，立於上篇之首，而次乃及於亞細亞洲。』余深韙其說。振民又以『皇室』一條屬余為審定。余觀各國篇首於其侯王君主生出本末皆詳係之，傅君從其例而書之益慎，殆不可移。然而書為我國譯也，吾國人之戴尊親周於婦稚，此亦有不煩質言者乎？振民亦深韙吾說。吾因以窺夫振民辭氣胸臆之間，其去曩人所謂『自由』者亦遠矣。然而重得此謗者何也？自古文人學士之相非薄，其激極遂成為黨禍。而方其萌動，乃常起於隔而不相知。一言一事之舛迕，與夫一二小人之奸其間，皆足以生此也。

方今天下狃舊者亦稍稍盡矣，其將出而輔相公卿議維新之政若子培者不能十數，即振民者亦豈能百數哉？而苟其猶有前者不相知之患，則吾得仿譯書之例而為之通其意，曰：

處乎今日之勢，年至四五十以往若子培者，多憂多懼，而並不見以為可喜者也。若夫年裁二三十以來如振民之留心於君國，亦憂亦懼，兼一自喜其有為者也。少年能深體老成之憂，而老成益樂用少年之喜，事即何往而不可為？吾序政要兼及於斯，以匡振民，且以就正於君子焉。

秋浦雙忠錄序

余八九歲時，聞父老之言黨錮。問何以為黨？則曰：『若子之先太蒙先生與顧憲成、高攀龍講學，赫然稱東林黨人者是也。』余不忘其言，久之，乃得竊從人家窺明史諸傳，未嘗有先人之名，私謂此父老誇耳。及至十五六歲，讀先公之書，究觀其本末，然後乃知其進不枉道而退不徇於時名，彼固不以東林自居，其不傳要無足怪。然自其後遇明、清之際名家著述間有語及先公者，心固未嘗不喜。而夏嗛父所刻吳先生次尾東林本末、留都聞見錄二種，於十年前偶得之，其間語及先公者三事。聞見錄所稱，徒足以見公之丰采耳。其在本末則吳先生以李三才之為人折衷於公，聞公之論而心服焉。此最足見先公平生之大概，吾故尤寶其書，謀復刻未果。而去年冬劉子蕙石餽以吳先生文集，又以秋浦雙忠錄屬序於余。余觀之，則嗛父所刻儼然在焉，此真余所樂序也。

『雙忠』云者，劉子同里之先哲，在宋時有華先生子西，先以韓《》侂胄當國，固諫北伐，〔一〕竄建寧圜土中，已復以卑官謀去丞相史彌遠，杖死東市，宋史列之忠義。至明亡之次年，而吳先生以諸生受唐王署即家起兵，被執，不屈以死，所謂『雙忠』者也。悲夫！悲夫！人國之既亡，則其勢有若飄風斷蓬之不可控追，賢豪長者亦明知之，猶欲殫其心而畢其命，以為吾不以捨君父而事仇讐焉爾。此其事雖愚而實智。乃若其國實介乎存亡之間，用此一人焉則亡，去此一人焉則立可以興。而此一人者，乃遂若崇山大陵之不可拔，一天下奉之，下士不量而攖其鋒，則舉而滅死之如螻蟻然，無足稍措意也。吾故以為其謀若智而其實乃可謂大愚。是以先公有鑒於此，立朝無幾，彈一奸相不果，以為吾不可以復苟祿，遂去而還其鄉，專以教化風俗自任，而冥心時局者四五十年。啟禎之間，削奪遷擢，如弗聞也者，人號之為真隱。公其樂以隱終乎哉？其有所傷心於此矣。雖然華、吳兩先生之所就匪以為名，而各致其一死以動天下羞惡之心，以為黨奸事讐之大戒，此即先人不願三公之意也。此余小子所以反復於茲錄乃不覺沉思而泫然也。

【校】

〔一〕『固』，民國本作『國』。

聚學軒叢書序

余臥病江寧寓廬，劉子蔥石使人以一車書至。曰：『我有五洲觿編譯叢書之選，今姑以朝鮮近世史往，而子觀焉。我有聚學軒叢書二百五十一卷，今畢以餉子，而子為我序之。』

余讀所謂朝鮮近世史者既終篇，則哀悲涕零，脅痛轉加。乃泛覽聚學軒之叢書，取其近吾性者六七種以忘吾憂。而陳本禮氏之太玄闡秘且讀之一字不遺，兩日而後卒業。乃作而歎曰：『孰使吾國開通至四五千年，被文化者猶不過百一，而全國之民至今猶淪於闇昧之域，則豈非文深之過耶？』顧文不深則不能曆久而長存，而聖賢魁雄之人，常深構其道與精載而之乎萬世，於一世二世之毀譽愛憎曾不稍措意者，以能明此道者鮮，或曠世而不逢其人也。嗟乎！嗟乎！又孰使中人以上之資壹自腐於聲讀、故訓之間，頭白而不悔，不但忘其身之別有事，乃至並不敢以作者自居，則豈不因六藝文深，舉所謂千一、百一之人才盡湮閼於此耶？夫百一乃至於千一既無論矣，間數世而有萬一之人出焉，則此人之所為又必訢合於前哲人之所云云，[一]不求近知也，而轉相待所謂『後世必有子雲』之一語，不知其為悲為愉者也。蓋六籍以後，惟獨楊氏之文尤號為至深，吾向者嘗與吳冀州共讀其書矣，至兩皆釋於心，則相視而笑。一日，冀州問余以劇秦美新何如，余曰：『此必子雲潛為之而未上者，上則不待閱其文，即劇秦美新之云，莽已殺之而有餘恨矣。』冀州欣然，於是乎有讀符命之作。

當時固不知有陳氏之書在，今觀陳氏之於玄節解而章疏之，何其智也。然陳氏知玄為刺莽而智不及於美新，亦曰此不能為之諱也云爾。豈非雄文至深，閱千數百年而遇陳氏猶有一二之不能盡明者耶？前此二十年，吾與冀州教授於北方，皆以深文為教，後皆悔之。或至相向作危苦之言，以為吾與若之所為皆不成其為學。此則今之慕仰冀州者所不知也。劉子之於世，可謂憂深而思遠者矣，乃其述此刻之緣起，則曰：『吾刻時務叢書而深有懼於古刻日亡，舊學絕續之際。』竊謂此可無懼也。果其書有不可廢者存，則自今以往吾國萬一千一之人因國文而普通，由普通而深造，其必有餘力從容從事乎此，使道愈美而文益珍焉。

劉子年未三十，已博通中西而優游及於邃古，非其人耶？吾故樂為序之，以明吾嚮。且願後之撫是刻者皆不徒然也。

【校】

〔一〕「訢」，上海古籍版作「訴」。

豐利徐氏族譜序

今年春，季直來視余疾，告余以師範學校得算學兼體操之教習曰徐由白者，甚稱重之。明日，族子起傑來省余，亦言方從由白受算。問何因識由白。曰：「是故豐利場人，見之於江寧。於州之人無不愛，尤愛起傑，以弟畜之，即家而授學焉。且將卜日來見叔父。」無幾，果偕起傑來，三揖而進，意篤謹，異於他言新學少年也。無幾又來，將其族父曰煥章、曰梅仙兩君之命，求為其族譜之序。因詢其家世，則言其家故以武科為世業，今也廢，而家亦稍稍耗矣。觀兩君所述之緣起，則徐氏自洪武間遷於豐利，歷隆、慶而始有譜，入國朝凡四修之，最後為光緒癸未，既續定且付刊矣。兩君者之兄曰壽庵者，猶以為未足，勞心八年，創手稿一千餘紙而病歿。兩君雖處約，必賡續之以底於成，以不沒其兄之勤也。噫！其可尚也已。

吾嘗以為事有變古而之今絕不必吝情於古者，有今雖去古已遠而猶必師古之意以為治者，如弓矢校射之為，則豈非三代盛時所嘗合併於禮樂而兼資文武之士所嘗取足於斯焉者乎？及乎三代之禮教盡失，變而為強弓毒矢以毒天下，無復德讓之意存於其間。又一變則火器興，而矢石刀矛舉無所用，獨存為武選之一科，而得官且不足比於行伍。此豈有毫末不當廢者？廢之，而朝廷不能一一為之所，或疑於恝矣。然如由白之人才乃興於學校，則徐氏之所得為多也。此變古之為利而前之為者可脫躧去也。若夫敬宗收族，此亦由於古昔盛時井田封建以為治，故自天子、諸侯以至農夫莫不有宗，宗子收族而族人敬宗，故法易施而民易聚也。三代之不復，宗法變而族制與之俱壞，風俗每世而愈薄，父死而兄弟已不相收，無論疏遠。而如先文正者乃以贍宗族名千年間為可痛也。方今敵國外患之來已極於無復加，彼敵人者常能合一種之民族以為大群，〔一〕而吾中國乃不能合一家一族以為群，如之何其不散且亂也！

新學者或不滿於三綱之說，以為非聖人之言。吾則愈欲增兄弟一綱，以救世之敝。彼兄弟迭相為統，則為人兄者皆務以教養一家為事，而其家久而不散。能愛其家然後能愛其族，士大夫之賢能者於其一族即所謂功德之宗也。彼士大夫皆務以教養一族為事，則族亦不散；而黨友親故之連結遂有其不容已者，然後乃推其愛於一鄉；士大夫之能力，推及於一鄉而亦止矣。令天下之賢士大夫皆不出鄉而化成於家族，愛及於鄉人。學校之興，又足以整齊而通一之，群何為而不合？國何為而不興哉？凡吾是說，與少年之言自由者不合，獨喜兩君承其兄志而合譜，足以發余之言。而由白又名能愛鄉人者，故因其請而書之，以為由白永永之勖，且以復於兩君。

【校】

〔一〕『民族』，民國本作『名族』。

范月槎先生仕隱圖序

當世在武昌張先生書院，觀察月槎范公聞而好之，既枉過不遇，〔一〕則召之飲。問家世，乃知其先並出文正公，始遷之代並由江西。自文正公至於遷，其間又並皆有所缺失。而通州視公武昌稍有緒，於是略為公言蘇州大宗譜所載『別子流寓江西在有宋之季』。譜，吾先世手鈔者也。又先勛卿公之時，瀋陽文肅公集錄范氏譜，嘗使人求通州支而考其世次，將並載焉。文肅公之先，亦自江西遷瀋陽者也。於是公以為前所缺失求之瀋陽當有聞，於大宗譜又能得數世，則大喜。出所謂武昌譜與觀覽其年代系屬，指陳其先德，又益示以生平所為詩與官國子助教時所繪『仕隱圖』，以道其夙昔之志。

當世感公之所謂『仕隱』云者，乃慨乎念我勛卿公之盛烈，亦若可以廣斯圖之說。於是復進於公曰：〔二〕『先勛卿公之成進士，不欲為吏，改教授順天，轉為助教。十年而後遷部郎，諫不用而歸。歸四十年，五起京卿，皆不出，天下號為真隱。當是時，文肅公佐聖清建伊呂之業，而吳橋文忠公效孤忠於明，功名之盛無若范氏。』而史忠正之論先公，則曰：『范公以氣節為天下倡，其功甚鉅，其不仕固賢於仕也。』由此觀之，道之行不行，命耳！衷乎聖賢者之意，則顯晦之際豈有殊哉！公之為斯圖，豈亦不域乎其所處而有類於昔之人者與？

公謝曰：『是何敢望？然幸從吾子多聞范氏之盛美，請載之筆而俾余觀焉。』乃退而序其先後之言如此。

光緒七年七月。

【校】

〔一〕『過』，范伯子手稿作『顧』。

〔二〕『公』，民國本作『先生』。

金陵劉園九老宴集圖序

余以乙未冬薄游金陵，而王欣甫招余飲。其上坐者為清河李蔭唐，談論最豪，飲亦最多，貌若六十許人，年既七十有四矣。坐與主人相接，而為欣甫之姻亞者，海甯許醴泉，其貌亦若五六十歲人，年亦七十有一。余竊怪此兩君之善養，而李君因盛誇其嘗為九老之會於劉氏之園，有圖有詩，將乞余以為序。

明日，許君果挾其圖若詩以來，方知其餘七人者：為銅陵曹耕之，蕪湖濮詠高，長沙閻星槎，桐城朱蔭棠，全椒吳雲章，錢塘章衡三，懷遠宋召棠，皆年七十餘，或且八十。而詢於欣甫，則知此九人皆頗嘗以材能自異，或為州縣為賓客，而無寒凍饑困之事，幸生太平無事之日，而處山水名勝之地，群萃而舉一觴，和歌以相娛，如孺稚然。誠哉其有以為樂也。顧猶自疑其名位不顯，未能如前世諸公所為，遂欲得余之文以道其所樂。

夫人之為樂，則豈必資乎名位者哉！古之言樂者，莫善於鄒子矣，曰：『父母俱存，兄弟無故，一樂也；仰不愧天，俯不怍人，二樂也；得天下英才而教育，三樂也。』此貧賤樂道之君子所以得自壯也。而榮啟期之徒徜徉自恣，其為樂也亦有三，曰：『吾得為人，一樂也；吾得為男，二樂也；吾得九十焉，三樂也。』是亦古之知道者流，於鄒子所云猶邈然不足關其意，又何名位之足云乎？

然則幸當太平之餘日，而悠然得保其生理，以遨以遊以娛嬉而終老。此諸君子之所既足，宜無待於區區。而以余感慨身世之餘，若舟之放乎中流而未知所届，對皤皤之諸老恨生晚而長吁，乃益信敵期之難得，而興嗟於孟氏之為儒也。於是乎書。

書傳忠錄後

往余讀武昌先生之文，至李剛介公殉難碑記，不勝其隱曰：『李公信可謂忠臣者與，何令吾師之言深慟若此也？』益求其行實，〔一〕而吾師果亟稱之曰『忠』。及來江夏，〔二〕公子樾卿太守介禮園吳君徵文於余。余讀所謂傳忠錄。則益歎曰：

幸哉乎！李公之有子也。雖公奇偉盛節，豈能無藉於茲文乎哉？不特此也，跡公後之所以仕若是，其有父母之德。其初乃不能致朝廷一官，區區入資而為令，此世之所謂雜流者也。然且用其學，稍稍尊顯矣，則益不自愛其身，發憤抗厲，舉兵而殺賊。誠以是立功於天下不難，顧僅得尺寸以死。死之日，大臣上其事而天子褒之，於公不可謂有負。然而軍興以來，或倉卒不能以自謀，而後時頗乃與公類者往往有也。微吾師之作，而余亦將衆人乎李公，豈非窮而不得施則壹無所謂特勝者與？聞之禮園，公子服官於此，壹法其先人之所為，而不好為表襮之行，贍故人妻子十數年之久而人不知，獨慟心於其先公，則賓禮人士時時求其文，若將多其藏而圖一不朽者。嗚呼！雖李公之心，何嘗計及於身後之名。徒使之湮沒而不彰，而後之人將無由以興，則後死者莫不皇皇焉，況其公子者乎。觀傳忠錄者可以悲矣。

【校】

〔一〕此句，范伯子手稿作『益從吾師求其行實』。

〔二〕『江夏』，范伯子手稿作『武昌』。

書殷浩傳後

子貢曰：『紂之不善，不如是之甚也。是以君子惡居下流，天下之惡皆歸焉。』豈但下流不可居乎？苟為知德之君子，〔一〕則亦惡居夫上流者焉。從流下而忘反謂之『流』，從流上而忘反謂之『連』。連之與流，其初之為距也殆不能相望，而逮其懸薄而不勝，一墜乎九層之淵而同乎汙之區者，勢也。而又加疾也。然則為君子者亦處乎其中流，可矣。古之所謂君子者，皆能先立其身於不敗之地，而後乃徐焉以救天下之敝。

凡夫天下之所由敝者，不可不知也。君子與之近也而察之，而不與頹也。其上者乃為救正乎天下之源，不可不知也。君子默默而窮之，而不以自名也。處乎天下之所不爭，而屹乎為天下之所不能傾，此之謂豪傑。吾觀古之有道德而無位業者，自凡大聖大賢，雖其身不用，而吾與天下共信之。乃若其餘斤斤者，蓋亦幸而遭時不偶而衆惜之耳。〔二〕其為人也，或往往真潛而少營，而其所守者為百不合於人，夫是以得保其令名焉。其有不幸不得不為世所用，而覆敗不能以旋踵者，則莫不自其人之精神迎而取之，而無怪乎其君其相不善處之矣。雖然彼其所據者務窮於高，不暇求其實，而因以速天下之用，用而至於敗者，吾知其誠然。乃若身為衆人之所為，或衆人所不屑為者，而亦復茶然其為之，則何至於此耶！

吾觀殷浩既身廢罪徙，〔三〕桓溫遺之書，將以為尚書令。浩苟為衆人，猶將恥之，是故報之空函以絕溫。而『開閉數十』云云者，乃浩之必當自謬於人，使溫聞之而鄙其無用，而又無甚戾以保其身。然則史家乃刻意陳之，而天下後世之君子皆樂稱者，何也？則以浩之所據而傾焉者當若是快耳！不然，則史所謂『家人不見其有流放之慼』，而又孰見其『書空』者耶？我固知其妄也。且我乃今得聞之：君子事無成敗，貴有其具；無具而成焉者，寇準雖有澶淵之功不為榮；有具而敗焉者，王安石之新法不行而不為害。若浩者悲夫，若浩者悲夫！

按，范伯子手稿此文後附注：當時不喜仲弢之言人隱私抑猶重其人而不信也，故有是作，由今觀之正不然，雖如深源者豈易幾哉！

【校】

〔一〕『德』，范伯子手稿作『道』。

〔二〕『遭時不遇』，范伯子手稿作『當時不遇』。

〔三〕『身廢罪徙』，范伯子手稿作『身敗廢徙』。

書焦尾閣遺稿後

余以光緒八年之秋，初見漱蘭先生於江甯，因從先生莫府識王君弢甫，弢甫則出其先母盧太淑人遺稿，索余之一言。余觀太淑人之詩比於文儒，躬行比於君子，而弢甫之不得視含窮年累載抱茲編以長恨者，其為孝子之心又至可隱也。然是時，余於弢甫不深，故無所代鳴其哀焉。

其後余在湖北，弢甫每以書來促，而余方撰次湖北列女志，列其傳者毋慮三數千人，〔一〕則因以歎夫女子庸行無至，若不至萬聲而一辭，自非劉向、范蔚宗之徒罕足以取重於人而章信於天下者，余奚以塞弢甫之悲乎？其後，余益諗於弢甫，乃知弢甫之志意行習皆求為自樹以不朽其親，而並無所甚資於人者。然我以為待人而傳固無是理，即吾身之傳不傳又豈得謂之非命者耶？且人之有親而一旦喪之，夢寐之中呼天搶地，而莫能道其所之。則所謂傳吾之身以及於吾之親者，更渺乎不知所得為何物，而其僅僅萬分而得一如太淑人之遺稿，乃但當以為太淑人精神之所聚、聲容笑貌之所附麗，而使身沒之後，煢煢孝子有終身之依，此亦可謂能自不朽矣。弢甫從此雖一無所營，而但使慟心於其母，兢兢乎抱遺不墜以終其身，此亦可以寡過。夫弢甫之為人，則無慮其不副余言，而且多有賢於此者乎？

自弢甫屬余，三年未有以報。比復聚於漱蘭先生莫府，語連日，其相知以深於其行也。遂書此歸之。

【校】

〔一〕『毋』，范伯子手稿作『亡』。

書日本高松保郎上使臣書後

自吾與泰西人士相接，又時時觀覽其載籍，因得備知其前古盛衰起滅，宏綱鉅節。蓋天剖地判，名爭利搏，萬方同欲，殘忍殺伐之事不可勝原也。且夫其間則豈無英人傑士純稟天地之義氣，一無所為輕身蹈死而不悔者哉！百一而千十焉，故可貴也。吾嘗推論外國之風俗，惟獨日本士大夫好古崇義，自前世已然。至其將軍肇通泰西也，名尊攘而師者百道蠭起，垂纓被褐之徒莫不挺而為俠，或乃刳腸斷頸，樂死如飴。而水戶忠烈君嘗所育養廝徒僕夫，皆揮戈成名，駢死立節，豈非漸於孔孟之說而欣慕之，不紛於利祿而然者與？

其實六經、語、孟之書，並無所謂義俠之事也。孔子之所重者仁，〔一〕孟氏本仁而直之以義。孔孟氏之為教，莫大乎以仁育天下，而莫切於仁其身。充其為仁之說，曰『無求生以害仁，有殺身以成仁』。『有』之云者，窮其事會之所到，設為身在而仁絕，斷斷不可以兩存者也。〔二〕非是則身綦重焉，讀吾書者不可一概論也。環瀛海而建國，不相謀而並有所謂教，皆聖人也，而立本殊焉。西方教徒惟教之是爭，動亦至於戕殺百萬，窮兵數十年不休，此其所由來者酷矣！吾教雖有異同，不至於是也。有天下者用吾教，則勿論其為孔墨黃老，皆足以善國而興邦，久而道歸於一，國之善敗益惟是之從。方其盛也，一君數臣仁憫憂惻於堂序之上，而人人自得於天下矣。及乎世衰亂成，神德盛化之機退緘而不用，惟獨一二豈弟君子出身以殉世主之難，發於不忍而成於至是。用使介冑興王流連歎惜，追原禍敗之所以作，〔三〕而益知吾道之不可以廢。以是循環而不休。此乃所謂殺身成仁，仁之至也，非所以殉名而興利也，非其術之果於殺也，『仁育天下』此之謂也。嗚呼！機器興而耶穌之道左，吾道亦將微矣。人巧物幻之來，異時必有一決。不幸至於天動地岌，則其終能出而已亂者果誰氏之教耶？此獨可與日本士大夫之素嘗學問者太息而深道也。

某某出使日本，有高松保郎上書於使館，自言其少時任俠自許，嘗斷一臂以雪其所親之冤。已而自歎其猶小，益求為大俠期許朝廷，竟不得志。乃破產廣求方術，立愛生館，不惜以萬金良藥嘉惠疾病疲癃之人，以謂『試其蘊蓄也』云爾。吾觀其書多稱述古誼，亦似大悔其斷殘肢體而推廣以及人者，其事雖小，然固已知舍其所謂義而求吾之所謂仁，足以發明吾說。其文辭亦不謬於古。吾又以歎西學之興，而吾教之尚存於東也。遂書是以予之。

【校】

〔一〕『孔子』，民國本作『孟子』。

〔二〕『不』，民國本作『勿』。

〔三〕『以』，上海古籍本作『由』。

書詒煒集後

往余悼其先室吳孺人至不可奈何，而圖其所生長之區，曰『大橋遺照』。為之詩若序徵題於人，人無應者。徒以大義相繩，謂不可不更娶。而吾師張濂亭先生入吾說，獨謂『宜聽所守』，欣然為之題其耑。吾持以傲夫言當娶者，而吳摯父乃悍然必欲為之媒，且深譏濂亭。一旦為書劫吾父，而吾遂不得已變其六年所守，再娶於姚。吾見是圖慚甚，而吾父乃能悲吾之所悲，篤於吳之親戚，以謂子其子則不得不父其父、兄其兄，發大橋圖為詩以見志。吾又以是誇於人，人題者乃頗眾，摯父亦為文誚吾。〔一〕吾顧日夕展是圖而悲樂之，吾婦以為孩孺之所為，且謬謂『婦人何足為輕重？ 而君直如是其不丈夫也』。吾又諍之，一昔乃互為文語相嘲，寫於圖上。而吾友劉葆真自都門來，〔二〕贈之詒煒集，且為許仙屏先生徵文及余。

余既反復譯誦，則持以示吾婦曰：『子尚能笑余哉？ 夫許先生乃天下鉅公名人，而吾昔者語子以曾文正之徒僅有一二存者也。彼觀於古人者必多，而為國家宣力四方亦既老，猶不忍於一婦人而繁復若此。子尚能笑余哉？ 今之達官貴人，無慮其不昵近婦人也，時其色之盛衰而隆替已耳。當歡而逝而暫哀而已耳。若許公所誦，吾未之或聞。彼不愛於其父母兄弟，何故妾之足云？ 而迫近於其身者尚可負之，復何論於君國！ 吾見世變之未有涯也。昔者孟子推大人之事出於天民之上，廣其所為曰：「言不必信，行不必果。惟義所在而終之。曰大人者不失其赤子之心。」夫苟循乎赤子之心而可以為義，吾未見許公非孩孺人也。吾窮於世而所為若此，誠不復敢自比於人。而一旦得許公所為下同於我，又其人則吾師之流，而吾昔者私心所宗也，此宜不復論貴賤云何而聊且竊之以自壯矣。』

於是吾婦亦讀公所為梁淑人事略，以為類於其祖母蕭太恭人，遂感而為五言詩一篇，又兼懷大橋，綴以絕句。雖並以正許先生無不可者，遂錄以歸葆真云。所謂蕭太恭人者，石甫先生之妾也。

【校】

〔一〕民國本於『誚』上多一『以』字。

〔二〕『劉葆真』，民國本作『劉葉真』。

題職貢圖贈李伯行

職貢圖，余得之外舅姚慕庭先生，傳為其尊人石甫先生之所有，不知當時何以未有題識，真贋不可知，要之非百年間物也。伯行公子當南歸，余無以將其戀戀之意，乃援斯圖為贈，而題其後曰：

吾曹書生，一無所論於世，幸得以太平餘日優游槀筆，餬口四方，無兵革烽火之警為老親憂者，此亦尊相國之力也。業此者有年，則亦卹然私憂其難繼，雖相國亦自以身且篤老，每嘗太息而詔當世以嗣我者無人。今吾見伯行，觀其行事，察其所守，則此憂若或可釋。又私冀相國康強壽考，俾君得以回翔中外，累積勳德而嬗其老焉。

嗟夫！語乎此，則豈但吾一人一家之私計為區區萬不足道，且亦豈與於君家之盛衰也哉？而又何所用其諛哉？伯行崇吾意者，存吾所以贈斯圖之言而須其後矣。

題西法照相贈李新吾

新吾從都門來，得余與令弟經邁合照相，喜為之題識，謂當携至化石橋寓廬朝夕對焉。余笑曰：『君好此耶？尚有四人合者，則吾弟秋門及邁弟經進咸在，當題以贈子行。』明日而經進死，余既痛惜之，新吾亦悲不可勝。又三日當行，仍題以贈，而視五日前歡情殊矣，人事之不可度如此哉！嗟乎！士大夫遊宦不歸，則親兄弟或至不相識；而道義之不講，則師生或至如路人。吾與新吾之拳拳於茲物，其俱免矣夫。

題賀松坡文稿

吾與松坡散而復聚於此，蓋三年又三月矣。是編皆其別後所為。

吾則自離冀州半年而即病，病甚，乃自江西還里，臥里中蕭寺。至己丑冬盡，乃能稍稍言動。又九月而後能扶携出門。復至江西，才能握管而強為者近體耳，則遂為一詩望松坡曰：『吾家去子三千里，吾去家山一萬重。蹤跡益疏音問斷，性情雖好夢魂慵。年來不幸常空甑，病後無言似啞鐘。悵望師門渺愁絕，故人安得獨從容。』

吾固知其旁作不休，而今讀其文果一進若此，則吾之怨妒豈虛也哉？然松坡亦以是而遂傷其目，其他病狀亦往往與我相似，而來問醫於我，我又悲憐之。昔者我之道其詩也，曰：『蛇成足又奇，持此將安往？』蓋猶有矜持愛護之見存者也。由今思之，身命可惜，而每作此無益之事果何為也哉？君屬我加丹，我觀摯父先生之所為無可異者，乃不得已強為識別一二處。而離合之際，感愴實多。方當再別之時，而道其所以悲懷者若此。亦願松坡之善自愛焉。

題蘇子瞻手書阿房宮賦後

客有蘊藏富識別多頗自樹於文字間者，因與之言宋人之遺迹，笑謂余曰：『茲事之難也，以裴伯謙之明敏，而蔽於阿房宮之贗本，彼豈蘇氏意耶？』余聞而大怪之。念吾伯謙何至是，而客非無據而云然也。既從觀此本，然後喟然歎曰：『嗟乎！是宜然。譬吾一生則亦多狀矣，卒能遺外形骸，並不必由吾道而觀之，獨取必於吾心神之間望而知其然否，此豈能得之人人者乎？他人之書意吾不敢知，若蘇氏則吾類也；吾以知客之未能明此而伯謙之守此不厭也，伯謙亦吾類也。』

題包慎伯手定小倦游閣文集後

余師友問多稱述包慎翁者，然余但好其書，未觀其文。乃者莊秉瀚以小倦遊閣文稿三冊及敘目一冊相示，且欲得余稍稍論記而觀焉。余既讀之累晨夕，略得其概。大氐余所歎願者亦且四五，而不儘然者亦其所從人之途異，不足以為病也。後生之於先輩，則豈可妄論者哉？

秉瀚謂：『此四冊者，自一二稿出鈔胥之外，餘皆先生自書。』此大不然，余觀此三冊繕正之稿，蓋略仿先生之書意，亦且有兩手之不同，往往得其旁改一二處，則優劣相萬也。以告秉瀚，秉瀚乃固執而不移。夫此相萬之理人人共昇，至易明也。而秉瀚謬執之若是，豈非如錢獻之傳魏默深所言之理，亦人人盡知之，而慎翁獨怒而不信者乎？夫慎翁之所以一旦自蔽若此者，未必非輕毀方、劉之故，而遂有所往而不反也。吾故曰：後生之於先輩，不可以妄論者也。

題茗柯文集手寫本

皋文先生之為古文也，不知後世有所謂『陽湖派』也，法桐城劉氏之所為而已，則亦不知桐城姚氏有類篹之行乎天下也。〔一〕方其始也，致力於文事由辭賦而通，於姚氏有合焉。姚氏之意，以謂自高唐、神女，至於蘇氏之赤壁，皆一物也。此則非先生之所及知，故其為七十家賦鈔至六朝而止矣。嗟乎！此先生之文所以猶未極其至也歟？然其限於此也，亦年為之也。是四編三冊者，皆先生手寫定之稿；其自文質論以下十八首為一冊，蓋集外之文，觀之可以得其去取之雅意。先生之猶子仲遠先生，為莊君心嘉之外舅。莊君之子秉瀚持視余，並以前籤為先生自題相詡耀云。

【校】

〔一〕『篹』，原本作『籑』。

題杭氏鋤經閣

吾友杭蘭亭芷衫、俊卿昆季不析產，不責勞逸，不計用多寡，娣姒化之，門內大和。吾行天下見亦僅，是以極歎願焉。間乃過其家，而觀其所謂鋤經閣者，有馮君涵初為之記，若將剔去治經家荒穢之蹟，以復於清明正大之域，其說既信美矣！

余以為六經之道反復於家人而已，曰孝友、曰孝弟云者，統攝百為，兼該萬善。不友不弟，孝無成，行無歸也。天下之亂積於人人之家，父母去而兄弟爭，故令天下不復有完族。

杭氏一家之行誼，余獨以為得經意焉，故樂書之。且以示余族子澤春為教其子者，俾知學有本原。課杭氏子弟，尤以使之弗墮前美，為治經之先務云。

題黃漳浦手札

往祝稚農來吾州，州人或相驚告，謂其以番錢七十枚購黃漳浦遺札七通，蓋出於某氏之所藏，而惜乎其子孫不能守也。稚農則亦迫於行，而索題於潤生及余，遺此卷而去。

余發而讀之，則所謂七通者，東厓相國之所輯，至陳恭父題此卷時已但有五通，不知彼二通者何日而亡之，令艱貞之餘情事不備，重可惜也。潤生既有詩，余與舍弟治行未遑暇。既行，及於州南九十里之丁堰，讀延卿『曾泊孤臣獨夜舟』之句，因以求信國公之遺蹟而不可得。蓋其時特經由吾州而渡海，而吾州人遂處處祠之，此誠出於秉彝之公好，亦由其土之僻或曠隔數十百年歲而無瑰瑋絕特之士生於其間，故慕想盛名之彥而願其得與於斯也。漳浦，明之信國也，雖其足蹟不至乎此，而發視此卷，則精神涕笑如親對焉，亦寧不重可寶耶！由州而適縣，猶吾土也，稚農其永葆之。

題正定王氏家傳

王道農司馬示以所為正定王氏家傳，余受而卒讀之。曰：懿乎哉！五六百年仕學相承之世家，近代所稀有也。以余所見，獨桐城姚氏先德傳則亦自明以來綿綿延延至於今不絕，差為近之。姚氏之先達，大率以難進易退為立身之本，故其科目雖盛而利祿之際常不取盈焉。余觀王氏仕宦，內不過九卿，外不過監司，而司馬之述其祖訓，益懇懇以家道之升降由於天爵之盛衰。其風彌近古矣，獨其不甚以著述為事。

而司馬之曾大父椒園先生與其世父梅叔先生所學並以釋氏為歸。而司馬亦有跂想真如之歎，以與姚氏之以文學道義為世範，若不相似者然。顧吾友嚴幾道之談西學也，嘗推極於西方之教宗，而至妙必歸於佛釋。了盡空無未有如佛者。達識之士通於佛之說，而知一切皆幻；惟意為真，即意成空，因空定物；務令意物之際不隔一塵，然後不負其為我；遂乃舍心性而談形氣，而格致之事興焉。然則因佛理而進求之，世運且以更新，不特謹守之足以善其家也，司馬亦有新家之意乎？吾知其進子弟而教之，必更以余言為可採矣。

題張氏墓圖

前年，導岷既葬其母夫人之柩還至保定，則嘗告余以得佳兆焉。今年造於先生而請業，導岷間乃示余『柯家山墓圖』與其從父所為『記』。『圖』以明其所用之氣，而『記』則稱其地之形如伏虎者然。且謂形家知有此地久矣，初不得其穴，至斯而幸得之，有夢徵焉。其所謂『穴』者，蓋亦形家者言，指謂氣之所結而云也。葬之書古矣。『龍穴沙水』之名，治古文者或不道，故導岷又使余為之辭。

余以為不知其術，則無取乎言。導岷曰：『子不信耶？』曰：『奚為而不信也？夫不得其穴，則雖有其形而氣亦不為之用，雖有氣亦不知所以乘，有氣有形無所用之，此乃班氏之敘論所未嘗云也。而我以為天下之至精，其必若此矣。且其一旦而得之也，又何怪也歟？昔者吾乘大江而下浮，至於武黃之間，望子之故山而觀於赤壁，誦昔人之遺文，獨歎蘇子瞻之在斯也，乃時時乘風雨渡江，與王齊萬、吳亮采之徒流連風景，往復不休。而吾師乃戛然起於千載之下，曾不得並嘯而觀焉。則豈非山川之氣有時而不至則寥絕無人，及乎氣至而人興，則昔之人所謂奇怪殊異者一旦瑰然成就於其間，又烏知其所以然者乎！今如子之從父所云者，吾知其為小小之餘慶最盛之遺事也。然斯土也千年而不用，豈誠昔人所未見耶？毋亦氣之未至也云爾。導岷持吾之說，質之知言者，以為何如也？』

為盛氏子題畫

山右饑，津海關道盛杏孫既不惜巨萬救之。其賓客言君謇博亦招合徒友炫鬻文字一歸於振。而其弟盛薇孫並為人篆刻竹石，勤勤懇懇，惟以活人；猶以為不足，益出其名書善畫徵題於人，而出貲以會於謇博。吾聞杏孫雖好義，而戒約其弟無私錢，茲其所省皆硯墨之餘，故尤可貴也。吾嘗一見薇孫，蓋昌黎所謂『翠竹碧梧，鸞鵠停峙』者，不謂其仁而多材若此。畫，吾所不知，而枯樹、老人類非少年所能愛，而薇孫故寶愛之。此其所以能重茵列鼎而不忘山澤之有殣也夫！

與蔡燕生論文第一書

迭承狀，甚慰。承以暇日即發兄所選姚選讀之，尤所望也。三年學政，一瞬便過，不足以把玩。而錢財入弟之手，又必不能歸來作富人。惟於此事多盡一日心，即多置一分產耳。積學多年，不患無意；輶軒萬里，不患無題。〔一〕苟意有所動，便放膽為之。為之之道，第一求意雅不求字雅，則所見若某某君之病去矣；布帛菽粟，平實說來，不必矯揉造作以求波峭，則所見若某某君之病又去矣。二者本非吾弟所甚愛，而但恐持之不堅；持之既堅而多讀多作，必有氣機大順之時，氣機順而變化興焉。

變化之妙則非愚兄之本領所能盡知，〔二〕試為弟懸構數語：則古人佳文大抵必多所磊砢不平，而含蓄不露；意思稠疊而隨手包裹，不礙於奔放；著字數百，而旁見側出之虛影不啻數千；空明澄澈，而萬怪惶惑於其間。此皆可遇而不可求。熟於古人之文境，可以先機影射而四遠為之羅，亦不能知其必獲否也。所尤難者，在乎罵譏王侯將相而敬慎不渝，與下輩粗解文字縱情牢騷者判若天壤。文章雖極詼嘲，〔三〕而定有一種淵穆氣象，望而知為儒人之盛業，與雜家小說不同。此則所謂胸襟不至豪傑，不足談古文；德器不類聖賢，亦不足以俯笑一世耳。

吾弟高明之資，去前兩病易，而慎此為尤難，故首戒焉。珍重不宣。

【校】

〔一〕『題』，民國本作『意』。

〔二〕『則』，民國本作『實』。

〔三〕『文章』，民國本作『文簡』。

與張幼樵論不應舉書

承以觀古書之法批評拙著時文，慚惶不敢當。爾時輒為書謝，不果以獻，書問談此為笑耳。比承再使往還，索所謂圈識塗乙之稿，而當世卒忸怩不以將去。其可笑之故，諒蒙鑒原。至疑其書必談經論學，則鄙私愈益惶恐，不得盡如雅懷，而或遂援泛辭奉酬，則亦自以為可省也。所以云云者，乃緣既談舉業，又不入場。一昔奉覽之家書或權辭而未盡，懼相國不督，謬許其忠於所事，而他人直謂其壹意以求官。又頗知我者則不謂其高，即疑其憤，都非鄙心耳。

當世自二十歲不與於學政之試，則不復致力於時文。遇有故而後作，亦歷年而頗殊。或頗以自驗其盈虛，而並未嘗留心於得失。遇試輒試，更無牢騷。或將引而下之乎，則向來固不習於斯；抑或推而上之，使斷然自爲一家乎？則曩者亦無是志也。竊觀於今日之勢，蓋不特時文之末流處於當廢，即士大夫間所傳之古學亦必且有中曠之一日而更待百年而後興。此在深心遠測者類能言之。苟有宏德君子究心於前往而開化於來今，乘吾之敝而斟酌其孰去孰留，斬然定為一代大經，不令後世無識庸夫有所偏重。此謂當時會而為其難，則不至於勢極而翻，蕩然失其所守。甚盛之業，非公等未足以云也。

至如當世等輩硜硜之才，不能改趨於有用之途，而仍退然自畫於無用之地，此真所謂窳敗可笑之人也。知不復有輕重於世，而莫能瞭其少小之業，偷為一身之娛，及乎濡於此者既久，而亦不免愛惜珍護之意膠葛於其胸。便欲撰著文字留俟百年之爭，〔一〕以為中國聖人之道，等而下之至於吾儕之所為，乃亦有其不可廢者如此耳！夫明知其當廢而亦且爭之，以為此乃凡民血氣之勇所當然。又不自量其為何如人，而強與於爭之數焉者，以為此亦凡為秀才者所有事也。

一國有一國之所私，一家有一家之所私。苟有所守，出而爭之，從古聖賢不以為怪也。當世自從讀書識時務，不可奈何而謀所以但娛其身者若此，故此外皆不復措意。〔二〕游談十年而產不進，不以為貧；九試不得一科，不以為賤。惟獨病幾沒身不能不懼，而因此廢試亦不以為高。且固不自今日始也。其所以泰然陳於家君，而家君亦每聽之者，此亦前此所謂一家之所私不可同於眾人者爾。人莫不重其先世，貴者曰『吾欲繼家聲』，崛起者曰『吾欲表其先人之隱德』。寒家顯於郡國者四百餘年，而載在志書者六世有文集，不可謂崛起矣。顧自先光祿卿一人之外前後十餘世，世世為諸生，無一人得與於科第之數者。讀其文則尚不能及，而至於得失之際必欲淩出其上焉，有是理乎？是以先曾王父歲試一二次繳還衣巾，先王父至五十之年亦不復應舉，家君自甲子後即不復提籃入場。習而安之，由來已久，不似貴人子弟期於必得，而單門窮子生死於其間也。

乃者家君命攜先集北來，以暇審誦之，姑為簡鈔數十卷付刊。子孫不當去取先人，而浩無刊貲，亦不得不出於此。此事甚大，故尤不得不自惜精力而不肯浪費時日耳。相國未宜瀆，藉足下一轉覽之何如？當世頓首。

【校】

〔一〕『著』，民國本作『諾』。

〔二〕『此外』，民國本作『外此』。

答桂生書

桂生足下：

承書乃在里中為舍弟治行，卒卒不遑暇。然且與內人同讀兩過，讀已而藏之衣襇，冀得閒復也。終竟無閑，遂攜舍弟至清江，濡滯累月而後遣之行，身亦還里度歲。篷舟風雪中至無聊賴，乃取尊書復讀。顧不知足下之尊字，書所稱吾故人諸研齋、蔡君啬等輩，其時皆未嘗道君，而道君者或去年南昌所值之蔡公湛耶？如嘗道君而我忘之，則亦荒矣，他日必以告我。

書中約兩事：一以文見詢，一以佛自喜。文則吾不敢謂不知，有論文之兩詩，別紙寫上，而君試參之。佛則吾未之學也。然即君所求於我之文，亦故我而非今我。我之今日，乃獨皇然於西學之合乎天理、周乎人事，而視我向者之所為幾不成其為學。且其為道深博無涯涘，斷斷不盡於已譯之書，而年老舌鈍不復能往而自求，則因以責之於吾子，望之於吾徒，如秦皇、漢武之所謂三神山未能至而必欲甘心焉者，殊可笑也。

足下乃求所謂佛，則亦知佛者乃西學之所從導源否耶？往者西人之談心性也，至佛之說出而信其無以復加矣。佛言空，則真空也；佛言幻，則真幻也。空幻之至，而身世盡歸於無有，以不可控搏之身，而居此不必誠有之一世，日日而不已，則亦如何而遣之？是故西人曰：『不可控搏者我也，不必誠有者物也。而覺其為我，而覺其為物，則非物我之能自名而純乎為意之所指也。就意之所指而一往求之，務明其所以而至乎其極，則形氣之事興而格致之功成。成焉而不可敗，操之而不可使得而遁。』此西學之所以為定詣也。此乃吾向者之所嘗揣，得吾友嚴幾道之傳天演而益信焉者也。

足下之所謂佛，其純空之佛耶？抑可以反而策焉者耶？謂西學周乎人事，乃今則亦什伯其人矣；謂其合乎天理，此則區區一往之謬說，而同者乃不過二三也。然居今日為後生言，則宜切是非而無所容於客氣，亦不得因罵譏而回惑。故吾向者之所謂文乃但可為賢豪之餘事，自憂自喜而不可概之於後生；即足下今者之所謂佛亦但可為高明之極境，自性自度而不可概之於後生者也。足下以為然乎？否乎？

書末乃謂孫伯滂私淑吾詩，而忽焉已亡，可為流涕。佛說信矣，足下益以人命短薄為憂，然西人作事不顧修短，但取賡續，吾亦有詩曰：『作述從容要三世，剩容泣導後生來。』此又足與君言相發否？欲見無時，用此逞臆。當世頓首。

汪貞女傳

汪貞女者，安徽桐城人，聘為同縣姚本誠妻。父故廣西融縣思管巡檢汪純，早卒，母丁亦繼逝，依於舅氏丁循齋。循齋為江寧府照磨，而本誠之父姚俞權知江甯縣，聞丁氏有孤甥賢，為子聘之。俞妻有廢疾，而汪無所賴，故迎歸而童養之，實令攝姑政焉。時貞女年十五，道光三十年也。明年，本誠瘵死，貞女誓心為姚氏守矣。

咸豐三年，金陵陷，轉徙淮安。同治元年，俞奉檄權知六合縣，以賊眾，獨身之官，竟歿於官所。是時俞已有兩妾，一生子，一生女，皆數歲，家貧甚，計無以為活。生女者挾其女以遁，貞女奪之舟次而還；生子者不樂還桐城，貞女復奪其子而奉姑載柩以行。桐城既無田房室廬，仍棲止於丁氏之屋，所以活其姑及訓育此兩幼子女者壹出於畫。貞女故善畫，人高其節行，請為畫，益厚償之。不足，濟之以繡。

久之，循齋復為杭州府知事，貞女往從售藝，而姑歿於家。桐俗，他人室廬不與人停喪，乃移其姑柩曠野間，而貞女奔還哭之野，晝夜不絕聲。人聞而聚觀者益多，勸之，連三日不去。丁氏之人及觀者憐焉，廬而守之。數月，竟以俞夫妻合葬於連城山麓。妾留淮安者死，貞女為其有子也，亦求其喪而葬之。必得士族相當者為此兩子女婚嫁。姑嘗為人所罔，弗聽也。姑歿之後，此兩人之事嫂皆若母子然。此子既質魯不能讀書，則令之學術以遊。貞女雖貧甚，亦既為其夫弟娶婦，生四子，有田十數畝，建屋一區，蒔花種果，歲亦得錢十數千。夫弟得穀以養，貞女視前稍安矣。光緒十六年冬，而其夫弟病死於南康，貞女復以其柩歸葬，而再撫其孤。

范當世曰：古之達人君子，生是才而適於會，蹈百死成業，性命以之，天下歸其仁。及乎再有艱鉅，舉而屬之斯人，莫不躓焉者，其精銷也，況弱女子乎！汪貞女之事，豈不賴仁賢長者及今贊成之哉？有題其畫曰姚藝漱芳者，貞女字也。

外舅竹山君傳

范當世曰：『吾哭姚竹山於桐城，聞北亂而走歸。歸無幾時，又哭陳中丞於新建。昔吾兩來江西，皆以竹山君令安福故，故入其境而思之矣。觀於陳氏之峭廬，距城三四十里，營於山中，四無人居，則疑與夫姚氏所營挂車山之廬無以異也。』陳伯嚴曰：『竹山君何如人也？』余曰：『守其學，性澹然，不知有世害人也。』曾文正公以其名父之子也而教之，敘其軍勞而與之官。居安福數年，民既悅便之，君則一日不怡，上病於大府，今兩江總督新甯劉公方撫江西，慰留之，不可。而昧昧然奉母還桐城，結屋挂車山中，若將終焉。然君之養母也侈，奇怪珍異之藥無不儲，而甘脆讌賞之需無不致也。數年畢蕩其產。比謀食於外，猶將其母為娛樂計，群公不復能為之地，因而大困。起病索原官。及母夫人終於安福之官舍，君年且六十矣。

然君葬畢，遂無以為生。而負累數千金，率以官為券。服除，聽銓吏部。部吏來告曰：『明有竹山、陽湖之兩缺，其優劣相萬也。君與某者各以籤得之，與我錢，則君陽湖矣。』君怒，叱之去。明日，肅衣冠至部，部諭曰：『某廕生當得陽湖也。』君笑而就竹山。

總督嘗讀君詩矣，又以時入中丞公之言，換君大縣，君事道府皆應古典。府，賢人也，父事君。道，紈袴子也，嫉君而遂汙之。總督不為之辨，但還君竹山。君恥不就，貧，仍回竹山。數月而事有為君所不然者，君乃決曰：『吾不復濡忍於斯矣。』稱病得代，為詩以道其將歸之樂。然無幾日，遂歿於竹山。竹山之人哀其無還喪貲也，為具舟而送之。悲夫！

以君之早日退居山中，及莫年而反出壓於上官，不俾稍行其意而猶不得歸。及若中丞公之於世也，方且得志行道矣，乃反湮闕偃仰病死於茲廬。二者跡弗類，而其實相因，皆非一人一家之可為悼痛者也。君之姻連皆有文，其葬也有為之銘矣。余特錄斯語以為之傳。

記如南老人軼事

老人諱延齡，字大年，通州馮氏。康熙間通州隸揚州府，州錄老人學僮第二，送試於學道。於時取進入學者，例須納棚費十餘金；不者，或言雖既得而猶奪之。老人偕往之四人皆前列，無所取貲。老人探囊計足四人金，謂四人者曰：『予不為士，猶能為商。公等舍此莫適矣。』夜分金投四人牀，亡歸，自茲弗復進取。至乾隆二十五年，老人年八十餘，遺教析產。猶言『吾濟於榮利，無所積以遺子孫。而未嘗不遺之以安，好書令辭篤雅君子也。』

光緒二十八年，老人之第五世孫澂得老人書敗麓中，以示范當世，且曰：『幸先生記之。』范當世曰：『老人之欲貴其友而自沒也，乃不知從其時到今著於學官之籍者已三四千人，而四人者卒莫能紀焉。及若舉老人之風義以傳於世，則一二人而止矣，人顧何為而不自喜耶？』

歸田券代大人

畊陽之田十二畝，先勛卿公墓西向，府君葬其北，而某謍生壙其南。周以池，凡八畝，其亙乎池南不相屬者四畝，在神道碑西。張君潤之夫人之喪方謀葬，而令子謇亟往軍中，不可得地，謀諸某，為求亦弗得，乃割池南地與之。

自勛卿公之葬二百有餘年，當時形家謂『重城作拱，五水歸塘，後必大』。不百年，新城廢，水關圮，西南北水浩淼，勢不抗，談者謂『家中落由此』。

由某觀之，今日之形勢，固猶一郡之雄勝也。某雖不敏，讀書食藜藿，屢代安之，〔一〕亦復何望？方今天子有事於北邊，幸託威福。吾與張君長為太平之民，兒輩稍稍涉四方而歸，不至有馬革之事，相率老於茲土焉。千秋萬歲後，五山重水之間，父子、朋友魂魄猶相依於此。張君藏此券詔世世子孫。光緒六年某月日，范某署券。兒子當世奉命書。

【校】

〔一〕『屢』，上海古籍本作『累』。民國十六年本同。

立雲悔之寡妾為繼室之告文

光緒二十一年二月十三日，李鼎、許國鈞、徐聯蓉、張師江、范當世、顧曾燦，敬以清酌庶饈之奠告於雲悔仁兄太史之靈曰：子之喪且終矣，而寡婦孤子尚無恙，子知也耶？雖然門戶操矣，生人勞矣，子之孤不率，而伯叔、諸舅尚可以教之，惟此寡婦，歲月迢迢，可念也。

夫廉恥生於飽暖，而禮義成於自重。今子之家稍足以存沽，異日食口增益，吾儕必更有所持贈以畢子之交。又取子之先夫人之章服鄭重以付之，俾之顧名思義而永永無佚志焉。子其庶幾雖死猶不死而門第猶高。嗚呼，哀哉！尚饗！

山海

造物者將設為百怪，而平地無所藏之，於是乎振骨為山而噓氣為水，飲食平地之人而使之登山臨水以測怪焉。然山之為怪也顯，而水之為怪也隱。隱怪，而天下之得怪於水者乃益多於山。故夫採山之人盡其力所能，負裹一月之糧，革履而裘裳，朋而執械，如狽如狼，日之未昏而志於宿焉。益深以邃，則風來悽人，虎狼嘯林，斷澗當前，陰峯蔽天，蓋心知其有怪物於此，未見怪而氣已索然矣。故夫崇臺傑觀，群人之所游而怪不生。怪之所藏而人不能到。故享山之利者，麤者為材木，精者為寶玉，而同於藪澤者為犬豕麋鹿，無從得所謂不死之藥、千年之黿，豈造物者本謀如斯哉？由其形怪而拒之者也。

且夫天下之水，至於海則亦可謂詭異怪觀也。然其為潮，極悖乎天下賢愚之人，而未嘗不愨乎其有常。其如不潮之時，則浩浩湯湯汎之而平。小民櫂乎一木之舟而可以得魚，久之而益狎，則習知乎群魚之性情：好火者，然炬則群投於羅；好食貓者用生貓繫鉤，而千斤之鱝死於貫索之下。潮生而插竹，潮退而黃魚滿竿。蚌生十年者，其膏可然，其珠可研，其仰而嬉者不可干也。然海之為惠利於人，亦不盡待乎人之取之。故閏月誅巨魚而推諸陸，其狀為豬為牛，其變化而跳以上者為鹿，縶而脯之，亦可以為藥。以斯之類，是以貨財沾被乎天下，〔一〕而滋味潤澤乎生民者也。

嗚呼！人之方舟而行，日夜不絕於江海之上，雖有蛟龍行乎咫尺而不知，則其所可得而狎焉者，曾何嘗有百分之一於斯哉！故曰山暴而水藏，或曰骨陰而氣陽。

【校】

〔一〕「沾」，原本作「沽」，據民國本改。

纖月賦

亙長天之秋日兮，向珠櫳而上斜。有朦朧之素影兮，方的的於檐牙。試搴帷而諦審兮，正夜光之萌芽。忽吾來此累載兮，傍一幾而無他。東月吾不得視兮，況西明之些些。羌萬年之恒曜兮，動一日之驚呀。屋四周若方井兮，山棱棱而遍遮。吾不知斜日之所在兮，但見斯月之含虛警闕慘慘而堪嗟。彼微微之一爪兮，豈青天之可爬？復娟娟之媚態兮，向何人而修姱？此獨生而旁死兮，僅脫吻於癡蟆。想盤中之桂兔兮，固冥漠而紛拏。何羿妻之靈藥兮，感長年之睡邪？

昔吾有疇人之大鑑兮，登高臺而眺遐。見昏明之晝處兮，列萬山之槎枒。過炎炎之世界兮，焉渾渾而無涯。當上弦猶若此兮，故方生而又差。天蕭寥而過雁兮，樹慘澹以歸鴉。聽轅門之鼓角兮，雜數聲之悲笳。光冉冉而同盡兮，宵然鐙以自華。豈不照吾宵寐兮，悼太陽之無家？忽乎吾將徂此長夜兮，淚橫出而滂沱。

介人先生誄並序

當世還自如皋，大人泫然曰：『汝知介人先生病歿乎？去年喪吾滌莽先生，今又喪吾介人先生，吾故人盡矣。』於是季弟鎧告余曰：『鎧往視朱先生病，朱先生方坐，手離騷古文。鎧稍稍取讀之，先生亦讀之，明日而先生遂死。死之日，蓋問吾兩兄也。』於是當世泣下。大人又悲曰：『昔者先生為吾舉子錢於人，及吾之償，乃皆得所自為券，未嘗令吾知。吾過東門，東門之市皆歎竭藏於告者，無代滌之衣。其宗人浩軒為之具，謂其嗣子曰：「汝貧，汝叔母吾任之，吾所為具，汝必得錢而償我。汝叔生不受吾一錢，吾不忍具汝叔也。」』於是當世聞之，益大悲。

滌莽先生者，徐氏，四方所稱徐善人者也。為人惻怛而忠信，長有鉅萬，死而孤子不能飽。介人先生者，困苦食力諸生耳。吾聞細人之罔二公往往而似。〔一〕富人笑徐公而貧人笑朱公。然吾鄉愛人之君子二公而已耳。此吾大人之所以尤悲者也。當世嘗從介人先生俱省試，跬步言笑，先生未有苟。寢興未即盥，必冠衣坐。然和易，雖後生誠不以為苦。熟於儒先之書，然百家之文無所不慕。春秋釋菜，雖雨雪必中夜至。官長既畢事，乃徐偏拜於賢儒之位，旦乃罷。公竟用是感寒疾而死。〔二〕毅皇帝登位，嘗一舉孝廉方正，不就。而徐先生亦並時舉孝子云。誄曰：

吾父執友，先生徐公。徐公憂死，先生困終。心安命殆，身纖願洪。哀哀吾父，殷憂在躬。命誄先生，昭茲儒風。伊誰之告，詢於鴻濛。

【校】

〔一〕『似』，民國十六年鉛印本作『是』。

〔二〕『公』，范伯子手稿作『亦』。

王母陳太孺人哀辭

當世八月二十有一日自江浦歸，聞吾師景周先生復有母陳太孺人之喪。方病不能慟，明日乃往哭。又十日而後哀之以文。

嗚呼，當世之於太孺人則豈能無慟乎哉！當世十一歲始學於先生，當此之時，家貧數倍於今日，脩脯出於母氏之紡絍，衣敝垢，履或見其足。初所從學，〔一〕以窶人子為曹偶所詘，而出則恐。雖以先生之敬吾父猶每嘗自遠人，然太孺人則往往聞誦聲喜，呼而與之語。問吾母狀，視髮結，命之坐而理焉。則歎曰：『汝母苦，我少時亦汝母若。汝喜讀，汝母即苦，能幾時矣？』野人以時饋瓜果食物，必以啖當世，指而謂人曰是某之子，是有賢母。

及當世十四歲出而試有司，輒合，太孺人則益喜。吾家乃稍稍得置酒治具，為太孺人歡。太孺人執吾母手而笑曰：『我故謂是兒非久苦母者，何如？』及當世娶得好婦，自吾父母外獨太孺人歡。其後當世稍恥竊浮譽，讀書求古聖人賢人之用心，無復得所以媚有司者，有司亦頗厭棄，天下亦輕當世矣。而當世諸弟相繼受學於先生，太孺人尚往往勗之曰：『似汝兄。』聞諸家人。當世遊，太孺人即病，未嘗不問當世所在也。嗚呼慟哉！

太孺人童養於王氏，以至於老，蓋七十餘年，當世所見者猶十七年。其行與德，真有士大夫不敢望者，宜得傳。顧天之限女子甚嚴，雖甚盛德常不得有沒世之名〔二〕，及其子孫之昌而闡揚之，則天下以為固然，且凡有親者皆是也，何足以傳？又況當世之文，萬不足以取信於天下。或稱述太孺人之行與德，不足為太孺人重，而反以習視我太孺人，豈當世之志耶？當世則亦自鳴其哀而已矣。嗚呼慟哉！辭曰：

雖儒彥不能彊之吾同也，而母則伸吾於童蒙也。母之靈無恫也，而哭母之感無窮也。

【校】

〔一〕『初所從學』，范伯子手稿作『初在人塾』。

〔二〕『常』，范伯子手稿作『嘗』。

哀祭劉先生文

光緒七年二月，興化先生卒於家。三月，其門人顧錫爵以道路之言聞於范當世，並馳而往，入其境而問之，信。乃走哭於其殯，而各為文以道哀。當世之文曰：

當世年二十而知有先生，蓋聞之錫爵。錫爵初不欲當世之驟見也，〔一〕以為退一鄉一國而友天下，必其識足以觀天下之善士。苟尚非其人，則甯姑舍是。於是當世懷願見之誠五年，然後乃見於先生之里。退而上所為文數十篇，則先生以為可喜也。至於明年，先生在龍門，龍門弟子孫點以書來告曰：『先生念子。子不能來，則先生就子矣。』於是當世以秋八月往，先生窮日夜之力而與之言。於其將行也，而改定所謂親炙記言者七紙。〔二〕其時大風雨，夜過半，渴而思飲。當世執燭，先生挈茶具之竈下而火之，飲而旨。先生喟然而歎曰：『此樂豈易得乎！吾老矣，逾明年，將寓食於汝所謂黃泥山者以鄰於汝，以遂吾之志。』於是當世竊喜奉先生之日甚長，謹歸而俟焉。孰謂當世之於先生乃從此而止乎？

先生之學，獨為乎程、朱之難而深求乎孔、孟之際，當世自度終身不敢望，而亦不敢自以為不智。先生之歿，天下皆歎息以為德人，究其所以狀先生者，或萬言而不得其似。先生之書明明可觀，意其更數十年或百年而必顯於世。而當世之於先生，則不能不以萬一自任而求所謂繼。

嗚呼，大道茫茫兮哲人已死，成之彌艱兮廢之可恥。吾安適歸兮而大言若此，心結辭迫以抒一哀而已矣。嗚呼慟哉！

【校】

〔一〕『錫爵』，上海古籍本作『爵錫』，誤。

〔二〕『改』原本作『後』，據范伯子手稿改；民國本亦作『改』。

祭貞懿先生文

光緒七年十二月某日，〔一〕范當世謹以不腆之物，奠於貞懿先生永遷之柩，而告之以文曰：

昔君之歿，我在東鄙。歸乃聞變，哭而為誄。其後六月，我旅邗水。一日念君，哭亦逾晷。今辭於殯，永絕生死。我之哭君，從此而止。嗚呼慟哉！

鄉邦人秀，多自折摧。幽昧蕪穢，百年以來。君奮於眾，實荒草萊。民之正欲，惟名與財。狂而嗜我，貴富焉來。君於此道，瞠乎後哉。及其感發，亟難先災。〔二〕茫茫鄉國，失此人才。嗚呼慟哉！

自我好脩，乃為眾棄。無慙無好，則亦無忌。成人之言，睨曰兒戲，君獨信之，窮方極比。父我之年，迫我兄事。我甯好諛，以決我志。平生之言，有如泉隧。嗚呼慟哉！

我生而困，君亦蕭然。君鬻其產，以償我錢。豈謂君嗛，我心熬煎。謂君哲弟，索米走燕。我亦逝遠，紛紛可憐。窮而複合，哭君柩前。嗚呼慟哉！

君有肖子，煢煢孤露。我則弟之，云胡能助。所能助者，俾窮而固。匪用我謀，誦君之素。君體歸藏，君神可唔。我行君庭，慨乎有慕。哀哀北郊，雨雪盈路。素車從君，能莫我顧。嗚呼慟哉！尚饗。

【校】

〔一〕「七」，范伯子手稿作「六」。

〔二〕「君於此道」四句，范伯子手稿作「君居人後，亟難先災」。

祭吳孺人文

光緒九年六月朔，〔一〕范當世至自武昌，而哭於亡妻吳孺人之靈者既三閱晨夕。乃用居常不飾之饌，命兒子罕拜奠於其母，而告之以文。曰：

嗚呼！吾昔者之遠行而歸也，則每嘗懸懸，恐汝之甯汝父於家不能一日而見汝。吾今也歸，則求為千日萬日而見汝，而安可得耶！汝昔者之甯汝父於家，則未嘗不聞吾歸而喜，獨不肯早歸而相見。今吾在此，而汝又安得而見之耶！吾昔者蓋過矣！汝悔耶否耶？

吾父母及吾之弟妹，賢汝臨終之言皆章章大義。吾以為此即汝平生之短。昔者或乃尚與吾頗言其私，今將抱此無窮之隱慟而誰告者耶！雖然吾之聞赴未行，〔二〕蓋為詩而哭汝，然而不得盡其辭，則豈非凡人之恨固有窮萬古而不得白者，而吾與汝皆可以無言者耶？汝之行與志與所嘗言，吾當一一志於汝之墓。汝若此之人而獲有知者，汝可無憾，吾則何以對此茫茫者耶？吾暫哭汝，當復之武昌，不去則汝棺不能以葬。汝故欲從吾去，今去耶否耶？嗚呼慟哉！尚饗。

【校】

〔一〕范伯子手稿「月」下有「之」字。

〔二〕范伯子手稿「行」下有「也」字。

勿庵哀辭並序

嗚呼！　吾昔者之朋遊乎里中，捐其年歲之力以群於故常之歡，而時其離合於怪幽難通之情，邈不與乎君子所謂道，而惜乎勿庵之遂喪於茲也。

九年壬午歲且終，吾與之枕藉乎其齋，自勿庵之改庶常以歸，至是且五年。自庚辰散館，人聞其資匱者不行者至是皆來促之，而勿庵故仍前漫應之。吾欲決之故，乃以晏私就詢茲圖。勿庵徐曰：『烏有以翰林之故留處京師十餘年不歸者乎？吾念歸而獨身對吾婦，吾是以久留處。吾之在京師也，蓋十年不見乎邱隴。出乎國門而見纍纍之墳，乃忽若吾身之已枯，從茲而哭母以至於家，過於昔之奔喪在途也。然方吾之去家而入都，則豈謂十年之間而有子與延卿之作乎故鄉而盛昌其徒，吾獨何乎晏歸而胡為乎不居？』嗚呼！　勿庵蓋從此而不出矣。

自其言後，吾與之守三月而去之楚。吾去未幾而聞其病在牀，自是則貧吾不謀，病吾不憂，以至於去年九月僅乃會吾之還家而哭其舍，〔一〕又不克葬之而來於此州，可謂天下之負心者也。然方其決然不出之時，勿庵故甚樂余之出門，不願其浮湛於家。凡吾歸，往省病三四，必遂問行期如何，彼曷其我留而汲汲乎欲行我者哉！彼以為夫窮樂焉而哀，窮生焉而死，壹皆其所前知而弗疑，而獨不願乎我之眷眷於己。此吾所以弗恨於索居，而獨深慟乎前日之婾者也。自吾之來，吾父則與顧君滌香具以葬，今距其死且九月而吾始有辭：

光吾有朋，毓鋈馬氏。髮白其玄，〔二〕乃反鄉里。鄉人待君，莫或不侈。一年弗讎，百口相鄙。君鄙在廬，我狀尤俚。託飾野僮，亦弗君邇。己卯孟春，母氏壽祉。君來納交，登拜猶子。罷觴入山，從此相倚。〔三〕聖人處眾，壹是由禮。棄禮用情，得眾失己。君與我初，俱媚好士。鄙俚之顏，亶可稍綺。我從眾頹，君以我靡。心之微差，我流君峙。〔四〕我父我母，我兄我弟。臨當我征，莫不隱涕。襞其裳衣，〔五〕母曰兒起。兒出簺書，〔六〕非遊可比。嗚呼君乎，骨肉同理。去年首途，君又獨喜。曰俞冀州，同我甲子。目疏其人，行接我耳。捐我醜頑，往即彼美。汝之茫茫，歸宿於彼。知人愛人，君乎至矣。豈其一行，還及君死。衰麻而嬉，三尺弟姊。舉非所生，徒苦婦爾。延卿書言，甯不爾恃。潸悲在胸，薄發有泚。矧我負君，又不在此。綴成茲言，神鬼可視。

【校】

〔一〕『舍』，原本作『含』，據民國本改。

〔二〕『玄』，民國本作『元』。

〔三〕『倚』，原本作『峙』。據民國本改。

〔四〕『峙』，原本作『崎』。據民國本改。

〔五〕『襞其裳衣』，民國本作『其襞裳衣』。

〔六〕『篋』，原本作『纂』。據民國本改。

吳孺人四十誕辰祭文

光緒十四年正月四日，〔一〕范當世與繼妻姚氏謹就安福甥館，為先室吳孺人之位而祭之以文。曰：

子年三十，吾是時貧甚，猶竭力而致客。客散，子憐其勞，以為何必作此無益耶？吾笑曰：『是不足言，待我十年而富貴，將惟子之所擇焉。』子亦笑曰：『君不聞吾阨運在癸，若一木之浮於大澤乎？待至四十之年，吾墓樹積矣。至於其時，子與新夫人奠我一觴，是亦不忘疇昔也。』

嗚呼！平生萬言，無一既獲，獨子斯言而今也赫赫。大信不存，小諾奚益？惟以得祭於新人之家，猶為稍賢於故里之宅。去家三千餘里，何由得致魂魄？仗新婦之精誠，冀幽遠之弗隔。酒清肉香，尚其來格。

【校】

〔一〕『光緒十四年』，民國本作『光緒十七年』。

初奠雲悔文

嗚呼雲悔！子之去家三千里而死於此，豈吾與子昔者所及知也耶？子無父母妻子兄弟之樂，而門弟子亦不賢於我。是則子之去家三千里而死於我手，為正得其所也，子又奚悲！

再奠雲悔文

嗚呼雲悔！生死之故，子所了也。幽冥之事，吾所不信也。七日來復，子豈真有魂魄來耶？吾距子喪八九里而遙，則不能以朝夕奠。喪一日而不歸，姑七日而一薦。

三奠雲悔文

嗚呼雲悔！吾既為子具以殯，而今也乃送子歸矣。具以殯者，非我之力也，〔一〕周裴二公實分任之，而張戟門觀察又子之所不識也。護以歸者非我也，從公車而反者皆故人，託以子則無不可也。我獨深惟子握手之言，不願子塹故人於地下。方謀子之少妾與嗣孤，又汲汲於石生之孤寡。顧其所以兩皆暫安者，亦不盡出於我之脩脯為可怍耳。子之願則奢而行或乖，我乃不敢於子乎輕諾。姑醊觴以永辭，道旬月之大略。

【校】

〔一〕『非我之力』，民國本作『非我一人之力』。

祭張封翁潤之先生文

光緒二十一年正月既望，范當世乃得過弔其友張叔儼季直，而補奠於其尊父潤之先生之靈。曰：

繄賤子之得交於叔季，於今二十有五年；始登堂而拜父，在今上之初元。公迎門而撫笑，旋釋事而來言。若深幸吾親之有子，而亦因之來往乎寒門。遂交推而互贊，期百歲之相存。人之擾擾於世內，變化不可以勝原。有失於此而彼遇，有北轍而南其轅。嗟兩家之兄弟，逐風塵而累遷。既酸鹹之互異，亦升沉之各天。屬於津沽乎小住，遭叔氏之南旋。忽違公以十稔，度慈心而泫然。用附書而陳狀，異世俗之寒暄。謂公無幾言而問及我，懼叔氏之無以對焉。茲非謬托於親愛，實亦公言之未諼。計及冬而歸省，得拜公於果園。何圖未及歸而公以卒，曾不為我乎稍延。昔金恭人之沒也，余不憚百里而星奔。恨公喪之獨否，屬有故而羞陳。殆昔勤而今惰，豈今疏而昔親。自問百不如賢子矣，猶庶幾乎斯言之能誠。惟公神之可格，藉薄奠以輸情。尚饗。

家奠文

年月日。不孝男當世率二弟一子二姪一孫，謹以羊豕告於顯考府君之靈，曰：嗚呼，府君之逝也三月餘，而不孝之寢興已漸復也，不孝之心萬死而何辭，豈意一病而不能哭也。鍾也亦徒曰『與之俱盡』，究不能以自促也。而今而後，不孝兄弟皆得生，府君一往而不可續也。府君既慮鍾、鎧之斃於路間，又當疾甚之時挽不孝欹枕而共歇，豈不以父子誠為一身，而不料其終各自活也。嗚呼痛哉！

府君之期待不孝也太厚，而不孝之自待也恒薄，逮府君之存而過惡已山積矣。去年，府君怒而不孝啼，府君曰：『有七十老父尋汝疵，汝應笑樂。』當時不覺此言之太悲，孰謂過此而終不獲耶？嗚呼痛哉！

鍾、鎧之成名，府君以為不孝有力焉，詎知府君所授者忠信刻苦之遺，而不孝所開者浮夸逸樂之習，不孝實為府君之罪人，非痛改而何以自立耶？不孝以嬉娛膝下之身，忽露處為一家督，不留身而不可，留則懼以貽辱，屬兼旬而不眠，獨於此乎反覆。父生我而何為？天奪我之太酷！嗚呼痛哉！

日月不居，葬期已及。賓友走助，鄉國來集。仁賢歎嗟，鰥寡雨泣。豈況不孝之悲哀，有不肝腸之寸裂。惟府君之精神不隨世為生滅，覘三子之無恙，復孫、曾之在列。以臨命之不悲，冀來享之能悅，曾祭豐養薄之謂何，而已成今日之奠醊。嗚呼痛哉！尚饗！

祭外舅竹山君文

月日。甥當世及女倚雲，謹以清酌庶羞奠於外舅姚府君之靈。曰：

嗚呼！外舅知女婿及愛女來耶？女婿不得逮公存而一至，而今來其何所歸耶？女之去家也才四年，既喪其兄，又喪其父，而能無痛切於肝脾耶？人之無父，則生人之趣已盡，而後此皆為苟存之年。女婿之哭父也，女憐之。今女也亦罹此酷矣，則相向而痛，又安有窮期也？嗚呼哀哉！尚饗！

孫芸軒先生哀辭

光緒二十六年十一月二十五日，孫芸軒先生年八十四，卒於家。其故人之孤范當世哭之慟。〔一〕曰：

嗚呼！今並求若似吾父者而不可得矣。方吾父之初喪，公屢就而撫視我。吾見其坐而鬚眉動，則長號不能以自休。然其後亦愈慕見公，公熟於葬書，吾父之葬也大風雪中，從始迨終視惟謹。公長於吾父者十年，莫敢當其勞者，公故隆然自以為誼應爾也。間饋以酒二樽，公則親來反其一。公徒行不以杖，必固請，然後得以輿送之。前公歿之十餘日，猶聞其日臨視保嬰事，而皆以輿，則竊憂其衰，無幾而公歿矣。

公為人篤於親，敬於友朋，自同光以來，知吾州者皆禮請而屬以事。公不甚媚悅人，亦無取怨惡，澹然而已。吁！今天下變益亟矣，老成之人舉無所用於世，非老成之過也。公嘗從吾家步出門，吾從其後，凡吾州之道路皆亂石崎嶇，不良於行。吾謂公：『誰始此者？』公曰：『此豈無用哉？譬城圍而力盡，令下取石子搏擊，猶足當勝兵數萬人。』俾後生聞之，將不笑公言為太迂乎！吾以是歎公之誠而益以悲世也。辭曰：

惟范生之里處兮，有父事之一人。屬傷悲於陟岵兮，益慕類而拳拳。夫何後先徂謝兮，曾不越乎兩年。謂老成不裨於時用兮，奚以憫夫俗尚之推遷。彼考終於叔末，猶太古之歸全。縱無生而何憾，覺生者之可憐。會顛連於亂世，重孤兒之咎愆。聚私衷於公歎，藉一辭以傳焉。

【校】

〔一〕『哭』，民國本作『哀』。

草堂先生墓誌銘

先生有李白、杜甫氏之胸襟而無其遇，故其為歌詩殆微至矣。而放浪奇肆不可以偽為也。先生亦知之而絕不為，故其詩無假像焉，為人一如其詩。同治九年，吾與先生長子磐碩選入學，始識先生。十二年，先生試，為選拔貢生優等與，於茲試者惟磐碩一人。先生曰：『吾危，欲失之。』自斯不復進取。光緒六七年間，吾再至先生所居呂四場，其時吾已游事張、劉兩先生。以所業質先生，先生欣然。亦令磐碩出遊，而送之河干，曰：『子其一與公之無吝〔一〕』於時晚陰晦，吾微見先生送我有涕痕，故每念之也。悲夫！士一去其鄉而遊，則如以船筏著濤浪間，惟風之所使；如傾豆盤而散之地，遠近莫或得自置焉者。雖以我與磐碩之互相持，然視先生純白無過之體不逮遠矣。而先生顧猶以不遊為恨。先生前此每年一至州，尋吾父為笑樂，間亦和歌以相娛。及吾父沒，先生來書曰：『吾不哀若父，吾不忍見若兄弟也。』蓋先生亦篤老且病矣。

先生姓李氏，諱芸暉，草堂其字，通州靜海鄉之世族也。有詩殆二千首。娶於江，生子安、完、宗。安即磐碩，今易名審之，進士，總理衙門章京。用北亂走歸，得侍先生疾。書告當世曰：『吾父雖疾甚，神明湛然，誠他日必肯堂銘我，而季直書之。』故吾急次先生大略而系以銘，庶及先生見也。銘曰：

此純懿之人，詩載其神，墓藏其身，閱千萬世其永珍。

陳氏女墓碣銘

義甯陳公墓西南二里許曰趙家塘者，將為塚孫衡恪婦范氏葬處，而其舅屬其父為之銘：

嗚呼！吾乃銘吾女耶！女之歿，吾夫婦皆居父喪，逾月，其舅亦遭父喪，故雖其夫與其兄弟皆不得極哀，此尤可哀也。女歿江寧，吾及吾婦赴外舅喪桐城，過江寧，不忍入而哭。時北方亂，沿江日有警，婦言我曰：『兒不得生還通州，今俾其柩得葬通州乎？』且告伯嚴，聞遭喪而罷。然伯嚴遂以營父喪故，並營吾女葬於此。女出前母吳而成於今母，適陳氏，人皆謂其有母風。然女從母天津，誠學三年耳。十九而嫁，遽不失令名於陳氏，其質性亦優也。女名孝嫦，生二子：曰郉，曰二郉。年二十五。銘曰：

吾去矣，不得待汝來而臨穴，則父子之恩止於此。雖然，此陳氏之阡，重之吾文，更閱千百年，汝墓不毀。

故湖南巡撫義甯陳公墓誌銘

光緒二十六年六月丙申，故湖南巡撫義甯陳公卒於南昌府城之西四十里曰崝廬者。其孫衡恪，吾甥也，抵書通州，曰：『父毀疾甚，不能親告哀。惟泣言吾祖身後之文辭非外舅莫屬，庶幾不遠千里而臨恤焉。』於時西人方以聯軍破京師，兩宮出走，州縣皇皇日有警，不能遽行。至閏八月戊申，乃得走詣公殯，哭盡哀。已又持伯嚴而泣。伯嚴曰：『茲已略狀先君行實矣，卜以十月辛卯葬於此，必吾子銘。』嗚呼！公之所為，雖吾友若吳冀州猶不盡知之，則吾固不可以無述。

先是二十一年，中東和議成，公以直隸布政使督湘軍糧臺，見馬關和約而泣曰：『不國矣！』因大望相國李公，至其使還留天津，亦不往見。吳冀州方主蓮池書院，頗為公言李公，公益憤其辭。而吾弟鐘會試歸，過公有言。公並誚之，曰：『若兄弟皆主李者耶？』然吾後得其平心之言，則公尤望李公，極知不堪戰，不以死生去就回上意，而猥隨俗塞謗取禍敗空國至於斯也。

其年八月，上擢公湖南巡撫，公益若茹痛而之官。以湖南號天下勝兵處，而民智尤塞，遏絕西法，至不通電竿。於是舉李公及湖南總督張公所已嘗為及為之，而實不至或並不得為者，窮昕夕討論，次第而畢行之。行之兩年，而湖南風氣盛開，吏治亦稱最。

至二十四年，上感於主事康有為之所稱奏，益決意變法，而屢詔嘉公忠。公以上將大有為則無往而不須才，遂罄舉平生所知京外官之能者與所屬吏士之可用者三十餘人，備上之採擇。於時京官在京者獨楊銳、劉光第，而外官在京者獨候補道惲祖祁。上遂擢祖祁為廈門道，而用楊銳、劉光第與譚嗣同、林旭者並為新政章京。公疏言：『四章京雖有異才，然臣恐其資望輕而視事易，願得大臣領之。』復力薦張公之洞。疏上，而皇太后訓政，四章京誅，公坐濫保匪人，廢斥不用，然固不罪公所為也。而人遂洶洶目公以『康黨』。康亦當世之所嘗識也，嘗以其下第時過當世天津，當世獨許其才，不喜其學。已聞上召對康有為，時公疏言其長短所在，推其疵弊，請毀其所著書曰孔子改制考者，心獨喜其與吾意同也。湖南既設時務學堂，其官紳並緣時務報推梁啟超為主講，而公從之。及湘報與學堂所論有疵，公則為之遏其漸，剖析而更張之。吾未見其為誰氏黨也。

自吾束髮讀書，慕思曾文正公之為人，而願覯當時之親炙者，若張廉卿先生，若吳冀州，既師友之矣；若公，若奉新許公，皆以其在位不往而通。然猶頗記光緒九年得公與學士張君佩綸互訐之稿，壹皆不識而心袒公也。其後，公獨尚余之文學而託以孫，而許公撫廣東，亦介吳冀州必余往； 許公不言維新者，方裁缺欲歸，公詒書督勸甚摯。許公曰：『豈須我耶？』余曰：『不然。此公義相取，陳公何必舊，公又何必新耶！』及公斥，三巡撫缺罷裁，而許公亦用讒廢弗錄，死而無人惜之。然則公雖不如往日之所為，又豈得全於茲世哉！

公諱寶箴，字右銘。按狀：公曾祖諱騰達者，始由閩上杭遷義寧竹墈里。祖諱克繩，用孝義化服鄉里，學者稱為韶亭先生。父諱偉琳，母李氏，並有懿德高行，在郭侍郎嵩燾所著文中。公生而顧視落落然，七歲始宿外塾，則謂其師曰：『昨有不能寐者三人，我父、我母及我是也。』年二十一舉於鄉，從父治鄉團抵粵寇。父勞卒，哀昏得狂症，已仍戰寇保其鄉。

咸豐十年，入都會試，留交其俊乂。文宗狩熱河，頗有所建白於樞府。已而走湖南，就易公佩紳、羅公亨奎所謂果健營者，與俱拒寇來鳳龍山間。石達開以十萬眾來犯，糧且盡，公乃風雪中著單絮衣走永順募糧，矢與營士凍餓，感動郡守，輸銀米濟軍，而守益堅。寇不逞，引去。駱文忠公督四川，遮果健營與俱。而公歸省母，出就曾文正公安慶，文正公絕重之。李公鴻裔典幕職，且挾公代己。公樂親戰事，則之席公寶田江西軍，言於沈文肅公，使席公大重，頗為席公設奇策殲群寇，禽洪福瑱。江西平，敘公官知府，再就曾文正公江寧。文正公改督直隸，公乃以養母就官湖南，始終調護席公平苗之軍俾不為讒構，而功以成。擢道員，經理苗疆善後事，懲治寧遠豪族歐陽氏之械鬬，皆有功績可述。署辰永沅靖道也，其治曰鎮筸，故苗疆。務和民苗，安其習，憂其僻萬山無以養，教之以植茶，種竹、樹，招人制刨，使刨薯為糧，名之曰薯絲。及為巡撫，閱兵至鎮筸，則倚薯絲佐糧者多矣。丁母憂，服闋，授河北道。三年，河不為災而盜斂跡； 創致用精舍，遴三州之秀延師教之。擢浙江按察使數月，以前河南臨刑呼冤獄免官，則與張君互訐時也，其語頗傳於士大夫間。免歸，而護湖南巡撫龐公奏起公，辭以疾。彭剛直公防廣東，旨交差遣，不赴。張公之洞方督兩廣，奏調公。公一行而河大決鄭州。詔襄李文正公治河，文正公不即用公言，河不時塞。公歸。十五年秋，今相國王公撫河南，奏公愛惜羽毛，宜特用，遂召入都。十六年授湖北按察使，署布政使，加頭品頂戴，為治大放。胡文忠公務飭吏清訟原而聯以情，手書勸勉，人傳其與總督張公廷諍至不懌而卒從之。十九年再署布政使。二十年冬，中東戰事亟，擢直隸布政使。入對，公見上憂勞，顔悴甚，請日讀聖祖御纂周易，庶得變而不失其常之道。他所陳奏語尤多，懇懇流涕。上以是知公忠也，督糧臺，命專摺奏事。明年，遂擢湖南。

蓋公一生行事之大者在湖南，尤習於湖南，樂用其人，人亦樂之。思以一隅致富強為天下倡，[一]而務分官權與民，故湘之人興起者太半，其頑者一二，中立審勢者裁二三而已。甯鄉已革道員周漢者，積以張揭帖攻西教煽亂為總督所治，而時人多獎謂忠義。及是，復刊帖布鄉縣。公聞，傳毁其帖。漢復毆傳吏，公怒，下之獄。而湘士之頑者乃造作蜚語謗公政變。而向之中立者亦人人擠公，必盡反其所為而後已。故公所施於湖南者獨礦務局已獲優利得不廢，而保衛局民愛之，私沿其法，亦非其初矣。

嗚呼！事之對待也無終，由周漢事觀之，則今日北方之團匪又豈得謂之非義民者耶！而公瀕死戀戀於兩宮，孰料兩宮顛沛至此耶！公為我言，咸豐十一年，[二]京師酒樓見圓明園火，捶案大號，遂欲輟文學討時事，奮其愚陋，庶幾乎一日之強。而今不堪令公見矣！故余既哭公，又不能無幸於公之前歿為尤痛者也。公為人大口修頤，意量超然，無窮達於其心。吾獨送女湖北時，從公語不及旬，公遂去之直隸。公於詩文果不多為，為則精粹有法。自吾女言之，公絶貧，在官不能請貸於婚友，則時時典其衣裘。今所謂峭廬者，即其配黄夫人葬處，營生壙而廬其旁，此外無一壠也。

黄夫人，義甯老儒諱彩意女，有兄錫禧，官訓導。年十八歸公，孝事李太夫人數十年，公自以為不及。而公廉，實夫人助之，終身布衣襦。吾女言其嫁時衣，夫人有不識者，故絶不敢服。以光緒二十三年十二月某日卒公巡撫任所，享年六十有六。

公享年七十，子男二人，長三立，即伯嚴，吏部主事，政變並革職；次三畏，出後叔父，前歿。女二人，長適席公寶田之子，襲騎都尉候選道曜衡；次殤。孫六人，曾孫二人。銘曰：

清有聖帝聖自躬，非彼眇末能加聰。有臣一人為臣宗，吾見舊誼填心胸。萬世之遇一世逢，運則不至征罹凶。浩浩民劫方未終，臣不待矣年命窮。瀕危但祝安兩宮，後人有惟公是崇。或由困辱思公忠，遂憑吾文求其蹤，青山之原西山東。

【校】

〔一〕「思」，民國本作「想」。

〔二〕英法聯軍火燒圓明園在咸豐十年，而非十一年。

唐府君墓表

唐府君既卒二十有四年，其孤江安道庫大使億年奉其繼母周恭人之喪，啟府君墓而合葬焉。周恭人所出之子後從父者，曰增貢生候補江蘇按察使經歷熙年，遊宦通州，夙於當世追述府君之遺烈，乞為其表墓之文。

余觀府君前時遭父喪去而為賈，恂恂然惟養母之求。已乃值咸同大亂之世，府君益展其才，奉母居海寧，而治生貿遷於上海。上海於時已為寇蹤所不及，親故避寇來者府君分財以贍，建屋山家園以居之，各稱其所能，資之使謀生，人不知有離亂之苦。而浙西經商趨上海者貿絲為大宗，府君益創建滬南絲商會館憩集筦轂，鬻財滋豐，邦人大和，可謂仁且智矣。

迂生腐儒不幸生亂世，不能豪末裨補於國，乃至惴惴不自保其家，骨肉親舊不相收卹，猶秉一節期於困死則已矣，其何能為府君之所為？而間者外夷之禍日亟，中國之力日絀，民貧而智益弱，豈獨儒生無所見績？以余所聞，江浙蠶桑之利亦盡為夷奪，業此而破家者踵相屬。令今日有府君其人者，當不至若是之無策耶。府君慕義若私嗜，其鄉人稱之如弗可罄。余獨有感於時勢而言，而歎府君之才之德乃尤當為今之世所絕稀也。

府君諱思恩，字蓮伯，浙江仁和人。祖某，父某，皆良士。配陸恭人，有令德，生億年，先卒，附葬祖塋。周恭人自少時已刲股療母疾，嬪於唐，事姑一如其母。方亂時，府君能自釋於外者，以有恭人也。生熙年、頤年，教三子皆有法；一女適高爾夔。孫三人。府君卒年五十有二，周恭人卒年七十有四，墓在龍井獅子山。

光緒二十三年，通州范當世表。

前山西大同鎮總兵黃君墓碑

光緒二十年五月某日，前山西大同鎮總兵黃君卒於天津，其舊部副將魏嘉祺，以其孤本慶所述績狀請為其墓道之碑。

當世竊觀淮軍之興，惟相國李公柄國之重至於今未衰，其他更迭相代，如閱人於傳舍，莫知其幾何人也。同時並起諸公，至於名盛位極，或徂謝於當時，或偃蹇於後日。其賢者或頗自標異不相師用，而其甚者至患難相呼不相援應，大率歸於無所為而已。其在當時論功稍次，名不盛，位不極，困於天下無事不復能自見，獨以其忠誠篤愨牢自結於相國，以求通於上。其間大率多緩亟可重之才，是以光緒十二年醇賢親王閱兵天津，既盡識其材勇以去，相國復列而薦之上，各與提督總兵實缺，而君於時最越次得授。蓋將有以用之，惜乎不究其年，無幾而病且死也。君未之任，留統天津練軍，最勞於治河，無役不從，廉明剛果，老於幕府者能言之。竟以金鐘河之役勞悴致疾，感發舊時戰創，病五年而卒。卒後，人論之者皆謂其治軍嚴，怒則偏裨長跪戰慄，後人無此風也。夫惟無私乃可以直人，君於是乎尤可貴也已。

君諱金志，字麗以，合肥人。頗嘗讀書知孝友，遭亂，以母命從軍。同治元年，李公識拔於上海，俾領一隊。年餘，積功至遊擊，克無錫金匱先登，擢副將。從平東、西捻，以總兵記名，凱旋，省母而還天津。閱二十年，至光緒十四年，乃補大同鎮總兵。十六年謝病，至是卒，年六十云。有子三人：本慶，直隸候補知府。本惠、本潤，為舉業。銘曰：

國之內寙，化為戈爭。人之內實，化為功名。名滿志遂，喪亡其精。填塞有位，變用環生。黃君之出，毅皇四征。氣不盡用，世已底平。若弓弗弛，益正以檠。歷載二十，遂宏厥聲。天子有命，授以旄旌。王曰上佽，相曰錚錚。君曰未也，盍須其成。成之與否，視乎後程。如何不弔，方駕而傾。君死逾月，寇張東瀛。群脆弗任，一老孤撐。是用作弔，哀逾恒情。刻辭於石，永悼豪英。

修定先生墓誌銘

修定先生者，諱金標，字京詹，又字韻芳，南通州顧氏孝長先生諱鴻之子，敏愨先生諱金楠之弟，貞懿先生諱曾煥之季父也。光緒九年四月五日，年七十二卒。卒之十餘日，通州人士以為顧氏之以儒澤我父兄子弟三世矣，其亡者三人皆易名，〔一〕今宜如故事。於是諸公長老與其私屬弟子二百人詢於當世，以先生之易名宜何從，而當世乃敬謚先生為修定。

當此之時，先生第五子曾燦與敏愨一子一孫中式禮部告第，〔二〕當世故先生親愛弟子，而平生以曾燦為弟，因獨感慨悲涕，慟乎曾燦獲一進士而無父，而初無豪髮欣動之意，悼乎先生之不得見也，豈吾力能薄進士乎？吾之先生其更代於有司之得失也久，而吾未見其悲喜役役之態，則無以觸成吾斯日之慟。而曾燦者，吾知其無尚於父也。人固不可量，有名盛位極而其實則微，有施之微而蓄者富，非知德者難言，非確有是名亦不可號於眾。先生所得止於歲貢生，所嘗欲設施而無從者，再權海州、高郵州學正而已，以其教授之成學者眾，而子侄數十人殊奇瑰瑋，甚盛益興，故亦莫得謂先生淺耳。要以當世之所見而言之，則遂謂先生言論器識，今宰相封疆吏所不及也，則妄人也已。不特此也，先生號為『不與不取』，仍世課徒之貲，乃至食百口而猶贍。〔三〕浮薄失業者或相譏訕，以先生爲富人。我聞諸曾燦，〔四〕則先生之貸此訕者已極多，而平生惠卹親舊皆潛為之，不願白於人，〔五〕人亦莫之信也。嗟夫，名之襮與不襮又幾何！而中無所守則窮力爭焉，以我昔日悲懷之心，僅乃與曾燦共喻而不可同於人人者，〔六〕臨之以不欺。而謚美先生以修定，亦豈有誣也哉？

先生之配曰王恭人，生五子：曾熙，國學生。曾焯，廩貢生。曾燦、曾煜，附生。曾燦，進士刑部主事。恭人系出名家，內德純備。其嘉言足錄者，則每嘗危語曾燦以汝父幸不達，〔七〕而幸教汝以成立，〔八〕汝其殆哉！後先生九年，以光緒十八年六月十一日年八十一卒。曾燦寓書天津，曰：將以某月某日奉先母與先府君合葬，〔九〕惟先府君名不襮於世，懼千歲之後陵谷易位而莫有知者，子宜銘。銘曰：

先生有言：通州之域，江海為谿。白狼間之，淮水為池。山以伊鬱，必生神奇。將毋在汝，而燦也庶幾。當世有言：通州之壤，閉戶自滋。不涉世故，千春於茲。如何今日，瀕於九夷。將毋變亂，而吾邦其衰。嗚呼，令我師弟之言皆驗乎？則後之有斯土者，當永永式於先生之墓。〔十〕

【校】

〔一〕『三人』，范伯子手稿作『一二人』。
〔二〕『告第』，范伯子手稿作『告捷於第』。
〔三〕『乃至』，原無此二字，據范伯子手稿補。
〔四〕『我』，上海古籍本作『或』。
〔五〕范伯子手稿此二句作『先生所振貨者極多，而不復自鳴於人。』
〔六〕『於』，范伯子手稿作『諸』。
〔七〕范伯子手稿『父』字下無『幸』字。
〔八〕『教』字上之『幸』字，據范伯子手稿補。
〔九〕『府君』上原無『先』字，據范伯子手稿補。
〔十〕范伯子手稿此后還有云：『而不没其聞人之父師。』

詩集

悲憤之作

十五逢延卿，十六知名字，十九通書識鄉里。少小無猜長無忌，樂群怨別真歡喜。疾痛呼吾親，哀悲念吾子。

季直堂堂貌城府，而我相視皆嬰兒。〔一〕嬰兒不相遇，啼笑誰能知？要爾於途告爾慎，人生得罪非所期。

明月照窗戶，夫婦連牀語。焉知吾與汝，所向亦已古。〔二〕吾欲食貧汝作苦，出門一步知何處。

按：范伯子手稿卷上：『始吾與勿庵互相猜怨而有悲憤之作。』

【校】

〔一〕『皆』，范伯子手稿作『如』。

〔二〕『已』，范伯子手稿作『不』。

興化見劉融齋先生還至歐家坊館次寄內弟吴肇嘉〔一〕

湖水連江綠，扁舟載夢歸。病消杯在手，寒盡樹更衣。樵牧各余契，弟昆惟汝違。松花開落處，應有彩雲飛。

【校】

〔一〕范伯子手稿題作『自興化歸還至歐家坊寄內弟吴肇嘉』。

留別新綠軒〔一〕

籃輿側放山門下，我作山人盡一餐。芳樹如聞啼鳥怨，殘花猶戀去人看。百年香火崇碑在，四海煙濤一劍寒。莫復殷勤為後約，還山古有萬千難。

【校】

〔一〕范伯子手稿題作『住黄泥山新綠軒三月之久以詩留別』。

酬方子箴廉訪贈文序

昔聞邗上題襟處，今遇高齋得見公。江左文章諸老盡，淮南鐘鼓幾人同？青天酒盞無弓影，夕照軒窗有緒風。一序深慚負滕谷，江關庾信尚西東。

八月十四宿芒稻河

客路憐華月，推篷已滿襟。鳴蟲和幽草，宿鳥起疏林。秋晚東風急，過江淮水深。懸悲老人意，念此不成吟。

倦遊歸里延卿來視集匆庵去楗羨齋中用聚星堂韻

他鄉一臥驚黃葉，八月新霜冷如雪。江流浩浩青山枯，作客還家兩愁絕。故人持酒款我門，滿地黃花勸我折。顧生徒步西方來，睨我奇情不可滅。十日追歡復此齋，坐臥縱橫肘相掣。開窗濡墨寫新詩，面面晴輝生眼纈。諸公相約鬬分陰，不問竹頭與木屑。吁嗟一年好會多，過來聚散乃一瞥。城陰窮巷秋草深，風雨孤懷那可說？一言持慰故人歸，身如萍梗心如鐵。

按：范伯子手稿有注云：『較李草堂先生席上一首更勝。』

贈顧滌香

三十為詩顧工部，登壇才氣並諸昆。太行南下青歸袖，淮水東流綠到門。愛日林亭長萱草，好風裾佩結蘭蓀。人間此會真稀有，珍重瑤篇異候論。

郊行

昨夜更闌聽雨愁，曉行十里未開眸。風來故故吹蓬髮，泥濘兢兢惜敝裘。村市故人兒女長，酒家父老笑言稠。先生此日真無賴，數遍車輪一萬周。

江心晚泊

江北江南路總非，江心一蝶背人飛。空波不長浮萍草，夜色蒼茫何處歸？

上海遇彭芾亭病還江西

去年我病江城下，君行作官具裘馬。今年我遊東海濱，君病還家百事捨。君官我遊都可憐，病榻攀望如飛仙。〔一〕去年今日恰周歲，爾我相代心熬煎。昔君至浦瀨我去，今我去滬瀨君至。我行兩度皆遲遲，遇君甯得非天意？不然朋舊各四方，〔二〕何必甘苦都與嘗？所以為君一揮涕，仍當歡喜臨壺觴。君不能飲我心惻，安得與君分氣力？江湖盤曲山峻高，遠哉遙遙不得息。握君強別無他詞，養心為上身次之。人生鉅細信有命，從今歧路先無悲。自註：苐亭臨別，氣弱聲微，招我就枕語，屬他日弗删此詩與贈序，未幾遂卒。吾間以問於張濂亭先生，先生曰：『贈序固佳，即若詩所謂「安得與君分氣力」者，正復濃縟似古語，何必删也。』

【校】

〔一〕『病榻攀望』，范伯子手稿作『病中視之』。

〔二〕『各』，范伯子手稿作『皆』。

與同學者共祀興化劉先生於龍門書院哀感成詩

城郭三年別，門牆一慟深。池荷還炫日，堤柳尚成陰。

游從齋房減，埃塵講幄侵。黯然值諸子，相對忽沾襟。

親炙無多日，師恩自覺偏。來時先目斷，歸路更心懸。

待對空山榻，長休大海船。豈知臨別語，遺恨已千年。

跋涉師憐我，連年更未休。風塵徒不肖，悲憤已堪羞。

獨夜一回首，當春那得秋？嗟哉覽茲宇，麟鳳去悠悠。

俎豆今來意，諸君興慕思。師亡胡可倍，道大固應歧。

白石猶能碻，狂瀾未可知。蒼茫千載事，流涕向崇祠。

按：范伯子手稿有注云『數詩有沉摯語』。

南山

南山積雪處，晦濇無枝條；怪鳥群飛來，緣石為一巢。日莫不窺隴，相向饑無聊。小兒乘其敝，奮爪掀團茅；一攫不能盡，零落飛鳴交。顧念形與足，環瑋殊鶬鶊。彼民豈能識，畜之徒供嘲。坐令摧翮庯，不然充君庖。哀哉惜儔侶，一一豐肌銷。

延卿將之廣東招同諸子集於其家次何氏山林十首

望望蒲塘路，維舟第二橋。故人期隴畝，好會接雲霄。

作合前時問，朋遊隔日招。惟應就芳草，百里未嫌遙。

竟與紅塵隔，村居事事清。秋田逢旅雁，春樹息流鶯。

一姓多羊酒，千家足豆羹。閒時問耕斂，都吏不須行。

一畝中莊宅，當門老樹支。放閑牛搟路，爭浴鴨嬉池。陰屋寒黿下，深堂晚犬知。主人垢衣出，奇氣忽離披。

覆瓦千梢竹，根牆四面花。屋廬巢翡翠，泥壁草龍蛇。荷芰風長好，藤蘿月正賒。憐君好文彩，未改野人家。

今上初元日，田間好事開。惟時攜綠酒，及爾問紅梅。觿佩匆匆換，巾車歲歲來。中庭吾倚遍，欲問向時苔。

此日接歡喜，壺觴擁似泉。諸公詞落落，十日雨綿綿。寒菜兼魚味，新禾得酒錢。不宜問歸路，泥濘隔前川。

簾子秋風起，宵焚百和香。與人同不睡，先我獨驚涼。積架書誰問，橫腰劍可藏。夢中好山水，披髮弄青蒼。

有美雙雙鯉，經年在一池。何人忽臨水，對此更橫罹。堂上拜慈母，庭前看好兒。平時暫離別，聲息故相隨。

每念山東友，惟看海上雲。幾人仍綠鬢，萬里寄回文。霜木垂垂下，風花故故分。直須連夜飲，莫使百憂紛。

即欲東西去，其如對榻何？百年此間樂，一夕好詩多。陳亮故豪舉，馬周猶放歌。要知擲時日，未算客中過。

因延卿寄秦堯臣

粵帥初以夷氛迫，招集人士列名，廣募兵。事解，乃設局修補歷代史志表。延卿、堯臣皆寓食其中。

肝膈煩憂不可名，曉來河上泥人行。數詩聊付江關去，萬里如聞草木聲。海內思君存畏友，田間齒我愧書生。秦淮一醉無相問，撫景難言別後情。

江水迎潮日夜東，江南江北對春風。一聞高躓天邊去，空有名山夕照中。百國盟書新就我，千秋逸事更煩公。重來白下知無意，莫使交遊好會終。

風葉蕭蕭萬馬聲

庚辰辛巳之間，里中朋友之樂最勝。百里之人恒聚於一，而余與馬勿庵實為之倡。勿庵與余相愛既深，乃至相求相怨。延卿之去廣東，余具舟送之，過辭勿庵，無一言而別。既行二十餘里，苦不能釋，復回舟就焉。歡出意外，連宵達旦，成詩甚多，今存四首。

風葉蕭蕭萬馬聲，河梁送客倍心驚。連宵倦眼花俱暗，鎮日空腸酒自鳴。別恨乍如雲亂起，人才故與月同清。誰能便曉當前意？但有回舟緩緩行。

當代歡然仗數公，不應謔笑更興戎。無多佳日春秋在，可愧江流日夜東。難字相爭聊復爾，奇文雖賞不為雄。正當搜索臨歧語，那有前宵夢更同？

馬公昔反自王畿，忽動山中草木輝。纔喜交親連日長，君看故舊每年稀。千遭酒散誰非別？萬里書來盡說歸。念此深知天意慘，宵闌時有淚沾衣。

便欲關門賦隱居，殘年風雪定何如？吾師弟子宜謀道，今日窮愁始讀書。日夕深杯聊感此，諸君但醉莫愁余。人生知己無哀怨，百事縱橫皆此餘。

送延卿既已歸途有作

秋草為春色，秋花亦可憐。北風吹細雨，落日滿前川。去國條條路，連家處處田。豈宜重念汝，薄醉問歸船。

寄內

彊歡不足用，深夜更橫悲。去遠書當毁，〔一〕傷秋命可知。鳥啼聞不得，〔二〕蟲嚙臥相欺。三十輕兒女，何因歎婦離？

【校】

〔一〕「當」，范伯子手稿作「尚」。

〔二〕「鳥」，范伯子手稿作「烏」。

上海止於欣甫者累月航海北歸舟中有作

為歡亦已侈，祇覺別離輕。便有還家樂，難堪此夜行。夢君小兒女，依我尚縱橫。佛住無三日，由來鑒此情。

君終食湖汊，那便不書生。苦爲高才惜，真看拙宦成。九夷托妻子，一飯動生平。涉海茫茫夜，回腸百感並。自註：欣甫初補湖汊巡檢，薄其官，稱貸入貲為縣令。

過赤壁下

江水湯湯五千里，蘇家發源我家收。東坡下游我上溯，恍忽遇之江中流。〔一〕不遇此公一長嘯，無人知我臨高秋。公之精靈抱明月，照見我心無限愁。

按：范伯子手稿有注云：『雄直及蘇長公氣概。』

【校】

〔一〕『恍忽』，范伯子手稿作『恍惚』。

湖北通志局聞妻喪於時方修列女志稍整齊而後行悲哭之餘猶翻故紙停筆寫哀遂成四絶

耗至驚看吾父筆，行行老淚寫哀詞。如何薄命無妻日，正是過門不入時。自註：四月二十二日，余去家至上海附番船，二十八日成行，二十九日過狼山，而吾婦乃歿於斯時也。

一病新從九死還，分明給我去鄉關。平生已種無邊恨，此恨綿綿況可刪。

入棺聞說彩衣鮮，費盡親心總枉然。十載宵晨有饑飽，不曾銷我賣文錢。

迢迢江漢淚滂沱，秉燭修書且奈何？讀罷五千嫠婦傳，可知男了負心多。

諸葛忠武侯畫像連句

陳生嬉歡羅罍罇，曼君縑緗如雲開軒論。季直中間規摹天人尊，當世峨冠修裳微鬚髯。曼長吟觀時神龍潛，季南岡滋厘民攸瞻。當世無錞幹蝥旂韜旌，曼風飛雲翔參炎精。季攀吴連川基襄荆，當世天乎亡劉侯忠殫。曼侯精銷亡侯靈歎，季侯容惸哉吾摧肝。當世吁今穹蒼昏鈎陳，曼安能英高如侯臣？季躬姬膺衡權吾真。當世

嶧山夜吟

淩晨發銅山，偃蹇四體輕。升車抱頭臥，軋軋摧輪驚。微吟遺白日，倦眼無由醒。昏昏涉百里，日夕驂騑停。僻路稀人煙，店小無簷楹。土房二三尺，河水杯中

盈。倚牆發半被，但睡無所營。忽聞呢喃語，在我頭上鳴。舉頭見雙燕，急淚當時傾。忽忽三年間，未嘗聞此聲。何因卻邁此？待我哀平生。金窗繡戶不足擇，耦寄蒿下如蓬瀛。人生結髮有真意，棲茅飲水何其榮！不然遠道阻征役，相思萬苦皆饜情。而我作客客何夢，夢見故山楓樹塋。雨淋雪壓塋不掃，風欺露侵客不寧。積此兩途恨，欲訴俱無靈。萬一猶能化精魄，翻翻羽翼翱滄溟。而我未曾告所適，奮飛安得魂來並？南方有寡婦，白燕巢其楹。孀雌號故雄，哀哀不忍聽。山雞翟雉不敢勸，青燈白髮來相縈。北方有老鰥，雉飛當前橫。相看勇氣滿，太息搖其精。少年自謂國風好，惡聞此操心彌貞。君不見北川之水天上月，處處流光相對鳴。黃河一沉沙，萬古長冥冥。

河間小妓雅喜談論聞其狀甚悲感於太白糟糠養賢才珠玉買歌笑二語惻然反之書扇以贈〔一〕

已矣弗復問，昔人無此哀。糟糠養歌笑，珠玉買賢才。鴉鳳各饑瘦，馬牛呼可來。滕公井田處，回首重悠哉。

【校】

〔一〕范伯子手稿題作『河間小妓雅喜談論，聞其訴苦，感而為詩，書扇與之』。夾注：李白詩『珠玉買歌笑，糟糠養賢才』，今反之也。

閱抄知湖廣疆吏以吳禮園管榷事上聞寄贈以詩

聖者盜不已，智人安可欺？所操非豚蹄，所攘非一雞。而我坐歎息，虛名空爾為。天子臨軒霽顏色，妻兒閉戶啼寒饑。

送無錫張君還泰安五首忘其四

海上晴嵐蜃氣封，爰居避地正匆匆。泰山絕頂無陰雨，便與仙人住一峰。

余為山海一篇略著余所見捕魚狀耳王晉卿以為不典乃博稽載籍擬山谷演雅示余余乃更肆其不經之談和之得四十四韻

鯫生制為測海文，晉卿陋之誇以詩。鏗經發圖享靈怪，青紅滿紙聲瀰瀰。天下囂囂盡何有，蒼公幻化文人嬉。千輝萬照在天上，飾為酒斗揚為箕。又道一星一瀛海，問君彼海潛者誰？鯫生細鱗泳海角，芝麻眼孔真可嗤。夜深竊聽老漁話，駭耳墮心摧四肢。哀哉吾族盡為臟，奔告白蝦與蟛蜞。蝦故善跳蜞善走，追潮逐浪能委蛇。笑言先生勿過悴，大海安得無孑遺？合掌髡頭海和尚，船人見之為一炊。百年老蚌與人戲，臥起啼笑如嬰兒。被髮娟娟白如雪，不知為妃為孤嫠。見者求之不可得，放船駭立心神癡。一宵西來百匹馬，挾抱文書三面馳。方知吾族萬萬國，國數百里裏有歧。一歧所產百斯類，屑碎纖靡為世貲。又聞西方產黍稷，雜用花果蒸為醨。豬牛味濁鴨雞瘦，紛來吾國求膏脂。吾族大長亦不吝，使吾邊族相餽貽。江頭小神正鄰我，招我化族驅為鮞。先生固哉好目論，徵彼百老皆小知。鯫聞駭然不敢信，秉贄去問千年龜。安知潛宮不易到，兼旬直下方見之。水力壓背九鼎重，此水萬丈安能支？龜聞叱問爾何者，今我背上才蒙皮。魚龍子孫伺我息，攘如細虱多生髭。任氏兒子善戲謔，捫吾左脅擒一鰭。懷藏吾血不行絡，此屬撓撓長苦饑。此時鯫生失魂魄，那能重述幺魔詞。但言公有泰山固，願匿公脊無顛危。龜聞色慘吁不已，嗟爾錮疾當難醫。瞬此陰陽一開闔，大無止境憂無時。周迴此海奚有底，乃是一物橫八陲。此物無名亦無字，字以混沌名窮奇。東潮西落日呼吸，一吸一起方蹻跜。此物日升海日淺，而我當之猶豪氂。暫時蜉蝣在其背，萬一轉側斯為糜。夜夜流星落空闊，但有杯水傾諸池。我將喪我去其介，四足去一權為踦。一朝化為三足烏，飛入太陽當可羈。生不事此勿相慁，鯫生聽罷翻狐疑。更有蓬心借一語，聖人群籍無公詞。咄哉聖人天公各造意，不得千齡萬代長相咨。

晉卿注墨子屬余評校粗校一過歸之以詩

騶衍何堂堂，與人談九州。彼亦持方柄，〔一〕圓鑿何能投？諸家頓羅網，深處無人鉤。悠悠四千載，此子出一頭。飛蛇騰上屋，鐵腳沙中蚌。豈能道羊角，勝於童首虯。二足既插地，大老施鞭緧。狷狂亦不貴，庶哉騏驥流。江河蹈空闊，驀澗超凡溝。所以齷齪語，孟荀兩不收。真氣浩如水，不得同浮漚。墨子矧脫爛，泥土不足抔。上不為曾參，下亦當黔婁。茲道亦已擯，何須君力摎？與君不胡越，百歲期同舟。兼旬惜我別，萬言致綢繆。為君覆此著，以當瓊琚酬。〔二〕

【校】

〔一〕「柄」，范伯子手稿作「枘」。

〔二〕「瓊」，范伯子手稿作「涓」。

保陽道中遇黃仲弢於逆旅方知其奉命典試四川忽忽不能多談贈以濂亭文集口占二詩以道其所欲言者

意外逢君駐使車，三年顏色若為臞。尊親勞苦能加飯，舍弟憂傷待廢書。首夏沛中余北向，先春淮上彼南圖。飄零一聚師門下，南北相望更二吳。

君撫斯文訊武昌，冀州旗鼓亦相當。眼中意態今無右，天下人才詎可量？叔度此行真不易，相如幾輩或相望。吾家門外江朝海，爲我探源記數行。

三十二歲自壽

顏子當我時，怡然順化理；賈生在我時，悲天哭不已。顏子固宜笑，哭者亦自喜。而我於此時，飲食孩稚耳。假為失呼吸，千載寧有已？而我亦不病，不病爾將俚。勖哉勞腎肝，弗怖落其齒。天壽眾人命，爾當屈一指。兩歲課一熟，雙日行百里。天下憂傷人，爾福亦已侈。爾無一行足感淒，又何以戒哉？令譽乘驢來，譽來汲汲思二子。

贈別摯父先生〔一〕

落寞含真氣，孤飄得所依。聞君我師外，在昔故人稀。逐日群蚩散，空房百卷緋。讀書真到骨，為吏盡忘機。慚愧無官累，蹉跎立已非。敗根隨手掘，高路蕩晴睎。斥鷃知何笑，聾蟲不畏譏。鼁絲向蠶吐，雉翮繞鸞飛。官廨濃菁發，荒城大麥肥。兼旬留腹疾，五尺尚腰圍。世路宜茲老，親庭惜爾違。歡中成小別，愁裏送將歸。令弟終能愈，〔二〕賢兄不用祈。當秋要珍攝，陪夜甚寒饑。十月粗能暇，重來儻可幾。平生輕祖道，何事欲沾衣？

【校】

〔一〕范伯子手稿題作『光緒十一年七月贈別桐城先生』。

〔二〕『弟』，原本作『帝』。

留別諸生

北極星辰下，分光照讀書。兩餐兼黍稷，六月長夫渠。會合於茲盛，平生為爾攄。龍門回首地，長恨往年虛。

大塊微塵積，團沙手自搓。水花求露少，山樹出雲多。寸步皆由命，群經遍可歌。願言珍此別，拭目望委它。

留水橋〔一〕

留水橋邊水，高船未得行。掀篷與天接，徹壁使波平。故榻紛淩亂，深艙且縱橫。暫須遲日下，更與逆風丁。夕永愁空露，陰多怖遠霆。艱難兩程隔，寒燠一時輕。莫使悲秋氣，惟應看月明。四圍同一白，孤抱得雙清。草樹無多影，蟲魚有幾聲。走歸非就逸，歌罷不逢驚。未必論金石，真當憶弟兄。首陽奚不好，北海亦能並。醉淺顏滋厚，狂深骨未砭。俊游徒病足，高戾況摧翎。坐隔親堂夢，終虛故里情。鐙華定無數，蕭瑟望青冥。

【校】

〔一〕范伯子手稿題作『留各橋』。

日本武藤百智以詩問余於天津余為言其國人岡千仞使往見之乞一言為先遂贈二詩〔一〕

鬱鬱龍堂接蜃樓，當時貨殖比諸侯。如何馬足風塵際，尚有蟲吟草木秋。眉眼知為同命惜，文章須使盛年愁。篋中他日詩千首，過我江南扶海洲。

昔聞海上岡千仞，邈若神山不可望。誰識英英大邦傑，擔簦來上我師堂。超聞合是盧行者，樸學猶為卜子商。念爾師資能近取，千秋名業定無疆。

【校】

〔一〕『余爲言』范伯子手稿作『余爲道』。

過泰山下

生長海門狎江水，腹中泰岱亦崢嶸。空餘攬轡雄心在，復此當前黛色橫。蜒蜿癡龍懷寶睡，蹣跚病馬踏沙行。嗟餘即逝天高處，開闔雲雷儻未驚。

平原道中

東海年年苦旱乾，經過水草亦艱難。饑人不向空田立，客路真當出塞看。白日驂騑齊稅駕，黄沙餅餌亦登盤。書生豈有先憂志，感此方能日飽餐。

題大橋影子

選於百美圖而得其似者，寫懸於齋，無可奈何之事也。於時摯父先生實始為之媒，是以又有大橋遺照詩之作。

齋閣焚香對畫裙，神魂相接若為群。煙霄鸞鶴渾無似，莫向人間索虎賁。

大橋遺照詩並序

此所謂大橋，乃吾所居通州城郭之東偏十五里許有所謂新地者，有水橋一區，類如斯圖。而亡妻實産於是，其父母因以橋名之。橋之殁而余不獲訣，念欲圖其貌而無從為畫工言也。文君右泉游楚不得意，吾攜以歸，而右泉善畫，吾因與之櫂舟至新地，觀於亡妻之故居，而屬為之圖斯橋，並圖其地，以謂此所以存我亡妻云爾。〔一〕嗚呼！地則恒是耳，橋亦不可以百年，而此之曹如著煙霧於紙上者，果何物也哉？而我又能長玩乎此哉？系以詩曰：

若人一徂逝，楊柳三枯榮；榮枯劫未已，何如人去不復生？君魂匿吾心，君貌懸吾睛。若為相對復愁苦，達者胡為不自寧？大橋莽煙水，〔二〕從此無君形。亦欲出君魂，持之當風飀。柔脆復幾何，淩暴籲可傷。待吾精力消磨盡，及爾同歸何有鄉。

按：范伯子手稿有謝涵注云：『沉痛哀創，詩序均臻絕至。』

【校】

〔一〕『謂』，范伯子手稿作『為』。

〔二〕『大橋』，范伯子手稿作『繪成』。

三君子篇有序

余為六君子篇示諸生，〔一〕孟生知余篇終所云亦詭詞，〔二〕乃執揚雄傳來問曰：『雄澹泊如此，然則其為文章亦自適而已，而班固推雄之意，以為欲求文章成名於後世，雄豈猶不忍於後世之名乎？』余折之曰：『此不可以如斯頓悟也。夫子曰：「弗乎！弗乎！君子疾沒世而名不稱焉，吾道不行矣，吾何以自見於後世哉！」夫子豈猶不忍於後世之名而云此者？乃其所以發憤著書之由，且維持萬世之天下，俾不入於二氏之教者，亦即在此矣。人之以文章自適而從容樂道，一無所為而為之者，豈其新學而遂能然耶？高明之人不難於倦世，至於捐其所謂富貴利達者以就於茲事，而非若有千聖百王之揖讓於前，千齡萬代之人之承望於後，則又孰肯老死於此而不悔者哉？故自孟子而來至於今，凡不愧為聖哲之書者，其後大師皆不能自已，而其始也亦莫不欣動於夫子之言，此其所以為萬世師也。』吾懼孟生之味道未深而頗已輕世，流弊滋大，〔三〕復作詩令誦之，因篇末數語命曰三君子篇。

老氏結巨網，釋迦懸利鉤。紛紛下人海，垂餌當亂流。以彼溷中趣，兼之性命浮。何患英雄人，不來流上頭？流頭大魚上，形瑰果如牛。變化直飛去，二老胡不收？乃知青雲上，招手有孔丘。借問孔夫子，何術招此儔？彼無異端在，一語教人愁。氣盡即無我，長生言不讐。輪回不可得，寂滅終恥羞。蓋棺萬物盡，惟獨斯文留。沈雄乃不死，精力斯當勠。此道一深入，機來難自由。胸中沃至味，玉瓚盛黃流。貪瞋怨慟怖，一一皆謬悠。乃知師恩重，聳我出我幽。與我一世間，福祿諸天侔。假非玉書聖，不恐甯肇修。萬年弗可揭，一揭乾坤休。老耼樹桃李，獨秀惟莊周；此人澹無欲，永可泥塗龜。一朝感鵾鵬，欲作逍遥遊；公然脱彼網，吾學同喜憂。靈均亦在楚，孟子還居鄒。當日三君子，朝朝閲九州。

【校】

〔一〕『諸生』，范伯子手稿作『示文通剛己』。

〔二〕『孟生』，范伯子手稿作『文通』。

〔三〕『滋』，范伯子手稿作『甚』。

六君子篇

結交少年場，結交何淒涼。乃知分吾友，晚得殊未央。吳公一推薦，飄忽來成行。甫也岸然摯，白也疏而長。相如還自喜，馬遷若有亡。哀哀揚子雲，鬢上千年霜。安知苦辛業，至今慘不光。座中後來者，拜倒韓侍郎。此人孟氏徒，配公在師旁。杜公忽然歎：丈人何必傷？若論在草萊，等耳誰能強？我曹挾勢力，名與風塵揚。伊唔騰百口，折骨拉心腸。未若醬瓿上，猶能不受創。小子聞此語，笑翻手中觴。如公説人代，十夫九九傖。百歲甘零落，萬年亦遯荒。荒落竟何味？嗜之如甘香。史公傳貨殖，大語真堂堂。夫子不遇賜，周流早絶糧。楊公一侯芭，何怪無騰驤。貴又不敵富，努力求奇方。九州萬都會，處處嗚笙簧。美女苦不足，載妓行求倡。如此猛行樂，能無憾死喪？何為不自惜，促促如寒螿？一馬楊杜韓，不語徒我望。而白顧謂我，小子無猖狂。夫子疾沒世，沒世即有常。努力著書去，何愁死不芳！

龍虎篇贈摯父先生〔一〕

撓撓龍虎爭，萬年域此海。空文在空中，知有幾何在？孔聖已囊括，諸公復君宰。所得非孔疆，一君各萬載。後來開創稀，臣多吏更猥。空中還自生，蕭散無人采。吾見殊爛然，生人目無彩。生人徒目茫，其實亦磈磥。班馬點竄之，一一堪鼎鼐。精靈吁草間，晻昧獨何罪？萬行耳此名，前知則已怠。那況洪罏機，兩儀坐相待。一朝風火微，色曜盡衰改。山川本無能，諸神日就餒。真麟獷不回，蛟龍變擬儓。滿地狐鼠鳴，仁者聞之悔。嗟嗟夫子心，虛明復悌愷。方且博我文，矜狂策其駘。寧肯九仞山，蒼然不復彖。大哉欲無言，百倍我嚺噫。小子升堂來，萬事棄如蓓。念此非世貲，操刀試求膭。勝固無所殘，敗亦不為醢。何況夫子豪，遷雄舉而迨。九天星辰敷，九州萬花蕾。罄翩未可翱，彈聲不成唻。安得和聲琴，一對南風飄。

按：范伯子手稿有謝涵注云：『押强韵頗能生造勁健。』

【校】

〔一〕『摯父』，范伯子手稿作『桐城』。

摯父先生出行野四日不歸極望成詩〔一〕

先生與奴食同品，腐魚酸菜腹中裹。與我讀書同苦甘，朝吟夕咀三倍我。前日驚呼走出城，田間蝗子大如蠃。甯關自古循良心，只為此官食者夥。妻兒弟侄十口家，萬口從君索餅粿。萬口不飽君無財，數十之家不舉火。君亦一口張，我亦一口哆。我食何嘗似君艱，我亦一家待君妥。下階仙露三千年，一樹瓊華長坷娜。中有彩鸞非帝驂，朱戶沈沈下青瑣。君歸休，但安坐，此邦亦不謂君惰，我與君亦暫不餓。氣化終留蟊賊心，聖人豈免昆蟲禍？面顏昔枯還未腴，何苦風塵日摧挫？

【校】

〔一〕范伯子手稿題中無『摯父』字樣。

二鳥歎在番船作

二鳥翻飛馳我船，離船一尺走避煙。俯看掠浪背船去，忽復騫雲在我前。我憑欄檻至日莫，與逐高下心茫然。茫洋黑水絕歸路，東徑萬里西幾千。待向江南覓洲渚，恐其羽翮雕霜天。哀哉齷齪在塵際，紛紛屋底圖飽眠。那無空闊若此鳥，更用憂渠不自憐。空江蝴蝶悲來句，依傍人間又十年。丹鳳碧梧在何許，蟻子蜉蝣草上緣。方壺員嶠今安妄，吾蹟此鳥求神仙。亦是神魚出波戲，世間鳥雀胡能然？

大橋墓下

草草征夫往月歸，今來墓下一沾衣。百年土穴何須共，三載秋墳且汝違。樹木有生還自長，草根無淚不能肥。泱泱河水東城暮，佇與何人守落暉？

月蝕辭

彼月黯然蝕，日君歎無聊。日光炎炎弗借外，胡以晝夜求其曹？選於眾星擇大者，全付光耀同遊遨。周窺下人狀，布地無昏昭。雲程莫得辨，貼天無卑高。古來大小齊同者，莫過泰山與秋毫。斯日寵斯月，自古無人嘲。蝦蟆爾何物，吐吞以為豪？常行不爾改，搶攘無所逃。明明兩曜在，一夕不相遭。八極茫茫被流水，東西帳望空煩勞。純陽至精一獨賞，明珠皎玉供淫饕。月中有仙桂，魄死枝相繚。人間伐鐘鼓，仰救徒喧嘈。長行無人亦疲照，惟日不釋難可弢。安得修成不磨體，永著日下無訾謷。

飄風歎

雲從海上來，遍地皆可雨。飄風逆擊之，何必在茲宇。百姓三五群，要遮入官府。官長馳詣壇，百姓振金鼓。百姓鼓聲苦，官長拜益俯。斯時望見雲，官翔百姓舞。飄風爾何來，衝天散其伍？莫怪推雲車，不復相撐拄。斯須變化間，真龍豈不武！百里自有風，天亦不為主。嗟爾風，在茲土，過雨揚麥禾，厥功亦可詡。云何惡其膏，洶洶為魃蠱？遲日澹蕩間，高雲作媚嫵。妒好便揚沙，生滅何足數？介此豐凶交，焉忍更為虎？並作生民資，洶洶禦私侮。嗟爾風，百姓怒，百姓朝朝望雲護。雲興蔽日不可覩，不蔽焉能作嘉澍？風動雲開日當午，炎炎孤照誰為輔？更畏炎曦不田黍，欲乘風涼快當戶。嗟爾風，百姓魯。

吾所植荷既開盡而風雨頻至坐見其萎謝慰別以詩

荷今折風雨，落落夫何歎。見汝清明日，孤根後土安。何由觸冥性，心氣忽奔瀾。橫遊不得遂，直上多其端。冥冥一尺土，砉若鑽天難。迎風變青翠，向日成朱丹。開落一不吝，替萼宵摶摶。懸知此盆內，百孔能相貫。房房遍已實，根本又可餐。有生百蟲附，來去無相干。吾衷獨含愧，給水徒未乾。滋滲任奴婢，隔望成朝歡。瀟湘洞庭上，彌路花漫漫。傳聞有司命，乃是神仙官。五更得月際，大士乘飛鸞。停雲拂素袖，灑露當花冠。嗟茲一華植，豈有高靈看？哀哀楚騷子，抱石沉急湍。奇軀不得腐，化作荷根蟠。傳為萬萬本，七竅心猶完。人間習不識，此是荷之耑。君看本末在，豈肯為椒蘭？埋藏弗復道，摧落終心酸。

按：范伯子手稿卷上云：『於三復李杜二家詩之後取其蓄意，一朝為之，則亦覺其成之易也。』謝涵注云：『謹嚴中二沉勁。』又注云：『亦清逸。』

中秋登冀州西城獨吟〔一〕

三年局府舍，一夕登城望。俯視圍城若圓沿，明月正在城中央。世間蒼莽亦何極，我即私之烏有旁？城西近官舍，吏屋稍成行。依稀各家院，了無丹粉牆。正東有廬在空闊，趙王故殿開元場。南東深黑不可見，腳下園田亦已荒。吾欲聊觀景，恨無燈火光。高明在天作何用，更照沙土能輝煌？南過百城垛，照眼得方塘。兩月自相弄，忽覺白地金銀鑲。無人賞佳節，細水波洋洋。城根遍栽柳，或比遊人長。愁驚鳥雀睡，咳唾不敢揚。吾賢來牧七八載，會見此物幹穹蒼。傳聞漢季此城大，後更多代成荒涼。朝廷不憂吏不視，駿足未嘗來此驤。乃使迂儒長風俗，或成笑故流畿疆。嗟哉但如此，所學奚必償？吾身饑寒緊相托，方夜惸惸愁雪霜。

【校】

〔一〕范伯子手稿作『八月十五日夜登城口占』。

書與仲弟以答來怡而言近事拉雜不休遂得六十韻

吾弟書由鄂中遞，吾正思之一揮涕。感激平生未見人，肯為人兄養其弟。紙上斑斑吾弟痕，今吾拭之字如洗。弟謂李公徹骨賢，能教賓客病去體。室廬庖具多私恩，群子英英並高契。昔我修書在府旁，已聞說公似嘉醴。筋骨放散讐衣冠，未將此身著庭際。早知吾弟公能憐，百拜輪公豈違禮？吾宗曆世多賤貧，文組英華若深閉。十畝彫零作墓田，百年慘澹無生計。父祖脣焦不具餐，母妻手裂難供祭。豈謂輕將骨肉抛，遂有金銀發沉殢。昔日秦家散客歸，如縱虎羆入林噬。方今帝業萬倍秦，亦有諸夷並稱帝。豈不懸金爭買才，嗟我與君非代厲。假使盤旋江海交，徒對洪流自饑斃。嗟爾後生才兩年，僮遊那知問其世。九世高文沒草萊，輝輝餓節天聞誓。病樹枝繚半死生，根馨土熱還知歲。昔我曾王父幼孤，高妣曹君淑以慧。弟兄適戴為高門，贈之衣裘弗加幣； 亦有短衣持與孤，教兒慎言母手制。高妣令孤往謝姨，便著此衣拜姨惠。謂我煢煢寡婦身，他人寸縷焉能繫？ 此時北風吹敝幃，薄炊米汁看兒啜。夜雪沉沉火不明，孤兒讀書不可銳。高妣欣然發舊琴，吾今一奏兒寒霽。他日吾兒不悔窮，乃肯教兒學此藝。嗟爾何曾在祖旁，聽聞舊德馨於桂？ 宗羅陶翟三世譽，各誦所生不能繼。何況區區我與君，叩心捫夜將何媿？ 中人一家養一身，起坐眠興叱奴隸。良恐他時入儉難，家人四十方如贅。此自皇天育物慈，故令賢宰相維繫。閭巷迂儒不可量，焉能遍有私恩逮？ 勉爾懷忠府主前，啚爾車裘致甘脆。莫更身登黃鶴樓，哀吟漢江歎濡滯。軾轍當時怨謫居，或恥臨江監酒稅。柳州潮州並專城，視為戮辱相哀悷。人生願欲真無窮，彼自為官猶侘傺。蛟龍掉尾捎大湖，鵬摶滄溟怒且懠。偃鼠慽慽伺在旁，偷沾餘瀝驢然逝。稟命分才各自知，吁嗟爾我真微細。爾聽人言為我愁，教我刓方卻睥睨。此語流傳亦有因，翻翻轉變斯成嚌。南方謂我三禮精，北方傳我狎清麗。〔一〕我取兩言微訟之，北語何傷南語戾。離家去井謀稻粱，恨己虛華促根柢。更若違親長盜聲，茫茫江水吾何濟？ 摯父為人爾自知，〔二〕平生嶢嶢不可說。爾我事賢宜戰兢，未來得失休猜謎。吾恨初心不自持，含愁更作他人婿。夫子憐我非登徒，強為導言索珍髦。一昔郵中得父書，秋門五月新喪儷。此子完完特過兄，周流相覽誰當妻？乃知一婦關一家，莫更青天著陰翳。二人衰病逾冬春，炎日車船更未憩。吾限重洋不得歸，涕零南望嗟誰替？冀爾身強不畏濤，秋風一鼓東歸枻。

按：范伯子手稿題下識語云：『詞多散漫，只當家書耳。』謝涵注：『不嫌散漫，在杜、韓之間。』謝涵再注：『內沉痛語不磨。』

【校】

〔一〕『清』，范伯子手稿作『佳』。

〔二〕『摯』，范伯子手稿作『至』。

與吳鐙魏兆麟飲酒看水仙兼示諸生

雪滯陰簷下，塵飛小院門。水仙聊自濯，火力更相溫。所學惟知茗，逢君一洗樽。酒邊看一笑，花色若為幡。供養寒山石，生涯淺水盆。〔一〕妍枝猶帶蕙，苯柢僅如黈。那便知潮意，何因釋土痕？我聞來海島，君與問仙源。一昔縈多夢，群葩忽滿屯。呈身因作主，略地恣為園。強半猶能記，當時盡可捫。告君應不喻，嗟我又何言？色抱渾無著，浮生別有根。牢持燈火意，耿耿未銷魂。

【校】

〔一〕『生』，上海古籍本作『深』。

感春三首

退之巖巖作餘事，有春不賞悲春氣。杜甫遭春必賞春，句間定作傷心人。我與春情亦何澹，臥病頹然一無感。不有當門數樹花，春光來去焉知覽？桃正花時已半僵，梨花皎白精神強。花枝盡吐葉不吐，哀哉幾日俱淪喪。民生各有眼前樂，歡然一覩輕侯王。吾雖賤士骨不醜，攬鏡自照殊堂堂。割居天地弗盈畝，撫有嘉木非成行。對此歡娛竟摧死，能無激烈動肝腸！

天風澹澹王母居，東方豎子吹笙竽。河水洋洋河伯驅，西門令尹長嗟吁。空愁妄歎吾何有，渺渺仙槎弗可圖。平生至精所牢結，但覺朋友同肌膚。張籍凋零馬周死，新悲舊恨紛來紓。當時二公弗徒愛，鍼砭苦語無時無。君歸黃土亦何恨，留我風塵顧恐虛。細想微軀有何戀，故人臨沒還踟躕。蟲書蟻篆無人見，羊角扶搖又可圖。

大弟郵詩漢江口，小弟書詞怨兄走。歡然白下秋情來，爭論歸期畏我後。爾曹弗似當年欣，故交淪落傷我心。獨可囊金買歌棹，浮載兄弟同哀吟。哀吟可樂不可多，八月金盡當如何？九月還家典裘服，十月離散歸江河。平生要汝文字好，到今已悔嗟蹉跎。翩翩二子穠華質，刪削剝落成枯柯。方知蓄意與春左，那得憐花不受瘥！

按：范伯子手稿卷上詩後附注：或有閱吾第一首及此收句之意者，以爲當自註之。然古之傳其詞而不傳其意者豈少哉？說者紛紛，聽之而已。

余與熙父居三年乃時其病癒出余稿而觀焉熙父既評論歸余又四五旬日乃聞之尊四兄先生以為熙父讀子稿而有詩但拚不出耳於是又四五日乃得其所為七言古詩卓乎雅人君子之言恨相見之晚即夕為詩以酬

文章出世有晷刻，朋友交歡有時日。三更討得君詩來，誦至東方大星出。豈有纖雲翳肺肝，真於至澹得香宓。此事方今尤寡才，此文目下誰能匹？賤子平生愛石交，行盡湖江理或隔。一自翱翔君子堂，羽毛不復憐孤隻。欲側君家兄弟間，欲置君身韓李班。苦無妙藥脫君體，三年與眾窺容顏。此語丹誠子所諒，那得藏技教余頑？即今日月得瀟灑，閉子精路長無患。且可溫存鼻端白，更與融成懷內丹。病餘已覺長生易，性命雙修事豈難？我亦初賡履霜操，碧雲黃葉無心彈。不如子身淨無累，抗手古人長樂歡。記取天行雲臥處，卻與吾兄創大還。

冀州宅中再為姚錫九姻丈置酒次韻奉留

人間唾手得奇窮，鐵杵銷磨句未工。薑塢子孫猶壯佼，〔一〕桐城父老見豐隆。蒸雲釀雨嘉賓合，江路為家好事通。情話可知詩更美，弗愁連酌酒樽空。

姬傳論篋實崔嵬，舊亦茫茫接此來。恰好尼輿論輩數，新從王謝乞門才。懸詩石袂知誰見，稱體荷衣孰為裁？磊磊宵晨無限慕，娱君豈惜壽千杯。

【校】

〔一〕『猶』，范伯子手稿作『誠』。

晚凉置酒坐諸君堂下即席賦詩〔一〕

使君為月我為星，卻為諸君放晚晴。祇可談天說瀛海，不須想帝夢瑤京。眼前瓜果新離土，腳下蓬蒿半擠城。問客爾從繁會至，箏琶何似席間清？

按：范伯子手稿此詩下自注『時張采南方自濟南來也』。

【校】

〔一〕范伯子手稿作『晚凉置酒坐諸君堂下，賭詩爲笑即席再和姚丈』。

六月十五日酷熱傍晚得雨乃解因與摯父先生姚錫九張采南乘輿登西城樓玩月而姚丈張君並吹笛余乃即景為詩得二十一韻

屋小廊簷低，無由解煩暑。關門若在甕，開門若遊釜。青蠅方乘人，好朋不得語。傍夜橫風來，飄沙雜微雨。汗體始一乾，攜尊向堂廡。酒面生清光，圓月正窺樹。灑然各已醺，登城覽州宇。賓客異縣來，驚看美完堵。磚明若無塵，高柳近可撫。亙道如修蛇，依堞不能數。頹然各坐苔，空闊猶在俯。疇以雙笛來，童奴識佳趣。二子臨風吹，取意弗在努。卻有眠酣人，矯首起驚顧。啞啞林間烏，離巢一飛舞。茫然市肆間，微吟在何處？此境清人心，我曹弗多遇。翻令賈牧兒，宵旦習為故。頗笑儒人辭，江山解心晤。聖意不在書，風光又能覿。窈窕誠自憐，齷齪還歸去。

按：范伯子手稿有涵注云：『退之狀熱更奇險，此則較遜。』

余之南歸本遲遲而冀州嘉客甚衆益與之早夜為詩酒之歡客有李和度者故人李佛笙之子也發其先君遺稿讀之則金陵酬余之作在焉愴念昔遊感懷近事追和此篇

日赤河水乾，茫茫予何往？暫依君子前，猶在青雲上。獨好宜孤憐，凡衆豈能強？哀哉李生詩，悲哭淪草莽。公子負篋來，定稿手自創。平生與鳳麟，入世故無兩。毛羽太炫人，摧落罥塵網。遂欲為莊周，徹悟人天障。烏知弋與君，先後盡黃壤。恩怨且弗論，空名又愁謗。頗聞君子心，遠結長林想。無田那得歸，名山待饑賞。嗟嗟行路恩，信誓亦可爽。糢餬弓影來，饕切機聲響。窈窕三數人，何由即舒放。曆境如浮煙，文章入老蒼。一物皇天慈，千年得自壯。逝者無由譚，傷哉階疇曩。〔一〕

【校】

〔一〕范伯子手稿此詩附注：『是日也，感於濂亭先生解館之事而勛平生之悲，援筆立成，當意遂止，無向者所謂「流」與「窘」之患也。以觀摯父先生，則先生亦以為「真哀其怨，神來氣來，可謂驚心動魄，一字千金，雖古人何以過是」。但不知吾濂亭先生復以為何如也？疇昔之作，稍得有如此樂者，惟去年秋所為荷詩，於三復李、杜二家詩之后取其蓄意，一朝為之則亦覺其成之易，而此乃出之尤平耳。』

稍與采南和度論文章生造之法再疊前韻奉詒

黃雀無人羈，控地不能往。鴿在家人庭，一縱摩天上。物性有崇卑，懷風豈能強？蟬高猶借枝，凡蟲互棲莽。獨笑惟蜘蛛，容身必自創。蠶死囫圇中，愚智曷能兩？遂令古聖人，效法網公網。哀今識字流，舉目皆塵障。焉知上古前，高下盡裸壤。物慧傳至今，人聰壞譽謗。吁嗟吾子才，天挺秀孤想。江流泛兩萍，巧合一相賞。李生繼踵來，眉宇復英爽。徘徊始一鳴，哲父有遺響。此事天難量，欲放徑須放。安能徇二蟲，郊遊即莽蒼。嗟余蠛蠓如，浮天亦奚壯。色色欲告人，此說聞諸曩。

采南為詩專贈我新奇無窮傾倒益甚再倒前韻奉酬以其愛好也亦稍為戲語調之

我與斯文交，寥寥孰今曩。無端忽見君，魂夢猶自壯。平生在江沱，神孤意淒蒼。拓海方寸間，蓊鬱不能放。豈無山中人，因風托遠響。解佩一要之，佳期什九爽。旨哉荒州庭，每飯有奇賞。君詩後絕倫，光怪非吾想。以此橫山東，那弗招人謗。謬以小國稱，來侵大國壤。丈夫何娟娟，面好復有障。看君善躍鱗，今落任公網。瑜來亮則無，邢出尹何兩？君知桐城否，所學一身創。我來三載餘，眼中失煙莽。久住方自然，聰明祇能強。應須白髮生，始附青雲上。堅留願學心，勿與身俱往。

已發冀州苦雨不休夜泊荒野中再與采南疊韻

世事真無聊，昨日亦已往。鬱鬱青槐廳，忽在遙煙上。爾我更幾時，殘歌祇宜強。船怯雨即回，篷低入深莽。蟲語皆商聲，涼秋孰先創？問我何所為，三年過此兩。高戾冥冥天，卑飛掠堤網。梟鸞倘必分，人世盡無障。哀哀雁始征，饑落田夫謗。勸爾早歸來，南方無息壤。南方吾有親，長年豈不想？不有萬金愛，不易千金賞。春船帶薄冰，此約應無爽。縱復調新琴，不能易韶響。夫子絕可哀，一廈將吾放。坑之春華間，挈之遊莽蒼。身如黃葉輕，分與松筠壯。悠哉吾道難，行矣休懷曩。

航海遭大風苦吟杜詩仍倒前韻

前度遭風波，此度勝前曩。悲來其如何，歌詩吾猶壯。門竇不可扃，微見海天蒼。惜乎船簸搖，寸步不能放。怵惕無一人，怪駭震千響。風雨纏兩輪，飆馳固難爽。吾將杜少陵，努力繼深賞。顛危所傾側，幽怪豁通想。軒然揚已才，空絕無誰謗。吾將寸草身，飄飛出土壤。安得復陷汙，艱難用行障。翻身獨棹舟，隻手親提網。驅鼇來撻之，三山墮其兩。雷霆不敢下，龍鼉知所創。此海永澄清，吾詩不墮莽。嗚呼李杜人，精靈何倔強。滄溟萬古寂，為我沿波上。舟船吝不飛，載我將何往？

南康城下作〔一〕

雪裏乘舟出江渚，維舟忽被南風阻。〔二〕日日登高望北風，北風夜至狂無主。似挾全湖撲我舟，更吹山石當空舞。微命區區在布衾，浮漂覆壓皆由汝。連宵達晝無人聲，臥中已失南康城。眯眼驚窺斷纜處，惟餘廢塔猶崢嶸。老僕顛躋強為飯，慰我風微得遠行。嗟爾何曾當大險，一風十日天無情。吾有光明十捆燭，甕有殘醪缽有肉。新硯能容一斗墨，兔毫蠻紙堆盈簏。為吾遍塞窗中明，早晚澄清煮糜粥。吾欲偷閒疾著書，誰能更待山中屋？〔三〕

【校】

〔一〕范伯子手稿作「南康城外作」。

〔二〕「維舟」，范伯子手稿作「明朝」。

〔三〕「誰」，范伯子手稿作「何」。

守風至六七日之久夜不復成寐百慮交至起眺書懷

宵來覺夢更相因，數數肝腸變苦辛。〔一〕旅病江湖拋弱弟，歲寒門戶累衰親。朝昏兀兀成何事，生死茫茫只負人。欲把愁心散空闊，開門稠疊雪花新。

【校】

〔一〕「腸」，范伯子手稿作「陽」。

南昌城下作

巖巖百城宰，女憧而婦悾。黑頭擁疆寄，十考未成翁。湖去老漁悲，湖至多牛窮。窮悲亦弗爾，山水今疲癃。冤哉百城底，何自著姚崇？

雜感二十八首廬陵道中作時點臨川詩至第八卷〔一〕即用其每詩之題句以窮吾興端〔二〕

兩馬齒俱壯，一馬心先摧。一馬興猶怒，卻向風塵來。悠悠各群逝，兩馬毋相猜。吾見九州道，道上飛黃埃。戰戰道中馬，揚鞭坐輿儓。抑抑道旁馬，牧豎群相唉。心摧固當爾，怒亦胡為哉？

春從沙磧底，氾濫神州中。一風萬竅足，一雨千林紅。陂陀織紈綺，雀鳥爲笙鏞。吾觀上下際，託物無纖洪。乘時借春力，一一收奇功。人為萬物主，名大實不崇。牢為自生活，不與造化通。冥情對生理，拚耳過春風。誰能撫其體，琢治施天工。古來聖人智，智必師凡蟲。聞譽遍天下，吾方自責躬。

晨興望南山，山陰雪猶縞。道左逢砂山，黃黃無寸草。晚泊群山間，蒼然氣回抱。茲皆非吾山，何必問醜好？吾山天南東，左海所淵浩。一去新綠軒，悠悠十年老。

結屋山澗曲，山僧與我親。優遊弄文史，願我歸來頻。多財實累汝，惱殺當時人。懷哉善自保，使我有歸身。

朝日一暴背，百體從之馴。還於屋底坐，手足仍凍皴。茫茫千里道，積雪埋枯燐。船風四面至，罽火嗟無薪。發書檢敗篋，拂拭燕中塵。一讀凝寒解，方知此物仁。

黃菊有至性，夭桃有至情。綿綿各自活，藹藹為天榮。野人實枯槁，菊以歸泉明。焉知五柳下，夢與桃花縈。一讀閒情賦，哀來不可平。

少狂喜文章，兒戲藏諸笥。開閉日數十，惟有婦知耳。焉知後婦來，壯大仍如此。既無經國意，亦乏牛毛理。論古多弗讐，規時又不綺。那弗偷欲休，而積寸有咫。懷之勿笑人，沾之婦亦恥。

三戰敗不羞，九敗益以笑。久於其事中，表裏洞如照。又知博戲理，洞見得失竅。群人之所爭，機數從而妙。得者常得之，失者驟難剽。操持予奪人，喜惡在一眺。當時各有蹊，彼亦孰肯僄。終於授受間，大小必同調。凡吾所以窮，機凝內弗肖。

少年見青春，窮力追侈歡；中年見青春，獨為故人歎。誰念故歡易，誰畏新歡難？新歡若大道，駿馬被雕鞍；操之慎無躓，萬里亦能殫。故歡似巒嶺，曲折千回盤；異時所經歷，往往摧心肝。嗚呼諒今昔，孰知余所安？

白日不照物，明月空爾為。茫茫野草綠，卻受月華滋。而況衡門卜，幽人方解頤。陰霾奪皓魄，長夜何由熙？冥陵萬燈火，慘用枯燐為。乘天以為樂，昔者余所悲。昏昏余不顧，驀澗遂從之。

筆端無華滋，吾能聽其槁。微命向吾飄，晨饑夕而掃。吾有白石池，春秋畜文藻。欣於一盼間，此疾亦難療。世有誰何歟，視我一如草？

一日不再飯，吾知未必能；一生不貳辭，昔者余所承。翻翻日月轉，事有累千層。凝之或為石，徹之或為冰；冰消質猶在，石毀不復凝。檢點平生語，能無作後懲？

秋枝如殘人，分當應候捐；人衰未即死，作德何限焉？老友二三子，當時豈不賢？澹然解世務，奮爾為鑽研。文之得失具，應須過百篇；十篇以往者，稱譽固其然。惜哉譽而止，負此心拳拳。

青青西門槐，鬱鬱東門柳；掩眼不忍過，哀哉孰吾友？吾意何足宣，吾行多慚負。鄉閭美少年，西笑背居牖。一聽傳臚聲，終身謂天右。焉知馬君死，隔日露其肘？焉知張當塗，死去無人守？肝悽弗可言，改行將毋醜。惟當抱詩書，窮觀養餘壽。

天下不用車，我能泛江海；天下不用舟，我能上崔嵬。舟車列我前，我適將安在？悠悠萬事理，快足轉而殆。明者非能逃，澄心百可待。捐金三十萬，吾較李生倍。守錢吾不能，吾固弗可悔。觥觥翰林集，落拓天寶載。人觀賤如泥，自值一千琲。

山田久欲坼，水縣遭滂沱。我行遍燕趙，復向天南過。蕭條問耕者，太息饑荒多。耕田尚如此，不耕將奈何？我有十畝地，介在城東阿。先人所歸憩，宰樹高嵯峨。大父營後隴，故妻埋前坡。割贈張生者，又前臨大河。鑿池繞墳址，河入為清波。魚秧四五石，藕大生高荷。茲方但可樂，不復能栽禾。

聖賢何常施，要在心胸大。令今生邱軻，小小亦如我。少陵憂憤辭，見者歎婀娜。他人輒效顰，不覺眇且跛。太白佞丹砂，〔三〕子瞻說因果。兩皆有至味，互易且不可。空空范雅言，敗絮金銀裹。人於萬族間，一族自為妥。歌斯哭亦斯，吾不笑其瑣。乃至十百千，附著益以夥。歌斯哭亦斯，吾不嫌其過。嗚呼此亦難，畢代為私課。

散髮一扁舟，飽讀相如傳。亮哉漢代師，斯人尤可戀。堂堂六經旨，語貌豈已變。妙設不可機，待彼帝自轉。耿此剛直腸，而帝特歡忭。遲君十年死，漢豈有封禪？將令漢不文，君亦無由見。

道人北山來，哀吟望鄉國。言過太行顛，虎豹懷其德。三年遂止留，豹處而虎食。道人持正法，不信有鬼蜮。有亦不能克，一日為所賊。道人作而起，虎豹無顔色。嗟茲獸即馴，異類究同域。虎蜮更相使，吼怒那能測？君今幸而歸，〔四〕吾懼歸不得。

今日非昨日，昨即萬古前；來日非今日，來即無窮年。來日吾寧在，昨日何存焉？道人通大化，惟此乃悁悁。日日有俛仰，諦觀而後遷。可知山日永，曷怪山花妍。

秋日不可見，冬日何淒涼。涼熱氣所使，日者徒有光。乃知地道大，感時爲行藏。卷懷一自暖，萬物皆皇皇。安得長春節，生民感艷陽！

騏驥在霜野，哀鳴不可聞。生平已弗道，那更饑如焚。中途謁鴻雁，忍恥將為群。飄飛故能得，體大徒紛紛。一覽窮荒耳，安能畏足皸！

悲哉孔子沒，俊類將何歸？猖狂故無倖，篤范緣何譏。宋後一千載，雄書慘不煇。晚俗益以駭，爭能排顥熹？吾雖吝元甚，不喜聞若辭。悠悠反覆理，到此焉可知？微末於何託，相如是我師。

秋庭午吏散，藹藹冀州時。翱籍相炫耀，遷雄相諾唯。伋軻相責難，犖軾相阿私。曩時屈莊氏，並代無聞辭。相如還共使，作傳因相知。甫白長相憶，宗元使愈悲。在宋更相阨，何曾吝友師。茲歡亦已泰，吾意固當離。

秋日在梧桐，伯仲語為別。悽悽復惻惻，中夜不能決。我有金丹方，告以鍊藥訣。茲方遍可療，不療腸中血。齊來江漢間，彌望隔風雪。問言汝病回，糜粥已可啜。冥情遂信之，西舵復東折。人生壯大年，骨肉真懸綴。安能苦念君，不自愁肝裂！

我欲往滄海，言之吾母驚；吾父笑謂母，惡謂斯兒誠。哀哉弗可試，且笑烏能傾。老年重骨肉，頓覺饑寒輕。自寒自饑餒，百口還須營。老人食幾何，愷悌流州城。關門閉遊子，曾無金在籯。城門五更啟，城上烏宵征。茫茫眺遠野，不見故畦横。歸飛不得哺，繞樹寂無聲。

前日石上松，佳哉氣何旺。五年未見君，喜不受人創。吾有同根生，兩株複已壯；一株移就君，一氣若吾囊。燕中好木稀，南國瑰材廣。盤紆幾萬峰，柯葉互相讓。誰當異姓交，惟此不能忘。

日出堂上飲，日午賓客加；日斜辭半客，有膩爭同車。明鐙萬錢費，更醉顏如花。當時吾卻喜，但覺宵無涯。促促板船底，嚴寒戰齒牙。身爲浪拋擲，走臥但如蛇。以是最文字，窮幽極八遐。能過一千日，不復慚其家。寄語同懷子，真當為此嗟。自註：是時與蔡燕生別未久，詩成即寄之，故末二首以彼結也。

【校】

〔一〕范伯子手稿此處尚有『忽動詩興』四字。

〔二〕范伯子手稿此下尚有『成而相較，不預觀彼詩也』。

〔三〕『佞』，范伯子手稿作『吝』。

〔四〕『今』，范伯子手稿作『亦』。

入灘河易舟聞舟人言往月安福使人迎探狀慚恐彌甚心神益焦輒復為詩十九韻

順康元老家，乾嘉大儒系；道咸名公孫，同光詩人子。藹藹敦詩媛，持以配當世。當時卻不言，咄哉吳刺史；持我煙霧中，德我亦已詭。令今尚在途，吾獨望公耳。金陵逢諸昆，玉樹得相倚。依依訂後期，期在月建子。豈知歲寒累，隔月不能指。紛如敗葉多，掃去復填委。江流入大湖，湖窮見灘水。一月四易舟，偃蹇莫能駛。已聞安福君，迎探日有使。人生重然諾，大諾矧可爾？感此宵寐淹，對燭彌慚已。韓公詩萬篇，翱也數十紙；培塿附泰山，不爾將安恃？伐肝取新作，急索勿令徙。持為到門獻，薄咎庶能理。〔一〕

【校】

〔一〕范伯子手稿詩後附注：『丙戌作冀州，摯甫先生云當為之媒，而勸諭之先後將近一年，未道其人。』

成婚有日內子為詩三十韻以道其相與為善之意與其迫欲侍舅姑之忱余亦作三十韻答之

吾昔山中年，恐懼畏人識。一詩落人間，遂為吳公得。苦作珍奇收，過求美珠匹。輾轉歸丈人，逃藏更無術。丈人氣淵淵，諸郎勢英特。或戰或養之，吾意固低抑。誰令吾子來，咄咄更相逼。房有刃劍光，入我常懍慄。雖然憚爾才，豈不戀爾德？惜此蘭蕙芳，不得在親側。吾親天下慈，作婦百無值。身禦必蕭條，好婦美衣食。獨恥家庭間，一體畫數域。曩人非有奇，覽此將身克。遂得親堂歡，死去立為則。吾寧誓獨深，滋恐後來忒。苟合豈不危，吾忍將卿失？丈夫貞則凶，物理靜而吉。極冬放春回，冥靈始能茁。歡言告吾親，不復慚其筆。子有懷歸忱，能使我心惻。兩盡無公私，在處必愛日。吾親日中昃，子日在西北。不得事尊章，宜盡祖孫職。古人君父間，隨分葢無慝。子有翱翔詩，我無奮飛翼。明星爛在天，梟雁不可弋。與子今偕潛，靜言撫琴瑟；琴瑟鳴愔愔，寒水流汩汩。服芬亦為君，與子花間逸。

安福試院登閣和外舅

高閣出群間，深杯一撫欄。風煙環作態，冰雪對為寒。時鳥他鄉見，初花倦眼看。不能望江海，空自說長安。

試院枯柏

大堤千萬柳，繁葉媚春禽。獨爾偎寒色，因之見苦心。危巢知有路，禿樹豈無音？蟻子當年窟，嗟為暮雨沈。

就試院觴外舅生日即席獻詩再次前韻

試院沈沈鎖薄寒，傳呼進酒釋重關。難為大海驅群水，獨與諸峰拱一山。仕宦平生謀食苦，文章老境用才閑。再從循吏歸文苑，萬歲千秋父祖間。自註：石甫先生先人國史·循吏傳，後乃改歸文苑。

與仲實論詩境三次前韻

詩家王氣必深寒，秘鑰誰能拔數關？ 龍虎相遭風過水，鸞皇自舞雪盈山。眼光料得千年在，心事無由百道閑。與子婆娑見真意，公然一蹴杜歐間。

外甥勸當世與諸子為時文每五日一會則具佳饌相勞又作詩一篇以歎喟而欣動之當世敬述愚意為和章

春明碧天好，奇禽弄光輝。誰能撫其羽，迎問秋所歸？ 翩翩女牀子，性命何輕微！ 微生亦何限，莫作蜉蝣衣。沈沈碧海底，吾欲圖南飛。培風蓋有力，遇化亦有機。藹藹前山暮，春分月滿扉。啼將鳳鸞血，膠瑟鳴相依。我歌丈人聽，終古不相違。

春和外舅積雨感事詩

興會乘風雨，哀吟撼筆端。老懷憂國切，生計入詩寬。薄宦一家在，炎方五月寒。酒餘仍健飯，惆悵問齏盤。

嗟我猶浮著，誰能但感時？ 坐看桑葉盡，徒為繭絲悲。翠袖陵寒薄，紅妝照夜疲。悠悠山縣在，何處覓長離？

強病

強病支離出郭門，攬衣愁歎數煙村。不知眼底家山好，且喜胸中老酒溫。月被風霾微有暈，天連水色更無痕。乘潮即去吾何奈，回望親庭欲斷魂。

不堪

水師伐鼓聲猶壯，舟子彈弦韻轉淒。我已無端橫涕淚，不堪蘆雁再三啼。

回甘一首將以示叔節叔節甫離家懷內有淒涼臨野闊清切覺霜新之句余最誦之

病久愁深容又單，開門祇覺萬重寒。因君野闊霜新句，逐想回甘至夜闌。

叔節在安福盼我久矣我欲山行而病不能強遲風又不可耐誦其詩依其憶昔行韻為思叔節一篇

我思叔節不可聊，一夜無眠聽風水； 叔節思我其如何？ 耿耿丹心在詩裹。 嗟吾與子忽然親，謂天不仁天固仁。 萬物洶洶道將喪，願翻百代求其真。 攀天下視嗟何極，並駕扶攜必有人。 一馬從來悲遠道，爭先接跡斯難馴。 子之文章若冰雪，已有聲名揚鳳闕。 世上安知學道心，斯人對我方愁絕。 糞土榮華亦等閒，瓣香前哲無休歇。 悠悠逝者幾千年，句留文字如浮煙。 淺淺嘗之淡如水，耽如食蜜甜中邊。 耽此方知能不死，瑰然大欲憑虛起。 作者牛毛成者稀，差以毫厘謬千里。 君家世世皆有聲，天下舉目姚桐城。 摩挲先澤與人共，豈是尋常伐木情？ 嗟我於今弗可道，發憤編摩苦不早。 且爲不謬當如何，眼看頭白歸於掃。 病後慷慨彌可憐，家無儋石囊無錢。 親心樂道妻兒曉，百口焉知命在天。 十年奔走天南北，漸覺形骸畏車轍。 積病支離到肺肝，便歸無力耕阡陌。 平生卻負張吳劉，天之所限人難求。 惟應傍此終吾世，或者前言不謬悠。 與子成歡在歧路，兩載淒其隔煙霧。 諒子猶為昔者心，不知吾力今非故。 朝於湖舫哦君書，天風激蕩鳴瓊琚。 廬山萬仞高不極，欲起病骨乘山車； 乘車守風日惶惑，惟恐子又歸鄉閭。 噫嘻！ 人生天地各亦適其適，何必連宵達旦長相憶？

廢塔

我行天下雖不多，洪楊所踏常經過。 遠臨城郭未得到，每見廢塔高嵯峨。 鈴鐸消沉兀不語，惟有百竇攢蜂窠。 當時琳宮耀丹碧，珠玉纈頂圓光瑳。 欺陵山川壓都邑，幻出雲表飄婀娜。 粵人所到一炬盡，獨留瓦石填山阿。 吾聞老兵說不一，有防敵瞷先摧磨。 江州以此作烽燧，千里百里相奔波。 江陰民兵夜巷戰，風色不辨旌旆訛。 因風縱火當巨燭，照耀天地揮長戈。 吾州之塔獨無恙，至今白日光相摩。 當門一塔尤聳絕，幼即憑檻為詩歌。 去年養病在其下，顧惜形影猶摩挲。 年深日久有廢壞，無人督役來撝訶。 對此茫茫一嗟喟，世間豈復憐彌陀？ 中興以來三十載，不見一廟重委佗。 方知佛意今衰歇，天下洶洶又若何！

戲書歐公答梅聖俞莫飲酒詩後即效其體

莫談道，談道能令詩不好。君詩談道甘如飴，我甚味之無由嗤。惟其言語既詼詭，難復瞻顧如常時。君不見李白猖狂不自疑，語語金丹綠玉卮；臨路悲歌懷仲尼，君於其誕或笑之，無怪不能為若辭。君謂聖俞莫作詩，但當飲酒無所知。又言為善將功施，或使文章千載垂。文之於詩又何物？強生分別無乃癡。朝朝酩酊求功善，萬事崢嶸未得齊。我愛居士集，繹彼刪存思。還當一一求公疵，聊以弟子諍其師。

解裝之夕内子喜余病良已而有霜華滿院夜徐徐之作歡言既洽苦語斯聞内子祇道其今日之歡而余深悉其曩時之苦蓋性情之至斯可以傳而代言之工非我莫屬矣為作四時詞用子瞻韻

春風日日吹簾幙，早晚庭前數花萼。祝花遲遲花不聞，牡丹開盡楊花落。可憐百卉盡更衣，猶著寒綈昧玉肌。書隨燕到今無慮，低首依然卻告誰？

風露娟娟下庭冷，日長一倍宵還永。東方日高人未眠，北窗蕉綠菱花靜。啼面稍將淡粉勻，日上高堂未敢嚬。晚來驚電明虛幌，不似螢光可畏人。

去歲編籬削黃竹，秋來一院傷心綠。星河耿耿鵲歸巢，空有牽牛藤上屋。時危勢迫擠重扃，欲表微忱上帝廷。黃沉一樹從君伐，獨聽金爐爆竹聲。

黃葉飄飄髮初落，盤旋飛鳳今無角。贈以繡條百丈絲，報以山海嗟猶薄。晚尊一笑明生霞，烈雪嚴霜並作花。可憐蕭閣吟忘倦，不見庭前鵲與鴉。

既讀外舅一年所為詩因發篋出大人及兩弟及罕兒諸作遍與外舅觀之外舅愛鍾鎧詩至仿效其體爰詢當世以外間所見詩派之異而喟然有感於斯文也疊韻見示當世謹次其韻略志當時所云云

滔滔江漢古來並，判作支流勢亦平。直到山深出泉處，翻疑河伯望洋情。泥鼉鼓吹喧家弄，蠟鳳聲華滿帝城。太息風塵姚惜抱，騶虯乘鶩獨孤征。

一家兄弟擅微長，那管先盧復後王？徒抱雅言解塵俗，頓遭澀語失寒涼。長饑老父貧如洗，索飯嬌兒瘦欲尪。安得華堂同對雪，一時白戰讓公強。

叔節行有日矣為吾來展十日期閑伯喜而為詩吾次其韻

吾歸雖祇一載餘，裘葛匆匆兩寒燠。黃鸝三請吾不來，鶗鴂一鳴春已歸。身為暑虐不得閒，愁與秋來同浩浩。北雁南飛始有音，耳邊聽聆日以好。令我至今猶在途，君家兄弟奚不老？酌酒欣然對雨風，論詩各有千秋抱。得失惟與蘇黃爭，淵源或向杜李討。冰雪圍爐正可懷，叔也言歸是可惱。十日勾留豈不多，出門一步方知少。吾與伯也獨羈孤，那有心情鬥文藻？髡為贅婿徒滑稽，馬卿貲郎不足道。眼中七子當為儔，或至地北天南陬。安得雲屯一處留，日對江山盡百甌。吾病雖然詩不適，猶能為爾消煩憂。

為叔節題西山精舍圖

去年甥館東西間，東對城西鳳咮山。自春徂夏看不足，歸去時時有夢還。再來此室非吾有，卻對牆頭悵恨久。轉念茲土於我何，且復得之烏能守？磊磊狼山新綠軒，打門歸住無煩言。龍眠掛車婦氏物，猶許半子為家園。投身天地正多處，徬徨歧路緣何故？客氣已盡江湖悲，少年望爾還山去。爾去西山來侍親，猶對新居懷舊鄰。可知能作山川主，不似尋常陌路人。鐘鼎山林各天性，吾惜青山已如命。難得吾妻亦稱懷，良知此事天所定。此畫當年著此人，冰心玉質相輝映。爾今即去其如何，為我佳處留行窩。明年春江鼓一櫂，還及爾姊來經過。爾時林下風流句，應比安成道上多。

外舅以初見雪花見示欣然命賦四疊前韻奉呈

寒雨連宵雪意並，濕雲低結萬山平。華堂白戰千年事，原野青回一歲情。樽酒卷詩消壯節，百錢斗米戀窮城。官民一飽無他慮，戸有篝車尚緩徵。

所學真非百里長，上窺屈宋下歐王。命遭磨蝎才空老，詩若簫韶政豈涼？被髮吳儂徒祭鬼，失心縣子欲焚尫。眼前一味蠶花粥，會比當時肉食強。

外舅方約當世以明年留此而摯父先生以李相見招傳電相告蒲仙諸子皆惜其不久處也六疊前韻倒押之

九月臨江報始征，早梅花發在山城。終年望望諸君意，隔歲依依半子情。流電驚飛傳好語，華雲飄忽動生平。勿言處士今黃潤，裸壤龍章儻可並。

微文親接北方強，弟子三千半魯尫。一病容顏成老大，百年身世忽淒涼。雲龍有意遊天地，風馬何心議霸王。多恐若人蕭瑟久，皤然一道賈生長。

冬至席上感賦七疊前韻

茫茫歲月苦勞征，懷璧何當易十城。白髮著書空有願，昏燈讀史未忘情。欷歔甲子朔冬至，悵望西風右北平。孰使汗青元氣少，惟三不朽古難並。

食粟曹交九尺強，八年於外病成尫，江湖到此中原盡，冰玉相看一味涼。徒以簫聲悅秦女，更將瑟調事齊王。丈人勿悵前宵夢，碧海迢迢夢正長。

屬馮君小白為吾寫平生快事為八圖而作詩以道其意用饒字韻

酒狂誰似蓋寬饒，長劍襌衣只自描。作苦不知身世賤，搜奇獨恨古人遙。結交頗盡東南美，娶婦能兼大小橋。離合死生今白髮，憑君為我寫無聊。

平生師友受恩多，為狷為狂不我訶。雨夜龍門消積渴，晴秋燕市發悲歌。逢時冠佩宜三老，沒代聲香共四科。獨歎南軒閉塵網，丹青無奈未歸何。

筱白為吾寫快事遞增至十二圖而總題曰去影興會既集疾痛復來不能更端長懷一氣成詠每以燈前小睡薄有神思掇拾數言而成半稿或間數日乃為一篇良知此病不瘳難復與於著述而偶然遣興亦不求佳匯而錄之與全圖相副

黃泥山讀書

十二年前，攜吾弟秋門入黃泥山之新綠軒讀書養病。寄食於僧家，日供一蔬，見山下有攜魚過者，輒呼而指以所從入，或不聞而去者亦多。

儒者稱名山，山以儒名耳；荒山與窮儒，千載諒不毀。早入名山中，其人可知矣。狼山非不高，名盛吾所恥。藹藹新綠軒，相望衹數里。喧寂異仙凡，金焦尚難擬。南疆萬車馬，西去無一趾。山門到者稀，軒堂復誰履？蘿石牽雜花，迷離夾松梓；秘絕通巖扉，輾轉達軒址。而我於此間，灑掃布牀几。塞竇斷來蹤，穿牆發遠視。春深地不寬，世亂心長已。惟珍病後軀，自惜閑中晷。蔬飯充饑腸，呼魚那可指？追維是時樂，真實亦無侈。誰令襆被歸，長作遠遊子。

狼山觀海

顧延卿之母邀吾母登狼山，大橋從焉，遂與之登大觀臺觀海。指顧蒼茫，大橋隕涕，哀惻之意不知所來，而十載夫妻猶以此為極樂。

狼山若金山，丹碧迎飛蓋。孤高又不同，非我必自大。亂後繁華空，今此亦為最。亭亭大觀臺，江海之所會。少小習於斯，手口俱能繪。惟獨閨中人，長年欝塵壒。徒有千秋心，無由得知外。一日登於天，酣然淚滂霈。微生天地間，離群復何賴？此意深難言，我亦愁無奈。焉知後五年，君已如蟬蛻。登高痛哭之，風浪自硼磕。離魂不可招，酌水吾何酹？留影丹青間，璘斌亦何害？

龍門雨夜

題圖即節哀祭劉先生文云。龍門弟子孫點以書來告曰：『先生念子，子不能來，則先生就子矣。』於是當世以秋八月往，先生窮日夜之力而與之言。於其將行也，而改定所謂親炙記言者七紙。是時大風雨，夜過半，渴而思飲，當世執燭，先生挈茶具之竈下而火之。飲而旨，先生喟然而歎曰：『此樂豈易得乎！吾老矣，逾明年將寓食於汝所謂黃泥山者，以鄰於汝，以遂吾之志。』

游子初辭家，尋師卻至滬。師說萬餘言，先入以為主。後來饑困餘，仙家乞麟脯。當時卻不然，初若嬰啼乳。乳脯味敢歧，恩勤有獨苦。風夜培成心，千秋淚如雨。

泛舟秦淮

張先生在鳳池書院，每攜當世及其子導岷、會叔泛舟秦淮，光緒六七年之際也。

一帶秦淮水，千秋脂粉香。鍾山草堂下，自古聲名場。姬傳昔駐此，闇澹無華光。淪沒百年後，傑興得湘鄉。揚舲載賓客，宛轉聽吳娘。當時煙月好，山川有主張。蹉跎僅十載，不得同杯觴。覿面成私淑，沿流到武昌。垂髫應鄉舉，十度秋期忙。繁聲與縟色，到我皆頹唐。惟以清遊會，同歌吊渾茫。自註：余十七歲赴江南鄉試，猶及見曾文正公復在，及來師武昌，距公沒僅十載耳。

水心亭宴集

故鄉朋友之樂，莫盛於光緒五、六年間。水心亭宴集，蓋常事也。大抵晨夕共者吾與馬勿庵、顧晴谷、王雲悔，時時至者顧延卿、顧滌香、裘英及吾弟仲林，二三至者周彥升、張季直、朱曼君，若樵秋則一至而已。今勿庵、樵秋既歿，而里中亦並無一人存者。

朋儕似骨肉，亦復如雲煙。茲圖所列繪，並在歡觴邊。飄風攪其伍，散落烏能全？逝者已弗念，生存各澹然。自古皆如此，悲來不足宣。群人之所聚，能為風氣先。十夫閉門造，百萬詄其傳。青黃不可紀，一白胡爲焉？覽代惜情好，撫衷懷罪愆。懸知百世後，難比古人賢。滿地江淮海，沈潛亦有年。

蕪湖附舟

余館江夏，樵秋館蕪湖，出則俱出，還則俱還，每年如此。有一年未約而舟過蕪湖，樵秋亦適來附舟，十年之歡此為最。

尋常萬歡笑，一端何足言？故交十數輩，胡然獨不諼？此人實可憫，此事真當存。老年罷官職，投憩無家園。逢余以為命，徒步相追奔。相依不相活，各復投朱門。歲窮一歸併，笑樂為吾昆。精誠所牢結，訢合常無痕。規當永如此，一日感偏反。交滿亦為累，至情多煩冤。生死不能盡，何由訢子魂？

琴臺夜飲

此漢陽琴臺，余在江夏時，柯遜庵生日謝客，邀余與蔡燕生留此兩日，夜對郎官湖痛飲，弗張燈也。

峨峨黄鶴樓，江漢兩來趨。龜山壁其右，右有郎官湖；湖窮得精舍，堤柳千萬株。乃是琴臺蹟，古賢所遺餘。曩及柯與蔡，晚尊坐此娱。風從牆外過，月在湖心孤。清寒鑒毛髮，氣誼同肌膚。吾行天下半，不肯浪有徒。蔡乃兄事我，柯亦弟蓄余。〔一〕逃塵謝人蹟，惟此三人俱。此宜若金石，吾心更不渝。如今各天地，貴富或相踰。魂夢豈不到，琴臺定有無。

【校】

〔一〕「蓄」，范伯子手稿作「畜」。

燕南並轡

余自冀州同摯父先生就廉卿先生於保定，車中困頓，舍之乘馬，先生亦乘馬，並轡相語，不知曉寒。

鞍馬真能健，讀書方不慵。我生幼疲茶，宛轉隨吳儂。二十叢書史，發憤忘飧饔。三年閉野館，百病來相從。從茲一放散，日近市人胸。名聲羽毛長，願力霜蹄鬆。茫茫冀州道，騰踏遇真龍。低結若可並，高情未許慵。官中念師友，車馬犯嚴冬。私心惜髀肉，對面聊從容。自笑強顏甚，還來繪昔蹤。誰能換筋骨，白首與横縱。

冀州城樓

此同摯父登西城取凉，而姚錫九、張采南吹笛事也。

平生耀眼處，忽然永留情。冀州吹笛夜，曲盡以詩鳴。當時雜群感，過境懸孤清。獨有人難得，尋常只月明。遥知今夜月，仍在冀州城。人散歸村落，弦歌餘幾聲？

塔院養病

吾去年病甚矣，坐此間五六月，殆如泥木人。所患苦者雖弟及吾兒不知也。然至困而暫解，則此時便最歡，是以從宵達晨，自午至暮，亦時時有至樂存焉。蓋昔人云：『病中增道力，危處見天心。』誠有味乎其言之也。而境地清絕，晨鐘暮鼓之外無纖芥之來前，此尤可暫而不可常。一入塵寰，則回首此間亦愴然如新綠軒之不可再得矣。

吾繪十一圖，十快一不歡。歡盈變愁苦，天道見其端。至苦有歡在，君子誰能殘？吾病非言狀，言之亦苦繁。惟茲老生語，常在胸中盤。人生夢幻處，數反惟家門。泡影久不滅，亦惟親弟昆。禪悟所不徹，餘生又可論。誰知病中景，能役異鄉魂？

安成玩月

此圖即繪丈人署中景。

吾翁非常人，平生與鳳麟。咸同聖賢際，了然皆所親。以茲厚詩力，迴出千家屯。一官如糞土，百代關其身。生雖託名父，德由自苦辛。小子所深願，乃公父師倫。天地忽遲暮，山嶽餘孤春。相逢各有慨，語笑都成珍。丈人非姚合，壻亦殊李頻。對面傷心處，寧關紙上塵。

航海北渡

此預設吾與蘊素航海北渡景也。舟中所指之山即吾與大橋隕涕之處，魂魄有知，見吾與蘊素之歸來，悲乎？喜乎？

車船何太勞，山川莽迴互。山川無變更，斯人自新故。新人爛明霞，故人若宵露。懸之山海間，前後不相遇。我身亦乘化，那能自堅固？浮生迭造因，涉筆偶成趣。構會虛無中，無人解斯慕。魂魄難可招，容華要深駐。指謂吾妻云，此是還家路。吾往還當遊，子今託翁嫗。莫學故人愁，愁深不我顧。周流良苦辛，歸休自調護。

閑伯送余至廬陵途中作贈

釀別經旬別始成，抽刀弗斷更同行。怕縈春草池塘夢，何止桃花潭水情？比德可悲元氣少，澆愁獨使酒杯盈。吁嗟前路終當反，辛苦籃輿復兩程。

南昌城外眺望回舟作示蘊素

往年三至滕王閣，年年陰雨舟中住。今年發憤欲往遊，泊舟銜尾難登路。更棹小舟浮浪間，周迴萬舸終無罅。日莫煙深何所之，僕夫皇恐舟人怒。隔江似有三數家，掠槳斜飛向西渡。軟沙著屐恰已輕，野廟尋僧亦微趣。回首卻望章門都，明星爍爍然燈初。崇臺似有行人趨，黃昏望絕不可呼。珠簾畫棟知有無，文采風流不到吾。寸步有命今弗圖，四上不至亦已夫，還及吾子尋歡娛。

守風不行而船得泊岸蒲仙去之安福内人觸動悲懷余無以慰之乃攜之游滕王閣各為長歌一篇以取歡

我慚不至滕王閣，子說曾登太白樓。聞言使我渺愁絕，何得當前懶即休？北風一夜送南客，北客稍稍泊岸頭。我今為子毀前作，子得不與我同遊。江山城郭非異物，且復登閣覽一周。閣上金書作何語，人人秋水長天句。閣下諸公盡有聞，不脫珠簾畫棟文。可憐韓退之，澹語不成用。分明作者才，棄置無人誦。詢吾云君謂不然，勃雖三尺已佔先。誰令退之更疏懶，言語詼詭足不前。空藉文字與人鬭，雖設百彩烏能傳？君詩莫須為我毀，君之故步真當捐。嗟哉爾言豈不賢，吾今從諫如轉圜。但當與爾遍攬名蹟題山川，往至太白樓下一醉沈千年。

舉足一首

舉足能歸歸不得，惱人天氣復晨昏。日光晝軟來穿戶，風力宵沉自打門。家弄近知黃菊好，婿鄉空憶短籬存。不如海凍江河涸，雪地冰天得自溫。

送燕生視學甘肅

世滿荒唐譽，身留赤子心。吾文君孝悌，萬古一苔岑。江漢深流涕，琴臺闕賞音。傷哉獨關隴，老病日侵尋

梔子花

碧葉銜葩孰淺深，人天渾合到如今。一從白地騰枝出，日對青天倚樹吟。光景誰能駐窗隙，吾身真合老牆陰。朱欄火炙衣塵滿，惜此淵淵抱凍心。

伯行不喜烘開牡丹為詩道其意依韻和之

伯行才氣不可當，一蹴已上歐蘇堂。頡頏古人豈在貌，肺腑淨潔心肝芳。不喜人情浪顛倒，要與一世守大常。愛惜廉隅到花卉，慟其早被園丁殃。思量壅培待時至，聽任造物施丹黃。北方天地君知否，滿眼沙漠蒙曦光。一年三時在冰窨，悠悠後土無春藏。老蟠孤根向龍蟄，那有驚雷來發揚？園丁似比宋人智，突出異卉如人長。一苞一金豈為貴，陸生何不傾歸囊？我悲寓園太蕭瑟，每欲醉倒依公傍。豈知金碧樓臺下，也有寒人抱雪霜。

天津問津書院薑塢先生主講於此者八年外舅重游其地感欲為詩乃約當世同用山谷武昌松風閣韻

有文支拄山與川，恍人有脊屋有椽。我立此語非徒然，眼下現有三千年。遠矣周孔隔地天，手語目聽交鳴弦。五德替代如奔泉，掃去碌碌留聖賢。此事擔當在几筵，耿耿一髮天宇懸。丈人家世留青氈，文字碧水流潺湲。從來不與時媚妍，薑塢先生此粥饘。百年喬木參風煙，公來再飲唐山泉。龍堂蛟室來眼前，吾今祇可爛漫眠。夢裏不須書繞纏，醒亦毋為世教攣，眼見地塌天迴旋。

摯父先生來書勸鄉試欲以詩答會連日用山谷韻乃復效其次韻晁補之廖正一連綴二篇因示叔節

愛惜君心畏君口，慣能移嵩誚箕斗。君口嘵嘵不可關，吾心嶢嶢亦不還。豈有當年伐柯斧，舞我更置青雲間。君道吾文百年上，但可歐心受君賞。自古人微各有情，平生不願識都城。男兒尚能棄卿相，況我碌碌非辭榮。年增白髮舉場裏，性命區區亦人子。豈不將心比父心，此但多憂少見喜。君不見世上迂生得飽難，有鋏無門何處彈！相公厚我亦已足，更用舉手將天攀。不必昏人簇迷網，正當開眼望湖山。

吾今欲閉談天口，亦莫虛空打筋斗。四十真當生死關，要從人海收身還。已讀南華亦奚悔，可以容身雁木間。范子何為書十上，屠龍有技無人賞？此是吳公歎喟聲，乃有息壤燕南城。平生知心百不閡，何獨一第為吾榮？吾命窮薄堪一士，蓬蒿子耶薛蘿子。老與郊島相娛嬉，此在風塵猶可喜。君不見賦有膏蘭保命難，龔生至死為人彈。何哉吾黨二三子，猶欲捨命窮躋攀？寄語東堂讀書者，看取玉貌還青山。

疊韻再示蘊素

相與蚩蚩皆為口，多至萬鍾少一斗。一飽以外皆可刪，三時卻有饑腸還。正及飽時役筋力，不得填軀溝壑間。吾觀營營九衢上，總緣歸博妻孥賞。人生一世豈無情，但當畫界守堅城。墮地已分天一尺，涉及分外皆非榮。天津一角池臺裏，明月梅花有妻子。得錢歸博親堂歡，饌有嘉魚婦翁喜。君不見昔病家園寸步難，手枕琴徽無力彈。膽落空階秋葉響，返臥藤榻天難攀。豈意飛揚有今日，頗膺拙分主青山。

太息一首再次韻

我聞庶女沉冤不容口，乃有呼聲搖天撼星斗。何哉章縫讀書美少年，哀鳴失志一往不可還。始知人生肺腑異，我乃醉夢三年間。思之思之吾不廣，奚以吾言必可賞？事非至愚不可成，杞哭七日崩莒城。李斯不羞廁中鼠，那得身受秦家榮？誰家張冠移贈李，前日山呼拜天子？城南故人交致辭，鄉閭親舊動色喜。君不見長安令，日月章臺醉不還，驄馬御史不敢彈。只用黃金作階級，朱門廉陛非難攀。看汝康衢老師老為客，一日見逐饑甏無歸山。

連與松坡謇博飲酒樓談吾師之道致足樂也而周曉芙招不至謇博和吾各詩則尤美吾乃再次一首以酬謇博而通曉芙

昔我提心常在口，山有泰山天北斗。匪我大言驚愚頑，也自朝山拜斗還。煙迷霧淒斗山失，公然目我沙塵間。言子執禮非所望，獨有奇文吾知賞。十年不見溫州生，高人偃蹇不出城。謂我如今似黃九，眄眙不受私自榮。城外酒家大魚美，卓午無人二三子。軒篷隔雲窗戶涼，飛盞迢遙半日喜。君不見南皮瓜李生悲酸，五官哀弦獨自彈。文人會合古今惜，曷況吾道須人攀。吾言不為二子改，天有北斗山泰山。

二十三日即事再次一首蓋效山谷七篇終矣

夜大雷雨，至折龍王廟前旗杆斗，而朝乃放晴。謇博昨期日中酒樓，未告罷也，往則寂無人。就近招松坡詢之，乃知天陰酒爐不開，改為設饌歌者家，謇博妄以師弟子云云屬松坡轉通，方為書，未達耳。

雷公半夜張饞口，攫我當門二酒斗。轟然一醉天河翻，驅走風雲更不還。我往從之點滴盡，祇令陷我污泥間。故人招我酒樓上，酒薄情濃亦堪賞。豈意入戶無人迎，枉令渴趨頗梨城。雞鵠未化各在籠，庚桑何處呼南榮？空腸自鳴日斜矣，吾為此餐望言子。四明狂客懷書來，說與充饑又可喜。君不見畫樓深處藏煙鬟，料理朱絃為子彈。晚尊一笑子無訝，絳帳清風聊可攀。不用君身作霖雨，阿誰指日謝東山？

香海之子錦孫入都鄉試而過我初不謂其能詩也一夕乃發興用前韻疊五篇意氣都好余雖興盡亦不得不酬乃再次一首以送其行

昔有詩人九江口，大句微吟動珠斗。爾來日月何飄然，好事一墮無回還。不道天邊鳳雛落，忽復御我匡廬間。子有瑰文滿吾望，吾言深處子能賞。寓樓西畔大道橫，日有輿騾走帝城。酣歌未終起言別，收拾至寶徂求榮。嗟爾懷奇萬人底，何日九賓見天子？且令受璧不與城，空手歸來又奚喜？君不見如今告身換酒難，謀生無術冠虛彈。手皴足疲抵霄漢，反望下土重登攀。祇有乃翁弗顛倒，看渠老坐匡家山。

錫九在保定得余詩欣然更作並告我以不日道天津署青縣當助汪貞女白金四十而盛誇近日以宦術傳授叔節慫恿更和其詩而亦將有以授余也余覽書竟即笑疊二首以待之

何人放此老詩囚，慣醉能呼撼我樓。道好原為一官助，吟成喜遇萬家秋。四方上下逐東野，百里東西對上游。我獨笑公忙不得，還思俗吏老儒不？

覆酒籠雞待笑迎，揣摩興發更彈箏。最憐上座簪裾客，不忘窮鄉孤寡情。宦術豈將吾道濟，人才終數故家清。三郎拜倒門牆日，恨不聞吾屢歎聲。

薄薄酒二章廣蘇黄之意

薄薄酒，興可遐；　醜醜婦，年可賒。我有好婦顏如花，我獨對之肝膽無由邪！我今日飲丞相家，金樽瀲灩泛紫霞。我亦與之澹澹為無涯。出飲美酒，歸對美婦。世上知我為誰與？我亦不識汝誰某。

薄酒可以養生，醜婦不能怡情。我有好婦知天心，當風對月同開襟。我飲醇酒志不淫，何處薄醪不可斟？斟薄酒，對好婦，此樂非人乃天授。婦不必太醜，酒不必太厚，甘貧樂賤千萬壽，我自為之命何有？

外舅賜和薄薄酒二章意韻深美讀至俯視兒女仰對高堂不笑而樂地久天長八句感德我之無涯歎清辭之益上有懷不已欲和難工會與賽博用荔支唱酬錄稿當呈即依此韻陳謝

關東門戶爭崔盧，冠冕亦自榮與枯。惟獨儒門世清德，難可賄買權利驅。功名富貴衣繡襦，妻有美惡真切膚。甲第紛紛長荊棘，誰家屋裏無妍姝？狼山一塔公見無，寒家即在山城隅。老瓦十間百年物，六房一婢身手粗。蒿埋僻巷黯相對，何處得公明月珠？老稚逢人告有喜，仿佛平地生膏腴。不才俛仰亦已足，逝將歸釣東溪鱸。可憐欲報何由報，勉畫朱陳嫁娶圖。

摯父先生以李伯夫人歸櫬問應來會否就吾決行止走筆答詩二十二韻並以手寫近詩往屬其來路評也

鄉人問吏胥，吾須到官否？檀越問比邱，佛會吾行止。茲皆愚者徒，欲行即行耳。不問猶見招，問有放手理。天津寓廬旁，擾擾已成市。百喧有一寂，拂拭待公趾。畿南大霖雨，水深沒車軌。放舟可徜徉，載筆亦能使。我有一卷詩，手寫十七紙。烏文在繡欄，公來下丹紫。到日一嬉歡，勝遺百端綺。慎毋廣諮諏，坐令生彼此。四十五十人，住世兩三紀。誰能老不歸，分半在客裏？再分客中半，歲時得相倚。算來無十遭，更忍吝行李？不見濂亭翁，釋手亦已弛。關塞莽空闊，誰能問生死？皤皤吾婦翁，前日望子矣。有瓜有南魚，命女蓄以俟。相公願人勤，報告無不喜。還辭到公前，但有一聲唯。

風雨靜夜為謇博評詩喜其間有發端之句曰燭燭青燈夜漸涼旁搜遠紹緒茫茫而嗣聯不愜吾意思有以易之既得六句乃不復能為其所有且轉而相貽即以為還詩之贈

燭燭青燈夜漸涼，旁搜遠紹緒茫茫。爨奴莫問明朝米，詩婦來窺萬古藏。世上膏腴誰得失，眼中人代有興亡。淵哉若共揚雄老，再與侯芭醉萬場。

仲實書中尤推美馬月樵阮仲勉以為吾獨賴此兩君談道往還襟抱不俗耳惟當世亦夙欽此兩人而未之見乃疊韻一首資仲實以求通

廢井無由更起波，甯知江海浪如何？城南尚有同心在，世上原來醒眼多。皓月千秋公竹素，高雲十丈倚松蘿。如今馬阮成芳姓，絕歎滄浪孺子歌。

饗博用山谷送范慶州韻謝余評其詩因自陳其夙好義山為之已久不能驟改願以吾說劑之而盛畏古文之難曰形跡易求神明難測余既面與之諍又次其詩罄余意亦盛誇其辭以為戲也

世說小范十萬兵，不能戰勝徒其名。空提兩拳向四壁，推排日月驅風霆。帳中突兀建吾子，忽復自顧大莫京。豈無羽翼在天地，遠莫能致孤難行。語子瑰文猛如虎，伏而不出如處女。浩如積水千倍餘，千一之放流成渠。天仙化人妙肌理，墮馬啼妝百不須。莫學世間小丈夫，容光滑膩心神枯。少壯真當識塗徑，看余牛老已垂胡。

寓廬臨河水暴漲沒階尺許而通永道張丈筱泉自大趙莊工次來告以身自臨築河堤阸於風雨悲憫成詩讀之良動人走筆奉和

朝於枕上聽濤生，若有鷗鳧泛嫩晴。起看虁奴成水手，暫疑斗室是蓬瀛。過門勞苦單車入，到眼憂虞一道橫。內自宣南外畿輔，幾人歌哭望秋成？

韋平相業再扶天，金許聲華四姓連。進士十科兼老輩，退閑一日總無錢。雲霞輦轂朝飛鞚，風雨河堤夜聳肩。獨有精誠萬無閡，仕他滄海亦桑田。

俞恪士攜兩俊弟及吾弟仲林書以來喜可知也而天津方大水又酷熱往還俱不易讀其近作鴨欄磯一首感而和之

跨海越江成此聚，附書悲笑更茫茫。門才各有三君在，生計都令百畝荒。字裏鯤鵬翻積水，眼中魚鱉撼驕陽。迂生託飽真毋羡，虛占成都幾樹桑？

摯父先生以余所寄十七紙詩示叔節中多謝笑其求官者叔固憂悲老親而作計恨余言之不見其心也次口字韻問余余再疊和

正好從容鬬詩口，鬬不勝者罰以斗。子意學宦如學仙，插腳紅塵舉翼還。豈知多少青雲士，亙古陸沉黃綬間。人生第一饑須餉，次即微言要人賞。知汝活汝良有情，安得贈汝萬戶城？　金昆玉友不在勢，傷哉不得為親榮。　我亦與君同志耳，可奈權操富人子？　債臺亦須王赧為，薛有孟嘗君勿喜。　君不見蓮池密樹萬鴉攢，聒耳通宵不畏彈。　官廨垂楊低入欄，病鶴終年未許攀。　物有生成我何望，萬年長悔不畊山。

魯山青

朝使南者誰何歟？　都督門前舍人子。　莫使西者為誰哉？　一載前頭髮吾齒。　就中名士君知誰？　驚倒孫郎帳下兒。　江東小兒望塵拜，風流儒雅真吾師。　我獨低徊五三代，世官世祿真無貸。　瞽子定以皇英升，孔徒只許私恩逮。　秦皇多端人始狂，天地淪為百戲場。　隋皇玩弄人不莊，〔一〕青天白日爭迷藏。　迷藏亦有命，星官曆翁來主張。　亦要而翁積陰騭，大帝用此為賞黜。　惜哉孔父世稱明德馨，顏回感自中臺星。　不得來茲一飛動，百年饑向魯山青。

【校】

〔一〕『隋』，范伯子手稿作『惰』。

窮十宵之力讀竟義山詩用外舅偶成韻

手攬晴空百萬絲，化為霞綺趁波斯。　風輕霧軟鶯花笑，海大山深日月知。　書劍從軍古如此，衣冠來夢子為誰？　從頭看汝成黃髮，浩劫茫茫又幾移？

六月三十日外舅以寫懷六首示讀謹依韻次上即以自壽其四十而寄示蓮兒俾轉呈大人一笑云

四十又徂半，分年恰到中。　吾生能幾日？　大概欲終窮。　蒲蠟昏燈見，蒼蠅曉枕訌。　淒迷向弧旦，蕭瑟酒尊空。

春多豈吾事，墮地得秋心。　散此一啼恨，歧為萬竅音。　貧無問仙鼎，病莫憶神鍼。　一世儒冠下，神仙何處尋？

借得亭臺兩，浮家此暫停。　淫霖宵氾濫，薄景夏飄零。　何處百枝火，流為萬點星？　扶攜一登望，冥想忽親庭。

捫心亦何事，舉足萬無閑。江海十年客，親庭百歲間。南溟書不到，西極淚同潸。一飯西南北，真成不閉關。

相婦聊娛齒，依人共訴心。地天原各大，河海欲同深。世老無歧路，官多有笑林。舉頭望不極，雕沒夕陽沉。

餘勇真當賈，皇慈定可希。月來欹枕好，霞起眺樓宜。遞夢還江國，投詩付海湄。佛前夜稽首，勞我哀師兒。

外舅附詩與孚況兩兒亦依其韻相示

自古人高譽始迢，至今顏氏有簞瓢。魁儒定作蠅前驥，豎子方爭狗尾貂。不醉不醒燈半燄，如天如帝燭三條。乃翁積此光明力，拓地成江去弄潮。

和外舅癡才

癡才不入公卿眼，遽爾全癡也不賢。誰是夢中誰是覺？有時阿堵有時錢。生憎碌碌人間世，不見飛飛鶴上仙。辜負滿腸風露意，黏毫著紙未能捐。

朝來病耳聾疊韻視妻女

相如不與公卿事，卓氏無財也自賢。我有君臣聊配藥，卿留子母莫塗錢。兩餐碌碌生無補，一枕酣酣夢已仙。且喜五官朝廢一，十分煩惱二分捐。

吉日二十七句贈聾者

吉日初度吾稱翁，睡起兩耳減昨聾。妻孥喜歡媚吾聰，青銅一貫招聾矇。蕭然病榻施簾櫳，聾來命坐階當中。三弦亦應徵與宮，彈出燕趙男兒風。或彈兩雌爭一雄，細者瑣碎如秋蟲，大亦彷彿江流東。我對此兒悲來衷，與之一飯殽饛饛。喜我能聽悲汝瞢，匪汝實悲悲其躬。汝聾吾得用汝工，資汝飯汝將汝崇。我似昨者為聾蟲，眼見不得求童蒙。地有百陷天則夢，病態變幻未有終。闔門老小懸諸空，以此對汝憂心沖。那能似汝扶短童，得錢歸飽妻子同？但解揮弦不送鴻，荊天棘地歡幪幪。

七月七日感靈鵲

天上無婚媾，靈鵲空中啼。飛飛亦何事，來啄屋上泥？屋上有黃鵠，失路何淒淒？鵠向主人道，借巢烏林西。主人初不懌，鵲語真媞媞。言語縱爾巧，顏色固已低。良知鴉不惡，聒耳遭訶詆。明年多大風，自向低枝棲；低棲那弗智，徒侶相招攜。咄彼守雌者，還為天下谿。

剖瓜即事

秋高氣始揚，剖瓜不在堂。上有天蒼蒼，照此瓜心黃。瓜身一天地，青皮裹黃瓤。中有如許子，濁亂黃中央。萬黑四三白，一白肥而長。妻孥指笑語，此殆瓜中王。嗟嗟汝弗見，瓠子用斗量。諒此渺小物，天豈有意昌？見異把不釋，適肖愚夫腸。呼奴速進帚，掃置糞壤傍。

夢中連夕為詩醒疾留數句睡起而仍失之是晚對月睡在堂夢得兩聯則立起續成方知夢中與開眼所為仙凡迥別

眼中俗物未全空，一夢離奇始不同。璧月愁為鴉點黑，金天喜有鴈來紅。九霄杯影成孤酌，萬里琴聲有一宮。卻下風窗養燈穗，照人和寐聽秋蟲。

吾欲日課一詩四疊前韻以速內子

翻水文成脫手空，風光來與海河同。要將短髮絲絲白，付與林花歲歲紅。本以無魚寄人舍，不曾有蝎坐吾宮。商聲各自華天地，那更興亡到砌蟲？

贈叔節

莊生記載無不有，仲尼拜倒履綦下。蹠屐兩足如大山，尼命輕微若飄瓦。以此發憤歸著書，頗以聖情自陶寫。面諛背毀渠已知，鼓舌搖唇未能啞。生成聖盜同一問，再際應防血流踝。

和叔節次韻陳後山秋懷十首

迢迢君子心，鷄鳴在風雨。曾參不殺人，愛惑投其杼。杯樽一以醳，萬事何足數？發興青林間，風雲鬱高怒。

年大亦為蔽，汝寧知吾荒？嬉娛雜人事，日月從奔忙。學亦如遊子，終年不反鄉。欺心那可得，祕之但無忘。

儒家舍伊尹，萬古無人耕。不信泥塗辱，堪為文字榮。園東數十步，連隴蒼煙深。俯仰一身在，依然名利心。

潭潭大府居，榆桂分數院。貴賤三五人，各自把書卷。讀書即有心，問我亦何願？我乃稍自讐，與世固無怨。

仕宦如相公，始能不為祿。故鄉未得歸，亦自懷松菊。朝來談海人，險怪不可觸。身將安所逃，幸不為魚肉？

鯫生亦何事，忽在烏驪方？胡兒挾彈過，笑我儒衣裳。歸來對妻子，歎息鬚眉黃。塵沙日裏面，頭上亦已霜。

文統萬萬年，欺人弗可道。一炬盡灰之，方知孔顏槁。及我猶徘徊，頭白歸於掃。公等美少年，胡然自顛倒？

人逐陰陽生，萬事苦樂半。迄無十分娛，吾寧忽焉換。亦有老成人，淒淒約同伴。依依復幾何，芳草可同玩？

冀州亦何事，棄官老不歸？甘心鬱奇藻，短章亦嬾為。言懷張夫子，襄陽習家池。寧知餓而徙，如今知貸誰？

我思渡頭翁，宜為眼中仙。百錢坐而得，更賣南谿蓮。往反日三四，憐我屨又穿。江湖白莽莽，扁舟豈無緣？

摯父先生之令郎辟疆髫歲耳以詩文問學於余絕可喜又聞蓮池諸生言於尊父之論西學每蓄大疑於心此尤為非凡而莫有能正之者余其可不言乎用兼斯意次韻一篇以賞其奇而補其見之所不逮

萬物蠢蠢人有章，茂自教化根陰陽。四裔徬徨得技巧，刻畫仁義中人長。鳴鳥千年若銜尾，奇氣著體交和倡。力能海飛不動色，浩歌自與天聊浪。懷奇抱鬱爾翁最，儒有目者齊相望。埋沉一州早自拔，含澤不露文斯昌。嗟汝寧知徑寸稿，真於磊塊分豪芒。逢時拓奇有深意，言語詭激難可方。各陳其端適萬變，聖道所以垂茫茫。以材自華不憂世，倘若芝草非棟樑。吾為子賢欲拜紀，子有過言吾弗匡。子之親乃鳳鵲似，我燕鵲耳能頡頏？家鷄野鶩古有誚，奚捨老翼來求王？因風乘潮會至海，當前斷港奚宜航？要知書為世人讀，大義從此不可量。不然孰得謂汝稚，綴句眼見詩騷芳！

徐椒岑先生壽詩有序

椒岑先生於姻戚中為長者，以文學則先輩也。而同在羈旅，一城之隔，歲時伏臘，命酒交慰，歡忘其年。先生無所請，屈於世而泛泛焉。與之湛浮，不迂不隨，鬻其文，取暫給而止，無久計，亦無多求焉。當世曰：『若此足矣！』酒酣談劇，間道其生平，慨然承學，先生不謂然，亦未嘗不許為知言也。九月之吉，先生六十弧旦，令子稱觴，同人各有祝，余亦本昔意成章，用博一歡。

雷霆震山嶽，不能驚浮漚。臨深莫不懼，湛鱗獨不憂。融風拂膏壤，草木青紅稠。樓臺遞歌吹，惜晚又驚秋。崇高若政徹，極縱復何求？一言不死藥，墮淚東海頭。流光卷人去，大智莫能庾。切身有多寡，苦樂斯不侔。豪門金玉海，且莫恐見收。園傭販水賣，弛擔東西遊。以茲悟生理，萬金買無愁。含靈媚天則，冥漠亦不羞。曷況一身外，仍有幾希留？觥觥徐夫子，達識高其儔。行藏入迂叟，亦復通王侯。有文之萬世，不與命為讐。家貧任子債，老至無身謀。親朋惜情話，忽聚天一陬。城根菊花酒，上壽爭眷講。賤子亦何語，但用平生投。公毋再拒我，謂子奚湛浮？憂端太無際，生人當自由。古之適性者，龜鶴寓蜉蝣。六十化理遂，四十疑團休。但悲吾道細，天地良悠悠。

擬陸魯望漁具詩並序

余讀陸魯望漁具，以余之所童而習，證以所詠，有知有不知，要惟識其大概。若滬今謂之斷，而昔人之以滬名瀆者，今且為寰中之耀區、瀛海之都會矣。時世雖異，勞歌則同；荒江有家，故業還在。不無悲己之辭，亦雜矢民之感。依題試詠亦十五篇，安得鹿門其人灑然與之同作。

網

每懷物之初，獨歎網公網。聖人師微蟲，播毒遍區壤。潛機喪萬魚，澄波無一響。誰謂詩人慈，流膏日同享？

罩

詩人亦有懷，罩罩遲嘉賓。曾斯太平物，淪落空江濱。波寒下無際，何處藏珍鱗？牢籠待得酒，漁翁良苦辛。

罠

一樣江湖邊，謀生有巧拙。挾是為升沉，手穿足流血。多得雲螺歸，少能致魚鱉。君當大網求，豈憂澤雲竭？

釣筒

幽人自無事，閑閑理釣筒。舟行不到處，水面朝無風。事在貪廉際，身兼動靜功。掉頭去弗顧，遊目思無窮。

釣車

秧馬可以騁，釣車可以馳。歸休飯魚黍，何用富貴為？洋洋一波裏，塗軌無人知。客有提竿反，何曾悔路歧？

魚梁

飛梁偃波面，彌望似叢篠。湍急巨鱗順，岸坼石門小。關空一深入，江湖失窈窅。有鳥來鷩窺，悠然去雲表。

叉魚

宵中集漁父，摩厲各馳騁。篝火下澤梁，人語下游警。區區口腹累，精銳一何逞？吾欲天地冰，臨淵鑒寒影。

射魚

挾矢窺清波，跳鱗臥密藻。懸知非蛟龍，亦自應絃倒。行歌銀葦間，生計何草草？斯人不即鹿，經綸坐終老。

鳴榔

擊汰者誰子？容與聽所適。已有驚鱗飛，潑刺正盈尺。吳中煙水鄉，事事教人惜。獨夜聞此聲，微吟和空碧。

滬

有滬江之窮，涼波下三泖。荒荒百家漁，乘潮役饑飽。寧知千載後，九域獻技巧。長鯨横海來，截竹又能撓。

擵

冰薄日以結，下有千尺泥。有條有枝葉，得此珊樹棲。懷安遂為醢，識者屢歎淒。東風在何許，須臾死猶稽？

種魚

水居千石陂，其始亦微弱。湖鄉買魚秧，同植有佳惡。道逢赭衣人，命酒懽然酌。不為長大憂，徒知縱捨樂。

藥魚

昔人覩打魚，猶為暴殄哀。誰歟縱此毒，遽令全池災？靈犀獨難得，何處無鴆媒？蒼蒼號含物，對此令人猜。

舴艋

浪子載歌舫，健兒屍樓船。漁家小騰擲，亦在波浪前。推篷飯盈盎，眯眼拂炊煙。曷不乘潮逝，冥冥入海天？

笭箵

蒯緱不帶劍，削竹不成棰。愈不囊詩書，煙波無一字。何物系腰間，茫然有生理？謀生良獨難，嗚呼問漁子。

大雪欲招閑伯叔節同賞之無所得酒餚而罷而二君乃饋以隻雞胡桃爛然盈案使一日之悶頓解而又自傷其窮也爐傍次仲實松風閣韻亦以懷之

雪壓沙磧填冰川，炭火烈烈然至椽。敬告僮僕無多然，四十有幾方除年。要客來賞瓊瑤天，譬欲歌吹無管弦。對此荒廚連冷泉，卹然始悟諸公賢。醉即樂死醒開筵，不得有意常高懸。君家兄弟俱寒氈，凍澤那得波潺湲？顧此老醜相鮮妍，隻鷄胡桃來佐饘。復有樂意縈炊煙，仲也低徊飲盜泉。洗心置之明月前，夢想吾儕夜不眠。會以臘日施行纏，我獨身為勢利攣，可憐終歲如蝸旋。

雪後兩日仲彭乃以雪中兩佳篇督和勉和一首應教因懷伯行

簷風颯颯搖枯桑，寒雀只向窗虛翔。迎曦出雲百無力，凍雪未凍還飄揚。小儒瑟縮席溫飽，乃有詩事須平章。鄰生偃蹇枚叟嬾，相如捧簡安逃藏。可憐今歲梅花晏，老使天地無生香。天山佩環亦虛語，祈豐報瑞誰之望？阿兄騎驢走山谷，悵眺玉宇悲橫茫。吾欲年年傍君醉，瓊杯綺食無還鄉。

恪士至自都門以曾重伯所詒詩扇相示且為致聲問我也我思重伯久矣自以文正公再傳弟子故於重伯引分甚親陳義述情無所於讓故次其韻以示恪士且屬為轉詒

普天遍飫曾侯德，一族孤懸似細腰。難向莊生問庭遥，虛從杜老歎雲霄。芳椒薦豕將何地，大柏棲鸞又滿朝。獨有亭亭好孫子，手提駭馬逐奔飆。

私淑平生無不在，門庭長落每能知。葛侯聲譽宜騰翥，楚客文章太陸離。豈憶獨居垂老日，相呼同謁太初師。申詳要與深人處，笑謝悠悠世上兒。

子亦深深大鐘似，我乃向人衡氣機。獨為此君宜解帶，不妨吾道尚傳衣。登車日月雄心改，帶甲乾坤老眼稀。花下一尊須痛惜，焉知來日不分飛。

送方子和之山右

冰雪一身寒徹骨，火雲千里日當空。飄零十五年前淚，還向君前一灑同。且喜昔賢皆有此，更能前路好山多。逢郵即醉無須問，斗水長鯨莫我訶。

夜涼雨霽獨行院中乃得灑然滌其煩苦而取外舅所授詩三紙讀之和其三首

雨餘剛靜夜，雲裏著疏星。稍稍月痕出，依依鄰火青。即事便多暇，流光苦未停。冥然孤照影，愁汝尚亭亭。

此地一叢瓦，向來千劫沙。人煙寒帶樹，時雨潤添花。微惜壁間粉，晴烘天際霞。直須宵放霽，毋使壁暉賒。

擊柝嚴城隔，城間尚有人。詩窮來乞米，吏隱不垂綸。一歎危君父，千年望帝臣。高衢豈猶騁，吾謝九方歅？

寓廬雜遣十二首次外舅糈臺雜遣韻以示恪士

辛苦三年枘，垂垂欲向圜。妻孥猶菜色，賓客更何門？絜影風相定，荷聲雨自喧。低徊正無事，生理日軒軒。

客以京塵至，避囂逾可憐。官真成一笑，思有出重淵。

即貴終窮好，依人望主賢。蚊雷夜成市，障汝薄羅便。

太息幸餘老，低棲在此間。微吟送日好，老境用才閑。舊養悲花縣，遺忠託岵山。幸翁君不見，報國淚潸潸。

誰分太平久，今猶養五更？島夷窺日影，大漢振天聲。道好文終敝，吾衰夢轉清。頻噓東閣酒，成此笑歌行。

一生長自廢，莫慰老親懷。贅壻真無賴，眥郎若有階。談知天道大，夢想故園佳。可歎玄邱逝，淒涼范氏街。自註：搜神記哀公十七年獲麟，乃在范氏街也。

文字銷憂耳，由來古不償。尋常分貴賤，斯事與低昂。積架五千首，傳杯十萬場。朽餘寧復起，數典未能忘。

槖筆為生事，原知作計非。何愁終不老，祗怯未能歸？世業貧深見，家書客久稀。塞鴻窮似我，所得是南飛。

借人臺館住，車馬日相過。孰謂侯生客，能如公子多？兩君談寂寞，一侶學蹉跎。野有繁花茁，園鶯奈爾何？

珠桂長安似，兼之酒價高。傾家已無賸，結客那能豪？好語咨奴輩，忠心望汝曹。主人方嫁女，賣犬莫辭勞。

有婦好文甚，拋書來作家。留賓還脫珥，愛女代簪花。悵彼横茫大，誰能一葦加？無為動歸興，聊煮雪坑茶。

一雨屋全漏，愁來燈火青。曾無一錐地，翻憶五霞軿。容有馬生角，斷無凰鬋翎。妻賢不受紿，獨語竟誰聽？

徹骨知無用，惟堪細詠同。傷心鼙鼓外，縮手地天中。長落六時水，雌雄二等風。不爭將酒待，回首陣雲空。

恪士避囂而來外舅感時有作諸公發興連詠同於去年余因懷摯父先生次韻感述

世事又隨春草換，隔年還是腐儒心。為周有此迢迢夢，不禹何須寸寸陰？倚壁半檠孤照在，當門一雨九河深。正令曉人平津閣，只向青天耐苦吟。

昨夜四星芒角動，喬星亦自亙天懸。瘦童羸馬吾衰矣，服斗當箕事偶然。供缺祇堪煨莧繼，倦來徑欲啖榆眠。驚心殺帝龍飛日，坐嘯承平已卅年。

不信古來喪亂際，沈憂不散會摧肝。殘陽有樹鴉終集，絕島無花鳥盡歡。未必銅山虞細火，豈妨鏡海動微瀾？行年四十何從老，正頗舒眉次第看。

海內寧無惜公者？吾知公用亦無能。身經藥裹剛何病，架有藤花放幾層？梁木一摧無得放，樓窗三笑更難騰。惟須屏絕扶搖意，惻愴南歸逐化鵬。

戲為徐摯齋題其先德子勤先生所為十二醜畫冊

小駟襴衫看傀儡，惠心妍狀也堪娛。參軍畫稿真奇絕，待把人間百醜圖。

禹鼎紛紛豈無類？化為粉墨億千身。談忠說孝吾知妄，此是開天露醜人。

我自平心向牛鼎，對人俳笑總餘情。齊髡郭禿皆無賴，豈惜書生小醜名？

當代徐摛還有子，石麟彩鳳自天來。勤君收拾幽並氣，暫倚詠謿命酒杯。

恪士止我寓廬四旬日大願余所為而作詩以堅寂寞之約且為我遍教其徒也酬之二十六韻

皇天不示畫，上聖不修辭。爾我飯牛去，焉用嘵嘵為？大哉文字域，奧絕真難窺。茫茫九等味，純以聲和之。弦將一二竅，溥發有藏遺。聖人所自得，潑水甘如飴。口耳則四寸，美實充肝脾。臨文一唱歎，逐態生妍媸。時流不善學，截膏來佐脂。猶割虎狼理，以飾羔羊皮。迂生之所曉，云云古如斯。華鮮愈不得，腐朽良堪悲。湖南有家法，來人多清奇。恪士乃可畏，持全抵人巇。悲來必飄忽，下筆三五遲。是以風雨際，曆弄煙霜姿。坐我北堂上，召我遊徒嬉。承之苦不媚，擊用醜詆訾。我語諸子聽，此事古迷離。三公九牧貴，面受侏儒欺。真能丈夫者，世上皆嬰兒。少年有際遇，感激為金椎。行乎植汝骨，廓汝空中思。陳身對霄壤，萬古長軒眉。一蠶所辛苦，終得衣人肌。不得組文繡，長為履下綦。

金道堅之為人余聞之曼君有年今年春嘯谿始為紹介期會於公宴之間然余之往也固已不煩指引而能自得之於稠人中矣曼君之死道堅欲求其女以為子婦余以是尤切於心今以素扇屬書乃屬馮君小白畫蓬萊旭日奉詒而作詩以道其意

朱家昔動招要意，白也今居介紹功。君自不煩諸子力，我能親索萬人叢。義存死友天無古，氣有生民日在東。獨歎低徊媚君者，飛騰莫景一頹翁。

中秋次韻高季迪張校理宅玩月

我來四換霜林藍，魂夢已失江邊嵐。江月沈沈山月小，今皆淪落無人探。浪說吐茵不宜逐，坐對丞相車龕髿。偷有此廬樂今夕，天與月我相濡涵。月之團團定何物，疑非我與天能參。一片寒冰照人世，卻有功用無求貪。著向青天不可掃，朗若大字題空嵌。所以賢愚各頂禮，豈有罵語聞詀諵？我之摶摶定何物？語大足比書中蟫。當年亦欲舍此相，春山夜雨縈苔龕。固知早成定虛願，不得綠髮尋歸庵。鬱蹙錦瘤要人采，百計不售成枯楠。平生思之但負月，捫心愧對秋江潭。人間佳節復有幾？淪失八九鍾阜南。身獨何為入囚舍？翻覆自縛真如蠶。祇能磊落對天笑，老死寂寞吾何慚？焚香徑下嫦娥拜，臣於萬物靡所耽。朝吟莫吁有述作，書生例許為空談。李彪設具范雲啗，豈論明日無黃柑？天有雨風月有闕，惟獨臣言無二三。祝拜而起婦亦拜，拜罷一笑千愁含。謂余披寫既如此，孰為偃蹇停歸驂？天寒海昏怒濤動，孤客坎壈真能堪。嗟子斯言吾豈昧，飛霰既集誰不諳？丈夫行止有尺寸，但惜玉貌非好男。長年與人共煙火，能無一日同苦甘？何況東兵大蘸手，曾不責我謀平戡。稰臺丈人亦無事，正用此際窮幽覃。勸君努力清光下，不惜沈醉宵酣酣。博得有情無智慧，歲與草木無邊毿。

寄某御史 自註：蓋有書來，頗持大義，而亦以相商，故答詩云爾。

燼餘士卒生還少，孤注樓船再戰無。九代垂衣魂夢警，卅年補衮血華枯。柏臺尚作棲烏舍，蓮幕終分養鶴符。疏有千篇詩百首，一般無用恨為儒。

至延卿家拜母壽而為之題客中所畫故鄉圖

一角明霞起暮天，桃花紅雨爛相鮮。由來風景隨人換，不似離家慘澹年。

我亦離茲十餘載，艱難百變始重來。門前似有參天樹，不向天涯共劫灰。

王母雖然鬢上霜，勞人相對感年長。驚心一海身如粟，那更漂搖八海旁？

風雨收身此一廬，來回照影夜燈虛。夢中說夢渾當覺，鄉里尋鄉計未疏。

約定翻為流淚言，世間真乏武林源。從容一夕談何易？莫更開圖戀此痕。

和顧晴谷六十述懷詩八首

奄忽不知為別久，各天相望自年年。憐渠入世將低首，不謂長吟待聳肩。對案自誇連理樹，停觴終感上留田。人情剝盡無哀樂，那不欷歔謂汝賢？

南山山翠滿衣沾，難美當時有具兼。醉解煩因如脫輊，問爭險韻類遭箝。連天宿草今何世？遍地臯蘭路已漸。生死評量阿兄最，贏人十倍取能廉。

自我言從李相公，短衾夜夜夢牛宮。進無捷足爭時彥，退有愚心愧野翁。涕淚乾坤焉置我，窮愁君父正和戎。時危復有忠奸論，俯仰寒蟬祇自同。

風雨寒廳擁故氈，回腸一夕與冰堅。任甘溟涬無還日，遂醊醩醨有醉天。窮海蛟螭徒脫網，春風牛馬自盈阡。心頭歷歷何能說？復有陳生感寓篇。

吾土奚為世所爭？迂儒逃責一身輕。汝南太守思曹掾，蜀郡成都見使旌。誼士定悲言路啟，英流誰惜大名成？與君同是卑卑者，儻為時艱喻此情。

杜甫歸來詠北征，妻兒憨態一時呈。債錢萬里知心許，買宅一區殊眼明。隨分蝦魚臨水得，不材花木亂雲生。閑來獨恨招攜少，曷不同歸海上城？

為政風流亦一時，悠悠百歲我何持？居然有婦如康子，頗復驕兒類袞師。別後籍翮從所適，生今代厲短於辭。饑來共以哦詩樂，遏絕毋令後世知。

誰能二頃割膏腴？兄弟闔門絕世途。但解揚雄有貞操，何曾李白炫良圖？亂餘生計應難問，靜者心神固又殊。君把斯篇授萍社，看渠能著一塵無？

滬上答張幹堂璵

海嶼雪深花盡落，問君爾曷到來遲？蛟龍豈但魚蝦伍，鴻鵠今為燕雀知。一技可憐窮未改，萬方寧有道能隨？樓臺結蜃傷心地，暫以浮生作合離。

旅中無聊流觀昔人詩至於千首有感於黃公度之人之詩而遽成兩律以相贈自註：陳伯嚴贈公度詩有『千年治亂餘今日，四海蒼茫到異人』之句，余故感於是而發端也。

誰謂君為異人者？我觀君道得毋同。詩言起訖一生事，眼有東西萬國風。燕處危巢豈有命？龍遊涸澤竟無功。便偕鄒子論三樂，也讓行歌帶索翁。

愁來遍攬前人句，讀至遺山興亦闌。容有數聲入清聽，何曾一氣作殊觀？乾坤落落見君好，冰雪沈沈相對寒。賸恨揚雲猶賤在，不虞千世少人看。自註：題其後曰：『詩意若曰公度之人處於今世，則不能異人；而公度之詩傳之後世，則誠異耳。然此二詩乃不能絕佳，故知贈送之作，必若李白所謂「揄揚九重萬乘主，謔浪赤墀青瑣賢」，方足以盡其磊落之概，至以同道相贈答，雖杜公懷李諸作，亦殊乏奇觀。何者？其氣平而其志莫由深隱也。公度以為何如？』

余以歲暮寓金陵無聊而為劉園九老圖作序序成而感不絕益次其韻

不道吟懷逐日殊，迂生亦自恨為儒。何曾肝膽非人世？徑欲鬚眉入此圖。蘇季名聲焉用大，馬卿車服為誰都？但看諸老能轟醉，賤子猶堪一一扶。

由來欲語竟無儔，莫問清流更濁流。迷眼黃塵能百丈，誤人青史已千秋。存亡大事直如此，饑飽餘生遍可遊。野有桃符知換歲，山農聊作太平謳。

夢中得一絕

洋洋荻浦鷗翻入，漠漠平林鴉暗棲。惟有高高夜來月，照他獨鶴一聲啼。

讀曾文正道光乙未歲暮雜感詩慨然畢次其韻十首

作者天人去不還，世間餘我小偷閒。懷風黯黯青燈字，負雪嵬嵬白下山。貧賤幾何身亦老，文章無用臭相關。涼涼後死君知否？六十年光指顧間。

營營百族自為家，亦有瑰文各自華。時晚偷為一切計，雪深誰是萬年花？人情見好惟朱紱，物態籠詩有碧紗。行矣歸休無一可，寒溪聊把凍魚叉。

六朝煙水餘蘭槳，九度霜風困棘闈。直自科名拚永棄，於今歲莫轉忘歸。龍來涸澤魚應笑，鳳去荒臺鳥自飛。勞苦諸生頻載酒，噫嗟吾道尚傳衣。

上焉雲漢馴虯征，下向滄溟掣巨鯨。往矣平生真自可，悲哉寸步莫能行。縞廬寒雪一相吊，號竅陰風百不平。最恐娛歡有同盡，隔年春不到寰瀛。

吾友真能蹈大常，一生袖手弗奔忙。皇天獨把斯人厄，比歲連將諸弟殤。未免親朋來勸駕，誰能傀儡再登場？人間笑罵今逾我，忍盡寒饑道不光。

遷史由來竟謬悠，諸公直筆紹春秋。是非各以麟千載，今古原如貉一邱。掉尾長鯨歸上國，垂頭大鳥集神州。閉門忍死詎能免，遍地荊榛何處遊？

吾儂萬事總蹉跎，忍更聊浪翠放歌。正苦夢深求醒未，可憐歲晏得閒多。願為馬走顏滋戚，柔若騶虞齒竟磨。海上鯫生細鱗耳，倘將茲憤白龍黿。〔一〕

客嘗豈免食無魚，〔二〕諛頌偷私百不如。暮夜卻金寧足道，亨衢懷寶未云疏。和親自古爲中策，封禪誰知是謗書？磊磊一腔男子事，祇留自賞弗關渠。

剪燭重吟太傅詩，雖然少作耐人思。有生不與此公值，竟死毋為流輩知。北海豈煩涉南海，西施何以學東施？從今筮得天山遁，清濁茫茫付兩儀。

柯蔡當午誓為好，王黃二子結交纔。焉知盡識愚心否，且喜真能笑口開。不覺歲除為此別，未緣饑死會重來。曉曉復有三日贈，何處人間無雉媒？

【校】

〔一〕『白』，原本作『向』，今據范伯子手稿改。

〔二〕『當』，原本作『堂』，今據范伯子手稿改。

有所憤歎再次曾文正後歲暮雜感五首

到眼不可耐，君猶何事忙？戎夷交狎侮，婦稚亦猖狂。世有臣忠厲，而將國難忘。文思誰作俑？吾欲問陶唐。

重門洞豁豁，廣路一條條。歌哭餘三戶，英靈赫四朝。泰山頹莫仰，衡岳氣應消。開府今之傑，將何答舜堯？

四載熱邊過，死灰終不溫。窮饑焉有道，禍福固知門。執國無中立，憂讒遂負恩。誰知九州錯，鑄就一寒暄？

全海不得有，能爭彼一隅。古之俠烈士，不在康莊衢。大木從根起，好花須葉扶。君知才竭否，墮地盡為儒。

淚有不濟處，發聲仍一歌。哀弦原可聽，雄劍未須磨。人弱將天困，醫多奈病何？吾知百無用，徑合死巖阿。

余辭金陵從新修馬路出城口占一首示王生

廣路悠悠八尺強，沿緣夾道盡修篁。名都十里埃塵靜，開府一年心力長。瓦礫知隨陶甓去，輪蹄紛及孔輿忙。問津且喜無煩爾，免被耕夫笑一場。

下關遲番船再作

嵯峨兩鬢雪山白，飄泊一身江水寒。送別門生悲杖履，迎談津吏式衣冠。腐儒拙分能相告，亂世浮名不自安。且喜茲遊未云滯，早歸負米博親歡。

與內子登狼山游宴極樂內子先有詩而余次其韻

世態更改年復年，山色向人無變遷。所以古之倦遊者，往往歸結青山緣。嗟我蓬飄二十載，今來共爾東南天。越從戊子作重九，十年不履茲山巔。春初與人觀野燒，賓從雜遝如流川。此間豈容爾我跡，輾轉期待秧分田。山空人靜雜花發，攀登一覽心歡然。平時未知缺幾許，及此方覺吾猶全。身之得閒賤亦好，饑飽在後何須錢？惟以佳人古難得，同時郭李云如仙。白頭相守亦相喻，此樂未被旁人先。三千大千泡影置，當時如來豈不賢？四十年間阨窮漢，惜無此趣能少延。如今與爾共生滅，在家何取忘家禪？ 一日看山未云少，百方清興來連連。 浮雲已向空中失，落日猶在天邊懸。 臨門一照長江水，人與山容皆靜娟。

是日也內子先歸余留與山僧海月為連夕之談蓋不宿茲山者十七年矣海月多詢世間事余乃疊前韻示之以詩

山中下去知幾年？ 深谷大陵坐而遷。 閒人不與興廢事，歌場舞地稍沿緣。 傷心涕仰不可說，萬事人孽奚由天？ 星火能成燎原勢，寸木可置岑樓巔。 精衛銜深碧海底，杜鵑啼徹東西川。 嗟我於人在誰數？ 身所得保惟硯田。 妄論是非益可笑，就徵聞見心赧然。 惟有舊吾向妻子，征車一拂寒饑全。 此誠固然何足道，那辨人謂公多錢。 人間肺腑各殊狀，環若奇鬼嫿若仙。 或為鼠目寸無見，或復智出靈鼉先。 令汝何心亦有問，周知世事烏為賢？ 東山涼月向西嶺，君宜火速清樽延。 天崩地塌細故耳，徑可了卻無須禪。 當時黃泥隱吾蹟，三月五月歡相連。 馬王故人盡偃息，吾若虛幌茲猶懸。 可憐對面成老醜，感歎臨風懷麗娟。

疊韻速內子和章

人生所遭有舛午，正足吟詩相勞苦。 不見而翁饑困餘，唱到城南天尺五。 馬卿畢竟未空居，葛生且喜吟梁父。 昔之達者今人英，各有低回在風雨。 事雖未易一二言，氣亦何妨再一鼓？ 我欲直登天上頭，攀天下視徒昏眸。 五雲輝滅海色暗，一樹飄零天下秋。 試想賢愚定何物？ 祇今涇渭已同流。 鶴有乘軒坐糜俸，鷹有調馴不去鞲。 燕雀紛紛噪餘粒，老鳳茫茫何處投？ 我欲低心隴畝下，譬以耕犁屬之馬。 手足終難任苦辛，草茅亦但資風雅。 逝將入道昧真玄，即欲逃禪無般若。 祇為儒冠誤此身，俯仰依人閱冬夏。 朝來默默窺天容，寒氣肅殺凝高空。 初筮已賡履霜操，微陽未入黃鍾宮。 江湖莽蕩百物醜，翩然照水無驚鴻。 問君胡為不自喜？ 冒此靈秀天所鍾。 觴有薄醪可以酌，池有蓄墨方酣濃。 天南地北愁無限，火速成詩慰兩翁。

苦雨不寐太息作示內

夜雨連綿復侵曉，予懷落寞更憐卿。年饑豈少一盂飯，心死誰爭萬口名？正以海渾魚欲逝，顧茲花落鳥難鳴。人情各有銷魂處，吾獨誰為遣此生？

余以許仙屏中丞促赴廣東至則渠以裁官去矣初宴賦贈二首

雲來會與龍為戲，天外橫風吹斷之。豈有厄窮如賤子，更能好會在今時？還家笑樂千山待，為客倉皇四海知。一展平生吾已幸，不妨覲拜話將離。

生晚十年吾已矣，居常默默問湘源。雲龍鳥後無奇紀，風馬牛間有舊恩。翕合文章真欲涕，迷離家國更何言？天南忍死須臾住，隔嶺相看道履存。

七月三十日疊韻書懷

今日普天還舊政，先生所挾亦何之？平生為口無多望，逆旅驚心又一時。人去誰憐屋烏好？詩成愁有蟄龍知。無言百怪生南海，赤縣神州遍陸離。

為莊秉瀚題其外祖張仲遠先生道光戊戌海客琴樽圖因有感於時事即以砭莊生之狂

秋盡寒生日月邊，對觴誰免百憂煎？卻從畫裏論儔侶，正得壺中有地天。信使莫先箕子國，文儒各以鄭君傳。琴樽諒在羲皇上，可但區區六十年。

莊生識古便能狂，及我流連大父行。才士本為時貴賤，冥心忽與世低昂。臥聞燕市前宵雪，坐覺羊城八月霜。為愛還書語楊幼，人間無地著哀傷。

九日登白雲山最高處吊燕市諸人

千里百里風，淒迷自成俗。只有飄飛萬里身，走入眾中無縛束。一歲兩歲間，沿緣遞歌哭。只有埋藏百歲人，每日看山猶不足。我行亦何意？忽在天南頭。登高作重九，遂入番山幽。四山丹堊盡邱隴，壯者或是公與侯。能仁一寺在山罅，門前豁見江天秋。田疇蓊然稻三熟，甿戶飽暖真無愁。何哉粵人好作亂？輒出擾我東南州。人之有才不自已，仍視風俗為剛柔。尋常聖與盜，截然如異才。藉令易置之，何必如是哉！水土浸淫耳目染，敢作狂欺蹈深險。風之所至眾趨之，飛蛾歷歷投凶燄。嗟哉誰是奸人雄，豈有大略煩諸公？眼前寂寞不可耐，使我哀吟空如中。

更為秉瀚題仲遠先生比屋連吟圖依梅伯言同風二韻作四絕呈其尊父心嘉司馬

學子論文各殊異，庭堂至味總齊同。平生最有池塘興，祇覺神傷柳絮風。

說到詩書金玉賤，讀書那弗一家同？吾家娣姒皆華萼，不獨怡怡鍾郝風。

吾婦能為擘窠字，規橅若與婉紃同。昨來叔重評詩句，言有采蘋王氏風。自註：婉紃，仲遠姊，適孫者。其書頗為賈人居奇。采蘋，仲遠甥也，許仙翁刻其集。

桐城派與陽湖派，未見姚張有異同。我與心嘉成一笑，各從婦氏數門風。

風波

風波纔有幾，四顧已無人。獨以聊浪意，當茲與海親。坐須長夜旦，行數舊年春。貧賤吾真可，逢危鬥健身。

與顧晝蕃同學在三十年前比復與之流連數日得先世遺墨酬之以詩

秋風掃地盡，物色澹中遺。及爾重歡夜，能忘乍見時？淹留一世定，生滅萬緣奇。至竟成何味？蒼然念我師。

世業還相寶，搜羅故紙叢。綿延一詩在，契好萬年同。未必吾身後，懸之子目中。且須勤把盞，珍惜月如弓。

先君既葬出謝客徐積餘太守為余兄弟籌生事甚摯及秋余病未出門積餘太守復來視適見舍弟與同游舊作在扇頭者哀來感集依韻成詩

陽春只當凜秋過，冉冉秋來更奈何？眼有歡群皆涕淚，身無酒德亦傀俄。貧知日月銷精易，病覺江湖隔路多。今日孤兒嘗此味，傷心甯忍付流波？

頽然老醜孰為妍，惜類憐才有大賢。隔代聲香在邱索，應時文藻滿山川。訂交河洛傳書日，借筋燕雲括幣年。顧我恨多愁轉少，勿將生事溷籌邊。

余至上海晤敬如適亦遭兄喪泫然相弔不遑問他事徒見其索債者盈門為解紛而已已而流連至重九稍復感時論事謀遣兩家子同就西塾登高遣哀作詩相慰喻余次其韻

從古騷人易感秋，那知今日更無愁。雲霞幻此無邊蜃，天地翻如不繫舟。花鳥嫣然吾老矣，稻魚足否子歸休。餘生莫內懷忠孝，奴虜公侯不可求。

竟作詩人已可哀，催租例與興俱來。壺中日月千年祚，雲裏金銀萬丈臺。灑血且完前死事，摶心更拓後生才。同懷爾我今無讓，投老虀鹽亦壯哉。

次韻王義門景沂見贈之作

江湖是何風？漂流滿蓬梗。豈無迴瀾才，使汝不得逞。寒星夜相照，餘耀自耿耿。殘陽入九地，曾無繫天綆。路逢傷心人，欲語輒悲哽。灑泣念所私，往復共酩酊。王生爾何來？華燈照朧影。淮南有草廬，曷不遂幽屏？烈烈好丈夫，饑來失剛鯁。四民皆瘡痍，國成定誰秉？海隅多大風，午夜寒入頸。好會寧弗珍，死喪在俄頃。造物畀我能，犀通木有癭。真當學老漁，生計一笭箵。

學方老醉歌贈敬如且俾戲示愛滄公子

江風海雨天正昏，酒闌燈灺人無言。明星三五在雲裏，出沒深夜孤光存。爾我何為共茲世，豈不歡然令可繼？墮地辛酸有同異，百年強半為生計。蘇季欲以東周興，哀哀王赧今無勢。康莊大第生荊榛，騶衍微言又誰契？我曆人間徑途百，自求饑凍非人迫。今我何從籲將伯，爾今猶是信陵客。豈忍妻孥入門責，問渠應有周身策！

苦雨牢愁和方小汀述事

亂世為儒詎可安？更將真態與人看。唇焦舌敝無來日，意懶心灰有此歡。豎子毋為縱饕餮，馮生大抵悟邯鄲。若將淚與秋霖注，后土何時更得乾？

題季直所繪四圖

鶴芝變相

氣至誰能外，將迎有苦心。摩天惜高翮，拔地礙重陰。骨采猶能壽，埃塵迴不侵。蓍龜爾同類，欲變尚沈吟。

桂杏空心

后土無全力，春秋不汝培。從來大木死，只在寸心灰。好日乘天逝，嚴風動地來。猶虞歲寒友，難復共深杯。

水草藏毒

昔我行天下，都謀城郭居。寧知為世患，不必與人疏。物濕應難滅，行危更易狙。何當萬馬踐，昭曠俾無餘？

幼小垂涎

得餅朝朝樂，爭梨處處啼。如何令幼稺，真不羨糖餻。嗜至天猶聽，機深業盡迷。未妨傾汝實，一笑看排擠。

愛滄從余索糖食攜之往談詩竟忘卻又攜反也加一詩送之

袖挈糖餻反，渾忘一餉嬉。好朋是兄弟，此老本嬰兒。慘慘風雲錯，悠悠天地隨。邱軻如可蹈，宴樂復何疑？

有感疊前韻示愛滄

謂解淫荒趣，番番與子嬉。終留寒乞相，笑殺風塵兒。苦樂一心置，低昂萬事隨。眼前樓上下，論定不須疑。

同何眉孫張季直夜登狼山宿海月處

江海既會聲喧豗，雙流競地生民災。狼山如闔當江開，能喝海若驚濤迴。引江入田灌萬頃，此德萬古常崔嵬。何哉六籍𠚤不紀？尋碑訪碣無詩材。乃知地亦以人重，老蚌千年珠未胎。可笑子瞻宦遊懶，遠送不越金焦來。子之發源我收蓄，邈閱四姓重追陪。何君弗謂惠泉好，持吾茗盞銜吾杯。毋言臨江獨私有，從古據地爭雄魁。張君吾以海東讓，千歲斥鹵茲能培。一日和甘盡作稼，亦能稍釋胸中哀。丈夫弗假風雲助，遂以白地明天才。吾皇釋政後一歲，己亥冬至狼山隈。有吾三人夜秉燭，走訪衲友尋初梅。會以茲山萬萬古，勿與五嶽為陪臺。

贈何眉孫

子昔避亂家吾州，日對狼山不一遊。我友十九皆子儔，偶一見子終未投。平生頗作兩端語，朋友山水吾兼收。得之便欲性命以，澹處亦若煙雲浮。凡百訢合固有命，舉步遲速非人謀。一日歡然未云短，百歲共處甯為修？名聲相聞義有死，言語或失恩成讎。以此充然樂今日，與子笑浪南山頭。青山果然耐霜雪，君子白髮心悠悠。邱軻要有從容意，不逐奔潮日夕流。

敬如和余詩獨取人聞子名者循例欲謗訾二語痛切言之夜燈諷誦感不絕於心輒復將此二語散為五言絕句十首所謂長言之不足則詠歎之者也

世上皆安樂，而君獨苦辛。明明日月照，莫辨汝為人。

史遷七十傳，獨服李將軍。桃李不言者，名聲天下聞。

陳湯一樹奇，百謗猶能理。無命復摧之，塵埃老吾子。

子有一樽酒，與之忘死生。胸中已無物，身後亦無名。

何哉今人言，智出庸人下？彼固落拓人，我非狂癡者。

風俗庶民事，於今逮搢紳。言言從所授，邑邑自相循。

日慘天茫茫，人間定何事？吾當寬論人，子弗進苛例。

平心論吾曹，誰能補時局？所爭在有志，豈必定無欲？

時王欲侯汝，寧知汝悽愴？此意人不聞，有聞亦資謗。

哦詩以送日，好醜率吾指。方知此道寬，無人橫相訾。

欣父席上應諸公詠雪之屬用敬如韻

酒家高樓當大道，我友消寒命同好。卷幕驚看瑞雪飛，擎杯覓句求詩老。窮陰不散此何時？鏤肝刻腎真癡兒。群公竊把玉龍戲，徒我寸鐵無教持。問天知否天無恙，羅賓不見公孫相？賸有平章詩事人，聳肩瑟縮江湖上。江濤入海必翻瀾，彌天作凍知應難。明日顛風激狂浪，愁君未忍憑高看。我欲結廬向幽境，有田論畝不論頃。紅雨春槽稻米肥，綠窗夜詠梅花靜。不然高語出塵埃，於今海上無蓬萊。瓊樓玉宇寒深矣，何處乘風歸去來？

愛滄席上贈林紓琴南即撰茶花女遺事者

騷人欲炫芳蘭佩，巧向樽前並一歡。豈識廿年同味者，更從海外異書看？自註：渠於吾鄉同客吳武壯諸子皆心識久也。

條支弱水荒唐甚，碧海青天夜夜同。莫把茶花問葩籍，言言都在國風中。

消寒第三集詠日本小田切所謂滬上四假者

假眉

物罕而見珍，人多始為貴。子謂眉眼須天然，女閭三百皆有眉娟娟。云何東西比屋住，曾無千乘萬騎來喧闐！人之來，為君美；美由人，君知否？濃妝大樣高嵯峨。傳動珠履相經過，徐察妙美飛橫波。芳言馥語蘭氣和，傾身更獻千金歌。東家美人蹙雙蛾，妍心不見君如何？

假拳

酒酣不得住，拇戰聲聲怒。構會亦有時，研摩勇相赴。勝則仰而鳴，敗者飲如數。二五一十間，常悲士不遇。誰家公子來酒場，昂頭揎袖神飛揚？舉杯屬客客先畏，九籌十勝難禁當。美人如花笑一旁，笑客草草難具防。豈知手眼唇舌一時到，只有風聲鶴唳淩虛翔。客自先將杵投臼，夫也那弗錐脫囊？方知此事亦天縱，不得從他論短長。

假應酬

出門兮百道，車不媢兮馬不曉。對面兮各天，山則深兮水則淵。彼何人兮習習，舞當筵兮遍給？身之傀儡觀者娛，水與蜻蜓不相入。

假書法

有儒一生擅書名，賈客販鬻王侯迎。窮力臨橅不能肖，祈以筆法傳後生。生來汝以筆劃地，低昂肥瘦任汝置。先作欄杆後畫墁，從容點綴看成媚。作字應無千載期，世間版刻胥人為。歐顏米蔡都無遺，安得更論羲獻之，先生聊以給群兒。

適與洪蔭之觀遊歷東洋日記而哭自傷我亦蠅營狗苟亡國之人也而不能保其命而眼中之人可忠可孝更無人焉保全之俾老斯土而全厥名也恪士和宋燕生之詩在旁嗚咽而次其韻

宋生慷慨憂時者，聞道今猶一飯艱。翹首天虛疑有路，閉門海上望無山。沈思百變真何術？試想群材盡不凡。竟作邱軻論管葛，不能揮手米鹽間。

笑把山童河水涸，看他魚鳥不飛驚。胸中未必餘群輩，世外真當有六經。暮雨朝曦渾不定，春潮臘雪暗相生。西山一調無人續，多恐明朝話柄成。

東坡生日臨觴有感復和敬如

迢迢閱世徒增悲，人欲不死將何為？假令髯翁到今在，恐其一日無伸眉。翁年八百六十四，飄忽人代成今時。笙歌宴笑極喪亂，縱橫曆覽皆無之。祇言新法亂人紀，詎謂舊學誅民彝。公乎來遊聽我告，安石正論經天垂。不佞天人不法祖，徹骨剖辨無瑕疵。儻教歐馬數君者，與共責難憂來茲。一君一相必有職，千變萬變皆非奇。當時堂堂宋天子，將與萬國為軒羲。人言我窮為公故，寧知在政不在詩。天仙化人一方語，今來竟作奸邪資。誰能頑然守深黑，無與日月同賓士？舉觴為公祝千歲，憫念來日傷肝脾。曾是淵源一江水，聊以弟子諍其師。

走筆書事即以謝同人之招

全河已落漁人手，細小還為巨者吞。路盡人人偷作計，哀來一一告無門。空能手寫雲天意，更把身留雪地痕。覽物潸然況悲己，忍從諸子笑擎樽？

題陳鷗民漢江課漁圖故人陳宇初之族兄也

陳生字有鷗民者，日逐閑鷗泛水雲。記向空江牢閉口，怕排鉤黨封鷗群。

故人陳慥今何似？聞說專城不救貧。曷不分渠半江水，白頭兄弟老垂綸？

消寒第七集

百國皆是青春人，獨我殘年未教送。歲時月日誰為之，積習如山推不動？路旁喜遇同歲翁，問齒猶能退居仲。十年白髮提前生，便作童孩亦安用？高銜馳檄追笙歌，朱榜煌煌已停訟。如彼甌脫無誰論，人間得此歡娛空。老寡泣血胡歸休，子莫啼冤冤者眾。四海瘡痍今若何？九疑雲物皆如夢。不能暖竈取一歡，醉死樽前氣猶洞。

慎交吟贈敬如義門兼視善夫

朝朝騎馬能相過，交到死時無一個。君今未死何由知？正看生時作死時。世上何嘗有生友？祇作生交宜住手。苟無千秋萬歲心，與之一日猶為久。陳生語汝慎交吟，王郎勸汝杯中酒。王郎作弟陳作兄，徹骨吾能知性情。果然識字同憂患，且復論才託死生。不然有若宋夫子，不見知名見亦喜。宙合紛綸固有人，錯雜相看斯可矣。嗟吾不自惜其詩，割鷄焉用牛刀為？正苦天人墮塵溷，再三珍重話臨歧。

酬清夫道人洪述祖

百體為我稍延留，牙齒紛紛先乞休。槎枒大餅不能截，當筵獨啖甜饅頭。脂勻質膩味疏爽，湯飯可厭膏粱羞。我初貪饕後退卻，祇問賓客能買不？求之市上百無有，誰家庖廚為此謀？洪生越日即我飲，盛筐百個來相投。云此甘芳不易變，能作慈親十日饍。我聞驚拜感且泣，子之佑我如何酬？意重君羹小人食，德為玉瓚中黃流。洪生有母不及養，惟日惻惻知人求。耳聞目見有春在，可以稍釋胸中秋。我獨何為自言老，與子德意相謬悠。還家會當博母喜，來日致命同君遊。

果然

一紙相看事果然，朝娛盱哭到窮年。遊絲忽落三千丈，錦瑟真成五十弦。老寡可憐垂涕晚，大僚應記受恩偏。愚生只把春王筆，載自堯天入舜天。

書賈人語

去即去耳誰為賢？人如綠草生春田。鐮刀割盡還須長，不聞但有今歲無來年。東家獨患囊無錢，傭保雜作何有焉？請看朝廷沒曾左，也有後相來聯翩。我聞此語怳失色，從此昆侖泰華皆不堅。明朝便叱玉皇退，何能一帝專諸天？

臘月二十七日漫書

雪後從容復陰雨，詩成懶散更歌行。不知門外今何日，便與樓頭送此生。老賈失時尋舊話，童奴少事問書名。無心撥盡一爐火，不寐聽殘五轉更。兩境可能天不隔，萬年難使物多情。閉門習靜千風事，卻撼虛窗故故鳴。

余題月湖琵琶圖因及釣臺集而有嚴光淪落之歎又引申之而得歌詩十句

我笑嚴光釣澤濱，亦是天涯淪落人。所以乘機一謁帝，寫此鬱勃方藏身。豈知帝星亙天上，也有生命不及辰？忽忽未知生可樂，慨慨常與死為鄰。等閒多少窮途淚，可以飄飛化作塵。

東愛滄

昨者應從白門至，聞吾未歸弗駭耶。人間失路安有限，疑此未算窮無加。有母能慈有子好，祇以不見為嗟呀。

詩骨強於隼飛雪，歸心急似蟹爬沙。門前一江化銀漢，雲路盡絕天無槎。只可相從復宵夜，與君揮淚說京華。

和善夫

怪底沿江水奔注，四海平添淚人雨。聖手無柯亦莫望，佞頭擬劍教誰鑄？日光雲爛方賡歌，誰解唐虞事若何？尼山亦是阿諛者，佛祖焉能免罵訶？

除夕詩狂自遣

歲歲年年有更換，不見留光可稍翫。惟獨今年除未除，雄詩百首長為伴。人言詩必窮而工，知窮工詩詩工窮。我窮遂無地可入，我詩遂有天地通。

我與子瞻為曠蕩，子瞻比我多一放；我學山谷作遒健，山谷比我多一鍊。惟有參之放鍊間，獨樹一幟非羞顏。徑須直接元遺山，不得下與吳王班。

與劉一山除夜深談贈之一詩並將以示彥升兄

不以俗子相繞纏，不與家族同熬煎。祇以青燈照白話，與子相對成一年。子之識力萬夫賢，覺旦有在鳴雞先。公卿攬子欲為臂，嗟子十口何能捐？平生小心結師友，負累何止千萬錢？到今簿記百不省，更用三省常自鐫。人間來日是何世，愁霖氾濫高無天？園傭折花不能賣，蘭蕙雪白何為焉？不然有若蕙修者，壯老一概窮當堅。瞬獨胡緣竟欲死，隔海與我愁悁悁。自註：一山以彥升來書相示，有『生不如死之為樂』云云，蕙修，亦彥升字也。

元旦疊韻自占

怪怪奇奇盡偶然，昏庸柄國已千年。欲傾東海斟臣酒，怕有西風拂帝絃。近死不知機發驟，同憂奚俟夢來偏？逃塵便與追前跡，河上今無二畝天。

連陰十餘日夜忽無風而自霽雖僕輩猶知明日之復雨也

一雨十日不放晴，紅日不出天無晴。祈求想望已心死，兀坐樓上甘沈冥。然燈燒燭照宵詠，良久不聞簷溜聲。童奴開門問雪否，還走笑言天不誠。無端收空散雲霧，直視萬里星光明。吾聞沉陰若災禍，每至康復須威刑。炎日斬斬施雷霆，寒月刮地風崢嶸。不風不霆只無事，何處頓成開霽形？恐是陰類自怡悅，拂拭后土便宵行。請看淩晨日欲上，果然復雨如盆傾。

以保生釐東薦之伯謙

李白韓愈浪得名，子瞻山谷皆平平。不然嶔崎歷落如我者，焉得置之世上鴻毛輕？雖然時遷勢亦異，依然同類相枯榮。籍湜駸駸入文府，秦晁往往句同賡。貧窮陸離亦有會，龍饑虎困風雲生。可憐達者竟誰是？祇有裴子食一城。天哀其親俾得養，亦俾其友從呼庚。原嘗死矣平津絕，群士從容餓莩成。何用千金買駿骨？真能一飯揚名聲。吾鄉如今有瑰寶，曩列高價子所評。種松十年冒霜雪，凍骨漸與寒山撑。吾雖半菽不獨飽，忍能對作空腸鳴？會將質裘持送似，令就吾子天南征。賫吾詩騷與將去，還乞吾子持與諸家衡。自註：保生，伯謙尊人試通州所得士也。

正月四日雨稍止一山拉入市買報閱之因晤諸子同飲次善夫元日二首韻

乘春百物動，公等意如何？苦雨如相逼，炎曦不再過。妖姬猶傅粉，群貴尚鳴珂。遍奏迎神曲，今宵樂事多。自註：是夕迎財神，遍地喧鬧。

那得深山裏，冥冥萬古天？便將巢作姓，不問舜何年。忍死吟吾句，含悲入此筵。茫然真一概，莫道汝為賢。

善夫以次韻少陵杜鵑行索和余患詞意之將竭也用其韻為三足烏行

君不見龍孫飛上天，化為日中三足烏。人間烏生八九子，惟有神物難將雛。蟾蜍東西但相望，緘默不語甘羈孤。人間烏鴉積此恨，晨夕出入悲啼呼。汝羿已射九日落，那不釋此常區區。縱滅其形難滅影，到今反笑奸雄愚。貫通三才作王字，看渠能抹青天無？看渠能抹青天無，不用怏怏持戈趨。

與義門論詩文久之書二絶句

六籍英靈葬死灰，憑虛喚得幾聲回。弦歌已落伶人手，豈憶尼山學道來？

最有空詞定樂哀，網羅故實定非才。請看燈雨簷花句，便值高歌餓死來。自註：二詩蓋不佞之常譚，以為工部當時若作「簷前細雨燈花落」便不成語言，更值不得高歌餓死也，聲音之道，亦莫知其所以。然高才若從此悟入，豈尚有死法可循哉？

人日和杜公追酬高蜀州詩用其體韻

人間何日不興作，何代無人怨淪落？把手杜公人日篇，感激淒傷淚如昨。遥遥大曆千年來，人代相看已寥廓。寧我獨無經世才，知君亦乏匡時略。常將短札記經過，更把長篇娱寂寞。言懷稷契悲唐虞，坐想驊騮憶鵰鶚。如今似我更無論，漢中昭州無一存。劉表能談周禮樂，趙佗不問漢乾坤。朔風慄慄重陰覆，西海滔滔萬溜奔。天意寧嗟腐敗士，舊遊欲斷公侯門。可憐世季生無賴，要使饑驅道不尊。尺水漣漪復何有？涸餘常此役驚魂。

臨睡感題杜集

了知身世風馳過，無奈當前日似年。事至終須一笑遣，吟成翻藉百憂煎。思君往矣真同物，問我誰期待後賢？病體不勝爐火熗，仍能辛苦課宵眠。

鎮日無聊疊韻寫意

爐中活火看全世，簾裏飛煙幻百年。硯墨淪然隨筆盡，壺冰清絶為茶煎。繁聲雜遝酬佳節，小說淋灕有大賢。昔日經過裘馬客，不知誰向酒家眠？

感於東坡生日之作遂為摯甫先生六十壽詩

人生百年一刹那，賢愚貴賤同一科。挈長量短其如何？祝禱稱頌皆私阿。要使日月無空過，聖哲自比庸愚多。有儒一生高嵯峨，墮地便與書相磨。浸濯滋潤成江河，放之一州勤民屙。書執吏事晨自哦，即飯仍與賓搓摩。判簡披牘如交梭，不肯俯首慚羲娥。猶嫌一官遭網羅，於世無補身受瘥。立起自劾投煙蘿，從此壹意知靡佗。嗟彼豈誠書有魔，方今儒術資撝呵。腐士不識真邱軻，死守徒以來倒戈。後有萬年寧可訛，濯而出之渾渾波。奠置高阜平不頗，用此憂勞鬢亦皤。獨與往聖留純和，我年十九付蹉跎。矧今傷心至蓼莪，忍死惜淚吟庭柯。感念身世終滂沱，會以生日觴東坡，類引更為先生歌。

讀報憤歎

羅者不知有寥廓，應從藪澤視鷦鷯。如何故作癡人夢？捕兔而今向月明。

試想誰人甘作笑？世間原有十分愚。可憐鹿馬迷淒日，除卻傷心一字無。自註：人情愚至十分，則九分愚者皆得勸之使不為，而十愚之事亦終不可得見也。藉非有若趙高之狠戾，何至傳笑天下如今日之事乎？

正月二十一日盆花落東家老叟為言節氣笑而深感其言適善夫以和人日詩至遂疊此韻杜公酬蜀州正是日也

節氣不知誰所作，遞有時花任開落。祇須長年飽飯人，已識來今如去昨。況其高眼淩青天，正把閒心置寥廓。雖然血氣與凡同，忍使流光概從略！近知愁苦即歡娛，看徹繁華無寂寞。肥甘必欲慕糠糜，燕雀真能笑雕鶚？李杜詩才且莫論，彼有黑夜孤光存。微茫便似初三月，泯默還如六四坤。逮其胸中芒角出，遂使筆下風雲奔。此皆隨宜作生事，豈有要妙成專門？可歎諸公百不暇，使之千世獨稱尊。春至江南望楓色，青林仍有未招魂。

晚覺寒甚敬如來則既春服矣再次前韻

魯陽戈鈍莫能揮，楚客魂離亦不歸。萬古雲霄成斷羽，一天星月燦餘暉。時危怕與心胸盡，老至愁看面目非。氣候陽和吾弗敵，卻憐春半尚寒衣。

三山會館赴小汀之招並約敬如送孚兒入西學堂次小汀韻

清談無復妓成圍，不醉猶能醒眼歸。學也固知無祿在，天乎安得與時違？老夫剩以文為戲，平世終無淚可揮。箭激樓船滿江海，奮飛魚鳥或知幾？

黃浦江感賦前韻

帶郭江灣衹一圍，湯湯入海水知歸。清談典午風猶在，高會春申願竟違。白日衹教雲樣過，黃金真有土能揮。潮來浪去悲何限？百倍安心是布衣。

斜飛雪用前韻一首

上帝沈沈醉有年，春風無主晚來顛。滄溟激蕩洪波起，廣野蕭條落日懸。誰辨癡心回大造？但追詩思入重淵。吟成更與斜飛雪，如此穠華二月天。

題胡子勤美人宮怨

漢武威權能棄婦，故教喜怒費疑猜。如今賦有長門手，誰為相如取酒來？

江湖莫照驚鴻影，滿眼存亡可淚零。不及斯翁隱塵市，發緘猶賸幾娉婷？

集賢關

我行至安慶，便憶咸同間。峨峨攻守具，復有集賢關。何由搏狂寇，冥想存茲山？一精策群力，接天猶能攀。當時寇焰熾，非獨我能然。人智日不逮，敵勢從而遷。乃知勝敗理，豈不在愚賢？賢智所淬厲，神鬼不能干。敬慎及枯朽，戰端胡易言？齊德欲相服，人盡知其難。譬以蕞爾魯，妄欲與大瀾。公然庇群盜，顯與列強翻。此雖五尺子，不受斯言謾。嗟嗟中興運，短短無何年。大人龍虎氣，一去不復還。鐘鼎已成故，衣冠欲化鸞。誰當與狂藥，直使我心頑？

題通伯所藏濂亭先生手迹一冊

津門一掬傷心淚，忍向天涯不再揮。持比古人真愧痛，獨存今日曷歸依？流連手蹟尋常有，接對心神曠代稀。三復君文剛戀戀，又傷離亂促征騑。

題通伯所藏惜抱先生手迹卷子

慘澹斯人去，山川亦不神。毫芒落君處，悲涕逮吾身。論有當時定，才為異代珍。誰令杖朝歲，猶作太平人？

題桐城

歲歲桐城有夢賒，清談既接又還家。海峰薑塢尋常有，不見龍眠與掛車。

抵安慶薄莫而雨遂改以明日詣方倫叔先去一詩

中興大業銷沈後，舊德從容此一家。卻向城根結廬舍，坐於江上看年華。清遊望斷天邊舫，急節催殘日暮笳。豈意皖公山月下，等閒先被海雲遮。

過焦山內人扶病眺望

斜陽冉冉天光好，積水洋洋樹色酣。欲問山靈此何世？尚將晴翠撲江南。

臨江病眺莫傷懷，不死終能爾我來。放意存茲一片石，世間何物是樓臺？

答諸公要余至上海同謁李相

青天白日沈憂患，遠水遙山送語言。世有萬年身是寄，民今百死我何冤？可憐黃髮承茲難，甯惜丹心為至尊？後鬼前猿啼不已，又能重把劫灰論？

答鄧璞君疊韻寄和遂以秋門行止相托

萬古無今日，倉皇百變陳。域中非樂土，人命本輕塵。近喜慈親腹，能忘愛弟身？誰令千里外，吾友獨艱辛？

八月十二夜乘車至港念昔秋去滬而今春返皆無幾時世變遂已至極感痛不可以言詩以記俟

急火炊粱粱不熟，大幹糜爛一何神？可憐目斷前星日，亦是身遊太古晨。鄉土終為覆巢卵，饔飧猶累倚閭人。涼風八月宵如昨，一往無由問屈伸。

至滬謁李相

天津回首陣雲屯，重向江頭謁相門。天意尚能留碩果，人間何處起貞元？耆年往復乘衰運，老淚滂沱有笑言。一事告公時論定，八州生類賴公存。

讀皇上罪己詔

可憐鹿馬迷淒後，慘澹無言到聖仁。一昔驚聞詔罪己，萬方流淚善歸親。問安已過雞鳴驛，失路應悲螢火津。最痛三良前死殉，至今欲贖亦無身。

養屙寓樓苦雨吟眺

客病艱難不可說，淫霖衰颯更堪聽？樓居密密連雲黑，燈火蕭蕭向日青。歌哭萬家聲闃寂，飄搖獨樹影伶俜。正愁風雨乾坤大，蟻穴侯王夢未醒。

汗

一雨從容汗竟收，歲華從此入深秋。山河表裏塵初上，天漢東西水不流。白骨青苔淚纏繞，黃金丹藥死追求。拔山自古非容易，尺二書中語盡頭。

和愛滄贈洪蔭之詩三十七韻

閏八月北征，杜甫以詩哭。今我益飄微，天南與馳逐。江行一千里，揥遏未送目。不忍喪亂餘，見此承平福。瀕行攜君詩，愁來把之讀。含靈必不安，毋曰爾我獨。生民固當哀，賓旅義須睦。方其達權時，迂生拜且祝。亦云行奮揚，不耐坐頻顣。久之寂無聞，眼中換陵谷。君側古所難，當吾亦羞縮。機有窮而生，事有變之速。大哉何生言？一語轉坤軸。劫遷吾皇者，大小盡可戮。提兵必元宰，從驅盛群牧。轉輸屯荊襄，灑掃待黄屋。日出群陰消，雷聲四夷服。胡然再不圖？倉卒求歸宿。嵯峨挾虎衛，屑碎用雞蔔。恐其遂益災，豈徒笑緣木？群公亦有言，吾今誚管叔。聖明豈在多？著語定含蓄。甯知薄海讎，堂堂正心腹。洪生亦有言，吾今方削牘。忖兹一個臣，儻無惜令僕。激切當天心，庶以救顛匐。哀哉時已過，焉用再三瀆？我語二君者，凡今宜韞匵。玄黄故未交，純陰在初六。天方晏且溫，地有反乎覆？亂繇十年數，吾已計之熟。大命如將傾，挈家並沈陸。不則傭自全，饘盡繼以粥。商山無華芝，空谷有修竹。慎勿輕投軀，彈珠向飛肉。平生所經歷，朗朗列圖幅。不識京華門，何從憂輦轂？

月食

月食不以朔，日食不以望。青天何物來？推求亮知狀。漢儒好深思，不應踵虛妄。亦云帝皇貴，庶獨天與抗？女禍毋浸淫，三公絕驕亢。為利苟若兹，宜其百世尚。茫茫大塊間，重昏入迷障。迄無堯舜明，厥惟勢衰王。何代無賤儒？談多不必諒。根鳳定無虞，許班或深創。安昌與博山，酣然白頭相。我昨窮呼天，天言此其儻。縮手終奈何，百方只惆悵。

西山峙廬吊伯嚴悲思右銘姻伯作傷秋五首次韻杜甫傷春

秋色已如此，山光正爾濃。天高有晴雨，野僻祇豐凶。江海烽千里，京津寇萬重。還虞孔道斷，仍缺尚方供。客子言紆恨，貞臣死蹙容。誰將救時涸，雲裏喚飛龍？

鳳翮前時弱，天南託一枝。恩深與塗地，殃重忽連池。事往餘身在，臣安念主危。大波平地起，雌霓亙天垂。法斅群強怒，邦崩萬象離。彌留深谷日，泣聽轉逶迤。

大國誅奸緩，兵來不合圍。言從兩宮去，坐失百年機。帝已成奇貨，軍猶擾近畿。傳車紛送食，持節復徵衣。斑豹全身見，蒼鷹老眼稀。江潮日夜上，令我亦無歸。

不有英雄策，何能權世真？一匡先管仲，六國後蘇秦。東縛悲天子，顛連及貴嬪。江河任東下，車駕自西巡。禍極生民日，冤歸守土臣。陳蕃至今在，言語豈輕塵？

麻衣相哭罷，餘恨萬千多。乍見郵中字，還興室內戈。望烏無止屋，歎鳳有臨河。惻惻履霜操，淒淒薤露歌。窮鄉得蔬米，危塹倚松蘿。不死且須惜，看看睡夢和。

於人扇頭見乙未春州南閱練勇時所題雙柑鬥酒二絕回首當時已成盛世感而疊韻並存之

綠楊陰裏試搴旗，立馬江風著意吹。終是角聲悲入耳，不如斗酒自聽鸝。

問君識字何無患？春至徜徉更不疑。直去深村拚酩酊，世間理亂本難知。

八風面面繞靈旗，甲士雲屯畫角吹。只待蒼鷹向空闊，不知深樹倚黃鸝。

小方角觸已無效，戰禱倉皇竟不疑。莫辨諂臣有何術？人間秘事總難知。

峙廬旁有豺食數人矣

世間甯少汝，向客口呀呀。昔所生吞者，知其無告耶？塵荒山不綠，雨至稻無芽。復此那堪耐，安排獵火遮。

望西山

長啼淚亦乾，殘日望西山。翁鬱是何景？怪奇殊未嫻。龍螭交壓伏，彝鼎肅斑斕。作者揚劉氣，宗臣馬范顏。雲霞斷烘託，壑谷忘躋攀。遂與天微異，應趨海不還。茫然下弦月，何以照人寰？

閱女婿陳師曾諸近作至其畫菊為吾女遺照而題四詩潸然有述

譽汝詩文至悼亡，人間無有此情傷。徒緣罔極呼天痛，更為同懷引恨長。自註：鈿妹之早逝更痛於菊兒。遂以鴻毛淪我愛，不圖麟角為茲狂。秋心不與穠春謝，從此東籬歲歲芳。

有人招登高飲宴不赴

九九定為何等節？三三五五一般能。盛時觴詠多如此，末世干戈見未曾。早計不逢新建伯，前游翻憶大顛僧。自註：前年廣州重九登白雲山，與能仁僧久談。東南盡付昏庸手，約束雖堅禍恐仍。

伯嚴卒哭同行舟中有贈

憐君似我無根蒂，仍向江山淚眼開。雲物徒供一身老，干戈更殺百年哀。蓬風卷髮垂垂盡，蠟炬燒心寸寸灰。作述從容要三世，剩容泣導後生來。

將抵鎮江念六月十五日過此忽四月矣感恨成詩

悠悠道路幾經年，忽爾驚心月四圓。皇古至今哀痛日，尋常互市往來船。身兼傲惰真無地，語雜寒饑更愧天。不敢憑欄向山詠，詩成還復擁衾眠。

夜讀遺山諸作復自檢省亂來所為詩百餘首至涕不可妝憤慨書此

細思我與國何關？慘痛能來切肺肝。局外迷茫成錯想，就中安穩是當官。千夫歷碌愁關傳，一輩嵯峨已國冠。竟與喪家為代哭，可憐真個淚闌干。

出就義門談盜攫余此行所得賣文錢盡因而有作即以答吳董卿大令晨間見贈詩詩有千里賣文錢易盡一語故也

盜愛余錢非盜蹠，賣文所得盡今宵。悲歌吳季詩成讖，笑樂王生興已消。不信重城能放手，誰將萬貫更纏腰？拋除鎖鈕安排睡，直放酣然一夢遙。

再與義門論文設譬一首

雙眸炯炯如秋水，持比文章理最工。糞土塵沙不教入，金泥玉屑也難容。搓摩日月昭群動，摺疊河山置太空。正要當前現光景，不能向壁造方瞳。

僕誡

我行揚州市，壞輿破幨帷。客久無衣裳，瑟縮嚴風吹。豈其吟不輟，恐為驚寒嘶。僕人反相告，誡我毋爾為。路旁笑者眾，謂此成書癡。我果抗聲否？恍惚不自知。笑亦豈妨我，不問輿中誰？僕乃始怫鬱，怪我殊傾危。公為匿弗見，我面將安施？當時朱買臣，野吟妻羞之。何況大都會，冠蓋紛傳馳。分明同學者，絢赫多威儀。而忍作此態，主僕令人嗤。我聞噤不語，此人弗可欺。憑何相慰藉？富貴吾無期。惜哉汝不去，作笑無窮時。

哀袁爽秋

昔我游龍門，言從興化師；師曰及門中，儁者汝知誰？適來有袁生，燦爛多文辭。其人亦靜美，與汝能相資。已聞師謂彼，亦曰范生宜。卒然不可並，各逐風塵馳。維歲辛巳春，木壞吁可悲。四月臨殯所，六月龍門祠。於時一見君，戚痛胡能怡？相向哭而散，各復之天涯。君官曆中外，聲名亦無奇。但聞君徒友，為余誦君詩。吾徒蕫生者，作令殊嫌癡。君獨為我故，低回寶愛之。用此一通問，澹然無他詞。何圖不數年，立節於斯時？臨命不絕纓，庶幾哲人儀。我初聞君耗，急淚幾難持。諒哉吾仲言，令善更不疑。人徒四萬萬，毒螫將無遺。求為禍輕減，輸心諒在茲。嗟茲玉雪士，一旦為民犧。聖遠言猶信，天高聽或卑。

讀濂亭師次袁爽秋郎中見贈韻有王城浩浩著君隱之句尤以痛喟拚卷和之時之上海舟中

人至番番師友盡，自然憔悴作頹翁。沉泉昨已悲蘇軾，棄市今猶泣孔融。吏隱荒唐危可待，文遊慘澹好胡同。臨江不問無歸夜，且看殘陽萬頃紅。

聞李相至天津痛哭

相公實下人情淚，豈謂於今非哭時？譬以等閒鐵如意，頓教鎚碎玉交枝。皇輿播蕩嗟難及，敵境森嚴不敢馳。曾是卅年辛苦地，可憐臣命亦如絲。

無生樂呂四道中作

昔我行役，區區謀我身；　今我行役，番番送死人。人有深湛豁達，死有憂傷病虐。今我無從追問之，脫然皆得無生樂。

死者無情，死者無知；　無知已云樂，無情亦不悲。誠知萬劫須臾過，截斷肝心猶不可。惜者生微見則寬，不如當日孩提我。

夢中作

環堵之宅，傍溪而生。獨樹當前橫，使我不得浮梁成。

環海之宅，傍雲而生。有大人兮天南征，留我十日兮送之百程。自註：是詩醒而誦之一字不遺，可怪也。殆日間舟行野望，遊思所致耶？

元日侍母食退而泣用潤生除夕韻

念我於何求是處，年光冉冉欲知非。愁如山峻將無度，笑比河清定更希。一世孩提容易過，各天精爽幾時歸？風窗樹有婆娑影，忍淚相看趁夕暉。

狼山觀燒感賦

元夜燈輝萬萬古，無端忽被時危阻。傳聞野燒今宵多，重向狼山命儔侶。亦曰慰情聊勝無，不謂奇觀在何許？白日已下天無光，蕩蕩乘高攬空宇。冥然一點兩點出，忽然稀疏見三五。不能一眴紛來如，氾濫崩奔驟如雨。火海分為無盡波，婉孌迎風顏色聚。直視又若星河翻，芒角搖搖煽殘暑。儻其玉帝乘雲觀，已訝高天沉下土？自讀莊生視下篇，便識坤乾無定處。翻騰變化人為之，萬眾齊心不可禦。居高聽下雖不聞，因風送聲可知語。他人有菜小如錢，吾儂菜若筐之鉅。蟊賊盡死人則肥，如此云云咒田祖。假令官長為娛嬉，豈能令彼一時舉。正為災祲動切身，各各然薪寫心苦。遂令山中蟣虱臣，浩然獨歎生民主。一詔彌綸有萬年，百姓身家不可侮。

冒鶴亭以江建霞所贈辟疆先生菊飲倡和詩卷屬題即用辟疆韻題二首

東林復社去堂堂，水繪亭臺亦已荒。十世頓成來復象，千秋徒為後人狂。身前橫被諸艱試，地下應無滴酒嘗。要語鶴亭還自逸，老夫專以醉為鄉。自註：鶴亭汲汲焉，惟不朽是務，頗自傅會以辟疆復生，不獨時世同也。

一卷唏噓紙上塵，江郎情態與成陳。神州赤縣猶鉤黨，晚節黃花孰替人？世不唐虞誰洗淚？士非回憲總羞貧。洪流激極知何似？海色天光日日新。

走筆呈晴谷先生兼示未航孝廉七首

宦海滔滔鬢易斑，陸沉終古幾人還？歸來如約能歡笑，始信吾人非等閒。

致仕欣逢攬揆辰，壽觴聊與洗征塵。八年一日論先後，腸斷當時侍酒人。

孤露餘生不廢吟，多因惜淚淚淫淫。乘除十四年間事，亦有千篇寫素心。

處處人間有雉媒，不牛不李總非才。彌天譽問滔天禍，也與驚心動魄來。

羨君作宦似遊仙，不管人間得喪緣。采藥歸來閒井換，可知萬景不能延。

饒似青山耐雪霜，也應珠璧惜年光。要分陸賈優遊日，痛與鄉鄰醉幾場。

試賭尖叉百韻詩，因之百罰我無辭。莫愁醉倒無人問，昨日看君倚白眉。

至保安沙視新堤

依然急浪撼堤根，版築斯須且自存。相土猶含先嗇意，徹田疑有舊周痕。江河到此終無賴，草木於人似有恩。未必遂能躬作息，亂餘驚定欲招魂。

伯嚴以所影日本遺留之宋刻黃山谷集為中丞公墓銘潤筆且詒一詩次韻奉答

小文論報吾滋愧，況以黃生內外篇。拙道回還祇如此，高名前後一潸然。長啼燕市今何益？善價鷄林古所憐。欲把斯文待灰燼，憑何寫恨向蒼天？

至鎮江晤丁星五及游氏子信有江清之事

沿江居人走相驚，胡此濁浪朝來清？升高直視盡殊曩，千里百里同一聲。我初聞之苦不信，恐其訾語隨風生。岷山導江出三峽，直挾萬派東南傾。山田野岸受衝決，經過盡帶泥沙行。淮漢大流迭來匯，魚鼉萬派歡相爭。溟然若此欲淘汰，神禹再出功難成。守此磴磴百不頷，詎晤二子斯言誠。上自蕪湖下京口，歷歷照眼波光明。有言江清聖人出，或主變亂愁刀兵。沉思物理不可解，徒縱妖異資狐鳴。不然清流禍國古無此，天其或者著象咨我氓。夢夢萬古杳無覺，獨向江頭涕淚橫。

余詒愛滄淮揚道署過秦觀之舊里鬱詩思而盤紆會見嚴幼陵別愛滄四詩因而和之並贈二君其第一首謂幼陵所著天演論為吳冀州所敘行云爾

至甫淵淵鏡眾流，揭來僅見服嚴侯。為於秦漢搜諸子，無以遷雄說九州。任與濡需同豕禍，也因汗漫識鵬遊。昭然一是群書廢，十萬縹緗祇汗牛。

去年反自津門亂，無意相逢百不違。誰望清談兒破敵？獨看悲嘯妓成圍。蛟龍失水春難起，烏鵲臨江夜亦飛。不遇信陵親執轡，世間誰識監門微？

磊磊濤園正自奇，腹中珍怪少人知。無官已復能垂代，得帝依然不遇時。我擬容身兼雁木，君猶撫世問龜蓍。淒淒不是雲雷會，他日吾言耐爾思。

唏噓昨過秦觀里，此事於今有廢興。覺世文高宜俯首，感時淚甚欲填膺。監河激越仍求活，自註：愛滄為我貽書運使，復理柯遜庵鹽法志三千金之說。蹈海仇秦未必能。不審異時元祐黨，奚如吾輩日淩兢？

次韻愛滄題秦郵帖詩因以斗野亭各詩寫諸扇且告欲行

嗟吾幼好眉山翁，學書便學楚頌帖。孫黃秦晁一輩人，顛倒不出吾筐篋。懸知此道日清新，毋為古人盛名慴。氣若江河長共流，意與青山亂稠疊。一夕君賡斗野吟，試以群篇並書箑。千歲猶之旦暮間，應有來賢與承接。一世區區講異同，衹可吾儕共歡浹。豈況人間變勢來，惘若雷轟電雪霅。離別不足饑寒輕，明日煙江理歸楫。

聽丁星五談海州人刈麥

腰鐮一轉快如風，萬穗齊收地網中。豈意晨興懷袖裏，有人偷試剪刀工。

滯穗應為寡婦資，此情依舊肖風詩。衣裾結得筠籃樣，只待斜陽偃大旂。

普天酷吏橫徵錢，許有宮旗插糞船。要數海州無用此，一年一熟總由天。

次張季直金蘅意韻各一首

遙遙直與岷峨對，納盡滄江有此山。但為豪賢一不至，遂令理亂百無關。蟲文鳥跡誰相告？鳳泊鸞飄忽自還。自此東南增軼事，後來消得幾人閑？

人才信與江濤湧，合散升沈不可期。一日聲名非異事，萬年文藻有清思。所悲廁此英多會，不幸生當大亂時。縱不身謀猶熟醉，發心徒益卷中詩。

潛之三疊監試韻以答夢湘息戰之意余事益多詩思竭矣乃余弟見夢湘挽王伯唐哀哀襲生之言而為之潸然出涕余因益述潛之先後摯語而危苦憂患之意猝盈於胸遂再成一首

自從秦李斯，慕鼠食倉廩。士趣日以卑，命在無誰稟。富貴少驚憂，不知禍已稔。所以顏原徒，衹能樂瓢飲。東鄰有原嘗，終不乞餘瀋。喪亂保殘軀，饑寒見真品。豈無貞飛姿，與俗化柔荏。竟作膏蘭焚，視天亦未審。龔生非吾徒，斯言不為甚。古之真褐夫，永世斷文錦。伏而餐至精，萬物盡成碜。或蹶或以蜚，雲泥兩途蹠。一日不收身，世狀實危凜。曾無畜龍處，何由禁魚淰。鶗鴂不變音，虛煩致桑葚。離魂那可招？雲中屢舉祇。為原為楚懷，莫保幼清朕。自註：今傳招魂為宋玉招屈原，太史公以招魂為屈原作，則招懷王也。

亦有狂夫言，不意紛來諗。笑我陋巷賁，卻譬尹烹飪。蕭同是何人？君狂不胡沉。百年遭此時，拙分定寒寢。哀哉祇一遊，孱軀滿受鋟。魂夢未省咎，無言害有噤。此屬乘亂來，吾猶不安枕。

已矣歎

吾室不足容徜徉，獨恃階前五尺強。出門一步即路旁，送客迎人借作場。一雨十日城無隍，百河之水流滂滂。衝決戶牖推排牆，洶湧直造庭中央。磚苔砌草俱淪亡，飛魚躍入生魚秧。蝦游蛭走紛成行，癡蟆睨我情態狂。欲出無路來無航，彌望一片波洋洋。眠愁坐歎誰能當？有僕一家號樂康。遠挈兒女來就糧，為言耕牛瘦欲尫。戶有死狗雞逃亡，行至中途屢僕僵。有友涉彼狼山岡，遂極百里東西望。但見兩道平湖光，昔之繞山田萬方，到今處處施船檣。噫嗟我聞僅如此，安得民情皆入耳？齷齪家居何足言，世亂民貧今已矣！

答伯嚴用叔節韻見寄繫以辭曰時勢隔日而異觀心期極古而並喻來章所慨決答如斯

天子從容返里門，西征甲卒散歸邨。駟虯逐日嗟何及？仗馬迎風更不喧。興復又添垂老淚，荒茫永有未招魂。商量去孔誠何說？只向深山萬古存。

吾詩遂已九百九十九首五疊前韻以足之示潛之

夢湘

我遊二十載，不益囊中裝。聊憑一卷詩，鎮壓風霜涼。名世定何物？何從議聲香。古之真天人，了己無何鄉。獨有文字懷，味與生俱長。曾無殉名意，何患亡其羊？有挾飛仙姿，字字鴛鸞翔。有與元氣會，吐吞入渾茫。嗟余亦何有？山蔬貧家糧。比君百尺樓，秖合臥下牀。昨來足千詩，夜中起徬徨。一世秖如此，鬢毛真已霜。

朝來火焰燒城紅

余以經營學堂啟告鄉人，謀所以肇始者，一日而得匿名書盈寸，紛嘵所在成聚，皆集矢於余身。良用悲惋。夢湘山長乃以獨遊軍山詩相示。余因感其地為先勛卿公明季逃禪之所，其說謂『吾多年老寡婦，豈復向人，而一日不受吏，則徒苦吾民』，遂去之軍山與堯封老人輩講佛法焉。此通州所以保全至今也。先人不爭世名，而常為一鄉受難，區區亦惟先志是從耳。爰即次韻述懷，以呈教於山長及州主。

朝來火焰燒城紅，真若事大天穹窿。豈知情懷冷如水，乃有避世王牆東。偶念登山足自舉，往即舊約途寧窮。而我謀須眾然否，那弗即事憂心衝？彌天海氣蒸騰虹，披拂正賴高柯風。儒林無人日月蝕，何但大庇言成空？南山幽宵處，藏龍有深拱。仙人所植桂，散馥一叢叢。胡不飲泉滌毛骨，常使壯髮如青蔥。而忍將身墮塵霧，永與俗子爭冥蒙。嗟君所涉最高頂，先祖放曠茲焉同？明都當時一再沒，林下舊隱成癡聾。八十老翁客氣盡，弗用民命貪天功。遂保茲方越十世，但見樂土天光融。我今實亦愛其類，恐遂茫昧千年終。聖皇憂勤日有詔，敬告海內毋雕蟲。官師賢能眼如炬，奚以若輩猶昏瞳？欲偷天酒渾難得，莫把松容拚醉楓。自註：楊萬里詩：『小楓一夜偷天酒，卻倩孤松搶醉容。』學堂之紛嘵，蓋有若松楓之類。依韻成詞，乃得善喻。小楓何足道？孤松為可怪耳！

一世不爲明日計

為伯嚴錄大津甲午中秋詩，至『人間佳節復有幾，淪失八九鍾阜南』之句，覺向時所惋惜能償以此日之遊，而今此所悲哀復絕異於當年之事，伯嚴愈有旦莫承平更百憂之作，感痛可勝言哉，次韻盡意。

一世不為明日計，吾儕能惜此宵遊？拚將特地清醒眼，來覓當年散失秋。寂寂山川夜逾靜，沉沉歌管死無憂。應疑從古高寒月，祇照人間百尺樓。

吾曹所學眞用

日本嘉納治五郎以考察中國學務而來江甯，余營通州小學校，故於俞觀察席上多所請質，而感君來意甚悲且慚，即席為二詩贈行，並因摯父先生游彼國未歸，附聲問之。

吾曹所學真安用，淚眼乾坤見此儒。不信愚心生作梗，虛煩熱血走相輸。青山一角方聯社，碧海千層欲化塗。指點扶桑問君處，倘緣風便一相呼。

我友從君易地遊，寄言無奈且歸休？雖邀蓬島千人賞，恐起河梁萬古愁。盈路風光前屬國，極天霧雨古神州。遙知一夢鈞天醒，還向空山覓舊儔。

伯嚴為桐城二老詩余亦各贈一首以示之

徐先生宗亮

因君投老無歸處，令我耳根煩有辭。骨肉寧非真愛惜，身心無奈不狂癡。青天白日成雙笑，滄海桑田又幾時？怪底於陵窺此妙，不將井李換長饑。

蕭先生穆

敬甫平生亦奇絕，交遊百輩盡成塵。自言老去奔波事，剩作天涯上塚人。文字未能阿所好，生涯猶覺不為貧。不知君子東方國，記否吾家有逸民。自註：嘗遊日本。

金陵病中寄內子桐城以代家信

君行徂桐城，我乃稅於兹。何人實喪葬？而不身親之。自註：外舅竹山君葬，吳冀州新喪。

十旬病腰腳，長路輿難支。憐君且代我，提攜臨路歧。既懷老成痛，亦有青年思。懷寧一千里，停舟深夜時。桐城百五十，兩日山行疲。揮手入白門，念之猶不怡。發裝甫晷刻，大雨如奔馳。微陽動春震，重陰挾寒颸。從兹七宵旦，淫暴無休期。甫雨念行者，小艇如瓜皮。孱軀浪裏擲，沾濡定無遺。雖然攀江上，山館猶嶔崎。明朝入山路，頓撼益支離。石蹲若虎豹，泥釀如糟醻。君行定求速，此去當何其？我緣積損寐，客病來侵肌。別君第二夕，寒熱動心脾。徐之五六日，寒熱在四肢。去茗亦無渴，絕食亦無饑。猶能日起坐，而難寸步移。醫言昔所病，伏溼深深垂。今病實陰雨，浸淫白以滋。高居尚如此，跋涉胡能持？人言郡縣隔，晴雨諒殊時。愁中欲慰解，強起臨窗窺。彌天毒煙霧，誰能免茲危？麥根爛死盡，茶網亦荒隳。蠶子尚不出，何論繭與絲？南東數十郡，精盡餘瘠痍。雲秋所悼恐，屠民再興師。自註：江勝軍帥杜雲秋就余談，因有此語。噫嗟此憂大，爾我又何為？前民反脫然，微命豈勝悲？傾河以為淚，徒當哭其私。晨興窗戶暗，簷溜方澌澌。聊能坐把筆，問以當書辭。

示伯嚴

明朝雖上巳，終覺未回春。一雨成千里，連陰有四旬。病軀真厭世，儒者喜愁人。聊以悽惶淚，分途泣所親。

雨霽暴暖去重裘著棉夏不遠矣去年著秋衣亦無幾日感歎書之

三月嚴寒四月熱，九月炎風十月雪。年來但覺春秋稀，寒暑之間一飄瞥。世間萬物要平進，四序分明不中絕。問天何故宣淫威？任把陰陽自起滅。可憐天翁尚不知，每逐王母張瑤池：瑤池亦有好風日，六合雲煙方蔽虧。南斗生人北斗死，東帝西帝真無為。儒仙之臞不敢諫，維皇有覺仍聽隨。安得倚天一長劍，誅殺風伯刑雨師。

莫春金陵城北見桃李花有感

春在雨中凋蝕盡，居然桃李放晴來。貪叨日月無多候，點綴山川有是才。江介一番通艦舶，海人隨處起樓臺。可憐花木乘時異，不稱風前爛漫開。

適與季直論友歸讀東野集遂題其端

昌黎下筆天光完，滋有意外呈毫端。東野琢句多斷殘，湮鬱不發埋心肝。以茲論文百不合，而彼二士相波瀾。惟恐人間有離析，欲把形影搓成團。張君昨來適語我，交友異性非所患。有從天來入幽可，有非梧竹棲不安。但取龍鸞合奏曲，勿與犬雞同叫歡。我言奏曲亦須異，彷彿列鼎調鹹酸。剛克柔克有二道，相成相反茲焉殫。郊亦滔滔挾愈勢，愈有矗矗資郊寒。不然一倡百聲和，正使吾道愁孤單。

就文昌宫設籌議學費公所其堂中有先勳卿公所書額同人初集感題一詩

去日曷以積？嵯峨三百年。墨痕餘劫外，朝局忽當前。誼重鄉難捨，名微身望全。瞻言此來意，低首念吾先。

籌議學費初集余病因不能多言臥聽磐碩季直二君談默然贊之

李子出言定夭矯，而此著語殊沉沉。張君信眉大談者，茲焉一字千酌斟。嗟茲鉅事山難任，嗟彼苦心河水深。行行且無畏，事大不如心。

究觀東野之文辭頗有合於西哲之言公德矣感歎再題

東野細微士，昌黎挾以傳。由今觀此輩，合砌蓬蒿間。寧知彼所懷，嶽嶽如大山。飽與萬物飽，教化還天然。灑血泣君昧，矢心躬堯年。由來大同理，一碎不復全。君相各私己，生民盡慕羶。士有不失性，餓死溝渠邊。昌黎昔未達，三書宰相前。為道兼求養，哀哀亦可憐。

伯弢示我以寒夜坐吾室懷伯嚴之作余方讀仁學戲答一首

一剎那間萬劫回，何從芥蒂與徘徊？君知此後成何世？佛說於今不住胎。擾擾煙窗晴是幻，盈盈風燭淚成堆。懸知根相消難盡，略向冰天問雪梅。

感憤題金陵

六代偏安真不易，五朝四姓盡人豪。當關不有強梁手，臥榻能容揖讓高？

衣冠文弱君休笑，煙水南朝性所鍾。正作清談皆老佛，要知斯世已黃農。

與劉聚卿晤談後歸而大雪為詩記之

劉郎膽略真堪羨，直向歡場券一年。嗟我百憂消雪後，也知生事豔春前。宮中待衍魚龍戲，巷曲相呼羊酒天。倚遍薰籠忘瑟縮，小儒亦自負吟肩。

雪夜疊韻酬伯嚴見和伯嚴謂我來歲當墾西山

百國洋洋盡東作，嗟余蹇蹇未除年。曾無寸土關生事，亦自安心到眼前。見說蝗蝻深入地，思量蝨蟹豈由天？西山來日春如海，君看陳良鍤荷肩。

伯嚴言古之聖賢人德充而才大則有波瀾有雲霧詼詭以遊於世不為匹夫匹婦溝瀆之行其安身立命之處乃因不可得見而知德者亦鮮矣余聞其言而悲之聊因記述而並參一解

藐姑冰雪尋常事，四海風香盡可餐。祇為女媧播黃土，被他吹上萬山端。

濁世糟醨那可啜，也因回面向吾徒。傷心祇博群兒笑，誕謾饑寒豈丈夫。

已是飄飛四日程

仲弟廣州，無信則浪愁，得則喜慰，觀其所述，舊識諸公之踵與禍會，又感歎不可以言。吾兄弟但有離憂，初無世患貧之故也。爰作長句並述，亦願吾弟他日仕宦之無忘斯言。

已是飄飛四日程，海山迢遞意難更。膽緣病怯愁無奈，魂馬驚多夢不成。一顧蒼天雲盡失，幾人白地浪來傾？年年兄弟寒酸語，且喜能教心太平。

旭莊太守金陵返慘然述近事並示江樓感懷次韻李拔可之作走筆奉和

一世於今盡可傷，相逢徒有淚徊徨。仍兼生事淪饑飽，更莫人才說狷狂。疾病餘春花媚眼，干戈獨夜酒鳴腸。吾家憂樂真無地，還向君家覓醉鄉。

次韻旭莊太守郊行十二首

昏昏病肺藥爐邊，墮落荒蕪近一年。今日衙齋讀新句，依然來坐惠風天。

長嘘煙景困朝衫，欲喚杯來祇自銜。橐筆遊行我無累，亦嘗歸夢繞千巖。

炎方卑濕朔揚沙，客粵留燕鎮憶家。試聽吳趨論山水，吾鄉風土實清嘉。

所恨儒文類病蠶，百年吾亦發毿毿。祇今物論仍隨衆，賦得朝三更暮三。

瞀目愁心萬倍多，愛鄉情切又如何？祇求略解傷亡意，宛轉論才不用苛。

謗議前時忽滿城，欲從老范構心兵。矢心獨有張元伯，不死須臾盡邁征。

人心總為懷疑弱，強勉造端無是非。一自文翁化日進，何嘗必賴長官威？

哀哉王室四夷侵，孔邇猶存父母心。乍讀君詩攬忠赤，赫然如日吳穹臨。

西海滔滔萬溜東，臨江一望歎聲同。凡民救死無如學，何必皇天不誘衷？

實業兼宜瘁米鹽，取之造物不傷廉。吾民瘠死黃金窟，惰骨真須子痛砭。

弦歌有味試牛刀，人室澹臺敢告勞？祇把芳蘭盈路植，等閒蕭艾不須薅。

我欲留君久於此，沿江稻美况多魚。君看滿地橫流甚，何處家山得隱居？

次韻旭莊舟行苦雨四首

君行苦雨夜無眠，詩思層層入邈綿。恨不將身化紅日，媚茲錯繡萬家田。

泊舟楊柳岸東西，寸步沾濡馬沒蹄。想見村農齊仰望，慈雲今比雨雲低。

年年豐歲欲成歉，獲日如何不放晴？天俾善農常不飽，何由更勸惰農耕？

人事終能變燠寒，豈虞平地忽興瀾？誠求水利開農學，未見人間稼穡難。

光緒三十年中秋月

噫余瘦削不成影，見汝盈盈在上頭。一世闔人齊下拜，八方園實競前投。移燈讀曲行行怨，倚杖看雲片片愁。病久可勝寒徹骨，頹然掩袂若為秋。

殘蚊

涼風拂簾幔，殘蚊來向人。意兼溫飽求，迫欲肌膚親。不知其聲惡，回還取人憐。方汝炎盛時，轟雷莫能眠。趨避益以捷，一飛高及椽。殺之良為快，吾意尚逡巡。狼藉彼不損，血污吾不仁。矧茲太微弱，手驅愁汝顛。噓氣送汝去，飄搖若輕塵。爾我大小體，皆佛之法身。汝占一歲半，餘光皆倖全；我占百歲半，過此亦俄延。數若百與一，何值論相懸？汝自昧其智，謀生大艱辛。及今蟄陰洞，尚苦陳陳因。乘茲實迷謬，十九與死瀕。不然推窗出，素秋浩無垠。曷不飲寒露，陶然返其真？

龍伯

龍伯自尊大，惟魚聽所置。魚有亦餛鱷，閑出各以地。假令懷謙謙，豈不廣求類？終焉樂無旁，朝夕得自恣。一身蠢蠢餘，百醜盡供媚。嗚呼海頓空，鯤化鱷引避。龍伯臨乾嗟，疇哉任予寄。蹣跚而跛蹇，惟有蟹蝦使。怪龍不預儲，龍昔無此智。盲風吹海翻，沉沉未妨睡。空抱萬年憂，滴盡鮫人淚。

戲題白香山詩集

白氏論詩崇諷諭，吟風弄月祇空華。笑他閒適終成片，莫我平生竟一家。萬語縱橫惟己在，十年親切為時嗟。原知詣絕都無用，持比陳人卻未差。

自諭

昔年三十六，病亟江西船。去婦亦已遠，離家路幾千。於時一無冀，但冀稍俄延。計程疾抵家，得正首邱眠。及乎返家弄，扶攜到親前。病勢日有改，外寬中熬煎。有手不能晝，有口不能宣。指向對門寺，頷頭畏喧闐。實畏衰顏親，避之依僧氈。旦夕所愚禱，但冀終親年。嗚呼今則已，我尚何冀焉？一人有一本，枝葉盡可捐。我婦我兩弟，有生所纏綿。我弟由學入，所得各已堅。諒達無生理，嬗諸未死緣。我婦由悟入，頗復知人天。抑抑就名義，豈為情懷牽？至性不毀滅，元氣終蟬聯。我君未了事，各各能仔肩。凡於世多取，子姓被冤纏。我少即無用，憚為禍福先。人群三十載，遊好無閑然。停回有入骨，過往或如煙。除此二者外，於人無怨愆。遺安既若此，損智益無錢。長次迭相冒，美恩常得全。令今即就道，何處煩悲憐？矧吾病最吉，每能歲月遷。人生苦難料，行路有僕顛。從容若茲病，百事得安便。文詩陋儒習，叢殘篋中懸。馮生吾鄉最，移託姑舍旃。憂心及邦族，淚下獨漣漣。餘精足輔弼，苦語咨仁賢。及春又不死，次第聞歌弦。朝朝下牀健，窗明手一篇。窮鄉欲興學，為書致吾虔。絮語只通俗，細字常盈箋。人來奪其筆，往往張空拳。雞魚必肥美，蔬果必新鮮。素風雖已盡，美意聊相沿。見客惟取擇，有來無迴旋。長官亦將就，僕嫗咸媚妍。誰言病且殆，而反樂無邊。誠哉肺病好，肺病無須痊。徒將體質耗，不與神明連。居則樂吾樂，去亦疑於仙。一氣浩如海，駕言備鞍韉。

自諦

吾嘗一日思安禪，又嘗一念遊於仙。仙者意高廣，六合廓落然。求其歸宿處，但冀形神全。禪意向枯寂，厥功彌靜專。靜中有真覺，願力至大千。我於二道皆未學，衹以病體圖安便。久病真如檻囚陷，頗設遐想無窮邊。霞外珠宮那可得，雲中鶴駕無由傳。十洲三島盡虛妄，徒見下有深深泉。神魂散落百骸弛，欲保性命何有焉？收拾殘餘自將息，呼吸驟若遊絲牽。徐引生氣佈滿腹，群腑得職無大愆。此時諧和與物共，有日世界純陽天。誰何機來萬念起？俄頃乃有億變遷。我與衆生實同道，以次現出諸因緣。不如動植物，得性能自堅。人為萬靈最，何術能繇繇？所以如來得自度，而目一世生悲憐。虎狼猶可道，蟲豸未忍捐。陳諸割斷法，以制人繞纏。我以哀鳴當定慧，可知於佛天壤懸。愚僧撞鐘諒可法，長抱此念無迴旋。口亦不辭瘁，手亦不辭胼。血氣終能愛，肺肝無俾鐫。正得一私淨，斯為萬覺先。

次韻內子見慰之作

九秋晴日飛蝴蝶，一夜微霜楓滿林。吾病初無毫髮損，君愁坐向鬢毛侵。形骸不隔當前意，氣候難回萬古心。與子同牢至今日，差強短晷有長吟。自註：內子讀吾自諦不語者久之，故五句云然。

以湘軍志遺日讀竟題尾

分明故事可忘憂，未免人情絜短修。一日難防千日醉，百錢猶勝萬錢羞。定知文外餘何物，最是花初不可求。我有無窮私淑淚，只應寂寞付湘流。

晚眺悲詠寄仲弟廣東幕府季弟山東警軍

樹樹楓容帶醉斜，更聞蠻語到寒鴉。驚風已逼全身絜，落日猶烘半面霞。臨老弟兄餘托命，愁人鼓角定思家。寄言貧病都消釋，只作空歎淚轉加。